MATHIAS SCHWAPPACH

Nixen

Sie kommen aus der Tiefe

Mystery-Thriller

swb media entertainment

Bibliografische Information der Deutschen Nationalbibliothek:
Die Deutsche Nationalbibliothek verzeichnet diese Publikation in der Deutschen Nationalbibliografie; detaillierte bibliografische Daten sind im Internet über http://dnb.d-nb.de abrufbar.

Veröffentlicht im Südwestbuch Verlag, einem Unternehmen der SWB Media Entertainment Jürgen Wagner, Waiblingen, August 2020

1. Auflage 2020
ISBN 978-3-96438-032-6

Lektorat: Johanna Ziwich, Waiblingen
Titelgestaltung: Dieter Borrmann, Kleve
Satz: swb media entertainment
Druck, Verarbeitung: Bookpress, Olsztyn
Für den Druck des Buches wurde chlor- und säurefreies Papier verwendet.

www.suedwestbuch.de

Prolog

Der Alarm hallt durch die Gänge. Gleich den Posaunen des jüngsten Tages, den Schreien einer wilden Bestie, dem japsenden Stöhnen einer todgeweihten Kreatur. Ein lauter, eindringlicher Ton, im Rhythmus eines Herzschlags – doch schlagen den 153 Besatzungsmitgliedern des Atomunterseebootes Alabama die Herzen längst in einem penetranten Stakkato von weitaus höherer Frequenz.

Nach einigen mutlosen Versuchen hat die Beleuchtung aufgegeben und wird ersetzt durch das hilflos flackernde Notlicht, das Gefahr verkündet und sich dem Takt des Alarmtons widersetzt. Einige rot aufleuchtende Schilder weisen im Halbdunkel auf Auswege hin, wo längst keine mehr sind. Es gibt keinen Ausweg.

In die ständig wiederaufbereitete Luft in 300 Metern Tiefe mischt sich der Geruch von Angstschweiß. In die metallisch dröhnende Sirene stimmen schreiende Kommandos mit ein, ängstliches Tuscheln als zischelnder Grundtenor – und Schmerzensschreie.

Eine routinemäßige Patrouillenfahrt sollte es werden. Bereithalten, lauschen, zuschlagen falls nötig. Dafür hat das Boot 24 Raketen des Typs Trident II D5 an Bord – inklusive der W88-Atomsprengköpfe. Bestens geeignet, um jeden Feind der Vereinigten Staaten binnen kürzester Zeit in seine Schranken zu weisen. Trotzdem ist es nun die Alabama selbst, der ihre Grenzen aufgezeigt werden. Nichts ist zu hören von der dramatischen Musik, die in Filmen oft derlei Szenarien untermalt. Hier wird nichts gespielt, nichts dramatisiert und nichts inszeniert – es ist bitterer Ernst.

„Wir haben Deck drei verloren!"

„Kein Kontakt zum Waffenraum."

„Sherwood Forest sichern, die Raketen entschärfen!"

„Schotten dicht, sofort!"

Ein beständiges Summen und Rauschen setzt ein. Während der Ausbildung bei der Navy gehörten solche Szenarien zum Übungsstandard der Offiziere: Schnelle Entscheidungen sind gefragt, harte Gangart, nüchternes Kalkül. Der Simulator war gnadenlos, aber niemals tödlich. Die Sirene, das Licht, alles scheint seltsam vertraut. Und doch mischt sich Panik in die Abläufe, die so oft geübt wurden und auf deren bedingungsloses Gelingen es nun ankommt.

So sehr. Auf Gedeih und Verderb. Es muss gelingen!

„Da unten sind noch Männer!"

„Spielt keine Rolle, Schotten dicht, Matrose!"

„Wir sollen sie sterben lassen, Sir?"

Solche Argumente sind jetzt so hilfreich wie Mutters Anruf während des Blowjobs.

„Die sind tot, verdammt! Und wir gleich auch, wenn Sie weiter rumheulen! Schließt die Schotten! Sofort! Das ist ein Befehl!"

Weitere Widerworte gehen unter in einem bestialischen Schlag gegen den Rumpf der SSBN 1210, ein über 30 Jahre altes U-Boot der Ohio-Klasse, das seit 1981 die See befährt und nun in deren Schoß sein Ende finden soll. Ächzendes Metall. Wieder Schreie, wieder Kommandos, unterlegt mit dem kalten Kreischen des Alarms.

„Schadensbericht!"

„Die Außenhülle hält. Fragt sich allerdings, wie lange noch, Captain!"

„Funkspruch an die Admiralität: Mayday. Stehen unter Feindbeschuss. Sonar ist blind, keine Sichtung. Wir tappen im Dunkeln, wir sehen die Bastarde nicht!"

„Der Funk streikt, Sir. Wir haben den Kontakt verloren."

„Wir müssen auftauchen! Schnell, schnell, hoch die alte Lady, sonst sind wir verloren!"

Der nächste Schlag bringt das Unterseeboot zum Zittern. Kein leichtes Beben, sondern ein richtiggehender Druck, als ob sich die 170 Meter lange Konstruktion plötzlich in eine durchdrehende Zentrifuge verwandelt hätte. Mitten in diesem Tremor scheint der Kommandoraum leicht abzusacken. Der Boden neigt sich. Offiziere, die eben noch hektisch auf Konsolen herumgehackt haben, fallen von ihren Sitzen, prallen gegen die Wände, Schaltpulte und Rohre. Ausrüstungsgegenstände und einstmals feste Installationen werden durch den Raum katapultiert oder brechen in der Mitte durch wie Streichhölzer.

Schreie, Sirenen, rotes Licht.

Es ist das Ende. Das traurige Ende der Alabama.

Noch bevor es die Marines begriffen haben, hat sich ihr letztes Refugium in der Tiefe des Indischen Ozeans mit dem eiskalten Wasser gefüllt. Die todbringenden Massen brechen durch Schotten, durch Wände, durch Decks. Die äußere Hülle ist überwunden, der Panzer durchstoßen; erst mal im Inneren, ist die Wut des Wassers nicht mehr zu bremsen und es ergießt sich unaufhaltsam über die Matrosen. Mit ungeheurem Druck drängt das Meer in das invasive Stückchen Luftraum unter Wasser, das der Mensch ihm abzutrotzen versucht hat. Wer nicht längst durch Metall oder elektrische Schläge zu Tode gekommen ist, dem bleiben nur noch Sekunden, um seinen inneren Frieden zu machen, bevor der Körper dem Druck des Salzwassers nachgibt und die brennenden und schreienden Lungen endgültig der entfesselten Macht erliegen.

Es kehrt wieder Stille ein in den Tiefen des Ozeans.

Keine Sirenen mehr, keine Schreie und kein ängstliches Flüstern.

Das Metall kreischt nicht mehr, sondern sinkt in zwei großen Stücken und vielen kleinen Splittern hinab in die dunkle Schwärze. Kleine Blasen steigen auf. Sie kommen aus einigen der Raketenschächte, die sich im Tosen des Überlebenskampfes einer todgeweihten Schar geöffnet haben, aber nicht wieder geschlossen wurden.

Es liegt wieder eine große Ruhe in allem.

Ein blauer Schein, friedlich und sanft, taucht die Szenerie in ein mystisches Licht.

Wale singen.

Es ist getan.

1

Ein blaues Licht erfüllte den Raum. Es hatte etwas Mystisches, etwas Sinnliches, es verlieh der Szenerie eine geheimnisvolle Atmosphäre. Gleich einem Blick in eine andere Welt, tief hinab in die verborgenen Abgründe der Ozeane. Die Besucher sollten glauben, selbst in diese unbekannte Unterwasserwelt einzutauchen – und auf eigene Faust vielerlei fremdartige Lebewesen zu entdecken. Eine unheimliche Begegnung der dritten Art, wenngleich von dieser Welt und absolut real.

Tatsächlich mochte sie diese Form der Unterhaltung gar nicht. Manchen Menschen galten Fische und Meerestiere oftmals nicht wirklich als Lebewesen. Sie waren ihnen zu fremd, zu andersartig, zu weit entfernt von ihrer eigenen, der trockenen Welt als landgebundene Säugetiere. Maya konnte das nicht nachvollziehen: Sie liebte Tiere. Jede Art, jede Ordnung, in jedem Lebensraum. Jedes auf seine Weise.

Fische, so anders und schuppig die Gesellen auch sein mochten; auch Schildkröten, Robben, Haie oder Wale – alles, was sich da draußen in den Weltmeeren und Gewässern tummelte, war ihr genauso wertvoll wie ein Pferd, ein Hund oder eine Katze. All diese Tiere hatten deshalb, ihrer Ansicht nach, ein Recht auf ein Leben in Freiheit. Nicht eingesperrt in kleine gläserne Kästen, die von den Menschen mit Blubberblasen und Spongebob-Figuren zu seltsamen Gestaltungen eines schrägen Humors dekoriert worden waren – und zur besonderen Heraushebung dieser skurrilen Inszenierung noch blau angestrahlt wurden. Sie sollten frei sein, in Schwärmen durch die Meere paddeln, die Riffe besiedeln, planschen und glücklich sein. Weit weg von hier. Unerreichbar und unzähmbar für die menschliche Lust am Schauen.

Maya schämte sich nicht für solcherlei Gedanken, wenngleich sie wusste, dass es eine recht kindliche, vielleicht sogar naive Fantasie war. Und sie fühlte sich in dieser Meinung mit jeder Sekunde bestätigt, da sie diese armen Kreaturen hinter den dicken Glasscheiben im bläulich durchbrochenen Halbdunkel des Aquariums betrachtete.

Sie legte eine Hand an das Glas, spürte die Kälte und fantasierte sich hinein in die dahinterliegende Miniaturwelt. Die Dekorateure hatten eine winzige Landschaft geschaffen, die auf 80 mal 40 Zentimetern wohl tatsächlich eine Art Meeresboden darstellen sollte. Da war beispielsweise so etwas wie ein Fels mit vielen Löchern und Höhlen, es gab Seeanemonen, der Boden war von rotem Sand bedeckt. Irgend ein Witzbold hatte obendrein noch eine Schatztruhe mit herausquellenden „Juwelen“ in der Mitte abgestellt. Die Fische waren eher klein: Clownfische, Diskusfische, Skalare und verschiedene kleine Buntbarsche tummelten sich in dieser Kulisse – einer menschlichen Fantasie vom Leben unter dem Meer.

Einer der Fische kam ganz nahe an die Scheibe heran und schien auf der anderen Seite an dem Glas zu nuckeln. Genau dort, wo Maya ihre Hand angelegt hatte. Sie betrachtete ihn eingehend. Die Augen des kleinen Clownfisches schienen kaum einer echten Wahrnehmung fähig. Unverwandt glotzte er in die Gegend. Die Schwanzflosse paddelte heftig, um den kleinen, kaum zehn Zentimeter langen Körper an Ort und Stelle zu halten. Das Maul ging direkt an der Scheibe auf und zu, er schien etwas zu suchen.

Maya betrachtete ihn eine Weile, versank in Gedanken. Woher mochte er wohl kommen? War er aus einer Zucht oder war er vielleicht schon einmal im Ozean geschwommen? Suchte er die Nähe zu ihr, oder wollte er nur einen vermeintlichen Eindringling vertreiben? Was anderen Menschen vermutlich ein Lachen, Mädchen ihres Alters mit Sicherheit ein verlegenes Kichern entlockt hätte, löste in diesem Moment bei ihr etwas ganz anderes aus: ein unbestimmtes Gefühl der Traurigkeit. Sie konnte nicht anders, es war einfach da.

„Er spürt die Wärme", wurde sie von einer Stimme aus ihren Gedanken gerissen.

Sie drehte sich um. Hinter ihr stand ein Junge, kaum älter als sie selbst, jedoch gekleidet in der blaugelben Uniform der Sea Fun Park-Angestellten, die den Betrachter wohl an die Kluft eines Offiziers auf einem Kreuzfahrtschiff erinnern sollte. Sie hatte ihn nicht kommen hören, wusste nicht, wie lange er schon dagestanden hatte; hinter ihr, wartend, beobachtend. Er blickte in Richtung ihrer Hand an der Scheibe, wo der kleine Fisch auf der anderen Seite noch immer am Glas zu saugen schien. „Er spürt die Wärme deiner Hand an der Scheibe und hält diesen Anstieg der Temperatur für ein Lebewesen, vielleicht für Futter", ergänzte der ungebetene Zuschauer seinen soeben angefangenen Satz und trat etwas näher an Maya heran.

Jene war allerdings nicht in der Stimmung für biologische Lektionen über Wasserbewohner. Sie schauderte, als der Junge direkt neben ihr war und seine Hand neben die ihre auf die Scheibe legte. Der kleine Clownfisch war nun ganz außer sich vor Aufregung.

„Ganz schön dämlich, findest du nicht?", der Junge sprach einfach weiter, als sie ihm nicht antwortete, und lachte sie dabei an. „Er bekommt mehrmals am Tag etwas zu fressen und trotzdem folgt er ständig seinem Instinkt, schwimmt jeder Wärmequelle nach, aus reiner Panik, er könnte eine wichtige Nahrungsaufnahme verpassen. Reiner Instinkt."

Er lachte noch einmal. Vermutlich darauf ausgelegt, auch Maya ein Lachen zu entlocken. Die Ermunterung verfehlte jedoch ihre Wirkung. Maya wandte ihren Blick kaum ab von dem Fisch auf der anderen Seite der Scheibe.

„Wie soll er es denn auch anders wissen?", entgegnete sie nach einer Weile, mehr zu sich selbst als in Reaktion auf die plumpe Anmache. „Er hat vermutlich sein ganzes Leben dort drinnen verbracht. Und falls nicht, dann erinnert er sich ganz sicher nicht mehr an ein Leben in Freiheit." Nun sah sie zu dem Jungen hinüber und fuhr fort: „Er erkennt eben kein Muster darin, wann er etwas zu essen bekommt und von wem. Es ist immer dunkel, immer dieselbe Temperatur, immer dasselbe Umfeld. Er weiß nur, wann auch immer ein Mensch kommt, dann ist es soweit. Und eine solche Gelegenheit darf man einfach nicht verpassen."

„Wow", sagte der Junge und nahm seine Hand von der Scheibe. Das Grinsen auf seinem Gesicht war verschwunden. „Dir ist aber schon klar, dass es einfach nur ein Fisch ist. Wir sind hier bei Sea Fun, nicht in Guantanamo ...?"

„Eigentlich ist die Vorstellung ziemlich traurig, wenn du es dir einmal genau überlegst", sagte Maya, ohne auf den Einwurf des Jungen einzugehen. Sie blickte weiterhin in die kleinen schwarzen Augen und auf den orange und weiß gestreiften Körper, der sich nun wieder ganz auf ihre Hand konzentrierte. „Er kennt nichts anderes als diese kleine Welt dort drinnen. Seine Instinkte sagen ihm, er muss um Futter kämpfen, muss ständig danach suchen und erfolgreich sein, er muss jede Chance nutzen, denn in der Natur ist es keine Selbstverständlichkeit, etwas zu finden." Dann nahm auch sie die Hand von der Scheibe und blickte den Jungen direkt an. „Er schwimmt also da drinnen herum in dieser kargen, einengend kleinen Welt. Und den einzigen Vorteil, den der Verlust seiner Freiheit mit sich bringt, nämlich das ständige Angebot von Nahrung, den begreift er im Grunde gar nicht. Er spürt die Wärme, er schwimmt ihr entgegen, ernährt sich – und dann beginnt seine Suche von neuem."

Der Junge schüttelte den Kopf. Er lachte noch mal, aber nicht mehr so fröhlich wie vorher. Es war mehr ein Lachen aus Verlegenheit, weil er nicht wusste, wie er reagieren sollte. Das Gespräch lief nicht ganz in die Richtung, die er sich eigentlich erhofft hatte. Normalerweise hätte er bereits mit dem ersten Satz bei einer Besucherin Pluspunkte sammeln können. Eine solche Reaktion war er nicht gewöhnt.

„Wow", sagte er deshalb noch einmal und bemühte sich, freundlich und offen zu bleiben. „Wenn man dir so zuhört, bin ich mir nicht so ganz sicher, ob der Sea Fun Park der richtige Ort für dich ist, um Spaß zu haben. Du denkst ein bisschen zu viel nach. Es sind doch nur Fische und es macht Spaß, ihnen zuzusehen. Denen geht's schon ziemlich gut hier. Glaub mir!"

Auch dieser neuerliche Versuch ging nach hinten los.

Maya sah ihn kampflustig an.

„Da bin ich jetzt aber beruhigt", sagte sie etwas schnippisch. „Wunderbar, dass du gerade noch mit ihnen gesprochen hast und sie dir versichert haben, dass es ihnen da drinnen total gut geht. Dass sie es lieben, zwischen Felsen, Anemonen und Pflanzen immer ein paar Zentimeter hin und wieder zurück zu schwimmen. Die Bewegungsfreiheit im Ozean wird ja auch gerne mal überschätzt."

Der Junge wirkte nun wirklich verzweifelt.

„Ach komm schon", entfuhr es ihm, im Tonfall etwas aggressiver, als er es eigentlich vorgehabt hatte. Langsam war er von diesem Mädchen tatsächlich ein wenig genervt. Dennoch kam er nicht los, dennoch wollte er ihr nicht diesen Sieg gönnen. Sie hatte etwas an sich, das ihn faszinierte.

Er räusperte sich und setzte neu an: „Es fehlt ihnen doch an nichts, sie haben Platz, sie bekommen Futter, unsere Biologen sind tipptopp und gestalten ihnen in den Becken alles so lebensecht wie nur irgend möglich", referierte er weiter, fast wie ein Autoverkäufer, ziemlich stolz auf seine Argumente. „Man kann es mit seiner Kritik auch wirklich übertreiben."

„Entschuldige bitte, wenn ich dir mit meinem Plädoyer für den Fisch, das übertriebene Bedürfnis nach Freiheit und das Zwangsverhalten einer Kreatur in Gefangenschaft den Tag versaut haben", sagte Maya, ebenfalls leid, diese Diskussion noch weiterzuführen. Deshalb setzte sie an zum argumentativen Todesstoß: „Aber weißt du, vielleicht braucht man ja diese Einstellung, wenn man hier arbeitet und mit dem Vortäuschen von Wissen über Fische verzweifelt neue Freunde sucht."

Der Junge seufzte und zuckte mit den Schultern. „Wenn du meinst."

Er sah sich um. Keine anderen gut aussehenden Mädchen in Sichtweite, die anzusprechen sich lohnen würde. Die meisten der Besucher waren schon wesentlich weiter vorangekommen in der Beckenausstellung und beeilten sich, um den Rundgang noch vor Beginn der großen Show zu schaffen und sich in der Arena gute Plätze zu sichern. Nur dieses Mädchen war noch hier. Und ein paar vereinzelte ältere Ehepaare, die hin und wieder an ihnen vorbeiliefen und die beiden jungen Leute im Vorbeigehen abschätzig musterten.

„Können wir bitte noch mal von vorne anfangen?", sagte der Junge an Maya gewandt und nun wieder ganz fröhlich, er streckte aufmunternd seine Hand aus. „Ich bin übrigens Fynn", erklärte er und wackelte mit der Hand, wie zur Aufforderung, dass sie sie ergreifen sollte.

Maya seufzte und tat ihm schließlich den Gefallen. Ihre schnippische Art tat ihr schon fast wieder ein wenig leid. Eigentlich hatte Fynn ja lediglich ein Gespräch beginnen wollen, hatte vielleicht auf einen kleinen Flirt gehofft. Vielleicht war es unfair, ihn für den ersten Eindruck gleich zu verurteilen. Und eigentlich wusste sie ja selbst nicht so genau, weshalb sie der Anblick des kleinen Fisches in diesem Moment so traurig gemacht hatte.

„Maya", sagte sie knapp und nahm seine Hand. Eine Geste, die ihr zwar fürchterlich altbacken und deplatziert vorkam. Aber vielleicht brauchte es solch ein Ritual, um in diesem misslungenen Kennenlernen doch noch die Kurve zu kriegen.

„Bist du mit einer Gruppe hier?" fragte Fynn, dankbar für den Themenwechsel, und schaute sich demonstrativ um, wobei er ihre Hand etwas länger festhielt, als es sich für eine Begrüßung eigentlich gehörte.

„Ja, ich bin mit einigen Freundinnen hier", erwiderte Maya und machte sich vorsichtig aus seinem Griff los. „Es ist ein Ausflug unseres Schwimmerteams. Wir haben uns für einen größeren Wettkampf in Australien qualifiziert und absolvieren derzeit ein Trainingscamp. Dieser Ausflug ist so eine Art Belohnung. Oder eine Stärkung der Gruppenmoral. Irgend so was halt."

Fynn lachte wieder. „An deiner Moral müssen wir aber noch etwas arbeiten, wenn du die Gesellschaft eines Clownfisches der deines Teams vorziehst", scherzte er. „Ich vermute mal, es war nicht unbedingt deine Idee, ausgerechnet in den Sea Fun Park zu kommen?"

Maya verzog keine Miene.

„Oh, meiner Moral geht es eigentlich ganz gut", versetzte sie. „Ich mag es nur einfach nicht, wenn sich Menschen an gefangenen Tieren erfreuen." Als sie merkte, dass das Thema schon wieder aus dem Ruder lief, relativierte sie schnell: „Das hat aber nicht unbedingt etwas mit dem Park hier zu tun, es ist einfach nicht meine Art, Spaß zu haben. Sea Fun würde für mich eigentlich bedeuten, wirklich das Meer zu sehen und die Tiere dort zu betrachten, wo sie glücklich sind. Alles andere ist eben nicht so mein Ding."

„Das ist sehr schade", sagt Fynn, der erneut in einer Sackgasse steckte. Ganz so schwer hatte er sich das nicht vorgestellt. „Weißt du, ich bin eigentlich sehr gerne hier, ich mag die Atmosphäre", wechselte er noch einmal das Thema und machte eine große Geste in die Runde. „Als Kind bin ich oft mit meinen Eltern hierhergekommen, mindestens fünf oder sechs Mal im Jahr. Seit vier Monaten habe ich nun sogar einen Job bei Sea Fun bekommen. Bringt zwar nicht viel Kohle, aber ich darf jeden Tag hier sein. Ich darf alles sehen, was ich früher schon immer mal sehen wollte. Die Welt hinter den Kulissen. Das, was die Besucher sonst nicht sehen dürfen." Er zwinkerte ihr verschwörerisch zu und ergänzte nach einer kleinen Pause: „Und ich darf es meinen Freunden zeigen, wenn sie das wollen."

Er streckte ihr wieder die Hand entgegen. Maya betrachtete ihn kurz, erwiderte die Geste diesmal aber nicht.

„Klappt diese Masche oft?", fragte sie dann keck.

Fynn ließ enttäuscht die Hand sinken.

„Was willst du mir denn zeigen, da hinter den Kulissen?", fuhr sie dann fort. „Habt ihr da noch ein paar von diesen gefakten Schatztruhen, die nicht mehr in die Ausstellungsbecken gepasst haben?"

Fynns Miene verfinsterte sich.

„Oder zeigst du mir vielleicht eine stille, dunkle Ecke, wo keiner uns stören kann? Und dort dann noch irgendwelche anderen Sachen?", fuhr Maya ihn an. „Weißt du, ich könnte mir vorstellen, mich ganz nett mit dir zu unterhalten, etwas über dich zu erfahren und dich vielleicht sogar sympathisch zu finden. Aber nach diesem Start, den wir hatten, gleich wieder auf den Backstage-Verführer umzuschalten, das ist nicht gerade ein Kompliment. Du musst mich für ziemlich verzweifelt halten."

Der Tonfall der letzten Sätze war äußerst scharf und sehr direkt. Jetzt blickte sich Fynn nicht mehr heimlich nach anderen Mädchen um, sondern ganz starr in Mayas Gesicht. Vielleicht war es aber auch nur der Versuch, dem bohrenden Blick aus den tiefbraunen Augen seines Gegenübers standzuhalten. Was als ein Flirtversuch begonnen hatte, war längst zu einem verbalen Machtkampf geworden, den Fynn unter keinen Umständen verlieren wollte.

„Ich sage dir lieber nicht, wofür ich dich halte", sagte er kalt, um dann sogleich sein Gegenüber zu entwaffnen: „Du musst nicht gleich so fies werden. Es war doch nicht böse gemeint. Ich wollte nur ein bisschen quatschen und jemanden kennenlernen. Nichts für ungut."

Er trat ein wenig nervös von einem Fuß auf den anderen.

„Man sieht sich", sagte er dann. Er wollte sich umdrehen und davongehen.

Maya griff nach seiner Hand, hielt sie fest, weshalb er wieder kehrtmachte. Sie seufzte.

„Es tut mir leid“, sagte sie dann. „Aber ich glaube, ich bin vielleicht nicht ganz die Art von Bekanntschaft, nach der du gesucht hast. Oder die Art Mädchen, die du sonst hier triffst. Ich bin von all dem hier nicht beeindruckt, eher etwas abgeschreckt. Oder sogar wütend. Das habe ich vielleicht ein ganz kleines bisschen an dir ausgelassen. Sorry.“

Fynn rang sich ein zaghaftes Lächeln ab. „Ja, denselben Gedanken hatte ich irgendwie auch gerade.“

Maya fasste einen Entschluss: „Was tust du denn so, wenn du nicht gerade mit ganz exklusiven Einblicken im Aquarium nach willigen Weibchen angelst?“, fragte sie aufmunternd, wandte sich von dem Schaubecken ab und bedeutete ihm, sie zu begleiten.

Fynn war dankbar für den Orts- und Themenwechsel.

Waffenstillstand.

Fynn und Maya schlenderten nebeneinander her, die schummrigen Gänge der Aquarienausstellung entlang. Alle Wände waren hier mit Becken versehen, in denen sich die verschiedensten Fische tummelten. Davor standen Besucher, beobachteten das Gewimmel und lasen die beleuchteten Inschriften auf den Tafeln neben jedem Becken. Welche Fische sich darin befanden, deren lateinische Fachbezeichnungen, woher sie stammten, was diese Art Besonderes auszeichnete und vieles mehr. Es herrschte ein permanentes Gemurmel unter den Besuchern, die entweder die Texte laut vorlasen oder über das soeben Gelernte diskutierten. Manche von ihnen schienen allerdings auch die Unterhaltung mit den Fischen hinter den Scheiben zu suchen. „Ja, was bist denn du für einer? Du bist ja ein ganz ein Hübscher! Guck mal, ich glaube, der mag mich!“ Solche und ähnliche Sätze hörte man immer wieder.

Maya und Fynn nahmen davon kaum Notiz, weder von den Fischen, noch von den Besuchern. Und sie vermieden es, in ein weiteres Becken zu schauen, um nicht ihren Disput vom Beginn der Begegnung wieder zu starten.

Mehrmals blickte Fynn zu seiner Begleiterin hinüber. Er wusste nicht so richtig, ob er mit seiner Tour bei dem Mädchen nun doch noch erfolgreich gewesen war, oder ob sie nur zufällig dieselbe Richtung hatten und sie deshalb seine Gegenwart duldete.

Nach wenigen Metern brach Maya das Schweigen: „Ich hätte einen Tipp für dich, wie du heute vielleicht zu deinem Erfolgserlebnis kommst“, sagte sie. „Wenn du hier drei Blondinen rumlaufen siehst, die so eng aufeinander hocken, dass sie fast siamesische Drillinge sein könnten, dann geh zu denen hin und zeig ihnen mal deine Show. Da wirst du bestimmt Glück haben“, empfahl Maya und lachte ihn aufmunternd an. Das Signal war deutlich: Kumpels, nicht mehr. Fynn schien es zu begreifen, denn er erwiderte ihr Lächeln. Es war ein offenes und ehrliches Lächeln, inzwischen völlig unverkrampft.

Mayas Feindseligkeit war verflogen und sie war sogar irgendwie froh, dass sie sich von den deprimierenden Gedanken über die Fische hinter Glas ein wenig ablenken konnte. Die Traurigkeit fühlte sie allerdings noch immer. Was war heute nur los mit ihr? Sie war doch sonst nicht so melancholisch.

„Sind das Freundinnen von dir?"

„Freundinnen nicht wirklich. Aber Kameradinnen aus meinem Team", sagte sie.

„Was ist denn das genau für ein Team?", wollte Fynn wissen.

„Die Landesauswahl für die U18-Weltmeisterschaft im Schwimmen", erklärte Maya, völlig ohne Pathos in der Stimme. Fynn allerdings bekam große Augen.

„Echt jetzt? Ihr seid alle Profisportler?"

„So professionell, wie man das mit 17 Jahren halt sein kann", sagte Maya und schlenkerte mit den Armen. „Wir gehen ganz normal zur Schule. Ansonsten wird aber viel trainiert. Da hockt man ständig aufeinander. Vielleicht sind sie ja tatsächlich so etwas wie meine Freundinnen. Andere gibt's jedenfalls nicht."

„Du hast vorhin gesagt, der Besuch im Sea Fun Park sei eine Belohnung für einen gewonnenen Wettbewerb", fuhr Fynn mit seinem Verhör fort. „Welcher war das denn?"

„Das war die Landesmeisterschaft, bei der die Auswahl für die Meisterschaft in Darwin festgelegt wurde", erklärte Maya. „Die Plätze eins bis zwölf sind weitergekommen. Daraus haben sie dann das Team gebildet, womit wir in Darwin hoffentlich irgendeinen Titel holen. Zumindest in einer oder zwei Disziplinen."

„Und was sind deine Disziplinen?", wollte Fynn wissen.

„Ich mache bei allem so ein bisschen mit", sagte Maya und lachte. „100 Meter, 200 Meter, 400 Meter, 2.000 Meter oder Staffel. Man muss ja schauen, dass man nicht gerade dann eine Pause einlegt, wenn vielleicht ein Titel drin gewesen wäre."

„Dann spreche ich also gerade mit der Weltmeisterin aller Klassen im Schwimmen?", versuchte sich Fynn noch einmal an einer Charme-Offensive.

„Du sprichst mit der möglichen U18-Weltmeisterin in bestenfalls einer der Klassen", ließ Maya die Schmeichelei verpuffen. „Die anderen sind auch ganz gut. Vor allem die drei Blondinen, von denen ich dir eben erzählt habe." Sie zwinkerte.

Fynn verstand den erneuten Wink. „Dann werde ich mich mal auf die Suche machen. Ich möchte ja möglichst viele Weltmeisterinnen kennenlernen, bevor ihr alle berühmt werdet und kleine Parkangestellte wie mich gar nicht mehr beachtet."

„Klingt nach einem guten Plan", sagte Maya und war fast ein wenig erleichtert, dass sich die Unterhaltung sowie auch der Rundgang ihrem Ende zuneigten.

„Sehe ich denn unsere neue skeptischste Besucherin des Jahres vielleicht noch später in der Orca-Show?", fügte Fynn an. „Es ist wirklich fantastisch, du wirst es lieben!"

Ob er wirklich glaubte, was er da gerade gesagt hatte?

Maya spürte, wie sich ihr Magen zusammenzog. Sie wollte das Gespräch aber positiv beenden und nicht erneut in eine fruchtlose Diskussion über Gefangenschaft von Meerestieren einsteigen. Dafür war Fynn offensichtlich der falsche Zuhörer – und der Sea Fun Park in Kalifornien mit seinen zahlreichen Shows und Aquarien vermutlich der falsche Ort.

„Mal sehen", sagte sie deshalb und lächelte Fynn zaghaft an.

„Klasse!", rief jener sogleich. „Ich bin mir sicher, es wird dir gefallen. Big Skull ist atemberaubend – und was der alles kann, das glaubt man gar nicht." Mit stolzgeschwellter Brust fügte er hinzu: „Ich habe sogar auch einen kleinen Part in der Show!"

Maya seufzte. „Na, dann kann ich mir das natürlich auf keinen Fall entgehen lassen!"

Fynn ignorierte entweder den sarkastischen Unterton in ihrer Stimme – oder er bemerkte ihn gar nicht. Jedenfalls grinste er jetzt übers ganze Gesicht. „Abgemacht! Ich seh dich dann dort. Ich suche einfach mal nach einem kritischen Blick im Publikum."

Maya fand das nicht wirklich lustig. Als sich ihre Miene wieder verfinsterte, fügte Fynn schnell beschwichtigend hinzu: „Es ist wirklich großartig. Du wirst sehen, den Tieren geht es gut. Sie sind gezähmt, fühlen sich wohl und folgen dennoch ihrer Natur, ihrem Instinkt. Ganz so, wie man sich das als Orca-Liebhaber wünscht, gell!"

Er knuffte sie neckisch in die Seite. Maya fühlte eine erneute Welle der Traurigkeit.

Jubel. Die Ränge des Arenatheaters mit dem großen Becken in der Mitte – dem absoluten Zentrum des Sea Fun Parks – waren bis auf den letzten Platz besetzt. Maya hatte sich einen Platz neben ihrer Freundin Peyton relativ mittig in der fünften Reihe gesichert. Da die kreisförmigen Sitzreihen wie in einem Amphitheater leicht anstiegen, hatte sie so dicht am Becken eine hervorragende Sicht auf das Geschehen. Sie konnte über die gläserne Absperrung rund um den Beckenrand hinweg schauen, überblickte das halbkreisförmige Becken, an dessen hinterem Ende eine schmale Bühne für die Tiertrainer gebaut worden war. Und Maya sah auch die zwei Orcas, die in dem rund fünf Meter tiefen Becken ihre Runden schwammen, immer wieder aus dem Wasser sprangen und wieder abtauchten. Die Menge war bereits jetzt begeistert.

Es war eine ganz besondere Faszination, die von diesen riesigen Killerwalen ausging. Rund fünf Tonnen wog ein erwachsenes Tier und wurde bis zu neun Meter lang. Maya überlegte, wie es den beiden in diesem Becken wohl gehen mochte, das kaum so tief war, wie die beiden lang waren – wodurch ihnen das naturgemäße tiefe Tauchen unmöglich gemacht wurde. Sie dachte an die Worte ihrer Bekanntschaft vom Nachmittag, dass es den Tieren an nichts fehle, dass sie glücklich seien, dass es ihnen gut gehe. Natürlich sahen sie so aus, als ob sie lachten, wann immer sie ihren Kopf aus den Wogen streckten und bei leicht geöffnetem Maul die Zähne zeigten. Doch was hinter den Stirnen dieser erhabenen Wesen vorgehen mochte, das wollte Maya sich gar nicht vorstellen.

Sie überkam wieder dieses Gefühl der Traurigkeit, das sie schon am Nachmittag verspürt hatte. Aber diesmal war da noch etwas anderes, das sie allerdings nicht in Worte fassen konnte. Eine Unruhe, ein Kribbeln und eine Aufregung, die sehr diffus und ohne konkretes Ziel blieb.

Maya rief sich zur Ordnung. Immerhin hatte sie Fynn versprochen zuzusehen, das wollte sie jetzt auch tun. Danach war ja immer noch genug Zeit, das Gesehene zu beurteilen und zu verdammen. Da ihre ganze Gruppe hier in der Arena saß, gab es bis nach der Show ohnehin keinen Ort, wo sie hätte hingehen können, wenn sie nicht später mit tausend Fragen gelöchert werden wollte.

Maya hielt Ausschau nach Fynn. Am Beckenrand im Zuschauerrund konnte sie ihn nicht entdecken. Kurz vor Beginn der Show bemerkte sie aber plötzlich eine Gestalt ganz hinten auf der anderen Seite des Beckens, die zu ihr herüberwinkte. Sie war sich zunächst nicht ganz sicher, winkte aber vorsorglich einmal kurz zurück, woraufhin die Gestalt begeistert noch die zweite Hand dazunahm und wild in der Luft herumfuchtelte.

„Sag mal, winkt dir der Typ dahinten etwa gerade zu?", fragte Peyton, die das Ganze beobachtet hatte und Maya jetzt ungläubig anstarrte.

„Kann schon sein", sagte Maya beiläufig, legte demonstrativ ihre Hände wieder in den Schoß, konnte sich aber ein verlegenes Lächeln nicht verkneifen.

„Kennst du den?", fragte Peyton nochmals mit mehr Nachdruck.

„Ach, wir haben uns nur vorher im Aquarium kurz unterhalten."

„Soso!", tönte ihre Nebensitzerin und zwinkerte verschwörerisch.

„Nichts soso, er hat mir nur etwas erklärt."

„Krass, ich würde echt auch gerne mal so schnell einen Typen klarmachen", bemerkte Peyton mit etwas Neid in der Stimme. „Und, küsst er denn gut?"

Maya knuffte ihre Freundin in die Seite. „Das weiß ich doch nicht. Ich stecke doch nicht jedem Bademeister in einem Freizeitpark gleich meine Zunge in den Hals."

„Schade", meinte Peyton enttäuscht. „Dieser Ausflug fing gerade an, ein bisschen interessant zu werden. So viele kalte Fische, da hätte ein toller Hecht doch ganz gut reingepasst!" Sie lachte.

Weiter kamen die beiden allerdings nicht, denn die Show begann.

Fynn hatte offensichtlich vor allem den Part, den Trainern ihre Hilfsmittel für den Umgang mit den Orcas im Becken zu reichen. Eimer mit Futter, eine Hupe, verschiedene Ringe und anderen Kram. Einer der Trainer hielt ein Mikrofon in der Hand, stand am vorderen Rande der Bühne, direkt vor dem Becken, und erklärte den Menschen allerlei Wissenswertes über die Orcas.

Die großen Schwertwale bewohnten vor allem küstennahe Gewässer. Sie lebten stets in Verbänden von bis zu 70 Tieren, selten sogar bis zu 150. Sie seien deshalb sehr soziale Tiere. Ihren wenig schmeichelhaften Zusatznamen des Killer- oder Mörderwales hätten sie wegen ihrer außerordentlich durchdachten und brutal anmutenden Jagdmethoden, womit sie unter anderem Fische, Meeressäuger wie Robben und gelegentlich sogar andere Wale effektiv zur Strecke brachten. Im Sea Fun Park lebten die beiden Wale Big Skull, ein Bulle mit dem stolzen Gewicht von über sechs Tonnen und einer Länge von gut sieben Metern, und sein Weibchen Melody – sie brachte immerhin noch rund fünf Tonnen auf die Waage und war sechseinhalb Meter lang.

Maya versuchte sich vorzustellen, welche Dimensionen dies waren – im Vergleich zu einem Menschen. Diese riesigen Vertreter der Gattung der Delfine waren wahrhaftig eine Gewichtsklasse für sich. Die aus dem Wasser ragende schwertförmige Finne des Männchens war etwas größer als jene des Weibchens; das ließ sich gut erkennen, obwohl sie beide abgeknickt waren. Weshalb das so war, darüber klärte der Trainer sein Publikum leider nicht auf. Anhand ihrer Finnen ließen sich die beiden Wale während ihrer Kunststücke im Becken jedenfalls ganz gut auseinander halten.

„Was die Wale hier tun, wird ihnen nicht aufgezwungen", verkündete der Trainer über die Lautsprecheranlage. „Die Kunststücke sind an das natürliche Verhalten der Tiere angelehnt. Sie tun das alles sehr gerne, weil sie eine enge Beziehung zu ihren Trainern haben und weil sie das selbst machen wollen." Die Menge jubelte und applaudierte begeistert. Untermalt von bisweilen fetziger, dann wieder getragener und romantischer Musik, einer ausgeklügelten Lichtshow und kleinen Effekten gehorchten die beiden Meeressäuger den Kommandos der drei Trainer aufs Wort.

Einmal tanzte eine Trainerin am Beckenrand: Sie sprang auf der Stelle und drehte sich im Kreis, woraufhin Melody es ihr im Becken gleichtat. Als Höhepunkt des Tänzchens sprang die Trainerin zu der Orcadame ins Becken, hielt sie an den beiden vorderen Flossen, was wie eine Tanzhaltung aussah, und zu den Klängen eines klassischen Walzers drehten sich dann die beiden wie ein Tanzpaar im Kreis.

Der Trainer Big Skulls surfte indes auf dessen Rücken durchs Becken, gleich mehrere Runden. Dann sprang er mit einem Kopfsprung direkt vor dem Orcabullen ins Wasser, wurde von Big Skull noch ein gutes Stück vorangeschoben, dann wieder aufgenommen, und schließlich surfte er auf dessen Schnauze weiter zum Beckenrand.

Das Publikum war hingerissen und spendete jedem einzelnen Trick begeisterten Beifall; die Menge jubelte den Trainern zu und konnte gar nicht genug bekommen. Die Souvenirverkäufer, die mit Bauchläden voller Stofftiere, Kappen, T-Shirts und Programmhefte zwischen den Reihen umherliefen, brachten reichlich überteuerte Plüschorcas unters Volk – von denen einige sogleich auch Bekanntschaft mit dem feuchten Element ihrer lebendigen Vorbilder machten. Und zwar immer dann, wenn Melody und Big Skull mit ihren Schwanzflossen Wasser in die Zuschauer spritzten. Auch Maya und Peyton bekamen einiges ab.

„Meinst du, die pinkeln in das Wasser?", fragte Peyton, die soeben einen riesigen Schwall abbekommen hatte und nun heftig prustete.

„Nein, nein", beruhigte Maya ihre Begleiterin, „die haben ein Becken nebenan, wo sie austreten können." Erst nach ein paar Sekunden verzog sie ihre Miene zu einem breiten Grinsen.

„Du bist echt doof!", rief Peyton und schüttelte sich angewidert.

Die Show näherte sich ihrem Höhepunkt. Der Trainer des Orcabullen war in der Mitte des Beckens. Big Skull nahm Anlauf, schwamm von unten an ihn heran, sprang in voller Länge senkrecht aus dem Wasser und katapultierte dabei den Mann mit seiner Schnauze gleichfalls in die Höhe. Jener stand für einige Sekunden senkrecht auf dem geschlossenen Maul des Orcas, sprang dann aus rund zehn Metern Höhe ab und landete mit einem Kopfsprung im Wasser. Die Zuschauer tobten vor Begeisterung, auch wenn der Aufprall beim Fall des Killerwals zurück ins Wasser noch mal gefühlt das halbe Becken ins Publikum gespritzt hatte.

Maya spürte jemanden auf ihre Schulter tippen. Sie wollte sich gerade zu Peyton umdrehen, als sie Fynn hinter sich entdeckte. Er hatte den Taucheranzug, mit dem er eben noch auf der Bühne des Beckens gestanden hatte, gegen eine kurze Hose und ein Sea Fun-Shirt eingetauscht. Nun saß er auf einem Platz hinter den Mädchen.

„Na, wie findest du sie?", fragte er begeistert, ohne den Blick vom Becken abzuwenden, und wartete gar nicht erst Mayas Antwort ab. „Sind sie nicht atemberaubend?"

„Warum bist du denn nicht mit ihnen geschwommen?", wollte Peyton wissen und ignorierte dabei den genervten Blick von Maya.

„Die Wale haben ihre festen Trainer und Bezugspersonen, nur die dürfen mit ihnen ins Wasser", erklärte Fynn. „Alles andere wäre zu gefährlich. Es sind eben immer noch Raubtiere."

Die beiden Mädchen nickten verständig und sahen zu, wie Big Skull eine letzte Runde durchs Becken drehte. Dabei lag er auf der Seite, eine seiner Brustflossen ragte aus dem Wasser und es schien, als würde er damit seinem Publikum zum Abschied zuwinken.

Maya fühlte Fynns Hände an ihren Schultern, die sie leicht zu massieren begannen. Es war ihr unangenehm, sie wollte aber hier unter all den Leuten keinen Mitarbeiter des Parks in Verlegenheit bringen. Peyton grinste verschwörerisch zu ihr herüber.

„Sie drehen nun ihre Abschiedsrunde, erst Skull, dann Melody", erklärte Fynn überflüssigerweise. „Wenn sie ihre Sache gut gemacht haben, dann gibt der dritte Trainer dort hinten an der Bühne, der nicht im Wasser war, ein Signal mit einer Art Hundepfeife, was für die Wale bedeutet, sie dürfen sich ihre Belohnung abholen."

Maya versuchte sich aus der allzu vertraulichen Berührung Fynns herauszuwinden. Aber er ließ nicht locker. Ihr Unwohlsein stieg mit jeder Sekunde. Warum musste er es nur wieder und wieder probieren? Sie hatte ihm doch ihren Standpunkt klar gemacht. Weshalb konnte er das nicht einfach begreifen?

Big Skull und Melody mimten im Wechsel den Abschied. Als Skull eine Runde beendet hatte und die Pfeife gepustet wurde – man hörte es nicht, konnte aber den Trainer dabei beobachten, wenn man davon wusste – unterbrach er jedoch seine Darbietung nicht, sondern schwamm winkend weiter.

Fynn lachte: „Das passiert manchmal", erklärte er erneut in dem dozierenden Tonfall, mit dem er Maya vor knapp drei Stunden angesprochen hatte. „Er wird jetzt gemaßregelt, indem er etwas weniger von seiner Belohnung bekommt als sonst. Er muss sofort auf die Pfeife reagieren und das Kunststück abbrechen, nur dann gibt es die volle Ration."

„Oh ja, den Tieren geht es ja so gut hier!", brach es nun aus Maya heraus. Fynn hatte endgültig eine rote Linie erreicht. „Er macht doch alles, was man ihm sagt. Wieso soll er dann weniger zu fressen bekommen?" Das undefinierbare Gefühl in ihr nahm immer mehr zu. Sie wurde immer unruhiger, aufgeregter, es fühlte sich fast schon so an wie Wut. Es lag an Fynn, seiner Aufdringlichkeit, den unerlaubten Berührungen, an dieser Situation mit den Tieren und der Ungerechtigkeit, die ihnen widerfuhr. Oder ... war da noch etwas anderes?

„Nicht schon wieder!", seufzte Fynn. „Entspann dich doch endlich mal", meinte er und intensivierte dabei seinen Massagegriff an ihren Schultern. „Sie bekommen nachher noch mal was. Hier in der Arena muss er aber lernen, dass er auf das Signal immer zu gehorchen hat. Sonst tanzen uns die Orcas irgendwann auf der Nase herum. Und dann wird es gefährlich."

Big Skull hatte seine zusätzliche Ehrenrunde beendet, war nun wieder vor der Bühne und streckte erwartungsvoll den Kopf aus dem Wasser. Er schien sich so richtig auf seine Belohnung zu freuen. Es kam aber kaum etwas. Ein lumpiger Fisch flog in sein Maul, das war alles.

„Och, nun ist er bestimmt frustriert!", sagte Fynn und lachte. Derweil glitten seine Hände über Mayas Schultern, dann sanft und streichelnd ihre Arme hinab. Es lag eine gewisse Zärtlichkeit darin, die den Bogen endgültig überspannte – mit ungeahnten Folgen. Der Umschwung kam so plötzlich und unerwartet, dass später niemand mehr sagen oder erklären konnte, was eigentlich der Auslöser gewesen war, was den Ausschlag gegeben hatte, wodurch die ganze Situation so plötzlich diese dramatische Wendung nahm. Maya erfuhr es am eigenen Leibe.

Sie fühlte Wogen einer bisher nie gekannten Wut, die heiß und lodernd ihren Körper durchliefen. Gleichzeitig eine Anspannung aller ihrer Muskeln, eine Welle von Adrenalin und eine geradezu wilde Aggression, die mit Macht an die Oberfläche drängte. Sie schrieb es Fynn zu; woher sonst sollte das kommen? Sie schüttelte energisch seine Hände ab, fuhr zu ihm herum und funkelte ihn zornig an. „Lass das jetzt, verdammt, ich mag das nicht! Sieh es ein und erspar mir das Gegrapsche!", zischte sie ihn an.

Fynn allerdings beachtete sie gar nicht mehr wirklich. Er hörte auch nicht, was sie zu ihm sagte. Seine Hände waren bereits, in der Bewegung verharrend, auf ihren Oberarmen liegengeblieben, noch bevor sie sie ganz abgeschüttelt hatte. Derweil starrte er mit einer Mischung aus Schreck und Faszination zum Becken hinüber.

Als Maya begriff, dass auch sämtliche Zuschauer um sie herum – einige waren sogar von ihren Plätzen aufgesprungen – fassungslos in Richtung des Beckens blickten, drehte sie sich wieder um und glaubte kurz, ihr Herz würde stillstehen.

Big Skull sah sie an.

Der Orca hatte sich im Wasser leicht gedreht, den Kopf über die Oberfläche gehoben und seine kaum sichtbaren Augen genau auf sie gerichtet. Nicht irgendwo in die Menge, nicht auf den Beckenrand oder die Absperrung, nicht auf einen ihm bekannten Aufseher oder vielleicht einen imaginären Punkt in seiner eigenen Welt. Nein, der Blick haftete direkt auf Maya. Dass er ihr galt, nur ihr ganz allein, das wusste sie im selben Moment, da sie den Blick des Orcas erwiderte – und ihm auch standhielt. Sie starrte zu dem Tier und der Wal blickte zurück, keiner unterbrach den Kontakt, der vom Raunen der Zuschauermenge begleitet wurde.

Sekunden vergingen, die Maya wie Stunden vorkamen. Derweil tobte in ihrem Inneren ein nie gekanntes emotionales Inferno. Der Blick berührte etwas in ihr. Oder nein, mehr noch, er war das letzte Puzzleteil einer Gefühlswelt, die sich ihrer bemächtigt hatte schon vom allerersten Moment an, als sie den Sea Fun Park betreten hatte. Schon seit Stunden versuchte sie es einzuordnen, es sich zu erklären. Die Melancholie, die unterschwellige Aggression, nun diese Wut – und zum ersten Mal seit deren Auftreten war sie sich sicher, all das waren *nicht* ihre eigenen Gefühle.

Maya atmete tief durch, ohne den Blickkontakt zu dem Orca zu unterbrechen. Sie spürte eine tiefe Verbundenheit. Und da war noch sehr viel mehr. Ohne es genau begreifen oder gar in Worte fassen zu können, spürte sie diese Emotionen, die nicht ihre eigenen waren. Sehr viel heftiger, sehr viel einnehmender und mit Sicherheit überwältigender als ihr der kleine Clownfisch am Nachmittag wohl jemals hätte vermitteln können. Eine tiefe, resignierende Melancholie wurde für Sekundenbruchteile von der Freude eines Wiedersehens, einer innigen Liebe, einem Beschützerinstinkt, fast schon einer Anbetung überlagert – bevor das Ganze genauso schnell in Verwirrung und Angst mündete.

Das Letzte, was Maya erkennen konnte, war die Wildheit, die Aggression, die Entschlossenheit, welche sie eigentlich sich selbst und dem Annäherungsversuch Fynns zugeschrieben hatte, die sie nun aber eindeutig einem anderen Ursprung zuordnen konnte. Denn in diese Gefühle mischte sich nun noch etwas ganz anderes, was ihr einen kalten Schauer über den Rücken jagte: Rachedurst – und die Lust zu töten.

„Was zum Teufel ...", entfuhr es Fynn.

Und dann ging plötzlich alles sehr schnell.

Noch bevor die Trainer wirklich wussten, wie ihnen geschah, war ihr Schicksal bereits besiegelt. Big Skull unterbrach den Blick, wandte sich um und tauchte ab. Er vollführte mit Melody unter Wasser eine Art Tanz, sie wirbelten in weiten Kreisen umeinander herum, nutzten das gesamte Ausmaß ihres Beckens, wurden schneller und immer schneller.

Während das Publikum jubelte und offenbar erwartete, eine Zugabe zu erleben, standen die drei Trainer weiterhin am Beckenrand und starrten ungläubig auf das unheimliche Schauspiel vor ihnen im Becken. Sie wussten dieses Verhalten nicht einzuordnen – wie sollten sie auch? Noch nie hatten die beiden Orcas so etwas getan. Sie ließen sich nun weder mit der Pfeife noch mit Futter rufen. Sie schwammen, gewannen immer mehr an Fahrt, das Wasser schwappte schon an den Seiten über den Rand, viel mehr als üblich. Das Publikum lachte noch immer, sobald es von einem Spritzer getroffen wurde. Die Sicherheitskräfte, die während der Show rund um das Becken gestanden hatten, waren längst zurückgewichen. Nicht so die Trainer. Sie standen da, diskutierten miteinander und versuchten das Verhalten der Orcas zu verstehen.

Als sie sich endlich der Tatsache bewusst wurden, wie schutzlos, wie ausgeliefert sie dort auf ihrem Podium – unmittelbar am Becken und völlig ohne jeden Schutzwall – standen, da war es auch schon zu spät. Mit einem gewaltigen Sprung erhob sich Big Skull aus dem Becken, als er gerade den linken Rand der Bühne erreichte hatte. Der mächtige, über sechs Tonnen schwere Leib schnellte aus dem Wasser, schlitterte in einem ungeheuren Tempo über die Bühne hinweg, wischte dabei die drei dort stehenden Menschen von der Plattform ins Wasser und glitt sodann auf der anderen Seite des Podiums selbst wieder hinein.

Erst jetzt begriffen langsam die ersten Zeugen der Szene, dass es sich hier keineswegs um ein Kunststück handelte. Die Jubelrufe blieben den Zuschauern im Halse stecken, wurden binnen weniger Sekunden von Tuscheln, von ersten ängstlichen Schreien und dem Weinen einiger Kinder abgelöst. Erste Zuschauer rannten zu den Ausgängen der Arena. Peytons und Mayas Teamkameraden waren einige von ihnen.

Fynn saß kreidebleich auf seinem Platz und konnte nicht glauben, was seine Augen ihm da zeigten. In Maya kochte indes ein Gemisch aus wilder Wut, ausgeflippter Aufregung und etwas, das sie nicht anders einordnen konnte als Ergebenheit. Sie traute ihren Gefühlen nicht mehr, hatte aber auch keine Zeit, weiter über sie nachzudenken oder sie gar zu ordnen. Denn die beiden Killerwale waren mit den Menschen im Wasser längst noch nicht fertig.

Während Melody noch in der Kreisbewegung ihre Trainerin gepackt und unter Wasser geschleift hatte, begann sich Big Skull mit den beiden Männern unbarmherzig zu vergnügen. Was vorher noch Kunststück gewesen war, wurde nun zum grausamen Spiel eines Orcas mit seiner Beute, wie man es in freier Wildbahn bisweilen auch mit Robben oder Pinguinen beobachten konnte. Er katapultierte die Männer abwechselnd meterhoch in die Luft, wo sie im Flug einen Bogen beschrieben. An dessen Ende wartete bereits wieder der Orca, um sie im Sprung mit den Zähnen aufzufangen. Allzu deutlich konnte man das Grauen in den Gesichtern ablesen, wann immer sie zwischen die Kiefer des Killerwals stürzten. Ihre panischen Schmerzensschreie erstickten im Wasser. Man hörte ihre Knochen brechen zwischen den mächtigen Zahnreihen des Raubtiers. Wann immer einer der beiden versuchte, schwimmend an eines der Beckenränder zu entkommen, schnappte sich der Orca sein Opfer erneut – und fuhr fort in seinem tödlichen Spiel.

Rasch erlahmten die Kräfte der Männer. Schon bald hörte man nur noch ein verzweifeltes, ein gepeinigtes Gurgeln und Röcheln, wenn sie für Sekunden noch einmal an die Wasseroberfläche gelangten. Das Wasser war stellenweise trübe von ihrem Blut, ihre Gliedmaßen hingen größtenteils nur noch in Fetzen am Rumpf. Schwimmen war nicht mehr möglich, entkommen ebenfalls nicht. Sie hatten beide begriffen, dass sie sterben würden.

Das Publikum drängte mittlerweile hektisch, schreiend und zeternd zu den Ausgängen. Eine Lautsprecherdurchsage rief permanent zur Ruhe auf. Kleinen Kindern wurden die Augen zugehalten. Hysterie und Unglaube paarten sich mit blankem Entsetzen und elementarer Furcht. Die Menschen wollten weg, einfach nur weg von diesem unbegreiflichen Massaker.

Melody hatte ihre mitgeschleifte Trainerin inzwischen längst ertränkt. Der leblose Körper der Frau trieb im Wasser. Sie widmete sich nun mit ihrem Partner dem fortwährenden Spiel, das auf sein grausames Finale zusteuerte. Im Vorbeischwimmen schnappte sich die Orcadame den Körper des einen Mannes und schmetterte ihn gegen den Beckenrand. Das Knacken seiner Knochen war bis in die hinterste Reihe des Auditoriums zu hören, der Laut ging durch Mark und Bein – der Mann wurde regelrecht zermalmt und war augenblicklich tot.

Derweil holte Big Skull erneut Schwung, warf den Körper seines eigenen Trainers mit einem mächtigen Sprung meterhoch in die Luft, genauso wie vorher beim Kunststück, nur noch etwas höher. In dessen Sturz sprang Melody aus dem Wasser in die Höhe, beschrieb einen Bogen, packte mit ihren mächtigen Kiefern zu und brach den Menschen mit einem martialischen Biss mitten entzwei. Die beiden Hälften klatschten unten wieder ins Wasser und färbten die unmittelbare Umgebung dunkel ein.

Im letzten Akt dieser regelrechten Hinrichtung schwammen sodann die beiden Orcas dicht an der toten Tiertrainerin im Wasser vorbei, packten deren Leiche jeweils an verschiedenen Stellen – Skull am Kopf und Melody an den Beinen – und rissen die Frau auseinander. Bevor sich schließlich beide Wale wieder auf die Seite drehten und winkend weitere Runden drehten.

In der Arena regierte längst das Chaos. Es herrschte die blanke Panik. Die Menschenmassen schrien und tobten, sie zeterten und schluchzten, sie trampelten noch etliche andere Besucher auf ihrer Flucht zu den Ausgängen nieder. Die Parkangestellten hatten alle Hände voll damit zu tun, die Situation irgendwie in den Griff zu bekommen – und versagten kläglich. Rasch leerte sich die Arena, die Panik verlagerte sich nach draußen, wo die Menschenmassen in Richtung der Ausgänge des Parks stoben. Nur noch vereinzelt saßen Menschen weinend auf ihren Sitzen in den verwaisten Reihen, quasi in Schockstarre, fassungslos über das soeben gesehene Unglück.

Als die ersten Kollegen von außerhalb der Arena endlich mit Gewehren bewaffnet an das Becken heraneilten, um einzugreifen, war das tödliche Theater längst vorüber. Big Skull und Melody schwammen gemächlich auf der Seite; und im Wasser trieben menschliche Überreste, die kaum mehr als solche erkennbar waren. Die Leichenteile ihrer einstigen Betreuer, die teils an der Wasseroberfläche dümpelten, teils auch schon auf den Boden des Beckens hinabsanken, ignorierten die Tiere völlig. Ruhig und ermattet drehten die Orcas ihre Runden. Die Parkangestellten standen fassungslos jenseits der gläsernen Barrikade rings um das Becken, starrten auf das schaurige Schlachtfeld, die blutigen Schlieren und die Stücke von Menschen im Wasser. Einer übergab sich. Die Schusswaffen kamen nicht mehr zum Einsatz.

Auch Fynn saß noch immer fassungslos und bleich auf seinem Platz und rührte sich nicht. „Was zur Hölle war das?", flüsterte er immer wieder. „Was zur Hölle ... was zur Hölle war das?"

Maya war ebenfalls geblieben, während Peyton und der Rest des Teams sich längst der Flucht vor den entsetzlichen Szenen angeschlossen hatten. Das emotionale Chaos in ihr hatte sich gelegt. Sie fühlte jetzt nur noch eine unergründliche innere Leere. Was immer sie da soeben überkommen hatte, es war verschwunden. Zurück blieb ein junges Mädchen, das nunmehr zur Ruhe kam, beinahe erschöpft war – und wieder ganz bei sich selbst.

„Nahrung ... Wärme ... Futter ... Es geht ihnen gut ... Sie folgen ihrer Natur ... ihrem Instinkt."

Eine weitere Welle der Traurigkeit.

2

Die Gegensprechanlage auf dem Schreibtisch gab einen langanhaltenden Piepton von sich. Kurz darauf war die leicht verzerrte Stimme einer jungen Frau zu hören. Zaghaft und vorsichtig, die Worte mit größtem Bedacht gewählt.

„Mr. Crane, entschuldigen Sie bitte die Störung. Aber Mr. Beetle ist hier und möchte Sie sehen. Er sagt, es sei dringend."

Castus Crane stand am Fenster seines Büros. Seine Nase berührte fast die Scheibe der mannshohen Panzerglasscheibe, die sein stattliches Büro in der obersten Etage des Crane-Towers in Darwin an drei Seiten von einem 47 Stockwerke tiefen Abgrund abgrenzte. Jenseits der Scheiben ging es steil abwärts in das Zentrum der australischen Großstadt. Es tummelten sich die Menschen, es floss der Verkehr. Im Stadtteil Nightcliff, dem sogenannten Tor der Hauptstadt des Northern Territory, das jene zum Indischen Ozean hin abschloss, war heute ein Markttag. Umso geschäftiger wuselte das Leben an den Fassaden der Bürogebäude vorüber. Weit entfernt von Castus Crane. Weit unter ihm. So denkbar weit unter ihm.

Erneut der Piepton. „Mr. Crane?"

Castus Crane kehrte zurück in die Realität. Er löste sich von der Scheibe, ging gemächlichen Schrittes zurück zu seinem Schreibtisch. Während er sich ruhig auf den maßgefertigten großen schwarzen Ledersessel gleiten ließ, betätigte er den Knopf seiner Sprechanlage.

„Soll reinkommen", sagte er knapp.

Mit dem Stuhl drehte er sich nun in Richtung der Scheibe hinter seinem Rücken, so dass sein Besucher beim Eintreten zunächst nur die wuchtige Rückenlehne des Sessels wahrnehmen könnte. Crane liebte diese Auftritte. Nicht allein der Theatralik wegen, sondern auch hinsichtlich ihres einschüchternden Effektes auf das Gegenüber. Er wartete auf niemanden, er zollte keinem Gast auch nur den Hauch von Respekt, er allein gab den Takt an.

Während er auf das Geräusch der Türklinke der gleichfalls mit Leder verkleideten Doppeltür wartete, schweifte sein Blick noch einmal hinaus, durch die Scheibe, diesmal über die Grenzen seiner Stadt hinaus und weit über das Meer. Lediglich der Horizont begrenzte seine Aussicht. Ein Universum schier endloser Möglichkeiten, die er allesamt auszuschöpfen gedachte.

„Mr. Crane! Vielen Dank, dass Sie mich empfangen!"

Castus lauschte den Geräuschen hinter sich. Sein ungebetener Besucher hatte das Büro inzwischen betreten, die Tür hinter sich geschlossen und war nun bis kurz vor seinen Schreibtisch herangetreten. Kurz nach der Begrüßung – und einigen Sekunden Pause für den dramatischen Effekt – drehte sich Crane im Stuhl herum und blickte in die Augen eines leicht ergrauten Mannes im billigen beigen Anzug. Die zwischen den Knopfleisten des Sakkos baumelnde schlecht gebundene Krawatte war mit kleinen Kiwis verziert; das sollte wohl lustig wirken, war aber der Position seines Gastes gänzlich unangemessen. Mit minderwertigen Kunstlederschuhen scharrte er nervös auf dem edlen Parkett, womit das Penthousebüro des Firmeninhabers ausgelegt war. Eher zaghaft als selbstsicher stand Beetle vor dem Pult seines Chefs und schwitzte schon allein bei dessen Anblick. Er hatte schlechte Neuigkeiten, das ließ die Dringlichkeit seines unerwarteten Auftauchens schon erahnen. Und er wusste, dass dies Crane gleichfalls klar sein würde.

Crane musterte ihn einige Sekunden wortlos. Kostete die Nervosität seines Lakaien genüsslich aus.

Erst dann löste er die Spannung.

„Mr. Beetle", erwiderte er, bewusst auf jegliche Begrüßung verzichtend, geschweige denn, dass er sich für einen Handschlag aus seinem Sessel erhoben hätte. „Was verschafft mir die Freude Ihres unangekündigten Besuches? Ich hoffe, es gibt gute Neuigkeiten!"

Er nahm einen Brieföffner in Form eines Dolches von seinem Schreibtisch, spielte damit herum und fixierte sein Gegenüber, während Beetle sich sammelte und zu seiner Rede ansetzte.

„Leider sind es keine so guten Neuigkeiten, Sir", versuchte er es mit der offenen Taktik. „Wir haben auf unseren Antrag auf Revision und erneute Prüfung eine endgültige Antwort vom Ministerium erhalten. Man wird uns keine Genehmigung erteilen, Mr. Crane. Das wurde nun in letzter Instanz und ohne die Möglichkeit einer erneuten Prüfung entschieden. Es tut … es tut mir …"

Beetle kippte die Stimme weg.

Er räusperte sich und setzte erneut an, ohne jedoch dem bohrenden Blick seines Bosses standhalten zu können, welcher ihn bis dahin keine einzige Sekunde lang aus dem Blickkontakt entlassen hatte.

„Unsere Quelle sagt, die ausgearbeitete Lösung sei zu invasiv", fügte Beetle hinzu. „Das Ministerium befürchtet gravierende Folgeschäden, die auf lange Sicht kaum abschätzbar seien und deren Effekte auf das Outback man noch nicht einmal ansatzweise erörtern könne." Kurz streifte er die starren Augen Cranes und blickte dann rasch wieder zu Boden. „Der Eingriff in die Flora und Fauna vor Ort stünde in keinem Verhältnis zu der möglichen Ausbeute", versuchte er dann seinen Bericht zu einem raschen Ende zu bringen. „Kurz und knapp: Es ist noch nicht offiziell, aber das Northern Territory wird uns keine Genehmigung erteilen, Sir. Jetzt nicht und auch in Zukunft nicht." Nach einer kurzen Pause fügte er kleinlaut und in einem weniger sachlichen Ton hinzu: „Es tut mir wirklich sehr leid."

Cranes Blick haftete starr und kalt auf dem Häufchen Elend, das mal sein Abteilungsleiter im Claiming gewesen war. So nannte die Firma die undankbare Arbeit, die kurz zusammengefasst vor allem darin bestand, neue Gebiete mit guter Aussicht auf ein hohes Vorkommen von Bodenschätzen und fossilen Brennstoffen zunächst zu finden, dann oftmals auf verschlungenen Wegen zu erwerben und – für die spätere Nutzbarkeit am wichtigsten – die Rechte zur Gewinnung des vorhandenen Schatzes zu beschaffen. Übrigens nicht unbedingt zwingend in dieser Reihenfolge.

Letzteres war meistens die schwerste der drei Aufgaben. Besonders an Orten wie hier, in Australien, im Northern Territory, wo die Menschen ein geradezu krankhaft inniges Verhältnis zu einer im Gegenzug menschenfeindlichen Natur zu pflegen schienen. So kam es Crane und vielen anderen Investoren oftmals vor. Naturschutz war hier nicht nur eine bloße Worthülse im Wahlkampf regionaler Verwaltungen, sondern ganz im Gegenteil ein ganzer Wirtschaftszweig. Gespeist wurde er aus den Kassen, die vor allem von den zahlreichen Touristen in dieser Gegend reichlich gefüllt wurden. Sämtliche Einnahmen flossen wiederum auf direktem Wege zurück in den Erhalt der Natur, um damit dann noch mehr Touristen anzulocken. Und manchmal, so hatte man in Cranes Kreisen den Eindruck, schoss man damit in Down Under über jedes erträgliche Ziel hinaus.

Grund genug für die Etablierung einer entsprechenden Abteilung, wie Lucius Beetle sie seit Kurzem für Crane Industries führte. Diese Abteilung hatte im Grunde nichts anderes zu tun, als den dritten Schritt, die Genehmigung zur Ausbeutung eines Gebietes, dem zweiten Schritt, also dem Erwerb eines Gebietes, vorzuziehen. Legal war das nicht, aber umso einträglicher. Bedeutete es doch im Grunde nichts anderes, als dass Crane und seine Firma nur auf solche Gebiete ein Gebot abgaben, von denen sie im Vorfeld bereits wussten, dass sich dort Bodenschätze befanden, die später dann auch gefördert werden dürften. Dieses Wissen war alles andere als offiziell, weshalb die Grundstücke oftmals für kleines Geld und ohne nennenswerte Konkurrenz durch lästige Mitbieter den Besitzer wechselten. Danach musste nur noch die offizielle Genehmigung für den Abbau eingeholt werden. Eine formelle Nebensache, kaum der Rede wert, zumal jeder Beteiligte wusste – selbst jene auf behördlicher Seite – es sollte sein Schaden nicht sein. Da sah auch ein eingefleischter Politiker des Northern Territory gelegentlich ganz gerne mal über zerstörte Lebensräume oder Folgeschäden für Mensch und Tier hinweg, sofern auf dessen Konto eine mysteriöse Erbschaft, ein Lotteriegewinn oder dergleichen gutgeschrieben wurde.

Das System war von Crane Industries inzwischen perfektioniert worden. Die zuständige Abteilung Claiming, welche in den offiziellen Büchern des Konzerns zwar mit einem umfangreichen Budget auftauchte, jedoch mit völlig anderen als den dort beschiedenen Aufgaben betraut war, wechselte in regelmäßigen Abständen ihre Leiter. Genau genommen bestand diese Abteilung tatsächlich nur aus diesem Leiter, der keine weiteren Angestellten unter sich hatte. Höchstens freie Mitarbeiter – aber auch jene tauchten in keiner Auflistung im Zusammenhang mit Crane Industries auf. Diese schmale Besetzung barg eine Menge Vorteile, blieb sie doch stets anonym und garantierte einen minimalen Kreis von Eingeweihten.

Immer dann, wenn sich ein Abteilungsleiter möglicherweise etwas zu weit aus dem Fenster gelehnt hatte, wenn er ausnahmsweise doch auf einen allzu tugendhaften Vertreter der Politik, der Verwaltung oder von Recht und Ordnung getroffen war, schaffte man jene im Visier der Justiz befindlichen Ziele rasch beiseite, und stellte gleichzeitig neue Männer bereit, welche die Lage weiter betreuten. Und bereinigten. Ganz wie es die Situation erforderte.

Die Abteilung Claiming, die Castus Crane direkt unterstellt war, leistete ganze Arbeit. Die Kosten für die Akquise neuer Territorien ließen sich dank deren unermüdlicher Anstrengungen auf ein Minimum zurückfahren. Die Erträge hingegen stiegen in ungeahnte Höhen. Das System war sicher und – durch den permanenten Wechsel der Ausführenden, das Verschwinden und Stillschweigen ehemaliger Abteilungsleiter – kaum zurückzuverfolgen. Wer auf diesen Posten berufen wurde, der durfte sich auf dreierlei Vorteile freuen: ein schier unbegrenztes Budget, eine sehr überschaubare Dienstzeit von nur wenigen Jahren – und danach ein Leben in Saus und Braus bei bester finanzieller Versorgung, irgendwo in einem Staat ohne Auslieferungsabkommen.

Nur eines verkraftete die Absprache- und Bestechungspraxis der Abteilung Claiming so rein gar nicht: inoffizielle Förder„genehmigungen" auf Grundstücke nämlich, worauf der Konzern letztere rasch erwarb, um dann zu erfahren, dass erstere nicht eingehalten wurden. Es war auch extrem selten, dass ein amtierender Abteilungsleiter mit einer solchen, äußerst bedauerlichen Nachricht im Büro seines Vorgesetzten vorstellig wurde. Denn es war ebenso klar, wem dieser Fehlschlag anzulasten war.

„Keine Genehmigung", wiederholte Crane knapp und leise.

Es war totenstill im Raum.

„Richtig, Sir. Unsere Quelle ist sich so gut wie sicher", wiederholte Beetle.

Crane wendete weiterhin den Brieföffner in seiner Hand hin und her.

„Und welche Maßnahmen haben Sie unternommen, Mr. Beetle?"

„Ich verstehe nicht, Sir", sagte sein Besucher unsicher. „Wir haben, wie ich bereits sagte, das Ende aller möglichen Revisionen erreicht. Es gibt keine Maßnahmen mehr, die uns an diesem Punkt noch weiterbringen könnten." Er schluckte deutlich hörbar.

Crane ignorierte die Belehrung des Mannes: „Welche Maßnahmen haben Sie ergriffen, um den Entscheidungsprozess neu aufzurollen und zu unseren Gunsten umzukehren, Mister Head of Claiming?"

Beetle schaute drein wie eine Maus, die in das Terrarium einer Schlange gesetzt worden war. Er wusste, dass es keinen Ausweg gab. Was genau wollte sein Chef von ihm?

„Wir haben alles ausgeschöpft, was sich hier angeboten hat, Mr. Crane", hob er an. Nach dem fragenden Blick seines Chefs fügte er rasch hinzu: „Natürlich ist nichts davon zu uns zurückzuverfolgen. Es gab Autos, kleine Gefälligkeiten, und die stillschweigenden Dienste diskreter Damen wurden bis ins Vorzimmer des Ministers dankend angenommen. All dies wurde mit positiven Rückmeldungen beschieden bezüglich der hervorragenden Aussichten auf den Erfolg unseres Anliegens. Wir waren wirklich äußerst zuversichtlich und optimistisch, dass der Umfang der von uns ergriffenen Maßnahmen ausreichen würde, Sir."

Crane beobachtete den Tanz des Brieföffners in seinen Händen. Dann blickte er wieder auf.

„Sie waren also zuversichtlich und optimistisch, Mr. Beetle."

Sein Abteilungsleiter blieb stumm.

„Zuversichtlich?"

Immer noch keine Antwort.

„Ist Ihnen klar, welche Summe wir bereits in dieses Gebiet investiert haben, allein um es zu erschließen?", holte er dann aus. „Sofort nach der Überschreibung des Territoriums haben wir mit der Arbeit begonnen. Wir haben Unsummen in Straßen, in Rohrleitungen, in Infrastruktur investiert, was die lokale Administration immer wohlwollend lächelnd abgenickt hat – zumal ja auch die hiesigen Siedlungen von den privaten Investitionen profitieren. Anders ausgedrückt: Wir haben noch nicht einmal an der Oberfläche gekratzt, trotzdem im wahrsten Sinne des Wortes schon Hunderttausende in den Sand gesetzt."

Nach einer kurzen Pause fuhr er fort.

„Und jetzt, da wir den Punkt erreichen, dass Crane Industries endlich seinen Profit aus der Sache ziehen könnte – ein im Übrigen längst sicher geglaubter Profit – da besucht mich der Head of Claiming, liefert Niederlagen anstatt Ergebnisse. Und Sie sagen mir, Sie waren zuversichtlich, Mr. Beetle?"

Der Abteilungsleiter druckste herum, brachte aber kein Wort heraus.

Crane blickte ihn noch einen Moment lang scharf an. Als keine Antwort kam, stand er mit einem Ruck auf und schleuderte den dolchartigen Brieföffner gleich einem Wurfmesser in Richtung des Mannes. Das Wurfgeschoss rotierte mehrmals in der Luft, verfehlte im Vorbeifliegen nur um Millimeter Beetles Gesicht und bohrte sich dann mit einem dumpfen Geräusch in die Tür des Büros. Dort wackelte es noch eine Weile nach.

Beetle war kreidebleich geworden und starrte seinen Boss fassungslos an. Crane hatte sich vorgebeugt, beide Hände auf den Schreibtisch aufgestützt und seinen Angestellten erneut fixiert. Er sah nun aus wie ein Gorilla kurz vor dem Angriff.

„Könnte es sein, dass Ihr Optimismus vielleicht etwas voreilig war? Dass möglicherweise doch nicht alle Methoden ausreichend ausgeschöpft wurden? Dass Sie vielleicht an bedeutenden Punkten der Entscheidungsfindung nicht ausreichend überzeugend waren?"

Beetle tupfte sich mit einem weißen Stofftaschentuch den Schweiß von der Stirn. Er begann zu begreifen, worauf Crane hinauswollte. Und es behagte ihm gar nicht, seine Aufgabe in diese Richtung weiterzudenken. Denn dies würde bedeuten, dass es keinerlei Grenzen mehr gab.

„Das könnte so sein, Mr. Crane. Durchaus, Sir, das könnte so sein", stammelte Beetle.

Crane ließ derweil nicht locker.

„Und wie optimistisch sind Sie, Mr. Beetle, hinsichtlich der Möglichkeit, unserem Anliegen noch einmal hinreichend Nachdruck zu verleihen?" Auf den unsicheren Blick des Abteilungsleiters hin ergänzte er: „Könnte es beispielsweise passieren, dass die entscheidende Unterschrift auf dem Papier aus dem Ministerium unglücklicherweise ausbleibt? Dass der Minister vorübergehend verhindert ist und sein Stellvertreter derweil in unserem Sinne entscheidet? Was meinen Sie, Mr. Beetle, dürfen wir unseren Optimismus auf ein solches Szenario einstellen?"

Beetle verstand sehr genau, was dies zu bedeuten hatte. Bis zu diesem Punkt war das Geschäft schmutzig, ab jetzt jedoch wurde es kriminell. Bestechungsgelder, Gefälligkeiten und Zusagen in Hinterzimmern waren wirkungslos im Morast der Behörden versickert. Die Beamten und Würdenträger hatten dankbar zugegriffen, sich großzügig die Taschen gefüllt und ihre geile Lust an jungen Leibern befriedigt. Den Ernst der Lage und die Tragweite ihrer Handlung – es wurde eine Gegenleistung erwartet – hatten sie offenbar nicht begriffen. Dass sie mit ihrer Offenheit für krumme Geschäfte dem Teufel ihre Seelen verkauft hatten, war ihnen nicht bewusst gewesen. Sie würden es nun auf die harte Tour lernen.

Die Strategie hatte sich soeben geändert: Was nunmehr zu tun war, würde niemand im Unternehmen aussprechen, planen oder absegnen. Höchstens bezahlen. Von derlei Szenarien hatten ihm seine Vorgänger auf der Position zwar berichtet, er hätte aber niemals gedacht, dass er selbst einmal in die Situation kommen würde, auf dieser Ebene tätig zu werden. Beetle würde nun alles Erforderliche außerhalb der Bürozeit und vor allem außerhalb des Büros abwickeln. Der Pakt mit dem Teufel, er würde nun eingelöst. Und er würde von all jenen, die den fröhlichen Tanz gewagt hatten, einen bitteren Tribut fordern.

Beetle nahm wieder Haltung an.

„Ich bin äußerst optimistisch, Sir, dass wir die Entscheidung doch noch zu unseren Gunsten wenden können. Ich bitte darum, mit der Arbeit gleich beginnen zu dürfen."

Crane lächelte kalt.

„So viel Eifer möchte ich nicht bremsen. Legen Sie los, Beetle!"

Der Abteilungsleiter wandte sich um und ging schnellen, aber gemessenen Schrittes in Richtung Tür. Er war froh, dass die Unterhaltung mit seinem Chef zu Ende war, dass er selbst mit einem blauen Auge davongekommen war – und konkrete Anweisungen hatte, wie er die Wut seines Arbeitgebers wieder besänftigen sowie seinen Kopf aus der Schlinge ziehen konnte. Wenn er die Augen schloss, sah er das Bild vor sich, wie sich eben jene Schlinge um seinen Hals zuzog. Wenn er schluckte, glaubte er sie zu spüren. Er würde alles dafür tun, dass andere an seiner statt baumeln würden, das schwor sich Lucius Beetle in dieser Sekunde. Er war kein Verbrecher, kein Gewalttäter und kein Mörder. Aber verzweifelte Situationen erforderten nun einmal verzweifelte Maßnahmen.

Als er gerade nach der Türklinke griff, um die Türe aufzuziehen und den Raum endlich zu verlassen, pfiff an seinem Ohr erneut ein Gegenstand vorbei und bohrte sich mit einem dumpfen Aufprall direkt neben dem dort bereits steckenden Brieföffner in die Tür. Es war ein kleines ausklappbares Jagdmesser, wie es in Australien fast jeder mit sich führte. Beetle erschrak fürchterlich, fuhr zusammen, duckte sich weg und hielt in der Bewegung inne. Langsam drehte er den Kopf noch einmal zurück in Richtung des Schreibtisches, sah aber nur die Rückenlehne des Sessels von Crane, der sich wieder darauf niedergelassen und dem Fenster zugewandt hatte.

Die Stimme Cranes hallte durch das Büro: „Und sehen Sie zu, Mr. Beetle, dass Ihr Optimismus bis zu Ihrem nächsten Besuch in meinen Räumen anhält. Weitere schlechte Nachrichten wären äußerst unerfreulich."

Beetle schluckte. Er spürte die Schlinge enger werden. Immer enger.

„Ich werde Sie nicht enttäuschen, Sir."

Dann verließ er eilig das Büro.

3

„Sehr verehrte Fluggäste. Quantas Airlines heißt Sie herzlich willkommen an Bord unserer Boeing 747 von Los Angeles nach Darwin. Wir starten in wenigen Minuten. Bitte nehmen Sie Ihre Plätze ein und folgen Sie den Anweisungen unseres Bordpersonals. Wir wünschen Ihnen einen angenehmen Aufenthalt und eine gute Reise!"

Maya hatte sich kaum in den bequemen Sitz an Bord des Flugzeugs fallen lassen, da fühlte sie sich auch schon schläfrig. Früh am Morgen waren Lennart, Samantha und sie aufgestanden, um rechtzeitig am Flughafen einzutreffen, ausreichend Zeit für Check-in und Sicherheitskontrollen zur Verfügung zu haben und das richtige Gate zu finden. Wie immer, wenn man Lennart, Mayas Adoptivvater, die Organisation einer solchen Reise überließ, trafen sie viel zu früh am Flughafen und auch an ihrem Ausgang ein, noch lange bevor an ein Boarding zu denken war. Maya trauerte insgeheim den gut zwei Stunden nach, die sie noch hätte in ihrem Bett verbringen können.

Stattdessen hatte sie diese Zeit auf einem dieser unbequemen Wartezonensitze direkt am Gate verbracht. Die Lektüre eines kostenlos zur Verfügung gestellten Sportmagazins hatte sie noch müder gemacht. Am Vorabend hatte sie lange nicht einschlafen können, zu aufgeregt war sie ob der bevorstehenden Reise. Ihr Körper lechzte nach Ruhe. Ihre Arme und Beine fühlten sich an wie mit Bleigewichten behangen. Ihre Augenlider wurden zunehmend schwerer, während die anderen Passagiere an ihrer Sitzreihe vorbei drängelten, langwierig und umständlich ihr Handgepäck in den Fächern über den Sitzen verstauten, schon jetzt Drinks orderten und sich immer wieder über eigentlich eindeutig zugewiesene Sitzplätze zu streiten begannen. Maya hoffte auf sanftere Hintergrundgeräusche nach dem Start. Sie konnte es kaum erwarten, dass das Kabinenlicht gedimmt würde und sie endlich ein bisschen Schlaf fände.

Rund 15 Stunden Flugzeit lagen nun vor ihr: 12.675 Kilometer oder 7.876 Meilen. Da sollte es doch möglich sein, ein wenig Ruhe zu finden. In den Schlaf gesummt vom

Surren der Motoren, einem leichten Geräuschpegel stets im Hintergrund, der es ihr ermöglichen sollte, mit ihren Gedanken nicht schon wieder alleine gelassen zu werden. Das Schnarchen der anderen Passagiere, ein Husten, ein Niesen, ein schreiendes Kind – was anderen Fluggästen ein Gräuel war, Maya sehnte es geradezu herbei, da sie hoffte, es werde sie von den Gedanken ablenken, von denen sie seit nunmehr zwei Wochen Nacht für Nacht heimgesucht wurde.

Sie hoffte auf Ablenkung von den Bildern und Geräuschen, die sich unbarmherzig in ihr Gehirn eingebrannt zu haben schienen. Gellende Schreie in Todesangst, Blut, riesige Kiefer – und ein scheinbar alles durchdringender Blick aus schwarzen Augen. Jener Blick, die Erinnerung an unbekannte Gefühle, die von ihr Besitz ergriffen, und der Eindruck animalischer Mordlust waren es, die sie seit dem Tag im Sea Fun Park verfolgten und immer wieder heimsuchten. Meistens irgendwann während des Dämmerzustands, wenn das Bewusstsein bereits abdriftete und bevor der Schlaf sie vollends übermannte. Manchmal verfolgte sie die Trias sogar bis in ihre Träume und quälte sie in der Nacht mit Horrorszenarien, mitunter noch schrecklicher, als es die Realität ohnehin schon gewesen war, so dass sie schweißgebadet und ruhelos erwachte.

Während sie noch grübelte, ob sie von dem leeren Sitz neben ihr am Gang noch das unangetastete Travel Package plündern und sich damit eine zweite Decke sowie ein zusätzliches Kissen sichern sollte, wurde sie von rechts von Peyton angestupst, die sich den Fensterplatz gesichert hatte. „Wir rollen schon“, rief diese begeistert und starrte wie gebannt aus dem kleinen Fenster, während das riesige Flugzeug in Richtung Startbahn und an etlichen anderen Fliegern, Terminals, Hangars und diversem Flughafeninventar vorbeirollte.

Die wahre Action fand derweil im Inneren der Maschine statt, wo die Flugbegleiter eine geradezu Broadwaytaugliche Security-Show ablieferten. Manchmal musste man sich schon fragen, ob nicht tatsächlich ein Andrew Lloyd Webber für Musik und Choreographie mancher Präsentationen verantwortlich war, die an Bord von Langstreckenflügen dargeboten wurden. Und ob vielleicht ein paar arbeitslose Musical-Darsteller sich hier etwas dazu verdienten.

„Sie tun das alles freiwillig, weil sie Spaß daran haben und nicht, weil sie es müssen.“

Das hatte der Trainer im Sea Fun Park in sein Mikrofon gesagt, wenige Minuten vor seinem Tod. Mayas Erinnerung kehrte schon wieder zurück zu jenen Bildern und sie versuchte mühsam, ihre Gedanken wieder einzufangen. Mit mäßigem Erfolg. Ihre Gedanken kreisten. Erinnerung und Fantasie begegneten einander und kreisten in einem wilden Tanz umeinander.

Maya senkte den Kopf. Sie wollte nicht wieder angestarrt werden, wollte nicht in die Augen eines gepeinigten Wesens blicken, in die unschuldige Wut einer gequälten Kreatur eintauchen. Sehnsüchtig wartete sie auf das Ende der Show, brachte ihre Gedanken wieder unter Kontrolle, knetete schon ihre Ohrstöpsel in den Händen, um hoffentlich alsbald endlich ein wenig Schlaf zu finden.

„Gleich ist es soweit, es sind nur noch zwei Flieger vor uns!", verkündete Peyton und riss ihre Freundin aus deren wirren Gedanken. Maya war ihr dankbar dafür. Peyton hatte die gesamte Show verpasst und lieber der Kulisse des Flughafens beim Vorbeigleiten an ihrem Fenster zugeschaut. Sie hatte offenbar die schrecklichen, traumatischen Erlebnisse und Bilder jenes Ausflugs in den Sea Fun Park auf ihre ganz eigene Weise weggesteckt. Von Schlaflosigkeit oder üblen Träumen war bei Peyton keine Spur. Oder vielleicht kaschierte sie ihre wahren Gefühle besonders gut. Was auch immer es war, das sie so rasch zu einem verhältnismäßig normalen Leben zurückfinden hatte lassen, Maya beneidete sie darum.

„Wir dimmen nun das Kabinenlicht für den Start. Bitte bleiben Sie auf Ihren Sitzen, bis die Lichtzeichen für die Gurte erloschen sind. Sobald wir unsere Reisehöhe erreicht haben, wird Sie unser Bordpersonal umgehend mit Speisen und Getränken versorgen. Wir wünschen Ihnen einen angenehmen Flug."

Das Kabinenlicht erlosch.

Peyton hoppelte aufgeregt in ihrem Sitz herum, denn die Boeing hatte inzwischen auf der Startbahn Position bezogen. Langsam, ganz langsam, rollte sie los, um mit jedem zurückgelegten Meter weiter zu beschleunigen. Die Flugbegleiter hatten nun ebenfalls Platz genommen und sich festgeschnallt. Dann wurden die Triebwerke gestartet, die Maschine wurde mit einem gewaltigen Schub nach vorne katapultiert. Bevor Maya weitere üble Gedanken beschleichen konnten – passierten nicht die meisten Unfälle beim Start eines Fliegers? Dieses tonnenschwere Stahlungetüm sollte wirklich 15 Stunden in der Luft bleiben können? – hob die Boeing 747 auch schon ab. Peyton starrte aus dem Fenster, wo wie auf einem Bildschirm die zurückbleibende Kulisse des Los Angeles International Airport unter ihnen immer kleiner wurde. Nach wenigen Minuten hatten sie die Stadt als kleine Lichter weit unter und hinter sich gelassen.

Die Maschine beschrieb einen weiten Bogen und gewann weiter an Höhe. Vor Maya und Peyton leuchteten die Displays an den Vordersitzen auf, zeigten im Wechsel Karten ihrer Flugroute und wo auf derselben sich ihr Flugzeug soeben befand – noch ganz am Anfang seiner Reise –, in welcher Höhe sie flogen, die Windgeschwindigkeit und alles mögliche Wissenswerte, woran sich später niemand würde erinnern können. Nicht, dass man das wollte. Dies waren genauso nützliche Informationen wie jene aus dem Internet, die Maya vor ihrem Abflug noch gefunden hatte: „Eine Brieftaube braucht für den Flug von Los Angeles nach Darwin zirka 194 Stunden und 59 Minuten. Also zirka 8 Tage und 2 Stunden." Wer wäre denn schon so unmenschlich, eine Brieftaube auf solch eine Reise zu schicken?

Rings um Maya begannen die Fluggäste sich einzurichten. Das Flugzeug schien mittlerweile seine erstrebte Höhe erreicht zu haben, hinter den Fenstern war vom Flughafen nichts mehr zu sehen, ebenso wenig wie vom Erdboden selbst. Es herrschte tiefe Nacht, die Sonne würde erst in Kürze aufgehen. Und in der Schwärze da draußen, die wie ein Spiegelbild der Tiefe eines Ozeans wirkte, so erschien es Maya, drehten mächtige Raubtiere mit riesigen Kiefern ihre Runden.

Schon wurden erste kleinere Snacks und Getränke serviert. Die Fluggäste deckten sich zu, begannen zu lesen oder starteten Filme aus dem umfangreichen Angebot des Bord-Entertainment-Systems. Andere hatten Musik auf ihre Kopfhörer gelegt oder diskutierten mit den Flugbegleitern, ob sie schon jetzt etwas zu essen haben, damit sie später schlafen könnten. Maya blickte noch mal zu ihrer Freundin. Peyton hatte sich für einen Film entschieden. „Der weiße Hai". Maya war voll der Bewunderung.

Dann war ihre Entscheidung getroffen. Maya schnappte sich die zusätzliche Decke und das Kissen vom ungenutzten Quantas Travel Package auf dem leer gebliebenen Nebensitz, klappte die trennende Armlehne hoch und kauerte sich auf der so geschaffenen winzigen Liegefläche zusammen. Das sollte reichen. Es musste reichen. Sie hatte zwei kleine Ohrstöpsel in ihre Ohren gesteckt, die sich von ihren Handflächen noch warm anfühlten. Alle Geräusche rundherum nahm sie nur noch dumpf und von sehr weit entfernt wahr. Peyton sagte irgend etwas, Maya hörte es nicht mehr. Ihre Augen waren geschlossen, sie begann langsam wegzudriften; weg aus der Realität, weg von ihren Gedanken, weg aus dem Flugzeug auf seinem Weg nach Darwin.

Was sie nun noch hörte und spürte, waren die Motoren, welche die Boeing 747 durch die Nacht vorwärts gleiten ließen, die Maschine in leichte Vibrationen versetzten und Maya langsam in den Schlaf wiegten. Schlaf, endlich Schlaf...

Schreie.

Blut.

Die Wut.

Und der Blick.

Der Blick aus schwarzen, unendlich traurigen Augen.

Obwohl die Zeichen der Sicherheitsgurte auf dem Display über ihm erloschen waren, verharrte Lennart auf seinem Sitz. Die Stewardess hatte ihm wunschgemäß einen heißen Tee serviert. In einem kleinen Plastikbeutel, der neben dem dampfenden Becher auf dem Klapptischchen lag, befand sich ein Muffin.

Samantha saß neben ihm. Sie hatte sich die Kopfhörer aufgesetzt und irgendeinen Film gestartet, den er nicht kannte. Besonders interessant schien jener allerdings nicht zu sein, denn seine Freundin war eingeschlafen. Sie atmete tief, hatte die Augen geschlossen, während die Handlung vor ihr auf dem kleinen Bildschirm dahinplätscherte, und ihr Tee, den sie sich vorhin hatte servieren lassen, immer weniger und weniger zu dampfen schien.

Lennart blickte sie verliebt an. Er war ihr unendlich dankbar, dass sie diese Reise mit ihm angetreten hatte. Ganz spontan und ohne auch nur ein einziges Wort des Widerstands. Es hatte nicht einmal eine Diskussion gegeben. Er hatte ihr einfach nur gesagt, dass er das tun musste, dass er Maya nicht alleine lassen konnte und wollte. Dass das Mädchen seinen Vater jetzt brauchte. Und was hatte sie getan? – Sam hatte zum Hörer gegriffen, ihre Professorin in der Universität angerufen und mitgeteilt, dass sie einen schon längst überfälligen Urlaub genau jetzt antreten würde. Lennart war erleichtert. Sie würden sich zu dritt auf die Reise machen nach Australien, genauer: nach Darwin, und Maya bei ihrer großen Meisterschaft zur Seite stehen. Wie zwei richtige Eltern.

Vor gut einer Woche hatte Lennart die Anfrage erreicht. Sieben Mädchen des ursprünglichen Kaders wurden von den Psychologen und Coaches nach eingehender Prüfung – sowie auf eigenen Willen hin – für den Wettkampf für tauglich befunden. Sieben Mädchen würden die Reise antreten und hoffentlich als Weltmeisterinnen zurückkehren – zwar nicht in allen Disziplinen, doch wenigstens in ein paar davon. Sieben Elternpaare hatten in den vergangenen Tagen eingewilligt, ihre Sprösslinge auf der Reise nach Darwin zu begleiten und ihnen für den anstehenden Wettkampf den elterlichen Rückhalt zu geben, den niemand sonst als Väter und Mütter zu leisten imstande waren.

Lennarts grundsätzliche Entscheidung, Maya überhaupt mitfahren zu lassen, ihr diesen lange gehegten Traum zu ermöglichen, war im Übrigen schon kurz nach dem schrecklichen Ereignis gefallen. Gerade noch hatte er seine Tochter nach einem dringenden Anruf vorzeitig aus dem Trainingscamp abgeholt. Keine zwei Tage später hatte sie abends im Wohnzimmer vor ihm gestanden, hatte ganz erwachsen um seine Unterstützung gebeten. Lennart war unglaublich stolz: Sie hatte einen Trainingsanzug angehabt, die Tasche mit ihrem Badeanzug und allem Zubehör am Riemen an der Schulter getragen und ihn gebeten, sie ins Training zu fahren. Dass er seine Tochter nun zu ihrer Meisterschaft nach Australien begleiten würde, war nur ein kleines Puzzleteil eines großen Gesamtbildes, das er heute noch nicht sehen konnte. Aber er fühlte, dass es richtig war.

Gleichwohl war ihm eines einmal mehr bewusst geworden: Dieses Team, die Hoffnungsträgerinnen, sie waren eben auch nur Mädchen; 16- und 17-jährige Teenager, die diesmal von all dem Hype, der um ihre Personen und ihre große Meisterschaft gemacht worden war, ganz plötzlich zurückgeworfen wurden auf das, was sie in tiefster Seele eigentlich alle noch geblieben waren: Kinder. Wenn Gefahr drohte, wenn sie keinen Auswege mehr sahen, wenn sie Schutz und Geborgenheit suchten, brauchten sie deshalb keine Mediziner, keine Fachleute. Da brauchten sie nur das eine: ihre Eltern.

Das hatte offenbar auch der Verband begriffen. Dafür umging man sogar ausnahmsweise die eherne Regel, die Eltern der jungen Ausnahmesportlerinnen bei allen großen Meilensteinen weitestgehend außen vor zu halten – das diente angeblich der besseren Formung und Fokussierung der Schwimmerinnen. Hier lag der Fall allerdings etwas anders. Nicht nur moralisch, sondern auch juristisch. Die Eltern hatten mit ihrer Einwilligung nicht nur für ihre Kinder Stellung bezogen, sondern damit nach außen hin auch ein vom Verband beabsichtigtes Signal abgegeben: Sie standen hinter der Entscheidung, ihre Mädchen beim Wettkampf antreten zu lassen und sie trotz der erlittenen Traumata diesem hohen Druck und dem Stress auszusetzen. Sollte etwas schiefgehen, sollte eines der Mädchen dem Druck nicht standhalten, deshalb vielleicht sogar einen Titel verfehlen, dann wäre es nicht der Verband allein, der am Pranger stünde – die Eltern hatten dies schließlich ja auch gewollt.

Lennart war sich dieses kleinkarierten Politikums bewusst. Er hatte viele Tage lang gegrübelt und darüber nachgedacht, wie er sich in dieser Sache verhalten sollte. Die letztendliche Entscheidung hatte er Maya selbst überlassen. Er wusste, dass sie das brauchte. Lennart reckte den Hals, sah über die vielen Sitze vor sich hinweg, versuchte über die Reihen und die zwei Gänge hinüberzuspähen, zum anderen Ende und auf die andere Seite der Kabine. Dorthin, wo er seine Tochter wusste. Es war aussichtslos, im wahrsten Sinne des Wortes. Im Dunkel der Passagierkabine war Maya in zig Metern Entfernung nicht einmal zu erahnen.

Nach dem Vorfall im Sea Fun Park war es zwar kein Problem gewesen, an die zusätzlichen Tickets im Flieger nach Darwin zu kommen. Der amerikanische Schwimmerverband hatte alle Hebel in Bewegung gesetzt, um die Teilnahme an der anstehenden Meisterschaft nicht noch weiter zu gefährden. So hatte der Verband es ihm und Sam sowie auch den anderen Eltern ermöglicht, im selben Flieger mit Maya und dem Team zu sitzen, und sogar für die Begleiter – wie schon für seine jungen Sportlerinnen – alle Kosten für die Reise übernommen. Nicht einmal bei Sam hatten sie gemurrt. Sie hatten eingesehen, dass dies eine kleine Familie war, die angesichts des zurückliegenden Schreckens und zugunsten der vor dem Mädchen liegenden Aufgabe unbedingt zusammenstehen sollte. Nichts ging über die Familie.

Lennart lächelte bei dem Gedanken: Eine Familie.

Er sah noch einmal zur Seite, wo seine Freundin mittlerweile ganz in sich zusammengesunken war und gleichmäßig ein- und ausatmete. Vorsichtig löste er die Kopfhörer von ihren Ohren, schob ihr ein Kissen hinter den Kopf und deckte sie zu, was Sam im Schlaf mit einem leisen Quengeln quittierte. Ja, das war nun seine Familie, dachte Lennart bei sich. Seit zwei Jahren war Sam die Frau an seiner Seite. Und seit fast sechzehn Jahren war die heute siebzehnjährige Maya seine Tochter. Daran hatte es für ihn nie einen Zweifel gegeben. Sie gehörte zu ihm und er zu ihr.

Lennart hatte Ideale. Er glaubte, dass er, der das Privileg hatte, in einem solch großartigen Land wie den USA aufzuwachsen, gleichzeitig auch die Verpflichtung hatte, etwas zurückzugeben. Er glaubte, dass es sich lohnte, für eine perfekte Welt zu kämpfen, auch wenn man sie niemals erreichen würde. Er glaubte, dass jeder Mensch die Chance haben müsste, etwas aus sich zu machen. So hatte er seine Ex-Frau Lizz damals von der Adoption eines Kindes überzeugt. Woher, das war ihm egal. Gerne aus einem Land, wo den Kindern weniger Chancen offenstanden als in den USA.

Wie er mit dem Spagat zwischen den Kulturen und einem vielleicht traumatisierten Baby zurechtkäme, das wusste er noch nicht. Man hätte sogar sagen dürfen, dass er unendlich naiv und gedankenlos an diese Sache heranging. Aber die Gefühle wohnten nun einmal im Herzen und dort hatte Lennart immer gewusst, dass es richtig war.

Dennoch plagten ihn bisweilen berechtigte Zweifel: Wie oft hatte er sich selbst die Schuld an Mayas Kummer gegeben, den sie über die Jahre bis heute immer wieder ertragen musste. Waren es damals nicht er und Lizz gewesen, die für dieses Mädchen eine derart weitreichende Entscheidung getroffen hatten? War es nicht letztlich seine Schuld, sein Egoismus, sein Wunsch nach einem Kind, weshalb Maya all das durchleben musste?

Bei jeder durchwachten Nacht, bei jedem gellenden Schrei eines von allen verlassenen Kindes, bei jeder Krankheit und jeder Bürde, die Maya aus ihrer kurzen Vergangenheit mit zu ihm und Lizz brachte – Maya war schon immer und würde es immer sein: seine Tochter. Das Kind, von dem er tief in seinem Inneren schon immer gespürt hatte, dass es zu ihnen gehörte. Hier war ihr Platz, das hier war Mayas Familie.

Lizz hatte das leider anders gesehen: Sie war nach zwei Jahren gegangen, hatte sich von Lennart und der damals dreijährigen Maya getrennt. Das Paar hatte sich auseinandergelebt, die anfängliche Freude über das Mädchen hatte sich bei Lizz nicht in Muttergefühle verwandelt. Lennart hatte es zwar kommen sehen, dennoch wurde ihm von der plötzlich getroffenen Entscheidung der Boden unter den Füßen weggerissen. Lizz war fort, gründete irgendwo mit einem anderen Mann eine neue Familie – mit eigenen Kindern, die auch die „richtige" Hautfarbe hatten und so glücklich und aufgeschlossen waren, wie sich das für eine ordentliche amerikanische Familie in einem Vorort der Großstadt mit Haus, Garten und Barbecue gehörte.

Maya war schon das zweite Mal in ihrem Leben ihrer Mama beraubt worden. Lennart hatte sich immer gefragt, wie dieses Mädchen diesen herben Schlag so schnell und so unbeschadet hatte wegstecken können. Vielleicht hatte sie mit ihren drei Jahren einfach nicht das große Ganze begriffen. Vielleicht war es aber auch so, dass Maya genau wie Lennart die enge Bindung spürte, die zwischen ihnen beiden als Vater und Tochter vom ersten Tage an bestanden hatte. Das Mädchen sehnte sich nach Liebe und nach Halt – und im Gegensatz zu der distanzierten Lizz war Lennart nur zu gerne bereit, all seine Liebe diesem Kind zu schenken.

Als vor gut zwei Jahren Samantha, eine promovierte Meeresbiologin, überraschend in sein Leben getreten war, wurde ihm nach wenigen Rendezvous' klar, dass er mit ihr zusammen sein wollte. Noch bevor es überhaupt ausgesprochen war, dass Sam fortan mit ihnen und bei ihnen leben würde, kam Maya eines Abends zu Lennart ins Wohnzimmer, setzte sich zu ihm auf die Couch, nahm ihn in den Arm und blickte eine Weile hinüber zum laufenden Fernseher. Plötzlich fragte sie: „Dad, bist du glücklich mit Sam?" Lennart hatte einen Schreck bekommen, sich von ihr gelöst, ihr direkt in die tiefen braunen Augen geschaut. „Ja, das bin ich, Maya", hatte er gesagt. Und bevor er dem noch irgendetwas hinzufügen konnte, hatte die damals Fünfzehnjährige ihn aufrichtig, fröhlich und warm angelächelt. „Dann bin ich es auch." Es war alles gesagt. Die Familie, die Lennart sich immer so sehr gewünscht hatte, in bester Patchworkmanier war sie nun wieder komplett.

„Sir, möchten Sie noch etwas zu trinken?" – Die Stewardess hatte sehr leise gesprochen. Dennoch schrak Lennart dermaßen zusammen, dass der Becher vor ihm auf dem Klapptischchen umkippte. Zum Glück war dieser schon leer. Die Flugbegleiterin lächelte. „So sehr am Träumen?"

Lennart lächelte zurück. „Scheint so. War mir gar nicht bewusst."

Er warf den leeren Becher in den Müllbeutel, der an ihrem Servicewagen hing, und bestellte sich noch einen Tee, den er auch sogleich bekam. Er blickte vor sich auf den kleinen Bildschirm. Seit drei Stunden war der Flieger bereits in der Luft. Es lagen damit noch knapp zwölf Stunden vor ihm, in denen er auch noch etwas Schlaf bekommen wollte, bevor sie Darwin erreichen würden. Er stellte die Lehne seines Sitzes um die erlaubte Lächerlichkeit von etwa 10 Grad zurück und machte es sich soweit wie möglich mit Decke und Kissen gemütlich. In kleinen Schlucken trank er den heißen Tee und wurde schläfrig.

Noch bevor Lennart – genau wie seine Liebste neben ihm und seine Tochter zwölf Sitzreihen vor ihm – in einen unruhigen und von aufgeregter Erwartung durchsetzten Schlaf fiel, hörte er noch, wie die Männer direkt hinter ihm miteinander flüsterten. Zunächst war der „Idiot, der einfach so rücksichtslos seinen Sitz nach hinten stellt", das Thema ihres Gesprächs. Dann schlief Lennart ein und bekam nicht mehr mit, wie die Unterhaltung schon bald in eine Richtung abdriftete, die belauscht zu haben er zu einem späteren Zeitpunkt sicher froh gewesen wäre.

Hätte er vernommen, was dort über Maya oder über Mädchen wie sie getuschelt wurde, die Sorgen eines Vaters wären verblasst angesichts der Tragweite dessen, was noch vor ihnen lag.

Ihr Schlaf war unruhig. Seit dem Vorfall im Sea Fun Park wurde Maya permanent von jenen grausamen Bildern verfolgt. Wenn sie wach war, aber noch mehr, während sie schlief. Es schien beinahe unmöglich, endlich wieder zur Ruhe zu kommen.

Das improvisierte, unbequeme Lager auf den Flugzeugsitzen tat nun sein Übriges. Immer wieder schreckte Maya aus unruhigem Schlaf hoch und konnte wenige Sekunden später schon gar nicht mehr sagen, welcherlei Bilder, welcherlei Emotionen sie soeben so rüde zurück in die Realität katapultiert hatten. Sie zitterte am ganzen Leib, versuchte die leichte Decke mit dem Quantas-Aufdruck noch etwas enger um sich herum zu wickeln. Aber es half nichts. Sie fröstelte. Was sie erbeben ließ, war keine reale Kälte, sondern kam ganz tief aus ihrem Innersten heraus.

Einmal mehr fragte sich Maya, ob es die richtige Entscheidung gewesen war, nach all dem Erlebten diese Reise tatsächlich anzutreten. Es gab so vieles, was in ihr vorging. Tage, Wochen, Monate würde sie wohl brauchen, um sich selbst und ihre Gefühle wieder gänzlich zu ordnen. Wäre es da nicht sinnvoller gewesen, den angebotenen Ausweg anzunehmen und von ihrer Position im Team zurückzutreten? Hätte sie nicht besser daran getan, wäre es nicht viel heilsamer für ihre geschundene Seele gewesen, hätte sie sich gerade jetzt etwas mehr auf sich selbst konzentriert?

Es hätte wahrlich so einfach sein können: Psychologen und Coaches hatten die Mädchen in den vergangenen vierzehn Tagen – nach jenen schockierenden Erlebnissen im Sea Fun Park – umfassend betreut. Es war eine therapeutische Akkordarbeit: Bei jedem einzelnen Mädchen galt es herauszufinden, wie sehr sie die Ereignisse in der Orca-Show mitgenommen hatten. Und wie sehr sie noch in der Lage war, die vor ihr liegende Aufgabe zu meistern.

Immerhin sollten sie bei einer Meisterschaft von Weltrang antreten, die USA dort würdig repräsentieren – und möglichst mit einer oder mehreren Medaillen sowie den zugehörigen Titeln wieder nach Hause zurückkommen. Viel Geld und Mühe waren in die Ausbildung und das Training der Mädchen geflossen: Leistungssport war schließlich nichts anderes als ein Geschäft. Es ging um Investitionen, die man nicht einfach so hatte abschreiben wollen und die Amerika gerne mit Titeln und Ruhm vergoldet gesehen hätte. Doch wie viel konnte man nach jenem verhängnisvollen Ausflug noch von ein paar verstörten jungen Mädchen erwarten?

Maya gab auf. Sie konnte nicht mehr richtig einschlafen; nicht hier, nicht jetzt und schon gar nicht, solange noch all diese Gedanken unverarbeitet in ihrem Kopf kreisten. Sie fühlte sich elend, konnte aber nicht sagen, weshalb. Neben ihr war Peyton längst in einen tiefen Schlaf gefallen. Die Kopfhörer hatte sie immer noch auf den Ohren, der Film auf dem kleinen Monitor vor ihr lief weiter. Soeben schlitterte ein Mann auf einem schräg liegenden Boot über die Planken des Decks hinab – und direkt in das aufgesperrte Maul eines Weißen Haies. Den Ton dazu konnte sich Maya nur zu gut ausmalen. Wieder war sie verblüfft, dass ihre beste Freundin – nach ihren Erlebnissen und mit solch unruhiger Untermalung – trotzdem so ruhig und so tief schlafen konnte.

Sie setzte sich auf, blieb aber in ihre Decke gewickelt. Maya zog ihre Beine an und schlang die Arme um die Knie. So mit sich selbst verknotet hielt sie Ausschau nach der Flugbegleiterin, um sich einen Tee zu bestellen. Das Kabinenlicht war gedimmt, die meisten Menschen waren eingeschlafen. Nur einige wenige saßen noch aufrecht auf ihren Sitzen, trugen Kopfhörer und schauten Filme, lasen Bücher oder tippten auf vor ihnen liegenden Laptops herum. Die Stewardess war nicht zu sehen. Maya kauerte sich wieder zusammen, legte ihr Kinn auf den Knien ab, sie würde warten. Ihre Gedanken nutzten die Gelegenheit, um den munteren Tanz hinter ihrer heißen Stirn fortzusetzen.

Es hätte alles so wunderbar werden können, dachte sie bei sich: ein Trip nach Australien, eine Meisterschaft, auf die sie lange und intensiv hingearbeitet hatte. Gemeinsam mit ihren Teamkolleginnen, die für Maya tatsächlich die einzigen Freundinnen waren, auf die sie je hatte zählen können. Als sie vor vier Jahren im Alter von dreizehn von einigen Scouts entdeckt und dann vor zwei Jahren schließlich in das Jugendteam der US-Nationalmannschaft berufen worden war, hatte für sie ein neues Leben begonnen.

Maya erinnerte sich noch gut, wie sie gemeinsam mit ihrem Vater und dem Manager des Teams zu Hause in der kleinen Dreizimmerwohnung in einem Außenbezirk von Los Angeles am Tisch gesessen hatte. Der Manager hatte seine euphorische Rede über Nationalstolz und Kampfgeist soeben vollendet und dann Lennart den Vertrag hingeschoben, den es für die vielversprechende Zukunft seiner Tochter zu unterzeichnen galt. Maya erinnerte sich auch an ihre innere Unruhe, während Lennart die vielen Seiten des Kontrakts aufmerksam durchlas; und an die Angst, dass er es sich womöglich anders überlegen würde. Was würde sie dann nur tun? Sie wusste, dass sie genau das brauchte, sie wollte es unbedingt. Es war endlich eine Perspektive, ein Platz für sie, nur für sie, in dieser ihr fremden Welt. Irgendwann hatte Lennart den Vertrag seufzend beiseite gelegt, den zur Eile mahnenden Manager ignoriert, Mayas Hand genommen und sie forschend angesehen. „Möchtest du das, Maya? Bist du glücklich?“ Sie lächelte und nickte. „Dann bin ich es auch“, sagte er – und unterzeichnete das Papier.

Die Beziehung zwischen Maya und ihrem Adoptivvater war schon immer eine ganz besondere gewesen. An ihre Adoptivmutter Lizz konnte sie sich hingegen kaum mehr erinnern. Das war eigentlich auch ganz gut so, denn die wenigen verschwommenen Erinnerungen an sie und wie sie die Familie verlassen hatte machten Maya stets traurig. Sie hatte damals nicht verstehen können, warum ihre Mama sie im Stich gelassen hatte, dafür war das Mädchen noch zu klein gewesen. Was hatte sie wohl falsch gemacht? Warum wollte ihre Mama sie nicht mehr bei sich haben? Warum hatte Lizz eines Nachts die Koffer gepackt, warum war sie zu ihrer Tochter ins Zimmer gekommen und warum hatte sie sich mit einem Kuss auf ihre Stirn für immer von ihr verabschiedet? Weshalb war sie dann für immer verschwunden, um irgendwo ein neues Leben zu beginnen? Weit weg von Maya und ohne sie jemals zu vermissen? Die Wunde war tief und würde wohl niemals ganz verheilen.

Es war nicht die einzige offene Zurückweisung gewesen, womit das kleine Mädchen und später der Teenager zu kämpfen hatte. Ein Blick in den Spiegel führte Maya stets vor Augen, woran das liegen mochte. Das Spiegelbild zeigte ihr etwas völlig anderes als das amerikanische Idealbild einer Frau. Blond sollte sie sein, schlank und hochgewachsen, jederzeit lächelnd, flirty – und möglichst schon laufstegtauglich, frisiert und geschminkt, morgens aus dem Bett fallen. Das waren die Mädchen, die Maya jeden Tag umgaben, die als erste ihre Verabredungen für den Abschlussball hatten, die bei den Lehrern einen unerklärlichen Stein im Brett hatten, die in schicken Autos und trendigen Klamotten zur Schule kamen. Sie verkörperten etwas, dem Maya niemals auch nur nahe kam. Ihre Haare waren nicht blond, sie waren dunkel, annähernd schwarz. Ihre Augen nicht blau, sondern tiefbraun. Ihr Teint war nicht annähernd so hell wie der ihrer Mitschülerinnen und Mitschüler. Dies war nicht ihre Welt, das hatte sie schon immer gespürt. Sie gehörte nicht hierher. Es fühlte sich fremd an, sie fühlte sich unerwünscht, wie ein Störfaktor und dunkler Fleck in einem hellen, perfekt polierten Porzellanparadies. Dass sie nicht so war wie die anderen Mädchen, das hatte man sie spätestens in der Schule – auch stets spüren lassen.

„Du siehst aber komisch aus“, hatte eines der Mädchen bereits in der ersten Woche in der Grundschule zu ihr gesagt. Bald sagten das dann auch noch einige weitere Kinder. Sie wurde das Opfer von Streichen und Mobbing, sie konnte sich nie erklären, weshalb. Maya wurde zunehmend zurückhaltend und argwöhnisch.

In der Highschool wurde dann alles noch viel schlimmer. Vom ersten Tage an war Maya hier die Außenseiterin. Sie hatte zwar so etwas wie Freunde gehabt, meistens all die anderen verschmähten Teenager, zu den begehrten supercoolen Kids hatte sie jedoch nie wirklich den Zugang gefunden; was ihr der schüchterne Charme, das freundliche Wesen und die klugen Gedanken eigentlich hätten ermöglichen müssen. Das Mädchen gehörte keiner Clique an, sie war zu dunkelhäutig für die Cheerleader, aber zu hell für die Gruppe der Latina, hörte weder Hiphop noch Pop, und wurde inmitten des gegenseitigen Belauerns und Buhlens um die Oberhand oft als Kollateralschaden zerrieben.

Einmal, in der siebten Klasse, glaubte Maya, einen Lichtblick erkennen zu können. Sie war gerade auf dem Weg zu ihrer nächsten Stunde gewesen, als sie auf dem Flur ein Grüppchen von Mädchen ihrer Klasse passierte, die mit einigen Jungs aus dem Footballteam zusammenstanden. Als sie vorbeilief, löste sich Bryan, einer der begehrtesten Jungen in der Schule, aus der Gruppe und kam auf sie zu. „Du bist doch Maya!", hatte er gesagt und sie war ganz verdattert, dass er überhaupt ihren Namen kannte. „Ich habe mich gefragt, ob du mich nächste Woche zum Abschlussball begleiten möchtest", hatte er gesagt, sie dabei ganz warm angelächelt – und endlich schien die lange Durststrecke der Ignoranz in der Highschool vorüber zu sein. Ein Traum ging in Erfüllung, Maya war überglücklich.

Sie hatte all ihr Erspartes zusammengekratzt und sich auf Wochen hinaus einen Vorschuss auf ihr Taschengeld bei Lennart geholt, um sich ein Kleid kaufen zu können. So stand sie herausgeputzt, ein Sträußchen am Handgelenk, ein atemberaubend schönes junges Mädchen, am Abend des Balls wartend vor ihrer Haustür. Bryan hatte versprochen, sie abzuholen – doch er kam nicht. Sie wartete zwei Stunden auf ihn, das Fest hatte längst begonnen, aber er blieb fort.

Maya traute sich allerdings nicht, zurück ins Haus zu gehen. Sie wollte es Lennart und sich selbst nicht eingestehen, dass der Junge sie versetzt hatte. „Es muss sich um einen Irrtum handeln", dachte sie damals bei sich. „Vielleicht habe ich etwas falsch verstanden, er wollte mich vermutlich dort treffen." Als sie schließlich in der opulent geschmückten Sporthalle ankam – das Motto des Balls war „Under the sea" – da fand sie Bryan. Er hatte einen Anzug an und er hatte ein Mädchen im Arm; eines jener Mädchen aus ihrer Klasse, das kurz vor der Einladung in besagter Gruppe bei ihm gestanden hatte. Auch die anderen waren dabei. Und alle lachten, als Maya hereinkam.

„Da bist du ja endlich", rief Bryan, der schon sichtlich angetrunken war und sich selbst für unglaublich lustig hielt. „Aber was hast du denn da an? Ich habe dir doch extra ein Kleid besorgt, schau mal!", rief er und einer seiner Kumpels präsentierte einen alten Kartoffelsack, in den für Arme und Kopf drei Löcher geschnitten worden waren und der auf einem Kleiderbügel hing. Allesamt lachten sie sich schlapp. „Probier das mal an, es passt bestimmt viel besser zu dir, du Kartoffel!", rief das Mädchen in seinem Arm und stimmte in das Gelächter mit ein.

Maya war schockiert. Fassungslos. Nicht eine Sekunde verstand sie, was sie verbrochen hatte, um das hier zu verdienen. Es war nicht der einzige, wohl aber der gravierendste Streich ihrer Mitschüler in ihren jungen Jahren gewesen. Maya weinte bei der Erinnerung – und gab sich alle Mühe, diese Gedanken rasch wieder dorthin zu verbannen, wo sie eigentlich längst hingehörten: in die Vergessenheit.

Stattdessen dachte sie lieber an ihren Vater. Wie oft hatte Lennart sie in jenen frühen Jahren der Highschool weinend in ihrem Zimmer vorgefunden. Und dass Bryan den Abend seines Streiches unverletzt überstand, das lag nur daran, dass Lennart nicht wusste, wo er wohnte. Er war ihr stets die einzige verlässliche Bezugsperson in dieser oberflächlich vollkommenen Welt, die vielleicht niemals ganz die ihre sein konnte. Sofort, nachdem Lizz damals fortgegangen war, wurde die Bindung Mayas zu ihrem Vater noch viel enger. Er gab ihr stets den Halt, den sie brauchte, und Maya fühlte sich bei ihrem Vater geborgen, beschützt und sie war sehr froh, dass er sie auf dieser Reise nach Australien begleiten durfte. Für manche junge Frau hätte eine Reise mit ihrem Vater den reinsten Horror bedeutet. Bei Maya war es das genaue Gegenteil.

Der Vater ging in seiner Rolle als Alleinerziehender voll auf. Maya war sein Kind, sein Sonnenschein, sein nervenraubender Chaos-Teenie und seine Prinzessin zugleich. Er achtete Mayas Gefühle, gebot größeren Eskapaden Einhalt, ließ kleinere geschehen und ließ ihr immer den Raum, sich frei zu entwickeln. Er bestärkte sie in guten Freundschaften und trocknete ihre Tränen nach schlechten Erfahrungen. Er zeigte Präsenz, machte sich aber in den richtigen Momenten unsichtbar. Er nutzte seine Autorität, ließ jedoch die Zügel auch einmal locker. Er spendete seinem Kind die nötige Nestwärme – und verlieh ihm dennoch Flügel, wann immer die Freiheit nach ihr rief.

Die Freiheit.

Maya dachte an Fynn. Seit jener Geschichte mit Bryan war er der erste Junge gewesen, der sie direkt angesprochen hatte. Er hatte sie bemerkt. Wenngleich ihr klar war, dass es bei diesem Flirt nie ums Verlieben gegangen war und die Erinnerung an seine unangenehme Zudringlichkeit sie noch immer erschaudern ließ – aber er hatte sie wahrlich bemerkt. Wäre sie Peyton gewesen, sie hätte die Chance vermutlich ergriffen, die Gunst der Stunde genutzt, sich voll in dieses Abenteuer hineingestürzt und sich dabei fantastisch gefühlt. Maya hingegen fehlte hierfür der Mut. Obwohl sie sich danach sehnte und sich fragte, wie es wohl war, so richtig verliebt zu sein.

Maya zog die Beine noch enger an ihren Körper, legte die Stirn auf ihre Knie, schloss die Augen und stellte sich vor, dass es eine Umarmung sei. Nicht die unschuldige, keusche Umarmung ihres Vaters. Sondern eine liebevolle, innige, starke Umarmung eines Jungen, eines Mannes, der sie ansah und annahm, so wie sie war. Der seinen Arm um ihre Schultern legte, sie an sich drückte und ihr aufrichtig versicherte, dass sie das schönste Mädchen auf dieser Welt sei. Würde sie das jemals erleben?

Dass sie überhaupt mit Fynn gesprochen hatte, verdankte sie den vergangenen beiden Jahren, der Zeit im Schwimmerverband und der völlig neuen Kameradschaft und Anerkennung, die sie dort erfahren und vorher nie gekannt hatte. Sie wuchs an der neuen Aufgabe, wurde stetig besser und besser, seit sie in diese Mannschaft berufen worden war – dieser Sport, dieses Team, hatten ihr Halt gegeben. Zum ersten Mal in ihrem Leben hatte sie etwas erreicht. Sie war nicht mehr die eine, die „komisch“ aussah unter all den weißhäutigen amerikanischen Mädchen. Die Kameradinnen wurden ihr zu Freundinnen und in Peyton hatte sie zum allerersten Mal in ihrem Leben tatsächlich eine „beste Freundin“ gefunden.

Hier wurde sie nie nach der Farbe ihrer Haut oder ihrer Herkunft beurteilt. Ganz im Gegenteil: Die anderen Schwimmerinnen waren voll der Bewunderung über das immense Talent, das diese Späteinsteigerin, über wenige Monate hinweg in einem stetigen Training, zu einer der besten Wassersportlerinnen der Stadt, dann des Countys, später des Staates und schließlich sogar der ganzen Nation hatte werden lassen. Niemand neidete ihr den Erfolg, alle bestärkten sie darin. Über die Anerkennung ihrer Leistung erfuhr Maya das erste Mal auch von anderen Menschen als ihrem Vater eine echte Wertschätzung ihrer Person. Als erfolgreiche Schwimmerin hatte für sie ein völlig neues Leben begonnen. Sie hatte sich erstmals angenommen, akzeptiert und bewundert gefühlt. Und seit ihrer Begegnung mit Fynn dachte sie bei sich: Wenn schon das plötzlich geklappt hat, vielleicht klappt ja auch noch etwas ganz anderes?

Von Fynn wanderten Mayas Gedanken noch einmal zurück zu den Erlebnissen im Sea Fun Park. Ihre größte Sorge unmittelbar nach diesem Unglück war es gewesen, ob sie nun noch an der Meisterschaft würde teilnehmen dürfen. Die Situation war nicht ganz einfach gewesen: Ein Team junger Mädchen, das eigentlich einen netten Tag in einem Freizeitpark hätte verbringen sollen, zur Stärkung des Teamgeists, zur Aufrechterhaltung der Moral, zur Befeuerung des Siegeswillens, kam von diesem Ausflug keineswegs als ambitionierter Kader von Leistungssportlerinnen zurück. Sie hatten etwas gesehen, das sie ihr Lebtag verfolgen würde. Was nie mehr abzuschütteln wäre. Und in diesem Zustand des frischen und in ihrer Erinnerung ungebrochenen Schreckens sollten sie eine Meisterschaft gewinnen. Oder wenigstens überstehen.

Aus ihrer Enttäuschung darüber machten die Funktionäre des nationalen Schwimmerverbands keinen Hehl. Deswegen schrieb man auch seine jungen Sportlerinnen nicht einfach so ab. Auf die naheliegende Lösung, die Teilnahme abzusagen, wurde verzichtet. Man versuchte stattdessen, das Trauma der Mädchen wegzuwischen, es wegzureden, argumentierte mit Ruhm und Ehre, mit Kampfgeist und Siegeswillen, exerzierte in Einzelfällen sogar die letzten denkbaren Mittel durch, vom Antidepressivum bis zur Hypnose. Man legte dabei mächtig Tempo vor, denn man hatte nur wenige Tage Zeit, um das Team wieder wettbewerbsfähig zu machen.

Nicht alle Mädchen hatten das geschafft, mehrere waren aufgrund der erlittenen Traumata nicht mehr in der Lage gewesen, in Darwin am Wettkampf teilzunehmen, und aus dem Team ausgeschieden. Zu sehr hatte ihnen das Erlebte zugesetzt. Gemeinsam mit den Nachrückern, welche es im ersten Anlauf nicht ins Team geschafft hatten, machten sich die sieben verbliebenen Schwimmerinnen dann auf den Weg nach Darwin. Eine von ihnen war Maya, die unendlich froh war, ihr festes Ziel, auf das sie so lange hingearbeitet hatte, nun doch weiterverfolgen zu dürfen, einen Fokus zu haben und eine Aufgabe –

anstatt mit all ihren beängstigenden Gefühlen und Gedanken allein zurückzubleiben. Und womöglich erneut den Halt in ihrem Leben zu verlieren.

Sie war auch erleichtert, dass Peyton in ihrer unerschütterlichen Sorglosigkeit ebenfalls an ihrer Seite war. Und sie war froh, geradezu glücklich, dass Lennart und seine Samantha diese Reise mit ihr gemeinsam unternahmen.

Maya lächelte in sich hinein. Die Kälte verschwand langsam. Ihr wurde warm ums Herz. Sie war womöglich wirklich kein normaler Teenager – aber das war okay, sie fühlte sich wohl dabei.

„Möchten Sie etwas, Miss?"

Maya schrak hoch. Neben ihr stand eine Flugbegleiterin mit ihrem Getränkewagen. Die Frau hatte geflüstert, so dass man von ihrer Frage zwar nicht aufwachen, sie aber im Halbschlaf wahrnehmen würde. Peyton hatte keinerlei Notiz von ihr genommen; die Frau verstand offenbar ihren Job. Maya war froh über diese Gelegenheit: Sie bestellte sich einen Tee und genoss das Gefühl, wie das heiße Getränk alsbald ihre Kehle hinabrann und die letzten Stiche der inneren Kälte zumindest für den Moment erstickte.

Als die Flugbegleiterin weitergezogen war, legte sich Maya wieder auf ihre beiden Sitze, warf die Decke locker über sich und schlief fast augenblicklich ein. Es war der erste ruhige Schlaf seit Wochen. Sie hatte nun wieder eine Orientierung gefunden, ein Ziel vor Augen. Ihre Gedanken hatten aufgehört sich zu drehen; die aufgewühlte Seele hatte einen Moment der Rast und Ruhe gefunden.

4

Einige Male kreiste der Helikopter über der Plattform, bevor er zur Landung ansetzte. Castus Crane sah aus dem Seitenfenster, ließ den Blick schweifen über sein kleines schwimmendes Imperium. Vier Ölbohrungsschiffe umfasste die Flotte C9, die hier im Indischen Ozean ihrer neuen Aufgabe entgegensteuerte. Unter ihm schipperte die Loreley II, das Flaggschiff dieser Flotte. Die anderen drei riesigen Stahlkolosse hatten sich samt der jeweils vier Schlepperboote in Formation um sie herum gruppiert. Sie hielten den Abstand, das Tempo, den Kurs. Schon seit Tagen waren sie auf See, in wenigen Stunden würden sie endlich den Sundagraben erreicht haben. Es war an der Zeit, ein wenig Geld zu verdienen.

Auf dem Sitz neben ihm saß Lucius Beetle, sein Head of Claiming. Ihnen gegenüber hatten Castus Cranes Bodyguards Platz genommen. Zwei hünenhafte Berserker, so breit wie hoch, Fleischberge aus eisenharter Muskelmasse. Man stelle sich einen Bodybuilder vor, der es mit dem Training und der einen oder anderen chemischen Substanz zum Muskelaufbau ein wenig übertrieben hatte. Oder den Hulk, etwas weniger grün. Dann bekam man ein recht gutes Bild von den beiden Gorillas, die den Konzernboss auf Schritt und Tritt begleiteten.

Das Einzige, was sie von den Pump-Proleten unterschied, war, dass die Muskelberge hier nicht nur reine Optik waren. Crane legte großen Wert darauf, dass seine Beschützer das hielten, was sie optisch versprachen. Bloßer Schein kam für ihn nicht in Frage. Jene beiden waren echte Athleten und hätten genauso gut eine Karriere im Gewichtheben, im Boxen oder in anderen schlagkräftigen Sportarten anstreben können. Warum sie es nicht taten: Crane zahlte besser. Bedeutend besser.

Der Deal war simpel: Zwei Jahre lang sollten sie ihn auf Schritt und Tritt begleiten, wann immer er sich außerhalb seines Büros befand. Sie sollten einschüchtern, Kugeln fangen, Knochen brechen, Drecksarbeit erledigen und wenn nötig rasch wieder vergessen, was immer es zu vergessen gab. Das würde ihnen nach Ablauf der 24 Monate jeweils zehn Millionen Dollar einbringen. Zwei Jahre Arbeit, um sich danach ins Privatleben zurückzuziehen oder an was auch immer anzuknüpfen – Crane war es gleich. Was er wusste, und was seine beiden Leibwächter in den schwarzen Anzügen, mit den Sonnenbrillen und den kahl geschorenen Köpfen wussten, war: Wer während der Laufzeit des Vertrags gute Arbeit leistete, müsste danach, wenn er es denn nicht wollte, nie wieder arbeiten. Das war den beiden Hünen jede Strapaze wert. Dasselbe Arrangement hatte Crane im Übrigen mit den meisten seiner engsten Mitarbeiter getroffen. Allein die versprochenen Summen variierten.

Lucius Beetle erhielt indes keines dieser Arrangements. Er war an diesem Tag das genaue Gegenteil der mit steinernen Mienen vor sich dreinblickenden Gorillas. Er rutschte unruhig auf seinem Sitz hin und her. Seine Gesichtszüge hatte er zwar im Griff. Doch wusste Castus Crane bereits jetzt, dass die anstehende Besprechung, wegen der er seinen in Ungnade gefallenen Abteilungsleiter mitgenommen hatte, in einigen Teilen nicht dessen Erwartungen entsprechen würde. Sei's drum. Damit konnte er sich später noch befassen.

Nach dem wunderbaren Ausblick über seine Flotte gab Crane dem Piloten einen Wink, dass er nun landen sollte. Auf auf dem Deck der Loreley II war in gelber Farbe ein Hubschrauberlandeplatz aufgemalt. Der Helikopter flog genau darüber, blieb dann in der Luft stehen und senkte sich langsam herab. Es war eine Punktlandung wie aus dem Bilderbuch. Der Pilot lächelte zufrieden. Er hatte noch vier Monate vor sich, bevor seine zwei Jahre vorüber waren und er sich auf eine fürstliche Entlohnung freuen konnte.

Der Hubschrauber hatte aufgesetzt. Sofort öffnete Crane die Seitentür, noch während er sich seines Gurtes entledigte. Seine Bodyguards kannten das Spiel. Er war immer der Erste, der ausstieg. Sie beeilten sich, ihm zu folgen. Unter den sich weiterhin drehenden Rotoren des Luftfahrzeugs schritt Crane in Richtung der Treppe, die hinunter aufs Achterdeck führte. Seine Leibwächter hasteten hinterher, das Schlusslicht bildete Beetle, der die Prozedur noch nicht gekannt hatte und von so viel Hektik überrascht worden war. Er stolperte ungelenk seiner Gruppe hinterher und holte diese nur ein, da sie am Kopfende der Landefläche, dort, wo eine Treppe hinabführte, stehengeblieben war. Dort wurden sie vom Captain der Flotte erwartet.

„Mr. Crane, willkommen auf der Loreley II", setzte jener an und streckte Crane die Hand entgegen

Der Konzernchef sah noch nicht einmal hinunter.

„Keine Floskeln, Captain, dazu ist meine Zeit zu kostbar", sagte er mit ruhiger, leiser Stimme, die beinahe im Lärm der Rotoren unterging.

Der kommandierende Offizier räuspert sich, zog rasch seine Hand zurück und nahm unsinnigerweise Haltung an. Dass er nicht auch noch salutierte, wunderte Crane.

„Aber sicher, Mr. Crane, Sir", rief er gegen den Rotorenlärm an. „Ich schlage vor, dass wir sofort zum eigentlichen Grund Ihres Besuches kommen, Sir. Es ist alles vorbereitet, wir können sofort starten."

Crane nickte.

Der Captain ging voran, die Treppe hinunter, gefolgt von Crane, dessen Aufpassern und Beetle als Schlusslicht.

„Wir machen ausgezeichnete Fortschritte", erklärte der Captain, während er die Treppe verließ und die Gruppe über das Deck führte. „Wir werden innerhalb von 36 Stunden am Ziel sein und können dort sofort die Vorbereitungen der Bohrungen einleiten."

Crane nickte. Das nahm der Seemann als Aufforderung, fortzufahren.

„Sie werden zufrieden sein, Sir", betonte er noch mal. „Wir können mittlerweile locker mit den Leistungen einer Stena DrillMax oder auch einer der beiden Saipem-Schiffe mithalten."

Die angesprochenen Ölbohrungsschiffe, die Saipem 10000 und die Saipem 12000, waren die größten Tiefsee-Ölbohrungsschiffe der Welt. Beide befanden sich im Besitz des italienischen Offshore-Dienstleisters Saipem. Ihren Titel hatten sie indes nur deswegen, weil von der Loreley und ihren Schwesterschiffen offiziell niemand etwas wusste. Tatsächlich war die Flotte C9 selbst jedem denkbaren Ölbohrungsschiff in den Blaupausen verwirrter Träumer aus der Branche schon heute weit überlegen.

„Kurz zu den Eckdaten, meine Herren", führte der Captain weiter aus, während er die kleine Gruppe ans Heck des Schiffes führte. „Die Loreley II ist ein Tiefseebohrungsschiff der Enterprise-Klasse, hergestellt von Transocean Limited. Diese Schiffe wurden in den Jahren 2009 und 2010 gebaut. Danach erwarb Mr. Crane eine Mehrheit des Unternehmens, seither wurden ausschließlich die Loreleys gebaut. Während die ersten Bohrschiffe dieses Typs bis zu 10.000 Meter tief bohren konnten, erreichen wir – dank intensiver Fortentwicklung – mittlerweile bis zu 17.000 Meter. Das ist inoffiziell, weil wir das Ganze nur für unsere Zwecke gebrauchen und auch keine Scherereien mit den Behörden oder ethischen Gremien haben wollen. Aber wir haben es schon getestet, mit der Loreley haben wir bisher ein Maximum von 15.347 Metern erreicht."

Crane verzog keine Mine.

„Die Loreley II hat eine Länge von 255 Metern und ist 38 Meter breit", fuhr der Captain fort. „Am besten funktioniert eine Bohrung, wenn wir die 4.000 Meter nicht überschreiten. Unsere Ziele, das wissen wir ja alle, meine Herren, liegen allerdings ein gutes Stück tiefer." Er lachte. Dass er sich nicht auch noch zu einem freundschaftlichen Schulterklopfen hinreißen ließ, überraschte Crane. Der Captain wusste vermutlich, dass er das schon bald bereut hätte.

Sie hatten das Heck des Schiffes erreicht und kamen an der Reling zum Stehen. Vor ihnen breitete sich der Indik aus, unsagbar weit und scheinbar unendlich tief. Das Licht der Sonne glitzerte auf der Oberfläche des Wassers. Einen für Schönheit und Erhabenheit der Natur offenen Geist hätte dieses Bild beeindruckt. Nicht aber Crane. Seine Gedanken kreisten längst wieder um andere Dinge.

„Was ist mit den Zwischenfällen, die Sie gemeldet haben?"

Der Captain schluckte. Er hatte vermutlich noch eine Weile schwärmen wollen, bevor er das Gespräch auf die unangenehmen Punkte der Tagesordnung lenken würde. Über die hervorragende Leistung der Crew berichten, seine eigenen Verdienste als Kapitän, vielleicht noch ein wenig die Schiffskombüse loben – anders gesagt: Gut Wetter machen, die Stimmung seines Brötchengebers anheben, damit sie später nicht gleich wieder den Nullpunkt erreichte. So aber sah er sich gezwungen, direkt auf die Zwischenfälle der vergangenen Tage zu sprechen zu kommen. Zwischenfälle, die nicht nur gefährlich waren für Schiff und Mannschaft, sondern für Castus Crane vor allem eines: teuer.

„Wir haben alles im Griff, Sir", beteuerte der Captain sofort. „Es waren ein paar unbedeutende Begegnungen mit Meeresbewohnern, die wir uns nicht so ganz erklären können. Sie sind aber ausnahmslos tödlich für die Kreaturen ausgegangen, die Schiffe sind ihnen in jeder Hinsicht überlegen. Außerdem sind wir trotzdem voll im Zeitplan geblieben, Sir. Sie sehen also, kein Grund zur Besorgnis."

Crane sah den Captain direkt an. Sein Blick war kalt. „Was ist geschehen?"

„Völlig unbedeutend", versuchte sich der Captain erneut an einem Ausweichmanöver. „Wirklich nicht der Rede wert. Wir ..."

Mit einer scharfen Geste schnitt Crane ihm das Wort ab. „Was Bedeutung hat und was nicht, das überlassen Sie bitte meiner Einschätzung, Captain", zischte er. „Wenn ich Sie etwas frage, dann erwarte ich eine Antwort auf diese Frage. Keine Ausflüchte. Wären Sie also bitte jetzt so liebenswürdig, mich in Kenntnis zu setzen, um welche Art von Zwischenfällen es sich handelte." Sein letzter Satz war keine Frage, es war ein Befehl. Die beiden Gorillas, die sich links und rechts hinter Crane aufgestellt hatten, nahmen Haltung an und spannten unter den schwarzen Anzügen die Muskeln.

Der Captain schluckte erneut.

„Wie Sie wünschen, Sir", stammelte er, sich in sein Schicksal ergebend, räusperte sich und begann dann zu erzählen. „Es geschah zum ersten Mal vor etwa acht Stunden. Wir hatten soeben die Shark Bay passiert, da wurden wir von irgend etwas gerammt. Das Schiff hat zunächst kaum etwas abbekommen, es gab aber eine spürbare Erschütterung."

Er räusperte sich erneut.

„Jedenfalls sind mein erster Offizier Mr. Cocks und ich natürlich schleunigst zur

Brücke gerannt, um uns einen Überblick über die Lage zu verschaffen. Kaum waren wir dort angekommen, geschah es erneut. Diesmal waren es zwei Schläge. Einer am Bug und einer achtern. Noch ehe wir mit der Führungscrew sprechen konnten, folgten weitere. Insgesamt wurden wir innerhalb von etwa 30 Minuten 22 Mal getroffen. Und weil die Attacken gezielt erfolgten, haben sie in ihrer Häufung leider auch Spuren hinterlassen."

Crane blickte ihn kalt an. „Was war es? Wer oder was hat uns angegriffen?"

Der Captain schluckte trocken, bevor er antworten konnte.

„Es waren Wale, Sir", erklärt er dann. „Wir haben es mit eigenen Augen gesehen. Eine ganze Gruppe von riesigen Walen, jeder von ihnen sicher um die 30 Meter lang."

Crane blickte über die Reling auf die See hinaus. „Ihre Erklärung dafür, Captain?"

„Das ist es ja, ich habe leider keine, Sir", bekannte der Führungsoffizier, dem plötzlich sämtliche Selbstsicherheit abhandengekommen zu sein schien. „Ich fahre jetzt seit fast 30 Jahren zur See und ich habe so etwas noch nie gehört, geschweige denn selber erlebt."

Er druckste herum. Versuchte sich schließlich wieder in faktische Analysen zu flüchten, dieweil er für das Verhalten der Tiere keine Erklärung liefern konnte.

„Sie müssen wissen, dass es sich bei der Größe der Tiere höchstwahrscheinlich um Blauwale gehandelt hat. Die leben allerdings für gewöhnlich nicht in Gruppen. Sie haben höchstens ihre Jungtiere bei sich. Dass sie also in einer solchen Zusammenrottung von zehn oder mehr Tieren als ein Kollektiv agieren, das ist wissenschaftlich gesehen phänomenal! Walforscher und Meeresbiologen werden von unserer Entdeckung begeistert sein!"

„Bremsen Sie Ihre Begeisterung, Captain", erwiderte Crane, ohne den Mann anzusehen. Noch immer blickte er auf den Ozean hinaus, bis zum Horizont. Er versuchte sich vorzustellen, was sich da um sie herum und unter ihnen im Wasser tummeln mochte. Was die Tiere vorhatten und wie man dem begegnen könnte.

„Es ist keine Begeisterung, Mr. Crane, es ist reines Erstaunen – und ein bisschen Angst", gab der Captain zu und riss damit seinen Boss aus dessen Gedanken.

Crane blickte ihn an und der Captain erriet bereits die Frage.

„Was die Wale da getan haben, war in gewisser Hinsicht ein koordinierter Angriff", nahm der Seemann die Antwort vorweg. „Die Tiere haben über 20 Mal an drei Stellen das Schiff gerammt. Sprich: Sie haben gemeinsam drei ausgesuchte Punkte am Rumpf des Schiffes unter Angriff genommen. Einen besonders intensiv, an der Stelle hätten wir sogar beinahe einen Hüllenbruch gehabt. Wenn ein Tier mit 200 Tonnen und einer Geschwindigkeit von etwa 40 Kilometern pro Stunde eine metallische Oberfläche rammt, hat das normalerweise keine Wirkung. Wenn aber dieselbe Stelle mehrfach attackiert wird, dann ruft das nach und nach einen Effekt hervor."

Crane hatte beide Hände auf die Reling aufgestützt und blickte nun wieder aufs Meer hinaus. Die Geschichte des Captains hatte ihn beeindruckt, auch wenn er dies nicht zugeben wollte.

„Wie haben Sie die Situation gelöst?"

„Wir haben mehrere Harpunen an Bord, die wurden eingesetzt. Wir haben mindestens zwei Tiere getötet, mindestens drei weitere wurden verletzt. Das hat sie geschwächt, vielleicht auch erschreckt, und sie konnten mit uns letztlich nicht mehr mithalten. Wir entdecken aber immer wieder hinter uns an einigen Stellen einen Blas. Vermutlich werden wir von einigen Tieren in sicherem Abstand und außer Reichweite der Harpunen verfolgt."

„Was ist mit den verendeten Walen geschehen?", erkundigte sich Crane.

„Wir haben sie an Ort und Stelle verrecken lassen", gab der Captain zu und man spürte zum ersten Mal eine Gefühlsregung bei ihm. „Die Mistviecher hätten uns fast versenkt. Da war uns nicht so sehr nach weiterer Erforschung ihres Verhaltens. Wir hatten genug damit zu tun, uns selber in Sicherheit zu bringen und die betroffenen Stellen in der Außenhülle von innen her zu verstärken."

„Ich würde das gerne sehen", erklärte Crane nach einer kurzen Pause. „Ich will sehen, wo der Angriff erfolgte."

Der Captain verkniff sich zu fragen, was sich sein Boss davon versprach. „Wir könnten mit dem Hubschrauber dorthin fliegen", schlug er vor.

Crane gab seinen Begleitern einen Wink, die beiden Sicherheitskräfte machten daraufhin kehrt und liefen zurück in Richtung des Helikopters. Crane blieb noch einen Moment an der Reling stehen. In einiger Entfernung erkannte er einen Blas.

„Ich möchte nur zu gerne wissen, was diese Tiere von meiner Flotte wollten", sagte er, mehr zu sich selbst als zu den anderen. Jene spitzten dennoch die Ohren.

Crane drehte sich um, blickte Beetle und den Captain an und fuhr, nun etwas lauter, in seinen Gedanken fort. „Ich will wissen, ob diese neuen Verhaltensweisen der Wale in irgendeiner Weise unsere Arbeit gefährden. Wir werden nicht immer davonschwimmen können. Wir sind darauf angewiesen, am Zielort vor Anker zu gehen und unsere Arbeit aufzunehmen, da können wir keine derartigen Zwischenfälle mit durchgedrehten Walen dulden. Wenn das also noch mal vorkommen sollte, dann müssen und werden wir uns dieser neuen Bedrohungslage in geeigneter Weise annehmen. Und dann wird es nicht nur bei zwei Opfern bleiben. In so einem Fall möchte ich, dass die komplette Herde eliminiert wird."

Zwei Stunden später fand die Gruppe erneut zusammen. Diesmal in einem kleinen Konferenzraum, der sich auf der Loreley II befand. Crane hatte mit zwei Besatzungsmitgliedern und seinem Piloten mittlerweile einen kleinen Ausflug – im wahrsten Sinne des Wortes – zu der Stelle der Walangriffe unternommen.

Viel gab es dort nicht zu sehen. Die verendeten Wale drifteten verlassen auf dem Meer. Einige Weiße Haie hatten sich eingefunden und fraßen begierig von dem Blubber, der Fettschicht der Wale. Für Weiße Haie war dies eine Delikatesse, hoch nahrhaft, es brachte ihnen für Wochen Energie – und es war zudem leicht zu bekommen.

Obschon das nicht ganz ungefährlich war, hatte Crane entschieden, mit einem der begleitenden Schlepperboote einen der Walkadaver zur Loreley zu schleppen. Er bezog samt totem Wal direkt hinter der Loreley II Stellung, folgte dem Führungsschiff in geringem Abstand. Ein wahrhaft unwürdiges Bild für ein solch erhabenes Wesen.

Crane allerdings hoffte, dass der tote Wal sowie die dadurch angelockten Weißen Haie weiteren Angriffen durch die lebendigen Tiere vorerst vorbeugen würde. Zwar hatte er keine Ahnung, ob die anderen Wale die sie begleitenden Meeresräuber wahrnehmen und eine solche Abschreckungstaktik, eine solche Botschaft verstehen würden. Jedoch würden die Weißen Haie ihrer Mahlzeit folgen. Diese natürliche „Untersee-Abwehr“ sollte den Walen vermitteln, dass es nicht gerade klug war, erneut anzugreifen, sofern sie nicht als Futter für die Haifische enden wollten. Ein natürlicher Instinkt, der sie vor der lauernden Gefahr warnte, so mutmaßte Crane, würde vermutlich vorhanden sein. Das sollte schon genügen, so hoffte er, um seine teuren Bohrungsschiffe und seine Pläne abzusichern.

Als Crane den Konferenzraum betrat, gefolgt von seinen Bodyguards und einem weiteren Mann, den keiner außer Crane selbst kannte, wurde er von Beetle und dem Captain bereits erwartet. Die beiden unterhielten sich nicht etwa. Sie waren still und warteten, was es zu berichten gab. Oder vielmehr, welche Entscheidungen Cranes Entdeckungen nach sich ziehen würden. Er trat an das Kopfende des Tisches, Beetle und der Captain erhoben sich und setzten sich erst wieder, als auch Crane und der Unbekannte sich auf die Sessel hatten niedersinken lassen. Die beiden Gorillas stellten sich hinter Crane an die Wand.

„Meine Herren, kommen wir gleich zur Sache.“ Crane bekam von einem der Aufpasser eine lederne Mappe gereicht, die er vor sich auf den Tisch legte, aber nicht öffnete.

„Wir haben mittlerweile die Stelle der Attacke inspiziert. Haben Sie dem Bericht von vorhin noch etwas hinzuzufügen, Captain?“

Der Offizier wurde weiß im Gesicht, schüttelte aber den Kopf. „Nein, Sir.“

Crane sah ihn kurz und eindringlich an, dann löste er die Spannung auf.

„Es spricht nichts gegen Ihre Version der Geschichte“, sagte der Konzernboss. „Also wollen wir Ihnen das alles einfach mal so glauben, wie Sie es uns zu Gehör gebracht haben. Der Fall wird dokumentiert und dann samt der Leiche des Wals, die wir aktuell als Schutzschild einsetzen, an unsere Forschungsabteilung übergeben. Die Flotte wird um einen japanischen Walfänger ergänzt, den ich vor einer Stunde angeheuert habe. Jener wird in Kürze zu uns stoßen. Sollten weitere Angriffe erfolgen, so wollen wir deren Abwehr unseren neuen Experten überlassen. Am Sundagraben werden wir zudem von zwei weiteren großen Walfängern erwartet. Somit sollte es keine weiteren Zwischenfälle geben, weder auf der Anfahrt, noch am Zielort, die Sie von einer Erfüllung Ihrer Mission abhalten könnten.“

Der Captain war von so viel Unterstützung ein wenig überrascht und dachte einen Moment lang nach, wie dies einzuordnen wäre. „Vielen Dank, Sir“, sagte er dann. „Ich bin sicher, mit so viel Rückhalt werden wir unsere Arbeit zu Ihrer vollsten Zufriedenheit und vor allem innerhalb des vorgegebenen Zeitrahmens erledigen können.“

Crane nickte und der Anflug eines Lächelns huschte über sein Gesicht. Allerdings nur für den Bruchteil einer Sekunde. Dann wandte er sich Beetle zu.

„Wenn wir grade von der Erfüllung unserer Pflichten sprechen“, sagte er und öffnete während des Satzes seine Mappe. Er holte ein Dokument heraus, das er kurz betrachtete und dann über den Tisch zu Beetle schlittern ließ. Jener fing es auf, bevor es über die Tischkante rutschte. „Könnten Sie mir das bitte erklären, Lucius?“

Beetle hob das Papier auf, nestelte seine Lesebrille heraus, setzte sie auf und warf dann einen Blick auf das Papier. In großen Buchstaben stand dort ganz oben „Vorladung“. Beetle schluckte.

„Ich warte“, insistierte Crane und sah Beetle kalt an. Es war totenstill im Raum.

„Ich kann ... ich kann mir das nicht erklären“, druckste Beetle herum und seine Hand begann zu zittern. Mit ihr auch das Blatt, das er immer noch festhielt.

„Sie sind ganz offensichtlich in der jüngsten Vergangenheit des Öfteren um Erklärungen verlegen“, versetzte Crane kalt. Dann wandte er sich an den Unbekannten, der zu seiner Rechten saß. „Mr. Stanton, wären Sie wohl so freundlich, die Erklärungen zu liefern?“

Stanton erhob sich. „Mr. Crane, meine Herren“, setze er an. „Wir haben diese Vorladung am heutigen Vormittag zugestellt bekommen. Sie erreichte uns von der Staatsanwaltschaft in Darwin und sie war persönlich an Mr. Crane gerichtet.“

Er räusperte sich.

„Auf Nachfrage unserer Rechtsabteilung, die sich umgehend der Sache annahm und verschiedene Quellen offizieller und inoffizieller Art aktivierte, geht es bei den Anschuldigungen zentral um Bestechung, um Erpressung, um Körperverletzung und um Mord. Jedes dieser Verbrechen lässt sich scheinbar zu uns zurückverfolgen. Die vorgeworfenen Taten scheinen allesamt im Dunstkreis des Genehmigungsverfahrens um die Bohrungsrechte im Northern Territory geschehen zu sein.“

„Das Northern Territory?“, fragte Crane mit gespielter Überraschung und wandte sich an Beetle. „Beetle, ist das nicht ein Zufall? Haben wir nicht vor wenigen Tagen noch über genau dieses Verfahren miteinander gesprochen?“

Beetle lief es kalt den Rücken herunter. Natürlich wusste er, worauf das hinauslief. Er hatte ohne zu zögern Cranes Anweisungen Folge geleistet und sämtliche Kontakte aktiviert, die nicht offiziell auf der Gehaltsliste standen, deren Beitrag jedoch für die Geschäfte des Konzerns von unschätzbarem Wert war. Da das Zuckerbrot in diesem Fall nicht geholfen hatte, hatte er nunmehr die Peitsche geschwungen. Und sie traf bei jedem einzelnen Schlag. Beetle hatte Konten sperren lassen, es gab nächtliche Überfälle, Kinder und Ehefrauen wurden eingeschüchtert, ein Ferienhaus brannte ab – leider hatte sich jemand darin befunden, was Beetle aber erst später erfahren hatte. Sei's drum, Auftrag war nun einmal Auftrag. Schließlich hatte Crane ihm die Weisung erteilt, alle zur Verfügung stehenden Mittel auszuschöpfen. Beetle war klar gewesen, was auf dem Spiel stand. Am Ende des Tages hieß es: Entweder er oder alle anderen – irgend jemanden musste es treffen. Da sollten es doch bitte die anderen sein.

„Sir, ich kann mir nicht erklären, wie der Staatsanwalt ...“, stammelte er nun. Er kam gar nicht dazu, das Dokument in seiner Hand wirklich zu lesen. Die Buchstaben verschwammen trotz Lesebrille vor seinen Augen. Sein Hals war trocken. Sein Puls raste. Er war aufgeflogen.

„Wie der Staatsanwalt davon erfahren hat?“, unterbrach ihn Crane scharf. „Auch hier kann ich Ihnen auf die Sprünge helfen, Beetle. Sie Vollidiot haben in Ihrem Übereifer einen verdeckten Ermittler zusammenschlagen lassen. Nicht einmal beseitigen ließen Sie ihn, nur zusammenschlagen. Im festen Glauben, einen kleinen Fisch eingeschüchtert und mundtot gemacht zu haben. Der ist dann mit blutiger Nase nach Hause gefahren, hat noch ein bisschen rumgerührt, schließlich seine Vorgesetzten informiert – und schon haben wir eine Anklage auf dem Tisch!“

Beetle wurde kreidebleich. Er ließ das Blatt, das er bis eben noch festgehalten hatte, auf den Tisch fallen. „Ich … ich kann mir wirklich nicht erklären …“

Crane fuhr von seinem Stuhl hoch, schlug mit der Faust auf den Tisch und schrie Beetle mit hasserfülltem Blick an. „Sagen Sie noch ein verdammtes Mal diese Worte, und ich werde Ihnen eigenhändig das Herz herausreißen, Beetle!“

Stanton, der immer noch im Vortragsmodus stand und sich von dem Ausbruch Cranes – zumindest äußerlich – nicht aus dem Konzept bringen ließ, ergriff wieder das Wort. „Sie haben verdammt schlampig gearbeitet, Mann“, sagte er kampflustig. „Sie haben Ihre Quellen nicht ordentlich überprüft, auf die falschen Leute vertraut und uns damit empfindlichen Schaden zugefügt.“

Crane stand immer noch da und sah Beetle mit vor Wut blutunterlaufenen Augen an.

„Wir haben den Auftrag verloren“, fuhr Stanton dann fort. „Ob der Rechtslage und für die Dauer der Untersuchungen wurden wir vom Verfahren der Bohrungsgenehmigungen im Northern Territory komplett ausgeschlossen. Das kann sich Jahre hinziehen. Die Staatsanwaltschaft hat die von uns geschaffene und von uns bezahlte Infrastruktur annektiert und wird sie den Gewinnern des Verfahrens zur Verfügung stellen. Es ist alles weg. Absolut alles.“

Beetle schluckte, er hatte einen Kloß im Hals.

Die beiden Gorillas hinter Crane lösten sich von der Wand und stellten sich hinter seinen Stuhl.

„Mr. Crane … was .. was hätte ich denn tun sollen …?“, stammelte Beetle und ihm sackte die Stimme weg.

Crane lächelte kalt, aber in seinen Augen blieb die Wut. „Was für ein Zufall, dass Sie mich das fragen, Lucius. Vielleicht kann Ihnen unser neuer Head of Claiming da weiterhelfen und demonstrieren, wie man in solchen Fällen effizient und unauffällig mit renitenten Störenfrieden verfährt. Mr Stanton, wenn Sie so freundlich wären!“

Stanton gab den beiden Gorillas einen Wink. Noch ehe sich Beetle versah, traten sie vor, packten ihn, rissen ihn vom Stuhl hoch und zerrten ihn zur Tür.

Beetle wehrte sich und schrie, aber er hatte keine Chance. Wie Schraubstöcke hatten sich die Pranken der beiden Berserker um seine Arme geschlossen, der Griff schnürte ihm das Blut ab. Doch dies war seine geringste Sorge.

Der Captain sah betreten zu Boden. Er blieb zurück, als Crane und Stanton den beiden Gorillas und dem sich nach Leibeskräften wehrenden Ex-Angestellten folgten. Er ahnte, was kommen würde. Er wollte es nicht miterleben.

Die Bodyguards zerrten Beetle hinauf aufs Deck. Jener schlug um sich, schrie und flehte jeden Crewman, den sie trafen, um Hilfe an, aber alle sahen weg. Auch für sie galt Beetles alte Devise: Besser er als ich.

Schließlich waren sie auf Deck und am Heck des Schiffes angelangt. Hinter der Loreley fuhr inzwischen der Schlepper, der den Kadaver des Wales im Schlepptau hatte. Um den Kadaver herum schossen abwechselnd mindestens fünf Weiße Haie aus dem Wasser, verbissen sich in den Blubber des Wales und rissen immer wieder riesige Stücke davon heraus, mit denen sie in der Tiefe verschwanden.

Die kleine Gruppe hatte die Reling erreicht. Alle betrachteten das Schauspiel. Crane trat vor und stützte sich mit beiden Armen auf die Reling auf.

„Ist es nicht erstaunlich!", rief er. „Was für bemerkenswerte Kreaturen!"

Er schaute dem Gelage eine Weile zu, dann wandte er sich um und sah Beetle an.

„Mr. Crane, ich bitte Sie ...", flehte dieser.

Crane hob beschwichtigend beide Hände. „Nur die Ruhe, Mr. Beetle. Sie wollten doch eine Erklärung. Eine Demonstration, wie man seinen Job macht und dabei nicht seine ganze Firma ins Visier der Ermittler bringt. Stanton hat da ein paar wundervolle Vorschläge gemacht."

Stanton trat vor, winkte jemandem hinter der Gruppe. Plötzlich erschienen noch weitere Schlägertypen, sechs Stück an der Zahl. Sie zerrten jeweils zu zweit drei weitere Personen zum hinteren Deck; alle drei – soweit Beetle erkennen konnte, waren es zwei Männer und eine Frau – hatten schwarze Kapuzen über die Köpfe gezogen bekommen, wehrten sich und schrien. Als sie bei der Gruppe angelangt waren, nahmen sie in einer Reihe Aufstellung an der Reling. Stanton trat an ihre Seite.

„Darf ich Ihnen unsere Gäste kurz vorstellen, Ex-Kollege Beetle", sagte er theatralisch und bedeutete einem der Schränke, dem linken Mann die Kapuze abzunehmen, was dieser auch sogleich tat. Zum Vorschein kam ein Mann mittleren Alters, das Haar voll, es war sicher adrett frisiert gewesen, bevor er in diese Lage kam. Er trug einen teuren Anzug, der allerdings als Folge seines Martyriums ziemlich derangiert aussah. Auf dem Hemd waren Blutspritzer, sein Gesicht wies mehrere Blutergüsse auf und seine Nase war seltsam zur Seite gebogen.

„Das ist der zuständige Staatsanwalt, Eric Hammond", erklärte Stanton. „Willkommen an Bord!"

„Sie ahnen ja gar nicht, in welchen Schwierigkeiten Sie steck..." weiter kam Hammond nicht, denn einer der Entführer versetzte ihm von hinten einen harten Schlag in die Nieren, der ihn sicherlich zu Boden gebracht hätte, hätten ihn nicht die beiden Berserker festgehalten. Er schrie auf, sein Gesicht war schmerzverzerrt. Er hustete.

Auf einen Wink Stantons wurde dem zweiten Mann die Kapuze abgenommen. Ein noch recht junger Mann, der in Zivil gekleidet war.

„Hier haben wir unseren wackeren verdeckten Ermittler, der uns so tapfer entgegengetreten ist", erklärte Stanton hämisch. „Er ist übrigens auch der Kronzeuge, auf den sich die gesamte Anklage gegen unsere Firma stützt. Nicht, dass wir das Verfahren noch stoppen könnten. Wir können aber wenigstens ein bisschen Schärfe aus der Sache nehmen."

Der Ermittler war noch schlimmer zugerichtet worden als der Staatsanwalt. Er hing geradezu im Griff der beiden Schergen, sein Gesicht war nur noch eine Fratze von Blut und Knochen.

„Kommen wir nun zu Ihrer ganz persönlichen kleinen Lektion, Mr. Beetle", fuhr Stanton fort und gab den Männern einen Wink. Die zwei Bewacher eines jeden Mannes packten ihre Opfer, hievten sie in die Höhe und warfen sie in hohem Bogen über die Reling. Die Männer klatschten nach metertiefem Fall auf die Wasseroberfläche, wo sie unweit des Walkadavers von den Weißen Haien im Fressrausch sofort anvisiert wurden. Man hörte Schreie, eine Mischung aus Wut, Entsetzen und Schmerz, aber es dauerte nicht lange.

Mitten in diese Geräuschkulisse trat Crane an Beetle heran.

„Haben wir heute etwas gelernt, Mr. Beetle?", flüsterte er ihm ins Ohr.

Beetle war nur noch ein Häufchen Elend. Er hatte Todesangst, er heulte hemmungslos. „Mr. Crane ... bitte ... bitte ..."

„Es gibt noch eine letzte Kleinigkeit, das i-Tüpfelchen dieser Lektion sozusagen", sagte Crane ungerührt. „Mr. Stanton, wären Sie so freundlich?"

Stanton trat an die Frau heran und zog ihr die Kapuze herunter.

Wer darunter zum Vorschein kam, gefesselt, geknebelt, blutig und in wilder Panik, Beetle kannte sie nur zu gut. Es war seine eigene Ehefrau. Als sie ihn sah, versuchte sie zu schreien, doch der Knebel machte es ihr unmöglich.

„Nein, Mr. Crane ... nein, bitte, Castus, das können Sie nicht tun ...", flehte Beetle erneut.

Doch das kalte Lächeln seines ehemaligen Chefs machte einem Ausdruck des Wahnsinns Platz.

„Sie haben es getan, Mr. Beetle. Sie allein", sagte Crane leise, hob die Hand, und die beiden Gorillas warfen Beetles zappelnde Ehefrau über die Reling, hinunter in die rot gefärbte See, wo sich das Blut der Menschen mit dem des Wals im brutalen Blutrausch der Weißen Haie vermischte.

Beetle schrie, wand sich, heulte, spuckte voller Verzweiflung. Er übergab sich.

Crane sah ihn voller Verachtung an.

„Leben Sie wohl, Mr. Beetle."

Das letzte, was Lucius Beetle in seinem Leben wahrnahm, war ein schmerzhaftes Zupacken der Gorillas. Er wurde in die Luft gehoben, flog weit über die Reling hinaus, dem Wasser entgegen. Doch bevor er unten aufschlug, raste unter der Oberfläche bereits ein Schatten heran, schnellte herauf in die Luft. Der kräftige Biss des großen Weißen Hais, der Beetle in der Luft gefangen hatte, tötete den Mann augenblicklich. Von dem Sturz ins Wasser, dem Todeskampf seiner Frau und seiner Schicksalsgefährten, bekam er nichts mehr mit. Er versank im Nichts, im Tod, in der Bedeutungslosigkeit; er war vom Angesicht der Erde getilgt, würde spurlos verschwunden bleiben – und niemand würde je wieder nach ihm fragen.

Crane war zufrieden.

Lektion beendet.

5

Kaum dass das Flugzeug aus Los Angeles in Darwin gelandet war, machten sich die beiden Passagiere aus Reihe 17 – nachdem sie einen letzten Drink an Bord genossen hatten – auch schon wieder unsichtbar. Das war für beide keine allzu schwere Übung, es gehörte seit Jahren zu ihrer täglichen Routine. Und die australischen Behörden machten es ihnen wirklich nicht schwer.

Ein paar läppische Einreisekontrollen waren für jene beiden Passagieren kein Problem: Ihre Pässe waren derart glaubhafte Repliken, dass nicht einmal offizielle Behörden sie als falsche Identitäten erkannt hätten. Denn die Pässe entstammten den offiziellen Produktionsstätten, wo jeder beliebige US-Bürger seine Papier ausgestellt bekam. Nur dass es eben die Personen, die jene Pässe auswiesen, gar nicht gab.

Als sie den Flieger verließen, begann die Mission. Sie schauten jedem Menschen, der ihren Weg flankierte oder ihnen entgegenkam, direkt in die Augen, auf seine Finger. Sie checkten die zahlreichen toten Briefkästen auf ihrem Weg hinaus aus dem Sicherheitsbereich und hinüber ins Terminal. Doch sie fanden nichts. Keine Nachrichten waren für sie hinterlegt, keine Befehle deponiert und keine geheimen Schleichwege angeordnet worden. Alles sollte seinen gewohnten Gang nehmen. Offiziell waren sie Touristen aus Amerika. Und so sollten sie sich auch verhalten. Lediglich ihre Waffen fanden sie wie vereinbart in einem Schließfach vor.

Wie die anderen Passagiere reihten sich deshalb jene beiden Gestalten in die Schlange am Einreiseschalter ein. Sie sprachen kein Wort miteinander. Schauten sich nur immer wieder um. Sie erfassten die Umgebung, die vorbeieilenden Menschen, jeden Laut, jeden Geruch, merkten sich jedes kleinste Detail. Sie hätten gar nicht anders gekonnt, selbst wenn sie es gewollt hätten. Längst war ihnen all dies in Fleisch und Blut übergegangen.

Binnen weniger Minuten hätten sie – selbst noch Tage und Wochen später – aus dem Gedächtnis eine detaillierte Skizze des Terminals A vom Darwin International Airport anfertigen können. Sie hätten darin vierzehn verdächtige Personen eingezeichnet, die an strategisch wichtigen Punkten ihren Eisstand, ihren Bäckerladen oder ihren Zeitschriftenverkauf eingerichtet hatten; andere lasen Zeitschriften in den Wartebereichen, verließen oder betraten soeben eine Toilette, nutzten den Raucherbereich oder ähnliches. Besonders auffällig war jedoch der Schuhputzer. Mal ganz ehrlich: Wo gab es denn diesen Job überhaupt noch im wahren Leben und außerhalb einer Tarnung?

In den Augen normaler Reisender mochten das Passanten oder Händler sein. Die beiden ungebetenen Gäste aus den USA wussten es jedoch besser. Sie erkannten ihre australischen Kollegen auf den ersten Blick. Unauffällige Zeitgenossen – würden sie sich zu erkennen geben, wäre die ungläubige Reaktion: „Du? – Nie und nimmer!" Und doch waren sie allesamt Agenten, getarnt, wie sie meinten, beobachtend, bewertend, abwartend – wie die beiden eingereisten Männer der CIA.

Freilich, brenzlig hätte diese Situation werden können. Schließlich war dies ein nicht angekündigter Besuch – was die Regierungen beider Ländern nicht gerne sahen. Zwei bewaffnete US-Agenten stromerten über den größten Flughafen des Northern Territory? Weshalb waren diese Agenten zu einem höchst inoffiziellen Besuch nach Down Under geflogen? Warum hatten die beiden vordergründig miteinander befreundeten Regierungen nicht vorher miteinander gesprochen? Warum hatte man nicht um Unterstützung gebeten und sich stattdessen zu einer verdächtigen Visite hinreißen lassen? Was gab es seitens der USA zu verbergen, das so brisant war, dass man es lieber geheim hielt – und dafür das Risiko eines internationalen Konfliktes in Kauf nahm? Das Risiko war äußerst überschaubar. Um einen Konflikt auszulösen, hätten die beiden Männer von der CIA erst mal erwischt werden müssen. Das war beinahe unmöglich. Nicht nur, dass ihre Tarnung schier undurchschaubar war, sie machten auch nicht den Fehler, anderweitig aufzufallen. Ganz anders die australischen Kollegen, denen tropfte der Geheimdienst geradezu aus jeder Pore. Sie hätten genauso gut T-Shirts mit der Aufschrift „ASIS" tragen können, Australian Secret Intelligence Service. Die beiden Amerikaner lächelten sich zu.

Sie erinnerten sich an eine missglückte Aktion in Melbourne, bei der die Männer vom ASIS direkt ins grelle Licht der öffentlichen Aufmerksamkeit stolperten, und es bis heute – über 30 Jahre später – nicht wieder ganz zurück in den Schutz der Dunkelheit geschafft hatten.

Natürlich war die CIA ebenfalls öffentlich bekannt. Doch operierte man bevorzugt im Verborgenen. Gleichzeitig profitierte man von einem Klima der Angst und des distanzierten Respekts, den die drei Buchstaben stets bei allen Außenstehenden auslösten. Wer erst einmal ins Visier der CIA geriet, der hatte ein echtes Problem – und das war demjenigen meistens auch bewusst.

Die CIA war noch nie ein Spaßverein gewesen. Das hatten auch die eigenen Landsleute begriffen und gebilligt. Während Menschenrechtsorganisationen und weite Kreise der Regierung versuchten, den Einfluss und die Methoden der CIA einzuschränken, fand die Firma in der Regierung Bush einen willfährigen Unterstützer. Der 2006 geschaffene Military Commissions Act war ein Freifahrtschein für alles, was frühere und auch die anstehende Mission an Maßnahmen erforderlich machen könnten – was tatsächlich „erforderlich" war, blieb dem Urteil der ausführenden CIA-Agenten überlassen.

Teil dessen war das weithin gefürchtete „Verschwindenlassen". Dies war eine der Paradedisziplinen der CIA, so etwas lernte ein CIA-Agent bereits im ersten Lehrjahr.

Dann und wann gab es selbst für die CIA auch einmal Rückschläge. Etwa die Forderung des Menschenrechtsrats der UN im Jahre 2006, eine beträchtliche Zahl an Geheimgefängnissen der CIA umgehend zu schließen – was noch im selben Jahr geschah. Anderswo schossen jedoch gleichzeitig und klammheimlich neue Stationen aus dem Boden, wo man dann endlich wieder zum Wohle des Landes tun und lassen konnte, was man wollte.

Eine dieser neuen Einrichtungen befand sich hier, in der Hauptstand des australischen Northern Territory, in Darwin. Hier in Australien entzog sich die Organisation erfolgreich jedweder Einflussnahme durch jene, die sich anmaßten, die CIA reformieren zu wollen.

Während die beiden Agenten nun durch die Halle des Terminals in Darwin schlenderten, während also die Operation endlich Fahrt aufnahm, bekam einer von beiden einen Anruf.

„Ja", meldete er sich knapp, als er das Gespräch auf seinem Handy annahm. Dann lauschte er den Mitteilungen seines Gesprächspartners am anderen Ende der Leitung. Er verzog keine Miene, er hörte nur zu. Sein Begleiter blickte ihn dabei an.

Nach wenigen Sekunden war das Gespräch beendet. Ohne eine Verabschiedung klappte der Agent das Handy zusammen, ließ es in seiner Manteltasche verschwinden. Es war keines dieser Wegwerfteile, die in Actionfilmen nach jedem Gespräch entsorgt wurden, damit man sie nicht orten könnte. Selbst wenn die ASIS von ihrer Anwesenheit in Darwin gewusst hätte, eine Ortung der genutzten Geräte war quasi unmöglich. Ebenso wenig konnten sie abgehört werden. Ungeachtet dessen hätte der Inhalt des Gespräches einem Außenstehenden ohnehin nichts verraten. Der Anrufer hatte lediglich nachgefragt, ob sie eine gute Reise gehabt hätten und erklärt, dass Tante Margret mit dem Essen auf sie wartete. Sie sollten sich beeilen, hieß es, damit es nicht kalt würde und rasch ein Taxi in die Innenstadt nehmen. Neu war lediglich die übermittelte Zusatzinformation: Sie hätten noch Platz für einen weiteren Gast. Wofür die Geisel gebraucht wurde und um wen es sich dabei handelte, das war für den Auftrag nicht von Belang. Die Agenten waren lediglich instruiert worden, zu dritt an ihrem Bestimmungsort zu erscheinen.

Eine Weile beobachteten sie noch das Geschehen am Flughafen. Erst, als sie beschwören konnten, dass am Hauptflughafen des Northern Territory alles weiterhin seinen gewohnten Gang nahm, so als seien sie niemals hier gewesen, erst dann nahmen sie ihre Rollkoffer, gingen zu einem der Nebeneingänge des Terminals, verließen es unbeobachtet von Kameras oder Passanten, und gingen einmal um das Gebäude herum zum Taxistand. Ein Taxi stand ganz vorne in der Reihe und wartete auf neue Gäste. Einer der Männer stieg vorne direkt beim Fahrer ein, der andere verstaute ihr spärliches Gepäck im Kofferraum des Wagens und nahm dann auf der Rückbank Platz. Phase eins abgeschlossen.

Der Fahrer, der bis zum Einsteigen der beiden neuen Fahrgäste noch in seine Zeitung vertieft gewesen war, faltete nun das Blatt zusammen, begrüßte die Männer freundlich und legte das Papier ins Handschuhfach. Er schnallte sich an und startete das Taxameter. Dann setzte sich das Fahrzeug, ein Mercedes Benz jüngerer Generation, in Bewegung, verließ unter schier übertriebener Demonstration höchster Aufmerksamkeit im Straßenverkehr seine Parklücke und steuerte über das Flughafengelände stetig der Hauptverkehrsader Darwins entgegen.

„Sind Sie das erste Mal in Darwin?", versuchte der Fahrer ein Gespräch anzuzetteln.

Der Mann auf dem Beifahrersitz schwieg. Jener auf dem Rücksitz ebenso.

Der Fahrer, der sich kurz im Sitz nach links gedreht hatte um seine Kunden besser im Blick zu haben, schaute ein wenig irritiert zwischen den beiden hin und her. Dann sah er wieder auf die Straße.

„Woher kommen Sie? Aus Amerika?", versuchte er es erneut.

Wieder schwiegen beide. Die Situation begann unbehaglich zu werden.

„Sehen Sie", setzte der junge Mann noch einmal an, „Sie müssen schon mit mir sprechen. Sonst weiß ich ja gar nicht, wo ich Sie hinbringen darf."

Wortlos griff der Mann auf dem Beifahrersitz in die Brusttasche seines Hemdes, holte einen Zettel heraus und reichte ihn dem Taxifahrer. Dieser entfaltete ihn und schüttelte den Kopf. Trotzdem ordnete er sich auf der entsprechenden Fahrspur ein und setzte den Blinker, bevor eine rote Ampel die Tour vorübergehend unterbrach.

„Da wollen Sie wirklich hin? Es gibt spannendere Orte in Darwin!"

Der Beifahrer starrte weiterhin nach vorne, griff mit der rechten Hand hinüber zum Fahrer des rechtsgelenkten Fahrzeugs und tippte mit dem Zeigefinger eindringlich dreimal auf den Zettel, den jener noch in der Hand hielt. Der Fahrer begriff.

„Okay, okay, ist ja schon in Ordnung. Ich bringe Sie dorthin, meine Herren."

Die Ampel schaltete auf grün, die Fahrt wurde fortgesetzt.

Es war früher Vormittag in Darwin. Die erste Rushhour neigte sich längst ihrem Ende zu. Die Menschen waren an ihren Arbeitsplätzen angekommen, in der Schule oder wo auch immer es sie an gewöhnlichen Werktagen hinzog. Die Verkehrsdichte in der Innenstadt ging zurück auf ein erträgliches Maß. Der Flughafen lag im Stadtteil Eaton. Der Weg bis zu ihrem Zielort am East Point war deshalb nicht allzu weit.

Beide Männer ließen sich auch während der weiteren Fahrt auf keinerlei Gespräch mit dem Fahrer ein, obwohl jener es wieder und wieder versuchte. Wo sie denn nun herkämen. Was sie generell nach Australien und speziell nach Darwin geführt haben mochte. In welchem Hotel sie wohnen würden – denn die Zieladresse sei ja nun kein Hotel – und ob er ihnen vielleicht eines empfehlen sollte.

Dann plötzlich hielt er inne, sein Gesicht hellte sich auf, er schien eine Idee zu haben. „Ich hab's, Sie sind wegen der Schwimmmeisterschaften hier! Sie gehören sicherlich zu den Organisatoren!"

Die ersten beiden Worte, die der CIA-Agent auf dem Beifahrersitz nun an den Chauffeur richtete, waren wenig höflich, geradezu kalt, vielleicht auch leicht drohend. Dabei schaute er den jungen Mann nicht an. „Fahren Sie."

Der Taxifahrer verstand langsam, dass es hier um mehr ging als zwei mürrische Fahrgäste. Er schwieg und seine Gedanken kreisten um diese beiden Männer. Warum hatten sie ausgerechnet in seinen Wagen einsteigen müssen? Er war heute morgen noch hervorragend gelaunt gewesen, bis diese beiden Kasper in sein Auto und in sein Leben eingedrungen waren.

Er konnte zwar nicht wissen, dass dieses Leben nicht mehr allzu lange dauern würde. Er wusste aber immerhin so viel, dass er sich derart mürrische Penner, die ihn von oben herab und wie einen Lakai behandelten, als Kunden nicht brauchte. Natürlich, das war seine Arbeit. Aber hätten die beiden sich denn einen Zacken aus der Krone gebrochen, wenn sie sich nur ein klein wenig mit ihm unterhalten hätten? Ihn als Mensch behandelt hätten? Das Auto war die Maschine, nicht er selbst. Der Rest dieser Fahrt verlief schweigend.

Das Auto durchquerte die Stadt und die Kulisse der City flog an den Fenstern des Wagens vorbei. In Darwin war man extrem stolz auf seine Natur, die buchstäblich direkt vor der Haustür lag. Hier – wie auch in ganz Australien – hatten die Menschen erkannt, dass sie viel mehr davon hatten, im Einklang mit der Natur zu leben, anstatt sich gegen sie zu stellen. Sie hatten erkannt, dass die unberührte, die gut erhaltene Natur keinesfalls einem guten Geschäft im Wege stand.

Ganz im Gegenteil: Die wunderbare Natur war es, die Wälder, die Landschaften und Tiere, welche die meisten Touristen überhaupt nach Australien lockte. Und so pflegte man in Down Under seit jeher die Natur selbst als Attraktion – und als Touristenmagneten.

Das hatte den Vorteil, dass deren Schutz für die Australier, sowohl in Darwin als auch anderswo, extrem hoch im Kurs stand. Hier wurde nichts ohne Not bebaut, schätzte doch ein jeder selbst mitten in der Hauptstadt des Northern Territory die kleinen, malerischen Inseln des blühenden Lebens. Die Touristen liebten es, die Städter pflegten es – und beide, sowohl Mensch als auch Natur, zogen ihre Vorteile daraus.

Außer der wunderbaren Natur, die sich nur einen Katzensprung vom zivilisierten Leben entfernt entfalten durfte, waren beispielsweise die Botanischen Gärten eine der größten Touristenattraktionen, angelegt durch den deutschen Emigranten Dr. Holtze, wo die Besucher etwa einen Monsunwald oder ein Stückchen tropischen Regenwald als eigens angelegte Biotope erleben konnten – und das schon seit über 100 Jahren.

Das Taxi fuhr inzwischen auf dem Alec Fong Lim Drive. Den Lake Alexander hatten sie bereits hinter sich gelassen. Irgendwann stand auf der linken Seite der Straße ein Schild: „The Darwin Military Museum". Ein Transparent, das direkt daneben aufgehängt worden war, warb mit dem unglaublichen Live-Erlebnis, einer Wiederauferstehung der Geschichte, namentlich des Bombardements von Darwin durch die Japaner im Jahre

1942. „Als der Weltkrieg nach Australien kam" lautete die etwas reißerische Überschrift. Gleich darunter las man: „Australiens Pearl Harbour". Dies war tatsächlich mehr als korrekt, zumal die Luftstreitkräfte der Japaner, die am 19. Februar 1942 ihre Bomben über Australien hatten fallen lassen, nachweislich genau dieselben gewesen waren, die auch im Jahr zuvor jenes unglaubliche und geschichtlich hoch präsente Bombardement in Pearl Harbour verübt hatten.

In den 1960er Jahren hatte schließlich Lieutenant Colonel Jack Haydon, unterstützt durch Mitglieder der Royal Australian Artillery Association, eine Sammlung von Erinnerungsstücken an den Krieg aus allen Regionen Australiens zusammengetragen, die heutzutage in besagtem Militärmuseum jedermann zugänglich und zu besichtigen war.

Es war nicht weiter ungewöhnlich, dass sich amerikanische Touristen besonders für diesen Teil der Geschichte Darwins interessierten.

Der Taxifahrer fuhr seine gewohnte Route, die Straße hinauf bis zum Zugang des Museums. Dort bog er ein auf den Besucherparkplatz und hielt vor dem Haupteingang an. „13 Minuten, Gentlemen", freute er sich und blickte abwechselnd in die Gesichter seiner beiden Passagiere. „Neuer Rekord!"

Er blickte auf sein Taxameter. „Das macht dann … " Er drehte sich um, um den Rest seines Satzes an den Mann auf der Rückbank zu richten – und blickte genau in den Lauf einer Handfeuerwaffe, die auf ihn gerichtet war. Er starrte wie gebannt auf die Mündung, nur wenige Zentimeter von seinem Gesicht entfernt, während der Mann auf dem Beifahrersitz sich zu ihm herüberbeugte.

„Fahren Sie doch bitte auf die Rückseite des Gebäudes", sagte er sanft und kalt. „Und ich möchte hinzufügen, dass rasche Bewegungen, der Versuch einer Täuschung oder ein Hilfeschrei Ihrer körperlichen Unversehrtheit und fortdauernden Gesundheit nicht dienlich sein dürften, Sir."

Der Taxifahrer stand unter Schock.

„Hören Sie …", stammelte er. „Es ist noch früh … ich habe nicht viel … die Einnahmen … es lohnt sich doch kaum …"

Der Mann neben ihm war ganz dicht an sein Gesicht herangerückt, er flüsterte fast, machte nun eine beschwichtigende Geste mit der Hand. „Sie missverstehen unser Anliegen, Sir", erklärte er. „Bitte fahren Sie weiter. Wir wollen ungern weitere Maßnahmen ergreifen. Jegliche weitere Nachfrage erübrigt sich. Bitte!"

Der Taxifahrer drehte sich wieder nach vorne. Er atmete hektisch und versuchte, seine Panik unter Kontrolle zu bekommen. Zwei, drei Mal holte er tief Luft, bis er sich wieder in der Lage fühlte, die Hände ans Steuer zu legen und den Motor zu starten. Jedoch glaubte er, die permanent auf ihn gerichtete Waffe hinter sich zu spüren. Er fühlte die Nähe der Mündung in seinem Nacken, die darin lauernden Kugeln, die nur darauf warteten, ihn zu durchbohren.

Er fuhr los. Um das Gebäude herum in einen Hof, der lediglich der Anlieferung von Speisen und Waren für das Café oder den Souvenir-Shop des Museums sowie den Mitarbeitern als Parkplatz diente. Auf der linken Seite des etwa 90 Quadratmeter großen Areals befand sich der Zugang zum Hauptgebäude, wo die Ausstellungen, der Shop und das Café zu finden waren. Auf der anderen Seite befand sich ein wesentlich kleineres Gebäude, das Platz für einige wenige Büros der Verwaltung bot, die von hier aus ebenfalls zugänglich waren. Auf der gegenüberliegenden Querseite des Hofes standen Abfallcontainer.

Mehrere Autos waren auf dem Hof abgestellt. Um diese Tageszeit herrschte hier allerdings Stille, es stand kein Schichtwechsel an, weder in der Küche noch bei den Sicherheitsleuten. Die Angestellten waren an ihren Arbeitsplätzen, gingen ihren Tätigkeiten nach, weit weg von ihren Autos und vom Hinterhof. Die Lieferungen des Tages waren bereits eingetroffen, kein Grund also, dass jemand am hinteren Eingang hätte stehen sollen. Nicht einmal die Raucher unter den Angestellten drängte es zu einer Pause. Es herrschte Ruhe. Die drei Insassen des Taxis waren die einzigen Menschen im Hinterhof.

„Aussteigen", sagte der Mann auf dem Beifahrersitz. Auch die letzte, wenngleich gespielte Milde war aus seiner Stimme verschwunden.

Der Taxifahrer wollte etwas sagen, doch schnitt ihm der Mann mit einer scharfen Geste und einem Zischen das Wort ab. Er duldete keine Widerrede. Der Fahrer musste sich in sein Schicksal ergeben. Die Gedanken drehten sich wie wild in seinem Kopf. Wenn es die beiden Männer nicht auf seine Tageseinnahmen abgesehen hatten, was wollten sie dann von ihm?

Alle drei Männer stiegen aus. Der Mann auf dem Rücksitz stieg auf der Fahrerseite aus und hatte eine Jacke über seinen Arm gelegt. Was er darunter in seiner Hand verbarg, war dem Taxifahrer klar. Der Mann stellte sich schräg hinter ihn und bedeutete dem Fahrer, ebenfalls stehenzubleiben, während der andere aus dem Fahrzeug kletterte, sich streckte, dann gemessenen Schrittes um das Fahrzeug herumkam und sich vor den Fahrer stellte. Er kam erneut sehr dicht heran und legte ihm eine Hand auf die Schulter.

„Junger Mann", hob er an. „Es ist mir klar, dass Sie im Moment ein wenig unter Stress stehen. Dafür möchte ich mich entschuldigen. Jedoch ist es unabänderlich, dass wir auf Ihre weitere Anwesenheit bestehen müssen."

Dem Taxifahrer lief ein Schauer über den Rücken.

„Ich versichere Ihnen, dass all dies nichts mit Ihnen persönlich zu tun hat", fuhr der Mann fort. „Es ist allerdings von großer Bedeutung, dass zum jetzigen Zeitpunkt niemand, absolut niemand, über die Anwesenheit von mir und meinem Kollegen hier in Darwin Kenntnis erhält. Wir kennen Sie nicht und wir wissen nicht, mit welchen Nachteilen wir eventuell zu rechnen hätten, wenn Sie ihren gewohnten Tagesablauf ab jetzt weiter verfolgen – und welche das wären. Wir wissen auch nicht, wie gut unsere Sicherheitsvorkehrungen bis hierher gegriffen haben, ob wir seit unserer Ankunft am Flughafen irgendwem in irgendeiner Form aufgefallen sein könnten und ob Sie auf eventuelle Nachfragen hin Beobachtungen preisgeben würden, die uns zum Nachteil geraten würden. Und zu guter

Letzt", nun zog er mit der Hand an der Schulter des Fahrers denselben so dicht an sich heran, dass er ihm ins Ohr flüstern konnte, „zu guter Letzt wissen wir nicht, wie intensiv derlei Nachfragen gestellt würden und ob Sie dem Druck standhalten könnten."

Der Fahrer fühlte sich wie in einem schlechten Krimi. „Und ... was heißt das ...?"

Der Mann ließ ihn los und trat ein paar Schritt von ihm weg, drehte sich um und sondierte den Hof. „Das heißt", fuhr er fort, „dass Sie für eine Weile unsere Gastfreundschaft genießen werden. Es heißt, dass wir Ihnen nahelegen, sich in diese unabwendbare Tatsache zu fügen. Es hätte absolut keinen Sinn und würde nichts als beiderseitige Unannehmlichkeiten verursachen, sollten Sie sich genötigt sehen, Widerstand zu leisten. Haben Sie mich verstanden?"

Der Taxifahrer nickte. Tatsächlich drehte sich alles um ihn herum und die meisten Worte waren wie ein Rauschen an ihm vorbeigegangen. Jedoch hatte er verstanden, dass er nun ein Gefangener war. Eine Geisel. Und er wusste noch nicht einmal, von wem und weshalb.

„Ich fürchte, ich konnte Sie nicht verstehen."

„Ja", sagte der Taxifahrer.

Der Mann zog eine schwarze Kapuze aus der Innentasche seines Jacketts und stülpte sie dem Fahrer über den Kopf, zog sie um dessen Hals mit einer Kordel zusammen, so dass dieser rein gar nichts mehr sehen konnte. Als es um ihn herum bereits zappenduster war und der muffige Geruch alten, verstaubten Leinens in seine Nase stieg, spürte der Taxifahrer, wie der Mann ihm auf die Schulter klopfte: „Wunderbar!", meinte er. „Dann lassen Sie uns hineingehen."

Durch eine Hintertür gelangten die drei Männer ins kleinere der beiden Gebäude, wo die Verwaltung des Museums ihren Sitz hatte. Der offensichtlich ranghöhere Agent und Wortführer ging voraus, dahinter der Taxifahrer und zuletzt der andere Agent, der immer noch unter seiner Jacke die Waffe im Anschlag hielt. Sie gingen einen langen Flur entlang, kamen an mehreren Bürotüren vorbei, bis sie schließlich vor der Tür zu einem Treppenhaus standen. Der erste Agent ging voran, betrat das Treppenhaus, schaute einmal nach oben und einmal nach unten, dann nickte er seinem Kollegen zu und der kam, den blinden Fahrer vor sich her führend, hinterher.

Sie gingen mehrere Stufen hinunter, bis sie im zweiten Untergeschoss angelangt waren und das Treppenhaus durch eine Brandschutztür verließen. Der Anführer drückte einen Schalter an der Wand, woraufhin an der Decke kaltes Neonlicht aufflackerte. Sie gingen einen weiteren Gang entlang, ein Heizraum, ein Lager und eine Art Werkstatt zweigten hier ab und wiesen sich durch entsprechende Schilder an den Zugangstüren aus. An allen ging der Anführer der kleinen Gruppe vorbei, bis sie nach wenigen Schritten die hintere Wand des Ganges erreicht hatten. Ein etwa zwei mal zwei Meter messendes Hindernis aus massivem Beton. Dies war offenbar eine Sackgasse.

„Wollen wir doch mal sehen, ob jemand zu Hause ist", erklärte der leitende Agent.

Er ging zu einem kleinen roten Kästchen an einer der Seitenwände, das einen Knopf für den Feueralarm enthielt. Er öffnete es und betätigte den Knopf, hielt ihn gedrückt und sah dabei auf seine Uhr. Kurz ließ er ihn los, dann drückte er ihn erneut für mehrere Sekunden. Ein Feueralarm war nicht zu hören. Stattdessen ein schweres, tiefes Rumpeln, als ob jemand einen riesigen Stein bewegen würde. Was sich bewegte war allerdings kein Stein, sondern die Wand vor ihnen. Sie fuhr zur Seite und gab den Weg frei auf ein paar weitere Meter des Flures, die an einer stählernen Aufzugtüre endeten. In dem Flur hatten zwei Männer in Militäroutfit Aufstellung genommen und ihre halbautomatischen Waffen auf die sich öffnende Tür gerichtet. Bereit, jeden ungebetenen Eindringling ohne zeitraubende vorherige Fragen sofort zu eliminieren.

Der leitende Agent winkte ihnen zu. „Fünf, zwölf, Charly, einhundert, Alpha, hundertzwanzig“, sagte er knapp. Daraufhin ließen die beiden Soldaten ihre Waffen sinken, nahmen Haltung an und salutierten.

„Stehen Sie bequem, meine Herren“, sagte der Agent und betrat mit seinen beiden Begleitern, einer freiwillig, einer unfreiwillig, den hinteren Flur. Einer der Soldaten betätigte einen kleinen Schalter an einer Konsole, woraufhin die Wand wieder an ihren Platz glitt. Nur war es von dieser Seite gesehen keine Wand, sondern ein massive Panzertür.

Auf dieser Seite des Durchgangs war erkennbar, dass es sich nicht nur um ein weiteres Stück Flur handelte, sondern dieser geheime Raum nach rechts hin eine bedeutend größere Ausdehnung hatte. Von einer Wand aus Panzerglas abgetrennt lag ein Kontrollraum, vollgestopft mit technischen Geräten, an welchen mehrere Soldaten und Techniker saßen. An der hinteren Wand hingen und stapelten sich etliche Monitore, die Bilder von dem Museum und allem drumherum zeigten. Es waren Besuchergruppen auf ihren Touren zu sehen, Touristen im Café und im Souvenirshop, die Ausstellungsstücke, der Hof, die Verwaltung samt der Menschen in ihren Büros, der Parkplatz – und auch das Treppenhaus und der unterirdische Kellergang, durch den die kleine Gruppe bis hierher gelangt war. Die Überwachung schien permanent und lückenlos zu sein.

Auf einem Schaltpult, das zuvorderst stand, war zu lesen „Unauthorized Access Defence“. Der Monitor zeigte den Flur und auch noch manch anderes, das in den Wänden verborgen, anhand von Schemazeichnungen sichtbar und von hier aus anzusteuern war, um ungebetene Besucher aufzuhalten, bevor sie bis vor die Wand vordringen konnten. Außer den beiden bewaffneten Soldaten, die sie empfangen hatten, waren noch mindestens acht weitere hinter dem Panzerglas, von wo aus sie die Besucher genau im Auge behielten. Erst, als der Agent den Code genannt hatte, entspannten sich alle.

„Willkommen in Area 66, Sir“, sagte einer der beiden Soldaten. „Ich hoffe, Sie hatten eine angenehme Anreise, Sir.“

„Hervorragend“, beteuerte der Agent und ging, ohne weitere Zeit durch den Austausch höflicher Floskeln zu verlieren, an dem Soldaten im Flur vorbei in Richtung Aufzug und einer daneben befindlichen Apparatur. Während er sich daran zu schaffen machte, sprach er weiter. „Wir haben einen Gast mitgebracht, Sergeant. Wie angeordnet.

Seien Sie doch so freundlich und geleiten Sie ihn mit uns in die für ihn vorgesehene Arrestzelle." Der Taxifahrer schluckte. Nun war es erstmals ausgesprochen. Der Agent fuhr fort: „Und sorgen Sie dafür, dass einer unserer Leute die Schicht des Taxis oben auf dem Hinterhof zu Ende fährt. Lassen Sie es abends ganz normal ins Depot fahren, ergänzen Sie die Tageseinnahmen durch einen angemessenen Betrag, damit niemand Fragen stellt. Es reicht, wenn die Vorgesetzten des Mannes sein Verschwinden erst morgen bemerken, wenn er nicht zur Arbeit erscheint. Das sollte uns einen kleinen Vorsprung verschaffen."

„Zu Befehl, Sir", sagte der Soldat, ging zu dem Taxifahrer und packte ihn am Arm. Sein Kollege tat auf der anderen Seite das gleiche. Zwei Soldaten kamen aus dem Kontrollraum und postierten sich an den Stellen, wo eben noch ihre abkommandierten Kameraden gestanden hatten. Ein dritter eilte davon, um sich zivile Kleidung zu besorgen und sich dann um das Taxi zu kümmern.

„Sanft, Sergeants, sanft", sagte der Agent an der Aufzugtür zu den Soldaten, die den Fahrer gepackt hatten. „Unser Chauffeur ist keine Gefahr für Area 66, er soll nur ein paar Tage aus dem Verkehr gezogen werden. Der Mann hat sich nichts zuschulden kommen lassen. Seien Sie freundlich zu ihm."

„Zu Befehl, Sir", sagte der Soldat noch einmal, lockerte aber seinen Griff nur unwesentlich.

Derweil hatte der Agent einen Apparat aus der Wand geklappt, der aussah wie eine Art 3D-Brille aus dem Kino. Direkt davor war eine Stütze angebracht, auf die er sein Kinn legte und so die Augen direkt im Inneren der vermeintlichen Brille hatte. Vor seinem Gesicht war ein bläulicher Schimmer zu erkennen. Dann nahm er seinen Kopf zurück, legte seine Hand auf eine gläserne Platte unter dem Apparat, auf der die Umrisse einer Hand aufgezeichnet waren. Erneut begleitet von einem bläulichen Schein. Kurz darauf glitten die Türen des Aufzugs auseinander und gaben den Weg frei ins Innere des Fahrstuhls.

Der Agent trat ein, gefolgt von seinem Kollegen und den beiden Soldaten samt dem Fahrer. Im Inneren des Fahrstuhls befanden sich mindestens 31 Knöpfe, der oberste leuchtete und deutete so die Position des Lifts an. Die schweren Türen schlossen sich. Der Agent drückte auf einen der unteren Knöpfe, ließ seinen Finger einige Sekunden auf dem Knopf, dann zuckte er kurz und nahm seinen Finger weg. Ein Tropfen Blut lief daran herunter.

„Genetischer Fingerabdruck bestätigt, Zugang gewährt", sagte eine Computerstimme und der Lift setzte sich in Bewegung. Er glitt hinab, immer weiter hinunter und hielt dann sanft auf der gewählten Ebene an. „Ebene acht, Sicherheit und Arrest", sagte die elektronische Stimme. Die Türen glitten auseinander und die beiden Soldaten zerrten den Fahrer hinaus in einen von hellen Neonröhren erleuchteten Flur.

„Warten Sie noch einen Moment", rief der Agent, als die beiden Männer den Fahrer gerade abführen wollten. Sie blieben stehen und wandten sich samt ihrem Gefangenen noch einmal um.

„Sie waren bisher sehr kooperativ", erklärte der Agent an den Fahrer gerichtet, der noch immer seine Kapuze aufhatte und nicht das Geringste sehen konnte. „Die Sache wird für Sie einen guten Ausgang nehmen, wenn Sie sich fügen und auch weiterhin keinen Ärger machen."

„Wie lange wollen Sie ..." setzte der Fahrer an, spürte aber sogleich die Hand des Mannes an seiner Schulter.

„Kein Ärger bedeutet auch, keine Fragen zu stellen", ergänzte der Agent. Dann wandte er sich an die beiden Soldaten. „Sehen Sie zu, dass er in der Zelle etwas zu essen, ein Mediaset, Lesestoff und frische Kleidung erhält. Er ist unser Gast."

„Aye, Sir!", sagten beide wie aus einem Munde. Dann führten sie ihn weg.

Die Türen des Aufzuges glitten wieder zu, der Agent drückte einen weiteren Knopf, diesmal ganz unten. Ebene zwei, die Kommandoebene, rund 400 Meter im Inneren der Erde. Er zuckte erneut, als aus der Mitte des Knopfes wieder eine kleine Nadel herausschnellte und ihn pikste, um seine DNA mit den genetischen Zugangsprotokollen abzugleichen. „Zugang zur Kommandoebene gewährt, Identität bestätigt", hörte man dann wieder die Computerstimme. „Willkommen, Agent Cypher."

Der Lift setzte sich wieder in Bewegung. Cypher rieb seinen Finger.

„Wenn ich den Bastard in die Finger bekomme, der sich die DNA-Schleuse ausgedacht hat, dann garantiere ich für nichts mehr", maulte er.

Sein Kollege grinste. „Besser ein kleiner Piks als das Abwehrprogramm", meinte er mit einem Schulterzucken. „Du weißt, was geschieht, wenn die DNA nicht übereinstimmt. Unangenehm."

Cypher schnaubte.

„Hast du das eigentlich ernst gemeint?", fragte sein Kollege.

„Was?"

„Dass der Fahrer wieder gehen darf, wenn er brav ist. Ich denke nicht, dass die Geisel umsonst angefordert wurde. Ich kann mir nicht vorstellen, dass sie einen Zivilisten, der einmal in Area 66 war, jemals wieder gehen lassen."

„Ich habe mit keiner Silbe gesagt, dass er wieder gehen darf", sagte Cypher mit einem kalten Grinsen. „Ich sagte, die Sache würde für ihn einen guten Ausgang nehmen, wenn er keinen Ärger macht." Er zuckte mit den Schultern. „Was das für ein Ausgang sein würde, habe ich nicht näher erwähnt. Was er sich darunter vorstellt, ist seine Sache. Ich will nur, dass er ruhig bleibt. Nur so ist er eventuell noch ein Kandidat für das Programm von Shaw. Ich weiß zwar nicht, wofür er den Probanden benötigt, aber ich bin mir ziemlich sicher, dass er deshalb angefordert wurde. Und bis es soweit ist, haben wir alle mehr davon, wenn er sich ruhig verhält. Aber ruhig bleiben nur diejenigen Gefangenen, die noch etwas zu verlieren haben."

Sein Kollege schüttelte den Kopf. „Du bist ein ganz schöner Mistkerl."

Cypher grinste. „Besten Dank!"

Der Lift hielt an. „Ebene zwei." Die Türen glitten auf und gaben den Blick frei auf einen hell erleuchteten Flur.

„An die Arbeit!"

6

Es war wie eine andere Welt. Maya hatte schon hin und wieder etwas über Australien im Fernsehen gesehen oder etwas darüber gelesen. Über die fantastische und in großen Teilen annähernd unberührte Natur, die es hier gab. Über die vielen gefährlichen und giftigen Tiere, die hier lebten. Über die Eingeborenen, die in aller Welt nur Aborigines genannt wurden, was aber eigentlich unsinnig war, da dieser Begriff nichts anderes bedeutete als „Ureinwohner" – und als solcher auch für jedes andere eingeborene Volk rund um den ganzen Erdball gebräuchlich war.

Sie hatte gelesen über das Land und das Meer, den Ozean und die Tiefseegräben. Sie hatte gelesen über die Seen und die schier endlos weite Landschaft, durch die man im Northern Territory mit dem Auto fuhr, auf dem Weg von einer Stadt zur anderen. Wo zu fahren gefährlich war, weil mancher bei den ständig wiederkehrenden Bildern der ihn umgebenden Wüste am Steuer einschlief. Sie hatte gelesen von den kleinen versteckten Wasserlöchern, natürlichen Seen, die irgendwo versteckt im Outback lagen, geschützt vor flüchtigen oder gezielten Blicken, weshalb mancher Tourist sich zu einem kleinen Nacktbad verleiten ließ – und dabei nicht bedachte, dass er den hier vielfach vorkommenden Krokodilen ein willkommenes Abendessen bescherte. Maya hatte auch gelesen von der Haifischbucht und den faszinierenden Riffen unweit Australiens Küste. Das zweitgrößte Riff der Erde – nach dem gleichfalls zu Australien gehörigen Great Barrier Reef auf der anderen Seite des Kontinents – war von hier aus, vom australischen Norden her, unkompliziert erreichbar.

Sie hatte auch über die Stadt Darwin, ihren Wohnort für die kommenden Tage und Wochen, das eine oder andere gelesen; spätestens seit man ihr mitgeteilt hatte, dass hier ein bedeutendes Kapitel ihrer noch jungen Sportlerkarriere geschrieben werden sollte. An jeder Straßenecke, jedem Schauplatz, woran der Mannschaftsbus auf dem Weg zum Hotel vorbeigefahren war, hatte sie das eine oder andere zu erkennen geglaubt. Auf gewisse Weise fühlte sie sich in Darwin angekommen. Eine Art Etappenziel, ein Scheidepunkt, sie fühlte sich bereit für eine weitere Episode ihres jungen Lebens. Hier würde sie beginnen, fernab von Los Angeles, von allem, was sie bisher gekannt hatte. Es war ihr jugendliches Ungestüm, das jegliche Angst verdrängte und einer gespannten Erwartung Raum gab, was sie hier wohl erwarten würde.

Die erste Woche verlief recht unspektakulär. War auch ein Großteil der Gruppe in Urlaubsstimmung und fühlte es sich meistens tatsächlich nach einer Art Urlaub an, den man hier verbrachte – immerhin waren ja auch die Familien der Mädchen mit dabei – so gab es doch eine Menge zu tun. Die Juniorenmannschaft des US-Schwimmerverbands nutzte jede freie Minute für das Training, die Vorbereitung auf den anstehenden Wettkampf. Es gab natürlich Trainingseinheiten im Schwimmbad, Besichtigung und Probeläufe im Wettkampfbecken, es gab Dauerläufe, es gab Schwimmstunden an der Küste, kleine Exkurse in andere Sportarten, Physiotherapie und theoretisches Training. Die Tage waren lang, die Nächte kurz und das Programm straff.

Während Lennart und Samantha all die touristischen Attraktionen Darwins schon fast zweimal durch hatten, hatte Maya im fernen Australien alsbald der Alltag eingeholt. Der Alltag einer jungen Leistungssportlerin an der Schwelle zum ganz großen Erfolg.

Beklagt hatte sie sich allerdings nie. Maya war sich des Weges, den sie gewählt hatte, sehr bewusst. Sie freute sich, jetzt und mit den Menschen, die sie begleiteten, an jenem Ort zu sein.

Einmal mehr fühlte sich das U18-Schwimmteam an wie ihre Familie. Umso mehr, als ihre wahre Familie gleichfalls ein Teil dieser Reise war. Abends, wenn sie ins Bett ging und die bleierne Schwere ihre müden Glieder in die Kissen drückte, schlief sie ein mit einem Lächeln. Sie war glücklich. Die Alpträume von Walen mit bösen Blicken schienen im Flieger zurückgeblieben und ohne sie nach Amerika zurückgeflogen zu sein. Hier in Australien, im neuen Umfeld, gleichwohl mit den vertrauten Menschen, verfolgten sie sie nicht mehr. Sie fühlte sich frei, ungezwungen und in gewisser Hinsicht geborgen. Deutlich mehr noch, als dies in den vergangenen Wochen seit dem Unglück im Sea Fun Park zu Hause der Fall gewesen war. Sie fühlte sich wahrgenommen, angenommen, angekommen.

War das Training auch hart und rückte auch der Wettkampf immer näher, so ließen ihnen die Trainer dennoch Zeit, um sich ein wenig in Darwin umzuschauen. Es wäre ja zu schade gewesen, hätten sie ihre Umgebung nicht wenigstens ein kleines bisschen genießen können. Es sollte die Moral im Team stärken, gemeinsame Erlebnisse schweißten zusammen, das konnte die Mannschaft nach all den bitteren Eindrücken und so kurz vor ihrem Wettkampf gut gebrauchen.

Darwin war beeindruckend, ein wunderbares Fleckchen, für Großstadtkinder wie Maya äußerst ungewohnt, aber von einer bemerkenswerten Anmut. Die Menschen waren freundlich, ihre lebensbejahende Einstellung war ansteckend und ihre Gelassenheit eine willkommene Abwechslung zur amerikanischen Geschäftigkeit. Dank der Vorarbeit durch Lennart, Samantha und die anderen Eltern wurden für die Mädchen die Sahnehäubchen der touristischen Highlights herausgepickt und in der großen Runde noch einmal gemeinsam besucht. Die Eltern machten geradezu eine Mission daraus,, die verschiedenen Möglichkeiten einer Freizeitgestaltung live und eingehend zu prüfen, um dann einen weiteren Besuch der besten Angebote gemeinsam mit ihren Kindern zu planen.

Dringend gewünscht hatte sich Maya, ebenso wie einige ihrer Teamkolleginnen, einen Tauchgang am Riff oder wenigstens vor der Küste. Alle Mädchen waren, wie sollte es auch anders sein, dem Wasser sehr zugetan. Keine von ihnen wollte es sich nehmen lassen, einmal diese faszinierende Unterwasserwelt des fremden Kontinents zu erleben, von der man schon immer so viel gehört hatte. So viel gab es da unten zu entdecken: Spektakuläre Wracks, Korallengärten wie man sie etwa aus dem Disney-Film „Findet Nemo“ kannte und Begegnungen mit großen Fischen – es war mehr als verlockend. Zumal Darwin zu einem der sechs Top-Tauchplätze in Australien zählte, war eine Tauchtour gewissermaßen von vorneherein als Freizeitvergnügen gesetzt.

Obschon es anstrengend war – und so kurz vor dem Wettkampf auch mit einem gewissen Risiko hinsichtlich Verletzungen verbunden – ließ sich keines der Mädchen davon abbringen. Weil die Organisatoren dankbar waren, dass die Mädchen nach ihren Erlebnissen all die Strapazen überhaupt noch auf sich nahmen, um dem amerikanischen Team einen Erfolg zu ermöglichen, drückten sie beide Augen zu und buchten für die Schwimmerinnen und ihre Familien einen Tagesausflug zum riesigen Hafengebiet samt Riff vor der Küste und einem zugehörigen Tauchgang. Ein bisschen Freizeit und Erholung konnte allen schließlich nicht schaden – und was sollte schon groß passieren?

Der Bus fuhr früh morgens am Hotel ab, schließlich wollten die Schwimmerinnen und ihre Eltern den Tag und die mühsam freigeschaufelte Freizeit sinnvoll nutzen. Es ging einmal quer durch die Stadt, hinüber in den südlichen Teil, den touristisch geprägten Zipfel Darwins. Hier am Hafen gab es vielerlei Anbieter, welche damit warben, die Touristen hinaus aufs Meer zu schippern und unweit der Küste die hiesige Unterwasserwelt zu präsentieren.

Vor einem unscheinbaren Gebäude unweit des Hafens war die Busfahrt vorerst zu Ende. Das Schild an der Fassade des Hauses behauptete, eine der spektakulärsten Boots- und Schnorcheltouren Australiens erwarte hier die Besucher. Der bröckelnde Putz und die eher heruntergekommene Anmutung des Gebäudes ließen indes Zweifel aufkommen, ob das Spektakel wirklich das halten würde, was hier versprochen wurde.

Einer der Teambetreuer stieg aus, lief schnurstracks in das Gebäude und kam nur wenige Minuten später mit einem jungen Mann wieder heraus. Beide stiegen in den Bus, welcher sich daraufhin wieder in Bewegung setzte. Die beiden diskutierten kurz, was für Maya und einige weitere Passagiere im hinteren Teil des Busses nicht gut hörbar war. Dann griff der Mann – ein blonder, braungebrannter Surfer-Typ – zum Mikrofon, mit welchem der Fahrer sonst kurze Durchsagen an seine Passagiere zu machen pflegte.

„Guten Morgen“, tönte es rauschend und leicht verzerrt aus den Lautsprechern im Bus. „Ich bin Stan und ich werde euch heute auf eurer kleinen Tour raus aufs Meer begleiten. Wir fahren nun runter an den Hafen und unsere Anlegestelle. Ich zeige euch, wo ihr den Bus abstellen könnt. Dann geht es aufs Boot und wir stechen gemeinsam in See.“

Während der Bus die letzten Meter zum Hafen zurücklegte, erzählte Stan noch ein wenig mehr über sich, den Betrieb und die geplante Tour. Er war Teil einer Firma, die dreimal täglich jeweils fünfstündige Bootstouren samt Tauchgängen für Touristen anbot; vor allem hinunter zu diversen Schiffswracks, die unweit der Küste zu finden waren. Der Zweite Weltkrieg sowie die regelmäßig über dem Northern Territory wütenden Zyklone verschafften diesem Unterwasserschatz regelmäßig neuen Zuwachs. So gehörte es seit Jahren zu einer der hauptsächlichen Einnahmequellen des Tourismus‘ im Hafen Darwins, geführte Tauchgänge hinunter zu den havarierten und gesunkenen Wasserfahrzeugen zu unternehmen.

Es hatte etwas Mystisches, etwas Magisches, sich dieser Welt und dem Nachklang eines schauerlichen Unglücks hinzugeben; in das Ungemach einer längst vergangenen

Zeit einzutauchen, sich die Angst und die Not der Menschen damals auf dem Schiff vor Augen zu führen, vielleicht sogar ihre Präsenz am Ort der Katastrophe zu erspüren, wo man oft noch ihre Habseligkeiten am Grunde des Meeres liegen sah und die Anwesenheit ihrer unsteten Seelen zu fühlen glaubte.

Es war eine Mischung aus Neugier und Katastrophensucht, aus Nervenkitzel und Ehrfurcht vor der Erhabenheit des Geschehens, der den Anbietern solcher Tauchgänge Jahr um Jahr die Kassen füllte. Daran war nichts Verwerfliches. Darwin tat hier genau das, was es auch hinsichtlich der Natur zu seinem Leitmotto gemacht hatte: Es nutzte die ihm zur Verfügung gestellten Schätze und Ressourcen, um die Touristen zu begeistern, profitierte von dem Zulauf und nutzte dies, um die besagten Schätze auf Dauer zu erhalten.

Neben den Wracks gab es obendrein das fischreiche Küstenriff zu bestaunen. Ungefähr alle drei Wochen ermöglichten es die Gezeiten, im milden Klima des Hafens in Darwin ein wahrhaftes Unterwasserparadies zu erleben: In direkter Nachbarschaft zu den Schiffswracks aus den Kriegen vergangener Tage tauchte man hier durch Gorgoniakorallen, Seescheiden, Schwämme und weiche Korallengebilde zu beiden Seiten des Hafens. Während man durch die Unterwasserwelt paddelte, begegnete man Korallenforellen, Wobbegonghaien und Barrakudas, ebenso Seeigeln und Tintenfischen.

Begegnungen mit einigen ganz anderen Bewohnern des Hafens, der im sogenannten Croc-Land lag, waren hingegen glücklicherweise äußerst selten. Zwar wurden jährlich mehr als hundert Salzwasserkrokodile, von den Einheimischen liebevoll „Saltys" genannt, aus dem Hafengewässer gefischt. Jedoch war das Gebiet riesig und eine Begegnung von Mensch und Echse äußerst unwahrscheinlich. Letztere bevorzugten als Jagdgebiet eher die Nebenarme des Hafenzulaufs, wo das Wasser brackig und schlammig war und die Sicht gegen Null ging. Hier durften sie auf gute Beute hoffen, anders als in den Teilen des Hafens, wo sich die Wracks und damit auch die Taucher befanden und die Umgebung gut überschaubar war.

Dank diesen Gegebenheiten hatte es in all den Jahren, da nun schon Taucher zu den Wracks vergangener Tage hinabsanken, noch nicht einen einzigen dokumentierten Zwischenfall mit einem Krokodil gegeben. Gleichwohl war das Wissen um deren Präsenz unweit der eigenen Freizeitgestaltung dem Nervenkitzel der Tauchenden äußerst zuträglich – weshalb es auch der Guide im Bus zum Hafen den Schwimmerinnen und ihren Eltern mit besonderer Genugtuung erzählte und mit der drohenden Gefahr kokettierte.

Maya hoffte inständig, das die Sicht unter Wasser an diesem Tag gut sein würde. Denn wie bei so vielen Aktivitäten in der Natur war man auch hier ein wenig auf das Wohlwollen des Schicksals angewiesen, um die Unterwasserlandschaft des Darwin Harbour in ihrer ganzen Faszination zu erleben und zu genießen. An guten Tagen betrug die Sicht um die acht Meter, rechnen sollte man eher mit etwa drei bis fünf Metern. Maya klammerte sich an diese Hoffnung, zumal sich die Gruppe für einen morgendlichen Tauchgang stark gemacht hatte.

Sie selbst hätte ja gerne eher einen der abendlichen Ausflüge unternommen: Wer ein wenig romantisch veranlagt war, der konnte nämlich des Abends hinausfahren, beobachten, wie die rote Sonne im warmen, spiegelglatten Meer versank, bevor er es ihr gleichtat und eins wurde mit den kalten Tiefen. Nur war den anderen Mädchen der Gedanke unheimlich, nachts tauchen zu gehen. Wusste man doch, dass die Nacht im Meer generell die Zeit der Jagd war. Und zum Dinner für Saltys oder andere Jäger wollte nun wirklich keine der Sportlerinnen werden. Zu sehr waren die Eindrücke aus dem Sea Fun Park noch in ihren Köpfen präsent. Dass Krokodile und Haie, die auf den Geschmack gekommen waren, auch ein Mädchen zum Frühstück verspeist hätten, darüber schien sich keine der Siebzehnjährigen und keiner der Erwachsenen Gedanken zu machen.

Der Bus erreichte den Hafen und wurde von dem Tourguide in die Nähe eines kleinen Anlegestegs eingewiesen. Dort war alles frei, man konnte bequem parken, und der Busfahrer stellte das Fahrzeug direkt neben den Steg.

An dessen Ende lag ein Boot vertäut. Es war etwa 20 Meter lang, mochte in viel früheren Zeiten vielleicht einmal als Jacht durchgegangen sein. Aber das Salzwasser und die Jahrzehnte hatten Spuren hinterlassen: rostige Stellen, Beulen, Schmutz. Es schien in zwei bis drei Ebenen aufgeteilt zu sein. Ganz oben sah man die Kommandobrücke. Darunter schien im Inneren eine Art Aufenthaltsraum oder Salon angelegt worden zu sein. Hinten war das Deck mit einer geschlossenen Reling abgesichert. Eine Art schwenkbarer Kran war am Heck angebracht, momentan nach innen gedreht. Insgesamt wirkte das Schiff deutlich kleiner, als Maya es sich für ihre Gruppe von rund 20 Personen vorgestellt hätte.

Bevor sie ausstiegen, griff ihr Guide Stan noch mal zum Mikrofon. „Wir gehen nun alle gemeinsam rüber zum Schiff. Es trägt den Namen Candy. Im unteren Deck befinden sich einige Kabinen, die wir als Umkleideräume für unsere Gäste nutzen. An Bord erhaltet ihr alle eine Einweisung in die Tauchausrüstung, wie man sie anlegt und worauf es ankommt. Aber jetzt erst mal: Ab an Bord und rein in die Badeklamotten!"

Gemächlich schlenderten die Mädchen und ihre Begleitpersonen hinüber zum Boot. An Deck stand ein junger Mann, der sich als Jacob vorstellte und jedem die Hand reichte, um ihm über die Reling und die kleine Lücke zwischen Boot und Steg an Deck zu helfen. Die Gruppe sammelte sich auf dem hinteren Deck der Candy. Als Letztes kam Stan an Bord, der sich kurz mit Jacob austauschte und ihm auf die Schulter klopfte. „Willkommen auf der Candy", wandte er sich dann wieder an die Gruppe. „Jacob wird später den Tauchgang leiten, er geht mit euch runter, und ich bin der Kapitän!" Er plusterte sich künstlich auf, schob die Brust vor, nahm die Schultern zurück, lieferte eine Imitation, irgendwo zwischen Captain Ahab und Popeye: „Na los, ihr Landratten, legt euch in die Riemen, es geht los!"

Maya nahm Peyton bei der Hand, schulterte die Tasche mit ihren Badesachen und zog ihre Freundin zu der Tür, die ins Innere führte, und dann unter Deck, wo sie sich gleich die erste Kabine sicherten. Als beste Freundinnen und Sportkameradinnen machte es beiden nichts aus, sich einen Umkleideraum zu teilen. Also huschten sie hinein in den Raum und verriegelten die Tür hinter sich. An den Geräuschen vor der Tür konnten sie erkennen, dass es die anderen ihnen gleichtaten.

An der Wand der Kabine hingen diverse Kleidersäcke. Auf deren Außenseiten waren Größenangaben vermerkt, die den Mädchen allerdings nicht viel verrieten. Jede öffnete einen Kleidersack, darin waren Taucheranzüge, Flossen, Taucherbrillen und Schnorchel, dazu Bleigürtel und was man eben sonst noch alles für einen Tauchgang zu brauchen schien. Beide probierten ein wenig herum, bis sich jede eine komplette Garnitur zusammengestellt hatte, die zu passen schien. Sie kicherten bei dem Anblick: Presswürste in Neopren. Naja, Hauptsache, die Anzüge würden sie unter Wasser gut warmhalten.

Peyton und Maya gingen wieder nach oben und stellten fest, dass einige ihrer Kameradinnen schneller umgezogen gewesen waren und bereits lebhaft mit Jacob diskutierten. Das hieß vielmehr, sie flirteten mit ihm. Der hochgewachsene, schlanke junge Mann hatte nun ebenfalls einen Taucheranzug an, hatte aber den vorderen Reißverschluss noch offen, wodurch man deutlich sein gut trainiertes Sixpack wahrnehmen konnte. Dies in Kombination mit dem braunen Teint, dem dunklen, kurzen Haar, dem strahlenden Lächeln und einer tiefen, sonoren Stimme schien den Mädchen im Augenblick die interessanteste Sehenswürdigkeit zu sein.

Während sie sprachen, löste Stan die Taue vom Steg und legte ab. Er blickte neidisch zu seinem Kumpel hinüber. Vermutlich wäre er nun selber auch gerne bei den Mädchen gestanden, anstatt sich um sein Schiff zu kümmern. Aber als Kapitän musste er sich auf andere Dinge konzentrieren.

Nach und nach kamen immer mehr Mitglieder ihrer Gruppe in Taucherklamotten wieder an Deck. Jacob ließ seinen Blick kurz über seine heutigen Schützlinge schweifen. Dann hob er an: „Nochmals willkommen alle miteinander“, sagte er und alle erwiderten murmelnd den Gruß. „Ich vermute mal, dass die meisten von euch keine Erfahrung im Tauchen haben“, fuhr er fort. „Das ist aber nicht weiter schlimm, denn wir pflegen hier einen sehr einfachen Stil. Wir tauchen im Buddy-System, das heißt immer in Pärchen zusammen, bei denen jeder für den anderen verantwortlich ist. Man behält einander im Auge. Wenn etwas nicht stimmt, kommt man wieder hoch. Sicherheit geht in jedem Fall vor Abenteuerlust.“

Alle nickten.

„Ihr erhaltet nun eine Einführung in die Handhabung eurer Ausrüstung“, fuhr Jacob fort. „Wir ankern direkt neben unserem ersten Tauchziel für heute. Das heißt, es geht einfach nur nach unten. Die Wracks liegen nicht wirklich tief, das bedeutet, es sollte jeder den Druck und die Tiefe aushalten können. Wenn nicht, wie gesagt, bitte gleich wieder nach oben kommen. Kein falscher Ehrgeiz, so was ist keine Schande. Aber nicht zu schnell nach oben kommen, sonst könntet ihr ohnmächtig werden. Wie das zu verhindern ist, erkläre ich euch gleich.“

Die folgenden Minuten waren sehr theoretisch. Während das Schiff ins große Hafenbecken vor Darwin hinaus fuhr, erklärte Jacob seinen Schützlingen die wichtigsten Grundregeln fürs Tauchen im Schnelldurchlauf. „Der Rest wird sich ergeben, wenn ihr mit eurem Partner dort unten seid, glaubt es mir", schloss er zuletzt seine Erläuterungen. Alle schauten ein wenig verwirrt wegen der kaum zu überblickenden vielfältigen Informationen, aber das gewinnende Lächeln ihres Tauchlehrers machte sie zuversichtlich. „Ich bin mit euch unten und immer zwei von euch sind mit einem Sicherheitstau verbunden. Es kann im Grunde gar nichts passieren. Einfach tief eintauchen und genießen!"

Kurz darauf standen alle Teilnehmer des Tauchgangs in perfekter Froschmannoptik auf dem Deck. Ihr erstes Zeil war die Sand Bar Barge, eine Barkasse, die in 24 Metern Tiefe lag. Maya teilte sich ein Sicherungstau mit Peyton, ihrem Tauchbuddy. Insgesamt waren es vier Paare, die mit Jacob gemeinsam abtauchten. Alle anderen, vor allem die Erwachsenen, planschten und schnorchelten lieber an der Oberfläche herum. Die Unbekümmertheit und Sorglosigkeit der Jugend ging ihnen ab, ihnen waren die Einweisungen zum Crashkurs zu dürftig gewesen und sie bevorzugten es daher, an der Oberfläche zu bleiben. Den anderen war es recht, das bedeutete schon weniger Getümmel um das Wrack.

Letzteres galt allerdings auch für die Fische. Rasch hatte die Gruppe die ersten Schritte des Tauchcrashkurses umgesetzt, war ins Wasser gegangen und hatte sich bis zum Boden absinken lassen. Als sie die Barkasse erreicht hatten, umrundeten sie das über und über mit Muscheln bedeckte Wrack ein- oder zweimal. Die Sichtweite war nicht ganz optimal. In den paar Metern, die sie wahrnahmen, sahen Maya und Peyton gerade mal einander und das Wrack, viele Fische verirrten sich wohl nicht hierher. Abgesehen von ein paar Barschen war dieser Tauchgang hinsichtlich Zusammentreffen mit Meeresbewohnern eher unspektakulär und nach rund 20 Minuten auch schon beendet.

Jacob sammelte seine Gruppe ein, bedeutete ihnen mit Handzeichen, ihm nach oben zu folgen und alle taten wie geheißen. Niemand war enttäuscht, dass es schon wieder vorbei war. Es war ein angemessener Einstieg gewesen, man hatte sich auf den neuen Sport und die Umstände einstellen können, ohne viel zu versäumen – und schließlich lagen noch zwei weitere Tauchgänge vor ihnen.

Zurück an Bord saßen die Mädchen auf Deck zusammen und erzählten einander und den oben gebliebenen Begleitern, was sie bisher alles gesehen und erlebt hatten. Eine wollte sogar einen kleinen Hai gesehen haben, was viele um sie herum – auch ihr Buddy – mit einem Kopfschütteln bedachten. Derweil steuert Stan das Boot zu ihrer nächsten Tauchstation. Bis dahin hatten mindestens schon vier der Mädchen Jacobs Telefonnummer.

Als zweiten Punkt der Tour hatten sich die beiden Guides das Bellbird Wrack ausgesucht. Während eines Zyklons war das Schiff im Jahre 1974 gesunken und wartete nun in 17 Metern Tiefe auf seine sehr spärlichen Besucher. Jacob legte der Gruppe nahe, möglichst nicht zu viel am Boden herumzustaksen, da man sich durch das Aufwühlen des Sandes quasi selber die Sicht vernebelte. Dann ging es in derselben Besetzung wieder nach unten ins kühle Nass.

Dieser Tauchgang war schon etwas spektakulärer und ganz nach Mayas Geschmack. Außer dem Wrack gab es hier unten auch mehrere wunderschöne Korallen und Anemonen zu sehen, welche die Hülle des Schiffs bedeckten. Maya paddelte fröhlich über das Boot hinweg, hineinzutauchen war den Mädchen wegen der Sicherheitsleinen nicht gestattet. Zu leicht hätten sie sich dort irgendwo verfangen oder verhaken können, so dass sie auf die Hilfe ihres Guides angewiesen wären. Maya suchte mehrmals den Blickkontakt mit Peyton, sie gaben einander stets das „okay"-Zeichen und genossen dann weiter den Tauchgang. Unweit von ihnen taten die anderen das Gleiche.

Es war schon etwas Besonderes für die Mädchen, das ihnen eigentlich so vertraute Element einmal in anderer Form zu erleben. Hier ging es nicht um das Wasser als Umfeld, in dem man sich bewegte und Leistung erbrachte. Es ging um das Wasser als Lebensraum, eine eigene Welt mit eigenen Gesetzen, die den Regeln der Natur folgten. Sie genossen diese Erfahrung, dieses Erlebnis, in vollen Zügen. Überall gab es so viel zu entdecken. Kleine Tiere, die im und um das Wrack am Boden und auf der Hülle krochen; Fische, die ringsherum schwammen und schnell das Weite suchten, wenn die Taucher in ihre Nähe kamen; und natürlich das Wrack selbst, das dort in seinem nassen Grab lag, das mitsamt seiner Geschichte versunken war – beides galt es nun neu zu entdecken und zu ergründen.

Und dann war da noch etwas.

Plötzlich spürte Maya einen Ruck an der Leine und sah wieder hinüber zu Peyton. Jene hatte sich umgedreht und starrte hinunter. Während sich die beiden Freundinnen etwa zwei Meter über dem Wrack befanden und gerade dessen Bewuchs bewunderten, hatten es zwei andere nicht lassen können und waren hinunter zum Boden getaucht. Dort waren sie nach ein paar raschen Erkundungen ungeschickt wieder aufgetaucht – und soeben breitete sich vom Grund her eine Sandwolke aus, welche die beiden fast gänzlich verschluckte. Nur ihre Sicherheitsleine ragte noch heraus. Peyton drehte sich zurück zu Maya und deutete ihr diesmal nicht das Signal für „okay", sondern für „bescheuert". Sie grinste und schüttelte den Kopf.

Für eine Sekunde glaubte Maya, dass das Gefühl, welches sie beschlich, genau da herrührte: Von dem verantwortungslosen und leichtfertigen Verhalten ihrer Kameradinnen. Peyton kasperte weiterhin herum, tat so, als sei es eine giftige Wolke, ein unheilbringender Nebel und schöpfte ihr ganzes Repertoire pantomimischer Verzweiflung aus – worüber sie selbst am meisten lachte.

Doch Maya war in diesem Moment mit ihren Gedanken ganz woanders. Während sie wie gebannt auf die Sandwolke und das daraus emporsteigende Tau starrte, machte sich in ihr ein seltsames, unbekanntes, aber gleichzeitig vertraut anmutendes Gefühl breit. Sie konnte nicht recht definieren, was es war. Adrenalin wurde ausgeschüttet, sie wurde unruhig.

Es war keine Angst oder gar Panik, es war einfach nur ein Zustand äußerster Erregung. Und je mehr dieses Gefühl in ihrem Inneren hochkroch, von ihr Besitz zu ergreifen trachtete, desto mehr mischte sich noch etwas anderes darunter. Eine Gier. Hunger.

Maya war wie erstarrt. Sie war dieser Art Gefühlswallung, die fremd und einnehmend über sie hinwegwogte, schon einmal begegnet, vor gar nicht allzu langer Zeit. Es war vergleichbar mit ihrem Erlebnis im Sea Fun Park.

Nur war das hier eine völlig andere Situation – und eine charakterlich andere Art von Emotion. Damals war ihr dieses Gefühl noch sehr viel vertrauter vorgekommen, fast als wäre es ihr eigenes. Nichtsdestotrotz hatte es ihr eine riesige Angst gemacht, Unbehagen bereitet, noch wochenlang danach. Sie erinnerte sich immer noch an die seltsame, irrationale und undefinierbare Wut, die in ihr aufgestiegen war. An das flaue Gefühl im Magen und an das, was danach geschehen war. Vor allem kam allerdings ein bestimmtes Bild in ihrer Erinnerung wieder hoch: Der Blick des Orcas, der ihr direkt in die Augen gesehen hatte. Und die Raserei in seinen Augen.

Maya spürte eine Hand an ihrer Schulter und schrak zusammen. Es war Peyton, die sie schüttelte und permanent aufforderte, ihr das „okay"-Zeichen zu geben. Aber für Maya war leider nichts okay in diesem Moment. Ganz und gar nicht. Neben der heftigen Gefühlswallung, die mit jedem Sekundenbruchteil an Kraft zu gewinnen schien, mischte sich noch etwas anderes in ihr Bewusstsein: ihre ganz eigenen Gefühle, die nackte Panik. Es war, als kämpften zwei Wesen in ihrem Inneren: eines aggressiv, das unterlegene in Angst. Ob sich so ein Beutetier fühlte, wenn es einem Fressfeind begegnete?

Dies war es auch, was die Situation von jener im Sea Fun Park unterschied. Was sie spürte und was immer gewaltiger und bedrohlicher wurde, hatte eine völlig andere Qualität. Fast, als sei man mit einem animalischen Ur-Instinkt konfrontiert, wo man doch nur ein gezähmtes Wesen gewohnt war. Was sie spürte, war alt, es war listig, es war verschlagen, grausam und eiskalt. Und über all dem lag nur ein Streben, das all die anderen Emotionen und Eindrücke überlagerte, wobei das derart überwältigte Mädchen die eigenen und die übermächtigen fremden Gedanken kaum mehr auseinanderzuhalten vermochte: fressen.

Maya schauderte und blickte sich hektisch um; doch in der aufgewirbelten Sandwolke vom Grund des Hafenbeckens, die mittlerweile auch sie beide und alle anderen Taucher gleichwie das Wrack umhüllt hatte, war nichts zu erkennen. Sie bedeutete Peyton, dass es ihr nicht gutging. Diese zog daraufhin an dem Sicherheitstau. Nach einem anfänglichen Ruck wurde dieses nun langsam eingeholt und zog die beiden Taucherinnen nach oben, heraus aus der Wolke, wo sie auch ihrem Tauchlehrer wieder begegneten.

Jacob, der unweit der beiden gerade noch herumgeschwommen war, um sich einen Überblick zu verschaffen, erkannte das Manöver und machte sich daran, die anderen einzusammeln, die nun ebenfalls mittels des Taus eingeholt wurden. Alle Sicherheitstaue waren mit dem Schwenkkran an Bord der Candy verbunden. Die Geschwindigkeit, mit welcher die Winde alle einholte, entsprach dem optimalen Auftauchen.

Maya kam es jedoch vor wie eine Ewigkeit. Immer wieder blickte sie sich um. Was war hier nur falsch? Was geschah mit ihr? Sie zappelte und schnappte nach Luft, versuchte tief zu atmen, um ihre Gefühle wieder in den Griff zu bekommen. Es gelang ihr nur mühsam. Aber je näher sie alle der Candy kamen, je weiter sie die Umgebung ohne den aufgewühlten Sand wieder überblicken konnte, desto mehr flaute das fremdartige Gefühl wieder ab, umso mehr bekam sie sich wieder unter Kontrolle.

Eine blitzschnelle Bewegung in der Nähe des Wracks, das inzwischen weit unter ihnen lag, ließ Maya noch einmal zusammenzucken. Dann hatten sie die Wasseroberfläche erreicht. Stan half den Tauchern wieder an Deck. Auch Jacob kletterte schnell aus dem Wasser, um dann ebenfalls den anderen zu helfen.

Als alle wieder an Deck waren, atmete Maya erleichtert auf. Taucherbrille und Sauerstoffflasche hatte sie längst abgenommen. Nun saß sie heftig atmend an Deck. Peyton saß neben ihr auf dem Boden und stützte sie. Sie sagte nichts, sie hielt Maya einfach nur im Arm. Lennart und Samantha saßen an der anderen Seite. Jacob kam auf sie zu, während die anderen Mädchen noch die Tauchutensilien ablegten und miteinander zu tuscheln begannen.

„Was war denn los da unten?", fragte der Tauchlehrer Maya, während er vor ihr in die Hocke ging.

Maya schüttelte den Kopf. „Ich weiß es nicht. Ich kann es einfach nicht erklären ...", stammelte sie.

Jacob legte ihr die Hand auf die Schulter. „Es ist völlig in Ordnung", sagte er beschwichtigend und lächelte sein Eine-Million-Dollar-Lächeln, worum alle anderen Mädchen Maya sofort beneideten. „Wenn es dir da unten nicht gut geht, dann ist es immer besser, wieder nach oben zu kommen. Gerade dann, wenn man Anfänger ist", fuhr Jacob fort. „Ich möchte nur wissen, wie es dir jetzt geht und ob wir etwas für dich tun können."

Maya schüttelte den Kopf. „Danke, nein, es ist alles in Ordnung. Ich muss nur ..."

„... zur Ruhe kommen", vollendete Jacob den Satz und lächelte erneut. Was für die „Ruhe" in Maya nicht unbedingt zuträglich war. „Vielleicht solltest du den letzten Tauchgang aussetzen. Ich will es dir zwar nicht ausreden, aber es könnte sein, dass du noch eine weitere Panikattacke – oder was immer das war – bekommst, und so was kann da unten manchmal auch recht riskant werden. Bist du einverstanden?"

Maya nickte und war insgeheim gar nicht böse, dass er ihr die Entscheidung abgenommen hatte. Sie lächelte, so lieb sie es vermochte, zurück – woraus aber nur ein schiefes Grinsen wurde. Maya war eine ausgezeichnete Schwimmerin, aber vielleicht einfach eher für die Bewegung auf dem Wasser statt unter Wasser gemacht. Das musste sie wohl einsehen.

Als Jacob die Hand von ihrer Schulter nahm, stutzte er kurz. „Hast du dich da unten verletzt?"

Peyton sowie auch Lennart kamen um Maya herum und starrten auf die Stelle an Mayas Hals, über die Jacob nun vorsichtig mit dem Finger fuhr. Ein riesiger, dunkler blauer Fleck war dort zu sehen, fast eine Beule. Als Maya den Kopf drehte, rief Samantha: „Hier ist auch was, auf der anderen Seite!"

Alle starrten die beiden Hämatome an, die sich links und rechts an Mayas Hals gebildet hatten. „Was ist das?“, fragte Peyton und fuhr ebenfalls mit dem Finger über einen der Flecke – wobei Maya die Berührung von Jacob besser gefallen hatte.

„Ich habe keine Ahnung“, sagte Jacob schließlich und sah die Flecken verwirrt an. „Vielleicht sind infolge des Drucks da unten Gefäße geplatzt und das hat die Panik ausgelöst“, vermutete er. Wobei sich die Erklärung sehr bemüht und überhaupt nicht souverän anhörte. Noch nicht einmal für ihn selbst. „Ich schlage vor, ihr geht heute Abend zum Arzt und lasst das anschauen, nur zur Sicherheit.“ Mit einem Lächeln fügte er hinzu: „Schließlich müsst ihr ja noch für die Weltmeisterschaft fit sein.“

Während Maya ihren Tauchtag für beendet erklärte und Peyton solidarisch beschloss, ohne ihren Maya-Buddy ebenfalls „nicht mehr da runter“ zu wollen, klinkte sich dafür das Elternpaar eines anderen Mädchens in die Tauchgruppe ein und ging schnell unter Deck, um die Klamotten zu wechseln. Die Einweisungen Jacobs hatten sie miterlebt und sie wollten – angeregt von den Erzählungen der Mädchen aus den ersten beiden Tauchgängen – nun ebenfalls ein bisschen Unterwassermagie erleben.

Die Candy setzte also ihren Weg fort zur dritten Destination dieses Tages, dem Zealandia Wrack. Jacob versprach der Gruppe ein wahrhaft grandioses Taucherlebnis, noch viel besser als die beiden vorherigen zusammengenommen. Vermutlich war dies seine Taktik, um die Moral der Gruppe wieder zu stärken, da Mayas Abbruch der Urlaubsstimmung einen kleinen Dämpfer versetzt hatte. Obwohl Maya das ahnte, bereute sie schon fast wieder ihre Entscheidung. Die Zealandia, so erzählte Jacob, war einst ein Passagierschiff gewesen, war dann zum Truppentransporter umgebaut und als solcher von den Japanern während des Zweiten Weltkriegs hier vor Darwin versenkt worden. Auch dieses Wrack befand sich in rund 17 Metern Tiefe, so erzählte Jacob, es sei mit Korallen bewachsen, deren brillante Farben alles andere überträfen – fast schon vergleichbar mit der legendären Unterwasserpracht des Great Barrier Reef aus längst vergangenen Tagen.

Als die Candy endlich an Ort und Stelle angekommen war, machte sich die Tauchgruppe wieder bereit. Ein Pärchen nach dem anderen sprang über Bord und sank hinab. Maya beobachtete, wie sich die Sicherungstaue über die Seilwinde und den Kran abspulten. Sie fragte sich, was die anderen da unten wohl alles zu sehen bekämen.

Mit ihrem Vater, Samantha und Peyton saß sie nun auf einer kleinen Bank vor der seitlichen Reling und sah aufs Meer hinaus. Peyton war damit beschäftigt, den beiden Erwachsenen mit allerlei Ausschmückungen von den beiden vorherigen Tauchgängen zu berichten. Damit kompensierte sie vermutlich ihren Frust, bei diesem letzten Abenteuer nicht dabei zu sein.

Stan war unter Deck gegangen, um ebenfalls noch in einen Taucheranzug zu schlüpfen und den anderen nachzutauchen. Auf der Brücke wurde er in diesem Moment nicht gebraucht. Die Candy war vor Anker gegangen, es waren keinerlei Unwetter oder andere Unwägbarkeiten in Sicht, die seiner Präsenz bedurft hätten – und er wollte vor der Horde flirtwilliger Teeny-Mädchen unbedingt auch noch ein wenig den Helden heraushängen lassen.

Die anderen Erwachsenen hatten es sich indes bei kühlen Getränken und Knabbereien – offenbar einer zusätzlichen Einnahmequelle dieser Tour – im Salon gemütlich gemacht. So bezeichneten Stan und Jacob den Innenteil des Hauptdecks, der mit Bänken und Tischen ausgestattet war. Ihre Stimmen und das Gelächter drangen nur dumpf zu den vier Menschen draußen an der Reling herüber.

Maya starrte in Gedanken aufs Meer hinaus. Sie hatte sich noch immer nicht wieder ganz beruhigt. Das seltsame Gefühl, das unter Wasser von ihr Besitz zu ergreifen gedroht hatte, war zwar deutlich abgeflaut, aber irgendwo ganz tief in ihrem Inneren schien es weiterhin zu lauern. Böse. Verschlagen. Bereit, jede Sekunde wieder auszubrechen, und sich des Mädchens und seiner Gedanken erneut zu bemächtigen.

Es war unheimlich. In Maya tobte ein Sturm, sie war immer noch ängstlich und in Bereitschaft.

Die Hämatome an ihrem Hals spürte Maya jetzt deutlich. Ohne sie zu sehen, konnte sie dennoch genau fühlen, wo sie sich befanden und sie mit den Fingern ertasten. Sie meinte zu spüren, dass es unter ihnen pochte – wobei das vermutlich nur ihr eigener Herzschlag war. Trotzdem waren ihr diese Male unheimlich und sie hoffte, schon bald wieder an Land zu sein, damit sie mit Lennart und Samantha ein Krankenhaus würde aufsuchen können. Maya hoffte inständig, dass diese Male ihre Teilnahme an dem anstehenden Wettkampf nicht negativ beeinflussen würden.

Als ob das alles nicht schon genug gewesen wäre, war da noch etwas anderes. Etwas, worüber sich Maya nicht zu sprechen traute, was ihr aber nun, da sie so sehr über sich selbst reflektierte, immer mehr bewusst wurde. Sie glaubte, es früher schon einmal wahrgenommen zu haben, aber heute war es erstmals richtig intensiv geworden. Im Gegensatz zu der fremden, kalten Gier, die sie vorhin überkommen hatte, war dieses Gefühl etwas sehr Angenehmes, etwas Warmes und Aufregendes, das sie gerne in ihrer Welt willkommen hieß.

Sie hatte es erst heute nach dem Tauchgang wahrgenommen, als Jacob sich so liebevoll nach ihr erkundigt hatte. Als er zu ihr gekommen, sie angelächelt und berührt hatte. Seine Hand auf ihrer Haut. Es war ein wohliges Kribbeln in ihrem Bauch, in ihrer Scham, an ihren Schenkeln und bis hinunter in die Zehenspitzen.

Maya war siebzehn Jahre alt und natürlich wusste sie, wie sich Erregung und Lust bei einer Frau anfühlen konnten. Wie jeder Teenager hatte auch sie schon experimentiert. Sie hatte gelesen, geschaut, zugehört und sie hatte gemerkt, wie sich ihre Gefühle für Jungs langsam verändert hatten. Sie hatte beim Duschen das Bad abgesperrt, ihre eigene Entwicklung argwöhnisch, selbstkritisch und auch neidvoll auf andere blickend beobachtet. Sie hatte sich mit anderen Mädchen verglichen und jene Vergleiche mit Peyton diskutiert. Und ja, es gab auch diese Momente, wo sie für sich allein das eine oder andere neue Gefühl entdeckt hatte – wovon jeder wusste, worüber aber niemals jemand sprach. Schon gar nicht in Amerika.

All das war ihr nicht neu. Doch glaubte Maya heute etwas Neues entdeckt zu haben, das sie so noch nicht gekannt hatte. Eine neue Intensität der Erfahrung, die nicht unbedingt mit Lust zu beschreiben war, wohl aber mit Erregung. Wenngleich dies nicht nur mit der Sympathie für Jacob zu tun hatte. Vielmehr war es ein sexuelles Interesse, für das sie bisher weder offen gewesen war, geschweige denn dass sie von dessen Existenz in sich gewusst hätte.

Maya war es peinlich und sie wollte das eigentlich gar nicht. Nicht so.

Sie wollte ein normales Mädchen sein, das einen Jungen süß fand, sich mit ihm verabredete, irgendwann zum Kuscheln und Knutschen überging, bevor man einander dann in neugieriger Unschuld gänzlich entdecken würde. Was sie aber fühlte, war das Verlangen einer wahren Femme Fatale. Das hatte nichts mit Liebe zu tun, sondern mit Besitz. Mit Dominanz. Einem regelrechten Verschlingen. Es hatte nichts mit Zärtlichkeit zu tun, sondern eher mit Unterwerfung. Es hatte nichts mit der seelischen Verschmelzung im körperlichen Akt zu tun – sondern mit Paarung.

Maya gestand es sich nur widerwillig ein: Was sie gefühlt hatte, war im Grunde nicht menschlicher, sondern animalischer Natur. Es waren nicht die unschuldig kichernden Fantasien eines siebzehnjährigen Mädchens vom ersten Mal. Es waren keine fantasierten romantischen Gehversuche in Sachen Sex. Es war die willige Hingabe an einen uralten Instinkt, von dem sie geglaubt hatte, dass er bei Menschen längst nicht mehr existierte. Eben dieser Instinkt war heute in ihr erwacht. Etwas schläfrig, noch nicht ganz ausgereift, aber deutlich spürbar, wann immer Jacob sie angelächelt hatte. Präsent und lauernd – fast genauso wie die fremde Gier in ihr.

Während sie so vor sich hin grübelte und Peyton lebhaft mit Lennart und Samantha schnatterte, während sie im Wechsel hinaus aufs Meer und hinauf zu den Sicherungsseilen sah, bemerkte sie plötzlich eine Veränderung. Die Erkenntnis traf sie wie ein Schlag, schnürte ihr kurz die Kehle zu, ohne genau zu wissen, warum. Dann sprang sie auf.

„Stan!", rief sie und rannte zum Eingang in den Salon. „STAN!", rief sie noch einmal und übertönte damit das Feixen und Gelächter der inzwischen leicht angetrunkenen Erwachsenen im Salon. Stan kam die Treppe heraufgeeilt. Ihr Vater, seine Freundin und Peyton waren Maya nachgekommen und standen nun etwas ratlos und besorgt hinter ihr im Eingang.

„Was ist denn los?", fragte Stan, halb aufgeschreckt, halb genervt.

„Die Taue", rief Maya aufgeregt und spürte wiederum etwas in ihr emporkriechen, das sich nicht kleinhalten, nicht kontrollieren ließ. Sie zwang sich zur Ruhe. „Die Sicherungstaue, müssten die nicht alle gespannt sein, wenn Leute daran hängen?"

In Stans Gesicht waren in genau erkennbarer Reihenfolge zunächst Verwirrung, dann Erkenntnis samt Schrecken und schließlich Sorge abzulesen. Er eilte an Maya und den anderen vorbei, hinaus zum Kran und zu der Winde. In der Tat machte mindestens eines der Taue keinen wirklich straffen Eindruck. Maya und Peyton, Lennart und Sam standen hinter ihm und sahen gespannt und ängstlich bei seiner Bestandsaufnahme zu. Auch die anderen Gäste hatten ihre fröhliche Runde mittlerweile unterbrochen und standen bei ihnen auf dem hinteren Deck.

„Holen Sie die Taue ein", rief einer. „Lieber haben wir sie früher wieder oben, als dass etwas passiert."

Stan überlegte kurz. Er schien abzuwägen, was das für ihn und seinen Ruf bedeuten könnte, wenn es an einem Tag mit drei Tauchgängen gleich zwei Zwischenfälle und Abbrüche gab. Andererseits waren Zwischenfälle längst nicht so schlimm wie Todesfälle oder Verletzte. Er gab sich einen Ruck, trat an die Winde und betätigte einen Knopf. Sie setzte sich in Bewegung.

Was daran auffällig war, begriff der gespannte Zuschauer erst nach einigen Sekunden: Während sich drei der Taue nun merklich spannten, schien eines schlaff zu baumeln. Und während die anderen Passagiere auf die Wasseroberfläche starrten und gespannt dem Auftauchen der Gruppe entgegenfieberten, spürte Maya in sich ein Welle. Diesmal mit einer solchen Macht und Wucht, dass sie ihr nicht standhalten konnte. Mit ungeheurem Druck und wahnsinnig gewaltig kam es über sie, so dass sie das Gefühl körperlich spüren konnte. Sie schnappte nach Luft, ein Schauer jagte ihr über den ganzen Körper, stellte jedes einzelne Härchen auf ihrer Haut auf – als ob tausend Volt durch ihren Leib jagten.

Sie hatte genau das befürchtet – es war zurückgekehrt. Mächtiger und bösartiger als noch vor ein paar Stunden. Und näher, viel näher. Es überkam sie, brutal und aggressiv, warf sie zu Boden und ließ ihre Eingeweide verkrampfen, ihre Muskeln straffen und ihre Kiefer mahlen. Sie war in unheilvoller Aufregung darniedergestreckt. Es geschah binnen Bruchteilen von Sekunden und sie wusste, dass diese Gefühle – wie schon vorhin im Wasser und einst bei dem Orca – nicht ihre eigenen waren. Sie spürte es tief in sich und die Gewissheit brach sich Bahn in ihr Bewusstsein: Was sie fühlte, mit wem sie fühlte, das war ein Tier. Ein besonders kaltes, boshaftes, brutales Tier. Wie schon der Orca war dieses Tier ihrem Geiste und ihrem Körper in diesem Moment sehr nahe.

Maya übergab sich. Sie würgte ein ums andere Mal, doch es wollte gar nicht mehr aufhören. Selbst als längst alles aus ihrem Magen nach oben gekommen war. Niemand nahm es wahr, nicht einmal Peyton, Sam und Lennart, denn in diesem Moment brach das nackte Entsetzen aus.

Während die ersten ersten zwei Taucherteams durch die Wasseroberfläche brachen, schreiend, und hektisch zum Boot schwammen und von den rufenden und durcheinander laufenden Anwesenden mit vereinten Kräften an Bord gehievt wurden, kam noch etwas anderes an die Oberfläche. Der schuppige Panzer war als erstes zu sehen, die Zacken auf dem Rücken, die wachen Augen über dem länglichen aufklaffenden Maul, das auf die Schwimmer zuhielt. Gut fünf Meter lang war das mächtige Leistenkrokodil, ein Salty, das die Taucher ins Visier genommen hatte und sie nun mit beharrlicher Fresslust verfolgte. Es war ein ungleicher Kampf.

Während die ersten vier sicher an Bord und dem Zupacken ihres Jägers entkommen waren, kamen plätschernd zwei weitere Leiber an die Oberfläche. Jene bewegten sich allerdings nicht mehr. Es handelte sich um jenes Paar, das nicht mehr an einem der Sicherheitstaue hing, jenes Tau, welches nun endgültig erschlafft ins Wasser fiel. Die leblosen Überreste des Elternpaares, das sich ob der frei werdenden Plätze in der Gruppe zu einem spontanen Tauchabenteuer entschieden hatte, schwammen blutig daneben und boten ein Bild des Grauens.

Hätte man es nicht gewusst, man hätte sie beide nicht mehr als Menschen erkannt. Sie waren zerteilt, ein blutiges Gewirr von Haut, Knochen und Gedärmen. Eine Frau an Bord schrie und fiel in Ohnmacht. Eine andere brüllte in Panik und Verzweiflung; es war die Tochter der beiden. Viele der Anwesenden übergaben sich. Aber die Horrorshow war noch nicht zu Ende.

Um die beiden Leichen konnte sich keiner kümmern, denn es fehlten immer noch drei Taucher. Jacob, der unangeseilt getaucht war, und das letzte Team. Das Seil war gestrafft, also noch intakt. Indes musste die Strömung alle drei etwas abgetrieben haben. In Panik und Furcht schrien die Menschen an Bord der Candy durcheinander, während das Krokodil sich vorerst den Überresten seiner ersten Opfer widmete – begleitet von den Schreien und dem Schluchzen ihrer Tochter zerrte es einen der Toten wieder in die Tiefe.

Dann tauchten sie endlich auf, die Vermissten, alle drei gemeinsam. In etwa zehn Metern Entfernung vom Boot. Maya sah sie als erste, weil es auf der Längsseite der Candy war, auf der sie lag, während sich das bisherige Drama auf der anderen Seite abgespielt hatte.

„Jacob!“, wollte sie rufen, aber es kam nur ein gequältes Gurgeln.

Nun hatten auch die anderen die drei entdeckt. Eines der Mädchen war offenbar verletzt. Das andere Mädchen zog sie – ob sie wollte oder nicht – schwimmend an der Sicherungsleine, mit der die beiden verbunden waren, hinter sich her. Jacob schob mit an und hielt den Kopf der offenbar bewusstlosen Schwimmerin, die ihr Mundstück nicht mehr trug, über Wasser. Alle drei wurden zusätzlich von der Seilwinde angezogen – und zogen eine Blutspur hinter sich her.

Im Grunde war es keine weite Strecke. Ein paar Meter, für geübte Schwimmer und Taucher, noch dazu mit motorischem Antrieb, kein wirkliches Problem. Doch mit der Angst im Nacken und dem Tod auf den Fersen zog sich jeder Millimeter endlos hin. Es war ein Wettlauf gegen die Zeit und das Schicksal. Die Menschen an Bord schrien hysterisch durcheinander, hingen über der Reling, streckten sich den Fliehenden entgegen, reichten die Hände – und behielten dabei das Wasser im Auge. Stets auf der Hut, wo das Salty wieder auftauchen würde.

Und es tauchte wieder auf.

Gerade hatte die kleine Gruppe das Boot erreicht und die vorneweg eilende unversehrte Schwimmerin war unter tatkräftiger Mithilfe der anderen Menschen – die sich dabei eher behinderten, als dass sie sich tatsächlich sinnvoll bei der Rettungsaktion ergänzt hätten – an Deck gehoben worden, da gewahrte Maya unweit des Bootes, neben den sterblichen Überresten des zweiten unglücklichen Opfers, eine spitze Welle in Richtung ihres Bootes heranrollen. Wie in Zeitlupe sah sie das nahende Unheil, im Wasser erkannte sie die Konturen des riesigen Krokodils, das sich alle Zeit der Welt ließ, seine Beute sicher glaubte und fest im Blick hatte.

Gleichzeitig explodierte in Mayas Kopf erneut die fremde Mordlust und trachtete danach, ganz von ihr Besitz zu ergreifen. Ihr Herz schlug bis zum Hals, sie schwitzte und hatte den Eindruck, ihre Sinne seien noch schärfer, sämtliche Eindrücke noch intensiver, der Fokus klar und unabänderlich: Beute. Jagd. Blut. Fressen.

Mit aller Kraft, die sie aufbringen konnte, schob sie diese fremde Fresslust beiseite und hastete zur Reling, wo einige der anderen gerade damit beschäftigt waren, das bewusstlose Mädchen aus dem Wasser zu ziehen. Die bereits Gerettete lag bereits auf dem Boden des hinteren Decks, atmete heftig, wurde von ein paar anderen umsorgt.

Zu viert hievten die Männer das ohnmächtige Mädchen aus dem Wasser, woraufhin sie – leider viel zu spät – erkannten, woher die Blutspur gekommen war: Sie hatte keine Beine mehr. Ohne Kenntnis dieser Tatsache zogen sie jedoch mit aller Gewalt an dem Körper im Wasser, den sie sehr viel schwerer einschätzten, der aber wegen der fehlenden Gliedmaßen nur noch einen Bruchteil dessen wog, was für ein Mädchen dieser Statur zu erwarten gewesen wäre. Die Kraft, die sie in ihren Zug legten, der Schwung, den sie aufbrachten, ließ den Körper förmlich aus dem Wasser schnellen, über die Reling fliegen und sie alle mitsamt der halbtoten Geretteten zu Boden gehen. An der Stelle ihrer Beine klafften nur noch zwei blutende, zerfetzte Stummel.

Nun war nur noch ein einziger Mann an der Reling verblieben, der rufend und fuchtelnd Jacob seine Hand entgegenstreckte. Es war Stan, der nicht aufhörte, um das Leben seines Freundes zu kämpfen. Die todbringende Welle, und was sich darunter verbarg, hatte das Boot fast erreicht.

Schon war das Krokodil in seiner ganzen Monstrosität und Größe direkt unter der Oberfläche zu erkennen, seine neue Beute fest im Visier.

Jacob klammerte sich an den Rand des Bootes, er schrie, geriet in Panik, ergriff aber dennoch die Hand des Helfers, suchte Halt. Maya eilte zu Stan, streckte gemeinsam mit ihm Jacob ihre Hand entgegen, schrie ihn an, er solle sich beeilen. Jacob ergriff auch ihre Hand, hievte sich vollends aus dem Wasser, er hatte es fast geschafft. Mayas Arm wurde unter dem Gewicht des Mannes beinahe aus dem Gelenk gerissen, so sehr zerrte Jacob an ihr. Aber sie biss die Zähne zusammen. Hier ging es um Leben und Tod. Und der Sieg des Lebens war fast schon entschieden … fast …

In diesem Moment wurde Maya von etwas getroffen, das völlig neu für sie war. Es fühlte sich an wie ein Fausthieb direkt ins Gesicht. Ein Hieb von einer stählernen, tonnenschweren Faust, so dass sie meinte, ihr Schädel würde bersten. Sie brauchte einige Sekunden, bis sie begriffen hatte, woher das gekommen war und worum es sich dabei handelte.

Es war Hass. Blanker, unverfälschter und aufrichtiger Hass, der sich mit Mordlust und Fressgier zu einem tödlichen Gebräu vermischte, von dem ihr die Luft wegblieb. Es war nicht nur bloße Einbildung, sie konnte diese Emotion körperlich spüren.

Nur war dieser Hass mitnichten eine beiläufige Emotion, die sie – wie jene Begegnungen zuvor – eher unbeabsichtigt aufgeschnappt hatte. Nein, dieser Hass galt ihr. Gezielt, direkt, ihr ganz allein. Die Härte, mit welcher er sie traf, war ein brutaler und beabsichtigter Angriff auf sie. Fast, als habe die fremde Präsenz, die sich in ihr breitmachte, umgekehrt auch Mayas Absichten und ihre Feindseligkeit gegenüber dem Invasor erkannt, und nun alle Wut, allen Zorn, auf Maya konzentriert, um sie zu zermalmen.

Und es gelang: Maya war zu schwach. Zu überrascht. Zu wenig gerüstet für oder vorbereitet auf das, was sie hier mit einer physischen Härte traf. Sie konnte dem nicht standhalten. Sie war einfach zu schwach ... und die Folgen waren fatal.

Maya wurde es schwarz vor Augen. Sie stöhnte auf, sie war benommen. Wankte wie ein Boxer nach dem entscheidenden Treffer seines Gegners. Es war genau dieser Bruchteil einer Sekunde, in welchem sie sich – von fremden Emotionen überwältigt und förmlich ausgeknockt – nicht mehr unter Kontrolle hatte, ihren Griff an Jacobs Hand lockerte, ihn schließlich losließ – woraufhin jener wieder zurückrutschte in das tödliche Nass.

Der Mann neben ihr, Stan, der Jacobs anderen Arm gehalten hatte vermochte das plötzlich allein auf ihm lastende Gewicht nicht zu halten. Er schrie in Zorn und Verzweiflung laut auf, aber er gab ebenfalls nach. Jacob stürzte rücklings ins Wasser, genau vor die herannahende Welle.

Es würde ein Bild sein, das Maya noch viele schlaflose Nächte bereiten sollte. Bittere Verzweiflung, beißende Scham und nacktes Entsetzen. Der Blick des kurz noch einmal auftauchenden jungen Mannes traf sie direkt. Nackte Todesangst in seinen Augen, ungläubiger Schrecken über den gelösten Griff – und schlussendlich die bittere Erkenntnis, dass er es nicht schaffen würde. Er hatte verloren. Es war vorbei.

Der weit aufgesperrte Kiefer des Salzwassersauriers schnellte nun heran, als ob man einen bisher in Zeitlupe abgespielten Film wieder auf seine normale Geschwindigkeit beschleunigt hätte. Das Maul schloss sich mit bestialischer Kraft um Jacobs Oberkörper. Endgültig entriss ihn das mächtige Krokodil seinen hilflos verzweifelten Rettern, deren Rufe und panische Schreie zum makaberen Crescendo einer bitteren Niederlage wurden. Zähne bohrten sich in sein Fleisch, Knochen brachen, das Wasser färbte sich dunkel. Noch einige Meter schleifte das Krokodil sein Opfer mit, bevor die Schreie des jungen Mannes aus Wut, Angst und Verzweiflung erstickt wurden von den Wellen, mit denen ihn das Salty hinab in die die Tiefe zog.

Maya brach in einem Weinkrampf zusammen.

Stan brüllte seine Verzweiflung ungehemmt heraus.

Das hintere Deck der Candy glich einem Schlachtfeld. Überall war Blut. Menschen brüllten, schrien und wimmerten, röchelten und kotzten, Hysterie und Lethargie griffen um sich – keiner war mehr Herr seiner Sinne. Es war die nackte Panik.

Maya verlor in all diesem Chaos endgültig das Bewusstsein. Die Hämatome an ihrem Hals pochten unaufhörlich. Es war ein stechender, bohrender Schmerz, wie sie ihn nie gekannt hatte. Und während sie in den unfreiwilligen Schlaf der Verzweiflung hinüberglitt, fliehend aus jener bitteren, blutigen Realität, schob sich ein leider nur allzu grässlich vertrautes Bild vor ihr geistiges Auge und packte sie bei der Seele.

Diese Augen.

Diese schrecklichen Augen.

Nun waren es vier.

7

Die Loreley II und die Flotte C9 hatten ihr Ziel erreicht: den Sundagraben. Besser bekannt auch als Javagraben – wobei Namen angesichts der monumentalen Größe dieser Tiefseerinne ohnehin keine Rolle spielten.

Seine Bezeichnung entlieh sich der an manchen Stellen bis zu 7.455 Metern klaffende Tiefseegraben dem Sundabogen, an welchem er sich über 2.250 Kilometer entlangstreckte. Wer südöstlich der asiatischen Sundainseln entlangschipperte, gelangte auf Höhe von Sumatra an das nordwestliche Ende jener Rinne. Nach Norden hin wurde sie von Java begrenzt, im Osten von der Timorsee und im Süden von den Weihnachtsinseln. Der Navigator der Flotte hatte einen Punkt irgendwo in dem Gebiet zwischen fünf und zwölf Grad südlicher Breite sowie 100 und 120 Grad östlicher Länge angepeilt. Genauer wollten es weder Crane noch die Besatzungsmitglieder wissen. So konnte man sie später auch nicht danach fragen.

Wichtig war ohnehin nur eines: Sie befanden sich exakt an dem Ort, wo sich tektonisch die Australische Platte unter die Eurasische Platte schob. Diesem Umstand verdankten sie das Phänomen, zu dessen Ausbeutung sie hier waren – und das der Firma Castus Cranes bei Gelingen seiner Mission auf viele Jahre hin die Existenz sichern konnte.

Die vier Schiffe waren auf Position, die Männer bereiteten die anstehende Bohrung vor. Es sollte ein Testlauf werden. Keiner wusste, mit welchen Resultaten dieser Tag zu Ende gehen würde. Crane war jedoch sehr optimistisch.

Es würde noch mindestens 48 Stunden dauern, bis man mit dem Testlauf beginnen konnte. Zeit genug, um vorneweg einmal mit einem Unterseeboot, das sich gleichfalls an Bord der Loreley II befand, hinunterzutauchen und sich den Grund ihres Besuchs noch einmal mit eigenen Augen anzuschauen, die Umweltgegebenheiten zu überprüfen, auf spontane Hindernisse zu reagieren und sie aus dem Weg zu räumen.

Crane wollte es sich nicht nehmen lassen, diesem Tauchgang höchstpersönlich an Bord der Loreley beizuwohnen. Er wollte mit als Erster sämtliche Neuigkeiten zu seinem Investment erfahren. Deshalb befand er sich, sieben Tage nach dem Vorfall mit Beetle, wieder an Bord seines Führungsschiffes. Er stand ziemlich genau an der Stelle, wo der unliebsame Ex-Mitarbeiter über Bord gegangen war, stützte sich auf die Reling und blickte auf den Indischen Ozean hinaus. Er hatte noch etwas Zeit, bis er bei der

Lagebesprechung für die anstehende Tauchfahrt erscheinen sollte. Selbst wenn er sich verspätete, ohne ihn würden sie nicht beginnen.

Es stand für ihn eine Menge auf dem Spiel. Nachdem Beetle so jämmerlich versagt hatte und die Ölbohrungsrechte im Northern Territory wider Erwarten nicht zugeteilt worden waren, hatte Crane einen immensen finanziellen Verlust hinzunehmen.

Beetle hatte mit seiner Unfähigkeit zur zielführenden Manipulation der zuständigen Behörden einen beträchtlichen finanziellen Schaden verschuldet. Natürlich war klar gewesen, dass andere Interessenten gleichfalls ihren Hut in den Ring werfen würden. Sein Konkurrent, der offensichtlich einen weitaus besseren Beetle beschäftigte, hatte nun sogar noch das Glück, die von Cranes Geldern geschaffene Infrastruktur kostenfrei nutzen zu können. Selten hatte sich Castus Crane so dermaßen vorgeführt und gedemütigt gefühlt. Eben diese Schmach und Demütigung war es gewesen, welche die in seinen Augen Verantwortlichen mit dem Leben hatten bezahlen müssen.

Für den Unternehmer stand nun alles auf dem Spiel. Es galt, die Verluste in dreistelliger Millionenhöhe wieder auszugleichen und aus anderen Quellen neue Einnahmen zu generieren, koste es, was es wolle. Castus war bereit, für dieses Ziel über Leichen zu gehen, im wahrsten Sinne des Wortes. Es gab keinen Plan B mehr für Crane Industries, diese Aktion musste gelingen. Und jeder, der dem erhofften Erfolg im Wege stand, würde unerbittlich aus dem Weg geräumt werden.

Castus‘ Hände krampften sich um die obere Stange der Reling. Sein Blick wurde starr, sein Blut fühlte sich kühl an: Es musste gelingen. Es *musste* einfach gelingen!

„Mr. Crane, Sir, wir wären dann soweit."

Castus schrak zusammen. Viel mehr, als er es einen seiner Angestellten sehen lassen wollte. Aber er war so sehr in seine Gedanken versunken gewesen, dass er den jungen Offizier nicht bemerkt hatte, der kaum hörbar von hinten an ihn herangetreten war. Auch das zweimalige Räuspern des Mannes, um sich bemerkbar zu machen, hatte er nicht gehört. Es war in dem Grundgeräusch des Schiffes und der Wellen untergegangen. Nun fuhr er herum und zischte den jungen Mann an.

„Was?"

„Wir sind soweit, Sir", wiederholte dieser, sichtlich um Fassung bemüht.

Crane brummte etwas, das der junge Mann nicht verstehen konnte, dann preschte er so schnell los, dass der Offizier Mühe hatte, mit seinem Boss Schritt zu halten. Ihr Ziel war eine spezielle, nachträglich angebrachte Installation an Backbord der Loreley II. Es handelte sich um einen zweiarmigen schwenkbaren Kran, der seitlich über die Wasseroberfläche hinaus gedreht werden konnte. An dessen Ende hing an einer gigantisch anmutenden Seilwinde ein Gebilde, das Uneingeweihte an eine Art Ufo erinnern musste. Derzeit war der Arm noch auf Deck eingeschwenkt und die Winde so weit abgespult, dass jenes Objekt auf der Oberfläche des Decks auf vier Füßen zu stehen kam. Dorthin ging Crane.

Tatsächlich handelte es sich bei dem Gefährt natürlich um ein Tauchboot, nicht um ein Raumschiff. Wenngleich die Aufgaben der beiden Geräte doch ganz ähnliche waren:

Beide drangen in eine Umgebung vor, die der Mensch zu erforschen trachtete, von der er jedoch kaum etwas wusste. Von der er gar nichts wissen konnte. Denn beides war nicht sein Lebensraum – und auch für Menschen nicht zum Überleben geeignet. Er, der Landbewohner, drang ein in das Reich der Tiefsee oder des Weltalls, lebensfeindlich und gigantisch in seinen Ausmaßen. Wie vermessen konnte man sein, sich anzumaßen, auch nur den Hauch einer Ahnung davon zu haben, was einen dort alles erwarten mochte?

Crane und die elfköpfige Forschungscrew, darunter auch ein Pilot, der im Tauchboot sitzen und es teilweise selbst steuern sollte, versammelten sich rund um das Gefährt. Alle Augen waren auf den Leiter dieser Expedition gerichtet, der nun in die Mitte des fiktiven Kreises trat. Gregory Stanton, der neue Leiter von Cranes Abteilung Global Claiming, straffte seinen teuren, maßgeschneiderten Anzug, rückte seine Krawatte zurecht, musterte derweil sein Publikum und hob dann an zur Rede des Tages.

„Meine Herren", eröffnete Stanton. „Wir erleben heute eine kleine Premiere. Bitte hören Sie mir genau zu, denn ich werde mich nicht wiederholen." Er machte eine große Geste nach hinten. „Was Sie hinter mir stehen sehen, ist der Prototyp eines weltweit einzigartigen, neuen Unterseebootes."

Die Begeisterung der Zuhörenden hielt sich noch in Grenzen und die taktische Pause, die Stanton an dieser Stelle setzte, ging wirkungslos unter.

„Erlauben Sie mir, Ihnen kurz die Besonderheiten dieses Objektes näherzubringen, das heute seine erste Bewährungsprobe erleben wird." Er trat neben das Tauchboot und gestikulierte dramatisch zu seinen weiteren Ausführungen. „Was Sie hier sehen, danach würden sich sämtliche Nationen, die in der Tiefsee Forschungen betreiben, die Finger lecken. Was wir ihnen voraus haben ist zweierlei: Geld, sehr viel Geld, und die Möglichkeit, mit diesem Geld die besten Wissenschaftler dort abzuwerben, wo gerade ein neuer Entwicklungsschritt auf dem Weg hin zu diesem Prachtstück gemacht wurde. Ich möchte betonen, dass eine beträchtliche Summe in diesem Tauchboot steckt und ich daher nicht tolerieren werde, dass es auch nur einen Kratzer abbekommt."

Diesmal wirkte die dramatische Pause, sie wurde aber rasch von einer anderen Stimme unterbrochen. „Wie viel genau hat es denn gekostet, wenn ich fragen darf?"

Alle drehten sich um zu Crane, der zwar keine Miene verzog, der auch in einer weitaus geringeren Lautstärke gesprochen hatte als Stanton, der aber trotzdem augenblicklich die volle Aufmerksamkeit genoss.

Stanton ließ sich nicht aus der Ruhe bringen. „Wir sprechen von einer hohen achtstelligen Summe, Sir", fuhr er fort. „Allerdings werden dieses Boot und die Dienste, die es uns leistet, locker das Zehnfache von dem einbringen, was wir in dessen Entwicklung investiert haben. Wenn nicht mehr."

Crane lächelte zufrieden und gab seinem Abteilungsleiter zu verstehen, er solle fortfahren.

„Wir haben uns bei der Produktion dieses Bootes an einem Modell aus China orientiert, der Jiaolong", fuhrt Stanton fort. „Dieses Tiefseetauchboot wurde zu exakt demselben Zweck entwickelt wie das unsere: Um Rohstoffdepots in bisher unerreichbaren Tiefen aufzuspüren und diese dann auszubeuten. Was die Chinesen 2011 begonnen haben, wurde von uns weiterentwickelt. Ich möchte behaupten, dass wir mit unseren Mitteln einen Fortschritt erzielt haben, dessen Niveau die Asiaten selbst in 20 Jahren noch nicht erreicht haben werden – bei allem Fleiß und aller Genialität. Warum? – Weil wir es können. Und weil wir es eilig haben."

Er ließ die Information kurz sacken.

Dann fuhr er fort und umrundete dabei das Tauchboot.

„Der Erforschung der Ozeane sind ab einer bestimmten Tiefe natürliche Grenzen gesetzt", erklärte Stanton. „Ein paar hundert Meter schaffen die herkömmlichen Tauchboote. Danach ist Schluss. Werden wir vierstellig in der Zahl der Tiefenmeter, dann herrschen Druckverhältnisse von 600 Bar und mehr. Die Kälte in dieser Tiefe vermögen Sie sich gar nicht vorzustellen. Es herrscht tiefste, schwärzeste Nacht, nichts und niemand von uns an der Oberfläche hat dort unten auch nur die geringste Überlebenschance. Käme ein Mensch mit dieser Umgebung in Berührung, er wäre binnen Sekunden tot. Alle technischen Helfer, die wir dort hinunterschicken können, haben ein ganz anderes Problem: Das Salzwasser greift die Materialien an und setzt sie außer Funktion. Genau hier, meine werten Freunde und Kollegen, kommt unser Baby ins Spiel: die Smoky I."

Er machte erneut eine Pause, wobei er die Nennung des Namens auf die Anwesenden wirken ließ.

„Die Chinesen haben für uns die ersten Schritte gemacht", referierte Stanton. „Sie halten die Rechte zur Erkundung eines rund 75.000 Quadratkilometer großen Gebietes im Pazifik, formell und bestätigt durch die Internationale Meeresbodenbehörde in Jamaika, und haben somit das Recht, mit ihrem Tiefseetauchboot, der Jiaolong, auf Tauchstation zu gehen. Ziel ist es, das Vorkommen und die Menge der sogenannten Manganknollen zu erforschen, Gesteinsbrocken mit einem beträchtlichen Anteil an Kobalt, Nickel, Kupfer und Eisen. Das Tauchboot der Chinesen hat eine Länge von gut acht Metern und wiegt 22 Tonnen. Bei ersten Tauchgängen erreichte die Jiaolong eine Tiefe von bis zu 3.759 Metern. Die Chinesen haben ihre Komponenten zum Bau dieses Gefährts überall auf der Welt eingekauft. Die zwei Meter durchmessende Tauchkugel aus Titan haben sie aus Russland bezogen. Weitere Teile stammen aus den USA – und aus manchen anderen Quellen, über die ich hier und heute noch nicht sprechen möchte."

Die Menge rund um Stanton und das Tauchboot hatte sich mittlerweile vergrößert. Es herrschte eine gespannte Stille. An die 50 Besatzungsmitglieder waren nun Zuhörer des Leiters dieser Mission. Es hatte etwas Faszinierendes, was er da an Wissen ausbreitete. Einen Hauch von Mystik, von unerforschten Gebieten, von der Abenteuerlust, wie sie einst einen Jules Verne zu seinen fantastischen Geschichten „unter dem Meer" inspiriert haben mochte. In jedem Kopf spulte sich in diesem Moment ein Film ab, was es wohl da unten alles zu entdecken gäbe. Dabei ging es nur sekundär um den Profit, den Stanton anhand der Beschreibung der begehrten Rohstoffe zweifelsfrei zu erzielen gedachte. Vor allem begann die Besatzung der Loreley II zu träumen. Von unentdeckten Welten, von eigentümlichen Kreaturen ...

Crane hatte seinen Platz beibehalten, er stand jetzt in vierter oder fünfter Reihe der Zuhörerschar. Einiges von dem, was Stanton erzählte, kannte er bereits. Auch wusste er – entgegen des vorhin absichtlich erweckten Eindrucks gegenüber seinen Angestellten – auf den Cent genau, was das Boot und diese Mission ihn kosten würden. Doch das war ihm gleich. Er hatte nämlich auch eine Vorstellung davon, was ihn dort unten an Reichtümern und Profit erwartete, würde er es nur richtig anstellen. Dann nämlich könnte er sich binnen weniger Jahre buchstäblich die ganze Welt kaufen. Jedes Wirtschaftssystem, jede Rohstoffe verarbeitende Nation hinge fortan an seinem Tropf. Das hieraus entstehende Monopol würde nicht weniger bedeuten als die absolute Kontrolle über die globale Wirtschaft, uneingeschränkten Einfluss auf die Produktion all jener der Menschheit so lieb gewordenen Gadgets, und damit auch die Lenkung eines jeden politischen Systems, egal ob Demokratie, Diktatur oder Terrorregentschaft. Absolut jeder, der im Strom der Weltwirtschaft mitschwimmen wollte, müsste künftig an Crane vorbei. Daraus ließe sich dann wiederum Kapital schlagen, um noch mehr Macht und Einfluss zu erlangen. Ginge seine Planung auf, würde das nicht weniger als die moderne, die wirtschaftlich dominante Weltherrschaft bedeuten. Während alle anderen rings um ihn herum von Unterwasserwelten und faszinierenden Erlebnissen träumten, hatte Crane recht genaue Vorstellungen davon, wie er das Leben eines jeden Menschen auf diesem blauen Planeten zu verändern gedachte. Ein kaltes Lächeln lag bei diesen Gedanken auf seinem Gesicht.

„Während also die Chinesen brav und emsig an ihrem Schiffchen geschraubt, alle Regeln der Diplomatie und die Gesetze mustergültig befolgt, Rücksicht auf die Umwelt und die Interessen verschiedenster ethnischer Gruppen und Völker genommen haben“, fuhr Stanton indessen fort, „haben wir uns weltweit jeden einzelnen Schritt genau angeschaut – und unsere eigenen Schlüsse gezogen. Die Vorgehensweise wurde ... lassen Sie mich sagen ‚optimiert‘ und um einige lästige Befindlichkeiten und Hindernisse erleichtert. Die Vorarbeiten wurden zwar anderswo geleistet, doch waren wir durch unser eigenes, etwas weniger von lästiger Rücksichtnahme geprägtes Programm den Schlitzaugen immer eine Nasenlänge voraus. Denn was sie nicht wussten: Die Ergebnisse der Forschung, die sie finanzierten, und die sie letztlich in ihrem Tauchboot verbauten, die landeten nicht nur in China. Sondern auch in einer Werft der Crane Industries in Australien. Dort, wohin nach und nach auch sämtliche an der Entwicklung beteiligten Forschergruppen – natürlich über Umwege – abgeworben wurden. Weshalb, das liegt auf der Hand: Während die Chinesen die perfekte, gefällige und brave Fassade der Erschließung der Tiefsee lieferten, dadurch aber nur knapp 4.000 Meter Tiefe erreichten – die russischen Mir-Boote schafften schon etwa 6.000 Meter ebenso wie die Schweizer Nautile und es gäbe noch das japanische Shinkqai, das bis zu 6.500 Meter tief tauchen kann –, können wir hingegen ...“

Die nun gesetzte dramatische Pause verfehlte ihre Wirkung nicht. Während vorher noch kaum jemand den technischen Ausführungen und der Rekapitulation nackter

Zahlen hatte folgen können, hingen nun sämtliche Männer und Frauen gebannt an Stantons Lippen, gleich Enkeln, während einer nächtlichen Geschichtenerzählstunde vor dem Kamin, ihrem Großvater lauschend. Stanton genoss die Spannung ein paar Sekunden, bevor er sie auflöste.

„... wir hingegen", fuhr er langsam und sehr betont fort, „schaffen mit der Smoky eine Tiefe von über 10.000 Metern. Und das ist nur, was wir verbürgen können. Darüber hinaus ist noch einiges mehr denkbar, sofern unser Projekt es erforderlich macht."

Die Menge brach in Beifall aus. Einige Pfiffe gellten dazwischen. Stanton machte eine beschwichtigende Handbewegung.

„Ich bitte Sie, Herrschaften, wir sind doch hier nicht beim Zirkus!", ermahnte er die Leute, die sogleich wieder verstummten. „Bewahren Sie sich etwas von Ihrer Begeisterung für die weiteren Schritte des heutigen Tages auf. Denn wenn dies auch höchst faszinierend ist, die eigentliche Sensation folgt erst noch."

Er setzte wieder eine Pause und genoss die gespannte Erwartung, die in der Luft lag.

„Sollen Japaner, Chinesen, was weiß ich wer, doch ihre süßen kleinen Manganknollen haben. Im Vergleich zu dem, was wir im Sinn haben, sind die daraus zu erwartenden Profite unbedeutende Groschenbeträge. Wir allerdings, Ladies and Gentlemen, wir werfen unsere Angel nach einem weitaus größeren Fisch aus. Wir bohren nach einem größeren Schatz, der sich am Fuße des Sundagrabens in rund 7.000 Metern Tiefe unter dem Meeresspiegel befindet. Direkt unter unseren Füßen liegt die Zukunft von Crane Industries."

Erneut wogte Jubel auf, diesmal ließ Stanton die Menge gewähren und genoss den Moment. Als es wieder ruhiger wurde, legte er stolz eine Hand auf die Außenhülle des Tauchboots und rief: „Ich darf Ihnen heute und hier vorstellen: Die Smoky, ein sechzehn Meter langes Tauchboot mit einem stattlichen Gewicht von nicht weniger als zwei Tonnen. Es ist das erste Tauchboot auf der ganzen Welt, das bemannt in zehn Kilometer Tiefe des Ozeans vordringen kann. Ermöglicht wird dies durch eine Außenhülle aus sage und schreibe neun Zentimeter dickem Titan, massiv und schier unzerstörbar. Nach rund achtzehn Monaten Testphase ist es nun an der Zeit, nach den horrenden Investitionen endlich auch ordentlich Profit zu machen. Wir erobern den Meeresgrund. Wir erobern die Tiefsee. Wir erobern hier und heute die Schwarzen Raucher!"

Für Cranes Geschmack war es nun genug der Show und der Bauchpinselei von Crew und Mitarbeitern. In dem Jubel am Ende von Stantons Vortrag hatte er einen Wink gegeben, die Versammlung aufzulösen und damit den Partyschreck gespielt. Bis zu einem gewissen Punkt konnte er zwar verstehen, das Stanton die Leute für die anstehende Mission hinter sich bringen, sie begeistern und motivieren und ihnen vermitteln wollte, etwas Einzigartiges zu sein und an etwas Großartigem teilzuhaben. Doch gab es noch eine Menge zu tun, bevor die Smoky abtauchen würde. Crane wollte nicht im allgemeinen Freudentaumel vergessen, weswegen sie hier waren und was alles noch für jeden einzelnen hier zu tun anstand. Dafür wurden die Männer bezahlt, dafür waren sie hier – zum

Feiern war nach der Arbeit noch genügend Zeit. Dann, wenn die Raucher erschlossen, die Rohstoffe geerntet waren und die Milliarden auf Cranes Konten sprudelten.

Ein klein wenig, so musste er allerdings zugeben, hatte ihn die Rede indes auch begeistert. Und so hatte er, noch während der Ausführungen seines Abteilungsleiters, einen spontanen, aber weitreichenden Entschluss gefasst, den er nun seinem Führungsstab im Konferenzraum mitteilen wollte. Alle saßen schon um den großen Tisch versammelt, als der CEO des nach ihm benannten Industriegiganten den Raum betrat.

„Behalten Sie Platz", sagte Crane rasch, bevor sich die anderen erheben konnten, umrundete den Tisch und nahm auf seinem Stuhl am Kopfende Platz.

„Stanton", eröffnete er ohne Umschweife, „wie verlässlich ist die Überlebensfähigkeit an Bord der Smoky getestet?"

Sein Abteilungsleiter glaubte nur, die Hintergründe der Frage zu verstehen, erfasste sie jedoch nicht wirklich. „Sie müssen sich keine Sorgen machen, Sir", erläuterte er. „Selbst wenn dem Piloten an Bord des Tiefseebootes während des Tauchgangs etwas zustößt, werden wir von hier oben zu jeder Zeit die Kontrolle übernehmen können. Die Smoky besitzt einen Autopilot, der sie in konstantem Abstand zum Meeresboden hält und nicht in die Nähe des Austrittsschornsteins des schwarzen Rauchers geraten lässt. Über Bilder und Videos behalten wir sie hier oben im Auge. Vielmehr ist umgekehrt der Pilot die Absicherung des automatischen und des ferngesteuerten Systems, falls von hier oben aus etwas nicht funktioniert. Das Tiefseeboot ist also jederzeit sicher und wird von einem großen Team erfahrener Fachleute gesteuert und gelenkt."

Crane winkte ab.

„Das meinte ich nicht, der Mann ist mir egal", sagte er gereizt. „Ich möchte wissen, wie sicher ein Insasse an Bord ist."

Stanton räusperte sich.

„Nun, wir haben das bislang nur unter Laborbedingungen getestet", fuhr er fort. „Unter simulierten Bedingungen verkraftete die Außenhülle einen Druck von 107 Megapascal, was einer Tiefe von bis zu 14.000 Metern entspräche. Der dabei eingesetzte Dummy und später auch die Versuchsperson haben im Inneren noch nicht einmal ein Kitzeln an der Nase verspürt. Druckausgleich und Wärmeversorgung sind vorbildlich. Wir haben Sitze mit integrierter Heizung installiert, dazu sind auch die speziellen Anzüge beheizt, welche die Insassen während des Tauchgangs tragen. Es gibt so ziemlich nichts, was dem Piloten da unten zustoßen könnte, es sei denn, er öffnet vorsätzlich die Luke des Tauchbootes."

Crane nickte zufrieden.

„Das freut mich zu hören, Mr. Stanton", erklärte er. „Ich werde den Tauchgang nämlich begleiten. Ich habe das Tauchboot bezahlt und würde mir gerne ansehen und erleben, wofür ich mein Geld versenkt habe."

Stanton schluckte. „Erlauben Sie, Sir", sagte er zaghaft. „Was versprechen Sie sich davon? Unser Tauchbootpilot ist bestens geschult und hat die nötigen Trainingsläufe absolviert. Er kennt sich in diesen Tiefen aus. Wir können ihm vertrauen, er hat das im

Griff. Sie hingegen wären, verzeihen Sie, ein ungeübter und untrainierter Tiefseetourist. Wir vermögen nicht vorherzusehen, wie ein Körper reagiert, für den die Situation ungewohnt, sogar eine Premiere ist, und das bei dieser Tiefe. Ich appelliere an Sie: Setzen Sie sich keiner Gefahr aus, Sir!"

Crane lächelte kalt. „Hatten Sie mir nicht eben gerade noch versichert, dass keinerlei Gefahr für die Insassen besteht?", konterte er Stantons besorgten Einwand. „Nach Ihren Ausführungen wäre ich dort unten mit ein wenig Ausrüstung am Körper so sicher wie in Abrahams Schoß. Warum also sollte ich dieses Multi-Millionen-Dollar-Unternehmen, das immerhin ich selbst finanziere, nicht auch begleiten?"

Stanton druckste herum. Er suchte nach den passenden Worten und schien auch noch abzuwägen, wie intelligent oder im Gegenteil ungesund es sein mochte, seinem Boss in dieser Sache ein weiteres Mal und vor den Augen anderer zu widersprechen. Crane nahm ihm die Entscheidung ab.

„Lassen Sie mich eines klarstellen, Stanton", fuhr Crane ungerührt fort. „In diesem Unternehmen, dem hier und heute anstehenden Projekt, steckt so ziemlich mein gesamtes Vermögen, dazu auch noch das der Firma, zuzüglich etlicher Kredite, die weltweit über diverse Banken und entsprechende Briefkastenfirmen laufen. Dieses Tauchboot und die damit verbundene Mission sind entweder mein Sieg oder mein Untergang. Ich möchte keine einzige Sekunde verpassen, ich möchte jeden noch so kleinen Schritt der Mission nachvollziehen und beeinflussen können. Ich werde es keinen Fachleuten, trainierten Piloten, selbsternannten Profis überlassen, in meinem Namen Entscheidungen zu treffen, nur weil sie sicher oder angebracht sind, wenn eine andere Richtung hingegen meine Existenz sichert. Und ich habe mich entschieden: Ich will dabei sein, wenn wir dem schwarzen Raucher den ersten bemannten Besuch in unserem Tiefseetauchboot abstatten. Hier und heute. Es gibt kein noch so vernünftiges Argument, das mich davon abbringt. Es ist meine Entscheidung, meine ganz allein."

Es war still im Raum. Stanton hielt dem Blick Cranes stand, was jenen beeindruckte. Er überlegte noch kurz, dann nickte er. „Ich verstehe, Sir", sagte Stanton. „Ich schätze, es kann nicht schaden, wenn Sie auch mal einen Blick in die Tiefsee riskieren!" Dann wandte er sich wieder an den Rest der Versammlung. „Wir werden den Tauchgang etwas verschieben und erst im Morgengrauen beginnen", erklärte er dann. „Bis dahin sind sämtliche Vorbereitungen abgeschlossen. Mr. Crane erhält eine kurze und übersichtliche Einweisung, eine Anprobe des Onboard-Hitzeanzugs und natürlich den obligatorischen ärztlichen Checkup vor dem Tauchgang. Wir wollen alles richtig machen und nichts außer Acht lassen. Machen Sie unseren Boss tiefseetauglich."

Crane grummelte, die flapsige Abmoderation missfiel ihm. Er entschied sich dennoch, Stanton diesen Erfolg gönnen, um sein Gesicht zu wahren. Er, Crane, hatte sein Ziel trotzdem erreicht.

„Die Vermessungen und genauen Bohrparameter wurden bereits abgeklärt, seit wir aus Jamaika grünes Licht bekommen haben", fuhr Stanton fort. „Crane Industries, deren

Töchter und ein paar kleine Briefkastenfirmen besitzen nun die Bohrungsrechte in sämtlichen Tiefseegräben dieser Erde und an sämtlichen denkbaren heutigen und zukünftigen Schwarzen Rauchern."

Er setzte wieder eine dieser rhetorischen Pausen, die er so sehr zu lieben schien. Vor allem, weil sie die Erfolge seiner Abteilung und seiner Arbeit noch mehr hervorhoben und er sich nur zu gerne in der Anerkennung hierfür sonnte.

„Wenn wir also mit der morgigen Sichtungsaktion Erfolg haben, wenn die aktuellen Proben, das Video- und Fotomaterial all die Erkenntnisse bestätigen, die uns hierher geführt haben, dann steht jeder von uns an der Schwelle zu einem goldenen Zeitalter. Wir haben das Geld, wir haben das Wissen, wir haben die Maschinen, um direkt und ohne weitere Umschweife zu beginnen – und eine Menge Geld zu verdienen!" Er schlug mit der Faust auf den Tisch, so dass sogar Crane zusammenzuckte. „Lassen Sie uns beginnen!"

Eine Morgendämmerung auf hoher See, das war schon etwas Besonderes. Wer einmal die rote Sonne über dem Ozean hat emporsteigen sehen, würde diesen Anblick nie wieder vergessen. Der Himmel wechselt beinahe sekündlich seine strahlenden Farben, sie breiten sich aus übers ganze Firmament, verdrängen Sterne, Mond und Wolken, vereinnahmen alles und tauchen die Szenerie in Töne, deren hinreichende Beschreibung bis heute noch keinem Menschen gelungen ist. Was sich an jenem Morgen am Horizont des Indiks abspielte, war die reine Magie. In diesem Lichte erschien alles möglich. Absolut alles.

Castus Crane hatte nicht viel geschlafen. Er hatte noch bis weit in die Nacht seine Einweisung für den anstehenden Tauchgang erhalten, hatte technische und wissenschaftliche Begriffe erlernt und gleich wieder vergessen. Er hatte den Experten seines Teams gelauscht und sie gleichzeitig ignoriert. Er hatte danach in seiner Kabine lange wachgelegen und dabei doch geträumt.

Im Grunde interessierte es ihn gar nicht, was er alles zu beachten hatte, wie gefährlich dieses Vorhaben für ihn als untrainierten Insassen eines Tiefseetauchbootes auf Jungfernfahrt sei und was alles passieren könnte, müsste, sollte, wenn er sich nicht an die vermittelten Inhalte hielt. Es interessierte ihn deshalb nicht, weil er verdammt noch mal dafür bezahlte, dass es ihn nicht zu interessieren brauchte. Aus diesem Grunde hatte er die Besten der Besten engagiert – und für ihre Arbeit teuer entlohnt. Er war es, der die Ziele vorgab, und sie zeigten ihm den Weg dorthin. Dabei wollte er nichts wissen von Schlaglöchern, Hindernissen und Unabwägbarkeiten auf der Strecke – ihn interessierte allein das Ziel, das es zu erreichen galt. Jedes Problem hatte eine Lösung: Er formulierte ersteres, seine Leute letzteres. Dazwischen lagen viele Stunden produktiver Arbeit, die er großzügig vergalt. Damit war, nach Cranes Auffassung, sein Anteil an der Vereinbarung erfüllt. Dass er an den nervenaufreibenden Unterweisungen der vergangenen Nacht überhaupt teilgenommen hatte, war allein seinem Respekt vor Versicherungen – dem kleinen finanziellen Sicherheitsnetz unter dieser riskanten Mission – und einem gesunden Selbsterhaltungstrieb zuzuschreiben.

Jetzt, am frühen Morgen in der frischen Kühle eines anbrechenden Tages auf hoher See, stand er wieder an jener Stelle seines Schiffes, die er im Laufe dieser Reise fast schon liebgewonnen hatte. Die er hätte als „seinen Platz" bezeichnen mögen. Nicht zuletzt deshalb, weil sie kein anderer für sich in Anspruch nahm und er hier völlig allein war. Er stand an der Heckreling der Loreley II, blickte aufs Meer hinaus, beobachtete den Sonnenaufgang, sinnierte und philosophierte in sich hinein, war in seine kreisenden Gedanken versunken. Ebenso tief, in eben dieser Schwärze und Unendlichkeit, wie in wenigen Stunden in den Wassern des Sundagrabens.

„Sir ..."

Crane zuckte nicht zusammen. Er hatte zwar den Mann nicht kommen hören, aber Crane gestattete sich nicht mehr, Schwächen zu zeigen. Er blieb beherrscht, der Adrenalinschub flaute ebenso schnell ab, wie er gekommen war. Crane drehte sich um und erblickte einen jungen Mann in der Uniform der Loreley II.

„Verzeihen Sie, wenn ich Sie gestört haben sollte", fuhr jener fort. „Wir wären bereit, wenn Sie es sind, Sir."

Crane nickte und bedeutete dem jungen Mann, er solle weitergehen, was jener auch sogleich tat. Crane folgte ihm, seine Gedanken drehten sich weiterhin um vieles. Er hatte Schwierigkeiten, sich zu fokussieren. Was ihm soeben im Kopf herumging, hatte wenig mit der anstehenden Mission zu tun. Er dachte nach über den Ozean, über die Natur, über die Tiefsee und ihre verborgenen Schätze, über seine Firma und deren Profite, er dachte an Mittagessen und Lederstiefel, an Magnolien und Aktienkurse. Seine Gedanken vollführten einen wilden Tanz mit seinem Bewusstsein, kreisten rasant um einen Mittelpunkt, zu dem er allerdings nicht vorzudringen vermochte. Wann immer er dachte, er könnte sich jetzt wieder konzentrieren, grätschte ihm eine weitere Idee in die Parade, brachte den soeben gefundenen Rhythmus wieder durcheinander und stürzte seine Gedankenwelt in ein neuerliches Chaos. Er vermochte nicht zu sagen, warum das so war.

Äußerlich blieb Castus allerdings stets der beherrschte Geschäftsmann, sein Ziel im Blick, kalt, unnahbar. Er hatte früh gelernt, nichts von seinem Gefühlsleben und seinem Gedankenstrom auch nur ansatzweise nach außen dringen zu lassen. Was in ihm vor sich ging, hatte niemanden zu interessieren. Eine Fassade der Macht und der Einschüchterung war unabänderlich die Basis seines Führungsstils, diese galt es aufrecht zu erhalten.

Sie kamen am Tauchboot an, wo sich schon die neunköpfige Mannschaft samt Pilot und obendrein Stanton eingefunden hatte. Die folgenden Minuten erlebte Crane wie in einer Art Trance. Er wurde noch einmal von den Männern auf einige wichtige Details aufmerksam gemacht. Das meiste floss auch diesmal an ihm vorbei.

Langsam wurde er wütend. Nicht auf die umstehenden Menschen, deren erwartungsvolle Blicke auf ihn gerichtet waren. Er ärgerte sich vielmehr über seine eigene mangelhafte Disziplin, und dass es ihm nicht gelang, endlich wieder einen klaren Gedanken zu fassen. Was war heute nur los mit ihm? Sonnenaufgänge? Wann hatte er sich jemals für so einen romantisierten Unsinn interessiert? Das hier war schließlich keine Lustschifffahrt, verflucht noch mal. Es galt Geld zu verdienen!

Nachdem zwei Männer ihm geholfen hatten, sich samt dem engen Neoprenanzug, den er bereits trug, auch noch in den schweren Taucheranzug zu zwängen, der mit dem speziell hierfür entwickelten Heiz- und Beatmungssystem ausgestattet war und sicherlich auch für jede Marsmission getaugt hätte, kletterte Castus in das Tauchboot und nahm neben dem Piloten auf dem zweiten freien Sitz im Cockpit Platz. Der Begriff war hier nicht nur bloße Metapher, die Kabine sowie auch die Instrumente ähnelten in vielerlei Hinsicht tatsächlich dem Aufbau eines Cockpits. Zwei Sitze, die nebeneinander nach vorne ausgerichtet und vor denen zahllose Schalter, Lichter, Tastaturen und Anzeigen jeweils halbkreisförmig angeordnet waren. Über den Konsolen gab es allerdings kein Fenster, sondern eine Phalanx von zahllosen Monitoren, die nach einem ganz bestimmten Muster angeordnet waren. Jeder Sitz bot Platz für einen Mann in dem speziell hierfür angefertigten Taucheranzug.

Crane ließ sich auf den Sitz gleiten, der anatomisch perfekt quasi um ihn floss. Er wurde von den Helfern angegurtet, ein Sanitäter brachte Klebeelektroden an seinem Hals und seinem Handgelenk an.

„Wenn es Ihnen irgendwann nicht gut geht, dann melden Sie es bitte sofort, Sir", erklärte der Sanitäter seinem Chef in einem pseudo-fürsorglichen und mütterlich-anmaßenden Ton, während er die kleinen runden Messgeräte aufklebte und mit Kabeln aus der Konsole verband. „Wir überprüfen von hier oben permanent Ihre Herzfrequenz und den Blutdruck. Alles andere müssen Sie allerdings melden, auch wenn es Ihnen zunächst kaum der Rede wert erscheint. Bedenken Sie immer, aus Kleinigkeiten können da unten rasch echte Probleme entstehen – und der Aufstieg dauert ein wenig. Deshalb lieber einmal zu oft nachfragen als einmal zu wenig, denn wenn wir eine Chance haben wollen, Sie im Fall einer Notsituation rechtzeitig wieder nach oben zu bekommen, können auch Minuten entscheidend sein."

Crane nickte nur knapp. Er hasste es, Anweisungen zu bekommen, schon gleich von einem seiner eigenen Angestellten. Als ob sich irgend jemand hier ernsthaft um sein Wohlbefinden sorgen würde! Sicher, er stellte die Schecks aus. Doch Crane wusste, dass die meisten seiner Angestellten – zumindest jene, die ihn etwas besser kannten und vielleicht auch schon länger mit ihm gemeinsam arbeiteten – ihn fürchteten. Die Episode mit Beetle und den anderen hatten zwar nicht wirklich viele Männer mitbekommen. Dafür hatte er Sorge getragen. Aber er wusste auch, dass geredet wurde. Dass man in der Firma längst erkannt hatte, eine Entlassung aus seinen Diensten war noch das harmloseste Schicksal, das einen in Ungnade gefallenen Mitarbeiter ereilen konnte. Vor allem aus den Führungspositionen. Die Beetle-Szene war nur eine von vielen gewesen, die sich abspielten, wann immer ein Angestellter so richtig Mist gebaut hatte. Wenn das geschah, war immer das eine oder andere Tratschmaul zugegen, dem die Aktion neu war – und das sich vor Angst beinahe in die Hosen machte. Jenen Neulingen war klar, dass auch sie es sein könnten, die irgendwann dort stünden und ihren sicheren Tod vor Augen hätten. Sie behielten ihre neuen Erkenntnisse nur selten für sich. Die Geschichten machten die Runde, breiteten sich aus wie Wellen, wuchsen an zu wahrhaften Tsunamis, die einstige Loyalitäten hinwegspülten und durch eine ängstliche Ergebenheit ersetzten.

Crane war es recht. Wer nicht auffallen wollte, der machte seinen Job ordentlich und war ansonsten nur ein Kopf unter vielen in einer schweigenden, zitternden Masse. Bis man dann eines Tages vor seinem Boss stand, ihn in einem Tauchboot angurtete und sich erdreistete, ihm Anweisungen zu erteilen.

Dann wurde ihm der Helm aufgesetzt, der Anzug versiegelt und die Elektronik des seltenen Outfits aktiviert. Im Inneren des Helmes ging eine leichte Beleuchtung an und an den Ohren bemerkte Castus ein Knacken, das mit ziemlicher Sicherheit vom Lautsprecher eines Funkgerätes ausging. Passend dazu war auf Höhe seines Mundes direkt unter dem Visier des Helmes ein kleines Mikrofon angebracht. Hierüber würde er in den nächsten Stunden kommunizieren. Castus bekämpfte einen leichten Anflug von Klaustrophobie. Er spannte sich innerlich an und rang das Angstgefühl sogleich nieder. Er hatte es so gewollt – und nun war es soweit.

Die Vorbereitungen waren abgeschlossen. Beide Insassen waren mittlerweile in ihren Sitzen fixiert, auch der Pilot hatte seinen an die Raumfahrt erinnernden Helm aufgesetzt, dieser wurde mit dem Anzug – gleichfalls im Nasa-Style – luftdicht verbunden. Der Techniker und der Sanitäter kontrollierten noch kurz, ob alles richtig saß und funktionierte, dann verließen beide den Innenraum, das innere Schott wurde geschlossen, man hörte sie in der Schleuse kurz poltern, dann wurde auch das äußere Schott dicht gemacht.

Es war dunkel im Inneren der Smoky. Stille, nur ein Surren war zu vernehmen. Die Lichter der technischen Apparaturen und die Bildschirme darüber spendeten das einzige Licht. Es war beklemmend. Crane mochte derart geschlossene Räume eigentlich nicht. Der Gedanke, in diesem stählernen Sarg gleich mehrere tausend Meter im Meer versenkt zu werden, behagte ihm rein gar nicht. Aber es war zu spät, um noch einen Rückzieher zu machen. Er musste jetzt Stärke zeigen, schließlich hatte man auf seinen Wunsch hin den Tauchgang verschoben, ihn dafür fit gemacht – und nun saß er hier. Manchmal hasste er seinen ewigen Kontrollwahn.

Durch die dicken Titanwände war von draußen kein Mucks zu vernehmen. Dann flimmerten plötzlich die Bildschirme auf, das weiße Rauschen, das bisher zu sehen gewesen war, verschwand, und wurde ersetzt durch Außenaufnahmen des Tauchbootes. Es gab Kameras vorne, hinten, links, rechts, oben, unten – im Grunde gab es keinen noch so kleinen Winkel rund um das Tauchboot, der nicht durch eine Außenkamera abgedeckt gewesen wäre.

Der Pilot erklärte Crane kurz, auf welchem Bildschirm was zu sehen war. Die vorderen acht Monitore zeigten die gesamte Umgebung vor dem Tauchboot. Sie waren so angeordnet, dass sich ein Panoramabild ergab. Die vier Monitore zu ihrer Rechten zeigten die Bilder der Kameras auf der rechten Seite, das gleiche links. Die sechs Bildschirme für die hinteren Kameras waren hinter ihnen angebracht, es gab aber auch einen kleineren Monitor unter der Frontmonitorwand, der gleichfalls das hintere Bild zeigte. „Das Ganze ist so angeordnet, damit man die Orientierung nicht verliert, Sir", erklärte der Pilot über den Helmfunk. „Wenn Sie hinten etwas hören, schauen Sie automatisch nach hinten. Normal braucht man die hinteren Kameras eher selten, deswegen sind die meisten nach vorne ausgerichtet, in die Richtung, in die wir fahren."

Aktuell waren auf allen Bildschirmen noch Helfer zu sehen, die an der Außenhülle des Tauchbootes arbeiteten. Irgendwann verschwanden diese und waren nur noch auf wenigen Kameras in einigem Abstand zu sehen. Es knackte erneut in Cranes Helm.

„Gentlemen, ist alles in Ordnung bei Ihnen?", war Stantons Stimme zu vernehmen.

„Alles roger", erwiderte der Pilot.

Stille.

„Mr. Crane, Sir?", fragte Stanton nach einer Weile.

„Sie müssen ebenfalls antworten", erklärte der Pilot. „Es ist wichtig, dass jeder von uns für sich reagiert, damit der Operator von Groundcontrol stets weiß, dass wir beide in Ordnung sind."

Crane erinnerte sich an das, was Stanton über die Bedeutung des Piloten gesagt hatte und grinste in sich hinein. „Alles roger", sagte er dann, um dem Protokoll Genüge zu tun.

„Wunderbar", erwiderte Stanton. „Wir initiieren jetzt die Tauchmission. Wenn irgend etwas sein sollte: Bis jetzt können wir noch alles abbrechen. Zögern Sie also nicht, sich zu melden, wenn es einen Grund dafür gäbe. Wenn allerdings das Absenken erst mal begonnen hat, sobald quasi das Tauchboot im Wasser ist, ist ein Abbruch nicht mehr möglich, ohne einen weiteren Tag bis zum nächsten Versuch zu verlieren. Haben Sie das alles verstanden?"

Der Pilot bestätigte über Funk.

Crane nickte, obwohl das keiner sehen konnte. Er hatte seit dem Vorabend nichts mehr getrunken, um nicht in irgendeine Verlegenheit zu kommen. Außer zwei kleinen Schluck Wasser am Morgen, um nicht zu dehydrieren. Er wusste, dass der Anzug für diese Eventualität ausgestattet war. Aber er wäre eher geplatzt, als sich jemals diese Blöße zu geben.

„Verstanden", sagte er schließlich, um Stanton nicht wieder in die Situation zu bringen, eine Antwort anzumahnen. Er war sich sicher, ein erleichtertes Seufzen über Funk zu vernehmen.

Das Tauchboot machte nun einen Ruck. Auf den Monitoren war zu sehen, dass sie vom Boden abgehoben hatten und in die Höhe stiegen. Der zum Tauchboot gehörige Kran beförderte sie in etwa drei Meter Höhe über das Deck, bevor die Winde gestoppt wurde. Nun spürten beiden Männer eine Bewegung seitwärts. Der Pilot wies auf einen weiteren kleinen Minimonitor in der Frontkonsole, welcher neben dem kleinen rückwärtigen Bild angebracht war. Auf jenem zweiten war nun einige Meter unter ihnen die

Wasseroberfläche zu sehen. Es musste also auch eine Kamera an der Unterseite geben. Ein dritter und letzter kleiner Monitor in dieser Reihe zeigte folgerichtig ein Bild mit Perspektive nach oben. Man sah den Himmel. Und die Sonne.

„Meine Herren, wir senken Sie nun bis auf drei Meter über dem Meeresspiegel ab, dann klinken wir das Tauchboot aus", hörte Crane wieder seinen Abteilungsleiter über die Lautsprecher. Fast gleichzeitig bewegte sich das Wasser auf dem Monitor, der die Unterseite zeigte, auf sie zu. Es fühlte sich an wie in einem Fahrstuhl, nur etwas ruckeliger. Mit einem Ruck stoppte das Boot erneut ab.

„Wir brauchen den Schwung des Einschlags auf der Wasseroberfläche, damit das Boot schneller absinkt", erklärte der Pilot. „Jetzt gut festhalten!"

Crane nickte wieder. Der Pilot lächelte aufmunternd.

„Wir sind soweit, Zentrale", sagte er dann ins Mikrofon. „Es kann losgehen!"

Es war ein metallisches Klicken zu vernehmen und Crane fühlte sich kurz wie bei seiner schlimmsten Achterbahnfahrt. Das tonnenschwere Unterseegefährt krachte auf die harte Wasseroberfläche, durchschlug sie gleichwohl mühelos und begann augenblicklich zu versinken. Nur Sekundenbruchteile nach dem Eintauchen setzte der Antrieb des Tauchbootes automatisch ein, stabilisierte die Lage des Bootes nach einer festgelegten und selbstlernenden Programmierung und begann schließlich mit dem kontrollierten Abtauchen.

„Wir tauchen in einem steilen Winkel von 50 Grad in Spiralen hinab", erklärte der Pilot. „In etwa drei Stunden sind wir ganz unten angekommen. Versuchen Sie sich einstweilen ein wenig zu entspannen, Mr. Crane."

Crane kam der gesamte Vorgang viel rasanter vor, als es die Erklärung seines Piloten vermuten ließ. Schon nach wenigen Minuten zeigten alle Kameras nur noch Schwärze. In sechzig Meter Tiefe drang kein Lichtstrahl mehr vor. Um sie herum war nichts weiter zu sehen als kalter, finsterer Ozean. Die Scheinwerfer würden erst ganz unten aktiviert, um Energie zu sparen. Ein Sonar und Bewegungsmelder mit Notstoppautomatik verhinderten ungewollte Zusammenstöße. Wenngleich es ab einer gewissen Tiefe ohnehin nur noch wenig gab, womit sie hätten zusammenstoßen können. Für solcherlei Abgründe waren sich sogar die meisten Haie und Wale zu schade. Oder einfach nicht dafür geschaffen. Denn dort unten herrschten Druckverhältnisse, die kein bekannter Organismus, der nicht zum Großteil aus Wasser bestand, jemals hätte aushalten oder überleben können.

Die Smoky sank in die Tiefe, beständig und ohne Unterlass. Die Anzeigen blinkten, die Schalter leuchteten, der Antrieb surrte – alles andere war schwarz und unendlich ruhig. Nicht einmal Stanton hatte sich gemeldet. Crane wertete dies als gutes Zeichen. Alles lief normal.

Der lasergesteuerte Tiefenmesser zeigte inzwischen 857 Meter Abstand zur Oberfläche an, Tendenz steigend. Crane fühlte sich erneut an seine vorherige Assoziation mit dem stählernen Sarg erinnert. Die Smoky sank, tiefer und tiefer, hinunter in ein nasses Grab, aus dem sie hoffentlich alsbald wieder auferstehen würde.

8

Hell. Dunkel. Hell. Dunkel. Maya kam sich vor wie in einem Tunnel, in welchem sie nach oben schauend den stetigen Wechsel von an der Decke angebrachten Leuchten mit den Lücken dazwischen wahrnahm. Alles um sie herum war verschwommen. Sie hörte Geräusche, fühlte Berührungen, litt Schmerzen. Nur sehr langsam kam sie wieder zu sich – und sie wünschte sich sogleich zurück; zurück in die Bewusstlosigkeit, als die Wellen des Schmerzes über ihren Körper hinwegrollten. Sie stöhnte.

„Sie kommt zu sich. Schneller, sie muss in den Traumaraum, wir brauchen Morphium."

Maya blinzelte und kämpfte gegen das immer wieder aufleuchtende und permanent blendende Licht über sich. Ihr wurde übel, als sie bemerkte, dass sie sich weiterhin rasant fortbewegte. Sie hustete, fühlte Erbrochenes in ihrem Rachen. Eine Hand ergriff ihren Kopf, sie konnte nicht erkennen woher. Der Kopf wurde zur Seite gedreht, sie übergab sich.

Stimmengewirr.

Sie blinzelte erneut.

Über ihr rasten weiterhin Lampen an ihr vorüber – es kam ihr endlos vor. Sie hatte das Gefühl für Raum und Zeit verloren, siechte in einer Zwischenwelt dahin. Sie bewegte sich tatsächlich, so viel hatte sie begriffen. Es ging in hohem Tempo einen Flur entlang.

Maya drehte leicht den Kopf und blinzelte gegen die Helligkeit. Neben ihr liefen mehrere Personen. Sie erkannte einen Mann in weißem Kittel, zwei Frauen in weißen Oberteilen und Sam. Sam war da. Sie war bei ihr. Hatte sie nicht alleine gelassen. Die gute Sam, Maya war dankbar.

Ihr Kopf wurde nun wieder nach oben gedreht, von einer Frau, die Maya bisher nicht gesehen hatte. Sie schien den Tross um die Liege herum anzuführen und die Richtung anzugeben. Dann machte das Gefährt plötzlich Stopp, es gab einen Ruck und es ging durch eine Tür, hinein in einen Raum, wo die Liege endgültig zum Stillstand kam und alle begleitenden Personen in hektischen Aktionismus verfielen. Ein großes Licht über ihr ging an, es blendete sie – weit mehr noch als die Beleuchtung auf dem Flur. Sogleich wurde ihr wieder übel. Sie hörte Stimmen. Sie erbrach sich erneut.

„Wir brauchen ein CT, ein MRT und einen Ultraschall."

„Was ist das, zum Teufel?"

„Blutkonserven Null negativ."

„Hab ich auch noch nie gesehen ... aber es muss höllisch wehtun ..."

„Ich lege einen Zugang, Morphin, Erstgabe vorbereiten."

„Puls 62, sie ist bradikard."

„Geben Sie mir was von dem Gel, ich kriege die Blutung nicht gestoppt."

„Blutdruck 90 zu 40."

„Komm schon Mädchen, du packst das!"

„Maya, halt durch!"

„Notfallwagen bereithalten."

„Ich schaffe das nicht so schnell. Die Nekrosen klaffen auf, noch bevor ich die vorigen geschlossen habe. Morphium, schnell, sonst bringt sie der Schmerz noch um."

„Morphium drin."

Maya war glücklich.

Sie schlief ein.

Das Erste, was Maya wieder hörte, war Sams Stimme. „Maya, bist du wach? Kannst du mich hören? Es ist alles gut, Süße, es ist alles gut." Sie fühlte eine Hand, die ihr durchs Haar streichelte. Der Geruch von Sams Parfum stieg in ihre Nase. Dann schlug sie langsam die Augen auf.

Sie lag in einem Bett. An den Seiten waren Gitter angebracht, damit sie nicht herausfallen konnte. Neben und hinter ihrem Bett waren blinkende Apparate aufgebaut. In ihrem Arm war eine Nadel, von der ein transparenter Schlauch zu einem Infusionsbeutel an einem metallischen Ständer neben ihrem Bett führte.

Dann merkte Maya, dass jemand ihre Hand hielt. Sie hob den Kopf und sah Sam, die neben dem Bett saß, das Bettgitter auf ihrer Seite war heruntergeklappt, sie hatte ihren Kopf auf Höhe von Mayas Schoß auf die Decke gelegt, hielt ihre Hand und hatte die Augen geschlossen.

„Sam ..."

Wie vom Blitz getroffen fuhr Sam hoch und sprang auf. Der Schreck auf ihrem Gesicht machte einer entspannten Erleichterung und dann euphorischer Freude Platz. Sie beugte sich zu Maya hinab, ohne ihre Hand loszulassen, küsste ihr die Stirn und streichelte ihr mit der freien Hand über die Wange. „Maya, du bist wach!", flüsterte sie. „Endlich bist du wach!"

Es dauerte einige Sekunden, bis Maya das Gesagte verarbeiten konnte und sich des Zusammenhangs bewusst wurde.

„Wie lange habe ich denn geschlafen?", fragte sie unvermittelt und sah einen Schatten über Sams Gesicht huschen, die sich nun auf die Bettkante gesetzt hatte und weiterhin ihre Hand hielt.

„Lass uns auf die Ärzte warten, Süße. Dein Vater wird so froh sein. Er hat Tag und Nacht bei dir hier ausgeharrt, wollte unbedingt hier bleiben. Er ..."

Maya schluckte. Sie begriff nur langsam, was Sam gesagt hatte. Tag und Nacht ...?

„Sam," unterbrach Maya die Frau, „wie lange habe ich geschlafen?"

Sam seufzte und sah Maya besorgt an.

„Es war ein künstliches Koma, mein Schatz", sagte sie schließlich und faselte etwas von „keine andere Wahl" und „suchten nach Lösungen" und „Körper hätte es nicht verkraftet"; immer um den heißen Brei herum. Bis sie Mayas Blick nicht mehr standhalten konnte und sich endlich einen Ruck gab. Sie drückte Mayas Hand und sagte leise: „Es waren fast vier Wochen, Kleine."

Maya schluckte. Ihr Hals fühlte sich trocken an.

Vier Wochen.

„Der Wettkampf?"

Es war das Erste, was ihr eingefallen war. Die Bilder, die Erinnerungen in ihrem Kopf waren nichts weiter als verschwommene Schemen. Sie konnte keinen klaren Gedanken fassen.

Sam umfasste ihre Hand nun mit beiden Händen. „Maya, weißt du denn nicht mehr, was geschehen ist? Der Tauchausflug? Das Krokodil?"

Nur langsam formten sich die Schemen vor Mayas innerem Auge zu Szenarien, zu Personen, zu Abläufen. Nur langsam kehrten ihre Empfindungen zurück, welche jene Szenen begleitet hatten. Während der Nebel in ihrer Erinnerung sich langsam lichtete, wurde ihr zugleich eines bewusst: Sie wollte sich eigentlich an all das gar nicht mehr erinnern. Sie fühlte, dass ihre Erlebnisse mit Schmerz und Angst verbunden waren. Sie spürte, dass sich etwas ihres Bewusstseins zu bemächtigen drohte, das da nicht hingehörte, das sie dort nicht haben wollte. Sie versuchte mit aller Kraft, es wegzuschieben, wehrte sich gegen auflodernde Schmerzen, geistiger wie auch körperlicher Natur. Sie stemmte sich gegen die Wellen, die erneut in Schüben über ihren Körper hinweg stoben, an ihre Seele brandeten und mit jedem neuen Brecher ein Stück dessen zurück in ihren Geist spülten, was sie gerne auf ewig vergessen hätte.

„Der Wettkampf …?", fragte sie erneut, klammerte sich an dieses Überbleibsel aus ihrer alten Welt, weil es das einzige zu sein schien, was noch Ordnung und Halt versprach.

„Wir haben nicht teilgenommen, meine Süße", antwortete Sam sanft und streichelte ihr zärtlich über die Wange. „Nach allem, was vorgefallen ist, hat die USA ihre Teilnahme an der Meisterschaft endgültig und offiziell gecancelt. Es hatte keinen Sinn mehr. Nach zwei so heftigen Schlägen gegen das Team und dessen Familien waren sich alle einig: Es sollte wohl nicht sein. Alle anderen Mädchen sind mit ihren Familien zurück nach Los Angeles geflogen. Nur wir sind noch hier. Dein Vater, du und ich. Wir haben so sehr gehofft, dass wir dich auch schon bald wieder nach Hause bringen können, Kleines." Eine Träne kullerte ihre Wange herab und ihre Stimme versagte. „Endlich bist du wieder wach!"

Maya versuchte immer noch, ihren Gedankenbrei zu filtern und die daraus auftauchenden Fragmente zu sortieren. Sie versuchte, das Willkommene vom Unwillkommenen zu unterscheiden. Sie gab sich Mühe, den Worten Sams eine Bedeutung zuzuordnen, stocherte jedoch weitestgehend im Nebel. Und doch wusste sie, dass es nur eine Frage von Minuten sein konnte, bis sich der Nebel endgültig auflösen würde und sie alles wieder ganz klar und zusammenhängend erkennen würde. Jedes Detail. Ob sie es nun wollte oder nicht. Zum Teil sehnte sie die Klarheit herbei, zum Teil fürchtete sie sich aber auch davor.

Sie sah Sam an. Sah sich im Zimmer um. Erkannte die beigen Wände, das Fenster hinaus in die City von Darwin, die Neonlampe an der Decke über ihr, ein Waschbecken an der Wand, einen Schrank. Sie registrierte erneut die zahlreichen Überwachungsgeräte, an die sie angeschlossen war. Alle blinkten und piepten. Sie kannte keines davon, aber die Erkenntnis, dass sie hier waren, dass sie selbst an jene Geräte angeschlossen war, machte Maya unruhig.

Sie sah Sam an. „Sam, wo ist Dad?“, fragte sie dann und fühlte die ersten Tränen aus ihren Augen die Wangen hinabrinnen. Sie bekam Angst. „Sam, was habe ich denn …? Ich will Dad …“

„Wir tappen leider völlig im Dunkeln.“ Der junge Arzt griff sich mit der rechten Hand in den Nacken und rieb sich nachdenklich den Hinterkopf. Er war jung genug, um in dem weißen Kittel dynamisch und schnittig zu wirken. Allerdings längst noch nicht alt genug, um Erfahrung, Ruhe und Souveränität auszustrahlen, somit Vertrauen zu vermitteln.

Gemeinsam mit zwei Kollegen sowie mit Sam und Lennart stand er vor einer an der Wand angebrachten Leuchtvorrichtung, an der die Resultate mehrerer medizinischer Bildgebungsverfahren aufgehängt waren. Es gab ein MRT, das Bild eines Kernspintomographen; dazu ein CT, das Bild einer Computertomographie. Zusätzlich war Maya auch noch geröntgt worden, auch diese Bilder hingen an der Lichtwand. Abgerundet wurde dieser Untersuchungsmarathon durch eine Sonographie, einen Ultraschall des Unterbauchs, sowie die Ergebnisse einer allumfassenden, obligatorischen Blutuntersuchung. Davon gab es gleich mehrere Befunde. Jene Ergebnisse lagen indes nicht als Bilder, sondern als ausgedruckte Berichte und Diagramme des Labors vor, welche der junge Arzt in den Händen hielt und im Wechsel mit den Bildern an der Lichtwand betrachtete.

„Wir haben so ziemlich alles gecheckt, wir können uns den Zustand Mayas nicht erklären“, fuhr er dann fort und zog sich die Brille, die er zum Betrachten der Bilder hinauf auf den blonden Schopf geschoben hatte, wieder hinunter auf die Nase. „Die Untersuchungen waren ohne Befund. Wir haben Krebs, Multiple Sklerose, Mukoviszidose, Lupus, Aids oder ALS ausgeschlossen. Klassische Seuchen wie die Pest, Typhus, Malaria – absolut alles haben wir durchexerziert, aber wir kommen zu keinem Ergebnis.“

Er tauschte kurz ein paar Blicke mit seinen Kollegen. Jene nickten mit betretener Miene, aber keiner übernahm das Wort. Es war eine unangenehme Nachricht, die sie den Eltern des Mädchens überbringen mussten. Da wollte sich keiner unnötig in den Vordergrund drängen, um das Wort zu führen. Solche Auftritte hob man sich lieber für die dankbaren Momente des Medizinerdaseins auf.

Sam und Lennart blickten zwischen den Ärzten hin und her. Alle schwiegen. Einzig der junge Blondschopf hielt Sams Blick stand. Sie schätzte ihn auf Anfang dreißig. Lange hatte er diesen Posten sicherlich noch nicht inne. Und doch trug er die dunkelblaue Berufskleidung, die in diesem Hospital die Oberärzte von den Assistenzärzten – jene in einer hellblauen Kleidung unter dem Arztkittel – äußerlich unterschied.

„Wie wird es jetzt weitergehen?“, fragte Sam den Doktor. „Was geschieht mit Maya?“

„Wir müssen weiterhin abwarten und beobachten“, erklärte der Arzt. Eine mehr als unbefriedigende Antwort in dieser Situation. „Es ist uns klar, dass Sie die Untersuchung vielleicht lieber in den USA fortsetzen möchten. Wir möchten Ihnen allerdings dringend raten, Maya noch zwei bis drei Wochen Zeit zu geben, bis Sie ihr diese Reise zumuten. Wenn Sie möchten, können wir Ihnen in den USA zwei bis drei gute Diagnostiker empfehlen, welche ihre eigenen Methoden haben, um dem Rätsel auf die Spur zu kommen. Im Moment können wir allerdings nur etwas gegen die Schmerzen tun, die langsam fortschreitenden Veränderungen beobachten und hoffen, dass es – was auch immer es ist – nicht schneller voranschreitet, als wir auf die Symptome reagieren könnten."

Stille.

„Was sind das genau für Veränderungen?", fragte Lennart. „Ich dachte, die Untersuchungen seien ohne Befund."

„Das ist Medizinersprache", lächelte der Arzt entschuldigend. „Ohne Befund heißt, dass wir die festgestellten Veränderungen in Mayas Körper keiner uns bekannten Krankheit zuordnen können. Wir können keine Diagnose stellen, daher kein Befund. Wir sehen allerdings durchaus, was der Körper tut. Dass hier ein Prozess im Gange ist. Allein, wir wissen nicht, weshalb und wozu das geschieht, oder wohin das führen soll."

„Und was tut der Körper genau?", fragte Sam, die etwas genervt war, da der Arzt offensichtlich um den Kern der Sache herumredete.

Der Arzt schob die Brille wieder nach oben auf seine Haare, nahm einen Kugelschreiber, trat an die Leuchtwand heran und benutzte das Schreibgerät, um auf bestimmte Punkte auf den Bildern zu deuten. „Fakt ist, dass wir an mehreren Stellen in Mayas Körper gravierende Veränderungen feststellen, die langsam, in einer Art kodierter Reihenfolge und folglich stetig nacheinander auftreten", erklärte er. „Da haben wir zum Beispiel die Lungen." Er deutete mit seinem Schreiber auf ein Bild. „Die Lungen haben ihr Volumen verringert und sie scheinen sich zurückzuentwickeln", fuhr er fort. „Was Sie hier sehen, sind zwei im Grunde völlig intakte Lungenflügel, sie reichen nur für einen menschlichen Körper nicht aus. Es ist sozusagen eine Art degenerative Lungenkrankheit, die wir so noch nie gesehen haben."

Er machte kurz Pause.

Dann trat er an ein anderes Bild.

„Gleichzeitig sehen wir am Hals diese seltsamen Beulen, die sich ebenfalls keiner bekannten Seuche oder etwa einem krebsartigen Prozess zuordnen lassen", fuhr der Arzt fort und beschrieb mit der Spitze des Kugelschreibers kleine Kreise in der Luft über den Bildern, ohne die Aufnahmen tatsächlich zu berühren. „Ein Lymphom oder so etwas in der Art, das war unser erster Gedanke. Jedoch ist es seltsam, dass so etwas an beiden Seiten des Halses, quasi symmetrisch, und dann auch noch genau gleichzeitig auftritt. Eine Punktion und Gewebeentnahme hat ergeben, dass es das auch nicht ist. Es sind keine tumorösen Zellen. Vielmehr scheint das, was hier geschieht, bereits in den Zellen kodiert gewesen zu sein. Die Immunabwehr reagiert deshalb ebenfalls nicht. Also handelt es sich entweder um eine neue Autoimmunerkrankung. Oder das, was wir hier sehen, muss genau so und nicht anders mit Maya geschehen. Vergleichen Sie es mit den Vorgängen der Pubertät: Auch hierbei findet eine Veränderung im Körper statt, die so angelegt ist und langsam, aber stetig, umgesetzt wird. Indes wissen wir hierbei nicht, was das für eine Art von Veränderung ist und weshalb sie stattfindet. Geschweige denn, was sie zum Ziel hat."

Er umkreiste die beiden Strukturen erneut mit der Spitze seines Kugelschreibers und fuhr fort.

„Wir haben uns diese Beulen mit verschiedenen Bildgebungsverfahren genauer angeschaut", erklärte er dann. „Hier sieht man es am besten. Was wir hier haben, ist eine organische Struktur, die wir zwar kennen, die aber eigentlich beim Menschen gar nicht vorkommen dürfte."

Er blickte Sam und Lennart vielsagend an, sah aber gleich die Fragezeichen in deren Gesichtern.

„Es handelt sich medizinisch gesehen um sogenannte laterale Halsfisteln", erklärte er dann. „Höchst ungewöhnlich ist aber die Tatsache, dass sie gleich an zwei Seiten des Halses auftreten."

Er zeigte mit dem Kugelschreiber auf eine weitere Struktur, diesmal am Ohr.

„Lassen Sie es mich so erklären", hob er dann an. „Was Sie hier sehen, ist die sogenannte Eustachische Röhre; wir nennen sie auch Ohrtrompete. Sie ist ein Überbleibsel aus jener Zeit der Evolution, da die ersten Wassertiere an Land gekrochen sind und als unsere Vorfahren sich an einen anderen Lebensraum anpassen mussten. Die Struktur dient vor allem einem Druckausgleich zwischen dem Mittelohr und dem Nasenrachenraum, um beides dem Außendruck anzugleichen. Das geschieht beim Schlucken oder beim Gähnen. Generell sehen Wissenschaftler diese Röhre allerdings als rudimentäres Überbleibsel aus einer Zeit, da sich ein Großteil des Lebens noch im Wasser abspielte. Die Eustachische Röhre wäre demnach das heutige Pendant zur früheren Kiemenspalte, die aber aufgrund des Lebens an Land geschlossen wurde, um nicht unnötig Feuchtigkeit zu verlieren."

Sam war verwirrt. „Aber was hat das denn alles mit den Beulen am Hals unserer Tochter zu tun?", fragte sie den Arzt.

„Dazu komme ich jetzt", fuhr jener fort. „Es kann passieren, dass dieser Verschluss der Röhre nicht voll ausgebildet wird. Die einstige Kiemenspalte bleibt also offen. Meistens ist das ein angeborener Defekt. Dann entstehen im Inneren Zysten, die irgendwann nach außen hin aufbrechen. Hierdurch entstehen die besagten Fisteln, wie wir sie hier auch sehen. Bei Maya ist das allerdings noch um einiges komplizierter."

„Moment bitte", warf Lennart ein, dem ganz gehörig der Kopf brummte. Er verstand nur die Hälfte von dem, was ihnen der junge Mediziner mit einer Mischung aus professioneller Anteilnahme und kaum unterdrückter wissenschaftlicher Begeisterung zu erklären versuchte. „Sie wollen mir also sagen, was sich da bei Maya bildet, das sind tatsächlich … Kiemen?"

Der Arzt seufzte. Er hatte sich diese Enthüllung offenbar für sein großes Finale aufsparen wollen. Durch den Einwurf von Lennart fühlte er sich ein wenig gespoilert.

„Genau danach sieht es aus", pflichtete er also etwas resigniert dem Vater seiner Patientin bei. „Die dunkle Färbung der Strukturen rührt daher, dass sie extrem gut durchblutet sind. Auch ist an den hinteren Enden der Beulen eine Art Öffnung entstanden, wo ein blutroter Schein zu erkennen ist. Dies liegt daran, dass das Blut hier sehr rege zirkuliert, um eine effektive Diffusion des im Wasser befindlichen Sauerstoffes zu ermöglichen."

Sam brachte den Arzt mit einer Handbewegung zum Schweigen. „Stopp!", sagte sie, etwas ruppiger, als sie es eigentlich beabsichtigt hatte. „Ich bin Meeresbiologin. Die Funktion von Kiemen ist mir klar. Erklären Sie mir lieber, wie diese Dinger an den Hals von Maya kommen können. Und warum sie plötzlich dort auftauchen."

Der Mediziner zuckte mit den Schultern.

„Genau das ist es, was wir uns nicht erklären können", versetze er dann. „Normalerweise sind solche anatomischen Atavismen, also die Rückschläge in der Entwicklung eines Menschen, interessante Einzelfälle und üblicherweise auch angeboren. Sie treten irgendwann im Laufe eines Menschenlebens zutage, werden erkannt, diagnostiziert und dann meist operativ behoben. Was wir hier bei Ihrer Tochter sehen, geht aber noch ein gutes Stück weiter. Hier sind die Halsfisteln spontan und sogar noch gleichzeitig hervorgebrochen. Es scheint fast so, als habe es eine Art Auslöser gegeben. Eine Initialzündung oder einen Startschuss, der dem Körper signalisiert hat: Achtung, du brauchst ab jetzt deine Kiemen."

Er wechselte mit seinem Kugelschreiber wieder in Richtung der Beulen. „Zudem sieht das Ausmaß der Veränderung für uns nach weit mehr als nur einem bloßen Atavismus aus", fuhrt er dann fort. „Wir haben keine Vergleichsaufnahmen. Aber Sie haben uns geschildert, dass diese Veränderung spontan aufgetreten sei. Sie haben bis kurz vor dem Tauchausflug vor gut vier Wochen nichts wahrgenommen. Dann brechen diese Fisteln mit einer derartigen Vehemenz durch. Das klingt seltsam. Es muss so eine Art Trigger aus der Umgebung auf Maya eingewirkt haben, wodurch die Entwicklung in Gang gesetzt wurde. Und das so heftig, als ob ihr Körper nur auf diesen äußeren Einfluss gewartet habe, um dann vorzupreschen."

Er zeigte auf den hinteren Bereich. „Zudem haben wir den Eindruck, dass diese Entwicklung längst noch nicht abgeschlossen ist. Die Öffnung am hinteren Ende der kiemenartigen Ausbildung ist – soweit wir das sagen können – noch nicht lange geöffnet. Bei Mayas Ankunft hier im Krankenhaus war sie das mit ziemlicher Sicherheit noch nicht, jetzt aber schon sehr deutlich. Wir vermuten, was auch immer da in Mayas Körper im Gange ist, es geht weiter, es setzt sich fort, es steuert auf ein bestimmtes Ziel zu. Wir vermögen nicht zu sagen, welches Ziel das sein wird."

Sam und Lennart saßen in einem Wartebereich. Viele Patienten und Angehörige hockten hier in diesem mit kargen Holzstühlen, kümmerlichen Pflanzen und uralten Zeitschriften ausgestatteten und von kaltem Neonlicht erleuchteten Raum. Anstatt von einer Wand wurde jener durch eine Glasscheibe zum Flur hin abgetrennt. Draußen eilten Ärzte, Pfleger, Putzpersonal und vielerlei andere Menschen vorbei. Jeder mit einem klaren Ziel vor Augen, man kannte den Weg und schlug ihn ein. Nicht so bei den Angehörigen in dem Wartebereich. Sie waren aus ihrem Alltag gerissen, hatten keine Ziele mehr, manche noch nicht einmal Richtungen vor Augen. Sie saßen hier und warteten ab, wohin das Schicksal sie und die geliebten Personen tragen würde. Es konnte gut ausgehen, oder eben auch nicht – die Chancen waren ausgeglichen. In ihnen allen nagte das quälende Gefühl, etwas tun zu müssen, vorankommen zu wollen, das tatenlose Abwarten wurde ihnen zur Qual. Sie sehnten sich nach einer Perspektive.

So wie auch Lennart und Sam.

Sie hatten sich – nachdem sie von der Besprechung mit den Ärzten zurückgekehrt waren – gleich wieder aus Mayas Zimmer geschlichen, weil jene offenbar eingeschlafen war. Wenn es eine Weisheit gab, die alle Eltern dieses Planeten teilten, sobald das eigene Kind krank war, dann war es diese: Sie brauchte nun viel Ruhe. So hatten sie sich mit ihren Gedanken und einem angeblichen Kaffee aus dem Automaten im Flur, der allerdings nicht im entferntesten wie solcher schmeckte, in den Warteraum verzogen, um hier noch einmal darüber nachzudenken, was der Arzt ihnen gesagt hatte. So richtig hatten es beide immer noch nicht begriffen.

„Wird Maya sterben?“, fragte Lennart.

Trocken. Emotionslos. Gar nicht so, wie man es von einem Vater im ersten Moment erwartet hätte. Es war allerdings auch keine echte Frage. Er erwartete keine Antwort darauf. Es war mehr ein Gedanke, der unaufhörlich in seinem Kopf kreiste und der jetzt nach außen durchbrach. Laut ausgesprochen wirkte er jedoch noch weitaus bedrohlicher. Lennart starrte vor sich hin, sein Blick war leer und ohne Ausdruck. Aus dem Becher in seiner Hand hatte er kaum getrunken, höchstens genippt. Doch erfüllte dieser im Moment eine andere wichtige Funktion: Er klammerte sich gewissermaßen daran fest. Genauso wie an den Gedanken, dass er seine Tochter nicht verlieren wollte, dass er kämpfen musste, dass er einen Weg finden musste, um das Schlimmste abzuwenden. Aber er war ratlos, kannte sich in der Medizin nicht aus, wusste nur das Eine: Wenn die Ärzte nicht bald einen Weg fanden, das, was immer es auch war, was in Maya wütete, aufzuhalten, dann würde ihm wohl das Härteste bevorstehen, was Eltern passieren kann.

Sam saß neben ihm. Sie legte ihre freie Hand auf Lennarts Oberschenkel. Es war eine simple Geste. Sie wollte ihm einfach nur zeigen, dass sie da war. Für ihn und für seine Tochter. Für Maya, die im Laufe der Zeit auch für sie selbst eine Tochter geworden war.

Auch Sams Gedanken kreisten. Kreisten um ein Thema, das sie selber noch gar nicht so richtig fassen konnte, das sich aber mühsam aus dem Unterbewusstsein einen Weg zu bahnen versuchte. Raus aus der Unscheinbarkeit, rein ins Licht. Sam wusste, dass, wenn dieser Gedanke erst einmal klar würde, wenn er Konturen erhielte, eine Gestalt, ein Wesen – dass es dann vielleicht der Schlüssel sein konnte zu alldem, was ihrem Lebensgefährten und dessen Tochter gerade zustieß.

Sie konnte sich einfach des Eindrucks nicht erwehren, dass die Ärzte in ihrer etwas übereifrigen und von Wissensdurst getriebenen Diagnostik falsch lagen. Dass es sich keineswegs um Krebs oder eine Krankheit handelte. Man hatte etwas übersehen und in Ermangelung einer echten Erkenntnis einen falschen Weg eingeschlagen. Vielmehr fühlte sich Sam bei jedem einzelnen Fortschritt dieses Phänomens, bei jeder weiteren Entwicklung der vergangenen vier Wochen sowie einer daraus resultierenden Beobachtung der Mediziner an etwas erinnert, das sie aus ihrer eigenen täglichen Praxis nur allzu gut kannte.

Konnte es denn möglich sein …?

Leider war das von Sam erwogene Szenario in seiner Art dem Menschen so dermaßen fern und fremd, dass auch Sam sich nicht ohne Weiteres gestatten konnte, den Gedanken daran wirklich zuzulassen. Sie schob ihn weg, suchte verzweifelt nach einem Sinn, einer Systematik, einer Alternative. Doch stieg er immer wieder aufs Neue auf. Welchen Weg sie gedanklich auch einschlug, er führte sie immer wieder genau dorthin. Dieser Gedanke, diese Idee, diese einzige für sie stimmige Erklärung für Mayas Zustand, die in so vielen Details der biologischen Wahrheit nahekam – und doch so fremd war, dass allein das Wort bei den Ärzten dieser Klinik vermutlich nicht nur für Unverständnis, sondern vielleicht sogar für schallendes Gelächter gesorgt hätte.

Sam wand sich innerlich.

Konnte es denn wirklich, ganz realistisch möglich sein …?

„Wird Maya sterben?", sagte Lennart noch einmal. Sam wurde dadurch aus ihren Gedanken gerissen und war plötzlich wieder ganz in der Realität. Nur in ihrem Hinterkopf kämpfte sich das Bewusstsein einer schier unumstößlichen Tatsache weiter an die Oberfläche, verdrängte Vernunft und Ratio, Medizin und Forschung, schalt Evolution und Entwicklung Lügen – und wurde von einer Vermutung und Theorie langsam zur unbestreitbaren Gewissheit.

„Das glaube ich nicht", sagte Sam mit fester Stimme und sah Lennart in die Augen.

Ihre Entscheidung war getroffen. In ihrer Stimme lag Zuversicht und Hoffnung. Aber auch etwas, das Mayas Vater in diesem Moment noch mehr gab als einen bloßen Silberstreif am Horizont: In Sams Stimme hörte er Überzeugung.

Seine Lebensgefährtin hatte nun innerlich umgeschaltet von Familie auf Beruf, von Emotion auf professionelle Überzeugung. Wenn sie mit dieser sachlichen Nüchternheit eine Aussage traf, so wusste Lennart, konnte man sich darauf verlassen. Es war nur eine Nuance, ein Detail, eine Winzigkeit in der Betonung, welche ihm in diesem Moment die Welt bedeutete.

„Was meinst du? Hast du etwa eine Idee?", fragte er Sam und sah sie erwartungsvoll an.

Sam zog ihre Hand weg, unterbrach für wenige Augenblicke den Blickkontakt, rang mit einem letzten Zweifel. Konnte sie es wirklich riskieren, ihre Gedanken zu Mayas Zustand offen auszusprechen? Würde sie Lennart damit wirklich neue Hoffnung schenken, oder wäre dies nicht vielmehr ein noch größerer Schock für ihn?

„Ich weiß es nicht ganz genau", wehrte Sam ab, die selbst noch nicht ganz bereit war, ihre gegenwärtigen Gedanken als mögliche Lösung zu akzeptieren. „Es ist absurd und gehört eigentlich gar nicht hierher. Ich weiß es nicht ..."

„Sam!", sagte Lennart, stellte seinen Becher beiseite und nahm ihre Hand jetzt in seine beiden Hände, blickte ihr direkt in die Augen. „Es spielt überhaupt keine Rolle, wie abwegig ein Gedanke ist. Im Moment haben die Ärzte ohnehin keinerlei Ahnung, was mit Maya passiert. Sie tappen im Dunkeln. Und was immer es ist, was ihr da zustößt, es schreitet voran. Es lässt sich nicht stoppen. Wenn nicht bald etwas passiert, dann werde ich meine Tochter verlieren, Sam! Also bitte, bitte, bitte, wenn du auch nur den Hauch einer Idee hast, egal in welche Richtung, was da grade los ist, dann sag es!" Er sah sie flehend an.

Sam atmete durch.

„Ich weiß nicht, ob es hilfreich ist", erwiderte sie dann, bevor ihr Widerstand langsam bröckelte. Sowohl innerlich wie auch äußerlich. „Ich bin Meeresbiologin, Lennart, keine Ärztin. Ich fühle mich nicht wohl, den Profis ihren Job erklären zu wollen. Schon gar nicht, wenn es um jemanden geht, der mir etwas bedeutet und der auf Hilfe angewiesen ist."

„Sam, bitte", sagte Lennart noch einmal. „Vielleicht ist es Mayas letzte Chance!" Er umklammerte ihre Hand, so wie er eben noch den Becher umklammert hatte. Hier fühlte er allerdings sehr viel mehr Halt und Zuversicht.

Sam seufzte. Sie gab auf.

„Nun gut", sagte sie. „Aber ich habe keine Ahnung, ob meine Eindrücke richtig sind. Vielleicht gebe ich mich hier und jetzt der Lächerlichkeit preis, wenn ich sie laut ausspreche. Bitte denke daran, ich tue das nur für dich! Ich tue das für Maya! Egal, was die Mediziner daraus machen, bitte hasse mich nicht dafür, falls es nicht die erhoffte Lösung bringt."

„Ich könnte dich niemals hassen", erwiderte Lennart, drückte ihre Hand noch etwas fester und sah sie voller Hoffnung an. „Was ist denn deine Vermutung? Was könnte das sein?"

Sam seufzte erneut und nahm innerlich Anlauf.

„Ich kenne dieses Phänomen – oder zumindest ein ähnliches – aus unserer Forschung an der UCLA", begann sie. „Es kann geschehen durch eine natürliche Entwicklung, aber es kann auch sein, dass der Prozess erst durch einen äußeren Auslöser, mit dem das Lebewesen in Kontakt kommt, in Gang gesetzt wird. Ist das Ganze erst einmal im Gange, kann es entweder sehr rasch fortschreiten, oder sich langsam dahinquälen. Es ist ein weitestgehend unerforschtes Feld und wir stehen jedes Mal voller Verwunderung davor, wenn solch ein Prozess seine Vollendung findet."

„Mach es nicht so spannend", bat Lennart, der zunehmend nervöser wurde. „Wovon redest du?"

Sam atmete tief durch. Sie hatte keine Wahl mehr, jetzt musste sie ihre Vermutung endgültig aussprechen, den Vorgang beim Namen nennen.

„Metamorphose", sagte sie und wartete seine Reaktion ab. Als diese nicht erfolgte, setzte sie nach. „Ich denke, Maya macht eine biologische Metamorphose durch."

Lennarts gespannte Erwartung machte einer ungläubigen Grimasse Platz. Er ließ Sams Hand los und starrte vor sich hin. Sie konnte förmlich sehen, wie es hinter seiner Stirn arbeitete. „Eine Metamorphose?", wiederholte er schließlich ungläubig. „Aber so was machen doch nur Frösche und Schmetterlinge?"

Sam lächelte, nahm wieder seine Hand auf und umschloss sie, bevor sie fortfuhr. „Frösche und Schmetterlinge sind nur die bekanntesten Lebensformen, die solch eine Wandlung im Laufe ihres Lebens ganz natürlich vollziehen", fuhr sie dann fort. „Tatsächlich gibt es Metamorphosen bei sehr vielen Lebensformen, vor allem bei den Amphibien, aber auch bei vielen Meeresbewohnern. Daher befassen wir uns im meeresbiologischen Institut sehr eingehend damit. Eine Metamorphose bedeutet die Umstrukturierung und Wandlung eines Körpers, wodurch eine Anpassung an einen neuen Lebensraum erfolgt."

„Neuer Lebensraum?", stammelte Lennart. Er hatte Mühe, den Worten seiner Freundin zu folgen.

„Die Kiemen haben mich darauf gebracht", erklärte Sam. „Wenn das tatsächlich Kiemen sind, die da an Mayas Hals gebildet werden, dann gibt es kaum eine andere Erklärung für solch einen Vorgang, als dass ihr Körper eine Metamorphose durchmacht."

„Aber eine Metamorphose wozu? Wohin kann das führen?", fragte Lennart. „Wird sie jetzt ein Frosch oder ein Schmetterling? Wie kommst du auf so was?"

„Wie das Ziel aussehen wird, kann ich nicht sagen. Frosch und Schmetterling sind es mit Sicherheit nicht", bekräftigte Sam. „Aber wenn man alle Einzelbefunde zusammennimmt und schaut, was wir vorher hatten und wo wir jetzt stehen, dann ist die Metamorphose die einzige logische Erklärung."

„Wenn es so logisch ist, warum haben es dann die Ärzte noch nicht erwogen?", fragte Lennart und ein leichter Trotz lag in seiner Stimme.

„Weil nicht sein kann, was nicht sein darf", sagte Sam trocken. „Ein Mensch macht für gewöhnlich keinerlei Metamorphose durch. Falls ich mit meiner Vermutung richtig liege, dann haben wir es hier mit einem völlig neuen und wissenschaftlich gänzlich unbekannten Phänomen zu tun. Es gibt nichts, aber auch gar nichts weltweit darüber zu lesen. Und weil die Ärzte es nicht kennen, versuchen sie, es mit ihren medizinischen Mitteln zu erklären. Nur denke ich, sie dürften mit ihrem Latein langsam am Ende sein."

Beide waren für einen Moment still und starrten vor sich hin. Sie saßen nebeneinander, aber ihre Gedanken waren unglaublich weit voneinander entfernt.

„Aber wo soll das denn enden, Sam?", fragte Lennart schließlich noch einmal und vor seinem inneren Auge spielten sich vielerlei Horrorszenarien ab. „Was soll aus Maya werden? Warum ausgerechnet Maya?"

Sam streichelte seine Hand in ihrer.

„Ich weiß es nicht, Liebling“, sagte sie dann ehrlich. „Wie gesagt, es ist völlig neu. Es ist nur eine Theorie. Ich weiß, dass beispielsweise Kaulquappen sehr unterschiedlich lange und nur durch äußere Umwelteinflüsse bestimmt in die Metamorphose eintreten. Die einen sind binnen weniger Wochen zum Frosch verwandelt, die anderen verharren Monate in dem Stadium als Kaulquappe. Es ist abhängig von Nahrungsangebot, Fressfeinden und Lebensraum, wann sich das Tier entscheidet, seine Wandlung zu vollziehen. Und wenn es soweit ist gibt es auch kein fixes Muster, in welchen Schritten die Metamorphose abläuft. Das ist alles höchst individuell und komplex. Fest steht am Ende nur das Ergebnis.“

Lennart starrte vor sich hin.

„Wie und warum das sein kann, wo das alles enden wird, kann ich auch nicht sagen“, gab Sam zu. „Ob Maya tatsächlich einem Trigger aus der Umwelt ausgesetzt war, der etwas in ihr ausgelöst hat; ob es eine angeborene Mutation ihrer Zellen ist; ob irgend ein Virus so etwas verursachen kann. Das liegt alles völlig im Dunkeln. Nur eine Sache weiß ich ganz sicher.“

Er blickte sie an, sie blickte ihn an.

Dann sprach sie mit sanfter Stimme weiter.

„Wenn es eine Metamorphose ist, dann ist immerhin sicher, dass Maya daran nicht sterben wird. Ein Wandel bedeutet für die Lebensform nicht den Tod, sondern das Erreichen einer neuen Stufe ihres Daseins.“ Sie versuchte zuversichtlich zu klingen. „Wenn ich recht habe, Lennart, dann werden wir Maya nicht verlieren, sondern uns lediglich an ein neues Leben mit ihr gewöhnen müssen, um ihren neuen Bedürfnissen gerecht zu werden. Aber sie wird leben, Lennart. Sie wird weiterleben!“

Tränen traten in seine Augen. Mit einem Mal schien die abstruse Idee der Meeresbiologin all ihren Schrecken verloren zu haben. Und noch etwas war ihm aufgefallen: Sie hatte „wir“ gesagt. Sie würde weiterhin zu ihm und seiner Tochter stehen und sie würden alle gemeinsam als Familie mit dem umgehen, was immer da auf sie zukommen mochte. Das bedeutete Lennart eine Menge. Er nickte zaghaft. Gemeinsam mit Sam würde er sich dem stellen können, was Maya gerade widerfuhr. Sie würden einen Weg finden, damit umzugehen; damit zu leben. Das Überleben seiner Tochter war das Einzige, woran Lennart sich im Moment mit all seiner Hoffnung klammerte.

„Wenn du es erlaubst, würde ich mit den Ärzten darüber reden und ihnen meine Theorie mitteilen“, sagte Sam. „Vielleicht haben wir ja eine medizinische Möglichkeit, diesen Vorgang noch zu stoppen – oder es wenigstens für Maya angenehmer zu machen. Aber die Mediziner müssen erst einmal wissen, was hier vor sich geht, um entsprechend reagieren zu können.“

Lennart nickte. Kurz darauf machten sich beide auf den Weg zum Stationszimmer. Raus aus dem Warteraum. Raus aus dem Glaskasten. Es gab einen Weg, eine Richtung, eine neue Perspektive.

„Biologen!" – Es klang verächtlich und das war vermutlich auch beabsichtigt. Der Ton passte zu dem abschätzigen Gesichtsausdruck, den der Arzt kaum zu verbergen versuchte. Er hielt offenbar nicht viel von der Theorie einer Meeresbiologin, die obendrein auch noch so was wie die Angehörige der betreffenden Patientin war und sich nun in seine Diagnostik einmischte.

Er schüttelte ungläubig den Kopf und sah abwechselnd Sam und dann wieder Lennart an, wusste nicht wirklich, wie er mit dieser Situation umgehen sollte. „Metamorphose!", sagte er dann angeekelt, so als hätte er einen widerwärtigen Geschmack im Mund und würde am liebsten ausspucken. Wieder schüttelte er den Kopf, noch etwas heftiger, bevor sich sein Gesicht zu einem Grinsen verzerrte und er – halb echt, halb gespielt – in Gelächter ausbrach.

„Könnten Sie Ihre Geringschätzung vielleicht nicht ganz so offen ausleben?", fragte Sam trocken, was das Lachen des Mediziners sofort verstummen ließ. Er räusperte sich und schien langsam zu seiner guten Kinderstube zurückzufinden.

„Verzeihen Sie", sagte er dann. „Aber es ist einfach so abwegig, was Sie da sagen, dass ich wirklich nicht wusste, ob Sie mich veralbern wollen, oder ob das wirklich Ihr Ernst sein kann." Er räusperte sich noch einmal, diesmal etwas heftiger. „Ich habe mich im Ton vergriffen, es tut mir leid. Aber das ändert nichts an der Tatsache, dass Ihre Theorie völlig haltlos und an den Haaren herbeigezogen ist. So etwas wie eine Metamorphose gibt es beim Menschen nicht, völlig ausgeschlossen. Es gibt keinerlei medizinische Aufzeichnungen darüber."

Sam lächelte freundlich. Sie war solche Reaktionen von Menschen gewöhnt, die sich nicht mit der Forschung beschäftigten, sondern lediglich mit deren Ergebnissen arbeiteten. Denen fiel es oft schwer, ihren Geist für etwas zu öffnen, was über den Ist-Zustand hinausging, hatten sie jenen doch als schier unumstößlichen Fakt studiert und in ihr Weltbild integriert. Sam brachte diese Welt ins Wanken. Eine Gegenwehr war daher nur allzu verständlich.

„Das heißt aber nicht, dass es nicht trotzdem sein kann" beharrte sie. „Immerhin haben wir es hier mit einer Erscheinung zu tun, die Sie noch nicht kennen. Was liegt da näher, als eine Krankheit oder einen Zustand zu vermuten, den Sie ebenfalls nicht kennen – zumindest nicht in diesem Zusammenhang?"

Der Arzt überlegte.

Noch bevor er etwas sagen konnte, fuhr Sam fort. „Mir ist völlig klar, wie absurd das klingt", kam sie jedem Einwand zuvor. „Aber ist es nicht wissenschaftlich sinnvoll, dass man sich nach Ausschluss aller möglichen Ansätze – wie Sie und Ihr Team es ja bereits getan haben – auf einen unwahrscheinlichen, dabei aber plausiblen Ansatz einlässt? Vielleicht stehen wir hier vor einer großen Entdeckung. Sie könnten derjenige sein, dessen Name auf der Forschungsarbeit steht."

Sie appellierte an seinen Stolz. Und es funktionierte.

„Nehmen wir mal eine Sekunde lang an, Sie hätten recht", räumte der Arzt vorsichtig ein. „Wenn es so wäre und Maya macht grade so etwas wie eine Metamorphose durch. Dann wissen wir aber trotzdem nicht, wohin das führen soll, geschweige denn, wie wir es aufhalten könnten. Zudem wissen wir auch nicht, ob wir es überhaupt aufhalten sollten, oder ob wir dem Mädchen damit nicht noch mehr schaden als dass wir ihr helfen. Sie müssen begreifen: Wenn wir diese Ihre – äußerst gewagte – Theorie zugrunde legen, dann wären uns ab sofort medizinisch die Hände gebunden. Wir müssten der Sache einfach ihren Lauf lassen. Ganz egal, was dabei herauskommt. Wir wären zum Zuschauen verdammt. Wäre das wirklich in Ihrem Sinne?"

„Das ist so nicht ganz richtig", versetzte Sam. „Wenn wir uns auf die Theorie einlassen, könnten wir damit beginnen, die Behandlung dahingehend anzupassen, dass wir die Veränderung der Zellen erforschen und dadurch feststellen, was genau geschieht. Wenn es sich um bloße Zellmutationen handelt, dann könnte man mit Medikamenten dagegen angehen. Wir müssen nur begreifen, was die Zellen da tun und hätten dann die Gelegenheit, diesen Prozess zu unterbinden. Ich denke, das wäre doch eine Chance, oder nicht?"

Der Mediziner überlegte kurz. Dann nickte er. „Wir müssten allerdings noch mal ganz von vorne beginnen", erklärte er nachdenklich. „Wir müssen das Mädchen auf zellulare Veränderungen und Vorgänge hin testen. Wir müssen per Ausschlussverfahren herausfinden, wie wir diese Veränderungen stoppen. Angefangen bei den sanften Methoden bis hin zu den eher unangenehmen. Sind Sie bereit, diesen Weg mitzugehen? Maya wäre eine Art Testkandidatin. Das ist sicher nicht immer angenehm."

„Ein Versuchskaninchen", warf Lennart bitter ein.

„Sie wäre Patient Null", sagte Sam schnell. „Sie ist die erste, bei der diese Metamorphose als Diagnose festgestellt und behandelt wird. Das heißt aber noch lange nicht, dass es ein Experiment ist. Unsere oberste Priorität ist nach wie vor, ihr zu helfen und sie wieder zu der Maya zu machen, die wir kennen."

Der Arzt und Lennart nickten.

Es war beschlossen.

„Gehen wir es an!", sagte Sam.

Hände.

Atem.

Heißer Atem.

Unangenehm, leichter Geruch nach Knoblauch.

Hände.

An Stellen, wo sie nicht sein sollten ...

Nur langsam kam Maya wieder zu sich. Und sie merkte sofort, dass irgendetwas nicht stimmte. Noch bevor sie die Augen aufschlug. Dass da etwas war, das hier nicht hingehörte. Oder vielmehr jemand.

Sie spürte Berührungen an ihren Brüsten, an ihren Beinen, in ihrem Gesicht, ihrer Hüfte – und ihrer Scham. Gierig, fordernd, lüstern.

Sie sträubte sich innerlich dagegen, doch sie konnte sich nicht wehren. Sie wollte schreien, aber ihr Mund bewegte sich nicht, es kam kein Laut heraus, nur ein schwaches Röcheln kroch ihre Kehle hinauf. An der Situation änderte das gar nichts. Kein Innehalten in der Tatscherei, kein Zögern, kein Nachdenken. Wer auch immer sie gerade berührte, schien völlig unbeeindruckt von ihrem Unwillen. Er machte einfach weiter.

Was nun gleichfalls in ihr Bewusstsein drang, war der Ort, an dem sie sich befand. Sie wusste, dass sie in einem Krankenhaus war. Der Geruch um sie herum war unverkennbar. Sie erinnerte sich an die Behandlungen. An die Ärzte – konnten es Ärzte sein?

Langsam schlug Maya die Augen auf. Das Medikament, das sie erhalten hatte, erlaubte ihren Sinnen und ihrer Wahrnehmung nur sehr zaghaft, in die Realität zurückzukehren. Nur eine Sinnesfunktion nach der anderen wurde aktiviert und langsam hochgefahren. Zu langsam für Mayas Geschmack. Es war mühsam, sich aus dem Schlaf in den Wachzustand zu kämpfen. Maya bot all ihre Kräfte auf. Es gelang ihr, zumindest ihre Augen und Ohren zu reaktivieren. Sie wollte wieder schreien.

Es waren keine Ärzte, die mit irgend einer wichtigen Untersuchung beschäftigt gewesen wären, die derlei Berührungen erfordert hätten. Es waren auch keine Schwestern oder Pfleger, die ihre Patientin wuschen oder kleinere Tests der Sensorik oder Motorik durchführten.

Maya blinzelte und sah in die Augen eines Mannes im mittleren Alter, vielleicht Ende dreißig, Anfang vierzig. Er hatte schwarzes Haar, einen Dreitagebart und trug eine Art Overall. Er bemerkte nicht, dass Maya erwachte. Seine Hände ruhten auf ihrem Körper. Ihre Decke und ihr Krankenhaushemd hatte er zur Seite geschoben. Sie lag quasi nackt und wehrlos vor ihm. Mit der rechten streichelte er ihre Brust. Mit der linken streichelte er ihre Beine. Drang dabei immer wieder fordernd in intimste Regionen vor, was Maya erschaudern ließ. Sie versuchte noch einmal etwas zu sagen. Diesmal kam es als Wimmern heraus. Und er hörte es.

Der Mann hielt kurz inne, blickte nach oben zu ihrem Gesicht, erkannte, dass sie wach wurde. Anstatt jedoch sein Tun sofort zu beenden, sich als ertappter Lustmolch rasch davonzumachen – lächelte er sie an. Er streichelte ihr mit der Hand, mit der er eben noch ihren Busen betatscht hatte, über die Wange. In seinem Blick lag etwas vollkommen Irres, etwas Unbewusstes, die Augen waren glasig, wie bei einem Drogensüchtigen oder einem Schlafwandler. Zwar schien er sich seiner Tat bewusst. Nur ordnete er sie völlig falsch ein.

Maya drehte ihren Kopf weg, angewidert von seiner heißen, rauen Hand und wimmerte erneut.

Der Mann legte mit einem verschwörerischen Blick den Zeigefinger seiner linken Hand auf seine Lippen, um ihr zu bedeuten, still zu sein. Doch kaum hatte er den Finger dort, stutzte er, hielt inne, führte ihn näher an seine Nase heran und sog dann gierig den Duft ein. Maya wusste, wo er mit der Hand eben noch gewesen war. Wohin sich seine Finger unerlaubt vorgetastet hatten. Ihr wurde übel. Sie hätte ihn für diese Geste am liebsten umbringen wollen.

Und plötzlich ging alles ganz schnell.

Maya hörte einen dumpfen Laut. Etwas spritzte auf ihre Stirn. Sie schloss die Augen und befürchtete schon, er habe sie noch in anderer Weise geschändet.

Dann spürte sie, wie etwas Schweres quer über ihre Beine fiel. Entsetzt riss sie die Augen wieder auf. Darauf gefasst, dass ihr Angreifer nun jegliche Hemmung abgelegt und sich auf sie gestürzt hätte. Aber dem war zum Glück nicht so.

Der Mann lag quer über dem Bett und ihren Beinen. Dort, wo er eben noch gestanden hatte, stand nun Sam. Sie blickte wütend, zornig, hasserfüllt auf den bewusstlosen Mann hinunter. In ihrer Hand hielt sie eine metallische Waschschüssel. Quer über die weiße Bettdecke zog sich eine Spur von Blutstropfen. Das war es dann wohl auch, was Maya im Gesicht getroffen hatte.

Sam atmete schwer. Sie schien sich nur mühsam davon abhalten zu können, ein weiteres Mal aus Leibeskräften zuzuschlagen. Auch wenn der Mann offensichtlich verletzt und bewusstlos war. Und dann noch mal. Und noch mal. So lange, bis dieses bewusstlose Stück Dreck seinen letzten Atemzug tun und nie wieder einem Mädchen oder einer Frau so etwas antun konnte.

Als weitere Menschen ins Zimmer stürmten, kam Sam wieder zu sich. Maya begriff, dass sie wohl doch geschrien hatte. Sam hatte darauf nicht reagiert, sondern nur den schlaffen Körper auf dem Bett ihrer Ziehtochter angestarrt. Die anderen Menschen, die ins Zimmer gerannt kamen, waren schon wesentlich agiler. Ärzte, Schwestern, Pfleger, Security und natürlich Lennart, der sich zunächst um Maya und Sam kümmerte, dann aber in heftige Diskussionen mit dem Krankenhauspersonal verfiel.

Maya erlebte alles wie in Trance. Szenen und Ereignisse flossen in einem nicht enden wollenden Strom an ihrem Bewusstsein und ihrer Wahrnehmung vorbei. Eins verwischte das andere. Noch bevor sie einer Situation folgen konnte, gehörte jene schon längst wieder der Vergangenheit an.

Sie merkte, wie der bewusstlose Mann, ihr Angreifer, von ihrem Bett weggehoben und auf einer Trage abtransportiert wurde. Sie merkte, wie ein Arzt nach Sam sah und sie trotz ihres Schocks zu befragen versuchte. Sie bemerkte die Polizisten, die wie aus dem Nichts auftauchten und mit Lennart diskutierten. Sie glaubte zu erkennen, was vor sich ging. Zum ersten Mal in diesem Dämmerzustand fragte sich Maya, was ihr die Ärzte wohl verabreicht hatten, dass es ihr weiterhin so immens schwer fiel, wieder ganz zu sich zu kommen.

Dann spürte sie noch etwas.

Da war etwas unter ihrer Decke, die ein hilfsbereiter Mensch wieder über ihrem nackten und entblößten Leib ausgebreitet hatte, nunmehr also verborgen vor den Blicken der Menschen, die in hektischer Betriebsamkeit ihr Krankenbett umringten. Die sich alle über sie unterhielten, aber sich keinesfalls mit ihr beschäftigten. So entging ihnen ein wichtiges Detail, das mit dem Übergriff selbst zwar nichts zu tun hatte, aber doch entscheidend zu wissen gewesen wäre für das weitere Vorgehen und den Umgang mit dem Mädchen.

Dort, wo vor wenigen Minuten noch die Hände des Lüstlings verbotenerweise zugange gewesen waren; dort, wo das Schambein überging in die Beine; an der gesamten Innenseite von Mayas Schenkeln und bis ganz hinunter zu den Zehen spürte sie ein Brennen. Es war nicht direkt ein Schmerz, nicht direkt stechend oder reißend. Es fühlte sich vielmehr an wie eine feuchte, nässende Wunde, die sich aus ihrem Innersten bis hinab zu den Füßen erstreckte. Und das auf den Innenseiten beider Beine.

Was hätte sie darum gegeben, dass ein Arzt oder eine Schwester nun die Decke zurückgeschlagen, sie inspiziert und auf Blessuren untersucht hätte. Einmal nachgeschaut hätte, ob sie noch etwas brauchte oder ob alles in Ordnung war.

Aber nichts dergleichen geschah.

Oder sie bemerkte es nicht.

Alles, was sie bemerkte, war ein fortwährender Strom an Ereignissen, Bewegungen, Wortfetzen und Gesten, der in seiner Gesamtheit vielleicht einen Sinn ergeben mochte, in ihrem Zustand der abgehackten Einzelbilder allerdings keinerlei klares Bild ergab.

Maya gab auf.

Sie war müde. Wollte keinen Sinn mehr finden, wo sie selbst bei größtmöglicher Anstrengung einfach keinen erkennen konnte. Sie seufzte, atmete tief durch und schloss wieder die Augen, um diesem Wirrwarr in den Schlaf zu entfliehen.

Dann spürte sie wieder etwas. Jemand hatte sich auf den Rand ihres Bettes gesetzt. Hände. Oder vielmehr eine Hand, welche ihre eigene, Mayas Hand, aufgenommen hatte, sie drückte und sanft streichelte. Maya schlug noch einmal die Augen auf. Es war Sam, die da saß, die Maya sanftmütig anblickte und Tränen in den Augen hatte. Sie saß hier, während die Diskussion Lennarts mit den Polizisten im Hintergrund immer hitziger zu werden schien und offenbar auf kein wirkliches Ergebnis hin zusteuerte.

Aber Sam war da.

Maya war nicht mehr allein.

Sie war geborgen, beschützt, gut aufgehoben.

Während Maya wieder einschlief, hinüberdämmerte in medikamentöse Sphären des Unterbewusstseins, sah sie das Lächeln auf Sams Gesicht, das sie beruhigte, das sie entspannen ließ. Doch war da noch etwas anderes, etwas Seltsames in ihrem Blick.

Und ... war es denn wirklich ein Lächeln?

9

Mit einem Ruck setzte sich der Aufzug in Bewegung. Es ging aufwärts. Die Kabine war groß, bot mindestens zwanzig Personen Platz. Die Rückwand war verspiegelt. Unter der Decke hingen kalte, weiße Neonlichter, die das Innere des Lifts beinahe taghell erleuchteten.

Musik gab es keine. Was Cypher bedauerte. Natürlich ging es bei der CIA alles andere als fröhlich zur Sache, es handelte sich immerhin um den weltweit gefürchtetsten

Geheimdienst. Dass da nicht „Pink Fluffy Unicorns“ im Aufzug gespielt würde, war durchaus einleuchtend. Was jedoch gegen eine kleine, neutrale, entspannende Melodie sprach, die das technische Surren, die sterile Umgebung und die kalte Atmosphäre ein klein wenig abgemildert hätte, dafür hatte Cypher noch niemand eine stichhaltige Erklärung liefern können.

Daher summte der CIA-Agent ein Lied vor sich hin. Zwar traf er kaum die Töne, aber immerhin lag da ein Ton in der Luft. Ein Hauch von Normalität.

In dem Aufenthaltsraum, der ihm und seinem Kollegen zur Verfügung stand, während sie auf weitere Instruktionen oder neue Aufträge warteten, hatte es Cypher sehr bald schon nicht mehr ausgehalten. Nachdem sie den Taxifahrer abgeliefert, auf Ebene 2 ihren Bericht an den Verbindungsoffizier dieser Einrichtung abgegeben und dann noch kurz mit Langley Rücksprache gehalten hatten, lautete die Order, die Stellung in Darwin zu halten und die hiesige Einrichtung Area 66 bei allen anstehenden Operationen nach Kräften zu unterstützen. Dem CIA-Direktor persönlich hatte Cypher am Telefon zusichern müssen, alles in seiner Macht Stehende zu tun, damit hier alles gemäß den Interessen der CIA seinen Gang nehmen konnte. Und das hieß: Alles so zu lenken, dass die CIA möglichst viel dabei gewinnen würde. Geld, Informationen, Ressourcen, Verbündete, Waffen – völlig egal. Unterm Strich konnte er als Senior-Agent und Offizier der oberen Ränge davon nur profitieren.

Doch wollte er immerhin sehen, für wen er gerade arbeitete. Einmal hinter das aufgeklebte Label der CIA schauen und erleben, wen oder was seine Behörde hier wobei unterstützte. So hatte er beschlossen, mit seinem „All Area Access“-Ausweis ausgerüstet, einen kleinen Streifzug durch die Einrichtung zu machen. In dem Aufenthaltsraum würde er noch lange genug in Wartestellung zubringen. Das wusste er aus Erfahrung. Manchmal dauerte es Tage, bevor ein Auftrag vollständig abgeschlossen war und er auf unbestimmte Zeit „freigestellt“ wurde. Nicht, dass er nicht trotzdem permanent in Bereitschaft gewesen wäre – aber das war etwas anderes.

Area 66 war innerhalb der CIA berühmt-berüchtigt. Es war eine der letzten hochmodernen Stationen in Übersee, die sich in Händen der CIA befanden und ihr nützliche Dienste erwiesen. Von hier aus wurden nicht nur etliche Einsätze in Australien und Neuseeland gesteuert. Man streckte auch ganz gerne mal die Fühler aus nach Sumatra, Tasmanien, Indonesien und über den Indik bis nach Indien.

Die Station verfügte über 31 Ebenen, die tief in die Erde hineingebaut worden waren. Auf jedem Stockwerk gab es Räume, die in zwei Ringen, einem äußeren und einem inneren, rund um den Aufzugschacht mit daneben liegendem Treppenhaus angeordnet und durch Korridore verbunden waren. Insgesamt waren es locker um die 500 Labore, Waffenarsenale, Geschäftsräume, Verhörräume, Büros, Schaltzentralen, Wohnräume, Krankenräume, eine Leichenhalle, ein Krematorium, natürlich auch Küche und Kantine; sogar ein Kino und ein Nachtclub waren Teil des Areals. Kurz: Area 66 war eine hochmoderne und absolut autarke Geheimstation – vermutlich wusste noch nicht einmal der amerikanische Präsident etwas von deren tatsächlichem Ausmaß, geschweige denn die australische Regierung – wo man, und das war der Sinn ihrer Bauweise, selbst bei einem Atomschlag oder einem nuklearen Holocaust noch Wochen und Monate überleben und unabhängig ohne Einschränkungen weiter operieren konnte.

Besonders stolz war die CIA auf Ebene 1 – abgesehen von der Kelleranlage mit Technik- und Heizräumen auf Ebene 0 der tiefste Punkt der Station – wo das Herzstück einer der modernsten Geheimanlagen unserer Zeit zu finden war. Hier unten befand sich der Zugang zu einem unterirdischen Tunnelsystem, das zur Küste und bis in die Tiefen des Ozeans führte – und so groß war, dass es locker einem U-Boot Platz bot.

Vier dieser Ungetüme lagen in einem gefluteten Hangar, der gleichfalls auf Ebene 1 zu finden war. Betrat man die riesige Halle, wo das Wasser in einem künstlich angelegten Hafenbecken bis in acht Meter Tiefe reichte, gelangte man über Gangways zu den Einstiegsluken der vier hochmodernen Tiefsee-U-Boote, von denen jedes etwa 30 Personen Platz bot. Genug, um zu einer Geheimoperation irgendwo im Umkreis der Station zu gelangen. Genug, um einen kleinen Krieg heraufzubeschwören.

Die U-Boote waren nicht sonderlich komfortabel, aber zweckmäßig. Gesteuert von zwei Piloten boten sie in einer Schaltzentrale Platz für eine sechsköpfige Crew. Ansonsten waren sie vollgestopft mit Technik, so dass die restlichen bis zu 24 Insassen mit Sitzen im hinteren Teil der Boote oder, je nachdem, in welcher der drei Schichten sie arbeiteten, mit den spärlichen Quartieren und geteilten Kojen vorlieb nehmen mussten.

Kam es zu einem Einsatz, wurden die Boote bemannt, sie tauchten in dem Hangar ab und gelangten durch eine Unterwasserschleuse hinaus in den gefluteten Tunnel, schwammen durch den Kanal rund vier Kilometer unter dem Boden Australiens hindurch zur Küste und tauchten weit draußen im Ozean erneut durch eine Schleuse weiter hinaus ins offene Meer, um ihre Mission anzutreten.

Es war ein narrensicheres System. Die Boote mussten, so Gott wollte, niemals außerhalb der Station auftauchen. Niemand hatte eine Ahnung, dass sie hier lagen und von hier aus operierten. Die CIA war stolz auf ihre kleinen Spielzeuge. Und setzte sie effizient und unbemerkt ein.

Cypher hatte die Boote nur kurz zu Gesicht bekommen, als man sie vorhin durch einen langen Korridor auf Ebene 1 hinüber zum Empfangs- und Tagungsraum geführt hatte und sie an dem offenen Schott zum Hangar vorbeigegangen waren. Er hatte einen schnellen Blick hineingeworfen, aber keine Gelegenheit gehabt, die sagenhaften Stahlungetüme ausreichend zu bewundern. Dies wollte er jetzt nachholen.

Das Treppenhaus war zusätzlich alarmgesichert und verlangte einen triftigen Grund, es zu benutzen, also benutzte er wieder den piksenden Aufzug, um von seinem Quartier auf Ebene 4 aus drei Stockwerke tiefer auf Besichtigungstour zu gehen.

Der Lift stoppte.

„Ebene 3, Labor“, sagte eine Computerstimme.

Cypher stutzte. Hatte er den falschen Knopf gedrückt?

Die schweren, kugelsicheren Stahltüren der Aufzugkabine glitten auseinander.

Cypher spähte hinaus auf den langen Flur, der sich links und rechts vom Lift, von kalten Neonröhren erleuchtet, erstreckte. Schon nach wenigen Metern waren die Biegungen des inneren Rings sichtbar und verwehrten ihm den weiteren Blick.

Er überlegte kurz. Die U-Boote konnte er auch später noch anschauen. „Labor", das klang durchaus interessant. Bestimmt war das sogar noch viel spannender, als die U-Boote anzuschauen. Vielleicht würde er hier einen Blick auf etwas anderes Interessantes erhaschen können, das ausreichend Stoff für Tratsch und Geschichten für Abende unter Agenten liefern könnte. Eventuell konnte er sogar erfahren, wofür Area 66 überhaupt existierte, was man hier tat, wofür der Zugang ins Meer gedacht war und woran man hier forschte.

Verlockende Aussichten, aber auch gefährliche Versuchungen.

Cypher war schon lange genug im Geschäft, um zu wissen, dass nur, weil die CIA alles wissen musste und wollte, ihre Agenten dies noch lange nicht sollten. Ganz im Gegenteil: Für einen Agenten seines Ranges war es gut, wie ein Roboter zu funktionieren. Zuhören, Mission antreten, Mission erfüllen – zwischendurch keine Fragen stellen, die der Sache nicht dienten, und bitte keine moralischen Bedenken äußern. Über hinderliche Skrupel war die CIA weit hinaus. Um ihren Agenten dies zu erleichtern, legte man Wert auf nichts hören, nichts sehen, nichts wissen, zumindest solange es nicht befohlen wurde.

Essen, schlafen, Auftrag erfüllen und das Ganze wieder von vorn.

Cypher grübelte einen Moment.

Dann siegte die Neugier. Er wägte ab, was ihm blühen könnte, wenn man ihn hier entdeckte. Er hatte immerhin offiziell Zugang zu allen Bereichen, das hätte man ja auch anders regeln können, wenn man nicht wollte, dass er sich hier bewegte. Es würde schon alles so seine Richtigkeit haben. Er stieg also aus dem Lift und wandte sich nach kurzer Überlegung nach rechts. Die schweren Stahltüren schlossen sich hinter ihm.

Er lief wenige Meter den Flur entlang um die Biegung, bis zu einer wuchtigen Tür, die nach optischem Eindruck sicherlich gepanzert war. Nur wenige Meter vor der Tür war ein Wachtposten stationiert. Der Soldat stand an einem hüfthohen Pult und sein Blick war in Richtung des Aufzugs gerichtet. Er sah den Agenten also kommen. Cypher mochte wetten, dass auf einem der kleinen Monitore, die vor ihm auf dem Pult standen, das Innere des Aufzugs zu sehen gewesen war. Jener wachsame und gut bewaffnete Mann hatte also längst gewusst, dass der Agent dem Lift soeben auf Ebene 3 entstiegen war, noch bevor sich die Tür wieder geschlossen hatte.

Anders konnte sich Cypher auch nicht den Umstand erklären, dass jene Wache bereits salutierend dort stand, als Cypher sich ihm schließlich näherte. Er würde ja sicherlich nicht den ganzen Tag so dastehen. Nun allerdings hatte er Haltung angenommen, die rechte Hand an der Stirn, steife und aufrechte Position, den Blick starr nach vorne gerichtet – in die Richtung, aus der der Agent auf ihn zukam. Keine warme, aber immerhin eine sehr respektvolle Begrüßung. Mit einem kurzen Nicken quittierte Cypher en passant den Salut des Soldaten – er war erleichtert, dass es ein Salut und kein Schuss gewesen war – und ging an ihm vorbei.

Neben der Tür war ein Gerät angebracht, das erneut Cyphers Ausweis und dann, nach der Aufforderung, seine Handfläche auf eine Glasscheibe aufzulegen, auch diese scannte. Danach kam direkt über jener Scheibe ein Apparat aus der Wand gefahren, den Cypher nur zu gut kannte. Der Agent platzierte sein Kinn auf einer Ablage, ein leuchtender roter Strich fuhr auf Höhe seiner Augen über sein Gesicht. Auf einem Display über den beiden Vorrichtungen in der Wand konnte man den Erkennungsprozess verfolgen. Die Punkte „ID-Card" sowie „Handabdruck" waren bereits mit grünen Häkchen versehen. Es gesellte sich rasch ein drittes neben dem Punkt „Netzhautscan" hinzu. Eine Anzeige blinkte auf: „Zugang der Sicherheitsebene 2 gewährt". Es summte, dann machte es klick. Die Tür ging auf.

Cypher war äußerst gespannt, was es wohl war, das einer solch extremen Bewachung bedurfte. Ein wenig unsicher war er kurz doch geworden, ob seine Daten hier wohl eingespeist worden waren. Und was der Wachmann hinter ihm wohl getan hätte, wenn der Zugang verweigert worden wäre. Aber offensichtlich hatte man es in Langley mit dem „All Area Access" sehr ernst gemeint. Spätestens jetzt war Cypher vollkommen davon überzeugt, dass er hier sein durfte und auch bei unerwarteten Begegnungen und Sichtungen keinerlei Ärger bekommen würde. Das war befreiend, eine Last fiel von ihm ab, seine Tour konnte bedenkenlos fortgesetzt werden.

Cypher ging also durch die Tür, welche hinter ihm mit einem deutlich hörbaren Schlag, gefolgt von einem technischen Surren, wieder ins Schloss fiel. Er befand sich nun in einem weiteren langen Gang, von dem mehrere Türen links und rechts abgingen. Der Gang war nicht gerade, sondern im Uhrzeigersinn gebogen. Cypher vermutete, dass er, wenn er nur lang genug liefe, aus der anderen Richtung her kommend wieder an genau derselben Stelle ankäme, wo er gerade stand. Der innere Ring der Ebene 3 von Area 66 war eine kreisrunde Anordnung der einzelnen Räume.

Außer den Türen gab es lange Fenster, die den Blick in die dahinterliegenden Räume erlaubten. Auch gingen Flure links seitlich ab, die, so vermutete Cypher, hinüber zum äußeren Ring dieser Ebene führten. Aber jene interessierten ihn zunächst nicht. Vielmehr tat er sein Bestes, möglichst in jedes Fenster zu schauen und möglichst viel von dem dahinterliegenden Raum zu erfassen.

Er sah medizinische Labore mit Operationstischen, chemische Labore mit komplizierten Versuchsaufbauten aus Glasröhren und Schläuchen gleich einer Frankensteinfantasie. Er sah technische Labore mit vielerlei fremdartigen Apparaten, er sah Labore vollgestopft mit Käfigen, deren Innenleben auf die Distanz nicht erfassbar war; vermutlich handelte es sich um Versuchstiere. Überall, in jedem Labor, waren eifrige Menschen, teilweise in weißen Kitteln und teilweise in Schutzanzügen, hinter weiteren Glasscheiben fleißig bei der Arbeit und taten irgendwelche hoch komplizierten, total geheimen und zweifelsohne unglaublich wichtigen Dinge. Obwohl es seine eigene Behörde war, konnte sich Cypher ein sarkastisches Grinsen nicht verkneifen. Manchmal übertraf eine CIA-Einrichtung noch ihr eigenes Klischee.

Nach gut hundert Metern erreichte er eine Tür zu einem Raum, der – im Gegensatz zu allen anderen – keine Fenster zum Flur aufwies. Stattdessen gab es davor erneut einen Netzhautscanner.

Cypher verdrehte die Augen. Nach dem Aufzug und der Sicherheitstür war dies bereits die dritte Sicherheitsschranke, die er zu überwinden hatte. Er ließ die Prozedur erneut über sich ergehen. Ein Display über dem Apparat zeigte an: „Netzhautscan komplett. Zugang der Sicherheitsstufe Alpha gewährt." Summ. Klick.

Cypher grübelte kurz. Alpha? Was sollte das nun wieder bedeuten? Dieses Sicherheitsprotokoll war ihm bisher noch nicht untergekommen und er war sich gar nicht bewusst gewesen, dass er diese Sicherheitsstufe besaß – geschweige denn, dass so etwas überhaupt existierte. Aber offensichtlich war dem so, denn er war ja schließlich hier, hatte schon wieder Zugang erhalten – und war nicht beim Versuch eines Eintritts getötet worden.

Er drückte die Tür auf, ging hinein ...

Als er nun den Raum betrat, der hinter jener Türe lag, wurde Cypher schlagartig bewusst, warum diese Abteilung einer weiteren ganz speziellen, einer sehr hochwertigen Sicherheitsabriegelung bedurfte, inklusive eines eigens hierfür eingerichteten Sicherheitsprotokolls. Und ihm wurde bewusst, dass er im Moment vermutlich doch etwas mehr sah, als er hätte sehen sollen. Er stand wie angewurzelt da, starrte in den riesigen Raum, geradezu eine Halle. Ein kalter Schauer lief über seinen Rücken – was nach all den Jahren in diesem Job äußerst selten vorkam. Was er jedoch sonst nur aus abartigen Horrorfilmen und bösen Science-Fiction-Fantasien kannte, manifestierte sich hier vor seinen Augen zu bitterer Realität.

Cypher wusste, dass er in diesem Moment etwas sah, das normal Sterbliche eigentlich niemals sehen durften. In ihm nagte augenblicklich die Frage, weshalb man ihm das zeigte, was offenbar noch nicht einmal alle Mitarbeiter dieser Einrichtung sehen durften. Der Agent war sich indes nicht ganz sicher, ob er die Antwort auf diese Frage überhaupt hören wollte. Ob sie ihm gefallen würde. Noch viel dringender beschäftigte ihn deshalb die Frage: Ob er das hier, die Kenntnis dieses Ortes und was es hier zu sehen gab, tatsächlich überleben würde.

Der Raum war auf dem Boden mit weißen Kacheln ausgelegt, die Wände waren weiß gestrichen und an den hohen Decken, etwa vier Meter über dem Boden, verbreiteten mehrere Reihen von in die Deckenverkleidung eingelassenen Neonröhren ein beinahe taghelles Licht. Es gab in der Mitte dieser Halle, gut 20 Meter von Cyphers Position entfernt, ein kreisrundes, sehr stylisches Pult, dessen Seite an einer Stelle ein Stückchen offen war, um in die Mitte des etwa vier Meter durchmessenden Kreises zu gelangen. Dort erkannte Cypher vage eine Vielzahl von Schaltern und Lämpchen, ins Pult eingelassene Displays und Monitore. Im Grunde hätte er sich so die Schaltzentrale eines

Ufos vorgestellt. Vielleicht auch dessen Folterzentrale. Denn auch sonst schien vieles in diesem Raum fürwahr nicht von dieser Welt zu sein.

Der Rest der gut hundert Quadratmeter messenden Fläche wurde nämlich eingenommen von etlichen identischen riesigen, rund zweieinhalb Meter hohen Glasröhren. Unten gab es jeweils eine Art Sockel von vielleicht einem halben Meter. Dann gab es die Röhre, kreisrund und voll verglast, die in ihrem Inneren so viel Platz bieten mochte wie eine kleinere Duschkabine. Oben war schließlich noch mal ein Aufsatz in gleicher Höhe wie der Sockel, von dem aus etliche Leitungen und Kabel hinauf zur Decke, die wenige Zentimeter darüber schwebte, führten und in deren Verkleidung verschwanden. An Sockel und Aufsatz blinkten Lichter. Cypher glaubte, an jeder der insgesamt etwa vierzig Röhren ein eigens Display mit einem Sinusrhythmus erkennen zu können. Aber er hatte wenig Gelegenheit, sich auf die technische Seite dieses Raums zu konzentrieren, zumal das, was er im Inneren der besagten Röhren erblickte, seine ganze Aufmerksamkeit fesselte. Und ihm das Blut in den Adern gefrieren ließ.

Dort drinnen waren Menschen.

Oder zumindest waren es wohl einmal Menschen gewesen.

Genauer gesagt waren es allesamt Frauen, Cypher konnte nicht einen einzigen Mann erblicken. Die Frauen und Mädchen, so schätzte er auf den ersten Blick, mochten im Alter vom Teenager bis zur Greisin sein, jedes Alter war hier vertreten. Sie alle schienen in einer Art Gel zu liegen, einer leicht bläulich schimmernden Lösung, dickflüssiger als Wasser, und die Röhren damit bis zum oberen Rand gefüllt. Die Kreaturen waren davon komplett umschlossen, eingehüllt, gefangen.

Cypher konnte keine Anzeichen dafür erkennen, dass es eine Art Beatmung gegeben hätte. Die Frauen waren komplett eingetaucht in diese Flüssigkeit. Sie hätten eigentlich ertrinken müssen. Eine herkömmliche Atmung war in dieser Umgebung sicherlich nicht möglich. Dennoch gab es die kleinen Displays mit den immer wiederkehrenden und niemals abreißenden Zacken einer ansonsten geraden, leuchtenden Linie, die nichts anderes sein konnten als Herzrhythmus-Monitore. Es gab diese Displays an jeder einzelnen Röhre in Cyphers Sichtweite – und auf jedem davon gab es Ausschläge.

Wenn das also tatsächlich der Herzschlag der jeweiligen Insassin war, dann waren sie alle noch am Leben. Aber wie war das möglich? Ohne Atem zu schöpfen?

Erst auf den zweiten Blick und durch näheres Herantreten an eine der vorderen Röhren, unweit des Zugangs zu diesem Horrorkabinett, erst durch einen genauen Blick auf das Innenleben jener Röhre dämmerte es Cypher langsam, womit er es zu tun hatte. Es dauerte eine Weile, bis er seinem Gehirn gestattete, die von seinen Augen übermittelte Information tatsächlich anzunehmen, zu verarbeiten und schließlich als wahrhaftig zu akzeptieren. Die Frauen unterschieden sich nämlich nicht nur hinsichtlich ihres Alters oder ihrer ethnischen Herkunft. Er schauderte. Sein Weltbild wankte. Er versuchte sich zu konzentrieren und die Situation zu erfassen. Die Eindrücke auszuwerten. Zu einer Erkenntnis zu gelangen. Panik würde ihn nun sicherlich nicht weiterbringen.

In der Röhre direkt vor ihm befand sich eine junge Frau, vielleicht 20 Jahre alt. Sie hatte blondes, langes Haar, sehr feine und puppenhafte Gesichtszüge. Sie war komplett nackt und Cypher konnte sich eine gewissen Bewunderung des geradezu perfekt geformten weiblichen Körpers nicht versagen. Er betrachtete den Hals, die Schultern und Arme, die festen jungen Brüste, den flachen Bauch, die Taille des Mädchens – sie war einfach perfekt. Bis dann auf Höhe des Schambeins alles Vertraute schlagartig aufhörte. Tatsächlich fiel es Cypher unglaublich schwer, den Blick nicht abzuwenden. Was er hier sah, das durfte es eigentlich nicht geben, es war einfach unmöglich – und doch schwamm dieses Wesen keinen halben Meter von ihm entfernt in einer Glasröhre.

Unterhalb der Hüfte war bei dieser bezaubernden Schönheit nichts mehr, wie es bei einer Frau sein sollte. Eine Vagina, ein Po, Beine, Füße – all dies war verschwunden. Stattdessen starrte Cypher auf etwas, das vielleicht im allerentferntesten Sinne als eine Art Fischschwanz hätte durchgehen können. Es sah aber alles andere als tauglich oder auch nur angenehm aus. Irgendwie verkrüppelt. Was er erblickte, das waren im Grunde zwei deformierte und an der Innenseite zusammengewachsene Beine. Die Scham des Mädchens war von einem undefinierbaren Gewebe überwuchert, das sich vermutlich im nächsten oder übernächsten Entwicklungsschritt zu einer schuppigen Haut hätte ausbilden können.

Eben das war es, was Cypher an diesem Bild am allermeisten verstörte: Was auch immer gerade mit diesem Mädchen geschah, es war noch nicht beendet. Man hatte sie aus einer im Verlauf befindlichen Entwicklung förmlich herausgerissen, das Wesen in einem offensichtlich hoch verletzlichen Stadium konserviert – und hier in dieser Röhre eingefroren.

Was er hier vor sich sah, war nicht Mensch, nicht Fisch, auch nicht die bildschöne Meerjungfrau, die er vielleicht gerne in ihr gesehen hätte oder die zu werden sie auf dem Weg gewesen sein könnte. Es war ein Mischwesen, das auf seltsame Weise entstellt weder zu der einen noch zu der anderen Welt zu gehören schien. Eine junge Frau, die aus ihrem normalen Leben – was und wo auch immer das wohl sein mochte – gerissen und betäubt, dann nackt und bloß ausgestellt worden war, um seltsame genetische Experimente an ihr zu vollziehen. Waren diese Experimente missglückt? Bot sie deshalb dieses Bild des Schreckens? Was war das Ziel dieser Experimente gewesen? Wurden hier etwa unheimliche Fischmenschen gezüchtet …?

Auf all diese Fragen, die wie wild in Cyphers Kopf zirkulierten, konnte er keine Antwort finden. Sein Blick haftete immer noch auf dem Mädchen und auf dem, was vielleicht ein Unterleib, vielleicht ein Fischschwanz, vielleicht auch etwas völlig anderes hätte sein können. Sein Geist wurde überschwemmt von einer Woge ungeheuerlichen Mitleids, einer Scham, einem Schmerz, alles auf einmal. Er fühlte eine Träne in seinem Augenwinkel. Sie holte ihn zurück aus seinen Gedanken, zurück in die Realität. Sein Blick löste sich und wanderte durch den Raum.

Die junge Frau vor ihm war nicht die einzige. In jeder einzelnen dieser Röhren war eine weitere bedauernswerte Kreatur gefangen. Jede von ihnen, so schien es, war auf einer anderen Stufe ihrer Entwicklung, zu was und für was auch immer, eingefroren und konserviert worden. Es waren keine Menschen, sicherlich nicht. Waren sie es denn jemals gewesen? Und doch, Cypher kamen sie auf seltsame Weise vertraut vor.

Erneut lief ihm ein kalter Schauer den Rücken herab. Die Traurigkeit in seinem Kopf paarte sich mit einer Übelkeit, seine Eingeweide zogen sich zusammen – und dann hörte er die Schreie. Es mochten zehn, zwanzig oder noch mehr Stimmen gewesen sein, die schrien, die weinten, die schluchzten und ängstlich wimmerten. Alle waren sie in seinem Kopf, doch er hörte sie so klar und deutlich, als ob er inmitten eines Kreises einer klagenden Schar stünde.

Er betrachtete noch einmal unmittelbar vor sich in der Röhre das, was vielleicht einmal wundervolle lange Beine gewesen waren. Er betrachtete die schwelend roten Wunden, gleichsam offene Nekrosen, eine Art Eiter oder Schleim, der sich die gesamten Beine des Mädchens hinab an der Mitte, dort, wo die beiden einstmals getrennten Gliedmaßen zusammengewachsen zu sein schienen, gebildet hatte. Im Grunde war an der Innenseite der Oberschenkel, der Knie, der Unterschenkel und Waden bis hinab zu den Zehenspitzen eine einzige große entzündete offene Wunde. Der Anblick erinnerte den Agenten ein wenig an Brandopfer, deren Haut vollkommen zerstört worden war. Cypher beschlich das Gefühl, dass es gar nicht so schlecht sein mochte, dass dieses Mädchen sich in einer Art Tiefschlaf befand. Denn die Schmerzen, die sie in wachem Zustand sicherlich gehabt hätte, wären vermutlich schier unerträglich gewesen. Noch immer hörte er die unheimlichen Schreie in seinen Gedanken.

Cypher fragte sich, wer sie wohl einmal gewesen sein mochte. Eine Schülerin? Eine Studentin? Die Schwester eines Bruders, die Tochter stolzer Eltern? Vielleicht gar selbst schon eine Mutter? Oder im Beruf stehend, voller Ziele und großer Ambitionen, das Leben und die Karriere zum Greifen nahe? In welcher Situation hatte sie diese seltsame Krankheit überrascht? Was hatte sie gerade getan, wo war sie herausgerissen worden? Was hatte sie gefühlt, als sich ihr Leben von einem Moment auf den anderen komplett, für immer und unwiederbringlich verändert hatte? Hatte sie Furcht verspürt, Schmerz, Hingabe, Erfüllung, Freude – was war in ihr vorgegangen?

Und sicherlich eine der wichtigsten Fragen: Wo und wann hatte die CIA von dieser Krankheit, dieser Seuche, oder was auch immer es war, erfahren und beschlossen, daran zu forschen? War sie am Ende selbst dafür verantwortlich? Seit wann suchte man nach Probanden und mit welchem Zweck? Wann war diese junge Frau den CIA-Agenten, seinen Kollegen in den schwarzen Anzügen, begegnet? Hatten jene sie gesucht, gefunden, ihr aufgelauert, sie gelockt – nur um sie für den Rest ihrer Tage in einen Glaszylinder zu sperren, sie zu untersuchen, zu erforschen, zu begaffen? Aber wofür? Wollte man ein Heilmittel finden? Oder einen Virus als biologische Waffe nutzbar machen?

Was Cypher vor sich sah, war eine geschundene, missbrauchte, vernichtete Existenz, auf tragische Weise in Umstände gelangt, mit denen sie nicht umgehen konnte und die nun – verschlossen und versteckt vor den Augen aller anderen auf dieser Welt – hier ein Dasein als bewusstlose Laborratte fristete. Sie und etliche weitere Frauen.

Cypher konnte das Ausmaß des grausamen Verbrechens, das hier verübt wurde, kaum erfassen.

„Faszinierend, nicht wahr?"

Cypher schrak zusammen – was ihm nicht oft passierte – und er wirbelte herum. Er hatte ihn nicht bemerkt – was ihm noch viel seltener passierte –, aber hinter ihm stand plötzlich ein Mann, Mitte, Ende vierzig, mit einer Brille und einer Glatze, gewandet in einen weißen Kittel, der ihn mit einem schiefen Lächeln auf dem ansonsten starren Gesicht beäugte. Er hatte sich heimlich herangeschlichen, hatte sich nur wenige Zentimeter hinter Cypher postiert und betrachtete den Agenten nun ebenso interessiert und forschend, wie jener selbst soeben noch das Wesen in dem Glaszylinder angestarrt hatte. Dabei blieb der Blick des Weißkittels weiterhin emotionslos, kalt und distanziert. Hätte es dieses asymmetrische, unechte Lächeln nicht gegeben, man hätte meinen können, man blicke auf eine Maske.

Cypher kannte diesen Blick. Es war die sachliche Begutachtung eines aufs Äußerste fokussierten Wissenschaftlers, bar jeden Gefühls, bar jeden Erbarmens oder Mitleids, mit der man sich Experimenten widmete, Berechnungen, Formulierungen – oder auch den alsbald dem Tode geweihten Labortieren. Er hatte diese Art Mensch schon viele Male getroffen. Sie arbeiteten mit derselben emotionalen Distanz und Präzision wie etwa ein Profikiller. Oder ein CIA-Agent. Im Grunde waren sie beide ja auch nichts anderes.

Das Leid anderer Lebewesen spielte in der Welt, welcher dieser Mann angehörte, für gewöhnlich keine Rolle. Es ging vielmehr um Erkenntnisgewinn, wodurch man sich den Schlüssel zum Zuwachs von noch mehr Information versprach. Nichts galt mehr als die präzise und unbeeinflusste Reaktion, die Imitation des Natürlichen in widernatürlichem Umfeld; das Herantasten an ein Wissen, das bis dato höchstens Theorie, wenn nicht gleich gänzlich verborgen geblieben war. Um auch nur in die Nähe einer solchen Erkenntnis zu gelangen, war jenen Menschen wie eben diesem Mann, der ihm gegenüber stand, absolut jedes Mittel recht.

„Dr. Frederick Shaw", stellte der sich nun vor. „Ich hoffe, Sie hatten eine angenehme Reise. Es ist mir eine Ehre, Ihre Bekanntschaft zu machen, Mr. Cypher. Ich habe schon eine Menge über Sie und Ihre Arbeit gehört. Habe Ihre Akte studiert." Er machte eine Pause, erneuerte mühsam die Fratze eines Lächelns auf seinen Zügen, und fuhr dann fort. „Um genau zu sein: Ich habe Sie persönlich als Spezialisten Ihrer Behörde für dieses Projekt angefordert", sagte er – es klang nicht wie ein Kompliment. „Denn es braucht einen Mann Ihrer Klasse und mit Ihrem professionellen Habitus für die Aufgaben, die nun schon bald vor uns liegen. Ich könnte mir innerhalb und außerhalb der CIA keinen

Besseren vorstellen als Sie, Agent Cypher. Besten Dank, dass Sie es einrichten konnten, zu uns nach Darwin zu kommen."

Cypher konnte sich ein kurzes Lachen nicht verkneifen, obschon er eine geradezu panische Antipathie diesem Mann gegenüber verspürte – und obwohl gleichzeitig die Wellen der Traurigkeit und des Schmerzes, die Schreie in seinem Kopf, nicht aufhören wollten. Er versuchte sich neu zu fokussieren und zu konzentrieren.

„Dass ich es einrichten konnte?", wiederholte er und es klang bitterer, als er es beabsichtigt hatte. „Es war nicht wirklich meine Entscheidung, es war vielmehr ein Befehl der Führungsetage. Wie das eben so ist bei der CIA. Ich bin dem nachgekommen, so wie es die CIA angeordnet hat. Nichtsdestotrotz: Es freut mich, hier zu sein und ich danke Ihnen für diese Gelegenheit, Dr. Shaw. Area 66 ist eine faszinierende Anlage und es freut mich," – er schluckte trocken – „Ihre Bekanntschaft zu machen. Ich hoffe, Ihnen die Unterstützung bieten zu können, die Sie von mir erwarten, Sir."

Beide standen einander gegenüber.

Shaw lächelte kalt. Ein Pokerface. Der Mann hatte etwas Linkisches in seiner Art. Etwas Kauziges, Verdrehtes, zutiefst Verstörendes. Cypher war sich nicht sicher, ob jedem anderen Menschen diese spezielle Körpersprache und die Ausstrahlung des Wissenschaftlers ebenso negativ aufgefallen wäre. Ihm jedenfalls verursachte sie ein tiefes Unbehagen. Er fühlte sich wie eine Maus, die in das Terrarium einer Schlange gesetzt worden war. Mit jeder Faser seines Körpers wollte er nur zu gerne weg von hier. Weg aus dieser unangenehmen Nähe des Mannes. Ganz weit weg.

Nachdem er Cypher für einige Sekunden direkt in die Augen gestarrt hatte, ohne dabei auch nur den Anflug einer Emotion oder einen Hauch von Menschlichkeit im Blick zu haben, nachdem er ihn förmlich mit Blicken durchbohrt hatte, machte Doktor Shaw ganz plötzlich eine große Geste in die Runde. Er sah aus wie ein Schauspieler, der soeben eine Bühne betreten hatte und sich nun daran erinnerte, dass er ja eigentlich hier war, um etwas zu spielen. „Sie haben also auf eigene Faust das Kernstück unseres kleinen, bescheidenen Labors entdeckt", sagte Shaw und breitete frohlockend die Arme aus. Die Szene war äußerst befremdlich. Erneut, wie schon einmal auf dem Weg hierher, schoss Cypher unweigerlich der Name „Frankenstein" durch den Kopf.

Dann wandte sich Shaw wieder an Cypher: „Wie finden Sie es? Ist das nicht großartig?" Seine Begeisterung wirkte ebenso unecht wie alles andere an diesem Mann.

Der Agent war sich nicht sicher, welche Antwort der Doktor hierauf erwartete. Er kam ihm ein wenig vor wie ein Kind, das soeben einem Frosch beide Beine ausgerissen hatte und nun von einem Erwachsenen für diese abscheuliche Tat gelobt werden wollte.

Cypher korrigierte sich in Gedanken, das Bild traf es noch nicht. Es war deutlich mehr: Vielleicht wie ein Amokläufer, der sein tödliches Werk bewunderte; ein Terrorist kurz vor der Betätigung des Zünders; oder vielleicht ein Kannibale, bevor er mit seinem Schmaus begann. Ähnlich irre und verklärt wirkte der Ausdruck in Shaws Augen.

Es war nicht so, dass Cypher dies irritiert oder tatsächlich geängstigt hätte. Mit solchen Menschen hatte er schon oft genug zu tun gehabt. Psychopathen in ihrem ganz ursprünglichen Wortsinn: Männer und Frauen, die unfähig waren, echte Emotionen oder Empathie, soziale Verantwortung zu empfinden; Menschen bar eines Gewissens. Shaw schien solch ein Exemplar zu sein, wie es im Buche stand: charmant, oberflächlich offen und sicherlich auch manipulativ. Nur eines schien Shaw von seinesgleichen zu unterscheiden: Während die meisten Psychopathen hauptsächlich impulsiv und verantwortungslos agierten, ohne feste Zielsetzung oder einen intendierten Zweck ihres Handelns – mal abgesehen vom Zugewinn an Macht – schien dieser Mann geradezu visionär zu sein. Er agierte auf eine Art, die Cypher an einen Roboter erinnerte – und er verfolgte seine Linie mit einer annähernd vergleichbaren Präzision. Noch etwas unterschied Dr. Shaw von Psychopathen in ihrer ursprünglich definierten Ausprägung: Er war, das mochte Cypher gerne glauben, offensichtlich stolz auf das, was er hier „geschaffen" hatte und im Begriff war, weiterhin noch zu kreieren.

Für Cypher bestand der Unterschied dieser speziellen Begegnungen mit einem Psychopathen vor allem in einem wichtigen Detail: Alle anderen sollte oder durfte er erschießen; dieser hier war zur Zeit quasi sein Vorgesetzter. Er hatte eine gewisse Macht über Cypher. Und der Agent war sich sicher, dass ihm dies rein gar nicht behagte.

„Es ist … außergewöhnlich. Wirklich spektakulär", erwiderte er auf Shaws Frage und merkte erst dann, dass er sich für seine Einschätzung von dessen Persönlichkeit und folglich auch mit seiner Antwort ein paar Sekunden zu viel Zeit gelassen hatte.

Shaw lachte laut auf. Das Zaudern seines Gastes hatte er deutlich registriert.

„Außergewöhnlich! Spektakulär!", echote er und lachte schrill, schrie den Rest des Satzes seinem Gegenüber ins Gesicht. „Ja, das ist es ganz sicher, Agent Cypher! Absolut einzigartig!"

Dann beendete der verrückte Professor seine Show genauso unvermittelt, wie sie begonnen hatte. Shaws Lächeln und seine Gesichtszüge waren nun komplett eingefroren, die Arme sanken, baumelten an den Seiten und er schaute Cypher einfach nur an. Die Maske war zurückgekehrt.

„Das mag ich so sehr an euch CIA-Spitzeln", sagte Shaw sehr sachlich und ohne jede Emotion. „Man merkt es sofort, wenn ihr einen analysiert, wenn ihr eure kleinen Schubladen öffnet und einen da irgendwo hineinsteckt." Er gab einen komischen angewiderten Laut von sich. „Sie wissen also nun, wen Sie vor sich haben, Agent Cypher. Das ist ganz gut so, dann ersparen wir uns mögliche Missverständnisse. Dass Sie so durchschaubar sind, ist auch der Grund, weshalb Sie jetzt überhaupt hier in unseren heiligen Hallen stehen."

Cypher sah ihn fragend an.

„Ach kommen Sie schon", sagte Shaw und wirkte nun fast schon ein wenig beleidigt. „Glauben Sie denn wirklich, dass wir hier jeden banalen CIA-Agenten mit einer ganz gewöhnlichen Triple-A-Sicherheitsfreigabe hereinlassen?" Er pausierte kurz und die Maske verzog sich zu einer lachenden Fratze. „Wir hatten Sie bereits auf dem Schirm und unter

Beobachtung, seit Sie den Aufenthaltsbereich für Agenten auf Ebene 4 verlassen haben. Als ich sah, wohin Ihr Weg Sie führte, habe ich höchstpersönlich die Freigabe für diese Ebene und alle integrierten Sicherheitsabfragen angeordnet – übrigens nur ganz kurz, bevor unser Wachmann Sie als unbefugten Eindringling erschossen hätte."

Er kicherte künstlich hysterisch.

„Aber ich dachte mir: Warum denn noch länger warten? Lasse ich Sie doch einfach selbst Ihren Weg hierher finden. Lasse ich Sie doch einfach selbst Ihre erste Begegnung herbeiführen, eine erste Erfahrung mit unseren Geschöpfen machen, mit denen Sie noch so viel zu tun haben werden. Dabei baue ich selbstverständlich auf Ihre Verschwiegenheit, Agent Cypher. Sie sind nun ein Geheimnisträger, müssen Sie wissen. Sie gehören zu einem illustren Kreis Eingeweihter und Aufgeklärter, deren Wissen um diese Kreaturen und die Einrichtung entweder Mitwirkung oder Tod bedeutet. Sie sind Ihrem Instinkt gefolgt, er führte Sie hierher, nun sollten Sie die Konsequenzen Ihres Handelns ziehen, werter Cypher." Er blickte dem Agent in die Augen: „Sind wir uns darin einig?"

„Sehr wohl, Sir", erwiderte Cypher und nahm Haltung an. Er war fast ein wenig froh, dass das umeinander Herumschleichen beendet und Shaw recht schnell auf den Punkt gekommen war. Die Fronten waren damit geklärt. Weshalb Cypher bis hierher hatte gelangen können, auch das war nun offensichtlich. Was immer dieser Mann im Schilde führte, er bekam dafür offenbar eine Menge Geld und Rückhalt aus den Vereinigten Staaten und von der CIA. Cypher war hierher geschickt worden, um seinen Job zu erledigen, um Shaw zu unterstützen, das würde er nunmehr auch tun. Völlig gleichgültig, was dies beinhalten könnte. Obschon sich in die Schreie in seinem Geiste eine Warnung gemischt hatte. Diesem Mann war mit Vorsicht zu begegnen. Da war noch mehr, was der Doktor ihm nicht verraten hatte, obwohl er ihm schon so viel gezeigt hatte. Was mochte er wohl verbergen?

„Nun," sagte Shaw zufrieden, „wenn Sie sich also endlich entschieden haben, mit mir zu kooperieren, dann möchte ich Ihnen nun einen kleinen Eindruck davon vermitteln, wie außergewöhnlich das alles hier tatsächlich ist. Folgen Sie mir bitte."

Er lief voraus, Cypher folgte ihm in einigem Abstand.

„Wissen Sie denn schon, um welche Kreaturen es sich hier handelt?", fragte Shaw und wies im Vorbeigehen auf eine der Röhren. Darinnen war eine Frau, welche die gleichen Verletzungen an der Scham und an den Beinen aufwies, wie Cypher sie schon bei dem ersten Mädchen entdeckt hatte. Diese hier war indes etwas älter als die andere Frau und Cypher hatte den Eindruck, dass ihre Beine bereits zusammengewachsen waren. Dieselben Wunden gab es auch in einigen anderen Röhren bei anderen Frauen zu sehen.

„Ich vermute, Sie forschen hier an einer Art biologischer Waffe oder einem Erreger, der später im Kriegsgebiet gegen unsere Feinde eingesetzt wird. Das hier sind die Ergebnisse erster Versuche", erklärte Cypher möglichst sachlich und versuchte dabei, die in ihm wogenden Emotionen sowie die seltsamen Schreie in seinem Geiste zu unterdrücken und so gleichgültig wie möglich zu klingen. Und doch liefen ihm immer noch kalte Schauer den Rücken herab, wann immer er eine der bedauernswerten Frauen näher betrachtete. Aber sie zu bedauern, ihnen gar zu helfen, mit dem Leiter dieses Projektes in ethische Diskussionen einzutreten, das war nicht seine Sache, nicht seine Aufgabe. Die Entscheidung hierüber war von höherer Stelle getroffen worden, er musste sie nur mit Shaw gemeinsam realisieren. Das war sein Job. Sein verdammter Job.

Shaw antworte nicht. Er war nun vor einer der Röhren stehengeblieben, worin ein sehr junges Mädchen eingesperrt war. Sie mochte höchstens 15 oder 16 Jahre alt sein. Die Weiblichkeit ihres jungen Körpers war gerade erst erwacht. Und im Erblühen sogleich wieder brutal erstickt worden, als man sie entführt und in diese Röhre gesteckt hatte.

„Sind sie nicht absolut faszinierend?", sagte Shaw leise, voller Bewunderung, Ehrfurcht und Lust in der Stimme – und Cypher fragte sich für einen Moment, ob er den Doktor vielleicht doch falsch eingeschätzt hatte. War ein Psychopath zu solcherlei Empfindungen überhaupt fähig?

„Mein ganzes Leben lang habe ich ihnen schon nachgejagt", sagte Shaw. „Es gibt so vieles, was die Menschen über sie wissen – oder zu wissen glauben. So wenig, was wirklich greifbar ist. Wir haben noch nicht einmal den ersten Schritt eines kleinen Anfangs getan, um zu begreifen, was uns seit Anbeginn der Menschheit in den Tiefen der Ozeane umgibt, dominiert, herausfordert. Und doch stehen wir beide hier, Sie und ich, jene sind hingegen dort eingesperrt, und wir haben uns als Herrenrasse dieses Planeten behauptet."

Cypher versuchte das Gehörte zu ordnen. Was redete dieser Mann?

Doch schon sprach Shaw weiter. Cypher versuchte, ihm zu folgen.

„Die Menschen dagegen haben eine Seele, die ewig lebt, die lebt, auch wenn der Körper zu Erde zerfallen ist. Sie steigt auf in der klaren Luft und zu all den schimmernden Sternen empor!", er drehte sich um zu Cypher und lächelte. Sein Gegenüber fühlte sich zunehmend irritiert. „So schreibt es Hans-Christian Andersen in Die kleine Meerjungfrau", erklärte Shaw sein Zitat. „Wir sind diesen Sternen inzwischen so nah, Agent Cypher. Den schimmernden Sternen so unglaublich nah! Wir brauchen im Grunde nur noch die Hände auszustrecken, um sie zu berühren und wie reife Früchte vom Firmament zu pflücken. Es ist die Zeit der Ernte, Cypher. Und Sie und ich, wir sind die Reaper mit der Sense." Seine Stimme wurde wieder laut: „Hören Sie sie nicht schreien …?"

Cypher wurde fast schwindlig, als er versuchte, dem Doktor und seinen wirren Gedanken zu folgen. Längst hatte er den Eindruck, dass Shaw eigentlich gar nicht mehr mit ihm, seinem Gesprächspartner, sondern vielmehr mit sich selbst sprach. Um seine Stimme, um sein Tun und sein Schaffen artikuliert zu hören. Seine Worte ergaben wenig Sinn. Er redete sich in Rage, geradezu in Ekstase, so mochte man meinen – Cypher war lediglich ein zufällig anwesendes Publikum seines Monologs. Trotzdem versuchte er, dem roten Faden zu folgen, den gab es ganz zweifellos. Nur wechselten sich beim Zuhören permanent Verwirrung, Erkenntnis und Schrecken in einer dermaßen rasanten Sequenz ab, dass es schwierig war, am Ball zu bleiben.

Shaw trat nun näher an die Apparatur heran, tippte auf das Glas der Röhre mit dem jungen Mädchen darin, woraufhin ein digitales Display auf der gläsernen Oberfläche aktiviert wurde. Im Innenraum der Röhre wurde eine LED-Beleuchtung aktiviert und das Wasser samt der darin befindlichen Kreatur leuchtete in einem nun sehr deutlich sichtbaren bläulichen Schein. Der Doktor kontrollierte verschiedene Anzeigen, bevor er schließlich zufrieden nickte. „Es wird Zeit, dass Sie die Mädchen einmal in Aktion erleben“, sagte er dann.

Cypher stutzte. „Was meinen Sie damit, Dr. Shaw?“

„Ich meine,“ setzte der Wissenschaftler an, „dass Sie wissen müssen, womit Sie es zu tun bekommen werden. Ich habe nicht den Eindruck, dass Sie begreifen, was sich hier vor Ihren Augen abspielt.“

Cypher zuckte mit den Schultern. „Das sind Mädchen und Frauen, die Sie irgendwelchen Versuchen unterzogen haben. Was gibt es daran noch weiter zu verstehen?“

Shaw lächelte versonnen und blickte auf das Mädchen in der Röhre, das sich plötzlich und ganz langsam zu bewegen begann.

„Sie wissen nichts über diese Welt und was darin geschieht, Cypher“, sagte der Doktor, während er einige weitere Punkte des Displays berührte. Seine Finger huschten über die bunten interaktiven Anzeigen, als wäre dies eine Klaviatur und das Innenleben der Röhre wäre sein Kunstwerk. „Ich habe mir viele Jahre, vermutlich Jahrzehnte, von Menschen wie Ihnen vorhalten lassen müssen, ich sei verrückt, ich verfolge ein Hirngespinst, eine Phantasie, einen Wahn“, fuhr Shaw fort, während er weitere Eingaben tätigte. „Dann kam die CIA, auf der Suche nach jemandem wie mir, der sich mit dieser Spezies auskannte, der wusste, was zu tun war und der dabei helfen konnte, das Unbekannte, das Wilde, das Unzähmbare kontrollierbar zu machen.“

„Spezies?“, fragte Cypher irritiert und starrte abwechselnd den Doktor und das Mädchen an.

„Haben Sie noch immer nicht erkannt, dass sie kein Mensch ist?“, Shaw lächelte kalt.

Cypher wurde von dieser Information wie vom Blitz getroffen. Er stand da, starrte den Doktor an und merkte erst nach einigen Sekunden, dass sein Mund offenstand. Er versuchte seine Gedanken zu sortieren, denn er wusste, er würde sie noch brauchen.

„Sie ist ... kein Mensch?“, wiederholte er Shaws Worte. „Aber was ist sie dann?“

In seinem Kopf überschlugen sich Bilder und Ideen. War Area 66 in Wirklichkeit eine Area 51? Hatte man hier außerirdisches Leben gefunden und zur Untersuchung gebracht? Aber warum gerade hier? So weit weg von Amerika und allen wichtigen Ressourcen? Ging es um Sicherheit? Waren dieses Außerirdischen eine Bedrohung und man brachte sie möglichst weit weg von den USA, bevor man sich ihrer annahm? Aber woher kamen sie und was wollten sie? Cypher schüttelte die Gedanken ab. Shaw sah ihn abschätzig an.

„Wenn Sie es endlich müde sind, ständig Ihre eigenen Schlüsse zu ziehen, anstatt mir einfach zuzuhören, dann folgen Sie mir, Agent“, sagte er dann und lief los. Cypher folgte ihm. Hinter ihnen schoben zwei Männer in Ganzkörper-Schutzanzügen eine Liege an die Röhre mit dem Mädchen heran, an welcher nun etwas weiter oben ein rotes Lämpchen blinkte. Mehr konnte Cypher nicht mehr erkennen, denn er versuchte mit Shaw Schritt zu halten. Jener hatte inzwischen die Halle durchquert und steuerte auf der anderen Seite auf ein riesiges Schott zu, das sich öffnete, kurz bevor sie es erreicht hatten. Cypher stolperte dem Doktor hinterher und durchschritt das Portal kurz nach Shaw – und nur Sekundenbruchteile, bevor es sich sogleich hinter beiden krachend wieder schloss.

Auf der anderen Seite der elektronischen Tür befand sich ein abgedunkelter Raum mit mehreren Schaltpulten, allesamt ausgerichtet auf ein riesiges Fenster, durch welches man in einen anderen Raum blicken konnte.

Dieser wurde fast gänzlich eingenommen von einem Bassin mit einer transparenten Wand, so dass man ins Innere schauen konnte. Das Glas ihres Fensters bildete eine der Wände dieses Wasserbeckens. Über das Becken führte ein Steg von einer Tür in der Wand des Nebenraums, einem ähnlichen Schott wie jenes, durch das sie gekommen waren, und endete direkt über dem Wasser in der Mitte des Beckens, in das sie blickten.

„Nehmen Sie Platz, Agent Cypher“, sagte Shaw, während er sich auf einen der Stühle setzte, mit einigen Knopfdrücken das letzte Licht in diesem Bobachtungsraum löschte und es sich dann auf einem der Sessel hinter dem Schaltpult bequem machte. „Es müsste gleich soweit sein. Oh, wie ich Sie gerade um diese bemerkenswerte Erfahrung beneide, die Sie gleich zum ersten Mal in Ihrem Leben machen dürfen.“

Cypher setzte sich. Er hatte ein seltsames Gefühl in der Magengegend. Irgend etwas war merkwürdig an diesem Raum, diesem Becken auf der anderen Seite der Scheibe, diesem Mann. Er fühlte sich nicht wohl in Shaws Gegenwart. Aber er brannte gleichzeitig darauf, das Geheimnis dieser Station und ihres seltsamen Innenlebens zu erfahren. Was verbarg Area 66? Was hatte nicht Eingang gefunden in die Legenden um diesen Ort? Er würde es in wenigen Sekunden erfahren ...

„Lesen Sie viel, Agent Cypher?“, fragte Shaw schließlich, während sie warteten.

„Kaum“, erwiderte Cypher wahrheitsgemäß.

„Das ist sehr schade“, sagte Shaw. „Sie haben uns so immens vieles zu erzählen. Die alten Dichter und Denker. Es steckt oftmals so viel mehr Wahres in ihren Erzählungen, als wir es uns jemals vorzustellen vermöchten.“

Er machte eine kurze Pause.

„Der griechische Dichter Homer hat in seiner Odyssee eine Vielzahl merkwürdiger Kreaturen eingebaut. Es gibt Götter, es gibt Zyklopen, es gibt die Medusa – und wir lesen das und fragen uns gar nicht, wie dieser Mann denn auf so etwas kommt“, sagte Shaw. „Was hat ihn bewogen, sich solche Albtraumwesen auszudenken? Woher kamen seine Einfälle? Oder ... ist da vielleicht doch ein Körnchen Wahrheit in dem, was geschrieben steht?“

Cypher schauderte, ohne zu wissen, warum.

„Es gibt eine Stelle in dem Epos, die kennt so ziemlich jedes Kind", sprach Shaw weiter. „Es geht um die Passage, als Odysseus und seine Gefährten vorbeifahren an der Insel der Sirenen. Fabelhafte Wesen, die sich im Laufe dieser Geschichte immer konkreter dargestellt haben. Anfangs waren es Kreaturen, halb Tier und halb Mensch. Später waren es Frauen mit einem Fischschwanz. Meerjungfrauen. Nixen. Woher kam jedoch diese Konkretisierung? Und warum? Sie tut in der Geschichte nichts zu Sache. Sie bringt die Erzählung auch kein Stück weiter."

Wieder machte der Doktor eine rhetorische Pause.

„Verfolgt man die Geschichte jener Wesen weiter, dann ist es geradezu überwältigend, wo sie einem überall begegnen", fuhr Shaw schließlich fort. „Homer schreibt von den Sirenen; im Mittelalter berichtet man über Melusinen; es gibt zahllose Gedichte und Geschichten über Nixen; im Rhein lebt die Loreley; und Hans-Christian Andersen erzählt die Geschichte von der kleinen Meerjungfrau. Ist es nicht erstaunlich, in wie vielen Kulturkreisen dieses Wesen auftaucht? In wie vielen Zeitaltern Menschen sich dazu berufen fühlten, über Wesen, halb Frau und halb Fisch, zu berichten? Überall auf der Welt gibt es diese Erzählungen, Mr. Cypher. Was ich Ihnen eben aufgezählt habe, ist nur die Spitze des Eisbergs. Wir finden Erzählungen und Legenden über diese Wesen in allen Völkern der Erde, in allen Sprachen, in allen gesellschaftlichen Schichten. Ich habe Jahre damit zugebracht, sie zusammenzutragen, sie zu studieren, aus ihnen zu lernen. Und ich habe Jahre damit zugebracht, sie wahrhaftig zu suchen."

Cypher lachte, verstummte aber sofort, als der Doktor ihn scharf ansah. „Doktor Shaw, Sir, mit Verlaub, das sind doch Märchen!", sagte er dann.

Shaw schaute ihn milde an: „Nein, das sind sie nicht, Mr. Cypher. Die Nixen ... sie existieren."

In diesem Moment öffnete sich das Schott im Inneren des Versuchsraums und einige Gestalten traten hinaus auf den Steg über dem Bassin.

Die Show hatte begonnen.

10

Das Abtauchen des Tauchbootes Smoky nahm letztlich fast vier Stunden in Anspruch; deutlich länger als vor der Mission erhofft. Die Dunkelheit, die Monotonie der Geräuschkulisse, die Schwärze rund um Castus Crane und den Piloten in ihrem einem Space-Shuttle ähnlichen Unterseeboot, all das machte die Insassen des Tauchbootes schläfrig. Nur wenige Zentimeter Stahl trennten sie von der menschenfeindlichen Umgebung in den Tiefen des Indischen Ozeans, wo ein immenser Druck auf der Außenhülle des Bootes lastete und die Temperatur in Abgründe fiel, die dem Tiefseegraben an scheinbarer Bodenlosigkeit in nichts nachstanden.

Zwei oder drei Mal versuchte der Pilot, mit seinem unerwarteten Begleiter ein Gespräch zu beginnen. Immer wieder blockte Crane den Versuch ab. Er zog es vor, sich mit seinen eigenen Gedanken zu beschäftigen. Im Grunde war ihm diese mehrstündige Ruhephase gar nicht so unrecht. Immerhin erlaubte es ihm sein Job nur selten, für einen längeren Zeitraum abzuschalten. Ständig wollte jemand etwas von ihm. Es galt, rasche Entscheidungen zu treffen, von denen nicht selten Millionenbeträge abhingen. Oft sogar Milliarden. Den Luxus der totalen Stille hatte er lange nicht mehr genossen. Und geschlafen hatte er in der vorangegangenen Nacht wegen der Einweisungen in den Tauchgang ohnehin kaum.

Nun schwelgte er geradezu in der Stille und im Nichtstun. Erging sich lustvoll an seinem eigenen Gedankenspiel, blendete die Umgebung vollkommen aus, tauchte ab in hinterste Winkel seiner Erinnerungen und seiner Fantasie. Er ging Szenen der vergangenen Tage durch, Gespräche, Verhandlungen, sogar intime Begegnungen. Wenn man das überhaupt so nennen konnte. Meistens ging es dabei nur um Sex, schnell, hart und manchmal auch brutal. Er träumte mit offenen Augen, ging Szenarien durch, überdachte Vorgänge, fällte Entscheidungen und nahm neue Perspektiven ein. Er dachte an Vergangenes, Gegenwärtiges und Zukünftiges; teilweise realistisch, zum Teil auch vollkommen gesponnen, jedoch stets mit dem Potential einer Realisierung. Er genoss jede einzelne Sekunde jener wundervollen Zurückgeworfenheit auf sich selbst.

Ein wiederholtes Piepen schreckte ihn nach einer gefühlten Ewigkeit aus seinen Gedanken. Kurz darauf knisterte es auch wieder in den Lautsprechern seines Helmes.

„Mr. Crane, Sir, alles in Ordnung?“, hörte er die Stimme Stantons.

„Alles roger“, sagte Crane, der sofort wieder hellwach und konzentriert war. Sein Pilot tat es ihm gleich, obwohl man ihn gar nicht gefragt hatte.

„Sie nähern sich nun dem Meeresgrund, meine Herren“, erklärte Stanton. „Sie sind auf 6.856 Metern Tiefe und Sie sinken noch weiter. Sobald Sie etwa zehn Meter über dem Boden sind, wird der Autopilot das Boot automatisch auf dieser Höhe halten und die Schwebemotoren werden gestartet. Ab diesem Moment sind sämtliche Außenkameras, die Scheinwerfer und die Steuerungseinheit aktiv und Sie können sich da unten frei bewegen.“

„Verstanden“, erwiderte der Pilot. Er drehte seinen Sitz in Richtung besagter Steuerungseinheit, die optisch einem Joystick von alten Computerspielen ähnelte. Er umfasste das Gerät mit beiden Händen und verharrte in dieser Position. Crane konnte einen leichten Anflug von Aufregung kaum unterdrücken.

Gespanntes Warten.

Cranes Blick streifte noch mal die digitalen Anzeigen. Das Wasser außerhalb des Bootes musste eisig kalt sein. Zu seinem Erstaunen zeigten indes die Zahlen auf dem Display etwas völlig anderes. Er stutzte einen Moment, suchte die Displays nach einer anderen Angabe ab, doch es blieb dabei. Das Wasser da draußen war alles andere als eiskalt.

„Über 20 Grad Celsius herrschen da draußen – kann das denn richtig sein?“, fragte er den Piloten unvermittelt, der zusammenzuckte, weil er auf die spontane Ansprache nicht gefasst gewesen war. Er fasste sich aber schnell wieder. Starrte allerdings weiter auf seine Anzeigen und hielt den Steuerknüppel permanent umklammert, während er sprach.

„Das liegt an dem Schwarzen Raucher, Sir", erklärte er dann. „Wir befinden uns schon ganz in seiner Nähe. Die ausströmenden Stoffe im Wasser der Thermalquelle erwärmen die Umgebung ringsum, daher herrschen hier vergleichsweise hohe Temperaturen. Wenn es draußen schon jetzt so warm ist, haben wir es beinahe geschafft. Wir müssten gleich am Ziel sein."

Wie auf's Stichwort ging ein Ruck durch das Tauchboot, als ganz plötzlich die Schrauben aktiviert wurden und das Absinken beendet war. Das Tauchboot richtete sich nach fest programmierten Kurswerten neu aus, fuhr dann zielstrebig weiter. Der Pilot hatte den Steuerknüppel fest umklammert, an dem inzwischen mehrere Schalter zum Vorschein gekommen waren und bunte Lämpchen blinkten. Er konnte nun selbst bestimmen, wie schnell oder langsam er vorankommen wollte, konnte mit seiner Eingabe die Programmierungen des Autopiloten überlagern. Die Insassen hatten je nach Wunsch die volle Kontrolle über das Tauchboot, das in Tausenden Metern Tiefsee durch die Schwärze glitt.

Ein Sonar war aktiviert worden, das Objekte auf ihrem Weg anzeigte und den Autopiloten über notwendige Ausweichmanöver instruierte. Ansonsten war alles dem Piloten überlassen: hoch oder runter, vorwärts oder rückwärts, nach links oder nach rechts – jede Bewegung der Steuerungseinheit wurde sofort an das Getriebe übermittelt, welches jede Kursänderung sekundenschnell realisierte.

Dann wurde es dort draußen plötzlich taghell.

Als die in die Außenhülle eingearbeiteten Hochleistungsscheinwerfer der Smoky aktiviert wurden, entrissen sie ein riesiges Areal der tiefsten vorstellbaren Dunkelheit. Die Schwärze wich zurück und gab die Sicht frei auf eine Landschaft, wie man sie bestenfalls aus Filmen, Romanen oder Forschungsvideos zu kennen glaubte. Mit ihren eigenen Augen hatten nur sehr wenige Menschen jemals gesehen, was sich hier vor Crane und seinem Piloten in plastischer Realität ausbreitete. Das Ganze glich einer Wüstenlandschaft oder den Bildern von der Oberfläche des Mondes. Allerdings sah der Boden weniger fest aus, ein wenig schlammig, fast schon lebendig. Das Licht ließ das Wasser darüber tatsächlich blau erscheinen und verlieh diesem sandigen, schwammigen Untergrund eine besondere Atmosphäre. Wie gebannt starrten Crane und sein Begleiter auf die Bildschirme. Lauschten dem Piepen des Sonars, dem Surren der Schrauben und den anderen Maschinen an Bord. Nach wenigen Hundert Metern hatten sie endlich ihr Ziel erreicht.

Der Lichtschein glitt über eine Struktur, die direkt vor ihnen dem Meeresgrund entwuchs und sich in stoischer Erhabenheit vor ihnen aus dem schwarzen Nichts heraus zu materialisieren schien. Freilich war das Gebilde schon immer hier gewesen, vielleicht seit Zigtausenden von Jahren. Länger jedenfalls, als es sich die beiden Gäste auszumalen vermochten. Es hatte etwas Faszinierendes, etwas geradezu Magisches, wie die gigantische

Struktur von dem darüber hinweg kriechenden Lichtschein in die Welt des Sichtbaren und Fassbaren geholt wurde – und die Erhabenheit ihrer Erscheinung gegen die hintergründige Dunkelheit abgrenzte.

Vor dem Tauchboot erhob sich ein rund 30 Meter langer Schlot aus dem jahrtausendealten Sediment. Er wirkte leicht unförmig, gleichwohl wuchtig und nahezu unzerstörbar. An seinem Fuße und auf der ganzen Länge krabbelte vielfältiges Getier, es gab Muscheln und Korallen, es schien lebendig.

Als das Tauchboot näher kam und seine Scheinwerfer auch das umgebende Wasser ein wenig erhellten, wurde noch etwas ganz anderes sichtbar: Auf halber Höhe und aus der Spitze des Schlots quoll ein tiefschwarzer Rauch heraus. Oder zumindest etwas, das genauso aussah wie schwarzer Rauch, wodurch das eben dem Dunkel entrissene Sichtfeld sogleich wieder in tiefstes Schwarz getaucht wurde – als habe man ein volles Tintenfass in klares Wasser geschüttet. Beinahe so, als ob sich der Ozean selbst gegen diese erzwungene Entdeckung durch unwürdige Augen wehrte und seine Schätze, gleich einem riesigen Tintenfisch, in einer Nebelwolke zu verbergen versuchte. Mit Erfolg. Die Scheinwerfer vermochten den dichten „Rauch“, oder was immer das war, nicht mehr zu durchdringen.

„Ist er das? Der schwarze Raucher?“, fragte Crane, der sich einen Anklang von Bewunderung in der Stimme nicht verkneifen konnte. Er hatte schon vieles über dieses Wunder der Natur gehört, hatte Bilder und sogar kleine Filme gesehen. Aber es war doch etwas ganz anderes, sich in einer unbedeutenden kleinen Röhre aus Metall auf dem Meeresboden zu befinden, und dieses Bild in Natura direkt vor sich zu wissen.

„Sehr richtig“, bestätigte der Pilot, der das Tauchboot nun auf eine Art Umrundungskurs um den Raucher lenkte. Immer darauf bedacht, nicht in die Nähe der Rauchwolke zu geraten. „Das ist der Schwarze Raucher, wir haben ihm noch keinen Namen gegeben, zumal er nach unseren Aktivitäten hier ohnehin nicht mehr lange bestehen wird. Aber immerhin haben wir unser Tauchboot nach ihm und seinesgleichen benannt: Smoky.“

„Was wissen wir über ihn?“, fragte Crane, ohne auf die rührseligen Gründe der Schiffstaufe einzugehen. Er konnte sich dem Anblick der aus dem Tiefengrund emporquellenden Schwärze nicht entziehen, sein Blick haftete auf dem Bildschirm. Dieses Schwarz hatte etwas Hypnotisches.

Der Pilot, der neben seiner Schulung an der Tauchbootmaschinerie auch festes Mitglied seiner wissenschaftlichen Forschungsabteilung war, überlegte kurz. „Sie müssen sich klarmachen, dass wir hier genau an der Nahtstelle zweier Kontinentalplatten sind“, setzte er dann zu einer Erläuterung an. „Durch die Kontinentaldrift gibt es an Übergangsstellen wie dieser hier feine Risse im Sediment, durch die das Meerwasser permanent ins Erdinnere hineinsickert. Sobald es zwei bis drei Kilometer tief in den Boden vorgedrungen ist und dort in die Nähe der Magmakammern gelangt, wird es erhitzt und steigt deshalb unter hohem Druck wieder nach oben.“

Er setzte kurz ab und richtete das Boot so aus, dass der Lichtschein und die vorderen Kameras exakt auf den Schlot gerichtet waren, der unablässig die Schwärze aus der Tiefe ins Meerwasser goss, während es an seinen Steilwänden und in all dem Sediment um ihn und das Tauchboot herum von wuseligem Leben nur so wimmelte.

„Auf diesem Weg nach oben", fuhr der Pilot dann fort, „nimmt das heiße Wasser vielerlei Stoffe aus dem Gestein mit, die quasi herausgewaschen werden, und später hier oben dann aus den durch Druck gebildeten Schloten als das austreten, was wir als eine Art schwarzen Rauch wahrnehmen. Tatsächlich sind es etliche verschiedene im Wasser gelöste Mineralien und Chemikalien, die aus dem Boden herausgekocht wurden. Wenn diese mit Partikeln angereicherte Lösung auf das kalte Meerwasser trifft, dann erscheint das optisch wie schwarzer Rauch. Daher auch der Name, den die Geologen den Schloten gegeben haben. Die Vorstellung, das Bild des schwarzen Rauches, der aus einem Schornstein quillt, ist uns Menschen einfach vertrauter. Ein faszinierendes Schauspiel der Natur, finden Sie nicht?"

Crane nickte, was der Pilot allerdings aufgrund des Anzuges nicht sehen konnte. Beide Männer starrten weiterhin auf die Bildschirme. Der Schwarze Raucher befand sich aktuell an Backbord des Tauchbootes, weshalb sie mit ihren Blicken gebannt an der linken Monitorphalanx klebten. Die Bewegung auf der rechten Seite, die über die rechten Monitore vermutlich zu sehen gewesen wäre, bemerkten sie deshalb nicht.

Ihre Blicke hafteten stattdessen auf diesem atemberaubenden Naturschauspiel, das auch in der völligen Stille ihres Bootes, ohne dramatische Musik oder Akzente, doch so viel Erhabenheit und Macht ausstrahlte, dass man sich als Mensch gleich ganz klein und unbedeutend vorkam. Sekunde um Sekunde, Minute um Minute, ergoss sich die heiße Quelle mit unglaublichen Schätzen vor ihnen in die Tiefsee. Crane hielt den Atem an und malte sich aus, welch ein Potential diese Quelle ihm wohl bieten könnte. Was sie alles zu Tage förderte, das bisher im Unterseeboden der Tiefseerinne geschlummert und sich über Jahrtausende dort angesammelt hatte. Schätze undenkbaren Ausmaßes. Unerreichbar für den Menschen. Bis heute.

„Welche Stoffe sind da drin gelöst?", fragte er den Piloten und wies auf die schwarze Wolke über dem Schlot.

„Bei diesem hier wissen wir es noch nicht in allen Einzelheiten", versetzte sein Begleiter und glitt mittels Motoren und feiner Navigation langsam an die Wolke in ihrer äußersten Ausdehnung heran. „Wir wissen allerdings, dass sämtliche bisher erforschten Schwarzen Raucher unvorstellbare Mengen verschiedenster Mineralien ausschütten, die unglaublich schwer abzubauen wären."

Cranes Frage war nicht einmal ansatzweise beantwortet. Aber er ließ sich seinen Frust darüber nicht anmerken, wollte lieber noch etwas den Moment genießen und sich später mit der Unzuverlässigkeit seines Angestellten beschäftigen. Dann, wenn sie wieder an der Oberfläche waren und er sich nicht mehr auf die Professionalität und die Konzentration des Piloten verlassen musste. Also ermahnte er sich zur Ruhe und ließ sich weiter auf das mystisch anmutende Spektakel der Tiefseethermalquelle ein.

„Warum fahren Sie so vorsichtig um die Wolke herum?", fragte Crane. „Sie brauchen sicherlich Proben, deswegen sind wir doch überhaupt erst hier. Schwimmen wir gleich hinein und holen uns, was wir brauchen."

Der Pilot lachte kurz, bereute diesen Reflex aber sogleich wieder und räusperte sich.

„Das würde uns nicht gut bekommen, Sir", erklärte er. „Der PH-Wert des Wassers ist sehr niedrig, es ist äußerst aggressiv und zudem noch verdammt heiß, wenn es hier am schwarzen Raucher austritt. Daher auch die hohe Wassertemperatur in der unmittelbaren Umgebung, die in der Tiefsee ansonsten absolut untypisch ist – von unterseeischen Vulkanen einmal abgesehen. Was hier an Lösung herauskommt, kann gut und gerne um die vierhundert Grad Celsius heiß sein. Die Meeresforscher nennen dieses Phänomen deshalb auch Hydrothermalquellen. Außerdem sind Mineralien und Stoffe im Wasser gelöst, die wir teilweise noch gar nicht kennen, und die unserem Tauchboot schaden könnten. Glauben Sie mir, Schäden an der äußeren Hülle oder gar ein Hüllenbruch, selbst ein bloßes Ankratzen unserer Außenhülle, all das würde unserer Gesundheit hier drinnen nicht gerade gut bekommen. So was will man in knapp 7.000 Metern Tiefe nicht erleben. Daher bleiben wir mal lieber schön auf Abstand und besorgen uns die nötigen Proben aus der Peripherie."

Crane schluckte. Er wollte es gar nicht, aber es spürte dieselbe Ehrfurcht in sich aufsteigen wie noch am Morgen zuvor beim Betrachten des Sonnenaufgangs. Der Gedanke, dass dieses Phänomen seit Zigtausenden Jahren existierte, unentdeckt, unbehelligt und ungestört von der menschlichen Eroberung sämtlicher Habitate auf diesem Erdball, diese Idee hatte schon etwas Faszinierendes. Und sie barg unschätzbar viele Möglichkeiten, eine ganze Menge Geld zu verdienen.

„Wo genau nehmen wir unsere Proben dann?", fragte er schließlich.

Der Pilot wies in die Richtung, in die er das Tauchboot soeben lenkte, in die Nähe des Schlots, aber gut zweihundert Meter von jeder Austrittsstelle entfernt. Er betätigte einige Schalter und klappte die Abdeckung zu einem zweiten, kleineren Steuerungshebel auf, den er nun mit der linken Hand umschloss, während er mit der rechten weiterhin das Tauchboot lenkte. Auf der Monitorphalanx war zu erkennen, wie an der Vorderseite des Bootes ein Roboterarm ausgefahren wurde. Auch jener war mit einer perspektivischen Linse versehen, so dass man das zu greifende Objekt exakt anpeilen sowie auch die Arbeit des Armes überwachen konnte.

„Wir nehmen zunächst etwas vom Boden des Schlotes selbst, außerdem vom umgebenden Meeresgrund. Hier setzen sich die Stoffe, die dort oben an der Spitze als Rauch herauskommen, mit der Zeit ab", erläuterte der Pilot und offensichtlich routiniert arbeitende Wissenschaftler sein Vorgehen. Er machte mit dem Arm einige testende Bewegungen, als ob sich das mechanische Körperteil im Tiefschlaf befunden hätte und sich nun erst einmal recken und strecken müsste, bevor es an die Arbeit ging. „Wir hoffen auf einen großen Anteil an Kupfer, Zink, Blei, Silber und Gold", erklärte der Pilot, während er das vordere Ende des Arms samt des ganzen Tauchbootes nunmehr langsam aber stetig in Richtung Boden bewegte. „Das sind die Stoffe, die man auch bei anderen Feldern vorgefunden hat. Zudem hat man wertvolle, seltene chemische Elemente wie Indium, Gallium und Germanium in den Ausströmungen entdeckt. Darauf sind die Herren in der Elektroindustrie besonders heiß – wenn Sie mir das Wortspiel erlauben wollen, Sir."

Crane ignorierte die unbeholfenen Versuche seines Piloten, lustig sein zu wollen, und hoffte, dass er als Steuermann des Tauchbootes sowie als Wissenschaftler mehr taugte denn als Comedian. Er war näher an die Bildschirme herangerückt und beobachtete die Rauchwolke genau. Außerdem die zahlreichen kleinen Lebewesen, die sich auf und neben dem Schlot bewegten.

„Was sind das für Viecher hier überall?", fragte er, ohne den Blick vom Monitor abzuwenden.

„Das weiß keiner so genau", erklärte der Pilot, der das Tauchboot mittlerweile stetig immer tiefer bewegt hatte. Sie waren nun am unteren Ende des Schlots und im äußeren Bereich des rundherum abgelagerten Sediments angelangt, knapp über dem Meeresboden. Die Kamera zeigte hier ein deutliches Bild von dem Gewimmel, das sich unter ihnen und um sie herum abspielte.

„Das warme Wasser und die besonderen Elemente im Sediment ermöglichen hier unten eine ganz besondere Ökologie", referierte der Mann am Steuerknüppel weiter und Crane bereute es schon, ihn jemals nach seinen Kenntnissen gefragt zu haben. „Es gibt hier unten, unweit der Schlote, Tier- und Pflanzenarten, die es nirgendwo sonst auf der Erde gibt. Sie sind endemisch. Sie benötigen zum Leben die Temperaturen und die ganz speziellen Mineralien, die nur hier an dieser Stelle im Wasser enthalten sind. Die Umweltbedingungen eines oder mehrerer schwarzer Raucher sind für diese Lebewesen entscheidend, um überhaupt zu entstehen, um sich zu entwickeln, um zu existieren. Die Stoffe wirken als Trigger für Metamorphosen und Mutationen, welche die Lebewesen für diese Art der Umgebung erst lebensfähig machen. Was das da unten alles ist, das weiß keiner so genau. Wir könnten sogar mühelos eine neue Krabbenart suchen und sie nach Ihnen benennen lassen, Sir."

Crane konnte seine Aggression gegen diesen Idioten von einem Begleiter kaum mehr in Zaum halten. Er ignorierte den zweifelsohne ernst gemeinten Vorschlag seines minderbemittelten Piloten und konzentrierte sich stattdessen auf seine nächste Frage.

„Dann wird es das alles hier nicht mehr geben, wenn wir mit den Bohrungen fertig sind?"

„Richtig", sagte der Pilot. „Wir wissen noch nicht, wie sich die Bohrung auf den Schlot und seine Umgebung auswirken wird. Wir gehen nicht direkt senkrecht über dem Schlot rein, sondern wollen stattdessen die Risse vergrößern, durch die das Meerwasser einsickert. Dieser Vorgang soll durch Dehnung der Öffnungen und die Schaffung neuer Sickerungen beschleunigt und verstärkt werden, damit am Ende noch viel mehr Wasser mit noch mehr gelösten Mineralien und unter noch höherem Druck hier austritt, das wir dann abschöpfen können."

Sie schwebten mittlerweile knapp einen Meter über dem Sediment. Der Pilot machte eine Pause in seinem Vortrag, drückte ein paar Knöpfe, woraufhin draußen am Bug des Tauchbootes der Greifarm seine Arbeit begann und sich ins Sediment unter ihnen grub. Alsbald kam er wieder heraus, hatte eine Probe in einer an der Spitze angebrachten Öffnung. Mit dieser wurde er komplett wieder eingefahren, nur um bei seinem erneuten Erscheinen mit einem neuen leeren Behältnis an der Spitze den Vorgang zu wiederholen.

„Für die hier lebenden Tiere – ein paar Röhrenwürmer, Garnelen, Muscheln, Krebse und Schnecken – wird es nach Vollendung unserer Aufgabe sicherlich schwierig", fuhr der Pilot dann fort, während er weiter die Sammelleidenschaft seines Roboterarms förderte. „Wir bohren zwar nicht direkt hier, allerdings wird sich der Druck, mit welchem das Wasser austritt, vermutlich dermaßen verstärken, dass es für uns kaum absehbar ist, wie lange das den Schlot noch bestehen lässt. Es könnte irgendwann zu einer gewaltigen Entladung kommen, wenn auch die Magmaquellen darunter durch unsere Bohrungen und das erhöhte Wasservolumen instabil werden. Dann hätten wir einen neuen kleinen Vulkan. Es gäbe eine bemerkenswerte Explosion hier unten, ein kleines Seebeben auch, eventuell einen Tsunami – aber diese ganze Landschaft hier unten mit all ihren Bewohnern und deren Lebensbedingungen wäre auf alle Fälle Geschichte. Das ist eben das Risiko bei der Sache."

Er manövrierte den Greifarm vorsichtig hin und her, ließ ihn mehrmals ein paar Quadratzentimeter aufnehmen, fuhr ihn dann wieder ein, um die Prozedur ein paar weitere Male zu wiederholen. Auf diese Weise umrundeten sie schauend, schürfend, testend Stück für Stück den ganzen Schlot und sammelten um die 20 Proben.

„Selbst wenn es nicht zum Gau kommt werden es die armen Viecher trotzdem fortan recht schwer haben, wenn wir ihnen gewissermaßen den schwarzen Rauch, ihre Lebensgrundlage, entziehen, sobald er das Erdreich verlässt", fuhr der Pilot in seiner Erklärung fort. „Sie sind für ihre Entwicklung auf die chemische Zusammensetzung des Rauches und die Lösung dieser Stoffe im Wasser angewiesen. Wenn das alles weg ist, wenn wir den Rauch quasi gleich nach seinem Austritt absaugen und die Sedimente abtragen, dann wird hier ein Leben kaum mehr möglich sein. Mal ganz zu schweigen davon, dass es hier natürlich nicht mehr so schön ruhig und dunkel sein wird, wenn wir kommen und mit der Arbeit beginnen." Er zuckte mit den Schultern, was man sogar unter dem Anzug erkennen konnte. „Schade eigentlich, finden Sie nicht? Die niederen Spezies gehen unter, die höheren Spezies werden reich. Da kann man nur froh sein, zu den letzteren zu gehören, nicht wahr, Mr. Crane?"

Noch bevor er den letzten Satz beendet hatte, wurde das Tauchboot von einem dumpfen Schlag getroffen, der es erzittern und zur Seite trudeln ließ. Ein Alarmton setzte ein und war nun in einer permanenten Sequenz zu vernehmen, sich in Intervallen von zwei Sekunden wiederholend, optisch untermalt durch eine rote Warnleuchte, die in der Steuerungsphalanx blinkte.

Der Pilot, der eben noch Crane angeschaut und dümmlich gegrinst hatte, fuhr herum, versuchte mit seinem Steuerknüppel das leicht schräg liegende Gefährt wieder gerade auszurichten, den bisherigen Kurs wieder aufzunehmen und scannte hektisch die Monitore. Crane ließ sich nichts anmerken, in seinem Inneren lieferten sich Wut und Bedenken allerdings einen ungleichen Wettkampf. Hatte dieser Dummschwätzer sein teures U-Boot eventuell gegen eine Wand gesetzt?

Die Smoky fing sich rasch wieder. Was blieb, war der Schreck, der beiden Männern in die Glieder gefahren war, und der permanente penetrante Alarmton, der selbst nach seiner Deaktivierung in ihren Ohren nachhallte. Fast so, als sei zwar technisch alles wieder in Ordnung, die Gefahr aber längst noch nicht gebannt.

„Was ist da los, Mann?", fragte Crane und hatte Mühe, die Unruhe in seiner Stimme zu verbergen. Er hatte Ohrensausen und die Verspannung seines Nackens verursachte einen schier unerträglichen Kopfschmerz. „Sind Sie irgendwo dagegen gefahren? Was war das eben?"

Der Mann am Steuer hatte seinen Blick eisern auf die Bildschirme geheftet. Auch er schien trotz des deaktivierten Alarms längst noch nicht entspannen zu können. „Ich habe keine Ahnung, Sir", erwiderte er. Auch ihm war anzumerken, dass in seinem Inneren noch weit mehr vor sich ging als die kühle Professionalität, deren Anschein er nach außen hin erwecken wollte. „Ich kann da draußen beim besten Willen nichts erkennen. Ein Aufprall war es definitiv nicht, denn wir sind immer noch einige Meter über dem Boden und weit genug entfernt vom Schlot, so dass wir nicht dagegen getrieben werden können. Außerdem haben wir ein Sonar und einen Abstandssensor, so dass eine Kollision annähernd ausgeschlossen ist. Es ergibt absolut keinen Sinn!"

Es knackte in ihren Helmlautsprechern, dann meldete sich Stanton.

„Mr. Barclay, was war das eben? Wir haben nichts auf dem Monitor. Bitte Statusbericht."

„Barclay hier, Sir", meldete sich der Pilot. „Ich kann es nicht genau sagen, wir haben hier auch keine Bilder. Wir wurden von irgend etwas getroffen."

„Was Sie nicht sagen", meinte Stanton metallisch und durch viele Interferenzen verzerrt, was aber beides die Ironie in seiner Stimme nicht zu verschleiern vermochte. „Ich darf Sie daran erinnern, dass das Boot, in dem Sie sitzen, mehrere Millionen Dollar wert ist und Sie mit dem Mann dort unten sind, dem es gehört."

Crane konnte sich ein leichtes Grinsen nicht verkneifen. Die Taktik, die Stanton einschlug, war dieselbe, die er auch gewählt hätte, um seinen Mitarbeiter wieder in die Spur zu bringen. Eine Besinnung auf seine Verpflichtung, ein schlechtes Gewissen, garniert mit einer leichten, unterschwelligen Drohung, was passieren mochte, wenn er seine Aufgabe nicht ab sofort zur vollsten Zufriedenheit seiner Vorgesetzten erfüllen konnte. Die Botschaft kam an.

„Sicher, Sir", erwiderte der Pilot. „Es wird nicht wieder ..."

Weiter kam er nicht.

Der nächste Schlag.

Die Funkverbindung brach ab. Wieder trudelte das Schiff zur Seite – und diesmal genau auf den rauchenden Schlot zu. Crane sah die Sedimentmasse über die vorderen Monitore auf sich zukommen, er war hilflos, in ihm zog sich alles zusammen. Er starrte auf den Bildschirm und fühlte sich wie ein Crashtest-Dummy kurz vor dem unausweichlichen Aufprall. Und anders als beim Auto auf der Straße gab es hier nicht die Möglichkeit, einfach zu bremsen. Nein, der Schub in eine Richtung war gegeben worden, der Vektor war gesetzt, die Geschwindigkeit aufgenommen – nun hieß es hoffen, dass die Motoren und Schrauben des Bootes rechtzeitig genug Gegenschub erzeugen konnten, um das Schlimmste zu verhindern. Erneut gellte das Alarmsignal in seinen Ohren, ähnlich wie in apokalyptischen Filmen oder Gruselszenarien, in denen derlei Töne stets von neuem Unheil künden. Blechern, eindringlich, nervenaufreibend brannte sich das Warnsignal in seinen Gehörhang und vermischte sich mit dem Nachhall seines Vorgängers.

„Festhalten!", rief der Pilot, der hektisch mehrere Schalter drückte und mit dem Steuerknüppel hantierte. „Es wird ein bisschen holprig."

Das Boot trudelte in unvorteilhafter Schräglage auf den Schlot zu. Crane verkrampfte sich auf seinem Sitz, klammerte sich an den seitlichen Lehnen fest und stellte sich innerlich schon auf einen Aufprall ein.

Doch kurz bevor es soweit war, zeigten die Bemühungen des Piloten endlich eine Wirkung. Das Boot wurde langsamer, es drehte sich weg vom Schlot und schien in großem Bogen in die Richtung zu streben, aus der es gekommen war. Das Sediment des Schlots war nur noch ein oder zwei Meter von den Linsen der Außenkameras und damit auch von der Außenhülle des Tauchbootes entfernt. Crane konnte auf dem Bildschirm deutlich das Gewusel von Meereskrabblern erkennen, die sich auf dem Schlot tummelten. Noch etwas zeugte von der Nähe zur Heißquelle: Es wurde unglaublich warm im Inneren des Tauchbootes.

„Wir haben es geschafft", verkündete der Pilot, der immer noch den Steuerknüppel umklammert hielt, einige Schalter betätigte und dessen Anspannung mit einem heftigen Zittern abzufallen schien. Er versuchte sich nicht anmerken zu lassen, wie dicht sie soeben an einer schieren Katastrophe vorbeigeschrammt waren, er bemühte sich um Gelassenheit „Wow, das war eben mal so richtig knapp", unterstrich er seine aufgesetzte Coolness. „Wir sind wieder auf Kurs, allerdings ist unser Roboterarm abgebrochen und die Funkverbindung ist im Eimer. Ich denke, wir sollten langsam wieder nach oben, bevor wir ..."

Und dann kam der dritte Schlag.

Diesmal von vorne, so dass die beiden Männer sehen konnten, wer oder was dafür verantwortlich war. Ähnlich wie eben noch der Schlot auf den Monitoren auf sie zugekommen war, sahen sie nun – Sekundenbruchteile vor dem Einschlag – mehrere schemenhafte Schatten, einen riesig großen und mehrere kleine, die sich rasant direkt auf sie zubewegten. Das Ganze dauerte nur wenige Augenblicke, bevor eine erneute Erschütterung das Boot erzittern ließ. Die Schemen kamen direkt aus der Schwärze der Tiefsee. Sie durchbrachen die Grenze zwischen Licht und Dunkel, wurden schneller und schossen unaufhaltsam auf die Smoky zu. Dabei machten sie deutlich mehr Geschwindigkeit als das Tauchboot. Mit dieser Geschwindigkeit und der entgegenstrebenden Schubkraft des Tauchbootes, das sich immer noch vom Schlot wegzubewegen versuchte, ergab sich ein deutlich bemerkbarer Zusammenstoß, der das Tauchboot einmal mehr aus der Bahn warf – und diesmal endgültig genau gegen den Schlot krachen ließ.

Ein metallisches Kratzen und Kreischen war zu hören.

Alarm.

Weißes Rauschen auf jenen Monitoren, deren bildgebende Außenkameras durch den Aufprall zerstört worden waren. Teilweise fielen die Außenscheinwerfer aus oder begannen zu flackern.

Das ganze Tauchboot bebte bedrohlich und Crane war sich bereits sicher, dass sie nun auseinanderbrechen würden. Die Geräusche waren unerträglich: Fast so, wie wenn jemand mit Fingernägeln über eine Tafel kratzt. Nur noch um ein Vielfaches lauter kreischte das Metall. Die beiden Männer wurden heftig durchgeschüttelt und der Pilot verfiel wieder in hektische, beinahe panische Beschäftigung.

„Was machen Sie denn da unten, zum Teufel?“, hörte man Stantons Stimme plötzlich aus den Helmlautsprechern. Sie hatten wieder ein Signal. Stark verrauscht und verzerrt zwar und eine Antwort war nicht möglich Aber immerhin hörten sie ihre Zentrale wieder. „Sind Sie des Wahnsinns? Melden Sie sich, verdammt noch mal! Barclay, melden Sie sich!“

„Kollision mit dem Schlot“, erwiderte Barclay knapp, obwohl er wusste, dass sie abgeschnitten waren. Vielleicht war seine Antwort aber auch an Crane gerichtet um ihm zu demonstrieren, dass er alles unter Kontrolle hätte. Was er aber längst nicht mehr hatte. „Grund unbekannt. Mayday, bitten um Notprotokoll.“

Barclay öffnete eine Klappe an der Steuerungskonsole, drehte einen darin befindlichen Schlüssel um, entriegelte dadurch eine zweite, ähnliche Vorrichtung, unter der sich ein roter Knopf befand. Diesen drückte er nun mehrfach. „Hoffentlich ist das Notsignal wenigstens noch intakt“, sagte er zu Crane, oder auch zu sich selbst.

„Notprotokoll: Positiv“, hörte man Stanton zur Bestätigung durch die Lautsprecher rauschen. „Wir übernehmen die Steuerung. Bitte lassen Sie die Kontrollen in Ruhe, wir holen Sie schnellstmöglich nach oben.“ Dann brach der Kontakt endgültig ab. Zu hören war jetzt nur noch das Surren der Maschinen, das Ächzen des Materials, das Piepen der Instrumente und der Alarm, der sich nun wie ein nicht mehr zu stoppender Kontrapunkt über die ganze Szenerie legte und diese dominierte. Vorbei war es mit der Faszination dieser Unterwasserwelt, nun galt es nur noch, lebendig zu entkommen.

Der Pilot ließ die Hände sinken und fiel im Sitz zurück. Die Lichter, die eben noch die Knöpfe und Schalter seiner Steuerungskonsole im Dunkeln beleuchtet hatten, erloschen und dafür wurde eine digitale Anzeige hell: „Groundcontrol“. Die Überwachungseinheit, so nahm Crane an, hatte die Steuerung komplett übernommen, ihre eigene Steuerung an Bord war damit deaktiviert und fortan unbrauchbar.

Das Tauchboot bewegte sich weiter, gesteuert wie von Geisterhand, war nun wieder in einem schrägen Winkel nach oben gerichtet. Jener war allerdings deutlich steiler als der Winkel, mit dem sie vorher abgetaucht waren. Die Herren dort oben schienen es eilig zu haben.

Der Aufstieg begann fast schon fluchtartig. Hinaus aus der menschenfeindlichen Umgebung, weg von der heißen Quelle – und den Schemen, die sie offenbar angegriffen hatten. Was war das gewesen? Wichtig war jetzt die Rettung, bemüht, das wenige zu bergen, was ihnen dieser Ausflug zur neuen Geldquelle eingebracht hatte. Das Leben Einzelner spielte keine Rolle, die gesammelten Proben allerdings schon. Sie würden zeigen, ob sich das Unterfangen rentiert hatte. Schnell mussten Proben und Erkenntnisse gesichert werden, um zu dem nächsten, dem weitaus einträglicheren Teil der Operation im Sundagraben übergehen zu können: zur Bohrung.

Der Aufstieg ging schnell voran.

Castus Cranes Blick haftete indes weiterhin auf einem der Bildschirme, welcher zu einer Kamera gehörte, die sich auf der Unterseite des Bootes befand und statt eines weißes Rauschens noch ein verzerrtes Bild lieferte. Die Außenscheinwerfer an der Unterseite waren von der Kollision mit dem Schlot ebenfalls nicht betroffen gewesen und teilweise noch intakt, weshalb es nach unten hin einigermaßen hell war. Wodurch er sehen konnte, was dort unten tot und blutend und nur vom Wasser bewegt im Sediment lag. Aus den Wunden der Kreatur trat Blut aus, das in kleinen Wölkchen ins Wasser strömte und sich dort rasch löste. Schon überwuselten die Kleinstlebewesen der Umgebung den gut zwölf Meter langen und in seinem Durchmesser unendlich scheinenden leblosen Körper.

„Ist es das, was ich denke?", fragte Crane den Mann neben sich und wies mit der Hand auf den Bildschirm. Auch Barclay, der Pilot, richtete nun seine Aufmerksamkeit auf jenes Wesen, das immer weiter aus ihrem Blickfeld verschwand und in der Tiefe zurückbleibend sein Leben ausgehaucht hatte.

Der Pilot rückte näher heran, fror die Anzeige zum Standbild ein und betrachtete das Bild, dann nickte er. „Ja, ich denke auch", erwiderte er dann. Er stand unter Schock, bemühte sich um Ruhe. Aber was er da auf dem Bildschirm sah, trug nicht wirklich dazu bei. „Ich hätte nicht gedacht, dass es die Dinger tatsächlich gibt. Und dass sie so riesig sind. Ich komme mir grade vor wie in einem drittklassigen Science-Fiction-Film."

„Bleibt noch die Frage zu klären: Warum hat es uns angegriffen?", murmelte Crane, ohne auf den erneuten Versuch zur Konversation einzugehen. Denn in seinem Inneren nagte eine weitere Frage: War es auch das Biest gewesen, das sie attackiert hatte, so hatte er doch deutlich noch weitere Schemen im Wasser, in der Dunkelheit gesehen. Weitaus kleiner, wendiger, schattenhaft – wo waren diese nun, wenn der Riesenkalmar tot war? Er schrie: „Wie zum Teufel hat es das Biest geschafft, diesen Angriff organisiert durchzuführen? Es ist ein verdammter Tintenfisch!"

Es knackte wieder im Lautsprecher. Die Funksignale wurden besser, je höher das Boot aufstieg. Stanton war zu hören. „Wir haben ein leichtes Problem mit dem Druckausgleich, meine Herren", erklärte er, so beiläufig, als ob er grade einen Einkaufszettel vorlesen würde. „Kein Grund zur Besorgnis, nichts Bedrohliches. Aber es könnte Ihnen ein wenig schwindlig werden beim Aufstieg. Wenn Sie das Bewusstsein verlieren, machen Sie sich keine Gedanken, wir steuern Sie von hier aus nach oben und es ist alles andere als lebensbedrohlich."

Crane war durchaus besorgt, denn er wusste, dass Stanton selbst im Falle eines Hüllenbruchs den Ernst der Lage nicht zugegeben hätte; vor allem, solange er, Crane, mit im Boot saß. Allein die Tatsache, dass er überhaupt etwas sagte, machte deutlich, dass sie nach wie vor in Schwierigkeiten steckten. Deshalb hoffte Crane inständig, dass das Auftauchen weniger Zeit in Anspruch nähme als vorhin der Weg in die Tiefe.

Sein Blick war indes noch von dem Kadaver des Riesenkalmars gefesselt, der längst in der Dunkelheit verschwunden war, sobald das Tauchboot seinen Weg nach oben angetreten hatte. Allein das Standbild auf dem Monitor war ihm geblieben. Das Tier hatte seinen mehrfachen heftigen Angriff mit dem Leben bezahlt. Crane hatte keine noch so geringe Idee, was den Tiefseebewohner zu seiner Aktion bewogen haben mochte. Und wohin die seltsamen Schemen verschwunden waren, die ihn begleitet hatten.

Sah der Kalmar das Boot als Beute? Unwahrscheinlich, denn obschon das Ding eine beträchtliche Größe hatte, so war das Tauchboot dennoch größer – und daher als Häppchen für Meeresmonster denkbar wenig mundgerecht. Waren sie in sein Habitat eingedrungen und er verhielt sich deshalb territorial aggressiv? Möglich, aber Crane war nicht bekannt, ob ein Kalmar überhaupt solche Instinkte besaß.

Andererseits war dies vermutlich die erste wahrhaftige Begegnung mit einem solchen Riesenkraken seit dem Seemannsgarn aus vergangenen Jahrhunderten, worin die Monster Segelschiffe angegriffen und brutal samt Mann und Maus hinab ins Meer gerissen hatten. Es gab Bilder, worauf solche Tentakelmonster ganze Karavellen umklammert hielten, Sekunden bevor sie barsten und für immer in der See verschwanden. Faktisch Belegtes wusste man indes über diese Tiere nicht zu berichten. Verdammt, wusste man denn überhaupt etwas, das nicht der Fantasie irgendeines Buchautors entsprungen war? Wenngleich man hier oder dort auf der Welt mal einen Leichnam angespült gefunden hatte, der ihre bloße Existenz belegte, so war für die Wissenschaftler dennoch nie etwas wirklich Verwertbares zutage getreten. Geschweige denn, dass es echte Begegnungen gegeben hätte.

Der Riesenkalmar blieb ein unerforschtes Wesen, sein Lebensraum in der Tiefsee ein unerforschtes Territorium. Es konnte kaum anders sein, als dass dies ein Angriff auf Eindringlinge gewesen war. Blind aggressiv, unüberlegt, wenig zielführend, wie man es eben gesehen hatte. Nun war der Verteidiger des Schwarzen Rauchers tot, der Eindringling im Rückzug begriffen. Es war vorbei. Zumindest für heute. Und die Schemen um ihn herum waren verschwunden. Wieder eins geworden mit der Dunkelheit des Sundagrabens. Hatte es sie wirklich gegeben ...?

Die Scheinwerfer wurden nun deaktiviert, zumal sie ohnehin nichts mehr anstrahlten. Es wurde tiefschwarze Nacht rund um das stetig aufsteigende Tauchboot, das sich bei rascher Steigungsrate bereits wieder einige tausend Meter über dem Grund befand und weiter gen Oberfläche fuhr. In der Außenhülle war ein mehrere Zentimeter tiefer Kratzer, der sich über die gesamte Backbordseite zog. Ein Hüllenbruch stand quasi bevor. Aber das war nicht mehr wichtig, denn mit jedem Meter des rasanten Aufstiegs verringerte sich der Druck und stellte alsbald kein Problem mehr dar.

Was zurückblieb, war Schwärze. Ein Opfer eines ungleichen Kampfes.

Der Tod.

Trauer und Wut.

Walgesänge.

11

Cypher starrte gebannt auf die Szene, die sich nun vor seinen Augen abspielte. Er weigerte sich zu glauben, was Shaw ihm gerade offenbart hatte. Doch während er gebannt durch das Panzerglas hinüber in das Bassin des Labortraktes von Area 66 starrte, wurde sein gesamtes Weltbild grundlegend aus den Angeln gehoben.

Aus dem Schott an der Rampe im Inneren des runden Versuchsraums mit ringsum angeordneten Fenstern traten drei Gestalten heraus auf den Steg, der sich bis zur Mitte des Bassins erstreckte. Zwei der Männer waren Soldaten, bis an die Zähne bewaffnet und echte Brocken, muskelbepackt und Hünen, wie man sie in keinem Comic dieser Welt besser hätte zeichnen können. Sie trugen Atemschutzmasken, weshalb man ihre Gesichter nicht erkennen konnte.

In der Mitte führten sie einen weiteren Mann, deutlich schmächtiger und mit einer schwarzen Kapuze über dem Kopf, so dass er nicht sehen konnte, wohin ihn die Männer brachten. Hinter dem Trio kamen zwei weitere Männer aus der Öffnung in der Wand, ebenfalls Soldaten, die Sturmgewehre im Anschlag hielten. Sie zielten weg vom Steg in den Raum hinein und behielten offensichtlich alles genau im Auge, während ihre Kollegen den fremden Man hinaus auf den Steg geleiteten. Sie sicherten quasi deren Mission. Aber wovor?

„Was meinen Sie damit, keine Märchen?“, fragte Cypher, dem der letzte Satz des Doktors im Inneren seines Kopfes widerhallte. „Meerjungfrauen sind pure Legenden, nichts weiter. Seemannsgarn von Matrosen mit Überdruck, die dringend mal wieder eine Frau unter sich brauchten. Hirngespinste überspannter Idioten und erregter Zeichentrickkritzler.“

„Dafür, dass Sie nichts über die Nixen wissen, wissen Sie offenbar doch recht viel“, erwiderte Shaw und lächelte schief. Dann wurde seine Miene mit einem Mal wieder sehr ernst, die Gesichtszüge froren förmlich ein und er sah Cypher aus leicht zusammengeknifffenen Augen an, deren Blick dermaßen fokussiert und eindringlich war, dass er ihn beinahe zu durchbohren schien. Als er weitersprach, war seine Stimme gefasst, kühl und leise.

„Seien Sie versichert, Agent Cypher, es gibt diese Wesen. Nixen sind real!", erklärte Shaw in einem Ton, der keinerlei Widerspruch duldete – und ließ den Satz wenige Sekunden wirken, bevor er weitersprach. „Vielleicht nicht gerade so, wie sie der Dichter in der Antike gesehen hat, der Autor eines rührseligen Kunstmärchens oder wie sie die Zeichner eines Heile-Welt-Trickfilm-Konzerns uns vorgestellt haben. Aber es gibt sie, die Nixen sind echt und leibhaftig, dabei sehr viel älter als die Menschheit. Vielleicht stammen wir sogar von ihnen ab. Was sie für den Moment lediglich begreifen müssen, Agent Cypher, ist nur das eine: Nixen sind so real wie der Boden unter Ihren Füßen. Wenn Sie mir nicht glauben wollen, dann glauben Sie doch wenigstens Ihren eigenen Augen!"

Cypher schüttelte den Kopf. Der Agent wehrte sich vehement gegen den Gedanken, den ihm der Doktor einzupflanzen versuchte. Es passte nicht in sein Weltbild. Er wollt das nicht wahrhaben. „Wenn es die Nixen gibt, Doktor, warum hat dann noch niemals jemand eine gesehen? Wo haben sie sich so lange versteckt? Wieso sollten wir ausgerechnet jetzt welche entdeckt haben? Und, mit Verlaub, wenn es diese Viecher gäbe, dann wüsste es doch die CIA zuallererst!"

Während die Männer draußen auf dem Steg dessen Ende erreicht hatten und den Mann mit der Kapuze dort unhörbar instruierten, blickte Shaw fast ein wenig enttäuscht drein.

„Nun unterschätzen Sie aber Ihre eigenen Brötchengeber, Agent Cypher", sagte er. „Was denken Sie denn, wer diese ganze Station hier seit Jahrzehnten unterhält? Wer hier schon seit Dekaden an dieser Spezies forscht und wer auch mich in das Projekt einbezogen hat? Die CIA weiß schon sehr lange von diesen Kreaturen. Vermutlich länger, als Sie oder ich überhaupt auf der Welt sind. Aber wenn ich Sie einmal umgekehrt fragen darf: Wie viel, vermuten Sie, wissen Sie von dem, was die CIA weiß? Vermutlich nur das, was wichtig ist, um Ihren Job für die CIA zu erledigen. Mehr müssen Sie nicht wissen. Mehr werden Sie auch niemals erfahren."

Er drückte einen Knopf auf einem Schaltpult direkt vor sich und aus einem der Lautsprecher über dem Sichtfenster, das hinaus in die Halle mit dem Bassin und dem Steg führte, ertönte ein Knacken, dann eine Stimme.

„… Sie genau hier, rühren Sie sich nicht vom Fleck. Es ist beinahe ausgestanden. In wenigen Minuten werden Sie abgeholt, dann nimmt man Ihnen auch die Kapuze ab. Bis dahin bitte nicht bewegen, zu Ihrer eigenen Sicherheit. Wir danken für Ihre Kooperation."

Mit diesen Worten an seinen Gefangenen zog sich der Soldat zurück. Er und sein Kollege hatten nun auch ihre Waffen im Anschlag, zielten links und rechts vom Steg herunter auf die Wasseroberfläche, während sie langsam rückwärts liefen, zurück in die Richtung des Schotts in der Wand und zu ihren Kollegen, die dort Steg und Ausgang sicherten.

„Er kann uns nicht hören", sagte Shaw. „Ich möchte aber, dass Sie alles auch akustisch genau verfolgen, was dort drinnen gleich geschieht."

„Was wird denn geschehen?", fragte Cypher und seine Stimme klang fast ein wenig hysterisch. Er war innerlich extrem aufgewühlt und hatte eine böse Vorahnung. Er wusste nicht, ob er wissen wollte, was Shaw ihm gleich vorführen würde, ob er bereit dafür war, ob er das sehen wollte und konnte. Er wusste aber auch, dass er keine Wahl hätte. Das bizarre Schauspiel hatte bereits begonnen und er würde sein Gesicht verlieren, wenn er die Reihe der Zuschauer verließe.

„Die CIA weiß tatsächlich schon recht lang von der Existenz der Nixen", wiederholte Shaw, der weiter durch das Fenster den Rückzug der Soldaten beobachtete. „Im Jahre 1942, während der großen Angriffe auf Darwin im Zuge des Zweiten Weltkriegs, gab es beispielsweise noch einige unerklärliche Nebenschauplätze, deren Abläufe wir lange nicht begreifen konnten."

Cypher sah ihn fragend an.

„Was wissen Sie über den Verbleib des Atom-Unterseebootes Alabama, Agent Cypher?", fragte Shaw dann ganz direkt.

„Kaum etwas", gab Cypher zu. „Ich weiß, dass sie sich auf einer Mission befanden am Rande der Kämpfe des Zweiten Weltkrieges. Sie waren von ihrer Station in Darwin in Richtung Japan aufgebrochen, um dort einen Vergeltungsschlag auszuführen. Nur kam die Alabama dort niemals an."

„Korrekt soweit", sagte Shaw. „Was wissen Sie noch?"

„Nicht mehr allzu viel", gestand Cypher, der froh war um diese historische Ablenkung, um Fakten und einen Hauch von Realität. „Der Rest sind Gerüchte: Die Alabama war weit draußen im Indik auf Abruf, wartete auf ihren Marschbefehl. Irgendwo in der Nähe des Sundagrabens. Es gab zwei oder drei finale Abschusstests der atomaren Sprengköpfe, nichts Spektakuläres, es ging alles wieder vor Ort direkt ins Meer. Aber vermutlich war das dennoch genug, um die Japaner auf die Standorte des U-Bootes aufmerksam zu machen und es dann im Zuge des Angriffs auf Darwin gleich mit unschädlich zu machen. So wurde es jedenfalls dokumentiert und abgelegt."

Die Soldaten auf dem Steg hatten inzwischen das Schott erreicht. Deshalb zogen sich zunächst die beiden anderen Wachtposten zurück, welche den Rückweg gesichert hatten, dann gingen auch die beiden Hünen rückwärts durch das Schott, das sich hinter ihnen sofort zu schließen begann. Der Mann mit der Kapuze stand nun völlig allein am äußersten Ende des Steges. Er zitterte.

„Was, wenn ich Ihnen sage, dass wir an diesem Tag nicht von den Japanern getroffen wurden, sondern von einem Gegner, den wir bis dahin noch gar nicht kannten und der auch mit dem Zweiten Weltkrieg rein gar nichts zu tun hatte?", fragte Shaw herausfordernd. „Was wir damals noch nicht wissen konnten, war, dass wir mit der Entsendung der Alabama in Richtung des Sundagrabens in ein Seegebiet eingedrungen waren, das bei weitem nicht so unbevölkert war, wie wir es eigentlich gedacht hatten. Folgerichtig wurde der testweise Abschuss von Raketen in diesen Gewässern, samt Absturz und kontrollierter Detonation der nuklearen Sprengköpfe im tieferen Wasser, als kriegerischer

Akt gewertet – und dies zog einen entsprechenden Gegenschlag nach sich. Allerdings nicht von den Japanern."

Cypher war sich nicht ganz sicher, ob er verstand, was ihm da soeben gesagt wurde. „Sie wollten behaupten, die Alabama sei einem Angriff von Nixen zum Opfer gefallen?" Er lachte laut auf. „Arielle hat das U-Boot versenkt? Oder war's am Ende doch eher die böse Seehexe? Echt jetzt?"

Shaw sah ihn streng an. „Mäßigen Sie sich, Agent Cypher!", mahnte er und der CIA-Agent verstummte sogleich. „Was wir nicht wussten war, dass wir an diesem Tag in ein Gebiet eingedrungen waren, das seit Jahrtausenden unberührt geblieben war – und einer Spezies als Lebensraum diente, die wir – in schier grenzenloser Naivität – längst in den Bereich der Sagen und Legenden verbannt hatten." Er sah Cypher tadelnd an. „Was wir auch nicht wussten war, dass insbesondere der Sundagraben, aber auch viele weitere Tiefseegräben seiner Art, das biologische Umfeld geschaffen hatte, um einer Kreatur ein Leben zu ermöglichen, die sich nur dort und nirgendwo sonst auf dieser Welt entwickeln und auch nur dort nachhaltig existieren kann. Und wir waren gekommen, waren in ihren Lebensraum eingedrungen und hatten angedeutet, ihn zu zerstören. Das konnten sie so nicht dulden und so nicht stehen lassen. Deswegen musste die Alabama dran glauben."

Cypher war nach wie vor um Fassung bemüht. Er konnte einfach nicht glauben, dass all dies wirklich wahr sein sollte. Aber Shaw verzog keine Miene, während er sprach. Er blieb absolut ernst und beobachtete den Mann auf dem Steg.

„Aber warum gerade da?", fragte Cypher. „Wenn es die Nixen gibt und wenn es sie schon so lange gibt, wie Sie es behaupten: Warum sollte diese versteckte Spezies ausgerechnet dann, mitten in diesem Krieg, durch einen Angriff auf sich aufmerksam machen? Die CIA ist immer davon ausgegangen, dass es die Japaner waren, die das Unterseeboot versenkt haben."

Shaw lachte. „Natürlich beschuldigte man die Japaner – weil die CIA diese Geschichte selbst so geschrieben und verbreitet hat. Allerdings wurde nur ein Jahr nach Kriegsende, im Jahre 1946, ein erster Vorläufer von Area 66 in Dienst gestellt und nahm die Forschung hier vor Ort in Australien auf. Was wir bei Bergung der wenigen noch auffindbaren Teile der Alabama feststellten war, dass hier etwas anderes gewütet haben musste als eine feindliche Rakete oder ein Torpedo. Die Spuren wiesen darauf hin. Dann fanden wir das, was wir heute als N0 bezeichnen: die erste tote Nixe – die Grundlage unserer gesamten heutigen Forschung."

Cypher traf es wie ein Schlag. „Moment, warten Sie", sagte er. „Sie wollen sagen, Sie haben so ein Vieh? Hier in Area 66? Die Leiche einer echten Nixe?"

Shaw lachte wieder. Diesmal klang es, als ob er ein dummes Kind für eine noch dümmere Frage auslachte.

„Für einen Mann mit dem Scharfsinn eines CIA-Agenten sind Sie doch ziemlich naiv, Agent Cypher", sagte er dann trocken. „Was meinen Sie mit: wir hätten eine Nixe? Was zum Henker denken Sie, worum es sich bei all den Kreaturen in unseren Tiefschlafkammern, handelt? Um Frauen auf Tauchgang?"

Cypher lief ein kalter Schauer den Rücken herab. Nixen? Diese bedauernswerten Kreaturen waren allesamt Nixen? Aber das konnte doch nicht sein!? Er hatte sie gesehen, sie waren Menschen, mit zwei Armen, zwei Beinen, allem drum und dran! Da war kein Fischschwanz, keine Kiemen, keine Flossen. Wirklich schön waren diese Frauen und Mädchen auch nicht. Zumindest nicht unbedingt so, wie man sich eine Meerjungfrau vorstellte. Das sollten tatsächlich Nixen sein?

Shaw schien seine Gedanken zu erraten.

„Sehen Sie nun genau hin, Agent Cypher", sagte er dann.

Er tippte etwas auf einer Tastatur und auf einem Bildschirm vor ihm erschien ein Bild von einer Art Lurch: ein rosafarbenes Tier, offenbar in einem Aquarium. Das Maul des Geschöpfes war so breit, dass es fröhlich zu lächeln schien. An seinem Hinterkopf befanden sich links und rechts jeweils drei wuschelige Kiemenäste. „Wissen Sie, was das ist, Agent?", fragte Shaw und sah ihn herausfordernd an. Nachdem Cypher den Kopf geschüttelt hatte, fuhr der Doktor fort: „Das ist ein sogenannter Axolotl. Ein Schwanzlurch. Er ist auf vielerlei Arten interessant für unser eigenes Phänomen." In seiner Stimme lag ein Ton, der Cypher signalisierte, er musste hier genau zuhören, um den Kern des Rätsels zu begreifen.

„Der Axolotl kommt nur an wenigen Stellen auf der ganzen Erde vor. Ursprünglich war er in einigen Seen unweit von Mexiko Stadt beheimatet", referierte Shaw. „Der Axolotl, der heute extrem selten ist, benötigt ein gewisses Umfeld, um sich genau so entwickeln zu können, wie er es tut. Er bleibt Zeit seines Lebens im Larvenstadium. Eine Metamorphose findet nicht statt. Die Auslöser der Verwandlung zum Salamander, die Trigger, sind etwa die Wassertemperatur, der Sauerstoffgehalt im Wasser und dessen chemische Beschaffenheit. Wenn das Tier beispielsweise mit Jod in Berührung kommt, dann setzt womöglich die Metamorphose ein – und der Axolotl wird zu einer Art Salamander. Jedoch hängt auch dies noch von einigen weiteren Umweltfaktoren ab."

Shaw drückte auf ein weiteres Knöpfchen seiner Tastatur. Auf dem Bildschirm erschien das Bild eines glitschigen Amphibiums, das weit weniger Charme hatte als der Axolotl.

„Bei diesem Tierchen bleibt die Wandlung aus, weil es einen angeborenen Gendefekt hat, welcher eine Schilddrüsenunterfunktion hervorruft. Wenn man dem Axolotl das Hormon Thyroxin verabreicht, tritt die Wandlung sofort ein", fuhr Shaw fort.

Dann wandte er sich wieder an Cypher. „Halten wir also fest: Diese besondere Lebensform hat sich an einer ganz besonderen Stelle dieses Planeten entwickelt. Sie existiert nur dort, kann sich nur dort so entwickeln und so leben, wie sie das tut, in genau dieser Form. Sobald man ihr den Stoff zuführt, der ihr vorenthalten wird, dann macht sie eine Wandlung durch – in ein völlig anderes Wesen."

Cypher spürte, wie sich sein Herzschlag beschleunigte. Er begann zu begreifen.

Was würde als nächstes kommen?

„Nehmen wir nun einmal einen Moment lang an, Agent, dass es ein solches Wesen nicht nur unter den Amphibien gibt", fuhr Shaw fort. „Nehmen wir an, dass vielleicht auch Säugetiere etwas Derartiges hervorbringen können."

„Aber das kann nicht sein", fuhr ihm Cypher ins Wort. „Säugetiere machen keine Metamorphosen durch. Das gibt es nur bei Amphibien und Insekten. Da hinkt ihre Theorie."

„Tatsächlich?", erwiderte der Wissenschaftler und lächelte triumphierend, weil sich der Agent nun endlich auf sein Spiel eingelassen hatte. „Sind Sie vertraut mit der Theorie der Wasseraffen, Agent Cypher?"

Der Angesprochene schüttelte den Kopf.

Es wurde immer abstruser.

„Nun, diese Theorie geht zurück auf den Berliner Pathologe Max Westenhöfer, der gemeinsam mit dem Meeresbiologen Sir Allister Hardy die These einer direkten Abstammung der Affen vom Amphibium vertrat. Er führte zahlreiche Merkmale auf, die bis heute aus dieser Entwicklungsstufe erhalten geblieben sein sollen."

Erneut betätigte Shaw seiner Tastatur und auf einem dritten Bildschirm erschien eine Schemazeichnung dessen, was er als Wasseraffe bezeichnete. „Ähnlich wie der Blubber der Wale besitzen auch Menschen eine Fettschicht. Sie haben kein Fell, weil dies äußerst hinderlich wäre für einen Schwimmer im Meer, zumal glatte Haut einen besseren Strömungswiderstand gewährleistet. Die Häute zwischen unseren Fingern könnten Überbleibsel von Schwimmhäuten sein. Der Geruchssinn des Menschen ist minimal, im Gegensatz zu anderen an Land lebenden Wirbeltieren – weil man den Geruch unter Wasser kaum braucht. Dann wären da noch unsere – im Vergleich zu anderen Säugern – abnorm großen Füße, mit denen man gut paddeln könnte. Oder der Stimmritzenreflex, der unseren Kehlkopf gegen eindringendes Wasser sichert."

Cypher blinzelte verwirrt. Wollte ihn der Doktor auf den Arm nehmen, oder war das alles tatsächlich sein Ernst?

„Ich will nicht zu sehr ins Detail gehen", fuhrt Shaw fort. „Aber halten wir trotzdem fest, dass es diese Theorie gibt, nach der die frühen Vorfahren der Menschen – vor allem wegen des Nahrungsangebots – lange Zeit am oder gar im Wasser gelebt haben und sich im Zuge der Evolution und in Anpassung an diesen Lebensbereich womöglich die eine oder andere körperliche Fähigkeit angeeignet haben, welche ihnen ein Leben darin ermöglicht hätte."

Ein letztes Mal betätigte Shaw einen Knopf. Neben den drei bereits leuchtenden Bildschirmen erschien nun ein vierter, der ein Wesen zeigte, welches Cypher den Atem stocken und das Blut in den Adern gefrieren ließ.

„Agent Cypher, wenn Sie mir so weit gefolgt sind, so bitte ich Sie, auch den letzten Schritt des Weges zu einer neuen Erkenntnis mit mir zu gehen", sagte Shaw, drehte sich zu ihm und sah ihn eindringlich an. „Die Vertreter der Wasseraffenhypothese sind stets davon ausgegangen, dass der Mensch seine amphibische Phase überwunden habe. Was aber ...", er wies auf das Bild des Axolotl

„... was aber, wenn das nicht für alle Wasseraffen galt?“, fragte er dann rhetorisch. „Was, wenn eine bestimmte Gruppe von amphibisch orientieren Wasseraffen-Menschen an einer bestimmten Stelle irgendwo auf der Welt mit einem bestimmten Stoff in Berührung kam, der sie in etwas verwandelte, was nur dort, in diesem Bereich, unter Einfluss dieses Umfelds entstehen und existieren kann?“

Cypher lief ein kalter Schauer über den Rücken.

Der Doktor lächelte triumphierend.

„Agent Cypher, was wäre“, sagte Shaw in verschwörerischem Ton, „was wäre, wenn sich parallel zu der Menschheit an Land noch eine ganz andere Art entwickelt hätte, die in den Tiefen der See verborgen lebt und nur dort existieren kann? Eine Art, mit der es nur sehr wenige Berührungspunkte gibt, weil ein jeder, der ihr begegnet, diese Begegnung nicht überlebt hat? Was wäre, wenn diese Wesen, welche die Dichter in ihren Erzählungen beschreiben, allesamt auf die wenigen Berichte wahrer Begegnungen zurückzuführen sind, die dann über mündliche Überlieferung ihren Weg in die Schriften fanden? Was wäre, Agent Cypher, was würden Sie nun sagen, wenn ich behaupte und Ihnen beweisen kann ... dass die Nixen existieren!“

Cyphers Hals fühlte sich trocken an. Er wollte etwas sagen, wollte dagegen argumentieren, er konnte aber nicht. Er konnte der schieren Überzeugung dieses Mannes nichts entgegensetzen. Er bekam die Frauen in den Tiefschlafkammern nicht mehr aus dem Kopf. Wenn es Nixen waren, was war mit ihnen geschehen? Wie war man an sie herangekommen und wie waren sie in diese Lage geraten? Waren es menschliche Wesen oder Tiere? Noch während er diese Gedanken anstellte, wurde ihm bewusst, dass er begann, dem Doktor zu glauben.

Shaw sah die Erkenntnis in Cyphers Augen, noch bevor sich jener derselben bewusst geworden war. Er lächelte über seinen Erfolg, denn nun würde er das Tüpfelchen auf dem i liefern, um den Agenten ein für allemal zu überzeugen.

Er rollte mit seinem Stuhl direkt an das Schaltpult heran, das wenige Meter vor dem riesigen Fenster zu dem Bassin stand. Durch das Drehen eines Schlüssels an der Konsole aktivierte er dieses und zahlreiche Lampen und Displays leuchteten auf. So auch ein Knopf unter einer Klappe, die in der Mitte der Konsole befestigt war. Der Knopf blinkte rot. Immer wieder. Gleich einem Herzschlag.

Shaw sah über die Schulter zurück zu seinem Gast. „Wir sind in Area 66, Agent Cypher“, sagte er dann. „Es wird endlich Zeit für Ihre erste unheimliche Begegnung der dritten Art.“

Cypher begann zu zittern.

Shaw drückte ein paar Schalter, bestätigte einen Fingerabdruckscan – und dann ging es los.

Eine Maschinerie, wie man sie nur in düsteren Science-Fiction Szenarien vermutete, die hier aber brutale Realität wurde. Im Kontrollraum war es vollkommen dunkel, abgesehen vom Blinken der Bildschirme, Displays und Instrumente – sowie einem permanenten roten Alarmsignal, wiedergegeben von zahlreichen Lampen an der Wand.

Im Inneren der Halle wurde es gleichzeitig heller. Das Licht war stärker, aber auch irgendwie ins Blaue getaucht. Das Schott, durch welches die Soldaten verschwunden waren, wurde mit einem Zischen luftdicht versiegelt. Der Steg wurde bis auf den Part in der Mitte, der auf einer eigenen Stütze und worauf der Mann stand, eingezogen.

Alarmiert durch die Geräusche und die Vibrationen um ihn herum, riss sich jener nun die Kapuze vom Kopf und blickte sich entsetzt um.

Cypher erkannte den Mann. Es war der Taxifahrer, der ihn und seinen Kollegen hierher gebracht hatte, den er auf Anweisung seiner Vorgesetzten entführt und in Arrest genommen hatte. Hatten sie ihn hierfür gebraucht ...?

„Was ... was geschieht mit dem Mann?“, fragte er zaghaft.

„Nun tun Sie mal nicht so zimperlich“, sagte Shaw. „Als ob das für Sie etwas Neues wäre, einen Zeugen aus dem Weg zu räumen. Dabei kann sich dieser da drinnen noch glücklich schätzen: Wir hatten schon sehr lange keine Demonstration dieser Art mehr; es ist gerade mal die siebte. Der Erkenntnisgewinn durch die hier gesammelten Daten ist unschätzbar wertvoll. So tut er im Zuge seiner Beseitigung sogar noch etwas Gutes für die Menschheit, das ist doch was!“

Besagter Mann schien das nicht ganz so optimistisch zu sehen. Er lief hektisch auf dem etwa zwei mal zwei Meter messenden Podest inmitten des Bassins herum, schrie und brüllte. Was er sagte, konnten die beiden Männer im Kontrollraum nicht mehr verstehen, denn Shaw hatte genervt die Lautsprecher wieder deaktiviert. Aber einiges konnte Cypher auch von den Lippen ablesen.

„Was soll das?“ erkannte er. „Was geht hier vor?“ und „Wo bin ich?“, dann auch „Was wollen Sie von mir?“ oder „Sie hatten es versprochen!“

Letzteres, so wusste Cypher, war an ihn persönlich gerichtet. Er hatte dem Mann versprochen, er würde das hier überleben. Im Moment sah es allerdings kaum danach aus.

Wie in Zeitlupe öffnete Doktor Shaw die Klappe, unter welcher der rote Knopf weiterhin vor sich hin blinkte. Mit einem Grinsen über die Schulter hinüber zu Cypher schlug er darauf. Das Blinken ging über in ein permanentes Leuchten. Im Versuchsraum kam Leben in die Sache. An vier Stellen leuchteten Lämpchen unter Wasser rot auf und beschrieben ein Rechteck, das sich als Unterwasserschleuse entpuppte, genau unter dem Schott auf Höhe des Stegs. Langsam fuhren die Türen nach oben und unten auseinander. Langsam, unendlich langsam öffnete sich das Schott, dahinter war nichts als Schwärze.

Die Gemütslage des Mannes dort drinnen war mittlerweile in nackte Panik umgeschlagen. Er sah ebenfalls, was da in dem klaren Wasser geschah. Er konnte sich ausmalen, dass es für ihn nichts Gutes bedeuten konnte. Er war in die Knie gegangen, schrie und flehte, aber niemand konnte ihn hören. Niemand wollte ihn hören.

Shaw saß vor seinen Kontrollen, hatte sich in seinem Stuhl zurückgelehnt und starrte gebannt auf die Szenerie auf der anderen Seite der Scheibe.

Dann erkannte Cypher eine Bewegung. Irgendwo in der Dunkelheit jenseits des Unterwasserschotts. Sie war so schnell und so flüchtig, dass er sich gleich darauf fragte, ob er sich sicher sein konnte, sie tatsächlich wahrgenommen zu haben. Aber dann sah er sie erneut. Es war ein Huschen. Ein Herumschnellen. Ein fließendes und rasend schnelles Gleiten.

Der Agent fühlte sich an die Dokumentationen über Haie erinnert, die er so gerne sah. Wesen, die sich im und mit dem Wasser bewegten, die eins wurden mit ihrem Element. Er wappnete sich für das, was er gleich zu sehen bekommen würde. Wenngleich er keine Vorstellung davon haben konnte, was geschah.

Stetig kamen die Bewegungen näher. Es schien, als sei dieses Schott unter Wasser eine Verbindung zu einem weiteren Bassin hinter der Wand. In jenem Becken, das man von hier aus nicht sehen konnte – auch weil dort offenbar vollkommene Dunkelheit herrschte – schwamm etwas herum. Jenes Etwas hatte inzwischen die Öffnung und das Licht bemerkt, worauf es sich langsam, vorsichtig und besonnen zubewegte.

Die Bewegung war nun unmittelbar hinter dem Schott und Cypher konnte die Spannung förmlich mit Händen greifen. Spätestens jetzt hatte auch der Mann auf dem Podest die Bewegung gesehen und schrie aus Leibeskräften. Nicht dass es ihm etwas genutzt hätte. Aber das Wesen im Wasser, was immer es auch war, schien darauf zu reagieren.

Es vergingen noch einige qualvolle Sekunden, bevor das Drama seinen Lauf nahm. Jäh schoss der Schemen durch das Schott hindurch, hinein in das Bassin, und war dennoch mit bloßem Auge kaum zu erfassen. In atemberaubender Geschwindigkeit zog das Wesen seine Bahnen kreuz und quer durch das Becken. Im Grunde konnte man immer nur die Bewegung sehen, denn wann immer man sich darauf eingestellt hatte und seinen Blick fixieren wollte, hatte das Wesen bereits wieder Richtung, Geschwindigkeit und Rhythmus geändert. Es entzog sich den Blicken und war dabei so flink und ausdauernd, als sei die Geschwindigkeit zu halten eine seiner leichtesten Übungen.

Plötzlich war eine der Bewegungen in der Luft zu sehen und erstmals sah man das Wasser in Richtung des gut drei Meter über dem Pegel liegenden Podestes spritzen. Der Taxifahrer kreischte. Er hatte Wasser abbekommen und einen Luftzug gespürt. Er schrie wieder, wedelte mit den Armen. Dann wurde er auch schon von dem nächsten Wasserstrahl getroffen. Immer noch wehrte er sich, doch Cypher konnte sehen, wie seine Bewegungen langsamer wurden. War er schon erschöpft? Oder hatte er schon aufgegeben?

Noch einmal gab es eine Gischt in seine Richtung, und von einer Sekunde auf die an dere wurde er nun ruhig. Sehr ruhig. Nicht bewusstlos – und tot war er auch nicht. Aber seine Schreie erstarben, sein Blick schien glasig. Er hielt seine Nase in die Luft und atmete tief ein. Auf seinem Gesicht machte sich so etwas wie Freude breit. Er strahlte förmlich vor Vergnügen. Es war die reine Glückseligkeit. Er sog die Luft ein wie ein Ertrinkender.

„Was geschieht da?“, stammelte Cypher, mehr an sich selbst gerichtet als an den Doktor.

„Sie hat ihn“, antwortete dieser dennoch. „Er ist jetzt nur noch ein Spielzeug, im Grunde ist er bereits tot. Eine wahrhaft beneidenswerte Art zu sterben.“

Der Taxifahrer war bis an den Rand seiner Plattform gekommen, lag auf dem Metall, rollte sich hin und her. Das Wesen im Becken bewegte sich indes weiter in der ihm eigenen Geschwindigkeit. Ein Sonar auf dem Pult des Professors zeichnete eine Tonspur auf, die nicht hörbar war. Dann rollte der benommene Mann schließlich über die Kante, fiel hinein ins Wasser, wurde von dem Wesen sogleich umkreist – und die Kreise wurden stetig enger.

Es bildete sich eine Art Strudel. Der Körper des Mannes wurde davon mitgerissen. Die Bewegungen und die Geschwindigkeit waren enorm hoch. Dennoch konnte man den Mann erkennen, ganz im Gegensatz zu dem Wesen, das ihn in seiner Gewalt hatte. Das änderte sich erst in dem Moment, da jenes sich entschied, zum letzten Schlag auszuholen. Die kreisrunde Strudelbewegung, die den Taximann mitgerissen hatte, endete abrupt. Sie endete genau vor dem Fenster, hinter dem die beiden Männer saßen und gebannt die Szenerie beobachteten. Das Wasser drehte sich weiter, doch das Wesen, welches hier alles beherrschte, war zum Stillstand gekommen. Es wollte nun gesehen werden. Von Cypher.

Shaw sprang auf. Er schien überrascht. „Verdammt, was macht sie denn jetzt? Das haben sie noch nie getan!“, rief er aufgeregt und rannte nach vorne zu dem Fenster, um ja nichts zu versäumen. Cypher folgte ihm und konnte nun erkennen, dass auch hinter den anderen Fenstern mit Blick in das Becken eine hektische Betriebsamkeit herrschte. Aber das Wesen hatte sich speziell dieses Fenster ausgesucht, das mit Cypher, für den finalen Akt.

Cypher merkte nicht, dass ihm der Mund offen stand. Er merkte nicht, dass er flach atmete, fast schon hyperventilierte, und sein Herz bis zum Bersten gegen seine Brust schlug. Er merkte nicht, wie trocken seine Kehle war und die kalten Schweißausbrüche waren ihm gleichgültig. Er war voll und ganz in dem gefangen, was sich vor seinen Augen abspielte. Er hatte beide Hände an der Scheibe und starrte ins Wasser. Das Wesen dort drinnen starrte zurück. Nicht in den Raum, nicht auf den Doktor, sondern auf ihn. In seinen rötlich leuchtenden Augen loderte eine hasserfüllte, zerstörerische Wut.

Die Nixe war von atemberaubender Anmut und Schönheit. Ihr Oberkörper war der einer Frau mit schlanker Taille, flachem Bauch und kleinen, wohlgeformten Brüsten. Ihr Kopf war ebenfalls menschlich, von den Kiemen an ihrer hinteren Halspartie abgesehen und den etwas andersartigen spitz zulaufenden Ohren. Auch ihre Augen schienen durch eine zusätzliche Haut geschützt zu sein, welche wie eine erweiterte Iris wirkte. In dem tiefen, melancholischen Blau dieser wunderbaren Augen wollte Cypher nun selbst versinken. Eine kleine Nase und ein voller Mund rundeten das perfekte puppenhafte Antlitz ab, das von einer sehr hellen blonden Haarpracht umspielt wurde. Sah man indes noch etwas genauer hin, wozu Cypher im Moment kaum mehr fähig war, konnte man erkennen, dass es nicht nur Haare waren, sondern dass die Nixe diese genauso wie alle anderen Gliedmaßen aktiv steuern und bewegen konnte, gleich den Tentakeln eines Kraken. Das Spiel der langen Haare ums Gesicht und die wundervollen Rundungen waren Teil des Tanzes dieser Verführerin, der sein Finale Furioso annähernd erreicht hatte.

Die Nixe schwamm vor dem Fenster. Ihr Fischschwanz, der von der Hüfte abwärts den Rest ihres Körpers bildete und in einer mächtigen, zweigeteilten Schwanzflosse endete, machte leichte Paddelbewegungen, so dass sie auf der Stelle blieb. So stand sie aufrecht im Wasser, bis auf die Bewegungen ihres Unterkörpers regungslos, stolz, fast schon stoisch, und blickte hinunter auf ihre beiden eifrigsten Zuschauer. In der linken Hand hielt sie den Haarschopf des Taxifahrers, der etwas unterhalb neben ihr im Wasser hing und dem nun sichtlich die Luft ausging.

Einige Sekunden verharrte die Nixe in dieser Position. Sie starrte Cypher an und er starrte zurück. Und es war ihm, als ob er plötzlich eine kleine feine Stimme in seinem Kopf hörte, die ...

BANG!

Der Schlag traf ihn unerwartet.

Cypher wurde aus seinen Gedanken gerissen, taumelte weg von der Scheibe und ging bäuchlings zu Boden. Er drehte sich panisch um und sah Shaw über sich, der ihm soeben einen heftigen Schlag mit einem Aktenordner auf den Hinterkopf verpasst hatte. Gerade wollte sich Cypher beschweren und protestieren, da sah er in Shaws Augen, die voller Entsetzen waren.

„Tun Sie so etwas nie wieder!“, sagte Shaw leise, in einem unmissverständlich drohenden Ton. „Lassen Sie sich niemals wieder auf dieses Spiel ein. Ich warne Sie, Cypher, es kann Sie den Verstand und das Leben kosten. Diese Kreaturen sind verschlagen bis ins Letzte und sie machen von all ihren Fähigkeiten erbarmungslos Gebrauch. Nur noch wenige Sekunden länger, und ich hätte Sie nicht mehr retten können und erschießen müssen.“

Erst jetzt bemerkte Cypher die Waffe in des Doktors anderer Hand und begriff, dass dies keine leere Drohung gewesen war. Er war soeben nur knapp mit dem Leben davongekommen.

Die Männer starrten einander an.

„Haben Sie mich verstanden?“, bekräftigte Shaw noch einmal und hob leicht die Waffe.

„Ja, das habe ich, Sir“, sagte Cypher rasch und hob, noch immer vor dem Doktor auf dem Rücken liegend, beschwichtigend die Hände.

Die Männer sahen sich noch kurz an, dann wandten sie ihren Blick wieder hinüber zu dem Fenster und erschraken. Die Nixe schwamm nun direkt davor, auf der anderen Seite der Scheibe, in ihrer ganzen verführerischen Schönheit. Die Haare umspielten im Wasser ihren Kopf und sie lächelte kalt auf Cypher herab. Vielleicht war es auch fröhlich. Vielleicht triumphierend, man konnte es nicht wirklich erkennen. Aber sie sah immer noch zu ihnen herein und schien sichtlich zufrieden.

Dann blickte sie an ihre linke Seite, zog den Taxifahrer zu sich hoch, vor das Fenster, auf Augenhöhe, blickte noch einmal kurz zu Cypher und Shaw hinüber, bevor sie ihren Blick dem Mann in ihrer Gewalt zuwandte und ihm einen leidenschaftlichen, innigen Kuss gab. Cypher konnte sehen, wie sich sein Brustkorb hob. Die Nixe hatte ihn beatmet. Dann schob sie ihn weg, schwamm nach unten weg, außer Sichtweite der Männer hinter der Scheibe, der Taxifahrer strampelte im Wasser – und dann war es in Sekundenschnelle vorbei.

Von unten her schoss, wie ein saugender, mahlender Strudel, die Nixe empor, Konturen und Bewegungen von ihr und ihrem Opfer wurden vor den Augen verwischt. Es war in der rasenden Geschwindigkeit nur zu erahnen, wie der durch die Nixe erzeugte Strudel mit ihr selbst im Zentrum den Körper ihres Opfers umwand, schlank und geschmeidig, den Mann gleich einer Würgeschlange umschloss und in der wilden, rasend schnellen Umdrehung mitriss. Ihr Körper schimmerte und glitzerte in diesem Moment in einem gleißenden bläulichen Schein, als ob er nur aus Saphiren im Sonnenlicht bestünde. Als der Glanz verschwand und die tödliche Umarmung sich löste ... war der Mann verschwunden. Eine wenige Partikel im Wasser sanken hinab zum Grund, aber von dem Mann, von seinem Körper, gab es nicht mehr den Hauch einer Spur. Er blieb verschwunden. Getötet, zermahlen und zerrieben vom tödlichen Kuss und der Umgarnung der Nixe.

Cypher vermochte zunächst nicht zu erkennen, wann und wodurch der Tod tatsächlich eingetreten war. Durch Ertrinken, durch Zerquetschen – oder war es ein Gift gewesen? Die wenigen Stückchen, die fetzenartigen Überbleibsel einer menschlichen Existenz, die wie Schneeflöckchen in einer Schneekugel an dem Fenster zum Kontrollraum vorüberschwebten, sie wirkten verkohlt, verbrannt oder verätzt. Jedoch war es Cypher unmöglich, Genaueres zu erkennen. Er begriff nur so viel: Die Nixe hatte den Mann umgebracht, er war weg – und er war sich noch nicht einmal sicher, ob jener seinen Tod nicht vielleicht sogar ... genossen hatte.

„Das war Ihre erste Lektion", hörte er Shaws Stimme und blickte zu ihm hoch. Der Doktor stand noch immer dort mit der Pistole im Anschlag. „Nixen gibt es doch, Agent Cypher. Sie sind real und sie sind brandgefährlich."

Cypher nickte zaghaft.

„Was Sie vorhin gespürt haben, war das, was wir Enchantment nennen", sagte Shaw. „Es ist das erste Stadium eines Nixenzaubers und das, was in der Literatur gerne als Gesang und Bezauberung beschrieben wird. Das zweite Stadium ist das Umgarnen, das man, wie Sie hier sehen konnten, schon recht wörtlich nehmen kann. Es folgt der Todeskuss ... und zuletzt die vollkommene Auflösung."

Cypher schluckte.

„Wir konnten noch nicht genau isolieren, wodurch das Opfer letztlich zu Tode kommt", sagte Shaw, ließ nun die Waffe sinken und streckte ihm schließlich eine Hand hin, um ihm aufzuhelfen. „Wir wissen nur, dass sie beim Paarungsakt, der mit dem Umgarnen und der Auflösung einhergeht, eine Art Nesselgift einsetzen, gleich dem von Quallen, das die Opfer lähmt und letztlich wohl zum Tod führt. Dasselbe Gift dringt auch beim Kuss in die Atemwege des Opfers ein."

Er zog Cypher hoch.

„Wer indes auch nur das erste, durch äußerst aggressive Pheromone und eine Art Hypnose eingeleitete Stadium vollendet, das besagte Enchantment, der ist schon fast nicht mehr zu retten. Keine Ahnung, wie sie das machen, aber es war deshalb soeben recht knapp für Sie, Agent. Wir haben viele Männer verloren, bevor wir das gelernt haben."

Die Nixe im Inneren des Bassins hatte wieder ihre permanente Schwimmbewegung aufgenommen, raste als Schemen durch das Becken und war bei der Geschwindigkeit nicht mehr zu erkennen.

„Das darf es gar doch nicht geben", stammelte Cypher vor sich hin. Er stand nun wieder aufrecht, blickte durch das Fenster in das Becken mit der rasenden, schemenhaften Gestalt. So wenig hatte sie mit der bedauernswerten Kreatur gemeinsam, die er vorher noch in der Tiefschlafkammer bewundert hatte. So unendlich erhaben und übermächtig wirkte das Wesen, das sich angeschickt hatte, von ihm Besitz zu ergreifen. Cypher zauderte. Noch immer hörte er ein Flüstern in seinem Kopf. Sollte er es Shaw sagen?

„Glauben Sie es ruhig, trauen Sie Ihren eigenen Augen, Agent", sagte Shaw. Dann trat er an eine Funksprechanlage heran, drückte einen Knopf: „Neutralisieren", befahl er knapp.

„Was? Warum denn das?", fragte Cypher, und klang dabei entsetzter, als er es gerne zugegeben hätte.

„Diese Nixe ist jetzt frisch gestärkt. Sie schöpfen eine unheimliche Kraft aus solch einer Verbindung und der Auflösung eines Opfers. Wir vermuten sogar, dass es den Nixen bei dem soeben beobachteten Akt neben der Paarung auch um Absorption bestimmter Teile der Männer geht", erläuterte Shaw weiter und machte dann eine wegwerfende Handbewegung. „Wie auch immer: Wir hätten bei ihrer jetzigen Kraft, Geschwindigkeit und all ihrer Vorteile da drinnen im Wasser keinerlei Chance, sie wieder einzufangen und in der Kammer in Tiefschlaf zu versetzen. Das Experiment war ein Erfolg, wir haben, was wir brauchen. Die Nixe hat ihren Zweck erfüllt. Für Individuum N065, Kreatur Alpha, besteht keine Verwendung mehr. Wir müssen sie nun sezieren und untersuchen."

Aus dem Inneren des Versuchsraums war ein markerschütternder Schrei zu hören. Er klang wie das zigfach verstärkte Kreischen und Schreien eines kleinen Kindes; oder eines bei lebendigem Leibe gefressenen Tieres. Die Nixe stockte abrupt in ihren Bewegungen, ihr Körper wurde steif und von Krämpfen geschüttelt. Sie versuchte verzweifelt wieder in Fahrt zu kommen, aber es gelang ihr nicht mehr. Immer nur wenige Meter kam sie bei einem erneuten Anlauf vorwärts, dann stockte sie im Wasser und krümmte sich schmerzerfüllt immer mehr. Die Schreie wurden zu einem verzweifelten Röcheln und Wimmern.

„Es ist ein Cocktail verschiedener Nervengifte, der in Luft und Wasser geleitet wird", erklärte Shaw. „Wir haben leider bislang keine humanere Methode gefunden, die uns nicht entscheidende Ergebnisse unseres Experimentes zerstören würde. Die Nixen reagieren auf die althergebrachte Euthanasie nicht. Wir haben lange gebraucht, um überhaupt eine Methode zu finden, um sie zu neutralisieren."

Die Nixe war nun wieder direkt vor dem Fenster. Sie krümmte sich vor Schmerzen und wurde von Krämpfen geschüttelt. Das Leuchten und auch der rote Schimmer in ihren Augen waren verschwunden. Sie schwamm bis ans Fenster, streckte eine Hand in Richtung Cypher aus. Ihr Blick war flehentlich, traurig und voller Todesangst. Cypher spürte, wie eine Träne seine Wange herablief. Er begriff, dass die Schreie, die er vorher in der Halle der Tiefschlafkammern gehört hatte, die Stimmen in seinem Kopf und nun auch das eindringliche Flüstern nichts anderes waren als Hilferufe gepeinigter Kreaturen. Dies war keine Finte mehr, kein „Enchantment“, keine hinterhältige Kreatur. Hier flehte ein Wesen verzweifelt ums nackte Überleben. Die Nixe flehte ihn an, ihr zu helfen. Doch er konnte nichts tun. Cypher schluchzte kaum hörbar. Ihr Tod ging ihm nahe.

„Beenden wir es“, sagte Shaw.

Er trat wieder an sein Mikrofon. „Energie!“

Das Licht im Versuchsraum flackerte, als ein heftiger Stromstoß ins Wasser geleitet wurde und der geschwächten Nixe endgültig den Rest gab. Mit einem markerschütternden, verzweifelten Schmerzensschrei verkrampfte und krümmte sich das wundervolle Wesen in unsagbarer Pein, bevor das Leben in ihm erlosch – und es langsam zu Boden sank.

Ihr Todesschrei hallte in Cyphers Kopf und seinen Gedanken zigfach nach. Das Flüstern war erstorben. Zahllose weitere Wehklagen und Jammern stimmten dafür chorisch in das nur für ihn hörbare Klagelied ein. Ihm war übel. Er hatte sich in seinem Leben noch niemals so elend gefühlt.

Shaw räusperte sich. „Kommen Sie, Mann, wir haben viel zu tun.“

12

„Die Ausbeute ist absolut fantastisch!“ – Stanton strahlte übers ganze Gesicht, als er die Nachricht vor den Anwesenden im Konferenzraum der Loreley II verkündete. Oder er tat zumindest genau das, was er für ein fröhliches Strahlen hielt. Seine Mundwinkel zuckten leicht nach oben, trotzten der Schwerkraft. Wenn sie es auch nur wenige Millimeter schafften, so war dies doch insgesamt ein höchst ungewohnter Anblick für alle Anwesenden. Umso mehr Bedeutung wurde diesem Bild allerseits beigemessen. Es gab offensichtlich wirklich etwas zu feiern.

Nur einem war nicht nach feiern zumute: „Ich möchte Zahlen hören“, erwiderte Crane ungerührt. Er saß wie immer am Kopfende des Tisches. Die anderen Teilnehmer dieser Lagebesprechung – Stanton, Barclay und noch einige Mitarbeiter des wissenschaftlichen Stabs, Techniker, Geologen, wie sie sich alle eben so nannten – hatten sich rund um den Tisch gruppiert. Hinter Crane hatten sich wieder seine beiden Bodyguards postiert, stierten durch dunkle Sonnenbrillen in den Raum. Regungslos, jedoch jederzeit bereit, auf einen Wink ihres Brötchengeber jeden Schandfleck aus seinem Sichtfeld zu entfernen.

Der Tauchgang mit der Smoky war bereits gute 24 Stunden her. Inzwischen waren die Proben, die Crane und Barclay am Meeresgrund gesammelt hatten, ausgewertet worden. Was in anderen Laboratorien oft Tage oder Wochen in Anspruch nahm, war an Bord der Loreley II innerhalb weniger Stunden möglich. Um die Ausstattung des Labors hätte sie jeder Wissenschaftler in anderen Unternehmen – und im staatlichen Dienst sowieso – glühend beneidet. Nun lagen die Ergebnisse vor, die Zusammensetzungen des Gesteins und des austretenden „schwarzen Rauchs" dort unten sowie die Verwertbarkeit aller enthaltenen Stoffe. Die Realität, so hatte Crane schon über den Flurfunk vernommen, übertraf ihre kühnsten Erwartungen. Dort unten lag ein Schatz und er wartete nur darauf, gehoben zu werden.

„Um es in Zahlen zu sagen, Sir", fuhr Stanton fort, und aktivierte mittels einer Fernbedienung einen Beamer unter der Decke, der daraufhin eine Tabelle an die weiße Wand gegenüber Crane projizierte, „in Zahlen erlaube ich mir zu sagen: Wir werden alle stinkreich!"

Er blickte beifallheischend in die Runde, erntete aber kaum Reaktionen für seinen Spruch. Deshalb räusperte er sich, schaltete wieder um von Quizmaster auf Abteilungsleiter und setzte dann sachlich seinen Vortrag fort.

„Wir haben in dem Gestein hohe Anteile äußerst wertvoller Edelmetalle entdeckt. Allein der Anteil von Gold liegt im Bereich von rund zwei Prozent." Er machte eine Pause, um dies wirken zu lassen. „Auch Spuren von Kupfer, Zink, Blei und ein wenig Silber haben wir gefunden. Und das ist noch nicht alles." Er nahm einen Laserpointer und projizierte den Punkt an eine Stelle an der Wand, wo Werte standen, deren Bezeichnung Crane heute zum ersten Mal zu Gesicht bekam. „Wir konnten auch Indium, Gallium und Germanium nachweisen – und das in Mengen, die den Abbau für uns mehr als interessant machen. Um nicht zu sagen: hoch rentabel."

„Klären Sie mich auf, Mr. Stanton, was sollen das für Stoffe sein?", fragte Crane ungerührt.

„Lassen Sie es mich so sagen, Sir", sagte Stanton. „Sie benutzen ein Handy mit einem hochmodernen Display. Sie haben einen Internetanschluss über Glasfaserkabel. Ihr Büro wird von hochwertigen LED-Leuchten erhellt. All das wäre ohne Elemente wie die eben genannten nicht möglich. Die Industrie lechzt nach diesen Stoffen, damit die modernen Technologien weiterhin im großen Stil produziert werden können. Die Nachfrage ist immens, entsprechend hoch rangieren die Rohstoffpreise. Wenn unser Fund hier bekannt wird, dann kommt das für die Wirtschaft schon einem Weihnachten gleich, das mit Ostern und einem Geburtstag zusammenfällt."

Crane verzog keine Miene. „Sind denn die Werte tatsächlich so ermutigend, oder übertreiben Sie gerade mal wieder um der Show willen?"

Stanton, unbeirrt trotz der Spitze, ließ seinen Laserpointer weiter über die Wand tanzen. „Wir haben hier weit bessere Werte als bei jedem uns bisher bekannten Schwarzen Raucher rund um den ganzen Erdball, Sir", erklärte er. „Was wir hier mit der Auswertung nur einer einzigen Thermalquelle in der Tiefsee an Profit machen könnten, dafür müssten anderswo Hunderte von Quellen angezapft werden. Wenn wir den Abbau vorantreiben und die Rohstoffe in wohl kalkulierten Chargen auf dem Markt werfen, um die Preise nicht zu ruinieren, werden wir den Markt klar dominieren. Nur noch wenige Jahre und wir werden Weltmarktführer in diesem Bereich sein."

Es herrschte kurz Stille im Raum. Die Information musste sacken.

„Wir haben bereits die Abbaurechte für die gesamte Region des Sundagrabens. Wie verhält es sich mit den anderen Quellen? Sind sie ähnlich lukrativ?", fragte Crane.

„Das hier ist die vielversprechendste", sagte Stanton, schob aber schnell hinterher: „Allerdings weisen auch die anderen Raucher entlang des Grabens sehr hohe Werte auf. Wir sind hier buchstäblich auf eine Goldader gestoßen. Und noch einige andere Adern obendrein. Wenn wir es richtig anstellen, dann wird alles, was die Firma bisher betreibt, nur noch wie eine belanglose Buddelei im Sandkasten wirken. Das hier, meine Herren, ist die Zukunft. Dank der Weitsicht und des Mutes von Mister Crane, seinem Glauben an den Fortschritt und seiner alternativlos zukunftsweisenden Vorgehensweise halten wir hier und heute den Schlüssel in Händen, um die Tür ins Wunderland aufzusperren. Wir müssen ihn nur noch im Schloss herumdrehen."

Crane verdrehte genervt die Augen. Konnte dieser Mann nicht einen einzigen Satz ohne eine blumige Metapher formulieren?

Einige der Männer am Tisch strahlten, trauten sich aber nicht zu applaudieren. Andere waren in Gedanken versunken. Wieder andere tippten etwas auf ihren Tablets, geschäftig und wichtig. Die Nachricht war angekommen und jeder verarbeitete sie auf seine eigene Art und Weise. Firmenanteile, Dividenden, Boni und andere wundervolle Gedanken kreisten in den Köpfen aller Anwesenden. Es wurden Häuser gebaut, College-Ausbildungen finanziert, Yachten besichtigt und schöne Frauen geehelicht.

Allein Crane saß unverändert auf seinem Stuhl, den Körper nach rechts geneigt und sich auf der Armlehne seines Sessels aufstützend. Er blickte Stanton an. Sein undeutbarer Gesichtsausdruck hätte jeden professionellen Pokerspieler ins Schwitzen gebracht.

„Zahlen, Stanton. Geben Sie mir endlich Zahlen!", sagte er ruhig, aber bestimmt.

Stanton neigte sich vor, griff nach einer Mappe, die vor ihm auf dem Tisch lag, und schlug sie auf. Er blätterte kurz und räusperte sich dann.

„Hochgerechnet würde sich, allein bei dieser Quelle hier unter uns, ein möglicher Gewinn – und ich sage ausdrücklich Gewinn – von 24 Milliarden Dollar auf die nächsten fünf Jahre abzeichnen."

Einer der Männer am anderen Ende des Tisches meldete sich zaghaft. „Ist das nicht etwas sehr hoch gegriffen?"

Stanton schnaubte verächtlich. „Keineswegs, Mr. Dobbs, wir haben das sehr genau kalkuliert. Sollten die einbezogenen Variablen sich zu unseren Gunsten verändern, dann wäre der Gewinn sogar noch wesentlich höher."

„Aber wenn die Quelle gar nicht so schnell Dinge heraufbringen kann, wie wir sie brauchen? Oder wenn der Auswurf des Rauchers nicht konstant bleibt?", warf der Mann ein. „Ich meine, wir sind doch auf die Geschwindigkeit des schwarzen Rauchers angewiesen. Er muss die wertvollen Rohstoffe erst alle nach und nach aus dem Gestein herauswaschen, sie im warmen Wasser binden und als schwarzen Rauch nach oben befördern. Nur das, was er ausstößt, können wir tatsächlich ernten. Ich fürchte, bei Ihrer Prognose werden wir mindestens sieben oder acht Schlote brauchen, um dieses Volumen sicherzustellen, das uns so reich macht. Wir wollen ja den Weltmarkt nicht nur erobern, sondern tunlichst auch halten, oder etwa nicht?“

Stanton grinste. „Nun ja, es hat ja keiner gesagt, dass wir uns nur auf den vorhandenen Raucher konzentrieren. Die Gedankenspiele gehen schon etwas weiter.“

Alle blickten ihn verwundert an.

Stanton räusperte sich erneut.

„Der Plan sieht natürlich vor, dass wir den Rauch des momentanen Schlots abziehen und verwerten“, fuhr Cranes rechte Hand dann fort. „Aber wir haben weder die Zeit noch das Geld, um abzuwarten, was der Raucher da alles rausbläst und wann er das irgendwann einmal tut. Nein, wir werden unserem Glück selbst ein wenig auf die Sprünge helfen.“

Er blätterte ein wenig in seiner Mappe.

Es lag eine ungeheure Spannung in der Luft. Aller Augen klebten an Stanton, der sich allerdings kein bisschen hetzen ließ und in aller Seelenruhe die Werte und Informationen heraussuchte, die er für seine weiteren Ausführungen benötigte. Dann endlich, nach schier endlos erscheinenden Minuten, war er soweit, räusperte sich erneut und blickte von seiner Mappe auf, wieder in die ganze Runde.

„Der Begriff des Fracking ist Ihnen hoffentlich allen vertraut, nehme ich an?“, setzte er erneut an. Die Wissenschaftler nickten kennerisch. Allein Cranes Gorillas sowie zwei oder drei anwesende Leute von der Crew, die in zweiter Reihe dem Vortrag lauschten, machten lange Gesichter. Crane, dem das nicht entgangen war, gab Stanton einen Wink. Jener seufzte und fuhr fort.

„Also, simpel ausgedrückt sprechen wir von einem Erschließungs- und Förderverfahren von Erdgas- und Erdölvorkommen, bei welchem unter hohem Druck ein Gemisch aus Wasser, Sand und Chemikalien in ein tiefes Bohrloch gepresst wird, um dort die Sedimentgesteinsschicht aufzuspalten und das darin eingeschlossene Erdgas beziehungsweise Erdöl chemisch zu lösen. Die so gelösten Stoffe werden dann durch das durchlässige gewordene Sedimentgestein mit Hilfe des Flüssigkeitsgemischs an die Erdoberfläche befördert, wo sie weiter verarbeitet werden können.“

Er blickte um sich. Bis hierhin schien ihm jeder gefolgt zu sein.

„Wir planen, dieses Verfahren für uns nutzbar zu machen. Wenngleich es in einer Tiefe von über 7.000 Metern, wie sie hier vorliegt, nicht ganz einfach sein wird, und wir eventuell ein wenig improvisieren müssen.“

Er nahm wieder die Fernbedienung des Beamers zur Hand und ließ eine Schemazeichnung an die Wand werfen. Mithilfe seines Laserpointers ließ er den roten Punkt tanzen und erklärte, was die Bohrungsexperten der Firma planten.

„Wir können nicht direkt auf das übliche Fracking zurückgreifen", fuhr er dann fort. „Wir müssten eigentlich ein ziemlich großes Gebiet dort unten beackern, da wir bei vorsichtigem Vorgehen vorher nicht genau wüssten, welchen Weg nach draußen sich die gelösten Stoffe suchen würden. An einer falschen Stelle zu warten kann teuer werden. Das hängt vor allem mit den Tiefseebedingungen zusammen. Zudem sind die Investitionen, die der reichen Ernte vorausgehen, ohnehin schon beträchtlich. Deshalb werden wir die Stellen, wo wir unsere heraufquellenden Schätze in Empfang nehmen, selbst bestimmen."

Es herrschte Stille im Raum.

Keiner wusste so genau, was er damit sagen wollte.

Stanton räusperte sich, drückte einen Knopf und schon wechselte das Bild an der Wand. Zu sehen war nun eine weitere schematische Darstellung, eine Art Längsschnitt des Meeresgrundes unter ihnen, samt zugehörigem Schlot des Schwarzen Rauchers und dem Boden darunter, der mehrere Schichten aufwies. An einigen Stellen in dieser Zeichnung führten rote Linien in den Untergrund hinein. An deren Ende waren comicartige Bomben dargestellt, schwarze Kugeln mit brennenden Zündschnüren daran. Die Anwesenden starrten schockiert auf die Abbildung. Stanton griff wieder zu seinem Laserpointer und fuhr fort.

„Wir werden an genau ausgewählten und präzise berechneten Stellen Bohrungen vornehmen und kleine Sprengladungen im Inneren des Sediments zünden", fuhr er dann fort, wobei er mit dem Pointer auf die Bomben zeigte. „Die Explosionen werden zweierlei Effekt haben: Einerseits wird durch künstlich geschaffene Risse noch sehr viel mehr Meerwasser in den Boden hineingelangen, dort unten auf natürlichem Wege erhitzt und auf dem üblichen Weg wieder nach oben gelangen – wobei die Auswaschungen aus dem Gestein allein durch die schiere Menge an thermischem Ausstoß enorm sein werden. Wir schöpfen oben einfach nur noch den etwa ums zwanzigfache angeschwollenen schwarzen Rauch ab – und gehen dann ordentlich kassieren."

Er lachte aufmunternd in die Runde, während er zur folgenden Folie wechselte. Hierauf waren nun mehrere Kanäle in rot zu sehen, durch die „schwarzer Rauch" aus dem Erdinneren quoll. Darüber waren Bohrschiffe und andere Apparaturen eingezeichnet, die das auf diese brutale Weise gewonnene Erz fördern sollten.

„Mit der richtigen Planung und ein paar stimmigen Berechnungen werden wir – das ist der zweite Effekt der Sprengungen – nicht nur einen schwarzen Raucher haben, den wir abernten können. Es werden sich durch die physikalischen Effekte weitere elf derartige Quellen ergeben", erklärte Stanton. „Wir werden also in Summe an zwölf Austrittsstellen den Rauch und das Gestein fördern mit einem Volumen, das die jetzige Menge um das Zweihundertundvierzigfache übertrifft. Die Bohrschiffe haben wir, die Ausrüstung für den Tiefseeeinsatz gleichfalls. Wir müssen nur noch alles an die richtige Stelle setzen und dann kann es auch schon losgehen. Es ist wie angeln in einem Holzfass."

Stanton blickte in die Runde. Er hatte etwas mehr Begeisterung erwartet. Der Plan war genial und absolut narrensicher. Im Grunde konnte nichts und niemand die Firma davon abhalten, binnen kürzester Zeit zum Weltmarktführer für Edelmetalle und seltene Elemente für die Technologische Industrie zu werden. Der Schatz lag direkt vor ihrer Nase, sie brauchten nur noch zuzugreifen.

Einer der Wissenschaftler hob die Hand und bekam Rederecht erteilt. „Was ist, wenn wir einfach hier ernten und gleichzeitig bei den anderen schwarzen Rauchern im Sundagraben? Reicht das nicht aus? Könnten wir dann nicht auf die Sprengungen und dieses unerprobte Verfahren verzichten?"

Crane blickte zu dem Mann hinüber. Er sagte nichts. Seine Miene war versteinert.

Stanton winkte ab. „Wer sagt denn, dass wir nur hier sprengen?", erwiderte er ungerührt. „Dasselbe Verfahren, das wir hier beginnen, wird im Laufe der kommenden vierundzwanzig Monate an 47 weiteren Stellen entlang des ganzen Sundagrabens wiederholt. Wir haben die lukrativsten Stellen identifiziert, die logistischen und bohrtechnischen Planungen laufen bereits. Das Verfahren ist brillant, es wird sich bewähren und es wird uns alle zu reichen Männern machen."

„Mr. Stanton", hörte man eine Stimme aus dem hinteren Teil des Raumes und alle Blicke richteten sich dorthin. Es war der Pilot des Tauchbootes, Barclay. „Mr. Stanton, bei allem gebührenden Respekt", setzte er an, „aber wir befinden uns an einer Stelle, wo zwei kontinentale Platten aufeinandertreffen. Bohrungen und Sprengungen dort könnten ungeahnte Folgen nach sich ziehen." Er räuspert sich, im Raum herrschte Totenstille. Dann fasste er sich ein Herz und fuhrt fort: „Zudem gibt es dort unten jede Menge Tiere und Pflanzen, die von dem schwarzen Raucher ihre Lebensgrundlage erhalten. Wenn wir das Ding tatsächlich komplett sprengen oder die natürliche Ordnung da unten mit unserem Eingreifen in diesem Ausmaß verändern, dann wird ein ganzes Ökosystem ausgelöscht, von einem Tag auf den anderen. Wir hätten vermutlich schon genug damit zu tun, den ohnehin austretenden Rauch zu fördern – auch ohne Sprengungen gleichzeitig an mehreren Stellen. Das Erz läuft uns nicht davon. Wir können es auch nach und nach fördern – und würden dabei trotzdem noch einen guten Schnitt machen."

Alle starrten nun Stanton an. Es war offensichtlich, dass Barclay mit seiner Meinung nicht ganz alleine dastand. Schließlich waren viele im Dienste Cranes eben auch noch Wissenschaftler und keine reinen Kapitalisten. Ihnen war durchaus klar, was ein derart heftiger Eingriff in die Geologie des Meeresbodens für die Flora und Fauna dort unten bedeuten würde. Bei all den Reichtümern, die ihnen in Aussicht gestellt worden waren, waren sie dennoch nicht bereit, alles, woran sie einmal geglaubt hatten, mit einem Fingerschnippen zu verraten, ihre Ideale auf dem Altar der Wirtschaft zu opfern und dabei den Lebensraum etlicher Tiere und Pflanzen zu zerstören, ja sogar ganze Arten unwiederbringlich auszulöschen. Das konnte es, das durfte es nicht sein, wofür sie die vergangenen Jahre so hart gearbeitet und sich engagiert hatten. Es musste einen weiteren Plan geben, eine Alternative, ein sehr viel weniger barbarisches Verfahren, das man ihnen bisher nur noch nicht vorgestellt hatte. Darauf hofften sie.

Anstatt einer Antwort Stantons geschah allerdings etwas anderes: Castus Crane erhob sich von seinem Stuhl. Er stand leicht nach vorne gebeugt vor dem Tisch, beide Hände auf der Tischplatte zu Fäusten geballt, die Arme durchgestreckt, den Kopf leicht gesenkt und die Augen starr in die Runde gerichtet. Er sah aus wie ein wildes Tier kurz vor dem Angriff.

Das aufgekommene Gemurmel verstummte schlagartig. Betretene, ja beinahe ängstliche Stille kehrte ein. Plötzlich machte sich keiner mehr Sorgen um das Leben dort unten im Meer, sondern vielmehr um das eigene. Jeder hier wusste, wie Beetle, dessen Frau und die anderen Männer, die Crane bei seinen Plänen im Wege gestanden hatten, den Tod fanden. Und jene Pläne waren weit weniger aussichtsreich gewesen als das, was er jetzt vorhatte. Jeder hatte die grausame Hinrichtung jener armer Teufel, die den Verlust von Profiten Castus Cranes zu verantworten hatten, entweder erlebt oder die grausam ausgeschmückten Geschichten der anderen Besatzungsmitglieder darüber gehört. Es schien schreckliches Unrecht zu sein – doch wer würde hier draußen auf offener See den Ankläger spielen wollen? – Keiner wollte dieses Schicksal teilen. Keiner wollte jetzt in Barclays Haut stecken. Es war totenstill im Raum. In gespannter Erwartung. In Angst.

Crane richtete seinen Blick auf Barclay. Jener konnte den stechenden Augen nicht standhalten und blickte betreten zu Boden. Er konnte ein leichtes Zittern nicht vermeiden. Sekunden wurden zu Minuten. Es war still. Totenstill.

„Sie haben recht, Mr. Barclay", war plötzlich Cranes Stimme zu vernehmen. Leise, mehr ein Flüstern oder Murmeln. Aber es war definitiv Crane, der da sprach. „Mit allem, was Sie sagen, haben Sie vollkommen recht."

Crane richtete sich auf. Er stand nun aufrecht vor dem Besprechungstisch, rückte sein Jackett zurecht. Richtete seine Krawatte.

„Warum haben Sie nur all dies nicht in Ihre Kalkulationen einbezogen, Mr. Stanton?", sagte Crane und ging gemäßigten Schrittes um den Tisch herum. „Wie konnten Sie nur all diese absolut relevanten Aspekte unseres Vorhabens so sträflich vernachlässigen?"

Während Crane sprach und den Tisch weiter umrundete, bekam ein jeder, an dessen Rücken er vorbeischritt, eine Gänsehaut. Kalter Angstschweiß stand vielen auf der Stirn. Es war, als säße man in einem Auto und würde auf eine steile Klippe zusteuern. Man sah das Unheil auf sich zurasen, aber man war machtlos, musste sich seinem grausamen Schicksal ergeben.

„Sind Sie denn total blind, Mann?", schrie Crane plötzlich, schnellte zwischen den Stühlen zweier Beisitzer an den Tisch, schlug mit solcher Wucht auf die Holzplatte, dass die beiden unwillkürlich zur Seite sprangen. Alle im Raum zuckten zusammen. Crane indes hatte sich sofort wieder im Griff, stierte seine rechte Hand an. Stanton verzog keine Miene.

„Wie können Sie denn nur so etwas vorschlagen, Sie geldgieriger Bastard!", rief Crane aus. „All die Fische. Und die Krabben. Und dieses blöde, verfluchte Drecksvieh von einem Kalmar dort unten, das es eigentlich gar nicht geben dürfte, obwohl es ganz offensichtlich mein Tauchboot kaputt gemacht hat. Sie alle würden doch verdammt noch mal sterben! Verrecken! Eins werden mit dem Schlamm und der miefigen Brühe, aus der sie gekrochen sind!“

Crane richtete sich wieder auf. Richtete seine Kleidung. Dann lief er weiter um den Tisch herum.

„Stanton, Sie können doch wirklich nicht ein derart verblödeter Vollpfosten sein, dass Sie das alles nicht in Betracht gezogen haben?“, schwadronierte Crane weiter und stieß ein schrilles, irres Lachen aus. „Oder, und das wäre ja so was von verwerflich, Stanton, du Eiterbeule, sollte es dir am Ende womöglich völlig egal sein?“

Er verzog das Gesicht zu einer Grimasse, tat so, als würde er scharf über etwas nachdenken, dann strahlte er plötzlich über das ganze Gesicht und schnippte mit den Fingern.

„Heureka!“, rief er aus. „Ich hab‘s, meine Herren! Ich habe das *VERFICKTE* Rätsel gelöst!“

Die Männer bebten, einige klammerten sich an den Lehnen ihrer Stühle fest. Sie blickten eisern auf die Tischplatte. Das Finale dieser Einlage, was auch immer passieren mochte, bahnte sich seinen Weg. Es galt nun, durchzuhalten, nicht aufzufallen und mit etwas Glück den großen Knall zu überleben. In diesem Moment war sich keiner mehr sicher, ob er diesen Raum lebend verlassen würde. Insgeheim hofften alle, dass Barclay die Zeche für diese Tirade zahlen würde. Bitte nicht sie selbst! Solche und ähnliche Gedanken kreisten nun in den Köpfen des Boards, wo Firmenanteile, Dividenden und Boni plötzlich keine Rolle mehr spielten, und man nur noch ums Überleben bangte.

„Gentlemen!“, verkündete Crane in feierlichem Ton, viel zu laut für das kleine Konferenzzimmer. „Des Rätsels Lösung ist ganz einfach diese: Stanton hatte die Anweisung, sich um alle diese kriechenden, stinkenden Aasfresser dort unten einen *SCHEISS* zu scheren!“

Crane holte Luft.

„Er hatte die *verdammte* Anweisung, sich gefälligst auf seinen *verdammten* Job zu konzentrieren und mir eine *verdammte* Lösung zu präsentieren, wie ich das *verdammte* Erz aus dem *verdammten* Raucher von dort unten bekomme. Und zwar nicht morgen. Auch nicht übermorgen. Sondern, *verdammt noch mal, GESTERN*!“

Mittlerweile hatte Crane den Tisch gut zweimal umrundet. Bei jedem der Anwesenden im Vorbeigehen eine panische Gänsehaut hinterlassen, die sich legte, als er weitergegangen war, und die umso heftiger wieder zurückkehrte, wenn er erneut am ungeschützten Rücken vorbeiflanierte.

Aufmerksamen Beobachtern, von denen es in dem Raum allerdings außer Stanton keine gab, wäre aufgefallen, dass mit Crane zwei weitere Gestalten ihren angestammten Platz verlassen hatten. Nicht, dass dieser Beobachter, hätte es denn einen gegeben, auch hätte erklären können, wo die beiden Gorillas plötzlich abgeblieben waren. Den Kopf zu heben hätte bedeutet, Gefahr zu laufen, Cranes Blick auf sich zu lenken, ihn gar ertragen und erwidern zu müssen. Deshalb gab es auch keinen solchen Beobachter, der die leere

Stelle hinter Cranes Stuhl wahrgenommen oder auch nur den Hauch einer Ahnung hätte, wo sich die Schergen des Firmenchefs befanden. Allein die Maserung des Holztisches, die hätten sie alle mittlerweile im Schlaf nachzeichnen können.

Crane stand nun direkt neben Stanton, legte ihm eine Hand auf die Schulter. Stanton war der einzige, der diese Geste völlig unbeeindruckt hinnahm. Seine Miene war starr, festgefroren zu einem selbstsicheren Lächeln. Sein Job hier war erledigt. Nun überließ er die Bühne bereitwillig seinem Boss.

„Ich erwarte", fuhr Crane dann leise fort, „dass Sie alle sich konzentrieren, meine Herren. Sie haben hier einen Job zu erfüllen. Dafür habe ich Sie eingestellt, dafür sind Sie hier auf dem Schiff. Stanton hat das begriffen. Er hat seinen Job erledigt. So, wie ich es ihm aufgetragen hatte. "

Er trat wieder an den Tisch heran, stützte sich in derselben Haltung auf die Fäuste auf wie soeben.

„Wenn ich das heulende Gezeter einer verdammten, verweichlichten Schlampe hören will, dann kaufe ich mir in Thailand eine Nutte und schlitze sie auf, bis sie mit ihrem eigenen Blut in der Kehle meinen verdammten Namen gurgelt!"

Der Abgrund war da, das Auto schoss über die Klippe und fiel ins Bodenlose.

„Mr. Barclay", sagte Crane leise und hielt seinen Blick nun auf den Piloten geheftet, seinen Genossen im Tauchboot, mit dem er von einigen Stunden noch dem schieren Tod entronnen war. „Sehen Sie mich an, Mr. Barclay!"

Der Pilot hob seinen Kopf. Tränen rannen über seine Wangen. Was er fühlte, war die reine, unverfälschte Todesangst.

„Mr. Barclay, weinen Sie nicht um dieses Getier und um das, was wir dort unten rund um den Raucher tun werden", fuhr Crane kaum hörbar fort. „Es ist nicht nötig, dass Sie sich Gedanken machen, junger Freund."

Crane fixierte ihn mit einem Blick, der vor Hass nur so triefte und an sich dem Mann schon fast den Rest gab.

„Seien Sie versichert, Sie kleiner Wichser: wenn es jemand auf diesem verdammten Schiff schafft, dann ich! Ich mache immer einen guten Schnitt!"

Das letzte, was Barclay in seinem noch jungen Leben hörte, war ein metallisches Flirren, das sich rasch seinem linken Ohr näherte und dann auch schon an seinem rechten Ohr vorbei pfiff. Noch bevor er etwas sagen oder in irgendeiner Form reagieren konnte, löste sich sein Kopf von seinem Hals, stürzte hinab auf den Tisch, wo er – eine blutige Spur hinter sich herziehend – ein gutes Stück bis in die Mitte rollte. Der Körper es Mannes brach hinter dem wegrollenden Kopf zusammen, besprühte aus dem offenen Hals die Nebensitzenden mit Blut, bis das Herz aufgehört hatte zu pumpen, und triefte dann den roten Saft auf den Teppich des Konferenzraumes, der ihn sogleich aufsog und dessen Farbe annahm. Der Kopf Barclays kam in der Mitte des Tisches zum Liegen. Seine Augen waren offen. Sein Blick war in Cranes Richtung gerichtet, der dem Blick der leblosen Augen mühelos standhielt.

Castus Crane lächelte kalt, während seine Schergen die Machete abwischten, mit welcher sie – unauffällig hinter Barclay stehend – auf das Kommando ihres Bosses gewartet hatten. Nun machten sie sich auf den Weg zurück an ihren angestammten Platz an der Wand hinter Cranes Sessel, während der eine von ihnen die gesäuberte Machete wieder in einer Scheide unter seinem Jackett verstaute. Dann knöpfte er dasselbe zu, postierte sich neben seinem Kollegen an der Wand und nahm wieder Haltung an.

Im Raum lag nun die nackte Panik. Irgendwer schluchzte verhalten und verzweifelt darauf bedacht, es bloß nicht jedermann hören zu lassen, was allerdings kaum gelang. Gleichwohl, es war vorbei. Ein neues Exempel war statuiert worden, die Horrorsaga des Castus Crane zementiert. Jeder wusste, was er von nun an zu tun hatte, und auch, was er tunlichst unterlassen sollte. Jeder wusste, was man auf der Loreley II zu sagen oder auch nicht zu sagen hatte. Jeder wusste, dass der Weg zu unermesslichem Reichtum beträchtliche Opfer erforderte, von denen sie eines gerade bereitwillig hatten über die Klinge springen lassen. Im wahrsten Sinne des Wortes.

Dabei machte sich aber auch rasch so etwas wie Gleichgültigkeit gegenüber dem Schicksal des bedauernswerten Mister Barclay breit. Hatte er nicht gewusst, dass man Crane besser nicht provozierte? Hätte er denn nicht ahnen können, dass dies für ihn Folgen haben könnte? Hätte er denn nicht noch ein kleines bisschen weiter denken können, bevor er seine große, besserwisserische Klappe aufgerissen hatte? Kriechtiere retten – also wirklich! Nun war es zu spät. Und er war irgendwie auch ein bisschen selber schuld daran. Schließlich war das hier Cranes Schiff. Seine Schlote. Sein Sundagraben. Da musste man sich schon an die Regeln halten, vor allem dann, wenn man selber so richtig schön abkassieren wollte. Was würde wohl mit Barclays Anteil geschehen? Vielleicht würde man mit dessen Hilfe die eine oder andere ruhige Minute dem eigenen Gewissen abkaufen können.

Solche und ähnliche Gedanken kreisten in den Köpfen der Anwesenden, die noch immer die Holzmaserung des Tisches genauestens studierten, während Firmenanteile, Dividenden und Boni langsam wieder von ihrem Denken Besitz ergriffen.

„Die Sitzung ist geschlossen", verkündete Stanton, was wie der blanke Hohn klang. Das war es vermutlich auch.

Mit gesenkten Häuptern erhoben sich die anwesenden Vorstände und Beisitzer von Crane Industries und schlichen sich langsam zur Tür. Einige mussten dabei über den leblosen Körper Barclays hinwegsteigen. Einige der Drüber-Hinwegsteiger traten ihn noch ein kleines bisschen dabei.

„Was machen wir damit?", fragte Stanton und machte eine Kopfbewegung in Richtung Barclays Kopf.

„Werfen Sie alles über Bord", sagte Crane leise, der sich mittlerweile wieder auf seinen Stuhl gesetzt hatte und ins Leere starrte. „Versenken Sie den Bastard in der Tiefsee und füttern Sie mit ihm das verdammte Viehzeug da unten, dass er so gerne beschützen wollte."

Dann blickte er zu Stanton hoch, der immer noch dort stand und darauf wartete, entlassen oder weggeschickt zu werden.

„Und, Stanton", sagte Crane, „werfen Sie auch gleich jeden heulenden Jammerlappen hinterher, der diesem Verlierer oder diesem verfluchten Ökosystem auch nur eine Träne nachweint. Ich habe genug von diesem Dreck. Wir haben lange genug gewartet und geplant. Es ist an der Zeit, dass wir uns endlich an die Arbeit machen."

Er stand auf, lief auf die Tür zu, kam dabei an dem Kapitän vorbei, der regungslos auf seinem Stuhl saß.

„Was sollen wir mit diesem Raum machen?", fragte er kleinlaut. „Der Teppich ist ruiniert und wir werden den Geruch von ängstlichen Menschen, die sich beinahe oder tatsächlich in die Hosen machen, wochenlang nicht rausbekommen."

Crane blieb stehen, sah ihn kurz an und lächelte dann.

„Reißen Sie den Teppich raus, schmeißen Sie ihn ins Meer. Genauso den Tisch, die Stühle, *Fuck!*, ruhig auch gleich den verdammten Beamer. Und dann nageln Sie diese Zugangstür endgültig zu!"

Der Kapitän sah ihn fragend, fast schon verstört an, so als wolle er sich versichern, ob Crane das alles tatsächlich ernst meinte.

Doch Crane grinste nur und nickte. „Die Zeit der Konferenzen ist jetzt vorbei", sagte er kalt. „Keine Besprechungen mehr, keine Erklärungen mehr, keine Einwände – und auch keine blumigen Referate, Mr. Stanton!" Das letzte hatte er über die Schulter gesagt. Sein Abteilungsleiter nahm Haltung an und nickte knapp. Crane wandte sich wieder dem Kapitän zu: „Wer nicht mitzieht, der geht über Bord, Kapitän. Es gibt keinerlei Diskussionen mehr. Sollen doch die Leichen der Schwächlinge den Meeresgrund pflastern; nach unseren Sprengungen ist da unten sowieso bald alles nur noch Staub. Die Zeit des Redens ist vorbei. Jetzt wird Geld verdient."

13

Es wurde eine Menge geschrien. Es lag eine große Wut im Raum, die sich in Wellen Bahn brach, die sich Luft verschaffen musste und sollte, die sich aber nicht immer gegen denjenigen richtete, der sie verursacht haben mochte, sie nun aber ausbaden musste. Es prasselte Schimpfwörter, es hagelte Flüche, es stürmten die Emotionen. Gleich einem gigantischen Hurrikan wurde alles durcheinandergewirbelt und jeder schien sich einzig und allein auf die größtmögliche Zerstörung seines Handelns zu konzentrieren.

Lennart schrie am allermeisten. Er hatte einen hochroten Kopf bekommen, gestikulierte heftig mit Armen und Händen, so dass man Angst haben musste, er werde jeden Moment jemanden attackieren. Er redete sich zunehmend in Rage, seine Wut folgte keinem rationalen Grundsatz mehr, seine Argumente waren wirr und teilweise sogar ungerecht. Doch war er der Einzige in diesem Raum, dem man dieses Recht einer nicht fassbaren, einer nicht einzuordnenden, einer blinden Wut zubilligen mochte.

Lennart war es nämlich, der in seiner Rolle als Vater, als Beschützer agierte. Was ihn antrieb, war der unbedingte Wille, seine Tochter, seine Maya – die er vor seinem geistigen Auge immer noch mit den kleinen Zöpfchen und den Haarspangen von Winnie Puh im Sandkasten sitzen und „Kuchen backen" sah – vor jedem Unheil zu schützen. Am liebsten hätte Lennart einen gewaltigen Stahlkasten über sie gestülpt mit einer eigenen kleinen Welt, in der ständig die Sonne schien, die Vögel zwitscherten, der Himmel blau war, in der die Kleine im Sand einen köstlichen „Sandkuchen" nach dem anderen zauberte und das glücklichste Kind war und blieb, das jemals das Licht dieser Welt erblickt hatte. Alles Böse sollte der Stahlkasten draußen halten. Lennart selbst würde oben drauf sitzen und als Beschützer dessen, was er barg, sein Leben geben, um die kleine heile Welt im Inneren für immer zu bewahren.

Ach, wie wäre das wundervoll, wenn dies in seiner Macht gestanden hätte. Doch das tat es nicht. Da war kein Stahlkasten, die Sonne war verschwunden und der Himmel hing schwarz und bedrohlich über dem kleinen Mädchen, das dasaß und weinte und die Welt nicht mehr verstand. Sie war verletzt worden.

Lennart zerriss es innerlich. Er fühlte einen Schmerz, den er nicht in Worte zu fassen vermochte und der ihn zu verzehren schien. Er konnte ihn nicht lindern, nicht beseitigen, nicht ignorieren. Denn es war ihr Schmerz, der Schmerz seiner Tochter, seiner kleinen Maya, den sie erlitten hatte, weil er sie nicht hatte beschützen können. Deshalb wurde ihr Leid zigfach multipliziert auf ihn zurückgeworfen. Es packte ihn, es schüttelte ihn, es riss an ihm und schnitt in ihn. Und Lennart konnte nichts weiter tun, als dies alles zu ertragen. Denn er hatte als Vater, als Beschützer, versagt. Er hatte sie nicht bis aufs Blut gegen alles Böse verteidigt. Nein, er war in dem entscheidenden Moment, als sie seines Schutzes bedurfte, nicht dagewesen.

Die Wut, die er hier dem Arzt, den Schwestern und Pflegern, dem Anwalt der Klinik, der Polizei entgegenschmetterte, war kaum zu bremsen oder zu beruhigen. Sie alle sollten es spüren, sollten bis in ihr tiefstes Selbst hinein erschüttert werden und denselben Schmerz fühlen, mit dem er gerade zu kämpfen hatte. Sie alle sollten wissen, wie es ihm ging, weil er versagt hatte, weil sie versagt hatten, oh wie sehr er sie dafür *hasste*! Und sich selbst noch viel mehr! Dafür, dass alles, was er um seine kleine Tochter herum an heiler Welt geschaffen hatte, ab heute nur noch eine Erinnerung war. Alle, alle, *ALLE*, sollten dafür büßen!

Lennart schrie hemmungslos herum und er fühlte sich damit vollkommen im Recht. Mehrfach versuchten die Umstehenden, ihn zu beruhigen. Gleichzeitig ließen ihn aber alle in seinem Zorn gewähren. Denn sie wussten, dass es ihm zustand, sich aufzuregen. So ließen sie alles über sich ergehen.

„Ich kann Ihnen gar nicht oft genug sagen, wie leid es uns tut", unternahm der Anwalt der Klinik einen weiteren, eher hölzernen Versuch, sich Gehör zu verschaffen. „Bitte akzeptieren Sie doch unsere Entschuldigung."

Lennart funkelte ihn an mit einem Blick, als ob er ihm am liebsten an die Gurgel gesprungen wäre. „Sie meinen wirklich, damit sei es getan?“, zischte er den kleinen, untersetzten Mann mit dem schwarzen Anzug und der Halbglatze an. „Sie meinen wirklich, dass Sie hier ein paar Worte der Entschuldigung stammeln und schon sei alles wieder in Ordnung?“

Der Arzt machte eine beschwichtigende Bewegung mit den Händen. „Letztlich ist doch gar nichts passiert. Sie haben es ja noch rechtzeitig gemerkt und ...“

„Stopp!“, rief nun einer der Polizisten. „Wollen wir doch bitte bei den Fakten bleiben. Es ist sehr wohl etwas passiert und ich werde es nicht zulassen – obwohl Sie das Recht haben, sich zu verteidigen –, dass dieser Übergriff hier unter den Teppich gekehrt wird. Es wird eine Anzeige geben, ganz unabhängig von der Entscheidung der Patientin. Dann wird dieser Fall zur weiteren Ermittlung an die Staatsanwaltschaft übergeben.“

„Nun kommen wir doch bitte alle erst mal wieder zur Ruhe und betrachten die Sachlage“, versuchte es der Anwalt der Klinik noch einmal. Es mochte ihm nicht bewusst sein, aber worauf er es anlegte, das barg ein nicht unerhebliches Risiko für seine Gesundheit. Denn egal, wie viele Leute auch um ihn herumstanden, sie alle würden nichts tun können, wenn der wutschäumende Lennart endgültig seine Beherrschung verlor – und dieser Punkt war fast erreicht. „Sie haben doch nur gesehen, dass einer der Angestellten im Zimmer Ihrer Tochter war und sie berührt hat. Was er getan hat und an welcher Stelle, dafür gibt es keine Zeugen und es steht Aussage gegen Aussage. Vielleicht wollte sich der Mann ja auch nur nach dem Wohlbefinden des Mädchens erkundigen oder wollte ihr etwas anbieten oder bringen. Wir wissen einfach nicht, was ihn dazu bewog, in das Zimmer zu gehen. Wir wissen auch nicht, was er mit der kleinen sexy Zuckerschnecke anstellen wollte.“

Stille.

Mehrere Sekunden lang.

Alle starrten den Anwalt ungläubig und verdattert an.

Was hatte er da eben gesagt?

Dieser schluckte. Räusperte sich.

Es war, als suchte sich das Gesagte, das Gehörte, verzweifelt einen Weg ins Bewusstsein der Umstehenden. War dieser kleine, schmierige Winkeladvokat tatsächlich so weit gegangen? Hatte er das wirklich gesagt? Er hatte es gesagt. Es mochte ein Instinkt gewesen sein oder ein gutes Gespür für Notwendigkeiten: Aber in diesem Moment schob sich der eine Polizist ganz vorsichtig vor den Anwalt, so dass er zwischen diesem und Lennart stand. Eine Art Schutzschild.

Jener kam keine Sekunde zu früh, denn Lennart war knallrot im Gesicht geworden. Die Adern an seiner Stirn pulsierten. Das Adrenalin durchströmte ihn. Und dann, gleich einem Raubtier, das seine Beute mit einem gezielten Angriff schlägt, machte er mit einem Schrei einen Satz auf den Anwalt zu und sprang ihn buchstäblich an.

Der Polizist fing ihn ab, alle anderen wichen erschrocken zurück. Dem Beamten kamen seine Kollegen zu Hilfe, hielten Lennart fest, einer an jeder Seite, während der

Polizist vor dem Anwalt stehenblieb, weiterhin in Lennarts Richtung blickte und eine beschwichtigende Bewegung mit den Händen machte. Der Anwalt duckte sich hinter den Uniformierten.

„Stopp, Mister, bis hierhin und nicht weiter", sagte der Polizist mit fester, aber leicht bebender Stimme zu Lennart. „Wir haben es alle gehört, es wird eine Konsequenz für diese Beleidigung geben. Aber nicht die, die Sie grade im Sinn haben. Im Moment helfen Sie nicht Ihrer Tochter, sondern Sie schaden sich selbst. Wenn Sie so weitermachen, werde ich das hier abbrechen und Sie verhaften und mitnehmen."

Lennart schnaubte. Die Worte des Polizisten drangen wie von weit weg in sein Bewusstsein. Er sah immer noch rot. Aber er wurde langsam wieder klarer.

„Reißen Sie sich jetzt zusammen, Mann!", fuhr der Polizist fort. „Hier ist etwas geschehen. Das wissen wir alle. Das wird gründlich aufgeklärt. Es wird jemand dafür vor Gericht gestellt werden und sich zu verantworten haben. Ihre Tochter bekommt Hilfe. Dieser Möchtegern da hinter mir" – er machte eine Kopfbewegung über die Schulter – „der seinen juristischen Abschluss offenbar an der Abendschule von Idiotistan gemacht hat, der wird gleichfalls Post vom Staatsanwalt erhalten."

Der Anwalt hinter ihm fuchtelte mit den Händen. „Aber ich ..."

„Ruhe!", fuhr ihn der Polizist an, ohne sich auch nur umzudrehen. „Es reicht jetzt! Wir haben uns lange genug alle benommen wie die Raubtiere. Jetzt kehrt hier wieder Vernunft ein. Dies ist eine Ermittlung und kein Zirkus. Ich will von jedem hier wissen, was geschehen ist, einer nach dem anderen. Sachlich, geordnet und korrekt. Jeder wird gefragt, jeder kommt an die Reihe. Sollte einer dazwischenreden oder sich bewegen, der nicht dazu aufgefordert wurde, ich schwöre, der verbringt die Nacht in einer Zelle. Haben das alle hier verstanden?"

Wieder herrschte Stille.

Alle nickten leicht. Die meisten vermieden einen direkten Blickkontakt mit dem Polizisten, der nun – zu ihrer aller Erleichterung – die Situation unter Kontrolle hatte. Lennarts Zorn brodelte zwar noch immer in ihm. Doch er war nicht dumm. Die Worte des Beamten hatten ihn erreicht, er respektierte dessen Autorität. Die Aussicht, dass jeder, der an der Sache beteiligt gewesen war oder sie vertuschen wollte, vor dem Kadi landen würde, verschaffte ihm eine gewisse Genugtuung.

Außerdem war mittlerweile Sam an seine Seite gekommen, hatte einen der Polizisten weggedrängt und hielt seine Hand. Sie drückte sie ganz fest, gab ihm Halt, spendete Trost, signalisierte ihren Beistand. Sie sah ihn flehentlich von der Seite an. Er spürte ihren Blick, erwiderte ihn aber nicht. Dennoch, dass sie da war, half ihm, seinen Zorn zu zügeln.

„Wir werden jetzt einzelne Befragungen vornehmen", fuhr schließlich der Polizist fort. „Es wäre gut, wenn wir dafür einen Raum zur Verfügung gestellt bekommen könnten."

Ein Mann im Anzug, der schräg hinter dem Anwalt stand, nickte sofort. „Ich bin Ron Sheffield von der Klinikleitung. Das wird sich arrangieren lassen."

Der Polizist und zwei seiner Kollegen – waren es inzwischen noch mehr geworden? – folgten dem Mann im Anzug zu einem Zimmer am Ende des Flures und verschwanden darin. Zwei weitere Beamte bemühten sich, die kleine Gruppe, die sich gebildet hatte, zu zerstreuen. Natürlich hatte jeder, der nicht gerade zu einem dringend zu erledigenden Auftrag eilen musste, sich dieses Spektakel auf dem Flur angeschaut. Es kam nicht oft vor, dass sich Patienten, Ärzte, Anwälte und Polizisten gegenseitig schier an die Gurgel gingen. Und hatte es auch keine handfeste Auseinandersetzung gegeben, so war der Alltag wenigstens durch ein wenig Action aufgewertet worden.

Lennart ließ sich gerne des Platzes verweisen. Er wollte ohnehin zurück zu Maya. Er wollte weg von diesen ekelerregenden Advokaten und Schönrednern, die am liebsten alles unter den Teppich gekehrt hätten, nur um ihre eigene Haut und den Ruf des Krankenhauses zu retten. Er wusste, was der Mann im Zimmer seiner Tochter gewollt hatte. Er hatte es gesehen, er hatte es gespürt. Er wollte, dass jener dafür bezahlen musste. Dass das Krankenhaus und jeder, der damit zu tun hatte, eine Strafe erhielt. Er würde alle Hebel in Bewegung setzen, um diese zu gewährleisten.

Gleichzeitig war da allerdings noch etwas anderes. Es saß irgendwo in seinem Hinterkopf und nagte mit scharfen Zähnen an seinem Bewusstsein. Er konnte es nicht greifen, konnte es nicht benennen, konnte es erst recht nicht loswerden. Aber er spürte deutlich, dass diese Emotion da war. Sie war vermutlich schon die ganze Zeit über da gewesen. Er hatte sie nur nicht gespürt. Erst aufgrund Aufregung nach dem Unfall im Hafen, später wegen der überwältigenden Angst um seine Tochter, zuletzt wegen des Zorns auf den Schänder seines Kindes. Aber sie war da; nie gekannt und nie gespürt, bemächtigte sie sich jetzt seiner mehr und mehr. Namenlos und unheimlich, unergründlich und mächtig, unwiderstehlich – und aggressiv. Sie war ein entscheidender Grund für seinen Ausbruch soeben gewesen.

Lennart kniff die Augen fest zusammen, rieb sich die Schläfen, versuchte sich unter Kontrolle zu bekommen. Was war nur los mit ihm? War es der Stress? War es der Druck? Er hatte heute schon einmal versagt, er hatte Maya im Stich gelassen. Das durfte keinesfalls noch einmal geschehen, um keinen Preis der Welt. Er musste sich jetzt zusammenreißen und für seine Tochter da sein. Seine Tochter. Seine unbeschreiblich *wunderschöne* Tochter ...

Als Sam und er zurück in das Krankenzimmer kamen, war gerade noch eine Frau bei Maya, die mit ihr sprach. Vermutlich eine Psychologin, die ergründen wollte, welchen psychischen Schaden das Mädchen von dem Übergriff genommen hatte. Wie sich all das auf ihr Leben auswirken würde. Ob sie jemals wieder Vertrauen und Liebe empfinden könnte. All diese Dinge, die man immer im Fernsehen sah, was Psychologen eben in solchen Situationen fragen und schließlich feststellen, um es dann mit einem mitleidigen Blick vor Gericht auszusagen.

Lennart räusperte sich. Es galt mehr ihm selbst als der Dame, die sich nun umdrehte und ihn ansah. Er wollte sich unter Kontrolle bringen. Er musste sich unbedingt freimachen von diesen merkwürdigen Gedanken. Und das so schnell wie möglich.

Nun ergriff Sam die Initiative. Sie begrüßte freundlich die Dame, wechselte ein paar Worte mit ihr, an die sich Lennart schon wenige Sekunden danach nicht mehr erinnern konnte. Er war froh, als es Sam gelang, die ungebetene Besucherin hinaus auf den Flur zu komplimentieren, wo sie weiter mit ihr sprach, um sie von einer Rückkehr ins Zimmer abzuhalten.

Lennart spürte jetzt deutlich, wie etwas im Inneren seines Schädels gegen seine Schläfen pochte. Unnachgiebig, hart und schmerzhaft. Was war das nur? Warum kam es gerade jetzt? Er musste jetzt stark sein, beherrscht, überlegt. Nichts durfte ihn davon abhalten, voll und ganz für Maya dazusein. Er war ihr Vater. Er war ihr Beschützer.

Er sah sie an, sie blickte zurück, sie lächelte. Dann trat ein besorgter Ausdruck auf ihr Gesicht, *ihr wunderschönes Gesicht*. Diese Augen, so tief, dass man sich in ihnen verlieren konnte. Lennart fühlte sich, als ob er dieses Mädchen soeben zum ersten Mal überhaupt richtig angesehen und wahrgenommen hatte. Weshalb war ihm all das bisher noch niemals aufgefallen! Sie war einfach ... *perfekt*!

„Dad, was ist los mit dir, geht es dir nicht gut?", hörte er ihre Stimme an sein Ohr dringen. *Engelsgleich, hell und wunderbar.* Sie saß da, so unschuldig, *so wunderschön ... so unglaublich anziehend ...*

Lennart lief das Wasser im Mund zusammen. Er spürte Regungen, wie es sich für einen Vater gegenüber seiner Tochter nicht geziemte. Er kämpfte, er rang mit sich und seinem Drängen – woher zum Teufel kam das nur? Er versuchte, tief durchzuatmen ... doch mit jedem Atemzug wurde es schlimmer und schlimmer.

Er konnte die Blicke nicht von ihrem Körper abwenden ... und verzehrte sich immer mehr nach ihr. Er spürte ein Verlangen, dass er noch nie gefühlt hatte. Es brannte, es wucherte, es schaltete jedes andere Gefühl aus. Es war keine sexuelle Erregung, wie man sie aus Beziehungen oder Affären kannte; sie war geradezu übermächtig, animalisch, instinktgesteuert und sie überkam ihn wie ein krankhafter Anfall. Noch nie hatte er so etwas gespürt, bei keiner Frau auf dieser Welt. Erst recht bei keinem Mädchen. Es war unerbittlich, forderte unverzügliche, bedingungslose Erfüllung. Und zwar von niemand anderem als von Maya.

Lennart kämpfte einen inneren Kampf, erbarmungslos, brutal und vermutlich nicht von dieser Welt. Es war, als habe sich ein widerwärtiges Alien in seinem Gehirn eingenistet und versuchte nun, die Kontrolle über ihn und sein Handeln zu übernehmen. Das Alien war äußerst kampferprobt, es kannte dieses Spiel und es rang Lennarts verzweifelten Widerstand mit kaltblütiger Leichtigkeit nieder, bemächtigte sich mehr und mehr seines Denkens und Handelns, gnadenlos, gefräßig, gierig und ohne jedes Mitleid.

Lennart spürte, dass er diesen ungleichen Kampf binnen weniger Sekunden verlieren würde. Dieses Duell zwischen ihm und einem unkontrollierbar übermächtigen Gegner in seinem Inneren. Das Wesen – oder was immer es auch war – würde von ihm Besitz ergreifen. Ein Dämon würde ihn und sein Tun lenken, seine niederen Triebe erfüllen, während Lennart als hilfloser Zuschauer alles mit ansehen, fühlen, ertragen sollte. Er hatte keine Chance, er fühlte, wie seine Kräfte schwanden. Er schrie innerlich, bäumte sich noch einmal auf, brachte seine letzten Reserven auf, um vielleicht doch noch die Kurve zu kriegen. Doch es war alles vergeblich.

Tränen traten in seine Augen, die er aber immer noch nicht von Maya lassen konnte. Ihre *Schönheit* überwältigte ihn. Dazu lag ihr *Duft* in der Luft, ein betörendes, rasend machendes Odeur, das ihm den Verstand raubte. Er fühlte ein Pochen, nicht nur in seinem Kopf, auch in seinen Lenden. Er verging fast vor Selbsthass und blinder Verzweiflung.

Wo war Sam? Warum kam sie nicht zurück? Warum fand sie ihn nicht vor, erkannte seinen Kampf und hielt ihn von dem ab, was er zu tun bereit war? Er brauchte Hilfe. Hilfe! HILFE!

Maya sah ihn in diesem Moment seltsam an. Es war, als habe sie in seinem Blick etwas erkannt. Sie war alarmiert. Sie sah etwas in seinen Augen, das sie nicht einordnen konnte und das ihr Angst machte. Instinktiv spürte sie, dass da noch etwas anderes war. Ein Gefühl, das sie schon einmal gehabt hatte. Es war dasselbe Gefühl, das sie erfüllt hatte, als sie auf den Tauchlehrer getroffen war – eine tiefe, seelische Verbundenheit zu Lennart. Sie konnte seine Gedanken lesen und hören – *und lenken*. Diese Macht bereitete ihr tatsächlich so etwas wie … *Lust*.

Dann war das Ringen vorbei.

Der Vater unterlag, das Alien triumphierte.

Ein Schalter in Lennarts Kopf wurde endgültig umgelegt. Er machte einen Schritt auf Maya zu. Seine Tränen versiegten, seine Pupillen wurden klein. Speichel lief ihm aus dem Mundwinkel.

Er starrte sie an. Nicht mehr nur ihre Augen. Ebenso ihren Körper.

Er streckte die Hände nach ihr aus, trat noch näher an ihr Bett.

Maya – so glaubte es Lennart ganz deutlich zu sehen und zu hören – lächelte ihn an. Sie empfing ihn voller Freude. Vor seinen Augen liefen Szenen ab, die ihm der pure Wahnsinn einflüsterte. Vor verschwommener Kulisse, die sich wie wild zu drehen schien, war es nur noch ihr wunderschöner Körper, der sich scharf und in unendlicher Verlockung abzeichnete. Ihre weiblichen Rundungen. Maya fuhr sich mit der Zunge über die vollen Lippen – das sah er ganz, ganz deutlich! – und Lennart wäre beinahe explodiert, noch bevor er sie überhaupt berührt hatte.

Er kam ihr nun immer näher, seine Hände nach ihr ausgestreckt.

Ihm war schwindelig, alles drehte sich. Nur ihr Bild vor seinen Augen war gestochen scharf … und verlockend.

Dann stand er direkt vor ihr.

Seine Fingerspitzen waren bereits so nah an ihrer Haut, dass er glaubte, Mayas Wärme spüren zu können. Sie heizte das Feuer in ihm noch zusätzlich an. Sie sagte etwas und er hörte ein *Komm zu mir!* zigfach in seinem Kopf widerhallen.

Komm zu mir! …
Warum lässt du mich warten? …
Beeile dich! … Komm doch! …
Ich sehne mich so sehr nach …

Weiter kam er nicht.

Gerade wollte er noch einen letzten Schritt auf sie zu machen …, da packte ihn jemand von hinten am Arm und hielt ihn mit aller Gewalt fest. Der Griff war wie ein Schraubstock, es war unmöglich, sich dagegen zu wehren, geschweige denn, ihm zu entkommen. Lennart schluckte trocken. Er fühlte sich wie ein Schlafwandler, den man in seinem Irrlauf gestoppt hatte.

Noch immer konnte er nicht völlig klar denken, doch nahm er die Umgebung wieder bewusster wahr. Er erkannte, dass Maya ihn gar nicht anlächelte, gar nicht erwartete, sondern ängstlich anstarrte und in ihrem Bett zurückgewichen war. Doch was hatte ihn aufgehalten?

„Daddy, was ist mit dir?", hörte er ihre Stimme in seinem Geiste.

Die Bilder verschwammen vor seinen Augen.

Er blickte zur Seite, sah aber nichts.

Wovon zur Hölle wurde er festgehalten?

Dann sah er nach unten. Er entdeckte zu seiner Überraschung eine kleine, ältere Frau, die seinen Arm fest gepackt hielt. Man sah es ihr nicht an, aber sie mobilisierte die Kraft von zehn Männern und hielt ihn gepackt wie in einem Schraubstock.

Sie blickte ihn eindringlich an. Blickte hinter seine Stirn und erkannte offenbar sehr genau, was sich dahinter momentan abspielte. Sie löste eine ihrer Hände – losmachen konnte er sich aber trotzdem noch nicht –, griff in ihre Tasche und hielt ihm gleich darauf ein kleines Plastikbecherchen mit einer braunen Flüssigkeit darin vors Gesicht.

„Trinken Sie das. Sie haben nur noch Sekunden. Schnell, sonst ist es zu spät!", zischte sie eindringlich.

Er stutzte. Sie hatte einen seltsamen Akzent. Sie trug keine Schwesterntracht und keinen weißen Kittel. Dennoch versuchte sie ganz offensichtlich, ihm ein Medikament zu verabreichen. Sollte er das wirklich annehmen?

„Hören Sie, Mann!", sagte die alte Frau, zog ihn herab und noch näher an sich heran, wobei sie ihren Griff bedeutend verstärkte. Ihre Stimme war deutlich, fest und beschwörend. Sie schien sich direkt an das niedergerungene Selbst des Vaters zu richten, das irgendwo da drinnen nach seiner Niederlage zurückgeblieben war.

„Trinken Sie das! Jetzt! Zögern Sie nicht länger! Es wird mächtiger und Sie können es nicht mehr unter Kontrolle bringen. Wir haben nur noch wenige Sekunden, bevor Sie komplett ausgelöscht sind. Dann gibt es kein Zurück mehr und Sie werden sich unglücklich machen für den Rest Ihres Lebens. *Trinken Sie*, verdammt noch mal, retten Sie *Ihre Seele! Retten Sie Ihre Tochter!*"

Maya saß in ihrem Bett und starrte die Szene fassungslos an. In ihrem Inneren tanzten die Emotionen eine wirre Choreographie, deren Sinn sie nicht erkannte, der aber irgendwo da sein musste. Sie spürte noch immer diese Lust, doch wurde ihr angst und bange, wenn sie ihrem Vater in die Augen blickte. Und noch mehr, wenn sie *hörte*, was er *dachte*. Ihre Beine schmerzten höllisch, als ob offene Wunden von den Zehenspitzen bis hinauf zu ihrer Scham klafften. Sie griff nach der Bettdecke, zog sie höher. Wich weiter zurück in ihrem Bett, weg von ihrem Vater und dem, was da von ihm Besitz ergriffen hatte. Sie konnte es klar erkennen – und es fühlte sich vertrauter an als ihr lieb war.

Es musste so sein.

Es sollte sein.

Es war ihre ... *Bestimmung.*

Lennart nutzte den letzten Sekundenbruchteil der Klarheit, bäumte sich noch einmal mit der Kraft der Verzweiflung innerlich auf. Dann griff er endlich nach dem Becher. Zögerte kurz. Setzte ihn an seine Lippen. Die alte Frau drückte mit der freien Hand den Boden des Bechers nach oben, woraufhin dessen Inhalt in Lennarts Mund und Kehle floss. Es schmeckte widerlich, aber er widerstand dem Impuls, alles auszuspucken und schluckte es herunter.

Noch während das Elixier seine Kehle hinabrann, spürte er bereits in seinem Kopf den Kampf zwischen dem Alien und seinem Bewusstsein wieder aufbranden. Diesmal noch wesentlich härter als zuvor. Aber das Alien hatte nicht einmal mehr den Hauch einer Chance.

Es wurde binnen Sekunden niedergestreckt, auf dass es nie wieder aufstehen würde. Gleichzeitig, mit dem Siegestaumel – und er taumelte wirklich, denn das verabreichte Elixier hatte offenbar noch eine ganz andere Wirkung als die vorhergesehene – fühlte Lennart eine ungeheure Erleichterung und Entspannung sich seiner bemächtigen.

Seine irrationale Erregung war wie weggewischt, sein Geist wurde wieder klar. Was nicht verschwand war jedoch die Erinnerung an das, was soeben in diesen vier Wänden geschehen war. Lennart wäre vor lauter Scham und Selbsthass, die ihn jäh übermannten, am liebsten im Erdboden versunken.

Seine Retterin starrte ihn an. Sie beobachtete ihn, wie ein Adler seine Beute ins Visier nimmt. Was grotesk war, denn sie war gut anderthalb Köpfe kleiner als er. Und doch hatte sie eine Kraft in ihrem Griff, der er sich niemals hätte widersetzen können. Ihre Hand war nach wie vor fest um seinen Arm geschlossen und schränkte seine Bewegungsfreiheit – und die Blutversorgung des Arms – massiv ein. Sie traute ihm noch nicht. Sie wartete und deutete die Zeichen, war sich nicht sicher, ob er sich wieder gänzlich unter Kontrolle hatte. War das Alien wirklich schon besiegt? Oder war es nur vorerst k.o. gegangen und lag nun da – lauernd, gefährlich, wartend; wollte sich neu erheben, auferstehen wie der Phönix aus der Asche – um dann aufs Neue und viel schlimmer in ihm zu wüten?

Die alte Frau sah Lennart tief in die Augen, schien gar dahinter zu blicken, direkt in seine Seele. Es kam ihm vor, als sähe sie das Schlachtfeld, das sein innerer Kampf hinterlassen hatte. Sie sah die Heftigkeit des Kampfes, den er ausgefochten hatte, wie alles in ihm, sein ganzes Weltbild – Verpflichtungen, Moral und Anstand – in Schutt und Asche gelegt worden waren. Wie er sich unerbittlich zur Wehr gesetzt hatte. Sie sah aber auch, dass er unterlegen gewesen war, dass sein Gegner ihn in die Knie gezwungen und ihn unterworfen hatte.

So lange, bis sie kam und dem eigentlich bereits verlorenen Kampf die entscheidende Wendung gegeben hatte.

Ein Ausdruck der Zufriedenheit trat auf ihr Gesicht, breitete sich langsam aus und resultierte in einem warmen Lächeln. Lennart fühlte sich an seine Großmutter erinnert. Er kannte diese Frau nicht, aber er hatte ihr vertraut und das hatte sich gelohnt. Er fühlte Wärme und Zufriedenheit.

Die Frau lockerte ihren Griff.

Dann sah sie zu Maya.

„Hast du dich im Griff?“, fragte sie unvermittelt und direkt.

Maya starrte sie verdattert an. „Was meinen Sie? Wer sind Sie überhaupt?“

Die Frau winkte ab, wischte ihre Fragen förmlich weg, bevor sie Lennart los- und neben der Tür stehen ließ, langsam auf das Bett zu schritt und Maya dabei fest in die Augen sah.

„Hör auf, mich für dumm zu verkaufen, Kleine“, sagte sie sehr ernst, aber nicht unfreundlich. Es war ein mütterlich strenger Ton, der keine Widerrede duldete. „Ich weiß genau, was eben hier geschehen ist. Oder was hier beinahe geschehen wäre, wenn ich nicht rechtzeitig gekommen wäre. Und du weißt es auch. Beruhige dich und atme durch, zügle deine Instinkte und hol dir die Kontrolle zurück. Du hast das im Griff, du kennst es nur noch nicht. Wir reden später darüber.“

Sie strich dem Mädchen durchs Haar, nahm ein Tuch von ihrer Schulter und legte es um Maya wie eine schützende Decke. Maya kauerte sich danach auf ihrem Bett zusammen und sah so zerbrechlich aus, dass man sie in den Arm nehmen und trösten wollte. Die Frau deckte das Mädchen fürsorglich zu, dann blickte sie wieder hinter sich zu Lennart, der neben der Tür stand und weiterhin versuchte, sich zu sortieren.

Jener folgte zwar dem Gespräch und dem Geschehen um ihn herum, aber quasi nur mit einem halben Ohr. Er war noch ganz auf sich selbst fixiert, blendete die Außenwelt weitestgehend aus. Was die alte Frau sagte, drang nur von ganz weit her, dumpf und unwirklich, an sein Ohr.

„Dein Vater hätte beinahe den Verstand verloren“, sagte die alte Frau, teils zu Maya, teils zu sich selbst. Dann wandte sie sich wieder um zu dem Mädchen und sah sie fest an. „Es war haarscharf, noch wenige Sekunden, und ich hätte nichts mehr tun können. Weder für ihn, noch für dich. Dann wäre der Prozess unumkehrbar geworden und es wäre etwas Schreckliches geschehen, das ihr euch beide niemals hättet verzeihen können. Mehr noch: Es wäre vermutlich sein Tod gewesen.“

Maya schluckte. Sie zweifelte keine Sekunde daran, dass die alte Frau recht hatte. Aber sie war schockiert, so direkt damit konfrontiert zu werden. Ihr Mund war trocken. Sie brachte kaum ein Wort heraus. „Der Prozess?“, stammelte sie. „Was meinen Sie damit …?“

Die alte Frau lächelte milde.

„Ich hätte es nicht für möglich gehalten, jemandem wie dir an einem Ort wie diesem zu begegnen. Vermutlich ist es schon ein Wunder, überhaupt jemals eine von euch leibhaftig zu Gesicht zu bekommen. Aber du bist sehr jung, beinahe noch ein Kind. Du hast deine Fähigkeiten noch nicht unter Kontrolle – und das kann ungeheuer gefährlich werden. Für dich selbst und auch für andere. Ich bitte dich, zügle all deine Emotionen solange, bis wir reden können. Ich verspreche, ich werde dir helfen. Dir und deiner Familie. Das bin ich dir schuldig.“

Sie lächelte nochmals ganz sanft.

Maya verstand nichts von dem, was die Frau ihr sagte. „Eine von uns? Eine Amerikanerin? Eine Schwimmerin? Was meinen Sie denn um Himmels Willen?“, fragte sie.

Draußen auf dem Flur ging das Gespräch zwischen Sam und der Psychologin schließlich zu Ende. Sie verabschiedete sich mit ein paar raschen Floskeln, dann ging sie zurück ins Zimmer und stutzte bei der Szene, die sich hier abspielte. Ihr Lennart stand geistesabwesend mit dem Rücken zur halboffenen Tür. Sie schob sich an ihr vorbei. Dann sah sie eine ältere Frau, offensichtlich eingeborener Herkunft, auf der Bettkante bei Maya sitzen, beruhigend mit ihr sprechend.

„Was ist hier los?“, fragte Sam und die Wörter kamen schärfer heraus, als sie dies eigentlich beabsichtigt hatte.

Die alte Frau nahm Mayas linke Hand in ihre beiden Hände, drückte sie sanft und ließ dabei einen kleinen Zettel in Mayas Hand wandern. Dann sah sie ihr wieder tief in die Augen und lächelte sie warm und mütterlich an. „Du brauchst Antworten, mein Kind“, sagte sie. „Aber die Antworten nutzen dir nichts, solange du noch nicht die richtigen Fragen stellst. Du brauchst noch etwas Zeit. Aber die Zeit wird kommen. Und ich werde da sein, falls du mich brauchst. Das verspreche ich dir.“ Sie drückte noch mal Mayas Hand. „Ich muss nun leider gehen, ich dürfte eigentlich gar nicht hier sein. Es ist für uns alle zu gefährlich.“

„Wer sind Sie eigentlich?“, fragte Sam erneut von der Tür aus.

In diesem Moment kam eine Polizistin herein, schnurstracks auf die ältere Dame zu. „Ma‘am, Sie dürfen hier drinnen nicht sein. Sie sind hier als Beistand Ihres Sohnes, nichts weiter. Ihr Platz ist draußen auf dem Flur. Wir dulden keine Beeinflussung des Opfers in jedweder Form.“

Lennart starrte immer noch vor sich hin. Er konnte alldem nicht folgen.

Sam indes begriff, was die Polizistin soeben gesagt hatte.

„Moment mal, ist das Ihr Ernst?“, sagte sie. „Der Mann, der Maya vorhin sexuell missbrauchen wollte, ist Ihr Sohn?“

Maya lief bei den Worten, die sie erstmals laut ausgesprochen gehört hatte, ein kalter Schauer über den Rücken. Die Polizistin nahm die alte Frau am Arm, so wie jene vorhin

Lennart am Arm gehalten hatte. Sie zog die Frau hoch und in Richtung Tür, wodurch sie Mayas Hände losließ und widerstrebend mitging.

„Wenn du Antworten suchst, dann suche nach mir", sagte sie in Mayas Richtung. „Vetrau mir, bitte, du wirst Hilfe brauchen. Bitte scheue dich nicht, komm zu uns. Wir sind für dich da."

„Das reicht, raus jetzt hier!", sagte die Polizistin streng, verstärkte ihren Griff und riss die Frau zur Tür hinaus, die sie hinter sich zuknallte.

Zurück blieben Lennart, der sich nur langsam wieder in den Griff bekam; Sam, die sauer war über die Dreistigkeit der Mutter eines Täters, die hier schamlos versuchte, beim Opfer gut Wetter zu machen; und Maya, deren Schoß brannte, pulsierte, die einen permanenten kalten Schauer auf der Haut fühlte, die das Gehörte verarbeitete, aber nach wie vor nichts verstand – und deren Beine unter der Decke sich schmerzhaft, wund, zerrissen anfühlten. Sie presste sie aneinander, was ihr ein wenig Linderung brachte.

Jeder hing seinen Gedanken nach, konnte kaum von der tief empfundenen Emotionalität zurück in die Realität finden. So standen und saßen sie, drei Menschen, vereint als Familie, zusammen in diesem Krankenzimmer. Zusammen und doch jeder für sich und ganz allein.

14

„Aufspüren, einsacken, kaltstellen." – Cypher betrachtete für einen Moment die Zahlenreihe auf dem Display seines Mobiltelefons und glich sie in Gedanken mit den zahlreichen Codes ab, die er seit seinem Dienstbeginn bei der CIA vor … vielen, vielen Jahren so sehr verinnerlicht hatte, dass er manchmal sogar zufällig aufgeschnappte Telefonnummern eingehender betrachtete – weil er sich nicht sicher war, ob hier eine versteckte Botschaft für ihn enthalten sein könnte.

Natürlich war das nicht der Fall. Die CIA hatte das Verfahren der kodierten Übermittlung so gründlich durchdacht und die Telefonnetze des gesamten Planeten dermaßen unter Kontrolle, dass so etwas wie zufällige Nachrichtenübermittlung gar nicht geschehen konnte. Nicht auszudenken, wenn versehentlich jemand den Befehl zu einem Anschlag erhalten hätte! Deshalb wurden sämtliche Zahlenreihen, die durch die virtuelle Realität flitzten, von CIA-Programmen und -Agenten genauestens überwacht, so dass es nie zu Verwechslungen kommen konnte. Wenn doch – ob diese „Verwechslungen" dann nicht eher willkommene Zufälle mit wünschenswerten Ergebnissen waren – geschenkt. Immerhin galt es, eine Nation zu beschützen. Da waren Kollateralschäden unvermeidbar.

Cypher ging die Nachricht noch einmal präzise durch. Dann erhob er sich von dem Tisch, worauf noch sein fast voller Kaffeebecher stand. Mit einem Schwung zog er sich sein schwarzes Jackett an, das über der Rückenlehne des Stuhls gehangen hatte, leerte den Becher in einem Zug und ignorierte den Schmerz, welchen die hinuntergestürzte heiße Brühe in seinem Mund und seiner Speiseröhre auslöste. Er brauchte das Koffein jetzt dringend, da nahm er das bisschen Verbrühung gerne in Kauf.

„Aufbruch! Wo geht's hin?", bellte er in den Raum.

Daraufhin bewegte sich nun auch sein Partner, der sich in einer Ecke des großzügigen Aufenthaltsraumes auf ein Sofa gelegt und dort ein Nickerchen gemacht hatte. Zwischen den Einsätzen sollten sie sich in diesen Räumen aufhalten, zumindest im Ausland. Während in den Anfangsjahren noch die Bar, die Animierdamen und Separees, die Whirlpools und Buffets für die jungen Agenten am reizvollsten gewesen waren, so waren es nunmehr die kleinen Ruheinseln, abseits gestellte Sofas, Kaffeeautomaten und unbesetzte Tische, wo es die Männer in ihrer äußerst kargen Freizeit hinzog.

Sicher, sie wussten es durchaus zu schätzen, wie ihnen ihre Regierung die sehr, sehr seltenen freien Stunden zu versüßen trachtete. Doch erschienen ihnen mit zunehmenden Dienstjahren die wenigen Minuten mit sich allein bedeutend reizvoller als Action gleich welcher Art. Gelegentlich ein Gläschen oder ein kleiner Fick, wenn ihnen danach war. Aber hauptsächlich war Cypher froh, wenn er seine Ruhe hatte, einen Kaffee – und wenn sein Handy Ruhe gab.

Er sah auf die Uhr und grinste. 22 Stunden war das diesmal der Fall gewesen. Kein Rekord, aber ein beachtlicher Wert. Abgesehen von der „Nachtruhe" – eine mindestens alle 48 Stunden wiederkehrende Zwangspause von acht Stunden, die per Dienstvorschrift zum Schlafen genutzt werden musste – brachte es dieser Job mit sich, dass man kaum einmal ein paar Stunden zwischen den Aufträgen hatte. Das hier war eine echte Rarität, aber mit ziemlicher Sicherheit dem Umstand geschuldet, dass sie sich im weit entfernten Ausland befanden. In den vergangenen fünf Wochen, zwischen ihren Einsätzen hier in Australien, hatte die Dauer der Pausen stets zugenommen. Hier war nun mal die Auftragsdichte etwas geringer als zu Hause in den Vereinigten Staaten.

„Beweg dich, du fauler Hund und schau endlich auf dein Handy!", blaffte er seinen dösigen Kollegen an, der sich widerwillig aufrichtete. Er tastete mit halb geschlossenen Augen nach seiner eigenen Anzugjacke, die er über eine der Armlehnen des Sofas geworfen hatte, und fischte umständlich sein Handy aus der Jackeninnentasche. Dann blinzelte er in halb gebückter Sitzposition müde auf das Display. Nach kurzem Lesen knurrte er und schüttelte den Kopf.

„Wir sollen eine Torte von einer U-Bahn-Station abholen ...?"

Cypher schnaubte verächtlich, durchquerte mit ein paar großen Schritten den Raum und riss seinem Kollegen das Handy aus der Hand.

„Es geht nicht um eine Torte, sondern um eine Tochter", knurrte er und sein Kollege winkte ab. „Außerdem ist das nicht das Zeichen für eine U-Bahn-Station, sondern die Station einer Klinik, was auch die Codierung des Namens dahinter erklärt, Mann!"

„Was auch immer." Sein Kollege erhob sich, schlüpfte umständlich in sein Jackett und installierte seinen Ohrknopf sowie die Sonnenbrille. Was gut war, denn es verdeckte seine müden Augen.

„Ist doch völlig egal. Es gibt auch U-Bahn-Stationen, die nach Krankenhäusern benannt sind."

Cypher ging ganz dicht an seinen Partner heran und zischte: „Lerne endlich die Codes, du Vollidiot. Wenn das Board von deiner Schlamperei erfährt, dann wird es dir nicht mehr egal sein, das ist dir doch hoffentlich klar! Reiß dich jetzt zusammen. Ich hab die Befehle, du die Ziele, es kann losgehen. Wir wollen doch unsere neuen Klienten nicht warten lassen."

Keine zwei Minuten später setzte sich der Aufzug von Area 66 mit zwei Insassen von Ebene vier aus in Bewegung Richtung Oberfläche. Als auf Ebene 31 die Türen auseinanderglitten, konnte man weder Cypher noch seinem Kollegen die Pause ansehen, die sie sich in der Station gegönnt hatten. Die schwarzen Anzüge saßen perfekt, Hemden und Krawatten frisch arrangiert, die Haare tiptop frisiert, die Augen hinter den dunklen Brillengläsern hellwach. Über ihre Knöpfe im Ohr konnten sie hören, auf welchem Stand sich die Operation aktuell befand. Die Observierung hatte das Ziel identifiziert, bestätigt und stand zur Abschirmung bereit. Unterstützt von einem peripheren Angriffsteam stellten die Männer sicher, dass sich weder Polizei noch andere Geheimdienste in die Operation einmischten, so dass die Zielperson nicht merken würde, dass man sie entdeckt hatte. Der endgültige Zugriff oblag Cypher und seinem Partner. Es war ein perfekt ausgeklügeltes System, bei welchem ein Zahnrädchen ins andere griff und die Maschinerie, war sie erst einmal angelaufen, in einem ständigen effizienten Betrieb hielt.

Cypher und sein Kollege verließen den Aufzug. Sie durchquerten den Vorraum, vorbei am wachhabenden Offizier und dem Einsatzteam, hinüber zur getarnten Pforte, die in den Keller des Militärmuseums führte. Gleich nach Verlassen des Aufzugs nahm sie noch ein Mann in weißem Kittel kurz in Beschlag und gab ihnen beiden jeweils zwei etwa drei Zentimeter lange durchsichtige Röhrchen, die mit einer klaren Flüssigkeit gefüllt waren. Auseinanderhalten konnte man sie nur an den unterschiedlichen Farben ihrer Verschlusskappen; eine war rot, die andere blau. Den Verschluss konnte man abschrauben, darin befand sich eine Art Pipette.

„Mit der roten Tinktur die Nasenschleimhäute und den oberen Gaumen behandeln, bitte seien Sie nicht zu zimperlich. Die Flüssigkeit im blauen Röhrchen bitte vollständig auf ex", erklärte er. „Die Methode hat sich bewährt, auch im Feldversuch. Bitte gehen Sie kein Risiko ein. Wir brauchen die Zielperson lebendig. Das bedeutet, dass auch Sie beide lebendig bleiben sollten, um den Auftrag zu erfüllen."

Der namenlose Agent murrte.

„Aye, Sir", erwiderte Cypher mit einer kaum verkennbaren Ironie in der Stimme. Warum dachten all diese Wissenschaftler eigentlich, dass sie den Agenten hier irgend etwas zu befehlen hatten? Nur weil sie alle in einer großen Station der CIA arbeiteten, hieß das noch lange nicht, dass die Agenten nur mehr das Fußvolk einer forschenden Elite waren.

„Meine Herren, das hier ist kein Spiel", insistierte der Wissenschaftler, dem die Stimmung der Agenten sowie ihre ablehnende Haltung nicht entgangen war. „Wir haben vor wenigen Stunden gesehen, was die Zielperson bereits vermag. Selbst wenn Sie mich nicht mögen, selbst wenn Ihnen all das hier zuwider ist – bitte halten Sie sich an die Anweisung und setzen Sie die Tinktur ein. Sonst können wir für Ihre Sicherheit nicht garantieren."

„Dabei soll doch der Tod durch diese Biester gar nicht so übel sein …", versetzte Cypher. Er wollte lachen, doch das Lachen blieb ihm im Halse stecken. Vor seinen Augen spielten sich nochmals die Szenen des gestrigen Tages ab. Vielleicht hatte der Taxifahrer von seinem Tod nicht viel mitbekommen. Dennoch wünschte er niemandem ein solches Ende. Und noch viel grausamer war ihm die Liquidierung der Nixe in Erinnerung geblieben. Deren Schmerzens- und Todesschreie hallten in seinem Kopf immer noch nach.

Sein Partner glotzte verständnislos durch seine dunklen Brillengläser und versuchte zu begreifen, welchen Wissensvorsprung Cypher wohl haben mochte.

Der Mann im weißen Kittel lächelte kalt. „Wie ich Ihnen versichern kann, Agent Cypher, war der Tod, den Sie hier auf seinen bloßen äußeren Anschein reduzieren, sicherlich alles andere als angenehm."

Cypher machte eine beschwichtigende Bewegung mit beiden Händen. Er hatte gesehen, was dieses … Wesen mit dem unglücklichen Taxifahrer veranstaltet hatte. Er wollte verdammt sein, wenn er diese Gefahr auf die leichte Schulter nahm. Er wusste jetzt, dass es die Nixen gab und wozu sie imstande waren. Wenn es auch nur den Hauch einer Chance gab, deren Einfluss zu schmälern, dann würde er sie ergreifen.

„Es ist gut, Doc, wir haben verstanden", sagte er dann. Beide Agenten nahmen ihre Röhrchen entgegen und ließen sie in den Innentaschen ihrer Jacketts verschwinden. „Wir nehmen das Zeug ein, wie befohlen. Aber bitte behandeln Sie uns nicht wie kleine Kinder. Wir haben schon einige üble Bastarde aufgefischt. Diese Bestie wird nicht die erste und sicherlich auch nicht die letzte auf unserer Liste sein. Können wir dann?"

Der Wissenschaftler seufzte. „Eines noch", sagte er schließlich. „Im Wagen befinden sich ein Betäubungsgewehr und zwei Betäubungspistolen, jeweils bestückt mit zwei Pfeilen. Gehen Sie kein Risiko ein, aber bringen Sie die Zielperson bitte nicht um. Wir brauchen sie noch. Sehr dringend sogar. Eine Ladung aus einem der Pfeile reicht aus, um einen Elefanten niederzustrecken. Und wir reden hier von einem Mädchen, das keine 60 Kilogramm wiegt. Übertreiben Sie es also bitte nicht."

„Wir machen das schon, Doc!", beteuerte nun der andere Agent und setzte damit der Unterhaltung ein Ende.

Das Team setzte sich in Bewegung und ließ den Mann im weißen Kittel einfach stehen. Die Wand glitt zur Seite, sie befanden sich nun im Heizungskeller des Militärmuseums. Im Stechschritt ging es den Flur entlang, die Treppen hinauf, raus aus dem Hinterausgang, wo bereits ein Wagen auf die beiden wartete. Für diesen Einsatz hatte man ihnen sogar einen eigenen Fahrer gestellt, der bereits am Steuer saß. Das kam den beiden Agenten nicht ungelegen, hatten sie doch somit Gelegenheit, sich voll und ganz auf ihren Einsatz zu konzentrieren. Beide stiegen hinten in den Wagen ein und machten es sich auf der Rückbank bequem.

„Royal Darwin Hospital", sagte der namenlose Agent und gab damit nun auch Cypher die Örtlichkeit ihres Einsatzes offiziell bekannt. Dass letzterer bereits vorhin einen Blick auf die codierte Nachricht an seinen Kollegen geworfen hatte – weshalb sie nun auch nicht zu irgendeinem nicht existierenden Bahnhof fuhren – brauchte keiner zu erfahren. Der Fahrer nickte, das schwarze Auto fuhr vom Hof des „The Darwin Military Museum". Dreißig Minuten müsste die Fahrt dauern. Der CIA-Fahrer sollte es hingegen in zwanzig schaffen. Es war also an der Zeit, Vorkehrungen zu treffen, so dass Cypher und sein Kollege bei Eintreffen am Zielort direkt zum Angriff übergehen konnten.

Cypher griff in die Innentasche seines Jacketts, wo sich die beiden Röhrchen befanden. Er knuffte seinen Kollegen leicht in die Seite. Jener seufzte und holte auch seine eigenen Röhrchen heraus. Beide betrachteten kurz die Flüssigkeiten darin.

„Scheiße, meinst du, das muss wirklich sein?", fragte der Kollege.

„Hast du nicht gehört, was der Doc gemeint hat?", erwiderte Cypher. „Mit diesem Teufelszeug ist nicht zu spaßen. Also rein damit."

Cypher öffnete den Schraubverschluss seines rotköpfigen Röhrchens und füllte seine Pipette. Er legte den Kopf in den Nacken und träufelte sich den Inhalt der Pipette in sein rechtes Nasenloch. Kurz darauf wäre er vor Schmerzen schier an die Decke gegangen.

„Autsch, verdammt!", fluchte er, während ihm die Tränen in die Augen schossen und die Flüssigkeit in seiner Nase die oberen Schleimhäute förmlich wegätzte. Seinem Kollegen ging es nicht anders. Auch er wimmerte und fluchte vor sich hin.

Es half nichts. Ein zweites Nasenloch, ein zweites Mal die Prozedur. Cypher kam sich vor wie ein kleines Mädchen, als ihm die Tränen die Wangen herabliefen. Er wischte sie ab. Dann betrachtete er den restlichen Inhalt der Flasche, sie war noch über die Hälfte gefüllt. Er seufzte. Während seine Nase noch schmerzte, als hätten fünfzig Wespen zugleich in sie hineingestochen, füllte er die Pipette erneut. Er legte den Kopf noch ein Stück weiter zurück, so dass er nun schon aus der Heckscheibe hinausschauen konnte. Als er sicher war, dass sein Gaumen nun die Unterseite seines Mundes bilden dürfte, schob er sich die Pipette zwischen die Zähne und entließ ihren Inhalt in die Mundhöhle. Was er dann fühlte, verlieh dem Wort Schmerz eine völlig neue Bedeutung. Er sah Sterne vor den Augen, Lichtblitze und Bilder. Er glaubte, die Flüssigkeit werde sich direkt durch seinen Gaumen in sein Gehirn fressen und der Qual so ein jähes Ende bereiten. Doch nichts dergleichen geschah. Da war nur der Schmerz und das Teufelszeug, das neben seinem Gaumen auch ein Stück seiner Zunge verätzt hatte.

Während sich neben ihm der Kollege offenbar mit den gleichen Qualen in Pein auf dem Sitz wand, schraubte Cypher das Röhrchen mit dem blauen Verschluss auf. Er zögerte kurz. Da war wohl nichts zu machen. Er musste dieses Zeug einnehmen, das war Teil seiner Mission.

Keine weitere Verzögerung, kein Nachdenken, es war ohnehin umsonst. Cypher stürzte den Inhalt des Röhrchens wie einen Schnaps. Dann hielt er kurz inne und lauschte, fühlte, lauerte in sich hinein. Er fühlte keinen Schmerz. Er wartete. Sein Herz begann etwas schneller zu schlagen. Sein Mund wurde trocken. Auch hatte er den Eindruck, dass selbst das durchs getönte Fenster ihres Wagens einfallende Licht auf einmal fast schon unerträglich hell schien.

Atropin, schoss es ihm durch den Kopf.

Er hatte so etwas schon vermutet, zumal Shaw auch von einem Nesselgift gesprochen hatte; da lag es nahe, den Agenten etwas zu verabreichen, das die Nervenbahnen blockierte. Zusätzlich hatten sie sich soeben mit einer Art Säure einen Großteil ihrer Duftrezeptoren in Nase und Mund weggeätzt, was vermutlich einer Aufnahme des Pheromons vorbeugen sollte. Allein der Hautkontakt zum Ziel könnte noch ein Risiko darstellen, folgerte der Agent im Stillen. Doch dies, so hoffte Cypher, würde sich ja wohl vermeiden lassen.

Er fühlte sich nun im Großen und Ganzen gut vorbereitet. Er wandte sich um zu seinem Partner, der starr geradeaus schaute und die Röhrchen wieder in seinem Jackett verstaut hatte.

„Alles klar, Mann?", fragte Cypher.

Sein Kollege nickte, sah Cypher aber nicht an.

Jener stutzte. „Was ist denn los? Verträgst du das Zeug nicht? Brennt wie die Hölle!"

Der andere Agent schüttelte den Kopf. „Alles gut", sagte er. „Benimm dich nicht wie eine Pussy!"

Cyher hatte ein seltsames Gefühl. Was hatte der Mann?

Er wurde allerdings jäh aus seinen Gedanken gerissen.

„Wir sind da", verkündete der Fahrer und bog in eine Auffahrt ein, die sie zu einem an der Rückseite gelegenen Wareneingang des Krankenhauses führte. In einem als Tiefkühllaster getarnten Einsatzwagen wartete dort das SWAT-Team auf weitere Anweisungen. Agenten in Zivil hatten überall rund um das Gebäude Stellung bezogen. Gleiches galt für drei Scharfschützen, die auf den Dächern umliegender Häuser weitere Befehle abwarteten. Einige Agenten waren bereits drinnen und überwachten – als Pfleger oder Ärzte getarnt – die Zielperson. Sie waren es auch, die dafür sorgten, dass den Medikamenten für jene Patientin stets ein Mittelchen beigemischt war, das deren Dämmerzustand permanent ein wenig verstärkte. Sicherheit ging schließlich vor.

Cypher prüfte den Knopf in seinem Ohr und stellte den Kanal des Einsatzteams ein. Er knuffte seinen Partner erneut in die Seite. „Es kann losgehen!"

Die beiden Agenten verließen das Fahrzeug, das sofort nach ihrem Aussteigen wieder kehrt machte und sich vom Eingang zurückzog. Cypher und sein Kollege bewegten sich sehr nahe an der Hauswand entlang auf den Eingang der Klinik zu. Dort wurden sie bereits vom Einsatzleiter des SWAT-Kommandos erwartet, der ihnen bedeutete, zu ihm zu kommen. Die Agenten näherten sich langsam so unauffällig wie möglich und hatten den Mann nach wenigen Sekunden erreicht.

„Wir sind auf Position, Sir", erklärte der Einsatzleiter, der mit Brustpanzer, Helm und MP ausgestattet war und die gesamte bisher praktizierte Unauffälligkeit vollkommen ad absurdum führte. „Wichtige Zusatzinformation: Die Kollegen vom Revier sind ebenfalls noch hier. Sie verhören einen Pfleger, mit dem es einen Zwischenfall gab."

„Was für einen Zwischenfall?", erkundigte sich Cypher.

„Nun ja, soweit wir es bisher wissen, hat er sich wohl der Zielperson unsittlich genähert. Ein Ureinwohner." Er spuckte aus. „Typisch für diese Bastarde."

„Also doch schon so weit ...", murmelte Cypher nachdenklich, den rassistischen Seitenhieb des Beamten ignorierend.

„Wo sind die Polizisten?", fragte er den SWAT-Beamten. „Sind sie in der Nähe? Machen sie uns Schwierigkeiten beim Zugriff?"

„Vermutlich nicht", erwiderte der Geharnischte. „Wir haben bereits veranlasst, dass sie zurückbeordert werden. Ich nehme an, sie sind gerade dabei, alles für den Aufbruch vorzubereiten und den Pfleger ans Revier zu überstellen. Danach haben Sie absolut freie Bahn."

„Sollen wir das Abziehen der Beamten noch abwarten?", fragte Cyphers Kollege.

„Keine Chance", beschied Cypher. „Der Befehl lautet auf sofortigen Zugriff. Wir warten nicht. Wenn die Beamten Probleme machen, werden sie eben ausgeschaltet."

Der Einsatzleiter hob die Hand. „Aber ..."

„Kein aber", schnitt ihn Cypher scharf ab. „Es geht hier um einen Einsatz der nationalen, vielleicht sogar der globalen Sicherheit. Wer zum Problem wird, wird eliminiert. So einfach ist das. Maul halten, ich will keine Diskussion. Es geht los."

Damit wandte er sich von dem SWAT-Beamten ab und öffnete die Glastür zur Klinik.

Cypher und seinem Kollegen voran liefen nun die Einsatzkräfte einen langen Gang entlang, von dem diverse Türen abzweigten, überwiegend Lagerräume, manch andere beherbergten diverse Apparaturen, eine Reinigungs- und Sterilisationsabteilung für Krankenhausbetten, Heizungs- und Haustechnik-Räume – alles mögliche, was weiter oben keinen Platz fand. Sie gingen zielstrebig, aber vorsichtig den Gang entlang, spähten um jede Ecke. Dann erreichten sie einen Aufzug. Sie betätigten den Rufknopf, betraten die stählerne Kabine und erhoben sich gemeinsam mit dem Lift, es ging aufwärts, in die oberen Etagen zu den Stationen des Klinikbetriebs, ihrer Mission entgegen.

Als die Türen des Fahrstuhls auseinanderglitten, traten Cypher und sein Kollege jeder zu einer Seite aus der Kabine hinaus und spähten in beide Richtungen den Flur hinab. Binnen Sekunden hatten die beiden erfahrenen Agenten das Umfeld, alle sich darin bewegenden Personen samt Einschätzung möglicher Gefahrenquellen erfasst. Sie erkannten, welche der Anwesenden Agenten waren und wer Zivilist. Und sie erkannten das Chaos, in das sie soeben hineinstolperten.

Unweit des Liftes gab es eine Art Stationszimmer, in das man durch eine große Glasscheibe hineinsehen konnte. Dort drinnen saß ein zerknirscht aussehender Hüne eingeborener Herkunft an einem Tisch. Neben ihm hatte eine ältere Dame auf einem kleinen Schemel Platz genommen und hielt seine Hand. Ihm gegenüber saßen zwei Polizisten, die auf ihn einredeten; hinter deren Rücken hatten zwei Männer in Anzügen, jeweils mit Namensschildern der Klinik, Stellung bezogen und lauschten dem Gespräch. Alle waren so vertieft, dass sie die beiden Agenten gar nicht bemerkten.

Cypher hob die Innenseite seines linken Handgelenks an den Mund, unter dem Hemdsärmel war ein Mikrofon angebracht, das zu seinem Funkgerät gehörte. Seine rechte Hand hatte er auf dem Rücken unterm Jackett und am Griff seiner Waffe, die momentan noch in ihrem Halfter in seinem Gürtel steckte.

„Ich dachte, die Polizisten seien wegbeordert worden?", blaffte er er in das Mikro. „Sie hatten nur einen einzigen lausigen Job, nämlich die Uniformierten hier rauszuschaffen und das Mädchen zu isolieren. Los jetzt, weg mit den Idioten, wir haben nicht ewig Zeit!"

„Verstanden", hörte er die Bestätigung aus seinem Ohrknopf.

Sein Kollege hatte es ebenfalls gehört.

Beide schritten langsam den Flur entlang. Schließlich erreichten sie einen Besucherraum.

Dort saßen ein Mann und eine Frau nebeneinander auf Stühlen. Der Mann war vornübergebeugt, verbarg das Gesicht in seinen Händen. Die Frau neben ihm streichelte ihm mit einer Hand den Rücken und hielt ihm mit der anderen einen Becher hin, in dem sich eine dampfende Flüssigkeit befand. Eine dritte Person im Warteraum saß in der Ecke und las eine Zeitschrift. Als die beiden Agenten in den Raum hineinspähten und sich ein Bild machten, blickte letztere kurz von ihrer Lektüre auf, sah die beiden an und nickte ihnen kaum merklich zu.

Cypher und sein Kollege liefen weiter den Flur entlang – das Team war am Aufzug und außer Sichtweite zurückgeblieben – und überprüften die Schilder an den Türen der Krankenzimmer. Schließlich hatten sie die Nummer gefunden, die sie suchten. Sie nahmen ihre Sonnenbrillen ab, steckten sie in die Innentaschen ihrer Jacketts. Cypher hörte ein kurzes Knacken oder Klirren, ganz leise und flüchtig; er sah sich um, konnte dies aber nicht zuordnen. Dann klopfte er an der Tür.

„Moment!", tönte es von drinnen. Es war die Stimme einer Frau.

Cypher klopfte noch einmal, diesmal mit mehr Nachdruck.

„Ja ja, kommen Sie schon rein", hörten sie dann nach wenigen Sekunden von drinnen.

Sie öffneten die Tür und traten ein. Drinnen lag ein junges Mädchen in einem Krankenhausbett. Am unteren Ende des Bettes waren zwei Bügel angebracht, die aus dem Bett eine Art gynäkologischen Stuhl machten. Das Mädchen lag auf dem Rücken am unteren Ende des Bettes, hatte die Beine in den Bügeln, ihre Blöße war mit einem weißen Laken bedeckt.

Halb zwischen ihren Beinen auf einem Rollhocker saß eine junge Ärztin. Sie zupfte das Laken noch weiter herunter, bevor sie sich an die beiden Eindringlinge wandte. Sie sah nicht sehr erfreut aus und funkelte die beiden Agenten wütend an.

„Sie stören eine Untersuchung, meine Herren", sagte sie dann. „Was immer Sie auch möchten, es muss warten. Und warten dürfen Sie bitte draußen!"

Maya sah zu den beiden Männern herüber.

Cypher nahm sofort ihre wunderschönen Augen wahr. Er lächelte.

„Verzeihen Sie Miss, Ma'am, wir sind von der Polizei und haben noch ein paar ..."

„Und wenn Sie der Premierminister höchstpersönlich schickt", unterbrach ihn die Ärztin. „Es handelt sich hier um eine gynäkologische Untersuchung, die für eine Frau auch unangenehm genug ist ganz ohne hereinplatzende Beamte in schwarzen Anzügen. Raus jetzt, Sie können später mit ihr sprechen."

Cypher machte eine beschwichtigende Handbewegung.

„Ich fürchte, die Sache duldet keinen weiteren Aufschub, Ma'am", sagt er ruhig. „Wir müssen Sie daher bitten, Ihre Untersuchung zu einem späteren Zeitpunkt fortzusetzen."

Die dunkelhäutige Ärztin legte den Kopf schief. Sie entfernte ihren Mundschutz und ihre Gummihandschuhe, legte all das auf einen Tisch voller Instrumente, der sich auf der anderen Seite des Zimmers unweit ihres Hockers befand. Dann stand sie langsam auf und bewegte sich auf die beiden Agenten zu. Sie lächelte, ihr Blick war allerdings angriffslustig. Sie war gut einen Kopf kleiner als Cypher, etwas dicker, aber nicht unattraktiv.

„Ich weiß ja nicht, was ihr Vögel auf der Polizeischule so alles lernt", sagte sie leise, aber bestimmt. „Aber für den Fall, dass ihr die Lektion Feingefühl verpennt habt, gebe ich euch hier und jetzt gerne ein wenig Nachhilfe."

Sie kam noch näher und ihre Stimme bekam einen drohenden Unterton.

„Das hinter mir ist ein junges Mädchen, das heute in dieser Klinik Opfer eines sexuellen Übergriffs wurde. Nun muss die Kleine eine äußerst unangenehme Untersuchung über sich ergehen lassen, um festzustellen, was angerichtet wurde. Das Gesetz verlangt es so. Da liegt sie nun – und Sie beide platzen hier herein und erzählen *mir*, ich solle mich in *meiner* Klinik von *meiner* Patientin entfernen?"

Sie deutete auf die Tür.

„Sie verschwinden jetzt augenblicklich aus diesem Zimmer und warten ab, bis ich Ihnen sage, dass Sie hereinkommen dürfen. Wenn das Mädchen sich beruhigt hat und wir wissen, wie wir ihr helfen können – dann sage ich es Ihnen ... falls ich Lust dazu habe ... im Moment habe ich allerdings vielmehr Lust, Ihnen beiden in den Hintern zu treten und mich bei Ihrem Vorgesetzten über zwei so unsensible Trottel zu beschweren!"

Cypher konnte nicht anders, er musste grinsen. In einem gewissen Sinn gefiel ihm die kleine kompakte Ärztin mit dem aufbrausenden Temperament, die sich wie ein Wachhund vor ihre Patientin stellte und alles Übel von ihr abzuwenden versuchte. Doch: Sie stand ihrer Mission im Weg, hatte sie bereits in Verzug gebracht. Das Protokoll gab eindeutig vor, wie vorzugehen war.

Sein Kollege hatte die Hand bereits unter seinem Jackett verschwinden lassen, hinten links am Gürtel, wo das Halfter seiner Pistole angebracht war. Cypher wollte es allerdings noch einmal im Guten versuchen.

Maya starrte teilnahmslos zu den dreien hinüber. Sie lag schlapp und regungslos in ihrem Bett. Cypher wurde allerdings das Gefühl nicht los, dass da noch mehr war in ihrem

Blick. Sie schaute nicht ihn an, sondern die Gruppe. Und das mit einer ganz bestimmten Intention … oder war es etwa …?

„Hören Sie, Ma'am," sagte er wieder zu der Ärztin, „unser Auftrag ist von allergrößter Wichtigkeit, gerade auch für Ihre Patientin, und er duldet keinerlei Aufschub." Er griff auf eine alte taktische Lüge zurück, mit welcher er vorhatte, einen Keil zwischen die Ärztin und ihre Patientin zu treiben und den Beschützerinstinkt der kampfbereiten Medizinerin auszuschalten. „Die junge Frau ist verdächtig, an einem terroristischen Anschlag gegen die Vereinigten Staaten beteiligt gewesen zu sein. Wir müssen sie jetzt sofort mitnehmen."

Die Ärztin legte den Kopf schief, so dass die kinnlangen Haare zur Seite fielen, und grinste triumphierend. „Na sieh mal einer an!", sagte sie. In diesem Moment wurde Cypher bewusst, dass er sich soeben verplappert hatte. „Eine Terroristin? Ein Schlag gegen die USA? Was Sie nicht sagen! Das sollte nun zwei australische Polizisten inwiefern genau interessieren? Wäre das nicht eher eine Sache des Geheimdienstes? Und zwar des Geheimdienstes … der USA?"

Cypher fluchte in sich hinein. Er hatte es verbockt. Die Lösung im Guten war nun in weite Ferne gerückt. Sie mussten die Kleine augenblicklich schnappen und mit ihr verschwinden, bevor die Polizei oder die Eltern etwas bemerkten. Es gab keine andere Möglichkeit mehr. Er griff an die Rückseite seiner Hose zum Pistolenhalfter.

„Raus hier, sofort raus!", schimpfte die Ärztin wild gestikulierend und versuchte, die beiden Männer hinauszuschieben.

Doch nichts bewegte sich.

Niemand bewegte sich.

Das war seltsam. Sogar für Cypher.

Laut Einsatzprotokoll hätte sein Kollege in eben diesem Moment, da Cypher als Wortführer nach seiner Waffe griff, seine eigene ziehen und die Ärztin zum Schweigen bringen sollen. Kurzer Prozess, das war in solch einer Lage oberste Direktive. Aber jene Ärztin war immer noch am Leben und zunehmend in Rage, ließ sich nicht bremsen, hüpfte vor ihnen herum wie ein Giftzwerg. Warum lag sie nicht längst mit einer Kugel im Kopf auf dem Boden? Was war da los? Was lief hier falsch?

Cypher wandte sich zu seinem Kollegen um, während die Ärztin weiterhin wild mit den Armen herumfuchtelte. Jener stand einfach nur da, der Blick leer, die Pupillen eng. Etwas stimmte an diesem Bild nicht.

In Cyphers Kopf ratterte es auf Hochtouren. Dann traf ihn die Erkenntnis wie ein Schlag: Pupillen eng? Trotz des Atropins … ?

Sie hatte seine Geilheit gespürt vom ersten Moment an, da er den Raum betrat. Viel hatte es dafür nicht gebraucht, womöglich war er durch den Einsatz bereits aufgeputscht. Er hatte noch nicht einmal zwei Atemzüge der Luft im Krankenzimmer genommen, da war sie bereits in seinem Kopf. Sie sah sich um, schwebte durch sein

Bewusstsein, tauchte tief ein in seine Gedanken und schwamm behaglich durch seine Sehnsucht.

In Maya erwachte erneut dieser Instinkt, den sie heute schon einmal verspürt, jedoch niedergerungen hatte. Es war dasselbe, als Lennart ihr vorhin so nahe gewesen war. Sie hatte seinen inneren Kampf gesehen – genauer, als er dies womöglich ahnte. Das Alien in seinem Kopf, es war das noch schwache Enchantment Mayas gewesen, die ihn unbewusst lenkte, die ihn instinktiv lockte, die seine Gedanken bereits verführt hatte, bevor er gerade noch einmal die Umkehr schaffte.

Lennart hatte Hilfe bekommen – und irgendwo, ganz tief in ihr drinnen, war Maya darüber ein wenig enttäuscht. Es bereitete ihr eine neue, eine unbeschreibliche Lust, diese Macht zu verspüren und in die Gedanken ihres Gegenübers einzutauchen, weil dies ihre Natur war. So war es bestimmt und so sollte es sein: Jeder Mann musste ihrer Bezauberung erliegen. Sie spürte es, sie genoss es, es musste geschehen.

Doch nur bei einem der beiden Männer, die so rüde in ihr Zimmer hineingeplatzt und von der Ärztin aufgehalten worden waren, spürte sie diese Offenheit, diese Empfänglichkeit für ihre Gesänge, nur einer war ihr verfallen. Sie spürte seinen Blick auf ihrer Haut. Der andere hatte um seinen Geist eine Art Mauer gezogen, die von Mayas Bezauberung nicht durchdrungen werden konnte. Es war wie eine uneinnehmbare Festung.

Sei's drum, dachte die junge Nixe bei sich – und konzentrierte sich nun auf ihr ... *Opfer*.

Was noch keiner im Raum erkennen konnte, obschon der ungleiche Kampf bereits nach wenigen Sekunden entschieden gewesen war – es geriet für Maya zur lustvollen Eroberung. Sie lächelte den Mann leicht an – und genoss jede kleinste Regung auf seinem Gesicht. In seinem Kopf hatte sie längst die Kontrolle übernommen. Sein Blut schoss hinab in die Lenden, im Gehirn wurde es nicht länger gebraucht. Dort zupfte die Nixe sanft und verspielt die Saiten seines Lustzentrums, rührte zärtlich verborgene Fantasien an, stöhnte ihm sehnsüchtiges Begehren entgegen. Es war ein derartiger Tsunami der Lust, dass er nicht nur in der ersten Angriffswelle siegte, sondern das Verderben in freudiger Erwartung empfangen würde.

Auch Maya spürte erneut die Lust in sich. Es war ein Verlangen, gepaart mit einer machtvollen Dominanz, was ihr ein behagliches Kribbeln im Unterleib und eine wonnige Wärme im ganzen Körper bescherte. Sie erinnerte sich an die Situation auf dem Boot, kurz vor dem Angriff des Krokodils. Sie erinnerte sich an zaghafte sexuelle Begegnungen ihres jungen Lebens, noch recht unschuldig und unerfahren. Dies hier war mit nichts davon vergleichbar. Vermutlich hätte sie über Jahre hinweg jede erdenkliche Form der Liebe und Erotik genießen können, sie wäre in einem ganzen Menschenleben nie zu jener Erfüllung gelangt, die sie jetzt erfuhr. Maya war tief in die Seele dieses Mannes eingetaucht – und hatte die uneingeschränkte Kontrolle darüber.

Es war ein aufregendes Spiel. Wohin auch immer sie sich in seinem Geiste bewegte, welcherlei Freuden sie ihm auch heraufbeschwor, sie spiegelten sich zigfach in ihren eigenen Gefühlen und stachelten sie nur noch weiter an, heizten sie immer weiter auf, steuerten quälend langsam, aber ohne jeden Zweifel auf einen Höhepunkt zu, der ihre ganze Welt aus den Angeln heben würde. Maya konnte sich dieser neuen Lust nicht widersetzen – sie wollte es auch gar nicht. Nicht mehr.

Ihr Mund war trocken, sie leckte sich mit der Zunge über die Lippen. Ihr Atem war warm, in ihren Augen lag die Sehnsucht. Er sollte ihr gehören … sie wollte ihn mit Haut und Haaren verschlingen. Es war Mayas Bestimmung. Sie wusste es … und sie genoss es …

Mit einem mal wurde Cypher die Situation klar und er schnaubte vor Wut.

Wütend über sich selbst, dass er dies so spät erkannt hatte. Wütend über die Ärztin, die sie aufgehalten hatte. Wütend über seinen nichtsnutzigen Kollegen, der offenbar die Schmerzen in Nase und Rachen nicht hatte ertragen wollen, der offenbar bereits nach einem Nasenloch die Prozedur abgebrochen hatte – der nun die gesamte Operation durch Leichtsinn und schiere Befehlsverweigerung gefährdet hatte.

Er hatte die Tinktur nicht vollständig und das Atropin gar nicht eingenommen – und während Cypher im Auto noch mit seinen eigenen Vorbereitungen beschäftigt und somit vom Schmerz abgelenkt gewesen war, hatte sein Kollege die Behandlung abgebrochen, die Röhrchen versteckt. Er war hier und jetzt kein bisschen geschützt gegen die Einflüsse des Wesens. Seine Nerven und Rezeptoren waren empfänglich wie eh und je. Widerlicher Schwächling!

Cypher musterte seinen Kollegen, der schon nicht mehr bei sich war. Jener stand dort wie zur Salzsäule erstarrt und starrte geifernd hinüber zu Maya. Cypher sah einen nassen Fleck auf Höhe der Innentasche des Jacketts seines Kollegen. Es roch säuerlich. Als sie vorhin die Sonnenbrillen wieder eingesteckt hatten, das seltsame Geräusch – da hatte er vermutlich die Fläschchen in seiner Tasche zerbrochen. Es gab keine Möglichkeit mehr, ihn jetzt noch zu schützen.

Cypher wandte sich um, sah zum Bett, dann sah er Mayas Blick – und er schluckte trocken. Das teilnahmslose Starren war verschwunden. Sie hatte in diesem Moment rein gar nichts mehr von dem hilflosen, unschuldigen Mädchen an sich, das noch vor Sekunden bemitleidenswert und peinlich berührt auf dem Bett gelegen hatte. Sie war nun wach. Hellwach. In ihren Augen lag ein rötlicher Schein, der jeden klaren Gedanken Cyphers zu verzehren drohte. Er schüttelte es panisch ab, er wehrte sich dagegen.

Die Gedanken in seinem Kopf rasten – und es wurde ihm binnen Sekundenbruchteilen einiges klar.

Er hatte in den vielen Jahren schon vieles gesehen, vielem standhalten müssen. Aber einen derartigen Blick, so voller zerstörerischer Lust, hatte er noch nie erlebt. Er begriff, dass dieser Blick nicht ihm galt oder der Gruppe, Maya hatte die ganze Zeit seinen Kollegen fixiert. Es herrschte längst eine Verbindung zwischen den beiden, aufgebaut und aufrecht erhalten durch die Reize des Geschöpfs und die Wehrlosigkeit seines Kollegen. Jener war dem Mädchen nun auf Gedeih und Verderb ausgeliefert.

Die Ärztin, eine Frau, war immun dagegen. Er selbst hatte seine Vorkehrungen getroffen – in diesem Moment dankte er Gott dafür. Sein Kollege allerdings war dieser Kreatur in die Falle gelaufen. Er hatte keine Chance gehabt. Nun, das schien so klar wie das Amen in der Kirche, war es zu spät.

Mit einem leichten Stechen im Schädel erinnerte sich Cypher an die Szene im Labor von Dr. Shaw, an die Demonstration, wofür der Taxifahrer hatte sein Leben lassen müssen und an den Blick, den die Nixe dort ihm selbst, Cypher, zugeworfen hatte. Auch er wäre fast dem Bann dieser Nixe erlegen – selbst durch ein zentimeterdickes Panzerglas hindurch. Wie mochte es seinem Kollegen ergehen, der mit der Nixe unmittelbar konfrontiert wurde? Cypher konnte es nur vermuten, aber er hätte in diesem Moment darauf gewettet, dass die Luft in diesem Zimmer bereits so dermaßen angereichert war mit den Pheromonen des Wesens, dass jeder Mann, der den Raum ungeschützt betrat, ihm sofort verfallen und dessen Gehirn zu Brei würde. Es hatte hier heute schon mal einen Vorfall gegeben. Die Kleine lief vermutlich gerade erst so richtig warm.

Die junge *Nixe* – Cypher gestattete sich erstmals diesen Gedanken, dass sie eine sein musste – hatte die Kontrolle übernommen. Sein Partner starrte auf das Mädchen und das Mädchen starrte in seine Augen.

Cypher überlegte fieberhaft, wie er das Blatt noch wenden konnte. Aber ihm rannte die Zeit davon. Die ganze Situation war völlig außer Kontrolle geraten, die Mission stand auf der Kippe.

Die Ärztin war drauf und dran, ihn höchstpersönlich aus dem Raum zu tackeln, spätestens dann würde das hier in einem Blutbad enden. Der Zugriff und die Ingewahrsamnahme der Kreatur waren die oberste Maxime dieses Einsatzes. Es spielte keine Rolle mehr, wer dabei wann auf der Strecke blieb, solange nur das Ergebnis stimmte. Ab diesem Punkt, so wurde Cypher schmerzlich bewusst, galt es nur noch, die Mission zu erfüllen – koste es, was es wolle. In Gedanken entschuldigte er sich bei seinem Kollegen, dessen Gehirn in diesem Moment vermutlich nur noch einer Schale Apfelmus gleichkam. Dann traf er seine Entscheidung.

Cypher sprach wieder in seinen Hemdärmel. „Code Omega."

Ein Code dafür, dass der Plan gescheitert war und es nun galt, die Unternehmung zu einem raschen, entschiedenen, wenn auch verheerenden Ende zu bringen. Völlig egal, was dies erfordern würde. Verletzte und Leichen, Beamte und Zivilisten, hier sogar Patienten – war dieser Befehl einmal erteilt, stand das Leben eines jeden Beteiligten und Unbeteiligten vor Ort auf Messers Schneide. Es galt nur noch das eine: der Erfolg der Mission.

Cypher seufzte und zog seine Waffe. Die Ärztin verstummte augenblicklich, stellte sich zwischen ihn und das Bett Mayas – sie war so abgelenkt von ihrer Rolle als Beschützerin, dass sie Maya noch gar nicht wieder angesehen hatte – und hob beschwichtigend die Hände in Cyphers Richtung.

Was für eine bemerkenswert mutige Frau, dachte sich der Agent.

Draußen hörte er Wagentüren zuschlagen, von Schalldämpfern gedämpfte Schüsse und Geschrei; das SWAT-Team der CIA stürmte das Gebäude. Es hatte begonnen. Die Agenten, die im Gebäude waren, würden inzwischen die Ausgänge sichern. In wenigen Minuten würde alles vorbei sein, er musste nur diese Frau und das Biest in diesem Bett in Schach halten. Und ...

Plötzlich stürmte er los.

Cypher nahm die Bewegung zwar noch aus den Augenwinkeln wahr, konnte aber nicht mehr schnell genug reagieren. Er fluchte in sich hinein, während er von dem heftigen Stoß, den er beim Vorübereilen seines Partners eingesteckt hatte, hart zu Boden ging. Von der Wucht des Ansturms wurde auch die Ärztin von den Füßen gerissen, stürzte rücklings, prallte mit dem Kopf gegen den Rahmen des Krankenbettes, und blieb bewusstlos liegen.

Alle Hindernisse überwunden, stürzte sich der bezirzte Agent wie von Sinnen auf Maya, die ihn mit einem kalten Lächeln und offenen Armen empfing. Er fiel geradezu über sie her. Halb lag er, halb stand er über seiner Versuchung. Er war kein Mensch mehr. Er wurde nur noch beherrscht von wilder, animalischer Begierde. Maya war Herrin seines Geistes und zog keck die Fäden ihrer Marionette. Sie machte keine Anstalten, sich zu wehren, hielt seinen Blick und seinen Geist mit ihren Augen gefangen, umschlang ihn mit den Beinen, presste die wunden, nässenden Innenseiten an seinen Leib. Es gab kein Entrinnen.

Cypher rappelte sich umständlich hoch. Er hatte bei seinem Sturz den Tisch mit den gynäkologischen Instrumenten umgerissen und war mit dem Knie auf der stählernen Kante eines Tischbeins aufgekommen. Es schmerzte fürchterlich und er konnte das Bein kaum mehr bewegen. Hektisch tastete er nach seiner Waffe, die ihm bei dem Sturz entglitten und zwischen die medizinischen Instrumente geschlittert war. Bis er sie endlich zu fassen bekam und sich mühsam hochrappelte, war es schon fast vorüber.

Maya hatte den Mann mit Beinen und Armen umschlungen, nur sie waren von dem Mädchen noch zu sehen. Cypher sah die roten Wunden, die sich entlang ihrer Beine bis zu den Füßen herabzogen. Sie nässten und schwelten. Das Nesselgift hatte sich offensichtlich schon durch die Kleidung seines ehemaligen Kollegen hindurch geätzt, hatte seiner Haut darunter tödliche Verbrennungen beigebracht – doch er schien nichts mehr zu spüren. So übermächtig, so unkontrollierbar war nach dem Pheromoncocktail und dem Locken die Begierde nach der Berührung der Nixe gewesen, dass er absolut nichts mehr zu erkennen imstande war. Er hing schlapp über dem Mädchen, das ihn in ihrer tödlicher Umarmung umschlungen hielt. Seine Bewegungen erstarben, ebenso wie sein Geist.

„Stopp, hören Sie auf!", schrie Cypher. Oder er wollte es vielmehr schreien. Aus seiner Kehle kam nur ein zaghaftes Röcheln.

Endlich wurde von außen die Tür aufgerissen, weitere Agenten stürmten in den Raum, blieben allerdings wie angewurzelt stehen, als sie erkannten, was sich da vor ihren Augen abspielte. So erkannten sie nicht, dass sich mit ihnen auch die Polizisten und das Klinikpersonal, aufgeschreckt von dem Aufruhr, in den Raum begaben. Und so stand, etwas abseits, noch jemand in dem Raum, unweit der Wand, mit starrem Blick und voller wilder Entschlossenheit.

„*SCHIEẞEN SIE*!"

Ein kurzes Zögern lag im Raum – und einigen Agenten wurden die Augen glasig.

In diesem Moment richtete sich der todgeweihte Agent plötzlich noch einmal zu voller Größe auf, drehte sich weg von Maya und stürmte in rasender Wut auf die anderen Agenten, seine eigenen Kollegen, los. Er hatte seine Waffe gezogen und feuerte wahllos in die Menge. Er traf einen, zwei, drei Männer, alle gingen zu Boden. Auch eine unbeteiligte Frau wurde direkt in den Kopf getroffen und war tot, noch bevor ihr zusammensackender Körper den Boden berührte.

„*FEUER*!", brüllte Cypher, der sich im gleichen Augenblick wieder flach auf dem Boden warf.

Und die Hölle brach herein.

Über ihm zischten Kugeln, hinter ihm knatterten die automatischen Waffen, neben ihm regnete es Patronenhülsen. Der besessene Agent, sein einstiger Kollege, wurde förmlich von Kugeln durchsiebt, bevor er endlich zu Boden ging. Selbst im Fallen riss er, unablässig weiter feuernd, noch zwei weitere Männer mit in den Tod. Cypher hatte sich hinter der Platte des stählernen Instrumententisches zusammengekauert und hoffte, dass die Zielperson, gedeckt durch den Körper seines totgeweihten Ex-Kollegen, nicht zu sehr verletzt wurde. Erst als er keine Schüsse mehr hörte, riskierte er einen Blick.

Was er sah, war ein Bild des Grauens.

Es lagen an die zwanzig Leichen im Raum, vielleicht sogar mehr, nebeneinander, übereinander, blutend und gefallen, wo sie gestanden hatten, allesamt erschossen. Unter ihnen waren auch Ron Sheffield von der Klinikleitung, sein ungehobelter Anwalt, die beiden noch in der Klinik verbliebenen ermittelnden Polizisten, eine Krankenschwester – und mehrere verdeckt arbeitende CIA-Agenten. Cypher schnaubte noch einmal und versuchte einen Brechreiz zu unterdrücken.

Was für ein Desaster!

Aus den Lautsprechern im Flur der Klinik ertönte ein Alarmsignal, permanent und unablässig. Auf den Fluren herrschte kopflose Hektik. Er hörte weiterhin Schüsse, Schreie, Panik.

Er rappelte sich hoch, versuchte sich einen Überblick und Orientierung zu verschaffen. Sein Hirn wollte im Schock gerne auf Autopilot umschalten, doch das ließ Cypher noch nicht zu. Er brauchte mehr denn je alle seine Sinne, all seine Konzentration, um den Auftrag zu Ende zu bringen.

Die Ärztin hatte Glück gehabt. Wenn sie auch unter den Kadavern begraben war, sie war noch am Leben, wenngleich bewusstlos. Cypher richtete sich vollends auf, sein Knie schmerzte wie die Hölle. Er wandte sich wieder um zum Bett.

Jetzt musste er nur noch ...

Sie war weg.

Maya war verschwunden.

„Verdammte Scheiße!!!“, brüllte Cypher, während er fassungslos auf das leere Bett starrte und überflüssigerweise die Decke, das Kissen, das Laken wegriss, als müsse sie darunter verborgen sein. Aber es blieb dabei. Maya war weg. Wie vom Erdboden verschluckt. Die Mission, Cyphers Mission, sie war endgültig gescheitert.

Noch während er fluchend und humpelnd über die Leichen ringsum hinwegstieg, sich einen Weg aus dem Zimmer bahnend, an den entgegenkommenden und viel zu spät gekommenen CIA-Einsatzkräften vorbei, schrie er in sein Mikrofon. „Riegeln Sie alles ab! Riegeln Sie das Scheißgebäude ab! Hier kommt keiner raus, solange wir die Nixe nicht haben! Zielperson flüchtig! Ich wiederhole: Zielperson flüchtig!“

Er kämpfte sich auf den Flur, schaute hastig in alle Richtungen.

Es war voll hier. Ärzte, Patienten, Pflegepersonal, alle stoben in wilder Panik durcheinander, versuchten zu entkommen, schrien und schlugen um sich – und die Alarmsirene aus den Lautsprechern gellte in Cyphers Ohren. Gleichzeitig drängten weitere SWAT-Einsatzkräfte aus Fluren, Treppenhäusern und Liften herein. Wo sie hereinkamen, da eilten die Fliehenden sogleich hinaus. Alles schien ein wildes verstopftes, panisches Chaos. Einige Schüsse, welche die Beamten in die Luft abgaben, um sich Platz zu verschaffen, machten das nicht besser, sondern eher viel schlimmer.

Cypher überlegte fieberhaft.

Sie war entkommen. Sie war geflohen. Was sollte er jetzt tun?

Code Omega war eigentlich eindeutig. Trotz dieser klaren Order entglitt ihm die Situation mit jeder verstreichenden Sekunde ein kleines bisschen mehr. Er seufzte in sich hinein. Es war verloren. Die Mission war endgültig gescheitert.

Dann hörte er über seinen Funk eine andere Stimme.

Ein anderes Kommando. „Hellfire.“

Der Befehl kam nicht von ihm. Es kam noch nicht einmal von jemandem aus diesem Gebäude, aber Cypher kannte diese Stimme nur zu gut. Er wusste, was Dr. Shaw soeben seinen Leuten, dem Eliteteam der CIA, befohlen hatte. Spuren verwischen, Zeugen eliminieren, niemals vor Ort gewesen sein.

Dies war der verheerende Moment, in welchem die Einsatzkräfte im Royal Darwin Hospital das Feuer auf die Zivilisten eröffneten. Wer bis dahin die Station noch nicht verlassen hatte, wurde im Kugelhagel niedergestreckt. Auch einige Einsatzkräfte wurden getroffen, das war bei dieser sehr radikalen und brutalen Vorgehensweise, die eigentlich nur für den äußersten Notfall gedacht war, nicht zu vermeiden. Gleichwohl wurde das Chaos gelichtet, die Panik buchstäblich tot gemacht – aber um welchen Preis!

Binnen Sekunden verstummten die Menschen, nach und nach auch das Gewehrfeuer, allein die Alarmsirene brüllte weiter ihren monoton klagenden Schrei.

Als alle Zivilisten aus der Gleichung eliminiert waren, ertönte über Cyphers Funk erneut die Stimme Shaws, der offensichtlich die ganze Zeit mitgehört und sich entschieden hatte, die Zügel der gescheiterten Mission selbst in die Hand zu nehmen. „Clear!“

Die Waffen verstummten endgültig.

Die Beamten nahmen Haltung an, Cypher eilte los. Sein Ziel war klar. Über zahlreiche Leichen hinweg, sein Knie vor Schmerz pochend, kämpfte er sich durch die blutige Szenerie zum Aufenthaltsraum. Er hastete hinein – keine Leichen. Wo waren der Mann und die Frau, die er vorhin noch hier drin gesehen hatte, überwacht von einem getarnten Agenten?

„Habt ihr sie?", keuchte er in sein Mikro. „Habt ihr die Kleine gefunden?"

Ein Knacken in seinem Ohr. Stille. Dann eine resignierte Stimme.

„Nein, Sir, sie sind entkommen."

Cypher sackte zusammen. Er hatte versagt.

Eine sichere Mission – und er hatte versagt.

Sein Knie schmerzte unsäglich. Er kam nicht wieder auf die Beine.

Den letzten Befehl sprach er selber in sein Mikrofon: „Auflösen!"

Dann verschwand die CIA aus dem Royal Darwin Hospital, ließ Angst und Panik, Blut und Chaos sowie etliche sinnlos gestorbene Menschen zurück.

Maya blieb verschwunden.

15

Der Klinikangestellte eilte voran. Dicht hinter ihm ging Sam, dann folgte Lennart, der die in eine Decke eingehüllte Maya stützte. Zuletzt lief die alte Dame und trieb alle vor ihr Laufenden zur Eile an, während sie den unterirdischen Gang entlangrannten, welcher zu einem nicht mehr genutzten Luftschutzbunker unter der Klinik führte.

Die Stadt Darwin war seit dem Zweiten Weltkrieg ein gebranntes Kind – im wahrsten Sinne des Wortes. Nach Beginn des großen Kampfes war es Darwin gewesen, das am 19. Februar 1942 den ersten Angriff auf australisches Gebiet seit der Staatsgründung hinnehmen musste. Es folgten noch viele weitere Luftangriffe. Von diesen Schlägen erholte sich die Stadt nur sehr langsam.

Es war also nur allzu verständlich, dass nicht wenige Gebäude in einer derart heimgesuchten Region über unterirdische Schutzräume und dorthin führende Gänge verfügten. Das hiesige Royal Darwin Hospital, verantwortlich für etliche Patienten, Angehörige und Personal, war eines dieser Gebäude.

Der von der kleinen Gruppe angesteuerte Schutzraum – einer von vier auf dem gesamten Areal – wurde zwar kaum mehr genutzt, doch ließ er es an nichts fehlen. Es gab einen Wasser- und einen Stromanschluss, es gab Nahrungsvorräte – die allerdings inzwischen tödlicher wirken mochten als jeder Bombenangriff – und es gab Betten sowie eine medizinische Ausrüstung. Optimale Voraussetzungen also, um hier eine Weile abzutauchen – sofern man denn von der Existenz dieses Raumes wusste.

Hinzu kam: Der Zugang zum unterirdischen Schutzraum erfolgte über den Keller durch eine Art Schleuse, bestehend aus zwei stählernen Schutztüren. Zu diesen Türen hatte bei Weitem nicht jeder in der Klinik einen Schlüssel. Der Hausangestellte, der Maya belästigt hatte und nun ihren kleinen Trupp anführte, hatte selbstredend einen. Den nutzte er nun, um am Ende des besagten Ganges die erste der beiden Stahltüren auf- und hinter ihnen sogleich wieder abzusperren. Noch rasch durch die zweite Tür gehuscht, schon befanden sich die fünf Flüchtenden in einer unterirdischen Halle.

Die Decke war recht niedrig, die Grundfläche des Raumes dafür umso größer. Es war wie in einem riesigen Deck eines Parkhauses: der Betonboden, die Leuchtstoffröhren, die zahlreichen Stützpfeiler – all das war schon recht ähnlich. Nur dass hier keinerlei Fahrzeuge abgestellt waren, sondern lediglich eine Menge Krempel, den man in der Klinik offenbar selten brauchte. Wie so viele Bunker war auch dieser in der heutigen Zeit zur Abstellkammer verkommen. Zahlreiche ausrangierte Pflegebetten und Nachttische und auch veraltetes medizinisches Gerät waren hier abgestellt worden und mit der Zeit in Vergessenheit geraten.

Inzwischen war es fast schon so, dass man mit etwas gutem Willen und medizinischem Talent hier unten in diesem alten Bunker ein eigenes kleines Lazarett hätte betreiben können. Die Ausstattung dafür war jedenfalls vorhanden. Allein an Personal und Patienten fehlte es. Jene leckten ihre Wunden nach dem verheerenden „Terrorakt“ in einem Krankenhaus mit etlichen Todesopfern, der inzwischen die Schlagzeilen und die Berichterstattung Darwins und weltweit beherrschte.

Während dort oben die Einsatzteams der örtlichen Polizei die Folgen des Massakers in den Griff zu bekommen versuchten, den oder die Täter jagten und sich die Medien mit Berichten über einen Terrorakt in Darwin überschlugen, war das Leben hier unten ruhig und friedlich. Niemand kam auf die Idee, hier nachzusehen. Warum sollten sie auch? Wie hätte ein Attentäter von diesem Raum wissen sollen? Nicht einmal ein Fünftel aller Angestellten des Krankenhauses wusste davon. Und selbst wenn der „Attentäter“ es gewusst hätte, wie hätte er hineingelangen sollen? Da auch die Polizei nichts von dem Bunker wusste, war die Zweckgemeinschaft der fünf Flüchtenden hier unten erst einmal in Sicherheit. Es gab Wasser, es gab Nahrung, es gab Medizin. Maya konnte versorgt werden. Vor allem gab es eine ganze Menge zu besprechen.

So ließ sich die kleine Gruppe schließlich erschöpft auf einigen Betten nieder, die am hinteren Ende des Bunkers nebeneinander an der Wand standen. Lennart setzte Maya vorsichtig auf einem der Betten ab, half ihr, die wunden Beine – die Innenseite sah aus wie verbrannt – hochzulegen, deckte sie zu und blieb neben ihr stehen, bis sie sich zurückgelegt und die Augen vor Erschöpfung geschlossen hatte. Dann erst legte er ihre Hand vorsichtig neben ihr ab und setzte sich auf das Bett daneben, wo schon Sam Platz genommen hatte. Auf der anderen Seite nahmen auch die beiden Anführer dieser Flucht auf einem Bett Platz, so dass sich nun die vier Erwachsenen gegenüber saßen. Alle atmeten endlich wieder durch – und angesichts ihrer Lage kam ihnen selbst die muffige Luft des Bunkers wie eine frische Frühlingsbrise vor.

Maya war froh, endlich wieder zur Ruhe zu kommen. Von all der Aufregung vorhin bei ihr im Zimmer hatten ihre Begleiter kaum etwas mitbekommen. Auch nicht vom wenig glanzvollen Ende des CIA-Agenten. Maya hatte entschieden, dass es das Beste für alle Beteiligten wäre, wenn sie die Details jener Ereignisse für sich behielte. Geschweige denn, dass es in all der Hektik überhaupt eine Gelegenheit gegeben hätte, irgendwem davon zu erzählen. Als das Schießen begonnen hatte, war alles sehr schnell gegangen. Das Feuer hatte sich auf den fremdgesteuerten Agenten konzentriert, der plötzlich seine Kollegen attackierte. Maya hatte sich instinktiv auf der anderen Seite ihres Bettes auf den Boden gleiten lassen, so konnte sie von keiner der Kugeln getroffen werden. Sie hatte aus sicherer Distanz unterm Bett hindurch beobachtet, was geschah.

Seither versuchte sie ihre Gedanken zu ordnen. Was in dem Krankenzimmer geschehen war, machte ihr im Nachhinein Angst. Nicht unbedingt die Agenten, noch weniger die seltsamen Veränderung an ihrem Körper, noch nicht einmal die Schießerei – sehr wohl aber die fremdartigen Gedanken, ihre sonderbaren Gefühle, als sie die Kontrolle über diesen Mann übernommen, ihn für sich eingesetzt hatte. Sie hatte keinen Moment gezögert, hatte eine offene Tür in seinem Geiste erspürt und war ohne zu zögern hineingehuscht. Sie hatte ihn überwältigt – und es hatte ihr gefallen. *Sehr* gefallen.

Maya musste sich eingestehen: Diese Erfahrung hatte sie auf eine bisher nie gekannte Weise erregt. Ihre Schmerzen waren in dieser Zeit vergessen, das Adrenalin schoss durch ihren Körper, ihr Puls raste. Es war, als ob sie nie für etwas anderes bestimmt gewesen wäre; als ob sie eine längst überfällige Kraft in sich entdeckt, entfesselt und genutzt hätte. Es fühlte sich richtig an – und doch auch so falsch.

Ihr Herz pochte wie wild. Es hämmerte von innen gegen ihren Brustkorb. Maya schluckte trocken. Sie sehnte sich nach mehr, aber fürchtete sich zugleich davor. Sie wusste, dass sie nach menschlichen, nach moralischen Maßstäben, etwas sehr Schlimmes getan hatte: Sie hatte einen Mann gewissermaßen verführt, sich ihm hingegeben, und ihn dann getötet. Und sie hatte es genossen. Jedoch war da noch eine ganz andere Frage, die sie beschäftigte: Ihre Bedenken, die Gewissensbisse, die menschlichen Maßstäbe – waren sie für Maya überhaupt noch von Belang?

Mit geschlossenen Augen lag sie auf ihrem Bett, spürte den pochenden Schmerz in ihren Beinen, die sie instinktiv zusammendrückte, während sie wieder und wieder die Szene aus dem Krankenzimmer vor ihrem geistigen Auge ablaufen ließ. Jedes Mal fühlte sie einen kleinen Adrenalinschub, ein wohliges Kribbeln am ganzen Körper, wenn sie an den Agenten dachte, wie er über ihr war, nicht Herr seiner Sinne, sie ihn mit den Beinen umklammerte – und das Leben aus ihm entwich. Mit geschlossenen Augen lauschte Maya dem Gespräch, das um sie herum geführt wurde.

„Hier können wir erst einmal bleiben“, sagte der Mann, der Angestellte der Klinik. Er war etwas unsicher und sah Lennart wachsam an. Er konnte nicht wirklich einschätzen, ob jener weiterhin einen Groll gegen ihn hegte wegen dem, was heute geschehen war; ob er ihn vielleicht sogar jeden Moment attackieren würde. Es wäre nur allzu verständlich gewesen, das wusste er – wenngleich er sich kein bisschen daran zu erinnern vermochte, warum er zu dieser Tat fähig gewesen war. „Die Leute von der Klinik kommen eigentlich nie hier herunter", fuhr er aufmunternd fort. „Es wird Tage, vielleicht sogar Wochen dauern, bis sie sich an diesen Raum erinnern. Wenn überhaupt."

Die ältere Frau neben ihm legte ihre Hand auf die seine. „So lange können wir hier vermutlich gar nicht bleiben", sagte sie bestimmt, aber mit sanfter Stimmer. „Der Prozess ist bereits in vollem Gange. Durch irgend etwas wurde er heute sogar noch beschleunigt. Wenn wir es nicht schaffen, der Kleinen sehr schnell zu helfen, dann wird es weder für sie noch für uns eine Rettung geben. Wir müssen so schnell wie möglich zurück ins Reservat. Dort habe ich alles, was ich benötige, um ihr zu helfen."

Lennart grummelte. „Wenn Sie von *der Kleinen* reden, meinen Sie damit etwa meine Tochter?"

Die Alte lächelte sanft und entschuldigend. „Ja, verzeihen Sie, ich hatte bisher noch keine Gelegenheit, mich nach ihrem Namen zu erkundigen."

„Maya heißt sie", erwiderte Lennart, nun schon wieder etwas versöhnlicher. „Aber was meinen Sie bitte damit, dass es keine Rettung gäbe? Sie ist doch gar nicht krank? Die Ärzte haben bisher nichts finden können!"

„Sie werden auch nichts finden", erklärte die Frau resigniert. „Was mit Ihrer Tochter momentan geschieht, ist der modernen Medizin absolut fremd. Es ist auch keine Krankheit. Ihrer Tochter geht es – den Umständen entsprechend – vermutlich sogar recht gut. Aber genau das könnte für uns alle noch zum Problem werden."

In Maya regte sich ein kleiner Triumph. Sie wusste, wovon die alte Frau sprach. Wer sie wohl war? Maya lauschte weiter.

Nun meldete sich Sam zaghaft zu Wort. „Es ist eine Metamorphose, nicht wahr?"

Die alte Frau wirkte überrascht. „Sehr gut, Kindchen! Sie sind vermutlich der erste Mensch mit ein wenig Grips, der aus eigener Überlegung auf diese Erklärung kommt!", lobte sie.

Sam wurde ein wenig verlegen.

„Tatsächlich ist es so etwas wie eine Metamorphose, was das Mädchen gerade durchmacht. Aber ich muss zugeben, ich selbst habe so etwas auch noch nie zuvor gesehen", fuhr die alte Frau fort. „Ich kenne das nur aus Erzählungen. Sind Sie wirklich von alleine darauf gekommen, oder haben Sie die Ärzte darauf gebracht?"

„Es war meine Idee", erklärte Sam ein wenig stolz. „Aber wir haben mit den Ärzten darüber gesprochen und waren gerade dabei, einen Weg zu finden, wie wir das alles noch aufhalten könnten. Kurz bevor dort oben alles in sich zusammenbrach."

„Sie haben die richtigen Ideen, Kind, aber Sie denken zu sehr in Kategorien der weltlichen Wissenschaft", sagte die Alte dann ruhig, aber bestimmt. „Nichts für ungut, aber Maya braucht keine Medizin. Vermutlich hätten Sie ihr mit der Verabreichung eines Medikaments eher geschadet als geholfen. Was Maya durchmacht, das lässt sich nicht mehr aufhalten. So viel müssen Sie begreifen, meine Liebe."

„Aber die Ärzte haben doch gesagt ...", protestierte Lennart.

„Die Ärzte haben leider keinerlei Ahnung, womit sie es hier zu tun haben", fiel ihm die alte Frau ins Wort. „Solange wir nicht alle anfangen, uns daran zu gewöhnen, dass dieses Phänomen die bisherigen, die uns selbst gesteckten Grenzen des Denkens überschreitet, haben wir keine Chance, Maya in ihrer Situation zu unterstützen und ihren Weg zu begleiten. Die Erkenntnis ist der Schlüssel. Diese vermögen Ihnen die Ärzte leider nicht zu liefern."

Einen Moment lang herrschte Stille.

„Sie können uns so eine Erkenntnis anbieten?" Maya schlug die Augen wieder auf. Sie konnte nicht länger unbeteiligt zuhören. Sie hatte Fragen. Sehr viele Fragen. Hier war offenbar jemand, der ihr darauf die Antworten liefern konnte. Gleichzeitig wollte sie das merkwürdige Lauern, die Erregung, die unheimliche Machtphantasie in sich zum Schweigen bringen.

Kurz wussten die vier Erwachsenen die Herkunft der Frage nicht richtig einzuordnen. Dann erst sahen sie, dass Maya sich aufsetzte. Mühsam rutschte sie mit dem Po zurück an die Oberkante des Bettes, um sich mit dem Rücken an das Kopfende anzulehnen. Sam sprang auf und half ihr dabei, dann folgte auch Lennart, bis beide neben Maya auf dem Bett saßen. Sam hielt ihre Hand.

Die alte Frau sah Maya sanft an, fast ein wenig mütterlich. Sogar ein Hauch von Bewunderung lag in ihrem Blick. Sie schien nicht überrascht von Mayas plötzlicher Einmischung in das Gespräch. Maya fühlte sich etwas unwohl unter ihren wachen Augen. Noch immer konnte sie nicht einschätzen, ob die Alte ihr wohlgesonnen war.

„Sieh dich nur an, mein Mädchen", sagte die Frau dann sanft und voller Bewunderung. „So eine wunderschöne junge Frau wie dich habe ich seit Jahrzehnten nicht mehr gesehen. An dir ist wahrlich alles makellos. Ich hätte nicht gedacht, dass ich jemals das Glück habe würde, eine von euch leibhaftig zu Gesicht zu bekommen."

Maya winkte ab. „Ich verstehe überhaupt nicht, was Sie da sagen", erwiderte sie dann etwas patzig. „Sie haben schon oben im Krankenzimmer eine solche Andeutung gemacht. Wenn Sie sagen, eine von euch, wen oder was meinen Sie dann damit? Was denken Sie denn, wer ich bin?" Bei der letzten Frage war ihre Stimme schließlich etwas weggesackt, hatte weniger herausfordernd und stark geklungen, als Maya es beabsichtigt hatte.

Die alte Frau schwieg einen Moment. Hinter ihrer Stirn schien das Gehirn auf Hochtouren zu arbeiten, sie suchte nach einer Lösung. Was würde sie nun offenbaren?

Dann legte ihr Sohn, der neben ihr saß, seine Hand auf die seiner Mutter. „Du musste es ihnen sagen, Mum", sagte er. „Sie müssen es wissen und sie müssen sich darauf einstellen können. Sonst wird so etwas wie heute noch viel öfter passieren – und es wird nicht mehr kontrollierbar sein. Bitte, sag es ihnen."

Sam nickte eifrig. „Ja, wenn Sie etwas wissen, dann müssen Sie uns einweihen. Bitte!", bekräftigte sie den Appell des Mannes. „Wir haben bereits so viel begriffen, dass Maya einen Wandel durchmacht. Aber was wird das Ziel sein? Können Sie uns dazu etwas sagen? Kann man es aufhalten? Bitte, jede noch so kleine Information kann uns helfen."

Maya hörte kaum, was die anderen sprachen. Ihr Blick war starr auf die Augen der alten Frau gerichtet, und jene hielt dem Blick stand. Es war allerdings kein Kräftemessen, wie man es hätte erwarten können. Es war vielmehr ein Austausch. Zwar konnte Maya nicht in den Geist der alten Frau blicken, nicht in sie eindringen und sich umsehen, wie sie es offenbar bei den Männern beherrschte. Wohl aber konnte sie ihr zeigen, ihr vermitteln, wie ernst es ihr war, wie unbedingt sie ihre Informationen benötigte. Und auch ein bisschen davon, wie sehr sie sich vor der unbekannten Kraft fürchtete, die in ihr erwachte, und wie dringend sie ihre Hilfe brauchte. Es waren pure Emotionen, die in diesem Blick getauscht wurden.

Die alte Frau verstand. Sie lächelte sanft. Dann seufzte sie und hob an zu ihrer Erzählung.

„Wenn ich nun anfange, Ihnen alles zu berichten, was ich weiß, dann werden Sie mich als verrücktes altes Weib abstempeln und mich dafür hassen, was ich Ihnen sage."

Sie seufzte erneut. Maya wurde innerlich immer unruhiger. Sie wollte etwas sagen, etwas fragen, es lag ihr auf der Zunge. Aber sie konnte sich nicht dazu überwinden ...

„Es ist nicht leicht zu begreifen oder zu akzeptieren. Es ist nicht von dieser Welt. Zumindest nicht von der, die wir kennen", fuhr die Frau fort. „Sie müssen Ihren Geist öffnen und darin das Unmögliche zulassen. Sie müssen sich gestatten, etwas in Erwägung zu ziehen, wovon Ihnen der Verstand sagt, dass es nicht sein kann. Erst wenn Sie sich allen Möglichkeiten öffnen, werden Sie bereit sein, das zu akzeptieren, was ich Ihnen jetzt sagen kann."

Maya schluckte. Ihre Kehle war immer noch trocken. Ihr Herz schlug ihr jetzt bis zum Hals. Sie meinte, weiterhin die unbekannte Regung in sich zu spüren, die dort lauerte, die kurz davor war, erkannt zu werden. Es wohnten in diesem Moment zwei Seelen in Mayas Brust. Die eine etwas Altes, Unheimliches, etwas sehr Mächtiges. Die andere die des siebzehnjährigen Mädchens, das verunsichert war und etwas ängstlich dem entgegenblickte, was sie gleich erfahren würde.

„Dann fangen wir doch einfach mit dem an, wovon hier bisher keiner spricht", sagte Maya schließlich. Sie wollte es mit der Kraft der alten Macht vorbringen, tatsächlich sprudelte es mit der Unsicherheit des Teenagers aus ihr heraus. Die Stimme kippte ihr am Ende weg und sie spie ihre Frage trotzig in den Raum: „Gehört es denn für mich auch dazu, zu akzeptieren, dass alle Männer mich plötzlich nur noch ... begrapschen und befingern ... oder ... noch Schlimmeres wollen?" Maya spürte Tränen auf ihrem Gesicht. Sie verfluchte sich selbst dafür. Sie wollte doch eigentlich stark sein. Wo war nur diese neue Kraft in ihr, wenn sie diese am dringendsten brauchte?

Dennoch, die Frage knallte wie ein Peitschenhieb in den Raum. Dieser Hieb traf den Mann von der Klinik ebenso hart wie Lennart. Hatte die Verheißung einer Erkenntnis soeben noch neue Hoffnung für alle Anwesenden gebracht, war dieser Moment mit einem Mal wieder zerstört. Es gab eine offene Rechnung – und sie musste beglichen werden. Niemand hatte das Erlebte aus dem Krankenzimmer bisher offen zur Sprache gebracht. Niemand hatte über das Unsägliche gesprochen, das sich angebahnt hatte. Drei Mal wäre Maya an diesem Nachmittag beinahe vergewaltigt worden, zwei der Männer waren hier. Einer davon war ihr eigener Vater.

Sam, die von dem zweiten skurrilen Zwischenfall, in den Lennart verwickelt gewesen war, noch nichts gewusst hatte – sie hatte derweil auf dem Flur mit der Psychologin diskutiert, sah in Mayas von Tränen schimmernde Augen, die auf Lennart gerichtet waren. Sams Blick schweifte irritiert zwischen dem Klinikangestellten und ihrem Freund hin und her – bis sie letztlich begriff. Sie rückte ein Stückchen von Lennart weg. „Was meint sie damit?", fragte sie dann fassungslos und blickte abwechselnd alle um sich herum an, bis ihr Blick bei ihrem Freund hängenblieb. „Was will Maya damit sagen, Lennart?"

Lennart saß da wie ein geprügelter Hund. Er war kreidebleich, in sich zusammengesunken, sah zu Boden. Er hatte versucht, das Erlebte zu verdrängen und in die hinterste Ecke seines Bewusstseins zu verdammen. Doch hatte er gewusst, dass er sich irgendwann noch für seine Taten zu rechtfertigen hätte. Er konnte sie nicht erklären, geschweige denn verstehen. Maya war Zeit seines Lebens immer nichts weiter als seine Tochter gewesen, sein Engel, sein kleiner Sonnenschein – und nicht einmal für Sekundenbruchteile irgend etwas anderes. Er fühlte nichts als väterliche Liebe für sie. Umso weniger konnte er begreifen, wie dieses widerliche Alien, das vor wenigen Stunden von ihm Besitz ergriffen gehabt hatte, so schnell so mächtig in ihm hatte werden können. Nie würde er sich das verzeihen. Nie wieder würde er Maya ohne das Bewusstsein seiner Schuld anschauen können. Er blickte beschämt zu Boden.

„Beruhige dich, mein Kind", sagte dann die alte Frau freundlich, aber bestimmt an Maya gewandt. „Anschuldigungen bringen uns im Moment nicht weiter, sie beschreiben das Geschehene kaum zutreffend und sie verletzen Menschen, die nichts dafür können. Ich bitte dich, auch wenn du zu Recht wütend bist, zügle deinen Zorn."

„Nein, das werde ich nicht", sagte Maya trotzig. Sie wischte sich die Tränen vom Gesicht und spürte nun, wie sich die Kraft in ihr durch die verbale Konfrontation mit der alten Frau wieder zu regen begann. „Ihr Sohn ist doch auch nicht viel besser! Wer weiß, was geschehen wäre, wenn mich nicht zuerst Sam und später dann Sie gerade noch gerettet hätten! Was wollen Sie damit sagen, dass diese Menschen nichts dafür können … ? Wer denn sonst, wenn nicht sie … ?"

Die alte Frau seufzte. Sie sah noch mal ihren Sohn an. Jener nickte.

Dann blickte sie wieder zu Maya, direkt in ihre Augen. Maya wurde heiß und kalt. Sie war sich nicht sicher, ob sie hören wollte, was die Alte gleich sagen würde.

„Es ist nicht zu entschuldigen", sagte jene dann vorsichtig. Sie wählte ihre Worte mit Bedacht und sprach sehr langsam. „Ich möchte hier keine Erklärung dafür vorbringen, die nicht jeder Richter dieser Welt schon von sogenannten *Unschuldigen* etliche Male gehört hätte. Was ich aber noch einmal betonen möchte ist, dass deine Wirkung auf Männer, die du soeben ansprichst, Maya, eben *nicht von dieser Welt* ist. Daher ist es schwierig, sie mit den Maßstäben dieser Welt zu messen."

Maya starrte die alte Frau ausdruckslos an und wusste nicht, wie sie reagieren sollte. Sie hätte gerne eine einfache Erklärung für das alles gehabt, etwa eine moralische Aburteilung dieser Männer. Sie hätte sie gerne allesamt aufrichtig gehasst, selbst Lennart – aber sie konnte es nicht. Sie hätte sie gerne von aller Welt beschuldigt und verurteilt gesehen, aber sie spürte, dass dies nicht richtig war. Sie selbst wäre gerne als das unschuldige Opfer all dieser Übergriffe dagestanden – aber sie ahnte, tief in sich drin wusste sie sogar, dass sie den Männern damit Unrecht tat.

Spätestens seit ihrer Begegnung mit den Agenten wusste Maya genau, dass hinter alldem noch wesentlich mehr steckte als die sexuelle Gier, die perverse Geilheit irgendwelcher abartiger Typen. Was sich in ihr regte, was sie auch in dieser Sekunde mit zunehmender Stärke deutlich wahrnahm – es war auch vorhin da gewesen. Es war schon eine lange Zeit in ihr. Es war viel mächtiger, fordernder und kräftiger als jeder menschliche Widerstand.

„Ich will jetzt ganz ehrlich zu dir sein, Mädchen", hob die alte Frau erneut an. Maya wusste, sie sah es in ihrem Blick, dass sie es nun aussprechen würde. „Für Menschen mag das nicht begreifbar sein. Aber tatsächlich gehört es ganz elementar zur Natur deiner Art, diese sinnesraubende Wirkung auf ausnahmslos alle Männer dieser Welt zu haben. Sogar auf deinen eigenen Vater – sofern er das biologisch überhaupt ist. Höre mir bitte genau zu: Es mir wichtig, dass du begreifst, dass weder mein Sohn noch dein Vater dir jemals etwas Böses antun wollten. Sie sind einem uralten Ruf gefolgt, dem zu widerstehen sie unfähig waren. Kein Mann dieser Welt schafft das, es ist unmöglich."

Sie machte eine kurze Pause, ließ die Information sacken. Sie hielt den Blickkontakt aufrecht.

„Könnte mir bitte mal jemand sagen, worum es hier um Gottes Willen eigentlich geht?", stammelte Sam. Sie war mittlerweile kreidebleich, sprach mit erstickter Stimme. Sie saß auf Distanz zu Lennart. Sie hörte das alles zum ersten Mal und für sie brach soeben eine Welt zusammen. Dass ihr Freund sich tatsächlich beinahe an seiner eigenen Tochter vergriffen haben sollte, das war für sie kaum auszuhalten. Ihr Weltbild war erschüttert. Sie brauchte eine Erklärung, jetzt sofort.

Maya hörte indes zum ersten Mal bestätigt, was sie schon die ganze Zeit gespürt hatte. Jener uralte Ruf, sie hatte ihn gehört, in sich gespürt. Sie hatte ihn nicht nur ausgesandt, er hatte auch sie selbst erreicht, hatte sie verführt, ihm zu vertrauen. Und sie war ihm gefolgt. Drei Mal, mit unterschiedlich verheerenden Folgen. Woher konnte jemand hiervon wissen, der dies nicht selbst erlebt hatte?

Die alte Frau überlegte einen Moment. Dann setzte sie sich neben Maya und ihre beiden Zieheltern auf die Bettkante, so dass sie sowohl das Mädchen als auch Sam anschauen konnte. Sie nahm wieder Mayas Hand. In dieser Berührung lag keine Angst, sie war bestimmt und zielgerichtet, sie gab dem Mädchen Kraft. Maya genoss plötzlich, sich nun wieder an etwas klammern, an etwas festhalten zu können.

„Ich sehe, ich muss noch etwas weiter ausholen, damit ihr alle die großen Zusammenhänge der Geschichte begreift, deren Teil ihr geworden seid", sagte sie dann. „Bitte hört mir genau zu. Seid nicht voreingenommen. Öffnet euren Geist. Es ist wichtig, dass ihr begreift, was ich euch sage, dass ihr die Wahrheit akzeptiert. Nur so haben wir von diesem Punkt an gemeinsam eine Chance."

„Was ich euch allen jetzt erzählen werde, war bis heute selbst für mich eine Legende", begann die alte Frau ihre Erzählung. „Sie wird in meinem Volk schon lange erzählt, über viele Jahrtausende. Und es ist bei Weitem nicht so, dass wir die einzigen Menschen auf dieser Welt wären, die eine solche Geschichte vorzuweisen haben. Ganz im Gegenteil: Das Wesen, um das es hier geht, hat Einzug gefunden in mythologische Erzählungen aller Völker und Kontinente. Manche davon sind in eurer westlichen Welt besonders bekannt."

Sie blickte Sam direkt an. „Junge Frau, kennen Sie beispielsweise die *Odyssee* von Homer?"

Sam stutzte. „Flüchtig", sagte sie. „Was man eben so kennt, wenn man das Werk nicht selber gelesen, aber viel darüber gehört oder bestimmte Dinge in Filmen gesehen hat. Was meinen Sie?"

„Es gibt in diesem Epos eine besondere Stelle", erklärte die alte Frau. „Der Seefahrer Odysseus, der sich auf dem Rückweg in seine Heimat Ithaka befindet, kommt auf der langen Reise an einer sagenumwobenen Insel vorbei. Dort leben Wesen, deren Gesang so wunderschön ist, dass er jedem Mann sofort den Verstand raubt. Homer nennt diese Wesen *Sirenen*."

Die Erzählerin machte eine kurze Pause, um dies wirken zu lassen. Dann fuhr sie fort.

„Es wird berichtet, dass Odysseus den Gesang der Sirenen unbedingt hören wollte, sich aber der Gefahr, die davon ausging, bewusst war", sprach sie weiter. „Er hieß also seine Gefährten, soweit die Erzählung, sich ihre Ohren mit geschmolzenem Wachs zu verschließen, um das Schiff an der Insel der Sirenen vorbeizusteuern. Er selbst ließ sich – ohne verschlossene Ohren – an den Mast des Schiffes binden, um dort dem Gesang der Sirenen zu lauschen und dieses Erlebnis unbeschadet zu überstehen. Sein Plan geht auf, zumindest für ihn: Er hört den Gesang, er ist hingerissen von der Sirenen Zauber. Als er deren unwiderstehlichem Lockruf allerdings folgen möchte, binden ihn seine Gefährten noch fester an den Mast – und retten ihm damit das Leben. Als das Schiff außer Hörweite der Insel ist, verliert der Zauber der Sirenen seine Wirkung und Odysseus ist wieder bei klarem Verstand."

Sie machte erneut eine Pause. Sah in die Runde. Alle hörten ihr gebannt zu.

Maya hatte diese Geschichte bisher nur vage gekannt. In der Schule hatten sie einmal darüber gesprochen. Die Stelle mit den Sirenen hatte sie allerdings heute zum ersten Male so detailliert gehört. Langsam begann sie zu begreifen, worauf die alte Frau hinaus wollte.

„In der griechischen Mythologie sind die Sirenen über die Jahrhunderte hinweg nicht immer ganz eindeutig beschrieben worden. Ursprünglich als halb Frau und halb Tier", fuhr die Erzählerin fort. „Bei Homer jedoch – und auch in vielen weiteren Dichtungen seiner Zeit – wurde man plötzlich sehr konkret: Dort haben die Sirenen weibliche Oberkörper und der untere Teil gleicht einem Fisch. Dieses Bild der Sirenen hat sich bis heute gehalten. Sie sind Nixen. Oder Meerjungfrauen."

Maya spürte ein schmerzhaftes Brennen entlang ihrer Beine und presste sie noch enger zusammen. Sie hoffte, den Schmerz so unterdrücken zu können. Doch er loderte weiter, an der Innenseite ihrer Füße, über ihre Waden, die Schenkel und bis hinauf in ihre Scham.

„Weshalb ich euch das erzähle", fuhr die alte Frau fort und sah dabei Sam an. „Was Ihrem Mann und meinem Sohn heute widerfahren ist, meine Liebe, das war nichts anderes als das, was Odysseus in dieser Sage erlebt hat. Natürlich hat Homer, ein Dichter und Schöngeist, nicht von Geilheit und sexueller Anziehungskraft gesprochen. Er umschrieb das lieber als betörenden Gesang. Der Rest allerdings gleicht im Grunde dem, was heute geschah: Der Verstand setzt komplett aus, der Mann ist zu keinem vernünftigen Gedanken mehr fähig. Er wird fremdgesteuert von einer Macht, gegen die er nicht den Hauch einer Chance hat. Das Fatale an dieser Sache ist, dass die Begegnung, kommt sie denn zustande, für den Mann immer und ausnahmslos tödlich endet."

Maya durchfuhr es wie ein Blitz. Sie spürte den Blick der alten Frau auf sich gerichtet und es wurde ihr wieder gleichzeitig heiß und kalt. Woher konnte das alte Weib davon wissen? Maya fühlte sich ertappt und schuldig, aber dennoch irgendwie im Recht. Viel entscheidender war indes für den Moment: Sie fühlte sich entblößt. Sie wusste, das es nun kein Zurück mehr gab. Ebenso, wie sich in ihr das Puzzle der vergangenen Tage zunehmend zu einem Gesamtbild formte und eine völlig neue Erkenntnis offenbarte, so hatten auch die anderen um sie herum langsam begriffen. Das allerletzte Puzzleteil, das wusste Maya, das konnte nur sie selbst ihnen liefern. War es richtig? Sollte sie es sagen?

Maya schluckte. Sie bebte ein wenig, zitterte und der Schmerz in ihren Beinen begann zu pochen, bevor es ihr über die Lippen kam. „Der Mann … der fremde Mann im Anzug … "

Alle sahen sie verwirrt an.

Keiner war bei der tödlichen Szene dabei gewesen, als die beiden Agenten der CIA in Mayas Zimmer eingedrungen waren, um sie zu entführen. So wusste auch keiner von dem Schicksal, das den Kollegen Cyphers dort ereilt hatte, da er nicht die nötigen Vorkehrungen für seinen Einsatz hatte treffen wollen. Er war nicht so schlau gewesen wie

Odysseus – oder sein eigener Partner. Er war dem „Gesang“ gefolgt und hatte in der Umarmung der „Sirene“ seinen Tod gefunden. In den Armen von Maya.

Allein die alte Frau hatte zumindest noch die letzten paar Sekunden dessen erlebt, was sich im Krankenzimmer zugetragen hatte. Sie war es gewesen, die im allgemeinen Chaos, nachdem die ersten Schüsse gefallen und der Agent zu Tode gekommen war, unbemerkt ins Zimmer gehuscht war. Sie hatte Maya auf dem Boden liegend entdeckt, hatte ihren Sohn herbeigewinkt und sie hatten Maya aus dem Zimmer geholt. Sie hatte den Mann im Anzug gesehen, der auf dem Boden lag. Getötet von den Kugeln seiner eigenen Leute – dabei war er schon lange vorher dem Tode geweiht gewesen. Doch bei allem Grauen, das sie bei diesem Bild empfand: Sie gab Maya keine Schuld daran.

Sie brachte die anderen kurz und ohne Ausschmückungen auf Stand. Während mancher die Geschichte noch zu verdauen hatte, wandte sie sich wieder an Maya.

„Ruhig, Kind, du kannst genauso wenig etwas dafür wie dieser Narr, der sich in Gefahr begab und darin umkam“, sagte die alte Frau und drückte Mayas Hand noch etwas fester. „Es gibt noch vieles zu erklären und zu besprechen. Also hör mir gut zu, denn das ist wichtig für dich.“

Maya nickte. Sie war sehr dankbar für diese Worte. Sie stärkten das Menschliche in ihr. Jenen Teil, der sich immer noch unwohl dabei fühlte, einen Menschen zu töten, so gut sich das auch instinktiv anfühlen mochte. Maya fühlte sich bereit, nun auch den Rest der Legende zu hören. Sogar Sam und Lennart waren wieder näher zusammengerückt.

„Wenn es nun nicht der Gesang der Sirenen war, der die Männer in der Sagenwelt um den Verstand brachte, was kann es dann gewesen sein?“, fragte die alte Frau rhetorisch in die Runde. „Tatsächlich gibt es etwas, das auch in unserer Welt bekannt ist, etwas weniger Magisches, das so etwas vermag. Es funktioniert aber nicht über das Gehör, vielmehr über den Geruchssinn.“

„Pheromone“, platzte Sam heraus. „Sie reden von einem Sexuallockstoff …?“

Die alte Frau nickte. „Wieder richtig, junge Frau“, sagte sie dann. „Was wissen Sie noch darüber?“

„Ich kenne mich bei der Wirkung dieser Stoffe nicht besonders gut aus“, gab Sam zaghaft zu. „Ich bin Meeresbiologin, habe es hauptsächlich mit Lebewesen im Wasser zu tun.“

Die alte Frau lächelte, dankbar für diese Vorlage.

„Was würden Sie sagen, wenn ich behaupte, dass diese Stoffe unter Wasser genauso funktionieren? Mehr noch: Dass diese speziellen Pheromone sowohl *im Wasser* wie auch *in der Luft* ihre Kräfte entfalten können“, stellte sie eine neue These in den Raum. „Was, wenn ich Ihnen sage, dass es Wesen gibt, die an Land wie auch im Wasser mit diesen Lockstoffen arbeiten.“

„Das fällt mir schwer zu glauben“, parierte Sam. Sie war nun in ihrer Welt, gewann in dieser verwirrenden Situation wieder an Sicherheit und folgerte eins nach dem anderen. „Das würde bedeuten, dass wir es mit einer Art Superpheromon zu tun haben müssten, das so unglaublich stark ist, dass es einerseits im Wasser in geringer Konzentration rund um das anvisierte Individuum funktionieren kann, anderseits, entlässt man es einmal in die Luft, dermaßen knallen müsste, dass es jedes Männchen förmlich umhaut. Ein Pheromon dieser intensiven Stärke, dass es in Wasser und Luft gleichermaßen wirkt, müsste den Willen des aufnehmenden Individuums augenblicklich komplett außer Kraft setzen. Ich möchte behaupten, so etwas reicht schon eher an ein Nervengift heran. Mir ist nicht bekannt, ob es ein Lebewesen gibt, das zu solch einer Leistung fähig wäre …", sie stutzte. „Oh mein Gott …"

Sam stockte in ihrer Erklärung, als habe sie erst jetzt begriffen, was sie soeben selbst gesagt hatte. Dann sah sie die alte Frau an und ihr Gesicht hellte sich wieder auf. „Wollten Sie mir genau das klarmachen? War es *das*, was Lennart geschehen ist?" Sie sah ihn an und nahm seine Hand. Mit einem Mal schien sie begriffen zu haben, wie hilflos auch Lennart dem ausgeliefert gewesen war.

Die alte Frau lächelte. „Sie sind fantastisch", lobte sie Sam. „Ich habe die Erklärung noch nie in dieser Form gehört, aber sie leuchtet vollkommen ein, und sie ergibt Sinn. Sie macht es Ihnen allen leichter, zu begreifen, was hier geschieht. Sie ist der wissenschaftliche Beleg dafür, was in meinem Volk schon seit vielen Jahrzehnten, Jahrhunderten, Jahrtausenden erzählt wird."

Sie blickte die anderen an: Lennart, ihren Sohn, dann Maya, wo ihr Blick verweilte. „Wo wir nun so weit gekommen sind, erzähle ich euch die Geschichte, wie ich sie kenne", fuhr sie fort. Maya war sehr neugierig darauf zu erfahren, woher die alte Frau das alles wusste, was sie erzählte.

„Bei meinem Volk, den Aborigines, wie ihr sie nennt, gibt es seit sehr langer Zeit eine Legende", erzählte die alte Frau. „Sie reicht zurück bis in die Zeit, als es noch keine Schriften gab, als alles nur mündlich weitergegeben und überliefert wurde. Deshalb ist über die Jahrhunderte auch vieles verloren gegangen, anderes ist hinzugedichtet worden. Meine Leute haben vor vielen Tausend Jahren noch über 200 verschiedene Sprachen benutzt, die alle von derselben Erfahrung berichteten: Als unsere Vorfahren ihre Reise aus Neu Guinea über das raue Meer hinüber nach Australien antraten, wo sie das Northern Territory als erste Menschen bevölkerten, erlebten sie auf ihrer Reise viele Dinge, die später zu Geschichten und dann zu Legenden wurden."

Sie machte eine kleine Pause und trank dankbar einen Schluck Wasser aus einem Becher, den ihr ihr Sohn gebracht hatte. Er musste ihn irgendwo in dem Sammelsurium an Dingen in dem zum Lager umfunktionierten Bunker gefunden haben. Auch ein funktionierendes Waschbecken schien vorhanden zu sein. Die alte Frau räusperte sich und fuhr dann fort.

„Die See ist unerbittlich in diesen Gefilden. Den heutigen Schiffen macht das nichts aus. Aber unsere Vorfahren setzten mit von Hand erbauten Holzbooten über. Es war eine harte Reise, viele Seemeilen weit. Nicht viele von ihnen überlebten diesen Trip in die neue Welt."

Sie schloss die Augen, sammelte sich.

„Aber es gab da etwas, das ihnen geholfen hat. Es kam die Zeit, da immer mehr Boote die gefährliche Überfahrt bewältigten, immer mehr Menschen hier ankamen und sich in der neuen Welt niederließen. Von ihnen stammt die Lehre, die in unseren Völkern bis heute weitergegeben wird: Der Ozean, und alles was darin ist, ist unser Freund. Er sorgt für uns, er ernährt uns, er hat uns zu diesem neuen Leben geführt. Wir sind dankbar für diese Erfahrung. Darauf gründet unser Respekt vor der Natur, der all den Stämmen meines Volkes zu eigen ist."

Erneut machte sie eine kurze Pause, um in der Erzählung einen Bogen zu schlagen.

„Ab 1788 begann die Kolonialisierung unseres Landes durch die Briten. Mit dem Eintreffen der ersten Flotte in Botany Bay wurde das begründet, was man bis heute in der westlichen Welt Australien nennt. Schon in jenen Tagen begann man, einander kennenzulernen – oftmals noch kämpfend, manchmal aber auch als Freunde. Dann wurden Geschichten erzählt und Mahlzeiten geteilt. Die Seeleute berichteten von ihren Reisen zu uns, auf diesen Kontinent, in dieses Land. Seltsamerweise kannten auch sie die Legenden über die Wesen der Meere, nur nannten sie jene ganz anders als wir. Sie zogen auch völlig andere Schlüsse aus ihren Begegnungen."

Sie nahm wieder einen Schluck aus ihrem Becher.

„Es ist unerheblich, wie die Menschen in aller Welt diese Wesen in verschiedenen Ländern und Epochen genannt haben, eines ist all diesen Erzählungen gleich: Es geht stets um bemerkenswert schöne Frauen, die einen Fischschwanz haben. Man nennt sie, je nach der Quelle der Erzählung, manchmal Melusinen, Nereiden oder Sirenen. Mancher nennt sie Meerjungfrauen. Wir nennen sie heute meistens Nixen. Wir sind fest davon überzeugt, dass es sie gibt."

Spätestens jetzt wechselte der Ausdruck in den Gesichtern der Zuhörer.

Sie starrten die Alte gebannt an. Maya glaubte, ihre Brust werde zerspringen, so heftig schlug ihr Herz. Sirenen. Meerjungfrauen. *Nixen*. Die unheimliche Macht in ihr, sie schien befriedigt.

„Verzeihen Sie", ergriff Lennart das Wort. „Ich möchte nicht respektlos erscheinen. Das hier hat nichts mit einer Geringschätzung von Ihnen oder Ihrem Volk zu tun. Aber *Nixen*? Das ist träumerische Phantasie, nichts weiter."

„Die *Traumzeit*", sagte die alte Frau und lächelte ihn fröhlich an. „Sie ist dieser Realität viel näher, als Sie es für möglich halten möchten. Sie ist der Dreh- und Angelpunkt all dessen, woran die Aborigines bis heute glauben. Die Traumzeit verbindet das gestern, das heute und morgen. Sie ist die Brücke zu unseren Vorfahren; in unseren Träumen halten wir die Verbindung aufrecht in die höhere Welt und zu allem, was diese Erde uns zu bieten hat. Ja, es mag wirklich sein, dass die Nixen so etwas wie Traumgestalten sind – das macht sie aber nicht weniger *wahrhaftig*."

„Sie sagten, Sie seien überzeugt davon, dass es die ... Nixen gibt", sagte nun Sam, gewollt sachlich. „Wenn das so ist, dann muss es weitere Begegnungen gegeben haben.

Auch nach der Besiedlung Australiens, bis heute. Eine Überzeugung beruht nicht auf Glaube oder Träumen, sondern darauf, was ich sehe und erlebe. Wenn es Begegnungen gab, was wissen Sie darüber?"

„Sehr gut, Kindchen", lobte die alte Frau sie erneut. „Hervorragend aufgepasst. Ja, es ist richtig, es gab diese Begegnungen. Bis heute. Immer wieder. Nur neigen die Menschen dazu, ihren Geist vor Dingen zu verschließen, die sie nicht wahrhaben möchten. Sie ordnen Dinge, die sie sich nicht erklären können, viel lieber anderen Möglichkeiten zu, die ihnen vertraut sind. Das sind Tsunamis oder Angriffe von Haien oder Havarien. Nicht jedoch ein Wesen, dessen Wirken ihnen nicht begreiflich und das daher nicht kontrollierbar ist."

Sam hatte angebissen. „Aber wie sollte so etwas denn funktionieren?", hielt sie dagegen. „Wenn wir annehmen, dass es die Nixen gibt, dass sie keine Sagengestalten sind und tatsächlich da unten im Meer herumschwimmen: Wie konnte über so viele Jahrtausende hinweg eine zweite intelligente Spezies auf diesem Planeten existieren, ohne dass wir es je bemerkt hätten?"

„Vielleicht haben wir sie bemerkt, aber eben nicht richtig eingeordnet", wiederholte die alte Frau. „Es gibt Werte und Normen in unserer westlich geprägten Gesellschaft, an die sich jeder von uns halten muss – und auch halten will. Wer derlei Dinge in Frage stellt, der hat nicht viele Freunde. In der Masse lebt es sich wärmer und sicherer. Wer ein Ungeheuer von Loch Ness sieht, einen Yeti, einen Bigfoot, der landet eher in einer Klinik als auf der Titelseite. Wir Menschen wollen keine Dinge hören, die nicht in unser Weltbild passen."

Sam wollte noch etwas entgegnen, doch sie merkte, wie Lennart sich nach vorne beugte.

„In Ordnung", sagte Lennart, der die ganze Zeit aufmerksam gelauscht hatte und sich nun wieder einbringen wollte. „Nehmen wir also an, Sie hätten recht und diese ganze Geschichte stimmt so. Was hat das alles mit Maya zu tun? Wollen Sie mir sagen, was ich denke, worauf es hinausläuft? Ernsthaft?"

Maya fühlte, wie eine Träne ihre Wange hinunterkullerte. Wenn Lennart es noch immer nicht begreifen wollte, was würde das für sie bedeuten?

Die alte Frau lächelte ihn sanft und warm an. „Sie wehren sich gegen die Erkenntnis und die Ahnung, die längst in Ihnen schlummert, Lennart", sagte sie ruhig und freundlich. „Lassen Sie endlich los. Fügen Sie die Puzzleteile dieser Geschichte neu zusammen und betrachten das Bild, das sich direkt vor euer aller Augen aufbaut. Vielleicht wäre es auch an der Zeit, dass Sie uns die Geschichte erzählen, wo Maya tatsächlich herkommt", erklärte sie und nickte den verdatterten Lennart ermutigend an. „Sie ist Ihre Tochter, das will ich gar nicht in Abrede stellen. Aber sie ist nicht Ihr Fleisch und Blut. Das kann man hier sehen. Es ist an der Zeit, auch dieses Detail miteinzubeziehen – und die Erkenntnis nicht länger zu unterdrücken."

Lennart schluckte. Er hatte Maya freilich schon vor vielen, vielen Jahren gestanden, dass sie als Baby adoptiert worden war. Das hatte für sie nie eine Rolle gespielt, ebenso wenig für ihn. Sie war sein Kind, er war ihr Vater – und es würde nichts geben, was das jemals ändern könnte. Allein die Geschichte, die hinter all dem steckte, hatte er immer für sich behalten.

Genau dieser Gedanke trieb auch Maya in diesem Moment um. Sie war einerseits froh, dass Lennart offensichtlich doch noch zum Glauben gefunden hatte. Gleichzeitig war sie aufgewühlt wie nie: Würde sie nun die Geschichte ihrer Herkunft hören? Zum ersten Mal überhaupt? Maya spürte, dass es dieses Bruchstück ihrer Vergangenheit war, das dem Gesamtbild erst echten Sinn einhauchen könnte. Während sie in ihrem Inneren ein Machtwort sprach, während das siebzehnjährige Mädchen der alten Macht eine Pause abtrotzte, sich etwas Zeit ausbat und damit Erfolg hatte, lenkte auch Lennart ein.

„Sie haben recht“, sagte er zu der alten Frau. „Ich will Ihnen die Geschichte gerne erzählen. Aber vorher muss ich Sie noch um etwas bitten. Sie müssen es aussprechen. Sagen Sie, was Sie denken und worauf Sie uns gerade vorbereiten wollten. Sagen Sie es laut. Ich muss es hören.“

Die alte Frau lächelte wieder sanft. Lennart, Sam und Maya hielten sich an den Händen. Die Worte drangen wie von sehr weit her an ihre Ohren.

„Maya ist eine Nixe“, sagte die alte Frau schließlich. „Eine sehr junge Nixe, die nun langsam erwachsen wird, die von Tag zu Tag immer schöner, immer begehrenswerter wird, und die all ihre Fähigkeiten entfaltet, welche ihr Volk schon sein Jahrmillionen beherrscht, und die in etlichen Sagen und Liedern besungen werden.“

Sie legte ihre beiden Hände links und recht auf Mayas Wangen. Das Mädchen weinte. Ihre Tränen benetzten die Hände der alten Dame. Sie hatte es ausgesprochen. Es fühlte sich jetzt real an.

Maya wusste nun, dass sie sich vor diesen Tatsachen nicht mehr verstecken konnte. Sie spürte den Ruf des Ozeans, eine wilde, ungestüme Kraft in sich. Es gab so viel zu entdecken, so viel zu erforschen. Das unentdeckte Land, es lag in ihr selbst. Gleichwohl bereitete es ihr ein wenig inneren Frieden. Das Erkanntwerden brachte für sie zugleich die Erkenntnis. Sie spürte, wie in ihrem Inneren die uralte Kraft verschwörerisch lächelte, nicht mehr gegen die Siebzehnjährige arbeitete, wie jene ihren Widerstand aufgab – und beide einander die Hände reichten. Sie war endlich mit sich im Reinen, das wusste sie jetzt. Was sie getan hatte, es war ihre Natur. Wozu sie Lennart und den Mann von der Klinik getrieben hatten, es war Mayas Natur. Zwischen ihren Beinen, die sie nun kaum mehr zusammendrücken musste, fühlte sie eine neue Verbindung entstehen. Dort wuchs zusammen, was zusammengehörte. Und der Anfang einer neuen Einheit war nun mal des Öfteren mit Schmerz verbunden.

Fast musste Maya sogar lächeln. Wie lange hatte sie auf diesen Moment gewartet, ohne dies zu begreifen: Die Suche nach ihrer Identität, sie hatte endlich eine Richtung. Nach all den Jahren und all den Zweifeln wusste sie nun, wohin der Weg sie führen würde. Es war nicht der Weg, den sie erwartet hatte. Er führte sie, das war jetzt schon sicher, in Abgründe, denen sich kaum ein Teenager dieser Welt je stellen musste. Viel wichtiger jedoch war: Er führte zu einem Ziel. Die alte, mysteriöse Kraft in ihr und das siebzehnjährige Mädchen, sie würden zu einer neuen Einheit verschmelzen, zu einer neuen Persönlichkeit, sie würden eins werden. Wer konnte jetzt schon erahnen, welch fantastische Möglichkeiten ihnen offenstehen mochten?

Die alte Frau sah Maya in die Augen, diese wundervollen Augen von der Tiefe eines ganzen Ozeans und sie sagte: „Mein Volk verdankt dem deinen eine Menge, Maya. Wir verehren deine Art aus tiefstem Herzen. Ich verspreche dir, bei allem was mir heilig ist, ich werde dir helfen. Ich will dich nach Hause bringen. Du wirst diesen Weg nicht alleine gehen."

Maya legte ihre Hände auf die der alten Frau, auf ihre Wangen, und nickte. Beide umarmten sich.

„Danke", sagte Lennart. Er räusperte sich und begann dann, seine eigene Geschichte zu erzählen. Dafür ging er viele Jahre zurück in die Vergangenheit. Zurück in der Zeit, weit weg in eine Stadt namens Jakarta und zurück in das Leben, das er damals geführt hatte.

16

Lennarts Erzählung beschrieb ein völlig andersartiges Leben und Erleben, Obwohl man sich auch beim Betrachten der City von Jakarta an typische amerikanische Großstädte erinnert fühlen konnte. Jakarta war immerhin die Hauptstadt Indonesiens. Die nächtlichen Skyline stand jener berühmten Leuchtpracht von Manhattan in kaum etwas nach.

Gleichwohl konnte der westlich getrimmte äußere Eindruck nicht darüber hinweg täuschen, dass man sich annähernd auf der anderen Seite der Erde in einem vergleichsweise armen Land befand. Zwar sichtete man auch hier und dort beispielsweise eine Mall, doch waren in mehreren dieser Malls gerade mal zwei oder drei Etagen tatsächlich mit Läden besetzt. Die restlichen oftmals zehn oder 15 Etagen standen einfach leer. Der Bürgersteig war stellenweise offen und mit Steinplatten provisorisch geflickt. Vielerorts fehlte er ganz. Die Flächen wurde als Parkplätze gebraucht und die wenigen zum Fußmarsch verdammten Menschen flanierten einfach auf offener Straße dahin. Immerhin, es waren nicht sehr viele, die meisten nutzen stattdessen Taxis oder Rollertaxis. Tags wie nachts herrschte hier ein pulsierendes Leben; die jungen Menschen waren draußen, trafen sich in der Altstadt und auf den Plätzen, machten die Nacht zum Tage und die Dunkelheit zum Fest.

Lennart und Lizz – obwohl selbst auch noch nicht wirklich alt – hatten für all dies allerdings keine Augen. Sie hatte ein ganz anderer Grund ans andere Ende der Welt verschlagen.

Sie schlossen sich einer geführten Ausfahrt in die Slums an, die sich vor der weltgewandten, touristischen City gebildet hatten. Eine Gruppe von erlebnishungrigen Touristen, geschart um einen älteren, bärtigen Mann mit einem Rucksack auf dem Rücken und einem Lächeln von ungepflegten Zähnen, machte sich auf, eine Welt zu erkunden, in die sie sich alleine wohl niemals gewagt hätten. Viele hatten teure Kameras um den Hals hängen, filmten und fotografierten das Treiben dort draußen in der Parallelwelt.

Schon am Bahnhof, von wo der Zug abfuhr in Richtung einer ganz anderen Lebensweise, schon dort wurde eifrig geknipst und geblitzt. Waren doch auch viele der Mitfahrenden ein Teil des Spektakels, das man zu besichtigen gedachte: Sie waren nicht auf dem Weg zu einem Ausflug, für sie bedeutete der Zug den Weg zur Arbeit oder nach Hause. Weil sich mancher bei den paar Münzen, die er verdiente, kein Ticket leisten konnte, saßen sie außen am Zug, auf den Verbindungsteilen der Wagons, auf den Treppen, hielten sich an Griffen fest oder hockten, sich festklammernd, auf den Dächern der Waggons. Vielversprechende Fotomotive. Hollywood in Indonesien. Eine Zier für jedes Fotobuch aus dem Urlaub, das man sich für knapp zehn Dollar im Drugstore an jeder Ecke von Los Angeles bestellen konnte. Später daheim, wo alles „normal" war.

Schienenstränge zogen sich quer durch die Slums, wo Lennart und Lizz das erste Mal auf die andere Seite Indonesiens und Jakartas trafen. Entlang der Gleise oder seitlich des Ciliwung Flusses fand man die meisten der billig erbauten Behausungen aus Bambus, Holz und Blech. Die Häuser standen dicht an dicht, teilweise auf wackeligen Stelzen entlang des Flusses, um sie vor einfallendem Wasser zu schützen. Auf den Schienen saßen Kinder jeden Alters, spielten mit Stöcken, Steinen und Dreck. Seitlich der Schienen – stellenweise auch darauf, so dass nur noch ein Gleis tatsächlich befahrbar war – stapelte sich der Müll.

Freilich waren es auch gar nicht mehr so viele Züge, die hier vorbeirollten. Nur noch solche, die gelegentlich Touristen ankarrten. Oder die Menschen aus diesem Viertel zu ihren schlecht bezahlten Jobs in die City und nachher wieder zurück nach Hause brachten.

In dem Fluss, der sich durch die Siedlung zog, schwamm allerlei Unrat. Jede Menge Müll, Plastik und anderes Zeug, manchmal waren sogar Körperteile dabei. Eine regelrechte deckende Schicht lag auf der Wasseroberfläche, nur sporadisch durchbrochen von kleinen Booten mit Menschen darin, welche die dümpelnden Materialien auf Brauchbares untersuchten. Viele der Slumbewohner verdienten sich hiermit etwas, sammelten und sortierten den Müll aus dem Fluss, führten ihn dem Recycling zu und bemühten sich, auf diese Weise kleine Beträge in die Haushaltskasse einzubringen. Andere ohne Schul- oder Ausbildung widmeten sich derweil dem einfachen Handwerk, reparierten Schuhe oder verdienten sich auf den Straßen Jakartas mit einfachen Jobs eine Kleinigkeit, die ihnen das Überleben sichern sollte.

Als die Gruppe der Amerikaner den Zug verließ, waren alle froh, in der tropischen Hitze dieses Fleckchens Erde der Enge des Waggons zu entkommen. Lennart und Lizz schüttelten die müden Glieder aus und sahen sich um. Die Sonne brannte herab auf die kleine Siedlung, die mit Ankunft der Gäste sogleich lebendig wurde.

Ein kleiner Junge in vergleichsweise adretter Hose und buntem Hemd balancierte auf einer der Schienen – und schon waren etliche Objektive auf ihn gerichtet. Danach posierte er er noch fröhlich lächelnd mit seiner Familie für die Kameras der Touristen. In den provisorisch zusammengebastelten Hütten mit den Wellblechdächern waren Mütter, die ihre kleinen Kinder in Tüchern um den Leib gebunden trugen, drum herum ganze Scharen anderer Kinder; teilweise die ihren, teilweise nicht, angelockt von den reichen Menschen aus einer anderen Welt. Für die Bewohner des Slums waren die Besucher ebensolche Exoten wie auch umgekehrt.

Es bildeten sich Trauben kleiner Gestalten um die Gäste. Der Tourguide sprach davon, die reichen mit den armen Menschen in Kontakt bringen zu wollen, den ersteren einen Eindruck des Lebens der letzteren zu vermitteln. Jene Erfahrung sollten die reichen Besucher dann später in die Welt hinaustragen, anderen davon erzählen, auf das Elend hier vor Ort aufmerksam machen. Es war ein nobler Ansatz, um Menschen in aller Welt auf das hiesige Leid hinzuweisen und um Hilfe zu werben. Zwischen 35 und 50 Dollar sollte man für die Tour bezahlen, ein Großteil davon würde direkt in die Hilfe für die armen Menschen in den Slums investiert. So gelangte man in einem geschützten Rahmen dorthin, wo die Bedürftigen nur darauf warteten, ihrer traurigen Existenz mit einigen Extra-Dollars immerhin ein wenig mehr Lebenssinn zu verleihen.

Lennart und Lizz wussten indes, dass es den meisten Besuchern hier um etwas völlig anderes ging – wie ihnen selbst ja im Übrigen auch. Großes Leid bot große Gelegenheiten für all jene, die keine Skrupel hatten, es sich zunutze zu machen. Doch wer waren sie, mit dem Finger auf andere zu zeigen, wenn sie sich stets bewusst waren, was sie selber im Schilde führten. Ohne es zu wollen, schuf diese Tour eine Grundlage für das, was kommen würde. Der Anfang war damit gemacht, eine Begegnung herbeizuführen: Schon traf man auf die Menschen, die ihre Verzweiflung in Geschäftssinn übersetzt hatten, für kleines Geld vieles anboten und nach potentiellen Abnehmern suchten – und wer konnte es ihnen auch verdenken? Dabei waren die Beweggründe des jungen Paares aus Los Angeles vermutlich nicht ganz so verwerflich wie jene manch anderer Mitreisender. Man konnte sie sich immerhin noch ganz gut schönreden.

Jedwede weiterführenden Arrangements zwischen Slumtouris und Slumbewohnern fanden selbstverständlich nur abseits der offiziellen Tour statt. Der Guide wusste davon nichts – oder er wollte es gar nicht wissen. Er war lediglich der Initiator solcher erster Zusammentreffen, denen oftmals noch spätere folgten. Er war überzeugt von seiner Idee, die Bilder des Elends in die Welt hinauszutragen, Missstände aufzuzeigen, um Veränderungen zu bewirken – auf ein nachhaltiges Umdenken zu hoffen. Ja, er bewirkte Veränderungen, ganz ohne Zweifel. Dass er damit aber auch neue Missstände schuf, ihnen quasi den Weg bereitete, dessen war er sich wohl nur auf einer ganz anderen Ebene bewusst – wenn überhaupt.

Fröhlich winkten die Kinder in die Kameras. Die Besucher klopften ihnen auf die Schultern, auf den Po, posierten und lachten. Manch ein Blick ließ viel dunklere Intentionen erahnen, als die freundliche Geste zum Ausdruck brachte. Die armen Menschen freuten sich über den Besuch. Sie bekamen Reis, Tofu, manchmal auch Geld oder andere Geschenke von den „Reichen". Und manchmal eben auch Dinge, die sie nur bei allergrößter Verzweiflung akzeptierten. Sie schämten sich nicht dafür, denn – so sagte es eine der Frauen – sie seien eben „sehr arme Menschen". In einem kleinen Käfig zwitscherte ein Vogel vor sich bin. Eingesperrt. Das gleiche Schicksal, das auch seine Halter teilten.

Jene, die es wirklich hart getroffen hatte, waren selbst hier in den Slums unweit der Großstadt rar gesät. Aber es gab sie. Wer sich von dem Trubel am Bahngleis ein wenig entfernte, ein paar Straßen und Gassen – sofern man das hier so nennen durfte – weiterging, der konnte sie finden. Es waren oftmals Menschen, die mit der Hoffnung auf ein besseres Leben aus dem ländlichen Raum des Landes hierher nach Jakarta gekommen waren. Die Großstadt mit all ihren Verheißungen hatte sie angelockt, dann aber sogleich verschlungen, zerkaut und noch zappelnd wieder ausgespuckt.

Die Eltern der auf diese Weise in Not geratenen Familien arbeiteten hart. Manche bekamen hier weitere Kinder, konnten sie aber alsbald nicht mehr richtig versorgen. Es waren Eltern, denen man im Grunde keinerlei Vorwurf dafür machen konnte, dass sie sich mehr wünschten für ihren Nachwuchs; die liebend gerne im Dreck der Großstadt zurückbleiben wollten, wenn es nur ihre Kinder einmal besser hätten. Bei manchen war die Verzweiflung und die Sorge ums Überleben ihrer Sprösslinge sogar so groß, dass sie auf die netten westlichen „Onkel" hereinfielen und ihre Kinder ungewollt noch tiefer ins Martyrium stießen.

Lennart und Lizz entfernten sich unauffällig von der Gruppe, schlenderten auf eigene Faust ein wenig herum. Sie waren extrem nervös, ihre Nerven zum Zerreißen angespannt. Was sie tun würden, das war nicht richtig, das war ihnen bewusst. Aber wie konnte es denn falsch sein, wenn es sich doch so *richtig* anfühlte? Wie konnte etwas schlecht sein, dass doch eigentlich nur Gutes hervorbringen würde? Wochen und Monate hatten sie diese Gedanken gewälzt. Immer wieder hatten sie alles verworfen. Wenn dann von den zuständigen US-Behörden der nächste Rückschlag in den Briefkasten flatterte, dann hatte sich die Idee jedes Mal ganz langsam, nagend und quälend, wieder in ihre Gedanken geschlichen.

Nächtelang hatten sie darüber geredet. Lennart hatte seine weinende Frau in den Armen gehalten. Ihr immer wieder versichert, dass es nicht ihre Schuld war, dass sie sich nicht sorgen solle, das alles gut werden würde. Nach drei Fehlgeburten war Lizz endgültig gebrochen. Sie musste mehrfach zu einem Psychiater, war sogar eine Zeit lang stationär in Behandlung. Die durchgeweinten Nächte wurden zu jener Zeit häufiger.

Endlich hatten sie dann eine Lösung für sich gefunden, mit der familienfeindlichen Biologie umzugehen und sich doch noch ihren größten Traum zu erfüllen. Aber sie waren jung, unerfahren, hatten kaum Geld und waren von ihrer Vorgeschichte gezeichnet. Das war nicht jene Art von Kandidaten, die bei einer Adoption bevorzugt behandelt wurden. Und wenn die Hürden für das normale Verfahren berechtigterweise schon sehr hoch waren, so erwiesen sie sich für Lennart und Lizz trotz zigfacher Anläufe irgendwann als unüberwindbar.

Der letzte Strohhalm, an den sich beide geklammert hatten, war die Auslandsadoption: Einem Kind aus einem armen Land ein neues Leben bieten – das sollte ihr Weg werden. Aber auch dieser war steiniger als angenommen. Sie standen kurz davor, zu scheitern: als Menschen, als Eltern, als Eheleute.

Über viel Recherche und ihr beständiges Mantra „nur mal schauen" waren sie bis zu dieser Idee gelangt. Sie hatten sie schon oft wieder aufgenommen, sich dann hinter ihre Moral geduckt und waren dort so lange in scheinbarer Sicherheit gekauert, bis ein weiterer behördlicher Schuss vor den Bug sie wieder aus dem komfortablen Refugium herausgetrieben hatte. Da stand sie dann immer noch, diese Idee. Wartete auf die beiden, um sie zu locken, zu umschmeicheln, zu umgarnen. So einfach konnte es sein, so direkt und ohne jegliche Umschweife. Das unmoralische Angebot wurde bei jeder Begegnung immer verlockender. Und hatte gesiegt.

Hier waren sie nun. In Jakarta. In den Slums. In einem Land, dass nie Ambitionen gehabt hatte, etwa einem Haager Abkommen beizutreten. In einem Land, dessen oberster Gerichtshof noch 1983 entschieden hatte, die Adoption indonesischer Kinder durch Ausländer mit Wohnsitz im Ausland strikt zu untersagen. Hier waren sie nun, liefen zwischen zahllosen Hütten aus Wellblech und anderen Materialien herum. Türen gab es nicht, man konnte oftmals direkt ins Innere blicken. Man sah Familien, überall etliche Kinder, manche hatten gar keine Kleidung am Leib, manche spielten im Matsch. Sie sahen die Mütter mit ihren Kindern, die ihnen ein freundliches Lächeln schenkten und denen sie dafür ein wenig Reis überließen. Hinter jedem Durchgang, hinter jeder Ecke, in jeder Hütte und in den Blicken der Menschen, da stand sie wieder, diese Idee. Sie lockte die beiden Gäste immer noch.

Lennart und Lizz kamen an ein Haus, das so aussah, als ob es beim nächsten Windstoß sofort umkippen würde. Die Touristengruppe und das emsige Treiben am Bahngleis hatten sie bei ihrem Weg durch den Slum längst weit hinter sich gelassen. Sie waren hier allein. Allein mit den Leuten, die hier lebten.

Vor der Hütte saß eine junge Frau. Sie hatte in einer Binde um den Bauch auf Höhe ihrer Brust einen schreienden Säugling. Auch auf dem Rücken trug sie auf diese Weise ein Kind. Sie wusch Geschirr aus Blech ab unter einem Wasserhahn, der eine trübe Brühe spie, welche die Teller eher noch schmutziger zu machen schien. Um sie herum standen weitere Kinder, ältere Kinder. Sie spielten, lachten. Manche halfen ihr bei der Arbeit, andere tollten herum. Es mochten an die zwölf gewesen sein. Lennart und Lizz schauten sich an, atmeten tief durch und gingen dann zu der Frau hinüber. Es war keine zufällige Begegnung. Nach diesem Ort hatten sie gesucht. Hierher hatte die Idee sie geführt.

Als die beiden Amerikaner direkt vor ihr standen, blickte die Frau auf, blinzelte gegen die strahlende Sonne, schirmte sich dann die Augen mit der Hand ab und lächelte ein zahnloses Lachen. Sie war jung, sicher noch keine dreißig, vermutlich gerade mal jenseits der zwanzig. Woher kamen also all diese Kinder?

Sie unterbrach ihre Arbeit und bedeutete den beiden, sich zu setzen. Sie sprach nur indonesisch, aber mit Händen und Füßen, mit Gesten und Mimik, war es möglich, einen Hauch von Konversation in Gang zu bringen und zu halten. Die Gäste schenkten ihr Reis und Tofu, wofür sie sich überschwänglich bedankte, sogleich einen Topf herbeiholte und zu kochen begann. Die Kinder, angelockt vom Geruch des Essens, scharten sich um sie, umschwärmten auch die Besucher. Der Säugling im vorderen Tuch schrie noch immer. In einem Körbchen, das die Frau mit sich herumtrug, war ein weiteres Baby. Noch einmal tauschten Lennart und Lizz vielsagende Blicke. Die Entscheidung war gefallen. Endgültig.

„Was tun Sie da?"

Beide fuhren heftig zusammenzuckend herum, schauten nach oben. Hinter ihnen stand der Tourguide. Sie wussten nicht, wie lange er schon da gestanden und sie beobachtet hatte. Aber was er gesehen hatte, mochte ihm gereicht haben, um ihre Intention zu erahnen. Gleichwohl war die Frage nicht anklagend, sondern eher interessiert gestellt worden. Trotzdem beschlich beide, Lennart und Lizz, ein extrem ungutes Gefühl. Sie fühlten sich ertappt.

Der Mann kam näher. Er nahm seinen Rucksack ab, begrüßte die Frau und die Kinder wie liebe alte Bekannte und setzte sich dann zu Lennart und Lizz auf den Boden inmitten der Kinderschar. Eine Antwort auf seine Frage wollte er gar nicht. Sie war rein rhetorischer Natur gewesen. Seine Antwort hatte er bereits.

Das Paar saß da wie vom Donner gerührt, unfähig, auch nur einen klaren Gedanken zu fassen. Sie waren wahrhaftig erwischt worden. Sie hatten zwar noch keinerlei Gespräch mit der Frau geführt. Dennoch würde eine eintreffende Polizei, würde ein jedes hiesige Gericht sicher genauso klar ersehen können, was sie im Schilde führten, so wie es dieser alte Mann neben ihnen tat. Was würde nun geschehen?

Der Mann saß da, tupfte sich den Schweiß von der Stirn, beobachtete die Frau und die Kinder, lächelte Lennart und Lizz sogar immer wieder verschmitzt an. Er schien nicht aufgebracht, er war einfach nur da. Eine schier endlos lange Weile schwieg er. Die Besucher aus einer anderen Welt wurden zunehmend unruhiger.

„Ich habe es ihnen schon angesehen, als wir uns am Bahnhof das erste Mal getroffen haben", sagte er dann in einem sehr gebrochenen Englisch. „Sie haben keine Fotoapparate. Wer keine Fotoapparate dabei hat, der will hier entweder Sex mit Kindern kaufen oder mit jungen Frauen. Oder er will eines der Kinder mitnehmen. Das ist immer so."

Lennart und Lizz waren wie vor den Kopf gestoßen. Sie brauchten einige Sekunden, um mit der schonungslosen Offenheit des alten Mannes klarzukommen, und wieder einen klaren Gedanken zu fassen.

„Wenn Sie es gewusst haben, warum haben Sie uns dann überhaupt mitgenommen?", fragte Lizz dann geknickt.

Der Tourguide zuckte mit den Schultern und blickte wieder hinüber zu der Frau. „Ich wollte sehen, was Sie für Menschen sind", sagte er dann. „Ich wollte wissen, wohin es Sie hier in den Slums ziehen würde. Ob man Ihnen vertrauen kann. Sie wissen, dass es hier in unserem Land die Todesstrafe gibt?"

Lennart und Lizz schluckten betreten.

„Hören Sie", sagte Lennart. „Ich flehe Sie an, es ist nicht so, wie Sie denken ..."

Der Mann winkte ab. „Bitte fangen Sie jetzt nicht so an", unterbrach er Lennart. „Ich bitte Sie inständig, es hat doch so wunderbar begonnen. Sie sind hierher gekommen mit einem Entschluss. Sie sind ein hohes Risiko eingegangen. Wenn Sie erwischt worden wären, hätte das Ihren Tod bedeuten können. Aber nun sind Sie hier, haben sich nicht beirren lassen. Das Schicksal hat Sie hierher gebracht. Zu ihr. Und zu ihren vielen verlorenen Kindern." Er betrachtete nachdenklich die Frau, die noch immer abwusch, kochte und das Kind an ihrer Brust beruhigte, alles zur gleichen Zeit.

Lizz blickte ihn hoffnungsvoll an. „Das heißt, Sie werden uns nicht an die Behörden übergeben?"

Der alte Mann lächelte. „Nein, das werde ich nicht. Ganz im Gegenteil, ich werden Ihnen sogar helfen."

Lizz schluchzte heftig und die Tränen liefen ihr übers Gesicht. Die ganze Last fiel mit einem Mal von ihr ab, die Anspannung löste sich. Eines der Kinder kam zu ihr und reichte ihr ein Tüchlein. Sie nahm das Kind einfach in den Arm.

„Warum wollen Sie das für uns tun? Sie kennen uns doch gar nicht", fragte Lennart, der gleichfalls ergriffen, aber von dieser heftigen Wendung der Ereignisse ein wenig überfordert war. Er konnte es kaum fassen, was dieser fremde Mensch gerade gesagt hatte.

„Wissen Sie, ich glaube fest an das Schicksal, und dass gute Menschen immer dorthin gebracht werden, wo man sie eben braucht", sagte der alte Mann. „Das ist auch meine Geschichte, wie ich zu diesen Touren gekommen bin. Ich war mal einer von ihnen, von den Menschen hier im Dorf. Ich hatte Glück, das Schicksal hat mich zur richtigen Zeit an die richtige Stelle geführt, mit den richtigen Leuten zusammengebracht. Hier sitze ich nun und kann dem Schicksal und meinen Leuten etwas zurückgeben. Jemand anderen das ermöglichen, was mir ermöglicht wurde. Ich liebe diese Idee!"

Diese Idee.

Lennart verstand kaum, was der Mann ihm soeben erklärte, denn seine Gedanken drehten sich in rasender Geschwindigkeit rund um seine eigene Idee, die plötzlich gar nicht mehr so falsch erschien, völlig makellos sogar, der Vorbote einer gerechten Welt, während seine Frau schluchzend ein fremdes Kind in den Armen hielt.

„Ich kann es nicht verstehen", sagte er dann. „Aber ich bin Ihnen so unendlich dankbar ..."

„Danken Sie mir, wenn es funktioniert", sagte der Mann. „Ich will Ihnen erklären, was ich meine, dann verstehen Sie es sicherlich."

Er wies auf die Frau.

„Ihr Name ist Yayuk“, sprach er dann weiter. „Sie ist vor einigen Jahren hierher ins Dorf gekommen. Ihr Mann starb kurz nach der Ankunft an einer Seuche. Das geschieht häufiger, der Körper muss sich an das Umfeld hier erst gewöhnen. Aber sie ist nach seinem Tod trotzdem geblieben und ist nun die gute Seele der verlorenen Kinder in unserer Gemeinschaft.“

Lizz hatte sich ein wenig beruhigt. Sie lauschte ebenfalls der Erzählung. Das fremde Kind hatte sich mit der unerwarteten Kuschelattacke abgefunden und saß nun auf ihrem Schoß. „Das sind alles gar nicht ihre eigenen Kinder?“, fragte sie.

„Nein, erwiderte der Tourguide. „Sie selbst hat kein einziges Kind geboren. Aber sie nimmt absolut alle auf, die sonst keiner mehr haben will. Von einigen sind die Eltern ebenfalls an Seuchen hier in den Slums gestorben. Manche sind vom Zug gefallen. Andere Eltern sind verhungert, weil sie alles ihren Kindern gegeben haben. Von all diesen Menschen sind das hier die Nachkommen. Kinder, die umkommen, wenn sich keiner um sie bemüht. Sie finden hier bei Yayuk ein Zuhause.“

„Sogar die Säuglinge?“, fragte Lennart ungläubig.

„Ja, auch die“, sagte der Tourguide. „Sie müssen wissen, dass ungewollte Schwangerschaften hier oft ein tragisches Ende nehmen. Die Kinder werden geboren und manchmal auch am Ort der Niederkunft einfach zurückgelassen. Jene, die dann noch ein klein wenig Glück im Unglück haben, landen hier bei Yayuk, die sich bis an die Grenze der völligen Erschöpfung um sie bemüht. Begreifen Sie nun, weshalb ich Ihnen helfen will?“

Lennart zögerte. „Noch nicht ganz“, gestand er ein.

„Es ist im Grunde sehr einfach“, sagte der Mann. „Sie sitzen hier und wünschen sich nichts sehnlicher als ein Kind, dem Sie all die Liebe und das wundervollste Leben schenken können, wozu Sie in den Vereinigten Staaten imstande sind. Das Schicksal hat Sie hierher zu uns gebracht, zu Yayuk, die hier im Slum die ausgestoßenen, die verlorenen Kinder um sich schart und alles tut, um ihnen überhaupt ein Leben zu ermöglichen. Wie wunderbar kann sich so eine Geschichte fügen, wenn nicht auf diese Weise?“

Er lächelte die Amerikaner fröhlich an.

Alle beobachteten weiter die Kinder.

„Und wie geht es nun weiter?“, fragte Lennart nach einer Weile.

„Das will ich Ihnen verraten“, sagte der Mann. „Es gab hier vor drei Monaten ein schlimmes Unglück. Eine junge Familie kam von der Küste hierher. Der Vater war ein Fischer gewesen. Er hoffte für sich und seine Frau auf ein besseres Leben in Jakarta. Aber es kam alles ganz anders.“

Er seufzte.

„Die beiden kamen ohne Mittel hierher. Sie hatten ein kleines Kind dabei, ein Mädchen, gerade mal ein paar Wochen alt“, fuhr dann fort. „Das Seltsame daran war, dass es gar nicht ihr eigenes Kind war. Der Fischer hatte es bei einer seiner Ausfahrten auf einer Sandbank mitten im Ozean entdeckt und mitgenommen. Man stelle sich das nur vor ... das kleine Kind wurde womöglich ausgesetzt und im Meer zum Sterben zurückgelassen.

Die Welt ist grausam geworden. Und die Geschichte des Mädchens ist trotzdem noch nicht zu Ende ..."

Lizz und Lennart stockte der Atem.

„Leider ist es so, dass Menschen, die hierher kommen, oft ein wenig Hab und Gut mit sich führen. Und dass andere Menschen, die selber nicht viel besitzen, manchmal dieses an sich bringen möchten", erzählte der Mann weiter. „Es gab einen Kampf. Einen gewaltigen und blutigen Kampf, wie man ihn in den Slums kennt. Hier gilt das Recht des Stärkeren. Am Ende war der Fischer tot, seine Frau ebenfalls, beide hat man nach wenigen Tagen aus dem Fluss gezogen. Das Mädchen war erneut zurückgelassen worden. Ihr Wimmern fiel einem der Müllsammler auf. Er fand sie und brachte sie zu Yayuk."

„Oh mein Gott ...", entfuhr es Lizz, die bei der Geschichte kreidebleich geworden war. Das Kind, das bei ihr gesessen hatte, hatte inzwischen wieder das Weite gesucht und spielte mit den anderen.

„Es fällt einem nicht viel dazu ein", sagte der alte Mann und starrte vor sich hin. „Wir haben viele Tage lang gehadert. Die Übeltäter wurden gefunden, der Polizei übergeben und warten nun auf ihre Strafe. Sofern sie eine bekommen. Aber die schlimmste Strafe ist die, welche das Kind traf. Zweimal hat das Mädchen die Eltern verloren, zweimal schien sie dem Tode näher als dem Leben. Nun sind Sie beide hier, voller Erwartung, Hoffnung und Verheißung. Und Sie suchen nach einem Kind! Ich male mir in solchen Momenten gerne glückliche Ausgänge für die grausamen Geschichten des Lebens aus. Aber ich hätte mir die Zukunft für die Kleine niemals so ausmalen können, wie sie sich nun abzeichnet. Ich bin so unendlich glücklich, wie das Schicksal wieder einmal alles richtig gefügt hat."

Er erzählte noch vieles mehr. Von den Slums und den rauen Sitten. Von den Menschen, die hier in der Sackgasse einer Existenz ihr Leben fristeten. Von Yayuk und ihren Kindern. Noch viele Stunden saßen Lizz und Lennart in der Sonne vor der Hütte Yayuks, unterhielten sich mit dem Tourguide, der für sie übersetzte und eine Unterhaltung mit der Frau möglich machte. Sie aßen gemeinsam, sie sangen gemeinsam, sie beteten gemeinsam.

Irgendwann – die Sonne stand schon deutlich tiefer und es musste kurz vor der Abfahrt des letzten Zuges zurück in die Stadt sein – wurde der Mann plötzlich sehr ernst, er sprach mit Yayuk auf indonesisch und es war sehr schnell klar, dass das kleine Mädchen des Küstenfischers eine neue Heimat in Amerika finden würde.

Über Gegenleistungen wurde nicht gesprochen. Lennart nahm ein Bündel Geldscheine aus der Tasche und legte es in Yayuks Hand. Er ließ ihr über den Tourguide übersetzen, dass dies nicht als Kaufpreis verstanden werden, sondern sie in ihrer uneigennützigen Arbeit unterstützen sollte. Sie sollte es für sich und die ausgestoßenen Kinder ausgeben, etwas Gutes damit tun. Er versprach ihr, über den Tourguide noch einmal einen größeren Betrag für alle im Dorf sowie Lebensmittel und Babynahrung speziell für sie zu schicken. Yayuk weinte, sie nahm Lennarts Hand, küsste sie und bedankte sich tausendfach. Damit war alles gesagt.

Als die Zeit gekommen war und der Zug zurückfahren sollte in die City von Jakarta, war es dann soweit. Es gab keine Gründe für weitere Besuche, man hatte sich kennengelernt, jeder wusste, woran er beim anderen war.

Beiden, Lizz und Lennart, blieb beinahe das Herz stehen. Yayuk griff nach dem Körbchen neben sich, in welchem das kleine Mädchen die ganze Zeit über gelegen und geschlafen hatte. Sie nahm den Korb vorsichtig hoch und reichte ihn Lizz, die sofort wieder zu weinen begann.

Yayuk sagte etwas.

„Sie möchte Sie wissen lassen, dass es ein sehr liebes und scheues Mädchen ist", übersetzte der Tourguide und fuhr fort, wann immer Yayuk einen Satz beendet hatte. „Sie wünscht dem Mädchen alles Gute und sie ist so unendlich glücklich, dass sie nun ein so wunderbares Zuhause bekommt. Sie dankt Ihnen aus tiefstem Herzen und wünscht Ihrer Familie Gottes Segen."

Lizz schluchzte. Lennart nahm Yayuk in den Arm, die nun auch weinte. Sie verabschiedete sich von dem kleinen Mädchen, das bei so viel Bewegung um sie herum glucksend und fröhlich quietschend in seinem Korb lag. Dann war der Zeitpunkt des Abschieds gekommen.

Lizz, Lennart und der Tourguide gingen schweigend durch das Dorf, zurück zum wartenden Zug Lizz hielt das Körbchen eng am eigenen Leib. Die anderen Besucher waren schon wieder da. Sie unterhielten sich angeregt, zeigten einander die geschossenen Bilder auf den Displays ihrer Kameras. Sie erzählten einander, wen sie tagsüber alles getroffen und kennengelernt hatten. Es klang wie nach einem Zoobesuch.

Keiner der drei Gäste Yayuks schenkte ihnen Beachtung. Lennart verschenkte alles, was er in seinem Rucksack hatte, an die Einwohner des Slums, die hier standen und ihre Gäste verabschiedeten. Er hätte gerne noch viel mehr geschenkt, war ihm doch soeben das wertvollste und schönste Geschenk gemacht worden, das sich ein Mensch nur wünschen konnte. Er konnte das riesige Glück noch gar nicht fassen.

Im Zug nahm niemand Notiz davon, dass auf einmal ein Baby mit zurückfuhr. Jeder der anderen Touristen schien weiterhin viel zu sehr mit sich selbst und dem Abenteuer dieses Tages beschäftigt zu sein. Dem Tourguide und den Eltern war es nur recht. Es würde bei der Ausreise noch schwer genug werden.

Tatsächlich entpuppte sich allerdings die Hilfe des Tourguides auch in den folgenden zwei Tagen bis zur Rückreise von Lennart, Lizz und dem Mädchen in die USA als unschätzbar wertvoll. Man sprach nicht darüber, aber er hatte dies offenbar schon öfter gemacht. Binnen kürzester Zeit hatte er – zwar für teures Geld, aber immerhin sehr authentisch – offiziell anmutende Dokumente ausstellen lassen, welche eine nie stattgefundene Adoption plausibel machten. Am Flughafen Jakartas arbeitete ein Freund von ihm, der die kleine Familie an den prüfenden Blicken sämtlicher Behörden vorbei in den Flieger verfrachtete.

Als die Maschine abhob, die Räder die Haftung zum indonesischen Boden verloren, atmeten Lizz und Lennart durch. Das kleine Mädchen lag nun in einer teuren Tragtasche, die sie – so wie die Basisausstattung für die Heimreise – noch rasch in einer der halb verwaisten Malls in Jakarta erstanden hatten. Es war nun vollbracht. Sie waren eine Familie. Familie. Familie ...

Lennart und Lizz sahen sich an, beide hatten Tränen in den Augen.

Das Schicksal meinte es weiterhin gut mit ihnen. Auch in Los Angeles reichte den Einreisebeamten ein kurzer Blick auf die gefälschten Dokumente – die offiziellen Papiere aus Indonesien sahen gefühlt ohnehin fast jeden Tag anders aus.

Der Beamte ahnte nichts und stellte dem Mädchen ein Dokument aus, das sie – nunmehr die Tochter von zwei Staatsbürgern der Vereinigten Staaten – ab sofort als Amerikanerin identifizierte. Er kritzelte auf einem Formular, haute einige Stempel darauf und stellte dann die Frage, die Lizz und Lennart ihrerseits auch Yayuk gestellt hatten, welche jene aber mit einem Kopfschütteln beantwortet hatte.

„Wie heißt denn die Kleine?“, fragte der Beamte, vertieft in seine Arbeit.

Lizz und Lennart schauten sich verliebt in die Augen, dann wieder zu ihm.

Lennart antwortete für sie beide.

„Ihr Name ist Maya.“

17

Einmal mehr stand Castus Crane am Heck seines Schiffes und schaute hinaus auf die See. Um ihn herum erstreckte sich der Indische Ozean, unendlich weit und unendlich tief. Was würde diese Weite ihm wohl noch alles einbringen? Was verbarg sich alles unter der Oberfläche von gekräuseltem Schwarz, wie sie sich vor ihm über eine schier endlos anmutende Fläche erstreckte?

Er kam sich ein wenig vor wie ein Pirat, gar der Kapitän eines Piratenschiffes, der auf der Suche nach einem goldenen Schatz war – und kurz vor dem Ziel seiner Wünsche stand: Die einsame Insel war bereits in Sicht, die Schatzkarte mit dem gestrichelten Pfad und dem roten Kreuz hatte den genauen Standort bereits verraten. Nun galt es nur noch, die Reichtümer einzusacken und sich daran zu erfreuen.

Wobei, ganz so unbeschwert wie der Kapitän des Piratenschiffes auf Schatzsuche konnte Crane gar nicht sein. Ihm saß mittlerweile ein immenser Berg an Schulden im Nacken. Verluste waren es zwar keine. Noch nicht. Aber wenn er die Schlappe mit den untersagten Bohrungen auf dem Festland nicht schleunigst bereinigte, würde er schon bald vor dem Aufsichtsrat seiner Firma in Erklärungsnöte kommen. So etwas war nie angenehm. Ein Gremium von Menschen, von denen jeder einzelne noch geldgieriger war als Crane selbst. Jenen zu erklären, warum es an Land nicht geklappt hatte, welches die neue Strategie war und wo neuerdings Beetle abgeblieben war – all das würde gar nicht so einfach.

Hier auf See war es simpel: Wer nicht auf seiner Seite stand, der konnte mal eben verschwinden; wurde „über die Planke geschickt", um in dem Bild zu bleiben. Auf die Verschwiegenheit aller anderen an Bord konnte er uneingeschränkt zählen. Denn wenn es eine Sache gab, welche bei aller Angst vor ihm noch immer überwog, dann war es auch deren eigene Geldgier und die Gewissheit, als Zeugen eines Mordes wenigstens bei späteren Gewinnen reich bedacht zu werden. Das war ein ungeschriebenes Gesetz. Weil Castus Crane sich dessen und auch des Nutzens jener Mitwisser durchaus bewusst war, rüttelte er nicht daran. Die Stimmung an Bord war seinen Zwecken mehr als dienlich – was zurück auf dem Festland geschehen mochte, darüber sollte sich der Zukunfts-Crane seine Gedanken machen.

Er nahm einen Schluck aus seiner Tasse und blickte hinüber zum Horizont, wo unterhalb der Linie die ersten Strahlen der Morgensonne in Sicht kamen und das Firmament in ein zartes Rot tauchten. In wenigen Sekunden würde die Sonne aufgehen. Ein neuer Tag brach an. Und mit ihm: Ein neues Zeitalter. Eine neue Rechnung wurde aufgemacht. Tag eins der Bohrungen am Sundagraben war endlich erreicht, womit sich für ihn in Windeseile sämtliche Probleme in Luft auflösen würden. Der zu erwartende Profit, den die Schwarzen Raucher und die dort verborgenen Schätze ihm bringen würden, war in menschlichen Größen nicht zu ermessen. Alles lag dort unten, unter seinen Füßen, zum Greifen nahe. Er musste nur noch die Hand danach ausstrecken und zupacken.

Die Hand, das war in diesem Fall der lange Arm eines Bohrungsschiffes. Insgesamt sogar acht Bohrungsschiffe, die seit der Besprechung und Festlegung der Marschroute auf der Loreley II angefordert worden waren, und zum Teil auch schon am Sundagraben eingetroffen waren. Crane wollte nichts dem Zufall überlassen. Seine Experten hatten alles genau berechnet: Acht Bohrungen sollte es geben, jede etwa hundert Meter tief. Dann kämen die Sprengsätze zum Einsatz.

Wenn alles so lief wie geplant, würden entweder acht neue Schlote geschaffen und durch den Druck der Explosionen eine Unmenge an schwarzem Rauch an die Oberfläche kommen, den man ansonsten erst nach Jahren hätte fördern können. Oder, im ungünstigsten Fall, die Explosionen würden eine seismische Aktivität in der Tiefsee auslösen, wodurch der Schwarze Raucher zwar zerstört würde, der gesamte wertvolle Batzen an angereichertem Gestein allerdings sofort verfügbar und zugänglich wäre. Man bräuchte ihn dann nur noch abzutragen. Crane war für beiderlei Lösungen gut gewappnet. Egal, wie es kam, er würde mit einer beträchtlichen Ausbeute zurückkehren. Nichts konnte ihn jetzt noch aufhalten.

Der Pirat gierte nach seinem Schatz – und er hatte ihn fast erreicht.

Die Sonne tauchte aus dem Meer auf und sandte ihre hellen Strahlen über den Himmel. Von einem Moment auf den anderen wurde es hell und das Meer lag in all seiner Erhabenheit und Größe vor Crane. Es wartete auf ihn. Wie die Jungfrau, die des Eintreffens ihres Liebhabers harrte.

Castus Crane nahm noch einen weiteren Schluck aus seiner Tasse und hörte, wie hinter ihm das Schiff langsam erwachte. Die nachts Diensthabenden übergaben ihre Positionen an die Tagesschicht. Lange würden sie nicht Zeit haben, um sich auszuruhen, denn für die anstehende Großoffensive brauchte Crane jeden einzelnen Mann. Jedes Paar Hände, das verfügbar war, bedeutete bares Geld für ihn. Er würde nicht auf auch nur einen Cent davon verzichten. Die Sonne hatte sich nun ein beträchtliches Stück weiter aus dem Meer erhoben. Ein neuer Tag brach an. Ein neuer Tag für Crane und sein Imperium.

Die Flotte C9 der Crane Industries brachte sich langsam in Stellung.

Wenn er ehrlich zu sich selbst war, wusste Crane, dass er nie vorgehabt hatte, die Bodenschätze seiner wertvollen Entdeckung auf schonende, auf langwierige Weise zu fördern. Es ging darum, einen raschen Profit zu erzielen. Die Schlappe an Land musste ausgeglichen, potentielle Mitbewerber von Anfang an verdrängt werden. Er hatte genau einen Versuch, die Schwarzen Raucher als Energiequelle der Zukunft vorzustellen, mit den Rohstoffen den Markt zu besetzen und sich damit eine globale Monopolstellung zu sichern, die auch bei noch so viel Engagement durch Konkurrenten nicht mehr aufzuholen war.

Zugleich musste der Preis seiner Rohstoffe so attraktiv sein, dass selbst die Ölmagnaten des mittleren Ostens keine Chance mehr hätten, da noch mitzuhalten. Er setzte alles auf eine Karte: Absolute Marktmacht oder der totale Untergang. „The winner takes it all", kam ihm in den Sinn. Er würde auf einen Schlag und binnen weniger Wochen so viele Rohstoffe und Edelmetalle kontrollieren, dass niemand, absolut niemand Gelegenheit hätte, ihm das Wasser abzugraben. Die Förderrechte an sämtlichen bekannten Schwarzen Rauchern dieses Erdballs hatte er sich über Strohfirmen längst gesichert. Wenn diese allererste Operation Erfolg hätte, war er durch nichts und niemanden mehr aufzuhalten. Ein Lächeln umspielte seine Mundwinkel. Es schien fast zu leicht, um noch real zu sein und er beglückwünschte sich selbst für seine Genialität.

Die Loreley II war das größte und damit auch das Flaggschiff der von Crane handverlesenen Flotte. Gegenüber der Loreley I, ihrem Vorgängermodell, war sie deutlich weiter entwickelt und verfügte über vielerlei Extras, die Crane selbst hatte entwickeln und realisieren lassen. Tatsächlich gab es wohl kaum ein Bohrungsschiff auf dem ganzen Planeten, das tiefer in den Untergrund vordringen und mehr fördern konnte als dieses. Ihre sieben Begleiter waren zugekaufte Bohrungsschiffe „von der Stange", wenn man so wollte. Freilich etwas aufgemotzt und aufgewertet durch Entwicklungen der Crane Industries. In der Loreley II indes – deren Baupläne auf jenen der zugekauften Kreuzer basierten, jedoch um ein Vielfaches weiterentwickelt worden waren – steckte alle Liebe, alle Hingabe, aller Hirnschmalz der besten Schiffsbaufachleute, die es zu kaufen gab.

Crane hatte diesen seinen entscheidenden Schlag lange geplant. Der Druck des Erfolgs war erst in den letzten Tagen der Umsetzung hinzugekommen. Bis dahin war es ein Kronprojekt seines Trusts gewesen, das er sich auch einiges kosten ließ.

Die sieben zugekauften Bohrschiffe, sogenannte Drillships, ermöglichten, bis zu einer

Tiefe von 10.000 Metern zu bohren. Im Gegensatz zu statischen Bohrinseln verfügten sie über sogenannte Impeller sowie Bug- und Heckstrahldüsen, gesteuert und gestützt durch eigens hierfür entwickelte Navigationssysteme, die es den Schiffen ermöglichten, während der Bohrung immer auf derselben Stelle zu bleiben. Im Wesentlichen entsprachen Cranes Spielzeuge den Schiffen der Enterpriseklasse, die in den Jahren 2009 und 2010 von Transocean Limited in den Dienst gestellt worden waren. Insgeheim besaß er längst eine über Strohmänner gesicherte Mehrheit an jenem auf Tiefseebohrungen spezialisierten Unternehmen in der Schweiz. Eine Mehrheit, mit welcher er alsbald seinen Stand und seinen Anspruch auf die Herrschaft des weltweiten Marktes in diesem Bereich zementieren würde.

Doch alles zu seiner Zeit. Vorerst war er äußerst zufrieden, mit der „entliehenen" Technik seine Loreley II entwickelt zu haben – und mit seiner kleinen Flotte nun den ersten Schlag im Krieg um die Weltmacht ausführen zu können.

Seine schärfsten Konkurrenten wussten nicht einmal, dass sie im Begriff waren, ihre Stellung einzubüßen: Während sich Kolosse wie die Saipem 10000 und die Saipem 12000 weiterhin in ihrem Ruhm sonnten, hatte man bei Transocean, neben einigen kleineren Projekten zur Irreführung, längst alle Arbeiten eingestellt und sich auf Geheiß der Mehrheit aller Anteilseigner – allesamt kontrolliert durch Crane Industries – auf die Entwicklung und den Bau der Loreley-Klasse konzentriert.

Die Schiffe waren ursprünglich konzipiert für eine Meerestiefe von rund 3.700 Metern und konnten eine Bohrtiefe von bis zu 12.000 Metern erreichen. Nun war die Meerestiefe im Sundagraben an vielen Stellen weit über 7.000 Meter. Doch das sollte nicht weiter stören, denn genau hierauf hatte man die Loreley-Klasse vorbereitet.

War die Distanz bis zum Meeresboden erst mal überwunden, hätte man nochmal gut dieselbe Strecke an verbleibender Reichweite, um einen Bohrschacht zu erzeugen, worin man schließlich die Sprengköpfe versenken könnte, um schließlich zum entscheidenden Punkt der Operation zu gelangen. Die Loreley II würde direkt neben dem schwarzen Raucher positioniert bleiben, wo Crane seine erste Fahrt in die Tiefsee unternommen hatte. Alle anderen sieben Schiffe, so sah es der Plan vor, würden ringsherum in einer Heptagon-Formation gleichfalls ihre Schächte bohren. Sobald alle Schächte tief genug waren, würde Crane mit dafür vorgesehenen nuklearbasierten Sprengköpfen eine gleichzeitige Explosion auslösen, die mit einem Schlag für die Bildung weiterer Öffnungen und Schlote zu sorgen hatte und damit sämtliche Rohstoffe des Meeresgrunds freizusetzen vermochte. Oder eben der Plan B, totale Zerstörung, Crane war es gleich. In beiden Fällen hätte er bereits mit diesem Coup seine globale Vorherrschaft zementiert. Alles andere war nur noch die Kür: War die Weltherrschaft auf dem Rohstoffmarkt erreicht, wäre es ein Leichtes, diese mit weiteren Bohrungen und Sprengungen anderswo auf Dauer zu sichern. Er hatte den Plan, die Technik, die Genehmigungen – er brauchte es nur noch zu tun.

Er blickte hinaus auf die See. In einiger Entfernung erblickte er die „Titania", die soeben von ihren Schleppern in exakte Position gebracht wurde, um mit der Bohrung zu beginnen. Die anderen sechs Schiffe waren schon einen Schritt weiter. Auch die Loreley II war über die Positionierung hinaus schon längst bei den letzten Vorbereitungen für die Bohrung angelangt. Alles lief auf Hochtouren und im Grunde musste er nur noch das entscheidende Kommando geben.

Crane atmete tief durch und betrachtete staunend die majestätische Röte, in welche der Himmel von der aufgehenden Sonne getaucht wurde. Er blickte wieder aufs Wasser. Sein Blick schweifte über die Wellen. Eine unendliche Weite an unberührter Natur. Noch.

Das Wasser plätscherte gegen das Heck des Schiffes, er sah Fische, welche die Loreley begleitet hatten und fragte sich kurz, ob vielleicht auch noch einige der Haie in der Gegend waren, an die er den mittlerweile längst weit zurückgelassenen Walkadaver verfüttert hatte. Nebst seiner Feinde natürlich. Ob die Haie wohl dem metallenen Koloss weiter gefolgt waren? Wie ein streunender Hund womöglich, den man einmal gefüttert hatte und der nun dem edlen Spender hinterher lief, um noch das eine oder andere Häppchen abzustauben? Eine interessante Vorstellung, dachte Crane.

Das Verhalten der Wale in der frühen Phase dieser Operation ging ihm ebenfalls nicht aus dem Kopf. Zwar war seine Taktik aufgegangen, das glaubte er zumindest. Immerhin hatte es seither keinerlei Angriffe mehr gegeben. Geschweige denn eine Sichtung von Blauwalen in der Nähe seiner Flotte. Die Meeresriesen waren der Flotte ferngeblieben. Man hatte keinen Blas mehr in deren Umgebung gesehen. Sollten sie noch in der Nähe sein, dann wahrten sie einen respektvollen Abstand – was Crane natürlich in seiner Taktik mit den Haien bestätigte. Gleichwohl nagte an ihm die Frage, was die Tiere zu ihrer Attacke bewogen hatte. Hatten sie eine Walschule samt Jungtieren gestört? Waren sie einer zufälligen Ansammlung an Blauwalen in irgendeiner Weise gefährlich geworden? Es gab keinerlei plausible Erklärung.

Aber es war nicht von Relevanz: Auch die angeforderten Walfänger hatten sich neben Cranes Flotte in Stellung gebracht und waren bereit, im Fall der Fälle zu seinen Gunsten einzugreifen. Parallel hatte die Crew in der Zwischenzeit alles unternommen, das gefährdete Deck zu stärken und zu versiegeln. Selbst wenn an dieser Stelle noch einmal etwas geschähe, es gar zum Hüllenbruch kommen sollte, so war das Deck abgeriegelt, wodurch jeglicher Wassereinbruch minimal ausfallen würde und bestenfalls einem Mückenstich gleichzusetzen wäre. Dennoch war dieses Szenario nicht erstrebenswert, da es die eigentliche Arbeit empfindlich stören würde.

Crane lehnte sich über die Reling, nahm noch einen Schluck aus seiner Tasse. Er starrte auf die Wasseroberfläche. Was war dort unten? Was verbarg sich in der Tiefe? Wale konnten sich nicht dermaßen lange versteckt halten, das wusste er. Immerhin mussten sie an die Oberfläche, um Luft zu holen. Aber was war beispielsweise mit der Kreatur, die ihn und den unfähigen Piloten Barclay im Tauchboot angegriffen hatte? War dies geplant? War es Instinkt? Und noch viel wichtiger: Hatten sie den Kampf dort unten tatsächlich gewonnen, ähnlich wie bei den Walen? Das Wesen war tot gewesen, es war zweifelsohne der Benachteiligte jener Auseinandersetzung gewesen. Nur, weshalb war es überhaupt zu diesem Angriff gekommen?

Crane rief sich zur Ordnung. Es hatte wenig Sinn, sich jetzt und hier Gedanken über die Beweggründe für das Tun schleimiger Meeresbewohner zu machen. Es war geschehen, sie hatten sich damit auseinandergesetzt und waren siegreich daraus hervorgegangen. Das war auch schon alles. Warum sollte er sich Sorgen um etwas machen, das er weder sehen noch fühlen konnte? Sonar und Wache meldeten nichts, aber auch gar nichts Beunruhigendes in ihrer Umgebung. Da war nicht der Hauch einer Bewegung unter Wasser, geschweige denn eine Sichtung von etwas Großem. Das Meer war wie ausgestorben ... vermutlich wegen der Präsenz der Bohrschiffe ... oder vielleicht war es auch ...

Der Anblick traf Crane wie ein Schlag.

Zunächst begriff er gar nicht genau, was sich da vor seinen Augen abspielte. Sein Gehirn brauchte mehrere Sekunden, um die Bilder, die von seinen Augen gesandt wurden, mit all dem abzugleichen, was er in seinem Leben bisher für glaubhaft und plausibel gehalten hatte. Darauf erfolgte dann die Verweigerung des Gehirns, die Bilder als das anzuerkennen, was die Augen gesehen haben wollten. Doch konnte sich Cranes Bewusstsein der Tatsache nicht lange verschließen. Jede Weigerung, jeder Abgleich und jede Konzentration brachte ihn zu demselben Ergebnis.

Er starrte hinab ins Meer. Und das „Meer“ starrte zurück.

Direkt in seine Augen.

Crane erblickte die Augen, noch bevor er den Rest sehen konnte. Ein paar rötlich schimmernde Augen, so tief und so unergründlich wie die See selbst, aus der sie in einem leuchtend blauen Schein hervortraten. Sie kamen empor wie ein Licht aus der Dunkelheit. Er verlor sich in diesem Blick, so hypnotisch und so süß, wie er es noch nie in seinem Leben verspürt hatte.

Der Schrecken und der Zweifel, die ihn im ersten Moment noch wie kalte Klauen gepackt hielten, lockerten nun ihren Griff – und machten einer warmen Welle der Zufriedenheit und der Lust Platz. Seine Lenden wurden warm, sein Herz schlug schneller, sein Verstand wurde von nie gekannter Zufriedenheit und Verlangen zurückgedrängt. Er ließ seine Tasse fallen, sie klatschte auf der Wasseroberfläche auf und verschwand sogleich in der Tiefe. Ach, wie gerne würde er es ihr doch gleichtun! Wie gerne wollte Crane sich einfach nur fallenlassen. In dieses Gefühl, in diese Augen, in diese Lust – und in diese lockende Tiefe. Sie rief ihn, sie schrie nach ihm, verzehrte sich nach ihm – und Crane wusste, was er nun zu tun hatte. Er wollte eintauchen in das Licht, dieses verheißungsvolle blaue Licht, das mittlerweile die Loreley umgab, das Führungsschiff und genauso auch all seine Begleiter förmlich umzingelt hatte.

Crane fiel es wie Schuppen von den Augen: Er wusste ganz plötzlich, worin das ultimative Lebensglück bestand. Wie hatte er nur so lange so blind sein können? Nicht im Reichtum, nicht in der Macht, ganz sicher nicht in der Liebe war die ultimative Erfüllung zu finden – sondern im *Tod*. Einfach darin, alles loszulassen und sich ganz der Natur und ihrem Drängen auf das unausweichliche Ende hin zu ergeben. Oh, wie lange hatte er auf diese Erkenntnis gewartet! All das Streben, all die Mühe, all die Wagnisse – am Ende zählte doch all dies … nichts.

Es zählten nur noch diese Augen, denen er sich hier und jetzt ergeben, in deren warme Umarmung er sich schmiegen und für immer eins mit dem versprochenen Glück werden wollte.

Er war am Ziel. In ihm frohlockten tausend Engelschöre.

Er war am Ziel. Es hatte sichtbar vor ihm gelegen, endlich hatte er es erkannt. Seine Hände umklammerten die Reling, er schwang ein Bein darüber.

Er war am Ziel. Das andere Bein hinterher. Er keuchte vor Lust und Wonne. Oh, diese Augen …

Er war am Ziel. Er stand rücklings zur Reling, brauchte nur noch den Griff seiner Hände lösen. Es war so einfach, so nah, so greifbar, so unsagbar einfach.

Er war am …

Eine schrille Sirene riss ihn aus seinen Gedanken und holte ihn abrupt zurück in die Wirklichkeit. Es war die Alarmsirene der Loreley II.

Es dauerte einige Augenblicke, um zu begreifen, wo er sich gerade befand und was er zu tun im Begriff gewesen war. In wilder Panik klammerte er sich an die Reling und kämpfte sich krampfend und zitternd zurück auf deren sichere Seite; seinen Griff niemals locker lassend, auch wenn es ihm die Handgelenke schier verdrehte und sie zu brechen drohten. *Bloß nicht fallen!*, hämmerte der Gedanke im Inneren seines Schädels. Zurück in Sicherheit, wo er in Embryonalstellung auf den Planken liegenblieb.

Kalter Schweiß bedeckte seinen Körper. Todesangst und Panik ließen Cranes Herz bis zum Bersten schlagen und ihn nach Luft japsen. *Bloß nicht fallen*, schrie er sich im Inneren immer noch an. Was hast du nur getan? *NICHT FALLEN!*

Er kauerte auf der sicheren Seite der Reling. Um ihn herum sprangen die Männer wild durcheinander; gleich einem undurchschaubaren Tanz zum Klang der Alarmsirenen. Sie schrien, sie tobten. Nur langsam begriff Crane, dass die Panik aus seinem Inneren ihren Weg in die Realität gefunden hatte. Die Sirenen gellten in seinen Ohren.

Der blaue Schein rings um die Schiffe herum war keine Einbildung gewesen. Das Licht wurde intensiver, es stieg direkt aus der Tiefe des Meeres empor. Überall entlang der Reling sah er Männer, die hinunter ins Wasser starrten, die teilweise auch schon über die Reling geklettert waren und alsbald in den Tod sprangen; oder die sich, wie er, noch einmal gefangen hatten, und panisch von den Rändern des Schiffes weg in Sicherheit brachten.

„Sir, alles in Ordnung, Sir?"

Er hörte den Mann gar nicht wirklich, der neben ihm in die Knie gegangen war und ihm offenbar helfen wollte. Crane war noch immer ganz in sich selbst gefangen. Er versuchte die Tausende Emotionen, die gleichzeitig über ihn hereinbrachen, zu ordnen, zu sortieren, in eine logische Konstellation zu bringen, damit er sie wieder kontrollieren konnte. Aber es wollte ihm nicht gelingen. Sein Instinkt übernahm sein Handeln – und der würde diese Gewalt nicht so schnell wieder hergeben und der Ratio überlassen.

„Schlepper", faselte er. „Alle Schlepper hierher. Sofort! Wir müssen weg! Weit weg!"

Der Mann neben ihm erhob sich, brüllte in die wild durcheinanderlaufenden Menschen und übertönte nach Leibeskräften die schrillende Sirene.

„Mann über Bord!" – Diesen Ruf hörte Crane immer und immer wieder. „Mann über Bord! Mann über Bord!" Irgendwann wurde ihm bewusst, dass es sich längst nicht nur um einen einzigen Mann handelte. Die Rufe kamen von überall, von allen Seiten und aus allen Bereichen des Schiffes. „Mann über Bord!" Es war fast verwunderlich, wie so viele Menschen hier durcheinanderrennen konnten, wenn doch offenbar so viele über Bord gegangen waren. „Mann über Bord!" Die Sirene schrillte mit den panischen Rufen der Besatzung um die Wette.

Dann traf der erste Schlag die Loreley II.

Er war dumpf, er war gewaltig, er war verheerend.

Dem folgte unmittelbar ein zweiter.

Und dann noch einer. Und noch einer. Und noch einer.

Jemand kreischte. Lauter als die Sirene.

Crane wurde hochgerissen. Der Boden unter ihm schwankte bedrohlich.

Wäre er zu einem klaren Gedanken fähig gewesen, so hätte er gemerkt, dass es seine beiden Bodyguards waren, die ihn in der Menge und dem Durcheinander aufgespürt und endlich aufgesammelt hatten. Nun zerrten sie ihn in höchstmöglicher Geschwindigkeit – so gut es zwischen den panisch umherrennenden Männern möglich war – in Richtung des Hubschrauberlandeplatzes.

„Wir kommen!", bellte einer in ein Funkgerät. Und weiter schleiften sie den benommenen Castus Crane durch ein unsägliches Szenario.

Ein weiterer Schlag gegen das Schiff.

Und dann noch einer. Und noch einer. Und noch einer.

Es war verheerend. Jeder Treffer fühlte sich an, als werde das Schiff daran zerbersten, alles schwankte und ächzte.

Es waren richtiggehende Salven, die mit äußerster Präzision an empfindlichen Stellen einschlugen.

Sie waren also noch da, begriff Crane. Sie waren die ganze Zeit über da gewesen und hatten auf ihre Chance gewartet. Auf das große Kommando, das ultimative Inferno zu entfesseln.

Und das Kommando war erfolgt.

Eine Erschütterung folgte der nächsten. Unter die panischen Rufe und Kommandos mischten sich nun auch andere Schreie. Es waren Schreie voller Angst und Furcht.

Todesschreie.

Cranes Blick schweifte, seine Augen versuchten sich auf einzelne Szenen zu konzentrieren.

Während die Gorillas in weiter voranschleiften, beobachtete er eine Szene an einer Gangway: Er sah einen Mann, der offenbar damit beschäftigt war, einen der herbeorderten Schlepper an der Loreley II zu befestigen, auf dass jener seine Arbeit tun konnte. Er sah bewaffnete Männer, Gewehre und Harpunen im Anschlag, welche an der Reling der Loreley und auf den Schleppern standen und auf irgendetwas im Wasser feuerten.

Trotz der Geschwindigkeit, in der er weitergetragen wurde, heftete sich sein Blick auf den einen Mann, den Matrosen, der dort unten stand auf einem Anlegesteg seitlich der Loreley II, der das nahende Schlepperboot vertäuen wollte und also mit der Rettung seines Bohrungsflagschiffs beschäftigt war. Crane erblickte die Gefahr, noch bevor jener die Chance dazu hatte.

Wie in Zeitlupe spielte es sich vor Cranes Augen ab. Er konnte den Blick nicht abwenden, auch wenn ihn das nackte Grauen packte. Der Mann wollte soeben den Schlepper in seiner Verankerung am Schiff sichern, da erkannte Crane neben ihm im Wasser eine Bewegung. Etwas sprang aus dem Wasser heraus; packte den Kopf des Mannes, während es über das Schlepperboot hinweg sprang; beschrieb einen blau leuchtenden Bogen in der Luft; riss den Mann mit sich, während aus etlichen Flinten das Feuer eröffnet wurde, und verschwand samt seinem Opfer im Wasser, noch ehe eine der Kugeln ihr Ziel hätte erreichen können. Auch wenn es in etlichen Metern Entfernung geschah, auch wenn um Crane herum noch so viel Tumult herrschte und die Sirenen gellten, glaubte er dennoch den panischen Schrei und das Knacken des Genicks jenes Mannes zu hören, bevor er in einem Strudel aus Blut und Flossen versank und sein Ende im feuchten Nichts fand.

Ein weiterer Ruck ging durch das Schiff, diesmal aber etwas anders, nicht niederstreckend, sondern eher bewegend. Crane begriff, dass die Schlepper sich in Bewegung gesetzt hatten und die Loreley II mit sich zogen. Weg aus dieser Hölle, in die sie geraten waren. Weg aus diesem unheimlichen Ring eines blauen Scheins rings um das Schiff.

Trotzdem tobte um ihn herum weiterhin ein Kampf ums Überleben. Er konnte nicht zählen, wie viele Männer mittlerweile über Bord gegangen waren. Wo hin er sah, sprangen sie noch immer. Wo sie sich gerettet hatten und soeben über die Reling zurück in Sicherheit klettern wollten, so schien es, schossen mittlerweile Schemen aus dem blau leuchtenden Wasser empor, packten die Besonnenen, wie schon eben den Mann am Schlepper, und rissen sie mit sich hinab. Es mochte locker die Hälfte der Besatzung sein, vermutlich sogar noch mehr, die mittlerweile über Bord gegangen war. Crane wusste, dass jeder Sturz ins Wasser den sicheren Tod bedeutete.

Nicht fallen. *Bloß nicht fallen.*

Er dachte an die Augen, diese unbeschreiblich wundervollen Augen. Deren Verheißung. Deren Versprechen. Er fragte sich, wie viele Männer genauso wie er gleichzeitig diesem Wesen oder einem ähnlichen begegnet sein mochten – und ihren Sturz in das nasse Grab womöglich sogar selbst herbeigeführt hatten. Es war reine Spekulation. Aber Cranes Weltbild war bereits aus den Angeln gehoben. Er hielt nun alles für möglich.

Seine Bodyguards erreichten mit ihm den Landeplatz, auf dem bereits der Helikopter mit laufenden Rotoren wartete. Zahlreiche Männer der Besatzung drängten sich darum und versuchten, an Bord zu gelangen. Pilot und Co-Pilot hielten die schweren Türen von innen verschlossen. Wie sollten nun Crane und seine Bodyguards an Bord gelangen?

Die Antwort war so schlicht wie effizient.

Einer der Bodyguards stützte Crane weiter, der andere zog unter seinem Jackett eine AK 47 hervor und eröffnete ohne jede Vorwarnung das Feuer auf die Männer. Einer nach dem anderen ging nieder. Manche tot, manche verletzt. Es spielte keine Rolle, Hauptsache, das Trio hatte freie Bahn zum Helikopter. Wer sich noch rühren konnte, wer seine Hände noch flehend nach den Bodyguards und Crane ausstreckte, während sie sich ihren Weg durch Leichen und Verletzte zum Helikopter bahnten, der wurde durch einen Kopfschuss endgültig von Angst und Leid erlöst.

Weitere Schläge trafen den Rumpf und das Schiff bekam nun Schlagseite. Gleichwohl hatte sich die Zahl der Angriffe und Einschläge verringert, seit sie sich vom Zentrum des Geschehens und aus der Mitte des Heptagons fortbewegten. Konnten sie es vielleicht doch schaffen?

Der Bodyguard mit der Waffe klopfte an die Tür des Helikopters. Jene wurde geöffnet, der andere Bodyguard wuchtete Crane hinein, der auf dem hinteren Sitz benommen liegenblieb. Gerade wollte der Bodyguard hinterher klettern, da rief der Pilot dem Waffenträger etwas zu. Crane brauchte einen Moment, um Sinn und Inhalt der Worte zu begreifen. „Nur vier Personen!"

Sie waren zu fünft. Pilot, Co-Pilot, beide ordentlich im vorderen Bereich verrammelt, Crane und die beiden Bodyguards. Noch während der eine der beiden Hünen versuchte, die Situation zu begreifen, erhob der andere schon wieder seine Waffe. Mit einem präzisen Schuss war die Situation geklärt, der letzte Platz im rettenden Helikopter vergeben.

Der Bodyguard, der eben noch Crane gestützt und in den Heli gewuchtet hatte, brach mit einem leeren Blick und einem blutenden Loch in seiner Stirn zusammen. Crane fluchte in sich hinein. Es war doch heutzutage so schwer, gutes Personal zu finden. Dann saß auch schon sein anderer Beschützer neben ihm, hatte die Tür des Helikopters hinter ihnen geschlossen und damit Angst, Panik und Schreie endgültig räumlich abgetrennt.

Der Hubschrauber hob ab.

Crane fühlte eine Übelkeit in seinem Inneren hochsteigen. Er würgte, er wollte brechen. Schon hielt ihm sein Nebensitzer eine Papiertüte vors Gesicht und stützte ihn.

Guter Mann.

Sie gewannen an Höhe, die Loreley II wurde kleiner unter ihnen und von hier oben konnte Crane erstmals das gesamte Ausmaß der Katastrophe erkennen, die ihn und seine kleine Flotte ereilt hatte. Die Loreley II wurde von insgesamt acht Schleppern in einer für ihre Größe schier undenkbaren Geschwindigkeit vom Ort des Geschehens weggezogen und hatte schon einiges an Distanz zwischen sich und die anderen sieben Bohrungsschiffe gebracht, von denen die Schlepper zur Sicherung des Hauptschiffes abgezogen worden waren. Das Innere des Heptagons hatte sie längst verlassen und strebte stetig weg vom Ort des Geschehens.

Die Geschwindigkeit, in welcher das Bohrungsschiff sich vorwärts bewegte, mochte wohl auch der Grund dafür sein, weshalb sich die Angriffe darauf verringert hatten. Das Schiff war nun vermutlich einfach zu schnell, um weitere Treffer präzise zu platzieren. Das hatten auch die Wale begriffen und den einen Verlust hingenommen – während sie sich nunmehr auf die anderen sieben Schiffe, ohne die Schlepper bewegungsunfähig und schutzlos, mit all ihrer geballten Kraft und Energie konzentrierten. Man schien die Loreley II als Ziel aufgegeben zu haben, ließ sie entkommen, um sich an allen verbliebenen Opfern erbarmungslos auszutoben. Nicht einmal die Walfänger hatten etwas ausrichten können, sie waren allesamt bereits gekentert.

Crane starrte fassungslos aus dem seitlichen Fenster, ungläubig, bleich, kaum fähig, einen klaren Gedanken zu fassen. Sie flogen soeben über die Position eines der Bohrungsschiffe der Flotte C9 hinweg. Das Schiff lag schief im Wasser, schon fast auf der Seite. Daneben waren die Reste von zwei zerstörten Schleppern zu erkennen, die bereits versenkt worden waren.

Von hier oben konnte Crane unter der Wasseroberfläche die riesigen Schemen der Wale erkennen, die unter der Oberfläche schwammen und ein ums andere Mal das Schiff rammten. Zwischen ihnen kreuzten spitze Rückenflossen. Erst jetzt erkannte Crane, dass es sich nicht um Haie handelte, sondern um Schwertwale. Die Orcas schwammen um das Wrack herum, das langsam zu sinken begann, und pflückten die letzten über Bord gehenden Matrosen aus dem Wasser, um ihnen ein für allemal den Garaus zu machen. Das Wasser war trüb von Blut, auslaufendem Öl und Unrat. Über allem lag der unerklärliche blaue Schimmer, der stets erst dann verglimmte, wenn eines der Schiffe von der Wasseroberfläche getilgt worden war.

Dann sah Crane auf der Vorderseite des Bohrungsschiffes ein kleines Rettungsboot, das aufs Wasser platschte und sogleich seinen Motor aktivierte. Es sauste vom untergehenden Bohrungsschiff weg und Crane feuerte die Männer innerlich an. Doch auch sie hatten keine Chance. Schon wenige Meter vom Schiff entfernt entdeckte Crane dieselben Sprünge, die er schon vorhin bei dem Mann vor dem Schlepper der Loreley II sowie auch an der Reling beobachtet hatte. Etwas schnellte aus dem Wasser, nicht nur einmal, sondern zigfach. Jedes Mal wurde einer der Insassen des Bootes gepackt und ins Wasser gerissen. Crane sah eine kleine Gruppe von Orcas auf jene Stelle zuschwimmen, das Aufräumkommando nahm seine Arbeit auf. Selbst wer den Zugriff aus der Tiefe in einem Stück überlebte, würde im Wasser keine Chance haben. Es war das kalte, nasse, sichere Ende seiner Männer.

Crane schluckte.

Er war mit Sicherheit kein emotionaler Mensch. Aber diese Attacke traf ihn persönlich. Er wusste, wie lange es dauern und wie kostspielig es werden würde, all die Männer zu ersetzen, ihre Familien zu entschädigen, die Presse kleinzuhalten, die Behörden zu bestechen – und schließlich Ersatz zu bekommen, um endlich seinen Schatz zu heben. Langsam regte sich neben aller ersterbenden Todesangst, neben aller Panik und dem Gefühl des sicher geglaubten Triumphs, trotz allem mit dem Leben davongekommen zu sein, noch etwas ganz anderes in ihm. Wut. Zorn. Hass.

In der Ferne konnte er ein weiteres Schiff seiner Flotte erblicken. Als sie darüber hinwegflogen, sah er, dass auch jenes bereits Schlagseite hatte. Aber hier war die Schlacht längst zugunsten des Meeres entschieden worden. Hier kämpfte kein einziger Matrose mehr ums Überleben. Hier war bereits die Ruhe nach dem tödlichen Sturm eingekehrt.

Crane stutzte. Was war das für eine Bewegung im Wasser? Er brauchte einen Moment, um zu begreifen, dass sich rings um das Wrack in einer kreisrunden Bewegung etliche Schemen in einer rasenden Geschwindigkeit bewegten. Er musste schon genau hinsehen, um es zu erkennen, wurde der Details auch erst mithilfe eines Fernglases gewahr. Aber dann erkannte er die Schemen unter Wasser, die sich zu schnell für das bloße Augen bewegten und deren massenhafte Präsenz er dennoch wahrnahm – und spürte.

Er dachte wieder an die Augen. Diese rötlich schimmernden Augen ... Er war fast sicher, dass jene Augen, nebst Tausenden anderer, genau dort unten auf ihn warteten. Das Wesen, das ihn angeblickt hatte, war dort, genau hier, genau jetzt. Und es war mit alldem, was sich zutrug, hoch zufrieden.

Crane schauderte.

Während sich seine Gedanken noch in annähernd derselben Geschwindigkeit drehten wie der Strudel, der nun rings um sein Schiff kreiste, bildeten sich solche auch um die anderen Schiffe. Die heftigen, blau leuchtenden Strudel ließen die Schiffe nacheinander zuerst absacken und dann – langsam und wie in Zeitlupe vor den Augen ihres entsetzten Eigentümers – in den Tiefen des Indik und des Sundagrabens versinken.

So wie die Sonne nur wenige Stunden zuvor aus dem Ozean emporgestiegen und neue Hoffnung für Cranes Pläne verheißen hatte, so versank jede Hoffnung, jede Gelegenheit, nun mit den Bohrschiffen in der Dunkelheit des Indischen Ozeans; sein gesamter Reichtum ging unter in den Tiefen der See. Er konnte nichts dagegen tun.

„Was zur Hölle war das?“, entfuhr es dem Co-Piloten.

„Das waren verdammte Wale, verfluchte Scheiße“, erwiderte der Bodyguard, der zur anderen Seite des Helikopters aus dem Fenster sah. „Diese Drecksviecher wollten uns umbringen, die haben unsere ganze Flotte versenkt, Sir!“

Das stimmte nicht ganz. Aber Crane sah keinen Sinn darin, das Gesehene mit seinen Untergebenen zu diskutieren. Sein Verstand war hier oben in der Luft mit jedem Augenblick wieder klarer und fokussierter geworden. In seinem Kopf schmiedete er bereits wieder die ersten Pläne.

„Schleife fliegen“, sagte Crane in Richtung des Piloten. „Begleiten Sie die Loreley II auf ihrem Weg zurück in den Hafen und in die Werft. Bleiben Sie direkt darüber. Weisen Sie die Crew auf jeden einzelnen Schatten unter der Wasseroberfläche hin. Es sollen sich Männer mit automatischen Waffen an Deck postieren, aber keinesfalls direkt an der Reling. Sie übernehmen die Luftüberwachung, die Matrosen das Sonar. Ich will, dass alles, aber wirklich alles, was sich dem Schiff auch nur tendenziell nähert, gemeldet und dann sofort unter Feuer genommen wird."

„Aye, Sir", sagte der Pilot, der sogleich den Funkspruch absetzte und der Loreley hinterherflog. Unter ihnen im Wasser war nichts mehr zu sehen. Es war vorüber. Die Loreley II nahm schwer beschädigt einen Kurs zurück in Richtung Darwin, wo sie bereits in einer geheimen Werft von Crane Industries und den Technikern sowie Ingenieuren von Transocean Limited erwartet wurde. Die Order war klar, auch wenn Crane sie mit keinem Wort ausgesprochen hatte. Instandsetzung. Seetüchtig machen. Bewaffnen. Sehr schwer bewaffnen.

Crane starrte weiter aus dem Fenster, sah hinab auf das letzte ihm verbliebene Schiff. Mit acht Schiffen und 16 Schleppern hatte er seine Mission begonnen. Das dort unten war alles, was ihm geblieben war.

Als die Gefahr gebannt schien, als sie den Sundagraben weit hinter sich gelassen hatten und keine weiteren Vorkommnisse verzeichnet worden waren, landete Crane wieder auf dem Schiff, er wollte für den Fall einer weiteren Notlage den Sprit seines Helikopters sparen. Er befahl aber Pilot und Co-Pilot, sich rund im die Uhr im Cockpit des Helikopters bereitzuhalten. Er wollte kein Risiko mehr eingehen.

Die an Bord befindlichen Leichen – unter anderem Resultate seiner eigenen Fluchtaktion auf dem Helikopter-Landeplatz – ließ er von den noch lebenden Männern über Bord werfen. Keiner leistete Widerstand, ganz im Gegenteil. Sie alle schienen heilfroh zu sein, dass sie nicht selbst zu den zu entsorgenden Leichen zählten. Jeder tat seine Arbeit.

Eine Order zur Verschwiegenheit auszugeben schien Crane unnötig. Jeder wusste, dass die Ereignisse in der Loreley-Flotte und deren Schicksal niemanden etwas angingen, schon gar nicht die Behörden, und dass ein jeder „Unfall", der sich jüngst ereignet hatte, zwar tragisch und traurig war. Aber dass er sich genauso gut für jedes Plappermaul an Bord wiederholen konnte.

Castus Crane konnte jetzt keine weiteren Fragen und Ermittlungen gebrauchen. Er würde alle nötigen Vorkehrungen treffen, um die Geschichte klein zu halten, sonst wäre alles, was ihm jetzt noch blieb, gefährdet. Nun ging es ums Überleben seiner Firma. Crane musste sich auf das Wesentliche konzentrieren. Und das war, zu retten, was es noch zu retten gab.

Unweit der Küste Australiens gesellten sich alsbald Schiffe der Behörden zu ihnen. Verletzte wurden versorgt, es kamen neue Männer an Bord und lösten die abgekämpften und traumatisierten Matrosen ab. Niemand sprach ein Wort.

Noch Wochen später versuchten Psychologen und Seelsorger den Überlebenden der Loreley Details darüber zu entlocken, was sich dort am Sundagraben zugetragen hatte. Was dort rund 600 von insgesamt 780 Männern das Leben gekostet hatte. Die Polizei spekulierte, die Nachrichten spekulierten, Verschwörungstheorien wurde laut. Aber keiner, absolut keiner der Zurückgekehrten sprach ein Wort. Sei es, weil sie die Rache

Cranes fürchteten. Sei es, weil sie mit dem, was sie gesehen und erlebt hatten, selbst nicht so recht ins Reine kamen – und weil die Bilder sie nicht nur in ihren Träumen, sondern jeden Tag und jede Sekunde verfolgten. Weil sie zusammenzuckten, wenn sie das Plätschern eines Wasserhahns oder auch nur Wasser an sich sahen oder wahrnahmen. Weil sie wussten, dass es noch viel mehr zu fürchten gab.

An all das dachte Castus Crane noch nicht, als er am Ende jenes verheerenden Tages erneut an der Reling der Loreley II stand und zurückblickte; wortwörtlich auf das, was sie zurückließen und gedanklich auf das, was ihm selbst widerfahren war. Er stand an „seinem" Platz, an derselben Stelle, von wo aus er nur wenige Stunden zuvor beinahe in den sicheren Tod gesprungen wäre. Die Sonne schickte sich an, langsam im Meer zu versinken. Genauso wie seine Flotte, die Männer, seine Aussichten und Pläne zur Ergreifung der Weltherrschaft auf dem Markt aller Rohstoffe. Das Bohrungsschiff und seine Schlepper wurden von vier Schiffen der Küstenwache Darwins eskortiert. Sie waren schon fast wieder zu Hause.

Crane nippte an einer Tasse heißen Tees und er zwang sich förmlich, hinunter ins Wasser zu starren. Ängstlich, was er dort wohl erblicken könnte. Aber er war stets ein Mann gewesen, der jeder Gefahr, jedem Feind ins Auge sah. Dass es sich hier um einen Feind handelte, daran gab es wohl keinen Zweifel. Wer oder was auch immer für dieses Desaster auf See heute verantwortlich gewesen war, es hatte ihm formell den Krieg erklärt. Und Crane war nicht der Mann, der solche Gefechte mied, sondern sie im Gegenteil suchte und sich blutrünstig hineinstürzte.

Er würde dieser Kriegserklärung auf gebührende Weise begegnen. Er würde sich eine Strategie zurechtlegen, würde seine Männer sammeln, um dann gestärkt wieder genau dorthin zurückzukehren. Denn so viel war klar: Die Rohstoffe waren noch immer da unten. Nach allem, was geschehen war, würde Crane einen Teufel tun, sie dort zu belassen. Er würde sich niemals geschlagen geben, mit Sicherheit nicht! Er würde diese Brut bis aufs Blut jagen und ausrotten, bis auch der letzte, die letzte, das letzte für die heutigen Taten bezahlt hatte. Mit dem Leben. Mit weniger würde sich Crane nicht zufrieden geben. Das schwor er sich.

Er starrte hinaus, starrte ins Wasser, bis sich die Wellen in der Schwärze der hereinbrechenden Nacht verloren. Er nahm noch einen Schluck aus seiner Tasse, spürte das wärmende Getränk seine Kehle hinunterrinnen und biss sich auf die Lippen. Er dachte an die Augen, die rötlich schimmernden Augen, deren Blick sich in seine Erinnerung eingebrannt hatte.

Er *wusste*, was er gesehen hatte. Im Gegensatz zu manch leichtgläubigen, schwachen Menschen war er durchaus bereit, anzuerkennen, was ihn da im Wassert beobachtet und lockend zu sich gerufen hatte. Er war um Haaresbreite einer uralten, einer mystischen, einer magischen Kraft entkommen – aber er hatte sich ihr erfolgreich entzogen. Man hatte ihn unerwartet getroffen, aber das würde kein zweites Mal geschehen.

Crane kannte jetzt seine Gegner. Er war fast froh darum – dies war immerhin noch besser, als über irgendwelche Wale, Orcas und Haie zu spekulieren. Die Erklärung, nach der er gesucht hatte, sie hatte sich ihm förmlich aufgedrängt. Er hatte ihr direkt in die Augen geblickt – und er würde sie vernichten. So wahr er hier stand, diesen Angriff würden sie teuer bezahlen! Deren Überraschungsmoment war nun dahin. Er hatte sie im Visier. Er würde nicht eher ruhen, bis seine Schmach, die sie ihm heute bereitet hatten, zigfach, hundertfach, tausendfach mit Blut vergolten wurde. Rache! Rache!

Rache allen Nixen!

Crane pfefferte seine Tasse zornig in die Fluten, bevor er sich mit einem Ruck umdrehte und unter Deck ging. Er verfehlte mit seinem Wurf nur knapp seine Verfolgerin, die ihn seit besagtem Morgen, als sie bezaubert hatte, keine einzige Sekunde mehr aus den Augen oder den Sinnen gelassen, die gelauert und auf ihn gewartet hatte. Die Verbindung zwischen ihnen war unumkehrbar hergestellt, das war nicht mehr zu ändern. Dank dieser wusste sie nun auch, was als nächstes geschehen würde, welche Stunde es geschlagen hatte.

Hätte man es unter Wasser wahrnehmen können, so hätte man eine Träne aus ihren Augen fließen sehen. So salzig, wie das Wasser, das sie umgab. Aus den wundervollen Augen. Der rötliche Schein war erloschen.

18

Maya fühlte sich benommen. Vieles, was in den vergangenen drei Tagen geschehen war, rauschte wie in einem Traum an ihr vorbei. Wie lange sie in dem Keller, in jenem geheimen und vergessenen Lagerraum unter der Klinik verbracht hatten, sie konnte es nicht genau sagen. Was mit daran liegen mochte, dass man dort unten den Wechsel zwischen Tag und Nacht kaum mitbekam. Vermutlich hing es auch damit zusammen, was in ihr vorging, was sich seit jenem Tag des Überfalls in ihr ereignete. Es war, als habe der Tod des Agenten, die Verbindung mit ihm, der Verwandlung Mayas einen entscheidenden Impuls gegeben. Vieles in ihr ordnete sich neu, physisch wie auch psychisch. Es waren Veränderungen, die man von außen kaum wahrnehmen konnte, zumindest wenn man das zeitweise versteinerte, mitunter schmerzverzerrte Gesicht des Mädchens nicht zu interpretieren vermochte. Maya selbst blieb in sich gekehrt. Sie sprach nicht darüber, was in ihr vorging. Aber wann immer sie den Blick der alten Frau auf sich ruhen fühlte, spürte sie, dass sie mehr sehen konnte, als Maya im Moment preiszugeben bereit war. Es war noch nicht an der Zeit. Noch nicht an der Zeit …

Irgendwann hatte jemand etwas zu essen besorgt. Die Sandwiches aus einem Automaten geplündert. Vermutlich war es der Hausangestellte gewesen, der sich ihnen im Laufe der Tage als Mandu vorgestellt hatte. Seine Mutter hatte sich dem angeschlossen, sie hieß Orana. Übersetzt bedeutete ihr Name „Mond“, ihren Sohn hatte sie deshalb „Sonne“

getauft. Ein Sinn für Humor, für den Maya allerdings aktuell wenig übrig hatte. Zu sehr war sie in den Ereignissen, in den Erkenntnissen und den Entwicklungen der jüngsten Vergangenheit gefangen und damit beschäftigt, all das zu verarbeiten.

Maya blieb in sich versunken. Sie hatte oftmals Schmerzen, wollte aber nicht darüber reden. Seit sie die neue Seite ihrer selbst akzeptiert, sich mit ihr versöhnt und verbunden hatte, fühlte sie deutlich, wie die Prozesse in ihrem Inneren an Fahrt aufnahmen und das Neue, das Fremde, das Mächtige, mit Kraft an die Oberfläche drängte. Obschon sie nun wusste, was mit ihr geschah, linderte das doch kaum ihre Furcht. Sie hatte Angst, wollte der fremden Macht die Kontrolle nicht gänzlich überlassen. Doch sie fühlte sich kraftlos und ausgeliefert, war des Kämpfens müde und wartete nur noch darauf, was als nächstes geschehen würde. Wohl oder übel musste sie ihrer neuen inneren Verbündeten vertrauen, sie walten lassen, wohin der Weg sie auch führen würde.

In den Nächten, während die anderen auf den Betten rings um sie neue Energie tankten, lag Maya meistens wach. Ihr Körper war dann ein einziger, pochender Schmerz. Sie wusste nicht, wohin mit ihren Gefühlen. Angst, Qual, aufgewühlte Emotionen – waren es überhaupt ihre eigenen? Oder gab es gar keinen Unterschied mehr? Bei allem Zweckoptimismus und Vertrauen in ihre neue Zukunft blieb doch ein beißender Zweifel: Wie lang würde sie diese Pein noch erdulden müssen? Wann wäre sie endlich am Ziel angelangt, was fehlte denn noch dafür? Vor allem fragte sich Maya, die sich ein leises Wimmern im Dunkel des Bunkers nicht verkneifen konnte: Würde sie all das so lange noch aushalten? All diese Gefühle, Schmerzen, Eindrücke und Empfindungen, all das mischte sich in ihr und wurde zu einem reißenden Strudel, der sie jeden Moment zu verschlingen drohte.

Nach einigen Tagen – oder waren es schon Wochen? – in ihrem Versteck hatte sich Orana auf den Weg gemacht, die Lage erneut zu erkunden. Zwar herrschte in der Klinik einige Etagen über ihnen immer noch Chaos nach dem nur kurze Zeit zurückliegenden Massaker und der Schießerei. Vor der Klinik tummelten sich nach wie vor Journalisten, Fernsehteams und Übertragungswagen. Jeder, vom Chefarzt bis zur Putzfrau, vom Polizeicaptain bis zum Tatortreiniger, vom Patient bis zum Pizzalieferanten – wer auch immer einen kurzen Blick hinter die Fassade des Klinikgebäudes werfen durfte, war den Reportern als Interviewopfer recht. Alle wurden vor die Kameras gezerrt und um Statements gebeten. Dabei wusste niemand so wirklich etwas zu sagen.

Denn obschon die Polizei und sämtliche involvierten Behörden einen guten Job machten, so hatten die Operationen der CIA überall auf der Welt dennoch stets das Eine gemeinsam: Wurde später irgendwer darüber befragt, so hatten sie „niemals stattgefunden".

Nichts deutete mehr darauf hin, woher die Männer mit den Waffen gekommen waren, was sie zu ihrem Tun bewogen hatte und wohin sie später – sofern nicht getötet – verschwunden waren. Die Toten lieferten überdies ein paar wunderbare Sündenböcke. Wie sollten die Ermittler auch ahnen, dass sämtliche persönlichen Details der als Terrorverdächtige oder Profikiller identifizierten Leichen erst wenige Stunden vor deren Ableben genau so in die einschlägigen Netzwerke und Datenbanken eingepflegt worden waren? Falsche Identitäten gefallener Agenten wurden neu belebt, um gleich darauf zu versterben. Sie dienten nur noch dem einen Zweck, um – als Verräter und Gewalttäter frisch gebrandmarkt – den wütenden Menschen dort draußen ein paar akzeptable Schuldige zu liefern, auf die sie ihren Zorn richten konnten Es war sozusagen ein letzter Dienst der gesichtslosen CIA-Soldaten an ihrem Vaterland. So wurde weiter ermittelt, spekuliert, Spuren wurden gesichert, interviewt, getratscht und ganz viel gegeifert – während der Krankenhausalltag gezwungenermaßen schon wieder an Fahrt gewann. Ein optimales Getümmel, um darin unterzutauchen, was Orana sich zunutze machte, die Klinik inspizierte, die Ohren spitzte, um später mit vielerlei neuen Informationen in ihr Versteck im Keller zurückzukehren.

Mittlerweile waren längst nicht mehr alle Ausgänge bewacht, so wie es kurz nach dem Überfall der Sturmtruppe der Fall gewesen war. Die Routine hielt wieder Einzug in vielen Teilen des Gebäudes. Immerhin gab es jede Menge Kranke und Verletzte, die versorgt werden mussten. Eine längere Zeit in Trauer und Lethargie zu verharren, das konnte sich so eine Klinik gar nicht leisten. Glück für die Flüchtigen. Denn für sie bedeutete dies nunmehr die Möglichkeit eines sicheren Auswegs. Vorbei an den Wachleuten, der Polizei, den Reportern und Schaulustigen – sowie den vereinzelten, seltsamen Männern in schwarzen Anzügen. Vorbei an neugierigen Blicken und argwöhnischem Stirnrunzeln.

Mandu kannte jeden Winkel dieses Krankenhauses. Er kannte auch die Notfallpläne, die Abriegelungsprotokolle, all die Maßnahmen, die in Kraft traten und ergriffen wurden, sobald jemand einen Alarmknopf betätigte oder den Notstand ausrief. Er kannte zudem die Schleichwege und all die Orte, wo niemand sie erwarten, geschweige denn eine Wache postieren würde. Sei es aus Nachlässigkeit, weil man von jenen Orten und Schlupflöchern nichts wusste, oder weil man sie aus medizinischen oder hygienischen Gründen einfach nicht bewachen durfte.

Der kleinen Gruppe der fünf ungleichen Kameraden war das gleichgültig. Sie nutzten für ihren Ausbruch jede Durch- oder Nachlässigkeit und schafften es so tatsächlich raus aus der Klinik, hinein in einen kleinen, alten Transporter, der offenbar Mandu gehörte, und der vollgestopft war mit Werkzeug und Plunder. Wie genau sie dort landeten – Maya hätte den Weg schon wenige Minuten, nachdem sie ihn zurückgelegt hatten, kaum mehr beschreiben können. Was mit daran lag, dass sie nicht selbst lief, sondern wegen ihrer wunden Beine von Mandu getragen wurde. Letztlich war das auch gar nicht wichtig. Sie waren endlich draußen, aus dem Versteck in die Freiheit gekrochen; konnten selbst endlich fort von all der Gewalt und dem Blut; fort von Schreien, Alarmsirenen und Hektik; fort von ratlosen Ärzten und sinnlosen Tests an Maya. Sie waren entkommen und außer Reichweite für all jene, die ihnen etwas Böses wollten. So glaubten sie es zumindest.

Im Schutz der Dunkelheit schlüpften die Gefährten ins Freie. Die Übertragungswagen etlicher Medien standen verloren und dunkel auf dem Parkplatz herum. Der Sicherheitsdienst und die Polizei hatten nach wie vor ihre liebe Not mit Schaulustigen, Reportern und Wutbürgern, die gleichfalls die Nacht nutzen wollten, um sich in ruhiger Atmosphäre einen Vorteil zu verschaffen – wofür auch immer. Dies gab den Ausbrechern den letzten kleinen Vorteil, um unbemerkt und unbehelligt zum Personalparkplatz zu gelangen, in Mandus Transporter zu krabbeln und sich mit dem Schließen dessen großer, schwerer Schiebetür an der Seite zum ersten Mal seit Tagen wieder so richtig in Sicherheit zu fühlen.

So fuhren sie also gemeinsam los, langsam und bedächtig, jede unnötige Aufmerksamkeit vermeidend, runter vom Parkplatz des Hospitals, auf die Straße, vorbei an der nächtlichen Sensationsgier. Sie ließen alles hinter sich zurück. Als sie die Stadtgrenze passiert hatten, als die Silhouette von Darwin langsam im Rückfenster des Vans immer kleiner und kleiner wurde, ging ein stiller Seufzer der Erleichterung durch die Sitzreihen.

Sam, Lennart und Maya teilten sich eine schmale Rückbank in dem Kleinbus, von der sie den Plunder rasch in den hinteren Teil des Wagens geschaufelt hatten. Maya hatte ihren Kopf an Lennarts Schulter gelegt, er streichelte ihr durchs Haar. Auf seiner anderen Seite saß Sam, hielt seine freie Hand, presste sie förmlich, und sah aus dem getönten Fenster hinaus in die Nacht. Es war stockfinster dort draußen, viel konnte sie vermutlich nicht sehen.

Maya konnte nicht einschätzen, ob es spät abends oder früh morgens war. Sie wusste nur, dass der Plan beinhaltet hatte, die Dunkelheit zu nutzen, um von der Klinik unbemerkt zu entkommen. Wie spät es jedoch genau war, das konnte sie nicht sagen. Sie konnte sich allerdings auch auf nichts außerhalb ihres Körpers konzentrieren, der mit seiner ganzen brennenden Aktivität all ihre Aufmerksamkeit auf und in sich zog. Ihre Stirn fühlte sich heiß an, ihr ganzer Leib schwelte, vor allem ihre Beine. Sie glaubte, mit jedem Atemzug schwerer Luft zu bekommen. Sie ermahnte sich selbst: Reiß dich zusammen, lass dir nichts anmerken, bestimmt ist es bald … vorbei.

Vorne auf dem Fahrersitz hatte Mandu das Steuer fest im Griff und die Straße fest im Blick. Seine Mutter war neben ihm auf dem Beifahrersitz eingeschlafen. Ihr Kopf war zur Seite gesackt, lehnte am Fenster der Außentür und sie atmete ruhig und tief. Jeder hier im Fahrzeug schien restlos erschöpft und übermüdet zu sein. Nur Mandu war gänzlich Herr seiner Sinne. Er hatte noch eine Aufgabe zu erfüllen, das war ihm bewusst. Er würde sich so lange keine Rast und Ruhe gönnen, bis er diese kleine Gruppe in Sicherheit gebracht hatte.

Ab und zu warf er einen verstohlenen Blick in den Rückspiegel, während er den Wagen weit weg von der Stadt auf eine schier endlos lang wirkende Landstraße lenkte. Er konnte sich nicht helfen, noch immer drohte er dem magischen Reiz dieser wundervollen Kreatur zu verfallen, die dort auf dem Rücksitz bei ihrem Vater saß.

Maya war so wunderschön, dachte er bei sich. In seinen kühnsten Träumen hätte er sich kein schöneres Mädchen ausmalen können. So vollkommen, so erhaben, so begehrenswert. Wie aus einem dichten Nebel drängten sich vereinzelte Bilder zurück in sein Bewusstsein, die nur Sekundenbruchteile wahrhaftig zu erkennen waren, um dann unhaltbar wieder im Dunst unterzutauchen. Es waren Szenen der Verheißung, des Glücks und der Erfüllung; Bilder voller Lust und Befriedigung, Ekstase, totaler Hingabe und Erfüllung. Er sehnte sich danach, einen kleinen Hauch der wundervollen Verheißung zu kosten, welche die Anziehungskraft der Nixe ihm eingeflüstert hatte.

Er wusste, dass er es nicht durfte, dass all dies Illusion war, für ihn selbst mit Sicherheit sogar tödlich. So viel hatte Mandu begriffen: Wäre er nicht zufälligerweise in seinem Tun aufgehalten worden, hätte er diese Bezauberung mit seinem Leben bezahlt. Wäre Maya in jenem Moment wach gewesen, als er sich ihr genähert hatte, wäre sie so sehr bei sich gewesen wie etwa später, als der CIA-Agent an ihr Bett getreten war – Mandu wusste, dass er vermutlich keinerlei Chance gehabt hätte und einen grausamen Tod gestorben wäre. Und doch: War solch vollkommene Erfüllung es nicht wert, dafür alles aufs Spiel zu setzen …?

Doch er beherrschte sich. Seine Mutter hatte ihn nachdrücklich gewarnt und mit ihrer Arznei gewappnet. Ebenso auch Lennart. Sie hatte ihm mit Sicherheit das Leben gerettet, das war ihm bewusst. Er war dieser Macht der Nixe nicht gewachsen, er war nur ein schwacher Mann.

Mandu schluckte, straffte die Muskeln und schärfte den Blick. Er musste nun alles daran setzen, der Schwelle zum Wahnsinn möglichst fern zu bleiben, an die ihn Mayas Anmut immer wieder führen wollte. Er durfte dem Reiz nicht noch einmal erliegen, es würde nicht noch einmal über ihn kommen, das hatte er sich geschworen.

Alles, was er jetzt noch wollte war, dieses wundervolle Geschöpf in Sicherheit zu wissen – und seinen Teil dazu beizutragen. Darin sollte sein Dienst an der Nixe bestehen. Niemand sollte dem Mädchen mehr etwas zuleide tun, am allerwenigsten er selbst. Was immer sie war, Mädchen, Frau oder Nixe, er würde sie beschützen. Das, zumindest das, war er ihr nach seinem Fehltritt schuldig. Und so blieb er wach. Das Steuer fest im Griff, die Straße fest im Blick. Er lenkte ihr Fluchtfahrzeug geschwind durch die Nacht, einem sicheren Refugium entgegen.

Eine leise Stimme durchbrach nach schier endlos wirkenden Minuten – oder waren es auch diesmal Stunden? – schließlich die Stille. Sie waren schon sehr lange unterwegs. Alle hatten die Augen geschlossen und Mandu war so tief in seine Gedanken versunken gewesen, dass er ein paar Sekunden brauchte, um zu begreifen, dass die Stimme gar nicht aus seinen Gedanken kam, sondern von der Rückbank an sein Ohr drang.

„Wohin fahren wir?“, flüsterte Maya, leise und zaghaft, um die Schlafenden und Ruhenden um sich herum nicht zu stören. Lennart und Sam waren in einen totengleichen Schlaf gefallen. Auch ihnen mussten die vergangenen Tage und Stunden alles abverlangt haben. Mit dem Entkommen aus der Klinik war all die Anspannung von ihnen abgefallen und hatte einer immensen Erschöpfung Raum gegeben. So schliefen sie nun unendlich ruhig und tief. Nur Maya war wieder einmal wach. Sie saß neben ihrem Vater, beobachtete das langsame Heben und Senken seiner Brust.

Während sie dort so saß, hatte sie Mandus Gedanken aufgefangen. Es war wie ein kleines Guckloch in seiner Seele, durch das sie zwar hineinschauen, aber nicht eindringen konnte. Eine Weile war sie seinen Gedanken gefolgt, wenngleich sie sich für diesen Voyeurismus schämte. Doch konnte sie nicht widerstehen, als sie von seinem Begehren las, von seiner Sehnsucht – auch Maya war nur ein Mädchen und seine Sehnsucht nach ihren Verheißungen lenkte sie ein wenig von den in ihr tobenden Schmerzen ab. Maya sah nach vorne zum Rückspiegel und fing dort Mandus Blick auf. Er wirkte ertappt, ein wenig verlegen. Hatte er Maya in seinem Kopf bemerkt? Hatte er sie gespürt?

„Wir fahren zu uns nach Hause", sagte er, ebenfalls im Ton sehr gedämpft. „Meine Mutter und ich leben in einem kleinen Dorf weit außerhalb der Stadt. Eine Aboriginesiedlung, wenn du so willst. Dort sind wir ganz unter uns und weit weg von den Problemen der Großstadt. Wir werden dort erst mal in Sicherheit sein."

Laut ausgesprochen hörten sich diese Worte gut und beruhigend an.

„Welche Probleme meinst du denn?", fragte Maya weiter. Sie flüsterte leise, ihre Stimme kam wie ein Hauch an Mandus Ohr. Er bekam eine wohlige Gänsehaut. Er lächelte verlegen.

„Du weißt nicht viel über Australien, richtig?", sagte er dann, nachdem er sich geräuspert hatte, und versuchte, sich auf das aufkeimende Gespräch zu konzentrieren.

Maya zuckte mit den Schultern, was er nicht sehen konnte, und wartete weiter auf eine Antwort.

„Nun ja", sagte Mandu schließlich. Er sah kurz in den Rückspiegel, versicherte sich, die anderen mit seinem geflüsterten Gespräch nicht zu sehr zu stören und fing dann wieder Mayas Blick auf. Die anderen beiden auf der Rückbank hatten die Augen geschlossen, atmeten tief, schienen von der Unterhaltung keinerlei Notiz zu nehmen.

„Lass es mich so sagen", fuhr Mandu dann leise fort. „Die Nachfahren der australischen Ureinwohner haben viele Probleme. In den Reservaten herrscht eine hohe Kriminalitätsrate. Es gibt vieles, worauf ich nicht stolz bin. Aber: Unser Volk würde niemals bewaffnet in ein Krankenhaus stürmen und dort alle Menschen erschießen. Das ist eine Sache, die weiße Männer tun. Fehlgeleitete und böse weiße Männer, die sich weit weg von uns in der Großstadt tummeln, wo sie unter all den anderen weißen Männern nicht auffallen."

Er machte eine kurze Pause und räusperte sich.

„Die Großstadt ist in Australien ein Sammelbecken für orientierungslose und oft auch fehlgeleitete Seelen, die sich auf die eine oder andere Art ein besseres Leben erhoffen und danach streben. Manche wünschen sich Geld oder Essen, andere möchten mehr Macht, und wieder andere haben düstere Gedanken, die sie in die Realität umsetzen wollen. Die Stadt ist für all das die passende Kulisse, eine Leinwand. Bei uns hier draußen, im Outback, ganz nah dran an der Natur, sind wir auf uns selbst zurück geworfen. Wir leben im

Einklang mit allem, was die Natur uns gibt und was die Gemeinschaft uns geben kann. Wir brechen nicht aus, wie reihen uns ein. Das meinte ich mit den Problemen, von denen wir uns in diesem Moment entfernen."

Er blickte wieder auf die Straße. Maya dachte über seine Worte nach. Er hatte eine schöne Art zu sprechen, dachte sie bei sich. Es hatte etwas Bildhaftes.

„Aber waren denn die Aborigines immer so friedlich?", fragte Maya. Sie hatte andere Geschichten über die Ureinwohner des Kontinents gehört. Ohne es zu wollen traf sie damit einen wunden Punkt.

„Ich fürchte, du wirfst einige Dinge durcheinander, die nicht zusammengehören", erwiderte Mandu. Maya erkannte, dass er sich beherrschte und sie fühlte auch eine Gefühlswallung, die von ihm ausging und die diesmal nichts mit Verlangen zu tun hatte. Sie hatte ihn verletzt. Doch ließ er sich nichts anmerken und fuhr in einem ruhigen, sachlichen Tonfall fort: „Zunächst einmal gibt es nicht *den* Aborigine an sich. Wie meine Mutter schon sagte, ist es nur ein anderes Wort für Ureinwohner – und davon gibt in Australien viele. Als meine Vorfahren erstmals in unserer Geschichte mit Siedlern in Kontakt kamen, existierten rund 700 unterschiedliche Stämme mit etlichen Bräuchen, Traditionen, unterschiedlichen Lebensweisen und Sprachen. Ursprünglich stammen die Aborigines, die vor etwa 60.000 Jahren den Kontinent Australien nach und nach vom Norden her besiedelten, von den Ureinwohnern Neuseelands ab, die sich über Sumatra und die Torres State Islands langsam nach Süden hin ausbreiteten und so irgendwann auch nach Australien kamen."

„Das habe ich schon gehört", pflichtete Maya bei. Sie hatte das Gefühl, etwas sagen zu müssen, um ihm zu demonstrieren, dass sie ihm folgte.

„Im Norden Australiens leben deshalb auch bis heute noch besonders viele Aborigines", fuhrt Mandu fort, ohne sich von dem Einwurf aus dem Fluss bringen zu lassen. „Als die Europäer 1788 erstmals mit einigen südlichen Stämmen in Kontakt kamen – einfach deshalb, weil sie mit ihren Schiffen südöstlich gelandet waren und der Norden für sie in unerreichbarer Ferne lag – haben sie nur ein paar wenige Stämme kennengelernt, die sich im Laufe der Jahrhunderte über den gesamten Kontinent verteilten und die im Norden ihre größte Ballung haben. Mit jenen Siedlern, das ist richtig, kam es seinerzeit zu gewalttätigen Auseinandersetzungen. Die Verluste lagen dabei jedoch vor allem auf der Seite meines Volkes. Es wird geschätzt, dass bei Ankunft der Siedler rund eine Million Aborigines in Australien lebten. Durch eingeschleppte Krankheiten und Kämpfe waren es bis 1920 nur noch rund 60.000 – die sich zunehmend an die neuen Lebensbedingungen der Ankömmlinge gewöhnten und sich anpassen mussten."

Mit einem Blick in den Rückspiegel versicherte er sich jetzt doch, dass Maya ihm weiterhin zuhörte. Sie fing seinen Blick auf. Ihr Blick war sanft und freundlich. Sie wollte, dass er das Gefühl hatte, ihr alles erzählen zu dürfen.

„Heute gibt es wieder rund 470.000 Aborigines und es hat sich vieles getan", fuhr Mandu sodann fort. „Ein Großteil unserer Leute, etwa drei Viertel, lebt in den Städten, wo sie versuchen, sich der modernen Lebensweise anzupassen und mit der rasanten Entwicklung der weißen Kultur Schritt zu halten."

Er machte eine kurze Pause. Maya hatte das Gefühl, dass es ihm schwerfiel, über das Folgende zu sprechen.

„Vermutlich hast du aber auch von den Rassenvorurteilen und Diskriminierungen gehört, mit denen sich mein Volk schon früher konfrontiert sah", fuhrt Mandu zögerlich fort. „Ich möchte gar nicht behaupten, dass es mit meinen Leuten niemals Probleme gibt. Viele leben in Armut, weil sie von der Gesellschaft abgehängt wurden. Offizielle Vorwürfe der Regierung wegen angeblicher sexueller Unbeherrschtheit – worin sich die Menschen im Krankenhaus auch dank unserer Begegnung bestätigt sahen – oder wegen der hohen Arbeitslosigkeit haben das alles nicht besser gemacht. Aborigines, so wird es vom weißen Mann gerne behauptet, tendieren angeblich vermehrt zum Alkoholismus – obwohl sie wissen, dass wir Alkohol einfach nicht so gut vertragen. Sie denken auch, wir sind allesamt faul, kriminell, Kinderschänder – das soll nicht rassistisch sein? In der weißen Gesellschaft kommen die Aborigines aufgrund solcher Vorurteile niemals wirklich an, dabei haben viele längst die Sprachen ihres einstigen Stammes oder die Traditionen ihres Clans verlernt oder über die Generationen vergessen. Die Weißen nannten das eine Assimilation: Unsere Lebensweise und die uns angedichteten negativen Eigenschaften sollten unterbunden werden. Unter Androhung von Strafe sollten wir lernen, in der Gesellschaft der Weißen angepasst zu leben – doch wollte man uns da gar nicht haben. Kurz gesagt: In der heutigen, westlich orientierten Gesellschaft Australiens kommen wir zwar gar nicht erst an, dabei haben wir allerdings unsere eigenen Wurzeln längst verloren."

Mandu seufzte. Er hatte sich etwas in Rage geredet und versuchte nun offensichtlich, den Bogen zurück zu finden. Er machte eine erneute Pause, atmete tief durch und fuhrt dann fort.

„Das klingt traurig", warf Maya leise ein. Sie wollte ihn nicht unterbrechen, fühlte aber auch, dass er etwas Zuspruch benötigte. Was hier aus ihm herausbrach, entsprang einer Emotion, die tief in ihm schlummerte, einer niemals versiegenden Quelle an Frustration. Wie ein Geysir war es aus dem Mann herausgebrochen. Ein kleines bisschen war Maya froh darüber, dass sie zu einem so ganz anderen Thema gefunden hatten, welches sie menschlich näher zusammenbrachte und von der zwischen ihnen herrschenden Spannung ablenkte.

„Ist es für viele auch", bestätigte Mandu und ging damit diesmal auf ihren Einwurf ein. „Hier im Norden haben wir allerdings das Glück, dass viele unserer Traditionen erhaltengeblieben und weitergetragen worden sind. Das liegt vor allem daran, dass die Europäer erst sehr spät bis in den Norden Australiens vorrückten, um hier zu siedeln. Viele Stämme der Aborigines sind schon damals – trotz erster Kontakte mit der fremden Kultur – unter sich geblieben. Die meisten der hiesigen Brüder und Schwestern sprechen und pflegen daher bis heute die indigenen Sprachen. Eingeborene Kunst und Kunsthandwerk werden vor allem von den Touristen geliebt. Sie sehen bei unseren Tänzen zu, wollen das Didgeridoo erklingen hören oder einen Bumerang fliegen sehen. Zwar interessieren sie sich kaum für deren Ursprünge, aber sie bezahlen gutes Geld dafür, was es uns ermöglicht, diese Traditionen auch weiterhin zu pflegen."

„Du weißt sehr viel darüber", sagte Maya, die tatsächlich ein so eingehendes historisches Fachwissen bei einem Mann wie Mandu kaum vermutet hätte. Gleichzeitig schämte sie sich für diesen Gedanken, als sie erkannte, dass dies im Grunde ein Vorurteil war.

„Ich muss das alles wissen", sagte Mandu und lachte etwas bitter. „Es ist doch unsere Geschichte, es ist das, was uns bis heute eigentlich ausmacht. Es ist wichtig, sich daran zu erinnern, es weiterzugeben, es zu pflegen – denn wie ich schon sagte: Ansonsten haben wir eigentlich nichts, wofür es sich in der von Weißen geprägten Gesellschaft einzustehen lohnt. Meine Mutter hat mich vieles gelehrt, was in anderen Stämmen des Nordens in Vergessenheit geraten ist – oder woran man sich nicht mehr erinnern möchte. Sie ist eine der Auserwählten unserer Völker und Stämme, die unsere Geschichten und Bräuche lebendig halten, die sie praktizieren und weitergeben. Sie ist eine derjenigen, die sich auf Dinge verstehen, mit denen die Menschen der Großstadt nichts zu tun haben möchten, die man verleugnet und die man gar nicht wahrhaben will."

Wie beiläufig bog Mandu schließlich von der Straße ab, folgte einem kleinen Weg, der nach einer Weile kaum mehr befestigt war. Der Van holperte über eine Art Trampelpfad, quer durch die Einöde des dämmrigen Outbacks einem – für Maya nicht erkennbaren – Ziel entgegen. Am Horizont leuchtete es zaghaft, der Tagesanbruch stand bevor.

„Was sind das denn für Dinge, die dich deine Mutter gelehrt hat?", fragte Maya. Sie spürte ein vertrautes Gefühl, das ihr entgegenströmte.

Mandu lachte. „Ich könnte dir jetzt einiges erzählen, aber du würdest mich für verrückt oder für minderbemittelt halten, weil du den Zusammenhang nicht kennst", wich er aus. „Ich will wirklich nicht respektlos sein, nur es ist leider so, dass vieles von dem, was die Weißen, die Zivilisierten, die Fortschrittlichen in ihrem festen Glauben an die moderne Welt längst verworfen oder abgetan haben, nichtsdestoweniger existiert. Man braucht einen offenen Geist und muss manchmal neue Perspektiven einnehmen, um größere Zusammenhänge zu verstehen. Wer auf seinem Standpunkt beharrt, wer sich von den Zeichen der Natur, von den Stimmen der Vorfahren, von Träumen und Geistern nicht leiten lassen möchte, der wird das große Ganze niemals erfassen. Die sogenannte Zivilisation sieht aber stets nur das, was ihrem Vorankommen und ihren selbstgesteckten Zielen dienlich ist, und klammert alles andere aus. Ohne zu erkennen, dass sie dadurch letztlich in einer Sackgasse landet."

Maya schwieg. Aus Mandu sprach eine gewisse Verbitterung – und sie konnte ihn verstehen. Sie horchte in sich hinein, suchte nach ihrer neuen, ihrer zweiten Seele. Noch vor wenigen Tagen hätte das, was Mandu ihr zu sagen versuchte, vermutlich nur für ein mitleidiges Lächeln bei ihr gesorgt. Nun, da sie sich inmitten einer Verwandlung befand – und sie schauderte bei dem Gedanken – war sie dankbar, dass es Menschen gab, welche sich dieser Möglichkeit nicht verschlossen hatten und ihr somit ihren Weg aufzeigen konnten. Die neue Präsenz in ihrem Inneren applaudierte. Der Wagen holperte indes weiter und in der Ferne zeichnete sich langsam etwas ab, was eine Art Dorf zu sein schien. Die anderen drei Passagiere schliefen weiterhin, ungeachtet des Geruckels einer unbefestigten Strecke.

„Ich verstehe, was du sagen willst“, sagte Maya leise. „Vielen Menschen fällt es einfach sehr schwer, etwas anzunehmen, was sie nicht sehen oder selbst fühlen können. Sie brauchen irgendetwas Greifbares.“

Mandu seufzte. „Was wäre denn, wenn sie etwas nicht greifen könnten? Wäre es deshalb weniger wahr oder wahrscheinlich, nur weil sich der Geist dem Unfassbaren verschließt? Wäre es nicht sehr viel sinnvoller, Dinge einfach nur wahrzunehmen und zu akzeptieren, welche die Natur uns als ihren Geschöpfen anbietet – und mit all dem in Einklang zu leben?“

Maya fühlte sich an den Tag im Sea Fun Park erinnert. An ihre Gedanken, welche sie damals erstmals gespürt hatte, welche sie nicht zuordnen und nicht verstehen konnte. Inzwischen jedoch hatte sie es begriffen. „Wenn Menschen sagen, sie wollten die Natur verstehen“, sagte sie leise, „dann meinen sie damit eigentlich, dass sie die Natur kontrollieren wollen. Aus dem, was sie Forschung nennen, erhoffen sie sich Erkenntnisse, um sich die Natur für die eigenen Zwecke nutzbar zu machen – und ignorieren dabei, wie widernatürlich ihre Methoden sind. Anstatt zu lauschen und deren Angebote anzunehmen, versuchen sie der Natur etwas zu diktieren und Forderungen zu stellen. Dabei übersehen sie, dass die Natur freiwillig alles anbietet, was wir zum Leben benötigen. Stattdessen suchen wir nach Lösungen von selbst ausgedachten Problemen, wodurch wir uns immer noch mehr Probleme schaffen. Die Menschen haben den Kontakt zur Natur längst verloren. Deshalb werden sie diese auch niemals begreifen.“

Es herrschte Schweigen im Wagen. Nur die tiefen Atemzüge der Schlafenden waren zu hören. „Die Menschen“, hatte Maya gesagt. Es war wie die Vollendung einer Erkenntnis, welche in ihr gereift war und die im Gebrauch ihrer Worte einen endgültigen Ausdruck gefunden hatte. Maya hatte begriffen: Sie war nun kein Mensch mehr. Sie war nicht mehr Teil dieser Art und war es vermutlich nie gewesen. All ihre Gedanken, all ihr Empfinden, ihr Erleben und Wahrnehmen, ihr Bild von sich, war nie deckungsgleich mit dem gewesen, was ihr Umfeld, ihre Umwelt ihr widergespiegelt hatte. Nun wusste sie auch, warum.

Sie blickte nach vorne zum Rückspiegel und sah, dass Mandu sie wieder ansah. Es war jedoch nichts Sehnsüchtiges in diesem Blick, vielmehr eine innige Wärme und Zufriedenheit. Sie hatten einander verstanden. Maya lächelte. Sie beide waren nun angekommen.

Der Wagen rollte in die Mitte einer kleinen Siedlung, auf eine Art sandigen Dorfplatz. Sie waren die ganze Nacht hindurch gefahren. Maya hatte zwar kaum Schlaf gefunden, und doch fühlte sie sich wacher als jemals zuvor.

Es dämmerte. Über der faszinierenden Silhouette des nördlichen Outbacks färbte sich der Himmel langsam rot. Ein faszinierendes Farbenspiel! Die Natur erwachte bedächtig zu neuem Leben – ein neuer Tag begann. Alles konnte so einfach sein. Als die kleine Gruppe aus dem Auto stieg und die müden Glieder streckte, brach der Morgen herein über der kleinen Siedlung der Aborigines, irgendwo im Northern Territory, im nördlichen Outback Australiens.

Sofort kamen mehrere Kinder aus den umstehenden Häusern zu den Besuchern gelaufen, interessiert, aber schüchtern. Sie waren zum Teil noch nicht ganz wach, aber die Neugierde war stärker als die Müdigkeit oder der Argwohn gegenüber den fremden Besuchern. Sie umringten die Ankömmlinge, lächelten zaghaft und genossen die uneingeschränkte Aufmerksamkeit der unerwarteten Gäste. Maya konnte in ihren Gedanken lesen. Es war ein warmherziges Willkommen.

Vor allem Orana ging sofort in die Hocke, knuddelte jedes Kind, das in ihre Reichweite kam, und herzte die Kleinen innig. Mandu half Maya beim Aussteigen. Als sie sich bewegte, spürte sie wieder den Schmerz, der ihr vor allem in die Beine fuhr und sie straucheln und leise stöhnen ließ. Sofort war auch Lennart an ihrer Seite und beide Männer stützten das schwache Mädchen, das sich Mühe gab, weiterhin nicht allzu viel von ihrem Schmerz zu zeigen. Jeder Schritt, den sie indes mit ihren menschlichen Beinen tat, fühlte sich an, als wandle sie nackten Fußes über scharfkantige Scherben, Klingen und spitze Messer. Der Schmerz fuhr ihr die Beine hinauf und wollte nicht abklingen, bis schon die nächste Welle sich ihren Weg bahnte. Alle Farbe war aus Mayas Gesicht gewichen. Sie wünschte sich nur noch eines: Es sollte endlich aufhören. Einfach nur aufhören ...

Als sie erneut strauchelte und zu fallen drohte, fing Mandu sie auf. Er hob sie hoch. Orana unterbrach ihre Begrüßung der Dorfkinder, erhob sich und wechselte einige vielsagende Blicke mit ihrem Sohn, woraufhin dieser mit Maya auf dem Arm loslief, schnurstracks auf eine der Hütten zuging, die unweit des Fahrzeugs stand.

Lennart blieb verdutzt zurück. Sam, die bis gerade eben noch mit den Kindern beschäftigt gewesen war, erhob sich nun ebenfalls. Beide sahen Mandu und der geschwächten Maya hinterher und blickten dann hinüber zu Orana, deren Gesicht ihre Besorgnis um die Nixe nur schwer zu verbergen vermochte.

„Was ist los mit ihr?“, fragte Lennart unvermittelt. „Es geht ihr doch soweit gut, oder nicht?“

Orana seufzte.

„Der Prozess schreitet voran“, sagte sie dann ausweichend. „Ich kann ihr nur bedingt helfen, höchstens das verlangsamen, was mit ihr geschieht. Ihre Schmerzen etwas lindern. Aber lange wird sie so nicht mehr existieren können.“

Lennart schnaubte. „Nicht mehr so existieren?“, wiederholte er. „Was meinen Sie damit?“

Orana kam auf ihn zu, gefolgt von den Kindern, jene umringten die beiden und Sam, als Orana vor Lennart stehen blieb, seine Hand in die ihre nahm und ihn eindringlich ansah.

„Ich habe es dir bereits gesagt, sie verwandelt sich, Lennart“, sagte sie dann, sanft, aber bestimmt. „Maya ist eine Nixe. Das ist ihre Natur – und die Natur bahnt sich nun ihren Weg. Auf irgend eine Art und Weise wurde der Prozess der Metamorphose in ihrem Körper ausgelöst und dieser ist nun nicht mehr aufzuhalten. Sie verwandelt sich langsam, aber stetig, und was am Ende dieser Verwandlung steht, können wir zwar erahnen, wissen es jedoch nicht. Wir können sie jetzt nur nach Kräften unterstützten und ihr beistehen. Ich verspreche dir, ich werde tun, was in meiner Macht steht, damit sie das schafft und es ihr schon bald wieder besser geht.“

Lennart nickte stumm. Er wollte etwas sagen, doch seine Stimme wurde von Tränen erstickt. Es fühlte sich an, als würde sie sterben. Maya, sein kleines Mädchen, alles, wofür er die letzten 16 Jahre gelebt hatte, sie würde ihm genommen werden, auf die eine oder die andere Weise, und es gab nichts, was er dagegen tun konnte. Es brach ihm das Herz und er hörte kaum, was Orana ihm zu sagen hatte. Er hatte Angst. Und er war unendlich verzweifelt. Er spürte, wie Sam seine andere Hand nahm. Sie wollte ihm beistehen und Mut machen. Er schloss die Augen und kämpfte mit den Tränen. Was sollte er nur tun?

Ein Mann, gefolgt von einigen Jugendlichen, Männern und Frauen, trat auf den Platz und kam auf die Gruppe zu. Er war mindestens 80 Jahre alt, wenn nicht sogar noch älter. Dennoch schien er vor Kraft nur so zu strotzen. Er hatte weißes Haar rund um eine kreisrunde Glatze auf dem Kopf sowie einen langen weißen Bart; beides umrahmte sein schwarzes und von den Jahren sowie der Sonne gezeichnetes Gesicht, das von vielen Falten durchzogen war. Seine Augen waren dunkel, tief, und man konnte sich kaum vorstellen, was hinter dieser Stirn vorgehen mochte. Das Hawaiihemd und die Bermudashorts, die er trug, waren viel zu leicht für die noch verhältnismäßig frischen Temperaturen dieses Morgens, gleichwohl schien er nicht zu frieren. Seine Füße steckten in leichten Sandalen, im Grunde nur ein Riemen, der über eine solide Sohle gespannt war. Er ging aufrecht, das Alter hatte ihn nicht gebeugt, und auf seine ganz eigene Art strahlte er Anmut und Sicherheit aus.

Der Mann trat zwischen die Kinder, während die anderen Menschen etwas hinter ihm zurückblieben und einen zweiten Kreis um Orana, die Kinder, die Besucher und ihr Stammesoberhaupt bildeten, das nun direkt zu Orana ging, sie umarmte und einige Worte in einer indigenen Sprache mit ihr wechselte, die Sam und Lennart nicht verstehen konnten. Das Gespräch dauerte recht lang. Die meiste Zeit sprach der Mann und er schien etwas aufgebracht zu sein. Orana sagte indessen nur wenig. Sie lauschte den Worten ihres Stammesältesten, sie nickte gelegentlich, dann sagte sie selbst einige Sätze, schien einen präzisen Bericht der Vorkommnisse abzuliefern, untermalt von viel Mimik und Gestik. Der Mann und alle Umstehenden hingen an ihren Lippen. Es musste sehr spannend sein, was sie zu erzählen hatte. Irgendwann wies sie auf die Hütte sowie auf die weißen Besucher. Sie schien den anderen klarzumachen, warum jene hier waren. Schließlich bezogen beide Lennart und Sam in ihr Gespräch mit ein.

Der Mann sagte etwas und Orana übersetzte die Worte.

„Dieser Mann ist Djalu, er ist der Älteste unseres Stammes“, erklärt Orana und wies auf den Alten, der hinter ihr stand. „Er heißt euch in unserer Mitte willkommen. Er war in großer Sorge, weil Mandu und ich so viele Tage und Nächte verschwunden waren. Eigentlich war ich ja nur in die Stadt gegangen, um für einige Tage meinen Sohn zu besuchen. Von allem, was dort geschah, dem Anschlag und den vielen toten Menschen, haben meine Leute im Radio gehört und sich große Sorgen gemacht, weil wir nicht zurückgekehrt sind. Sie haben gewartet und gehofft. Nun, da wir wieder hier sind, sind sie voller Freude, dass uns nichts geschehen ist.“

Erneut sprach der Mann einige Sätze. Derweil kamen immer mehr Dorfbewohner aus den Hütten, gesellten sich zu der seltsamen Gruppe, die sich da schon am frühen Morgen auf dem Platz ihres Dorfes zusammengefunden hatte. Schon bald schien das ganze Dorf auf den Beinen zu sein und folgte interessiert der Unterhaltung.

Orana lauschte Djalu und wandte sich dann wieder Sam und Lennart zu.

„Djalu ist auch sehr froh, dass euch beiden nichts geschehen ist. Er möchte viel mehr über euch wissen, ich habe ihm noch nicht alles gesagt. Nur so viel, dass ihr unseren Schutz braucht, dass ihr verfolgt werdet, dass Maya sehr schwach ist und wir ihr beistehen müssen. Er gewährt euch den Schutz unserer Gemeinschaft und er lädt euch ein, unsere Gäste zu sein. So lange, bis ihr sicher ziehen könnt und es Maya wieder gut geht. Was das für uns bedeutet, werde ich ihm später noch vermitteln. Er hat noch keine Ahnung davon, was Maya eigentlich ist. Aber es würde zu weit führen, das hier und jetzt vor all diesen Zuhörern zu erklären. Auch möchte ich nicht, dass alle zum Haus gehen, um Maya zu sehen. Nur so viel weiß er bereits: Sie ist kein Mensch und sie ist in einer Welt von Menschen, die sie ausbeuten wollen, nicht mehr sicher. Wir ehren hier die Natur, wir leben im Einklang mit ihr und allem, was sie hervorbringt. Wir wollen euch Obhut anbieten, Schutz und all das, was unsere Ahnen uns gelehrt haben, um Maya und euch zu helfen.“

Noch einmal ergriff nun der Stammesälteste das Wort. Diesmal etwas lauter, er drehte sich in alle Richtungen, gab offenbar seinen Leuten verschiedene Anweisungen. Gleich darauf nahm er Lennarts Hand aus der von Orana, sah ihm in die Augen, nickte knapp. Dann ließ er die Hand wieder los, drehte sich um und ging, gefolgt von einigen Männern, Frauen und Kindern seiner Zuhörerschaft, zurück in die Richtung, aus der er gekommen war. Er verschwand in einer der einfachen Holzhütten, gefolgt von ein paar wenigen älteren Männern und Frauen.

Alle anderen verstreuten sich schließlich über das Areal der kleinen Siedlung und schienen ihre morgendlichen Arbeiten entweder zu beginnen oder wieder aufzunehmen.

Orana nahm wieder Lennarts Hand, der die ganze Szene wie in Trance erlebt hatte. Er war überwältigt von den Eindrücken, die Müdigkeit saß ihm in den Knochen und er war krank vor Sorge um das Schicksal seiner Tochter. Er konnte nichts sagen, nichts erwidern, er starrte einfach nur in die Gegend, unfähig, einen klaren Gedanken zu fassen.

„Ihr seid nun sicher“, sagte Orana. „Ihr werdet in der Hütte von Mandu als Gäste willkommen sein. Dort bekommt ihr etwas zu essen, könnt euch ausruhen, dort seid ihr sicher. Niemand von den Menschen in der Stadt ahnt, dass ihr bei uns seid, es wird euch hier nichts geschehen. Ich habe im Auto geschlafen, ich werde nun zu Djalu und den Ältesten gehen und ihnen haarklein alles berichten, was wir erlebt haben. Ich werde ihnen sagen, wer ihr seid, wer Maya ist und was ich vermute. Dann werden wir beraten, wie wir euch helfen können."

„Uns helfen?", fragte Sam leise, die immer noch an Lennarts Seite stand, seine Hand hielt und mit der ganzen Situation ebenfalls überfordert war. „Warum tut ihr das? Wir haben dich und deinen Sohn in große Gefahr gebracht. Warum wollt ihr uns helfen?"

Orana lächelte.

„Weil wir die Dinge nehmen, wie sie kommen, und mit unserem Herz entscheiden", sagte sie dann. „Ihr beide könnt nichts für das, was euch widerfahren ist. Es ist ebenso unerwartet über euch gekommen, wie auch wir hineingezogen worden sind. Wir sind nun alle ein Teil dieser Geschichte und es musste offenbar so sein, dass wir es werden. Denn nur so konnte Maya zu einem Volk gelangen, das sie und ihresgleichen kennt, das sie verehrt und das vermutlich zu den wenigen Menschen auf dieser Erde gehört, die euch tatsächlich zu helfen vermögen."

Lennart und Sam nickten stumm.

„Ihr seid beide völlig am Ende", sagte Orana dann. „Geht in die Hütte meines Sohnes. Er erwartet euch bereits. Wir kümmern uns um Maya, bis ihr wieder bei Kräften seid. Vertraut uns. Es gibt keinen Ort der Welt, an dem ihr jetzt besser aufgehoben wäret als hier bei uns."

Lennart zog Orana an sich heran und umarmte sie. „Danke", flüsterte er leise in ihr Ohr. Dann löste er sich von der alten Frau.

„Wir finden eine Lösung, Maya wird es bald besser gehen", sagte jene dann. „Geht nun, findet etwas Schlaf."

Lennart und Sam liefen zu der Hütte, die ihnen Orana gewiesen hatte, und verschwanden darin. Die alte Frau blickte ihnen nach. Sie atmete ruhig, tief gefasst und murmelte zu sich selbst: „Es gibt immer einen Weg. Wenngleich dieser womöglich nicht ganz der Weg ist, den ein Vater sich wünscht. Denn er führt seine Tochter weg von ihm."

19

Cyphers Knie pochte immer noch vor Schmerzen. Er hatte sich bei dem Aufprall auf den stählernen Fußrahmen des Instrumententisches im Krankenzimmer beinahe die Kniescheibe zertrümmert. So hatte es ihm der Arzt in Area 66 nach seiner Untersuchung mitgeteilt. Einen sogenannten Haarriss hatte er jedenfalls davongetragen. Nicht so schlimm wie zertrümmert, aber annähernd genauso schmerzhaft – immerhin jedoch mit einer Chance auf Heilung, falls er sich schonte. Cypher lachte bitter. Er wusste noch nicht, was das für seinen aktiven Dienst, für seine Karriere bedeuten würde. Vermutlich nichts Gutes. Aber das war dem Agent zumindest in diesem Moment gleichgültig.

Er saß in einem Besprechungsraum, umringt von Männern in weißen Kitteln, weiteren Agenten und Soldaten. Vorne am Kopfende des Tisches stand Doktor Shaw. Er hatte den Blick auf Cypher gerichtet, seine Augen durchbohrten ihn regelrecht. Auch die anderen Männer im Raum schauten Cypher an, weniger emotional aufgeladen, aber doch besorgt und fast schon ein bisschen mitleidig.

Cypher war derjenige, der das Kommando über den Zugriff im Hospital gehabt hatte. Er allein war derjenige, der den Überblick und einen kühlen Kopf hätte bewahren müssen. Freilich, sein Partner genauso. Aber der war tot und deshalb nicht zur Rechenschaft zu ziehen wie Cypher. Er war der alleinige Sündenbock. Er war damit auch derjenige, dessen Name in den Akten etlicher beim Einsatz getöteter Agenten sowie einer gescheiterten Mission vermerkt und dort für die Ewigkeit festgehalten wurde. Für seine weitere Karriere bei der CIA war dies pures Gift.

Viel schlimmer als dies waren allerdings die Bilder in seinem Kopf, der ihm die ganze Situation wieder und wieder vorspielte. Viel schlimmer waren die vielen persönlichen Vorwürfe, die niedergeschrieben auf dem Papier weit weniger schmerzhaft waren, als wenn sie real an ihn gerichtet wurden. Viel schlimmer war auch die Frage, die Shaw ein weiteres Mal in die Stille hinein zu ihm herüberzischte, und auf die Cypher keine Antwort zu geben wusste – weil er sie selbst nicht kannte.

„Wie zur Hölle konnte das nur geschehen, Agent Cypher?"

Shaw presste die Frage zwischen seinen gefletschten Zähnen hindurch. Er war wütend. Er war rasend zornig. Er verlangte nach einer Erklärung. Auch wenn er vermutlich selbst wusste, dass es keine befriedigende Erklärung geben konnte.

„Cypher, verdammt, *reden Sie*!"

Cypher erhob sich, richtete sich auf, soweit es sein schmerzendes Knie zuließ. Dann nahm er Haltung an.

„Es war ein menschliches Versagen, Sir", erklärte er dann. Er referierte in ruhigem Ton, sachlich und konkret, und rechnete jeden Moment damit, unterbrochen zu werden. „Wir hatten die Situation bereits im Griff, doch leider hat der zweite leitende Agent im Führungsteam versäumt, sich angemessen zu präparieren, so wie es das Board im Vorfeld angeordnet hatte. Er ist der Kreatur ungeschützt entgegengetreten und wurde … umgedreht."

Er räusperte sich.

„Es ist mir nicht möglich, einzuschätzen, was der Agent in den letzten Sekunden seines Lebens durchgemacht hat. Klar ist jedoch, dass er die Zielperson sowie alle teilnehmenden Einsatzkräfte massiv gefährdet hat und am Ende im allgemeinen Chaos der Zielperson die Flucht gelang. Mit Verlaub, die Anordnungen von Omega und Hellfire hätten zu diesem Zeitpunkt noch nicht sein müssen und deren Ausbleiben hätte es mir womöglich erlaubt, die Kontrolle über diese Situation zurückzuerlangen. Ich übernehme keine Verantwortung für die Opfer."

Shaw machte eine wegwischende Geste in die Luft und haute dann mit beiden Händen vor sich auf den Tisch, dass alle um ihn herum zusammenzuckten.

„Für die Opfer, Agent Cypher?", zischte Shaw. „Für die *Opfer*?"

Cypher war irritiert, behielt aber Haltung.

„Was interessieren mich die verdammten Opfer?! Sollen sie in der Hölle schmoren, wo diese nichtsnutzigen Hurensöhne hingehören!", brüllte Shaw. „Sie haben das Mädchen entkommen lassen! Ihr erstes, ihr oberstes und primäres Zeil war die Sicherstellung der Nixe und Übergabe der Kreatur in unsere Obhut – völlig egal, was es an Material und Menschenleben kostet! Nun ist sie weg! Cypher, verdammt nochmal, sie ist endgültig verschwunden! Diese ganze verdammte Aktion war völlig umsonst! Wie sehr uns das zurückwirft, davon will ich gar nicht erst reden!"

Er rang um Fassung.

„Es ist mir verdammt nochmal egal, wen sie umbringen müssen, wer sich eine Kugel einfängt, wer wahnsinnig wird", fuhr er dann etwas gefasster, aber nach wie vor in wilder Wut fort. „Ich wollte diese Göre und es war ihr verdammter Job, sie mir zu beschaffen! Ein gestandener CIA-Agent schafft es nicht einmal, eine 17-jährige kleine Schlampe einzusacken! Haben Sie keine Eier oder was, verdammt nochmal, stimmt nicht mit Ihnen?!?"

Die letzten Sätze hatte er wieder geschrien.

Cypher ließ das Donnerwetter über sich ergehen. Er spürte die Blicke der anderen und er fühlte, dass ein jeder von ihnen froh darüber war, jetzt nicht an seiner Stelle zu stehen. Er hatte keine Vorstellung davon, was all dies für seine weitere Laufbahn oder gar für sein Leben bedeuten würde. Vielleicht würde er dasselbe Ende finden wie der unglückliche Taxifahrer? Bezirzt und umgebracht von einer Nixe in dem Versuchsbecken Doktor Shaws, während jener auf der anderen Seite des Panzerglases zusah und vielleicht einen neuen Agenten von der Existenz und der Gefährlichkeit der Nixen zu überzeugen versuchte? Jenen auf eben diese Mission einschwor, bei welcher Cypher so verheerend versagt hatte?

In einem gewissen Sinne, so dachte Cypher, wäre dieser Tod wohl auch der, der ihm für sich selbst noch am ehesten als angemessen erschien. Ebenso wie sein Partner würde er dann genau dem Wesen zum Opfer fallen, das sie eigentlich hätten kaltstellen und sichern sollen. Im Auftrag der CIA und zum Wohle der gesamten Menschheit.

Shaw, der noch eine Weile verbal auf Cypher eingeprügelt hatte, schien nun sein Pulver verschossen zu haben. Er stützte sich erschöpft auf dem Tisch auf, ließ sich dann in den Stuhl hinter sich sinken und grübelte. Sein Blick war starr, seine Augen leer. Er atmete ruhig, starrte nur vor sich hin. Es herrschte angespannte Stille im Raum. Zäh zog sich die Zeit dahin, aus Sekunden wurden Minuten. Keiner vermochte zu sagen, wie viele es tatsächlich waren.

Cypher erwiderte nichts mehr. Er hatte nichts hinzuzufügen. Es war alles gesagt und vorgebracht worden. Er war froh, diese obligatorische Standpauke nun hinter sich gebracht zu haben. Die Mission war gescheitert und er war der letzte Überlebende, dem man dafür die Schuld geben konnte. So würde es geschehen, jetzt und später, denn so geschah es immer und so war es auch in der CIA und für jeden CIA-Agenten in Ordnung. Das war der Job. Fehler wurden an Köpfen festgemacht, nicht an der Firma. Und jene Köpfe mussten manchmal rollen.

Shaw hob die Hand, machte eine Geste, woraufhin alle im Raum sich erhoben, und ebenso wie die Stehenden langsam und leise zur Tür gingen und den Raum verließen. Froh darum, selbst nicht am Pranger gestanden zu haben, mehr noch, aus dieser unangenehmen Situation entkommen zu sein und in heimlicher, sensationslüsterner Erwartung darauf, welche Konsequenzen all dies wohl für Agent Cypher nach sich ziehen würde. Der Letzte schloss hinter sich die Türe.

Shaw saß immer noch reglos am Tisch und starrte vor sich hin. Er war nun mit dem Agenten allein im Raum. Gerade wollte auch Cypher sich abwenden und in Richtung Tür davongehen, da hörte er Shaws Stimme.

„Wie konnten Sie sich nur so sehr übertölpeln lassen?"

Er wandte sich um und sah, dass Shaw wieder zu ihm blickte. Allerdings sprach er jetzt wieder sehr ruhig und gefasst.

„Wie meinen Sie das, Doktor?"

„Ich fragte, wie Sie sich dermaßen von einer kleinen, unreifen, unfertigen Nixe zum Narren halten lassen konnten?", sagte Shaw. „Cypher, verdammt nochmal, ich habe Ihnen doch eigens gezeigt, was eine voll entwickelte Nixe in Gefangenschaft imstande ist zu tun. Ich habe Ihnen alles Nötige an die Hand gegeben, Ihnen einen höchst seltenen Einblick gewährt, um für Ihre Mission gewappnet zu sein und sich ihrem Zauber zu entziehen. Wie kann es passieren, dass Sie dennoch bei einem Wesen, das nur über einen Hauch der Ihnen unter Laborbedingungen demonstrierten Kräfte verfügt, in so gravierender Art und Weise versagen?"

Cypher räusperte sich. Er sank wieder auf seinen Stuhl nieder, saß Shaw gegenüber. Pokerface. „Ich habe es Ihnen bereits dargelegt Sir", hob er dann an. „Mein Kollege war es, der versäumt hat, sich zu präparieren und er hat dies folgerichtig auch mit dem Leben bezahlt. Wenn Sie erlauben ..."

Shaw nickte.

„Es war völlig anders als das, was Sie mir gezeigt haben, Dr. Shaw, Sir", fuhr Cypher dann fort. „In dem Laborbecken hat man nicht wirklich viel gesehen. Der Mann wurde in einen Strudel gerissen, von der Nixe umschlungen und war schließlich tot. Ohne das Wasser, ohne den Strudel, so war es im Krankenzimmer – und es war brutal."

Shaws Augen wechselten den Ausdruck, seine Wut mischte sich mit gespannter Erwartung. „Erzählen Sie mir genau, was Sie wahrgenommen haben, Agent Cypher."

Der Agent räusperte sich noch einmal.

„Zunächst war da dieses Mädchen", berichtete er dann. „Als wir das Zimmer betraten und uns zunächst mit der Ärztin auseinandersetzen mussten, lag sie benommen in ihrem

Bett. Es ging ihr nicht gut und ich hätte es niemals für möglich gehalten, dass von so einem Mädchen eine Gefahr ausgehen könnte. Natürlich waren wir darauf gefasst, hatten allerdings erst mal alle Hände voll damit zu tun, uns die überfürsorgliche und kampfbereite Angestellte vom Leib zu halten. Das Standardprozedere in solch einer Situation ist, dass ein Agent den Gegner abwehrt und der andere die Situation sichert. Ich war mit Ersterem beschäftigt und habe darauf vertraut, dass mein Partner – so wie es immer geschieht – die Sicherung übernimmt. Ich habe nicht auf ihn geachtet, jeder kennt die Protokolle. Ich tat meinen Job und wartete ab, bis er seinen machen würde. Die Situation schien unter Kontrolle zu sein."

Shaw nickte wissend.

„Jedenfalls hat sich das alles plötzlich komplett gedreht", erzählte Cypher dann weiter. „Es war, als ob nicht nur unser Agent auf die Pheromone des Wesens ansprach, sondern als ob durch seine Präsenz und sein Ansprechen auf sie auch bei der Nixe selbst etwas ausgelöst wurde. Wie bei einem Hai, der sein Opfer verletzt und durch das Blut, das jenes ausströmt, erst recht in einen Rausch gerät. Die Nixe spürte förmlich, dass mein Partner ihr verfiel, dass sie ein Opfer gefunden hatte – und sie blühte auf, wechselte ihr ganzes Verhalten, wurde plötzlich aufreizend, kokettierte mit ihren Reizen und fing ihn ein."

„Wir nennen diese Phase die *Jagd*", sagte Shaw leise. Cypher war sich gar nicht so sicher, dass er mit ihm sprach, oder vielleicht die Beobachtungen in Gedanken mit seinen wissenschaftlichen Erkenntnissen abglich und kommentierte. „Sobald eine Nixe ein Opfer ausmacht und jenes mit ihren Pheromonen sowie einer Art Telepathie einfängt – die Seefahrer erzählten früher auch von bezaubernden Gesängen –, setzt ein tödlicher Tanz ein, an dessen Ende stets nur die Nixe überlebt. Es ist tatsächlich so eine Art Jagdinstinkt, der bei den Wesen erwacht, sobald ein Opfer auf sie anspricht. Das Ganze setzt sich fort in einem gedanklichen Austausch, wobei die Nixe rasch die uneingeschränkte Kontrolle über ihre Opfer gewinnt. Wir haben Untersuchungen mit Hirnströmen und Hirnaktivitäten gemacht und festgestellt, dass die Opfer schon bald nach dem Bezirzen nichts mehr wahrnehmen außer dem Ruf und der Verlockung der Nixe. Alles andere wird ausgeklammert, selbst die eigenen Emotionen, womöglich Schmerzen und Ängste, werden überlagert. Ein Zustand, der bei längerer Dauer übrigens nicht mehr reversibel ist. Das Gehirn wird förmlich ausgeblutet, allein die Regionen, welche die Nixe noch benötigt, werden weiter mit Blut und Sauerstoff versorgt. Das sind unter anderem das limbische System und das Lustzentrum, die Ratio hingegen wird abgeschaltet. Was aber auch nicht schlimm ist, denn bevor bei den Opfern aufgrund des Sauerstoffmangels Teile des Gehirns ihre Funktion einstellen und absterben können, sind sie für die Kreaturen schon nicht mehr von Nutzen – und sterben."

Cypher schluckte. Langsam begriff er, wie lange sich der Doktor bereits mit diesen Wesen beschäftigte und wie viel er schon über sie wusste und zu berichten vermochte. „Woher wissen Sie all das, Doktor Shaw?"

Der Doktor lächelte kalt. „Wir forschen hier nicht erst seit gestern über diese Wesen,

Agent", sagte er dann. „Wir haben viele Exemplare in vielen unterschiedlichen Stadien ihrer Metamorphose hier in der Einrichtung interniert, Sie haben die Nixen selbst gesehen. Das waren jene, die im Laufe von etwa drei Monaten aus aller Welt zu uns gebracht werden – zurück an den Ursprung. Wir betrachten sie nicht nur, Cypher, wir experimentieren auch mit ihnen. Mit den Nixen und ihren Opfern. Wir wissen mehr über die Nixen, als diese Biester vermutlich selbst über sich wissen."

„Aber wozu das alles?", fragte Cypher. „Was bringt es uns denn, was hat die CIA davon, diese Wesen zu verstehen oder ihre Natur erklären zu können? Für den Rest der Welt sind sie nichts weiter als Fabelwesen, verdammt. Keiner weiß um ihre Existenz. Warum setzen wir nicht einfach dem Spuk ein Ende, bevor sie uns in die Quere kommen könnten, und bomben sie wieder zurück in das Reich der Mythen und Märchen, wo sie hingehören?"

Shaw zuckte mit den Schultern.

„Vielleicht … nehmen wir doch einfach einmal an … die CIA hätte eine Verwendung für sie", sagte er dann. Sein Blick war verklärt. Er schien in seiner eigenen Welt zu verharren.

Cypher stutzte. „Eine Verwendung?"

„Sie sind doch vertraut mit dem Konzept der Navy Seals", sagte Shaw. „Eine absolute Elite-Einheit, die sehr gezielt und sehr effizient Zugriffe realisiert – und stets ihre Ziele erreicht. Was wäre, wenn wir diese Art der Kämpfer noch sehr viel effektiver machen könnten? Was wäre, wenn diese dann unter dem Einfluss der CIA stünden?"

Cypher schauderte. „Ich verstehe nicht ganz …"

Shaw seufzte und führte dann weiter aus: „Sie haben gesehen, dass viele der Frauen in unserem Labor keine vollendeten Nixen sind", sagte er dann. „Sie sind in einem Stadium zwischen Menschsein und Nixe gefangen. Stagnierend in einer bislang unvollendeten Metamorphose."

Er machte eine rhetorische Pause.

„Wir wissen inzwischen, dass jede Nixe ursprünglich einmal als ein ganz normales, menschliches Mädchen zur Welt kommt und allein durch die Einwirkung ihres Umfelds, irgend eine Art von Chemikalie, erst zur Nixe wird. Während der Prozess bei in Freiheit geborenen Nixen vermutlich noch als Säugling und äußerst rasch vollzogen wird, wird er bei Entzug des nötigen Tranformationstriggers teilweise oder sogar gänzlich ausgesetzt. Allerdings können rudimentäre Veränderungen – auch ohne den Trigger – bei allen Trägerinnen des Gens noch bis ins frühe Erwachsenenalter auftreten. So lange, bis deren Adoleszenz, also deren Entwicklung hin zur erwachsenen Lebensform, völlig abgeschlossen ist. Greift indes vorher noch der Trigger ein, so setzt die Verwandlung sofort ein. Dann geht alles sehr schnell, mit einer Veränderung des Gehirns, mit einer Neuordnung der Physiognomie – und wenn man dann den Transmitter konstant hinzufügt, so setzt die Metamorphose unaufhaltsam ein. Diese Theorie konnten wir in weiten Teilen bereits bestätigen."

Cypher grübelte. „Weshalb ist es dann nur eine Theorie?"

Shaw machte eine genervte Geste. „Weil wir es noch nicht beweisen können", sagte er dann und schnaubte. „Wir hatten bei einer im Meer verendeten Nixe, die den Ursprung dieser Station und aller Forschung darstellt, das Genom analysiert und das auslösende Gen zur Mutation isoliert. Dann haben wir in weltweiten Recherchen über medizinische Labors und Datenbanken bei allen lebenden Frauen nach diesem Gen gesucht. Es gab auf der ganzen Welt kaum eine Blutuntersuchung, kaum eine Urin- oder Stuhlprobe, gynäkologische Untersuchungen und mehr, kaum eine künstliche Befruchtung oder eine kriminalistische Ermittlung samt Speichelprobe, wo wir keine Agenten gehabt hätten, die deren Ergebnisse und Informationen gesichert und in unsere Datenbank eingepflegt hätten. Es waren horrend viel Daten, wir haben sie alle gesammelt und ausgewertet."

Er seufzte.

„Wer es hatte, das Nixengen, wurde von uns unauffällig einkassiert und zu Forschungszwecken hierher in die Area 66 gebracht. Es war der einzige Weg, um an lebendes Material zu gelangen und unsere Forschungen weiter voranzutreiben. Wir sprechen hierbei von Entführungen, von Austausch, von fingierten Todesfällen – das komplette Register. Hauptsache, die Mädchen und Frauen wurden von niemandem vermisst. Aber, Agent Cypher, das sind leider allesamt keine vollendeten Nixen. Zumindest nicht solche, wie sie sich dort draußen im Ozean tummeln. Ihre Metamorphosen waren bestenfalls angebrochen oder von uns schließlich, sofern das gelang, künstlich herbeigeführt. Wir haben verschiedenste Stoffe ausprobiert. Manche Versuche gelangen, andere schlugen auf geradezu groteske Art und Weise fehl – diese Kreaturen wollen Sie lieber gar nicht sehen."

Er lächelte kalt.

Cypher hing gebannt an seinen Lippen und versuchte die Informationen, die er soeben erhielt, zu sortieren. Hatte Shaw ihm gerade tatsächlich erklärt, Hunderte, vielleicht Tausende Frauen weltweit entführt zu haben, und für seine Experimente missbraucht oder gar getötet zu haben? Cypher schauderte, seine Kehle war trocken und er fühlte kalten Schweiß auf der Haut. Wo war er hier nur reingeraten? Was war dieser Doktor Shaw für ein Mensch? Er musste wahrhaftig und im besten Sinne des Wortes wahnsinnig sein …

„Fakt ist aber, dass wir bislang noch nie von einem Mädchen gehört hatten, das so lange unter den Menschen lebte, das Gen trug – und bei dem die Metamorphose dann von einem Tag auf den anderen von ganz alleine eingesetzt hat", fuhr Shaw dann fort. Er hatte Mühe, seine Begeisterung zu verbergen. In seine Stimme mischte sich ein geradezu irrer Hochton. „Agent Cypher, das Auftauchen ihrer Zielperson war das allererste Mal, dass wir Kenntnis von einer Nixe erhalten, die sich von ganz alleine – ohne unser Zutun –, sehr plötzlich und derart schnell transformiert. Wir hatten sie zwar schon eine Weile unter Beobachtung, haben sie sogar nach Australien gelockt, wo auch sie in Kürze verschwunden und zu uns gebracht worden wäre – deswegen waren Sie und Ihr Kollege überhaupt angefordert worden. Dann allerdings geschah etwas mit ihr, irgendwann, während sie hier war: Irgend etwas, womit sie in Berührung kam, hat das Gen offensichtlich aktiviert. Ihre Verwandlung hat eingesetzt. Schnell, überwältigend und sehr stringent – das hatten wir bis dahin noch nie erlebt." Er beugte sich vor in Cyphers Richtung. „Diese Nixe ist für uns daher äußerst bedeutsam! Völlig egal, was der Auslöser dieser Metamorphose war, wir müssen ihn finden! Wir müssen wissen, wie das genau funktioniert und wie wir uns das zunutze machen können. Wenn wir erst mal verstehen, wodurch die Verwandlung ausgelöst wird und wie sie vonstatten geht, dann können wir ..."

„... das Gen unter Zugabe des Transmitters gezielt zur Metamorphose anregen, die Verwandlung kontrollieren, die Nixen vorab oder währenddessen indoktrinieren und uns so die perfekten, stillen und unbesiegbaren Kämpfer erschaffen", vollendete Cypher den Gedanken des Doktors.

Shaw lehnte sich zurück, nickte befriedigt und klatschte Beifall, wobei er zwischen den Klatschern jeweils lange Pausen ließ. „Sehr gut, Cypher, Sie haben es begriffen!"

Cypher nickte. Er behielt sein Pokerface. Jedoch wurde er die Gänsehaut an seinem ganzen Körper gar nicht mehr los. Der Gedanke dessen, was der Doktor da plante, war unheimlich und angsteinflößend. Es war wider die Natur, wider jede Menschlichkeit – es war der reine Wahnsinn. Wieder kam ihm der Name Frankenstein in den Sinn.

„Denken Sie nicht, dass Sie sich das etwas zu einfach vorstellen?", fragte Cypher vorsichtig.

Shaw wurde jäh aus seiner Begeisterung gerissen, legte den Kopf schief, sah Cypher beinahe mitleidig an, wie der fiese Lehrer einen dummen Schuljungen. „Wie meinen Sie das?"

„Sie waren vorhin in der Klinik nicht dabei", sagte Cypher der sich nicht so leicht aus dem Konzept bringen lassen wollte. Jemand musste es aussprechen. „Sie haben nicht gesehen, wie der Tod eines Mannes abläuft, wenn er nicht unter Wasser geschieht", sagte er dann. „Sie haben nicht gesehen, was so eine Nixe, auch wenn das Mädchen bisher nur eine halbe Nixe ist, ausrichten kann gegen etliche gestandene Männer. Es ist ja nicht nur so, dass sie meinen Partner unter Kontrolle bekam, wenngleich jener das primäre Ziel war. Alle anderen Einsatzkräfte, die später in den Raum kamen, haben ebenfalls binnen Sekunden jeden Bezug zur Realität verloren, sie waren wie gelähmt. Sie haben sich teilweise abschießen lassen wie die Trophäen an der Jahrmarktbude – bis ich sie angeschrien habe, sich zu wehren."

Er machte eine kurze Pause und wählte seine folgenden Worte mit Bedacht.

„Ich frage mich nur, was eine Nixe tut, wenn man sie versklaven möchte. Wozu sie imstande ist, wenn sie nicht nur ihren Instinkten folgt, sondern ihre Fähigkeiten gezielt und koordiniert gegen uns wendet. Sie haben es selbst gesagt, Ihre Forschungen sind noch nicht so weit gediehen, dass Sie tatsächlich in der Lage wären, Einfluss zu nehmen. Was ist, wenn eine unfertige Forschung auf eine fertige Nixe trifft? Oder eine unfertige Strategie auf ein fertiges Nixenvolk? Auf ein womöglich wütendes Nixenvolk ...?"

Shaws Augen blitzten auf. „Oh, das würde ich nur zu gerne erleben", sagte er wie in Trance. „Aber damit wir darauf vorbereitet sind, Agent Cypher, ist es umso wichtiger, die besagte Zielperson – die *Sie* haben entkommen lassen – so bald wie möglich in unsere Gewalt zu bringen. Denn wenn wir sie haben, dann haben wir den Schlüssel zu unserer biologischen Waffe, das letzte Quäntchen, was uns noch fehlt, um vielleicht sogar unser ganz eigenes wütendes Nixenvolk zu erschaffen. Ab diesem Moment, Agent, sind wir *unbesiegbar*."

Cypher vermochte später nicht mehr zu sagen, wie lange die Pause währte, die hierauf folgte. Sehr lange saßen Shaw und er sich nun am Tisch gegenüber, schauten einander in die Augen, jeder mit seinen eigenen Gedanken beschäftigt. Der eine schwelgte in schierem Größenwahn, der andere in Kriegsszenarien und Legenden der Unbesiegbarkeit. Beide waren gefangen in ihrer jeweils eigenen Phantasie von einer neuen Welt. In einer Welt, in der die CIA allmächtig war, die Nixen oder auch deren Klone kontrollierte, und mit ihrer Hilfe die Weltherrschaft der USA zementierte. Oder der CIA. Oder vielleicht auch nur der Leute von Area 66. Um all das zu erreichen, das war den beiden bewusst, bedurfte es nur noch einer einzigen kleinen Zutat.

„Ich gebe Ihnen noch eine Chance", brach Doktor Shaw schließlich das lange Schweigen und riss Cypher aus seinen Gedanken. „Ich möchte, dass Sie sich nehmen, was immer Sie brauchen. Männer, Waffen, jegliche Fahrzeuge und Ausrüstung, was Ihnen beliebt. Es muss am Ende nur das eine, das absolut sichere Ziel feststehen, dass wir sie *haben*. Wir müssen sie kriegen. Ich will diese Nixe, Agent Cypher, um jeden Preis. Ich will sie lebendig, ich will sie gefügig, ich will sie auf meinem Labortisch. Und dann werden wir endlich Geschichte schreiben."

Cypher erhob sich langsam. Sein Knie schmerzte noch immer. Ein dumpfer Schmerz, der unaufhörlich pochte. Doch das war ihm nun egal. Er fühlte sich wie beflügelt von der neuen Gelegenheit. Er sah für sich selbst den Silberstreif am Horizont, dass seine Laufbahn womöglich doch noch nicht ganz am Ende war.

Er salutierte. „Aye, Sir, Doktor Shaw", sagte er dann. „Ich werde Sie nicht enttäuschen."

Dann machte er auf dem Absatz kehrt und verließ den Raum.

Die Tür schlug zu.

Doktor Shaw lächelte eisig.

Die nächste Phase des Spiels konnte beginnen.

Cypher wollte eigentlich direkt in den medizinischen Bereich zurückkehren, um sein Knie weiter behandeln zu lassen. Nach den Ereignissen dieses Tages und dem Gespräch mit Shaw zog es ihn allerdings an einen anderen Ort. Er wusste nicht genau, was er dort wollte und weshalb er all dies nochmal sehen musste. Doch es war wie ein innerer Drang, ein Sog, der seine Richtung bestimmte.

Er stand im Lift und überlegte. Sollte er es wagen? Wie würden Doktor Shaw oder andere Angestellte reagieren, wenn sie ihn dort herumlungern sahen? Wo er doch einen klaren Auftrag hatte, eine Mission zu erfüllen und in eben jenem Raum nichts mehr verloren hatte?

Sei's drum, dachte Cypher. Er war heute schon so oft und so dicht am Tod vorbeigeschrammt. Da würde er einen kleinen Anpfiff mehr oder weniger sicher noch aushalten. Er drückte den Knopf der Ebene drei.

Kurz zweifelte er an seiner Entscheidung, als sich der Lift in Bewegung setzte. Er machte aber keinerlei Anstalten, die Wahl zu revidieren. Als die Türen des Aufzugs diesmal auseinanderglitten, trat er hinaus auf den Flur, ging denselben entlang, passierte fast schon routiniert und selbstsicher die zahlreichen Sicherheitspunkte. Dann stand er endlich vor der Tür zum zentralen Labor. Vor der Tür zu der Halle, in der all die eingefangenen Nixen in spe in ihren Tiefschlafkammern ruhten.

Er war ein wenig aufgeregt. Wie ein Teenager, der sich nachts im Schullandheim heimlich zu den Mädchen schleicht. Er überwand das Sicherheitsprotokoll, öffnete dann sachte die Tür und hielt den Atem an.

Der Gedanke an die Nixen – oder vielmehr die Versuchsobjekte des Doktors – hatte ihn den ganzen Tag nicht mehr losgelassen. Umso mehr, seit er einer leibhaftigen Nixe gegenübergestanden hatte. Je mehr er über diese Wesen, ihre Geschichte und die Absichten des Doktors erfuhr, desto mehr wurde diese Faszination angefacht.

Er fühlte eine Neugier, professionelles Interesse, gemischt mit einem erotischen Reiz. Die letzten Minuten im Leben seines Partners mussten sehr schmerzhaft gewesen sein. Auch der Tod des Taxifahrers im Becken mit der Nixe war für die Zuschauer faszinierend und schockierend zugleich.

Aber Cypher ertappte sich bei dem Gedanken, bei der Überlegung, wie es wohl sein mochte, wenn die Nixen von einem Mann und seinem Denken Besitz ergriffen? Wie mochte sich das anfühlen, wenn plötzlich alles gleichgültig wurde und man sich nur noch Trieben und Lust hingab? Tödlich sei dies, hatte ihm der Doktor versichert. Es bringe die Männer um den Verstand und sei in jedem Falle irreversibel. Und doch, sei es nun die Gefahr oder die Lust am Risiko, hatte Cypher den Gedanken nicht mehr abschütteln können – den Wunsch nach einer Sekunde, einem winzigen Eindruck, dieser völligen Hingabe.

Seit Jahrzehnten war er nun bei der CIA. Hier hatte es stets gegolten, Disziplin zu bewahren, Befehlen zu gehorchen, sich selbst unter Kontrolle zu haben. Wie hatte er seinen Partner verachtet, als jener den direkten Befehl einer chemischen Präparation gegen den Einfluss der Nixen missachtet und so den Tod gefunden hatte! Was für ein Verlierer, was für ein Weichei! Er hatte es nicht anders verdient, als für seine schiere Dummheit zu sterben! Recht geschah es ihm!

Und doch war da diese kleine, nagende Stimme in seinem Hinterkopf: Was konnte ein CIA-Agent erwarten, welchen Tod würde er selbst einmal erleiden? Eine Kugel? Tod durch Folter? Tod durch Nahkampf? Angesichts der Tatsache, dass es zwangsläufig so kommen würde, war da nicht die Wahl des „wie" die einzige, welche zu treffen sich lohnte?

Cypher kannte das Gefühl, der Arbeit überdrüssig zu sein, sich nach einem Sinn zu fragen und die Motive und Methoden der CIA zu hinterfragen. Stets hatte er all dies abgeschüttelt, sich neu fokussiert, sich von seinem Verbindungsoffizier neu einschwören und zurück in die Spur bringen lassen. Stets hatte er mit dem festen Glauben an das gelebt, was er tat.

Aber was, wenn er einem Irrglaube aufgesessen war? Was, wenn es dort draußen weit mehr gab, als Ordnung, Disziplin und Zwecke, welche die Mittel heiligten? Was, wenn sein Patriotismus und seine Hingabe an seine Missionen ihm den Blick verstellten auf die echten Wahrheiten dieses Planeten?

Bis heute hatte er es nicht für möglich gehalten, dass so etwas wie eine Nixe existieren konnte. Binnen weniger Stunden hatte er sie jedoch entdeckt, kennengelernt, in Aktion erlebt und wäre beinahe sogar noch einer solchen im Kampf gegenüber gestanden – sein Weltbild wankte. Er war an der Stelle angelangt, dies zuzulassen, die Erschütterungen auszuhalten. Und bei dieser Gelegenheit auch gleich noch manch andere Dinge zu hinterfragen, die man ihm erzählt hatte, die er hatte glauben wollen und deshalb so geglaubt hatte. Wie viele Teile seines Weltbildes beruhten denn überhaupt auf seiner eigenen Erfahrung, seinem Erleben, seiner Wahrnehmung? Wie viel war ihm eingetrichtert worden?

Was ist wahr? Was ist falsch? Wer sind die realen Feinde? Worin bestehen die Aufgaben und der Sinn der CIA?

All dies ging ihm durch den Kopf, als er die Tür aufdrückte und erneut den Raum mit den zahlreichen Glaszylindern betrat. Als er die Tür hinter sich schloss und andächtig zwischen den Behältern mit den schlafenden Geschöpfen darin umherwandelte.

Er wusste nicht genau, was er hier wollte. Vielleicht wollte er diesen Wesen auch einfach nur nahe sein. Vielleicht lag der Sinn seines Ausflugs gar nicht in der Gewissheit, endlich einmal bewusst nicht das zu tun, was von ihm erwartet wurde. Sondern es ging vielmehr darum, die Nähe des Phänomens zu suchen, das ihm so etwas wie einen klaren Moment verschafft hatte. So wie andere Menschen in einen Wald gingen, die Nähe zur Natur suchten, um einen klaren Kopf zu bekommen und sich wieder zu erden, ebenso schlenderte Cypher hier in diesem „Wald“ aus Zylindern und schlafenden Kreaturen umher. Auch das fühlte sich wie eine Rückkehr zur Natur an – wenngleich zu einer vergewaltigten Form der Natur, derer er sich schämte.

Er betrachtete die Mädchen und jungen Frauen in den Kammern und in der Lösung, eine jede schlafend wie in einem gläsernen Sarg. Nackt und bloß, schamlosen Blicken preisgegeben, aus dem Leben gerissen und zur Schau gestellt; ihrer Zukunft und ihres Schicksals beraubt – zugunsten einer Strategie der CIA, welche sich selbst genügte, aber keinerlei Rücksicht auf jene nahm, die dabei auf der Strecke blieben.

Cypher schauderte, als er von einer Röhre zur nächsten die Deformierungen und Missbildungen an den Körpern der Mädchen und Frauen betrachtete. Manche von ihnen waren fast Mensch geblieben, wiesen aber oftmals überzählige Gliedmaßen, Entartungen und Mutationen der Beine und Arme auf. Andere hatten schon fast richtige Schwänze, wieder andere Tumore in der Größe eines Fußballs, welche wie riesige Beulen hervortraten, die teilweise sogar aus offenen, schwelenden Wunden nach draußen drängten. Wieder andere waren nur mehr Brocken menschlichen Fleisches, deren Gliedmaßen gar nicht mehr auseinanderzuhalten waren; die nur mehr hier und dort Augen, Haare oder Zähne irgendwo auf blanker Haut aufwiesen. Deren Anblick war verstörend, beängstigend, der Stoff, aus dem Albträume gemacht waren. Der Raum der Zylinder war gewissermaßen das Horrorkabinett des Doktor Shaw.

Weiter hinten im Raum entdeckte Cypher noch einige leere Röhren, die vermutlich für neue Probanden bereitgehalten wurden. Eine davon war höchst wahrscheinlich dem Mädchen zugedacht gewesen, das er hätte hierherbringen sollen. Zum ersten Mal an diesem Tag fühlte Cypher eine Art Genugtuung, vielleicht sogar eine Freude, dass dieser Plan nicht aufgegangen war. Sein Gewissen wurde wieder ein Spur leichter, wusste er doch, dass wenigstens er persönlich nicht dafür verantwortlich war, ein weiteres dieser Wesen dieser Horror-Show ausgeliefert zu haben.

In zwei jener hinteren Röhren fand er schließlich das, wovon er schon so viel gehört und erzählt bekommen hatte. Unter all diesen Schreckensgestalten entdeckte er das Ziel, wonach Shaw und seine Untergebenen so lange gestrebt hatten. Er fand eine augenscheinlich vollendete Nixe. Schlafend trieb sie in ihrem Zylinder. Eine von etlichen Unglücklichen, welche die künstlichen Metamorphosen des Doktor Shaw anscheinend überlebt und ihre Verwandlung vollendet hatte. Gefangen, verwandelt, unterworfen und ruhig gestellt. Oder täuschte dieser Eindruck?

Er blieb stehen, betrachtete sie und konnte sich an der Anmut und der Perfektion dieses Wesens kaum satt sehen. Das Mädchen mochte um die zwanzig Jahre alt sein. Ihr rotes Haar wallte hinab bis zu ihrer Hüfte. Ihre Wimpern waren lang, die Augen geschlossen, ihre Lippen voll und rot wie Burgunder. Ihr Hals war schlank, die Schultern schmal. Zwei zierliche Arme mit kleinen Händen und zerbrechlich wirkenden Fingern schwebten im Wasser. Ihre Figur, ihre Büste, ihre Taille, die zarte Haut – alles war von einer Anmut, wie man sie sich in den kühnsten Träumen kaum ausmalen konnte.

Sein Blick löste sich widerwillig von den vertrauten menschlichen Attributen der Nixe und wanderte hinab zu der Stelle, wo ihre Scham gänzlich verschwunden war und ihr Leib in einen grünlich-silbern schimmernden mächtigen Fischschwanz überging. Auch dieser war schlank und muskulös. Die Flosse an seinem Ende war indes so groß, dass sie Cypher an jene eines Weißen Haies oder Schwertwals erinnerte. Die Gestalt der schlafenden Nixe wirkte verlockend, anziehend, voller Begehren und Verheißung, dabei dennoch erhaben, übermächtig – und womöglich auch ein wenig gefährlich.

Für einen Moment drängte sich Cypher der Gedanke auf, ob nicht die Menschheit all die Jahrtausende völlig falsch gelegen hatte, indem sie sich selbst als die herrschende Rasse auf diesem Planeten angesehen hatte. Oder ob es da nicht noch etwas anderes gab, viel vollkommenere und weitaus mächtigere Geschöpfe, welche ihnen die Herrschaft auf der Erde streitig machen konnten. Eine Art, die es verstand, trotz ihrer Intelligenz mit der Umwelt im Einklang zu leben, die sich auf mystische Weise mit ihr vernetzt hatte – und nicht nur in der Natur, sondern auch mit ihr existierte.

Vielleicht war dies sogar der Gedanke, der Shaw und seine Männer in ihrem frevlerischen Tun eigentlich beflügelte: Die schiere Angst, von der Evolution überholt worden zu sein und mit den perfekten Geschöpfen der Tiefsee – fortentwickelt, ausgereift und perfektioniert über Jahrmillionen hinweg – kaum Schritt halten zu können. Ihre Bemühungen entsprangen dem Wunsch, sich dagegen behaupten zu wollen. Und wenn das nicht ging, sich die Fähigkeiten zunutze zu machen und jene Art zu unterwerfen. Typisch Mensch.

Was würde diese Nixe tun, wäre sie erst einmal entfesselt? Was würden Hunderte, Tausende, vielleicht gar Hunderttausende ihrer Art tun? Hätte die Menschheit auch nur noch den Hauch einer Chance, sähe man sich diesem perfekt entwickelten Gegner gegenüber?

Cypher schauderte, als ihm die Ausmaße dessen bewusst wurden, was Shaw hier tat; der Plan und dessen Hintergründe, der Größenwahn eines Gott spielenden Irren. Was hatte er gesagt? Er wollte die Metamorphose begreifen und damit die perfekten „Seals", die perfekten Krieger und Kämpfer erschaffen? Cypher begriff: Die Idee, welche der Doktor verfolgte, ging sogar noch viel weiter. Er strebte nichts weniger an als die uneingeschränkte Herrschaft auf diesem Planeten, herbeigeführt durch eine mittels genetischer Manipulation konstruierte und durch Shaw kontrollierte Superrasse, die ihm untertan und sowohl dem Mensch wie auch der realen Nixe überlegen wäre. Er war fast am Ziel. Was würde er mit dieser Macht wohl tun …?

Cypher hörte hinter sich ein Geräusch. Schnell huschte er hinter den Zylinder mit der schlafenden Nixe darin. Er schluckte trocken. Was für ein wundervolles Geschöpf …

Dann hörte er das Surren einer sich entriegelnden Tür und auf der anderen Seite des Labors öffnete sich riesiges, kreisrundes, gepanzertes Schott, wie man es aus Thrillern von großen Tresoren kannte. Nur war dieses noch um einiges größer und mochte locker anderthalb Meter dick sein. Langsam und bedächtig fuhr es elektronisch auf, dahinter herrschte nichts als Dunkelheit.

Zwei Männer in weißen Kitteln kamen herein, durchquerten den Raum, lachten und schwatzten und steuerten auf die Konsole in der Mitte der Halle zu. Cypher wusste nicht, weshalb er sich versteckte. Sie spielten doch alle im selben Team, es gab keinen Grund für Heimlichtuerei. Und doch sagte ihm sein Unterbewusstsein, dass es besser war, wenn diese Männer ihn hier nicht antrafen. Er vertraute seiner inneren Stimme, verbarg sich weiter, und nutzte die Deckung weiterer Zylinder, um sich langsam und unbemerkt in Richtung der Tür, durch welche er vorhin hereingekommen war, vorzuarbeiten.

Die beiden Wissenschaftler hatten die Konsole inzwischen erreicht, waren in die Mitte des kreisrunden Pults getreten und saßen nun an verschiedenen Terminals. Sie tippten auf Tastaturen, betätigten Schalter und Knöpfe und unterhielten sich leise miteinander. Cypher widerstand der Versuchung, weiter in ihre Richtung zu schleichen, um mehr von ihrem Gespräch mitzuhören. Die Gefahr einer Entdeckung war zu groß. Er mied daher auch die Route zu der offenen Panzertür und arbeitete sich weiter vor zu der anderen Tür hinaus auf den Flur, um auf bekanntem Terrain den Rückzug anzutreten.

Spät, beinahe zu spät, bemerkte er weitere Männer, die durch das weiterhin offene Schott in den Raum mit den Tiefschlafkammern eintraten. Cypher duckte sich und hoffte, dass ihn keiner entdeckt hatte. Es war eine Gruppe von sechs Personen, eine davon war Doktor Shaw. Zwei Männer in weißen Kitteln schoben eine Bahre vor sich her, ganz aus Stahl, gleich einem Operationstisch, ein anderer war in ein Gespräch mit Shaw vertieft, flankiert wurden sie alle von zwei schwer bewaffneten und vermummten Agenten.

Was auf dem Tisch lag, glich einer ausgekippten Tonne blutiger Schlachtabfälle, und dessen Anblick löste in Cypher einen leichten Brechreiz aus. Erst nach genauerem Hinsehen, wozu er sich förmlich zwingen musste, entdeckte er die Überreste eines schimmernden Fischschwanzes am Fußende der Bahre, gleichfalls blutig und zerschnitten. Langsam reifte in ihm die Erkenntnis, wen oder was er dort vor sich sah: Es war die Nixe aus der Versuchsanordnung mit dem Taxifahrer. Shaw hatte ihm gesagt, dass sie die Auswirkungen dieses Experiments noch näher zu untersuchen gedachten. Offenbar beinhaltete dies auch die Sezierung, die Zerstückelung der Nixe. Cypher drehte sich der Magen um.

„Wir sollten sie noch aufbewahren, vielleicht brauchen wir sie noch einmal", war Shaw zu hören. „Wir sind zwar fast durch, aber ich möchte mir die Veränderungen in der Organik später nochmal etwas genauer anschauen."

„Vielleicht brauchen wir das gar nicht mehr", versetzte der andere. „Sobald wir vor Ort sind, können wir mit Sicherheit noch einige andere lebende Exemplare einfangen, die uns um ein Vielfaches weiterbringen könnten als dieses. Es ist ja kaum noch etwas übrig."

„Ich will mich nicht allein auf ein paar wirre Funksprüche und polizeiliche Aussagen von geldgierigen Geschäftsleuten und deren verstörter und dennoch verschwiegener Crew verlassen", antwortete Shaw. „Wir wissen nicht, was sich dort draußen am Sundagraben wirklich zugetragen hat. Vielleicht waren es Piraten, welche die Schiffe versenkt haben. Oder konkurrierende Syndikate. Castus Crane ist selber nicht ganz zimperlich im Umgang mit seiner Konkurrenz. Da wäre eine kleine Auseinandersetzung, weit draußen vor der Küste und in wenig überwachten internationalen Gewässern, herbeigeführt durch aus dem Rennen geschlagene andere Konzerne, nicht ganz unwahrscheinlich."

Der andere Mann klang verwundert. „Dann sollen wir besser nicht hinausfahren?"

„Aber sicher doch!", sagte Shaw. „Ich will nur nicht alles auf eine Karte setzen und mir weitere Optionen offen halten. Wir hatten bislang nur zwei vollendete Exemplare. Dieses und das nicht lebensfähige grüne Weibsbild. Die Gelegenheit, das Mädchen aus dem Krankenhaus zu untersuchen, wird noch eine Weile auf sich warten lassen. Da kann es nicht schaden, die – wenngleich zufällig aufgeschnappten – Informationen der CIA zu nutzen, und sich vor Ort beim Sundagraben ein Bild zu machen, ob die Crew der Bohrungsschiffe es dort tatsächlich mit Nixen zu tun bekommen hat."

Cypher schluckte trocken, als er begriff. Die Nixe, welche er soeben voller Bewunderung betrachtet hatte, war offenbar tot. Oder sie war wenigstens näher am Tod als am Leben. Er lauschte weiter: Von welchen Informationen und welcher Konfrontation war hier die Rede? Er war nicht informiert worden – und das war höchst außergewöhnlich.

„Natürlich gehen wir dem unverzüglich nach und versuchen, sollten sie tatsächlich dort sein, der einen oder anderen Nixe habhaft zu werden", fuhr Shaw fort. „Aber seien wir mal ehrlich: In vierzehn Jahren Forschung und Beobachtung des Indik gab es noch nie, noch nicht ein einziges Mal, eine echte Sichtung, geschweige denn einen Angriff durch Nixen auf Menschen. Weshalb sollten sie dies gerade jetzt ändern? Wieso sollten sie aus der Deckung kommen? Das ergibt keinen Sinn. Ich verspreche mir nicht allzu viel davon. Sichern Sie die Reste von Exemplar Alpha, die Beta-Schöpfung sehen wir uns später noch an."

Eine der leeren Röhren wurde geöffnet, indem das Glas nach oben fuhr, und Cypher sah von weitem, wie jene beiden Männer, welche eben noch die Bahre geschoben hatten, die blutigen Überreste der Nixe auf den Boden des Zylinders legten. Die Glaswand sank wieder herab, der Zylinder füllte sich mit der Lösung, in der auch all die anderen Versuchsobjekte lagen. Allein der Herzmonitor oben an dem Apparat sprang nicht an. Es gab hier nichts Lebendiges mehr. Die Nixe war nur mehr ein Klumpen blutigen Fleisches. Shaw verfolgte diese unwürdige Prozedur mit einem kalten Lächeln und einem Ausdruck größter Selbstzufriedenheit auf dem Gesicht.

„Was ist dann mit der Kleinen?", fragte der andere Mann schließlich. „Brauchen wir sie überhaupt noch, wenn wir ein paar natürliche Nixen einfangen?"

„Sie ist weiterhin verschwunden", erwiderte Shaw. „Ich habe mich mit Agent Cypher unterhalten und ihn von der Notwendigkeit überzeugt, ihrer habhaft zu werden. Sie ist bislang die einzige Quelle, auf die wir uns stützen können, wenn Alpha und Beta nicht mehr sind. Von ihr wissen wir mit Sicherheit, dass sie existiert, dass sie irgendwo da draußen ist, und dass sie die Lösung des Geheimnisses in sich trägt, hinter das wir kommen wollen. Die Metamorphose ist bei dem Mädchen in vollem Gange. Sie verwandelt sich zur vollkommenen Nixe, sie wird immer stärker und besser. Sie ist und bleibt weiterhin unsere beste Chance, unsere Forschung entweder mehrere Schritte voran zu bringen – oder gar zu einem endgültigen Ergebnis zu führen."

„Meinen Sie, dass dieses Kind alleine ausreicht?"

„Unbedingt", bekräftigte Shaw. „Geschöpf Gamma könnte uns die letzten Theorien bestätigen, über die wir bisher nur mutmaßten. Wenn wir den Ablauf ihrer Metamorphose, deren Auslöser und deren Fortgang begreifen, den Trigger isolieren, dann können wir den Prozess mithilfe der bereits entschlüsselten Gensequenz kopieren. Dann steht einer vollendeten Wandlung, ohne unerwünschte Nebeneffekte, nichts mehr im Wege."

„Wollen Sie die U-Boote begleiten oder lieber hier bleiben und die Suche nach Geschöpf Gamma überwachen?"

„Ich werde mitfahren", erklärte Shaw, indem er mit seinem Gesprächspartner zurück in Richtung des Schotts lief. Die beiden anderen Wissenschaftler hatten ihre Arbeit beendet und folgten ihnen ebenso wie die bewaffnete Leibgarde. „Die Suche nach Gamma überlasse ich voll und ganz Agent Cypher", sagte der Doktor. „Er hat jetzt bereits zwei Mal gesehen und erlebt, wozu die Kreatur in der Lage ist. Dies gepaart mit seinem investigativen Spürsinn und seinem Wissen um die Beweggründe unserer Operation machen ihn zu unserem derzeit besten Werkzeug, zum denkbar besten Bluthund, den wir uns wünschen können."

Alle sechs liefen nacheinander am Versteck Cyphers vorbei weiter in Richtung Tür, die nur noch wenige Meter entfernt war.

„Was, wenn er erneut scheitert? Wenn er sie nicht findet oder der Nixe doch nicht gewachsen ist?"

„Das spielt keine Rolle", sagte Shaw. „Zunächst glaube ich nicht an ein Scheitern."

Cypher fühlte einen gewissen Stolz.

„Sollte es doch so weit kommen," fuhr Shaw fort, „beauftragen wir im Nachgang unsere eigenen Leute – und sind zufrieden, dass uns die Nixe einen Teil der Arbeit abnimmt, die wir sonst selbst hätten verrichten müssen. Die CIA ist nützlich, solange sie funktioniert. Als Teilhaber können wir sie aber nicht gebrauchen."

Cypher schluckte. Das war deutlich.

„Wenn er mit der Nixe hier eintrifft, verfahren Sie laut Protokoll", wies Shaw seine Mitarbeiter an. „Agent Cypher ist ein guter Mann, aber wir haben nach seiner erfolgreich vollendeten Suche so oder so keine weitere Verwendung für ihn. Sein Partner hat uns gezeigt, wie anfällig die CIA für menschliches Versagen ist. Es ist für uns an der Zeit für eine Abnabelung von der Firma. Wir sollten mit unseren Erkenntnissen in die freie Wirtschaft gehen, anstatt uns an einen Geheimdienst zu binden. Menschen wie Crane, wissen Sie, die machen das richtig. Die sind bestimmt auch bereit, sich einen mächtigen Partner an ihrer Seite etwas kosten zu lassen."

Was für ein Verräter!

Kurz bevor er die Tür mit seinem Gefolge durchschritt, drehte sich Shaw noch einmal um und rief den beiden Männern am Schaltpult etwas zu.

„Wenn Sie hier fertig sind, bringen Sie Beta hinüber in die Pathologie", rief er. „Belassen Sie sie im Tiefschlaf. Sie hat zwar keine feststellbaren Hirnströme mehr, aber ich will kein Risiko eingehen. Ich mache mich fertig für die anstehende Außenmission. Geben Sie mir Bescheid, wenn die Nixe auf dem Tisch liegt. Vielleicht haben wir noch Zeit für ein oder zwei Schnitte vor der Abfahrt. Den Rest machen wir dann hinterher."

„Aye, Sir!", riefen die beiden Männer an der Technik zurück, woraufhin Shaw zufrieden nickte, mit seinen Begleitern durch das Schott schritt, und verschluckt wurde von der jenseitigen Dunkelheit.

Cypher hockte noch eine Weile in seinem Versteck. Er beobachtete, wie die beiden Männer noch mehrere Minuten auf ihren Tastaturen herumhackten. Wie sie schließlich hinter dem Pult hervorkamen und an den Zylinder mit der leblosen Nixe herantraten. Er beobachtete, wie sie die Lösung abließen und der Körper im Inneren zusammensackte. Er beobachtete, wie sie den Zylinder öffneten, das Glas nach oben fuhr, sie mit ihren dreckigen Händen nach der Nixe griffen und sie auf eine ebensolche Bahre legten, womit der Klumpen blutigen Fleisches soeben wieder zurück in seinen gläsernen Sarg verbracht worden war.

Der Agent sah zu, wie sie die Nixe auf den kalten Stahl betteten, eine Infusion an ihren zierlichen Armen anbrachten und sie gemeinsam in Richtung des offenen Schotts schoben. Sie unterhielten sich dabei, lachten, machten anzügliche Witze.

Cypher grollte.

Als sie auf seiner Höhe waren, die Bahre an seinem Versteck vorbeirollten, lugte er hinüber. Der Kopf der Nixe war so zur Seite gefallen, dass sie in seine Richtung sah. Obschon ihre Augen geschlossen waren, glaubte Cypher für einen Moment, sie habe ihn angesehen. Mehr denn je reifte in ihm eine Gewissheit, was er nun zu tun hatte.

Es musste ein Ende haben. Das hier musste ein Ende haben. Es durften keinesfalls weitere Nixen in Shaws Hände fallen. Alles, was Cypher gehört und gesehen hatte, brachte ihn zu der Überzeugung, dass er nicht nur seinen Auftrag ablehnen, sondern mehr noch, alle Versuche Shaws, weitere Nixen einzufangen, vereiteln würde.

Während die beiden Männer die Bahre durch das Schott schoben, das sich hinter ihnen sogleich wieder zu schließen begann, sah Cypher ein letztes Mal hinüber zu der Röhre mit den blutigen Überresten eines gestohlenen Lebens. Jener Nixe, zu der er seine erste Verbindung gehabt hatte – und deren Todesschreie heute noch in seiner Seele widerhallten. Seine Gewissheit wurde binnen Sekunden zum Entschluss, sein Entschluss zur Mission und seine Mission zur Lebensaufgabe.

War es womöglich der magische Einfluss einer Nixe oder war es vielmehr ein längst überfälliger Freiheitsschlag? War er verrückt geworden, genau wie der Doktor, oder dachte er tatsächlich zum ersten Mal in seinem Leben klar und für sich selbst?

Es war gleichgültig, denn was sich da in seinem Kopf zum perfekten Bild formte, das fühlte sich richtig an. So richtig, wie noch nie ein Befehl, eine Mission, ein Auftrag sich angefühlt hatten. So sollte es geschehen.

Cypher spurtete los. Raus aus seinem Versteck, weg von der Tür hinaus auf den Flur, direkt auf das sich schließende Schott zu. Der Spalt wurde immer enger und enger. Es galt, alles auf eine Karte zu setzen. Entweder würde er es schaffen, oder er würde selbst als blutiger Klumpen enden, genauso wie das bedauernswerte Subjekt Alpha. Ab jetzt galt es für ihn, einen Schritt nach dem anderen zu machen, jeder war wichtig, jeder für sich konnte blutig enden. Cypher war das bewusst, aber für ihn gab es kein Zurück mehr. Seine Mission war angebrochen, er würde nun funktionieren. So, wie er das in etlichen Trainingsstunden und in unzählbaren Einsätzen rund um den ganzen Erdball stets gelernt und praktiziert hatte. Er war Soldat. Er war Special Agent. Er war die CIA.

Er rannte auf die Tür zu, sein schmerzendes Knie ignorierend, für die letzten Meter warf er sich auf den glatten Boden und schlitterte, durch den Schwung seines Sprints angetrieben, mit den Füßen voran durch den letzten kleinen Spalt hindurch. Hinein ins dahinterliegende Dunkel und ins Ungewisse. Was mochte ihn von diesem Punkt an wohl erwarten …?

Mit einem dumpfen Schlag schlug das Schott hinter ihm zu, Sekundenbruchteile nachdem Cyphers Kopf hindurchgeschnellt war, und wurde mechanisch verriegelt.

Die riesige, schwere, kreisrunde Panzertür zum Saal der Tiefschlafkammern und auch zu seinem alten Leben war hinter Cypher ins Schloss gefallen – und es fühlte sich fantastisch an.

20

Castus Crane saß auf seinem Sessel in seinem Büro. Dort, wo vor wenigen Wochen die ganze Geschichte ihren Anfang genommen hatte. Dort, wo er von den entgangenen Bohrungsrechten im Outback erfahren hatte, wo er erstmals begriffen hatte, dass sein Tiefseeprojekt von der Kür zur Pflicht geworden war. Damals, als er alles auf eine Karte gesetzt hatte, um mit einem Schlag sämtliche finanziellen Miseren seines Konzerns aufzulösen und gleichzeitig die Weltherrschaft in Sachen Rohstoffen an sich zu reißen.

Es schien ihm, als erinnere er sich einer längst vergangenen Zeit. So vieles war seither geschehen, so vieles war schief gelaufen, so viele Menschen waren zu Tode gekommen und so immens viel Geld verloren gegangen. Nicht, dass es ihm um das Leben der Menschen gegangen wäre, einige davon hatte er ja sogar höchstpersönlich eliminiert. Aber gutes Personal war nun einmal so schwer zu bekommen. In Anbetracht des Kahlschlags in seiner Ausrüstung und in den Reihen seiner Mitarbeiter durch den Angriff der Nixen auf die Flotte im Sundagraben war es schier undenkbar, den aufgestellten Zeitplan jetzt noch einzuhalten. Das Zeitfenster hatte sich beinahe geschlossen, das vorhandene Kapital war restlos aufgebraucht – und die Aktionäre wollten Ergebnisse sehen.

Cranes Blick schweifte aus dem Fenster über die City Darwins. „Survival of the fittest", das Überleben des Angepasstesten, so hatte es der Namensgeber dieser Stadt, Charles Darwin, einst formuliert. Er war mit diesem Satz, mehr noch als durch seine Forschung, in die Geschichte eingegangen. Crane grübelte über diesen Satz. Er schob die Gedanken über seine wirtschaftliche Misere beiseite und sinnierte, ob vielleicht Charles Darwin vor vielen Jahrzehnten selbst eine Begegnung mit diesen Wesen gehabt haben mochte.

Angepasst, das waren sie, ohne Zweifel. Die Nixen mussten schon viele Jahrhunderte, Jahrtausende vielleicht sogar Jahrmillionen an dieser Stelle leben. Er hatte sie mit seinen geplanten Bohrungen aufgescheucht. Eine andere Erklärung hatte er nicht für den Angriff, der über ihn und seine Flotte hereingebrochen war gleich einer Naturgewalt – und dem sie so wenig, im Grunde gar nichts, entgegenzusetzen gehabt hatten. Sie waren hinweggefegt worden, zerquetscht von den wahren Herrschern jener Region; der dortigen dominanten Rasse, von der bis dahin niemand etwas geahnt hatte. Angepasst, wahrhaftig, perfekt entwickelt für den Lebensraum, den sie beherrschten und geradezu unbesiegbar in ihrem Element.

Sieben große Bohrungsschiffe hatten die Nixen versenkt – und damit so ziemlich das komplette Vermögen Castus Cranes. Die Bilder spukten weiter durch seinen Kopf und auch die Erinnerung an ein anderes Gefühl kehrte zurück. Diese sanfte Stimme, die aus seinem Inneren kam, in seinem Schädel sanft säuselte, die alles zu wissen schien und ihn beinahe überredet hätte, sich in die tiefe See zu stürzen. Sich selbst den Nixen auszuliefern. Nicht auszudenken, was geschehen wäre, hätte man ihn nicht rechtzeitig noch aufgehalten. Er säße vermutlich gar nicht hier.

Crane selbst war entkommen. Ein einziges Schiff hatte den Angriff überstanden. Das eine Schiff, sein Flaggschiff, das er gerettet hatte, während er alle anderen hatte opfern müssen. Das Ganze war zehn Tage her. Er musste sich inzwischen etlichen unangenehmen Fragen und Untersuchungen stellen. Jeder hatte Fragen, jeder verlangte nach Antworten, die Crane entweder nicht geben konnte oder in vielen Details auch nicht geben wollte.

Die schlimmste Begegnung stand ihm allerdings noch bevor, sollte er es nicht schaffen, einen Ausweg zu finden: Für die folgende Woche war ein Treffen der Aktionäre angesetzt worden. Sein Aufsichtsrat hatte dies veranlasst und es gab nichts, was Crane dagegen tun konnte. Er würde sich einer Horde geldgieriger Anteilseigner gegenüber sehen, deren Investitionen nun quasi auf dem Boden des Indischen Ozeans lagen. Nicht nur das, was sie zu gewinnen gehofft hatten, sondern auch das, was sie für diesen zu erwartenden Gewinn angelegt hatten, war dahin. Sie würden mit diesen Nachrichten alles andere als entspannt umgehen, sofern sie nicht sowieso schon alles aus den Medien erfahren hatten. Sie würden Crane in der Luft zerreißen.

Falls das nicht vorher schon den Behörden und Versicherungsgesellschaften mit ihren albernen Untersuchungen zu dem Unglück gelang: „Mangelhafte Sicherheitsvorkehrungen", „ungenügende Vorbereitung", „fachfremde Handhabung der Schiffe", „unerfahrenes Personal", „untragbare Risiken" und so weiter und so fort – Crane konnte das hohle Geschwafel längst nicht mehr hören. Er war es müde, immer und immer wieder dieselbe Geschichte zu erzählen. Schade, die Menschen waren tot; schade, die Schiffe waren havariert; und dann kamen auch noch die Umweltschützer: Schade um die Verschmutzung des Gebietes und schade um die Gefahr für alles Leben dort. Schade, schade, schade.

Er wünschte sich, all diese lästigen Frager ebenfalls versenken zu dürfen, vielleicht genauso wie Beetle und die anderen Versager. Vielleicht, so hielt er sich aufrecht, vielleicht würde es schon bald soweit sein. Einen nach dem anderen dieser lästigen Besserwisser würde er hinab zu ihren „ach so wertvollen" Fischen schicken, auf dass sie ihnen als Futter dienten. Mal sehen, wie sehr sie dann noch um deren Schutz bemüht wären.

Doch vorher musste er sich noch um etwas anderes kümmern, Vorkehrungen treffen, eine Offensive vorbereiten, die hoffentlich den Artenreichtum an eben dieser Stelle des Ozeans um eine ganz bestimmte Spezies ärmer machen würde. Seine Schmach, das hatte er sich geschworen, würde so nicht stehenbleiben. Auf seine Schätze würde er nicht verzichten. Wenn die Nixen dabei ausgelöscht wurden, so wäre ihm dies ein wünschenswerter Nebeneffekt.

In seinem Inneren brodelte es. Der Nachklang der süßen Stimme in seinem Kopf wurde mit Gift und Galle mundtot gemacht. Er wollte ihr Gesäusel nicht mehr hören, wollte sie zum Schweigen bringen – genauso wie das Wesen, das sie in seinen Kopf gepflanzt hatte. Crane fühlte, wie das Adrenalin durch seine Adern floss, ihn unruhig und aufgeregt machte, wie die schiere Mordlust von ihm Besitz ergriff. Angepasst oder nicht, er würde dieses Volk tilgen, ihre Art auslöschen, sie ein für alle Mal vom Angesicht dieser Welt hinwegfegen. Genauso, wie sie es mit seiner Flotte gemacht hatten, nur noch um ein Vielfaches brutaler. Sie sollten leiden, jammern, flehen. Es würde ihm ein Genuss sein, sie alle zur Hölle zu schicken.

Doch wie konnte man diesen Wesen beikommen? Wer wusste etwas über sie? Wer könnte ihm das nötige Rüstzeug, die unerlässlichen Informationen über diese Lebensformen an die Hand geben, auf dass er seine Rachepläne umsetzen könnte?

Er zweifelte stark daran, dass es Fachleute gab, die mit diesen Wesen bereits zu tun gehabt hätten. Gleichwohl hatte er dies bisher noch nicht nachgeprüft, er musste sich aktuell bedeckt halten. Würde er jetzt mit Nachforschungen beginnen, so könnten stille Beobachter misstrauisch werden. Nein, er musste den besten Moment abwarten, um aus der Deckung zu kommen. Erst dann durfte er sich mit diesen Wesen befassen.

Die Sprechanlage auf seinem Schreibtisch piepte.

„Mister Crane, Sie haben einen Besucher. Er hat aber keinen Termin vereinbart."

Crane seufzte. Bestimmt schon wieder so ein Idiot von den Behörden, von irgend einer Zeitung, vom Fernsehen, ein Versicherungsheini oder – was das allerschlimmste wäre – vom Aufsichtsrat. Er drehte sich um, rollte im Stuhl an seinen Schreibtisch heran, und betätigte den Schalter der Gegensprechanlage, wodurch er mit seiner Assistentin am Empfang sprechen konnte.

„Wer ist es?" Ohne die Antwort abzuwarten ergänzte er: „Sagen Sie ihm, er soll sich verpissen, ich habe jetzt keine Zeit."

„Mr. Crane, er besteht darauf", kam prompt die Antwort. „Er meint, er hätte wichtige Informationen für Sie, die – ich zitiere – für alle weiteren Schritte Ihres Unternehmens von entscheidender Bedeutung sein könnten."

Crane schnaubte verächtlich.

„Was ist das für ein Spinner?", bellte er dann wütend in die Anlage. „Soll er doch zur Polizei gehen, wenn er selber kein verdammter Bulle ist. Oder zur Presse, mir scheißegal. Aber er hat jetzt genau noch zehn Sekunden, um zum Aufzug zu gelangen, bevor ihn der Sicherheitsdienst aus dem Fenster wirft."

Stille.

Dann piepte das Gerät erneut. Diesmal war nicht die Stimme der Dame zu hören, sondern die eines Mannes, der offenbar selbst zu Crane sprechen wollte.

„Nennen Sie mich Hans-Christian Andersen", sagte die Stimme. „Ich möchte Ihnen das Märchen von der *Kleinen Meerjungfrau* erzählen."

Stille. Er wartete offenbar auf eine Antwort.

Crane lief es eiskalt den Rücken hinunter.

Piep. „Verstehen Sie, was ich sage?"

Crane räusperte sich und drückte den Sprechknopf. „Sie dürfen eintreten", sagte er dann mit leicht belegter Stimme. „Miss Paige, geleiten Sie ihn zur Tür. Sobald er drin ist und so lange er hier ist, will ich unter keinen Umständen gestört werden. Selbst wenn das Gebäude abbrennt, es wird niemand durchgestellt und niemand durchgelassen. Haben Sie das verstanden?"

„Sehr wohl, Sir!", kam die prompte Antwort. „Er kommt jetzt rein."

Crane erhob sich von seinem Stuhl. Er wollte seinem neuen Gast auf Augenhöhe begegnen, nahm deshalb Haltung an, drückte den Rücken durch, rückte seine Krawatte zurecht und straffte sein Jackett. Dann behielt er die Tür im Auge und war sehr gespannt darauf, wer da gleich eintreten würde. Auf jeden Fall schien es jemand zu sein, der genau um die Misere vor der Küste wusste – und der offenbar auch deren Ursache kannte. Ein Plappermaul? Ein Insider, der zum Schweigen gebracht werden musste? Ein korrupter Bulle, der geschmiert werden wollte? Ein Journalist, der sich Informationen erhoffte? Lang musste Crane sich nicht mehr gedulden. Die Klinke wurde hinuntergedrückt, die Tür öffnete sich.

In der Tür erschien ein junger Mann in einem relativ billigen Anzug. Er mochte Anfang dreißig sein, hatte blondes Haar, seine Augen waren müde, nur durchsetzt von einem Hauch Aufregung. Seine Schuhe waren billig und durchgelatscht. Kurz: Er schien sich zwar, so gut er konnte, für das Treffen zurecht gemacht zu haben, was ihm aber in Anbetracht seiner minderwertigen Garderobe nur bedingt gelungen war. Er lugte kurz ins Büro, sah Crane dort stehen, hinter seinem wuchtigen Schreibtisch. Dann huschte er rasch hinein und eilte mit ausgestreckter Hand auf seinen Gastgeber zu.

„Doktor Benedict Sanders", sagte er noch im Gehen, blieb vor dem Schreibtisch stehen und streckte weiterhin seine Hand in Richtung Crane. Jener zögerte einen Moment, ergriff sie schließlich aber doch. Ein wenig erleichtert schüttelte nun der Doktor seine Hand und fuhr dabei fort. „Es ist mir eine Ehre, Mr. Crane", sagte er. „Ich arbeite als Stationsarzt am Royal Darwin Hospital, Sir. Vielleicht haben sie von dem Terroranschlag vor kurzem gehört? Das war bei uns."

„Das tut mir sehr leid", sagte Crane und wies auf einen der Besucherstühle, der hinter Sanders und vis à vis zu Cranes Sessel stand. „Nehmen Sie doch bitte Platz, Doktor. Sie erwähnten gerade eine Märchenstunde. Wie kommen Sie dazu und was bringt Sie darauf, dass mich das interessieren könnte?" Er setzte sich auf seinen Sessel, während auch der Doktor Platz nahm und es sich gemütlich machte. Erst dann nahm er wieder Blickkontakt zu Crane auf.

„Nun, es dürfte Ihnen bekannt sein, dass die Überlebenden des Unglücks dort draußen am Sundagraben allesamt medizinisch versorgt und psychologisch betreut wurden", begann Sanders mit seinen Ausführungen. „Ein Großteil der Männer ist bei uns gelandet, weil wir das am besten ausgestattete Zentrum hierfür in Darwin und Umgebung sind."

Es entstand eine kurze Pause, in der sich die beiden Männer allerdings weiterhin anstarrten. Keiner unterbrach den Blickkontakt, jeder hielt dem anderen stand. Der Doktor schien auf eine Reaktion Cranes zu warten.

„Weiter?", sagte Crane schließlich.

Der Doktor räusperte sich.

„Einige dieser Männer waren auch bei mir in Behandlung", fuhr er dann fort. „Sie sind überaus schweigsam und es fällt mir und meinen Kollegen recht schwer, brauchbare Informationen zu erhalten, mit denen wir ihnen wirklich helfen könnten."

„Welcherlei Informationen wären das denn wohl, Herr Doktor?"

Der junge Mann versuchte sich zu fassen.

„Um einem Traumatisierten helfen zu können, ist es wichtig zu wissen, was er durchlebt hat", sagte er dann. „Es gilt dabei für den Arzt stets, zu einer Einschätzung zu gelangen, wie viel der Patient einem überhaupt sagen kann. Manche Menschen sind dermaßen traumatisiert, dass sie an einer permanenten Neurose leiden und nur noch wirres Zeugs von sich geben. Da fällt es manchmal schwer, die Wahrheit von der Fantasie der Betroffenen zu unterscheiden. Hier, bei dieser Crew, haben wir gleich mehrere solcher Fälle."

„Ist das so?" – Crane musterte den Mann weiterhin mit eiskalter Miene.

Der Doktor schluckte und versuchte, sich nicht aus dem Konzept bringen zu lassen.

„Ja, leider, so ist es", beantwortete er Cranes rhetorische Frage. Dann setzte er seine Erzählung fort. „Was dabei sehr auffällig ist, Sir," – er lächelte verlegen – „ist der Umstand, dass sich die wenigen Berichte, die abzugeben überhaupt nur eine Handvoll der Patienten bereit ist, inhaltlich sehr ähnlich sind. Das ist ungewöhnlich, da wir bei einer Psychose so gut wie nie erleben, dass zwei Menschen – oder sogar noch mehrere – sich dieselbe Wahnvorstellung teilen. Verstehen Sie, diese Fantasien sind eigentlich etwas sehr Privates und Einzigartiges!"

„Ich bin neugierig", sagte Crane. „Was sind das für Geschichten, welche diese Männer Ihnen erzählt haben, die sich inhaltlich so auffällig gleichen?"

Der junge Arzt lächelte verlegen und rutschte unruhig auf seinem Stuhl herum. Zum ersten Mal gelang es ihm nicht mehr, dem durchdringenden Blick Cranes standzuhalten. Aber er fing sich rasch und nahm den Augenkontakt wieder auf.

„Sir, Sie werden mich hoffentlich nicht ebenfalls für gestört halten", sagte er dann. „Aber die Häufung der fast identischen Berichte ist schon sehr auffällig. So habe ich gehofft, dass wir uns vielleicht ein wenig darüber unterhalten könnten."

Crane schnitt ihm mit einer kleinen Geste seiner Hand das Wort ab.

„Kommen Sie zum Punkt, Doktor. Sie strapazieren meine Geduld."

Sanders räusperte sich. „Also, ohne weitere Umschweife: Die Patienten berichten von einem Angriff durch Meerjungfrauen. Es sollen Wesen halb Mensch, halb Fisch gewesen sein, die Ihre Flotte angegriffen und die Schiffe versenkt haben."

Stille.

Blicke.

Bohrende Blicke.

Die Spannung im Raum erreichte ihren Zenit.

Crane ließ die Worte lange in seinem Kopf nachhallen. Er ahnte, dass der Doktor sein Pulver noch nicht verschossen hatte. Da war noch mehr, was er zu berichten hatte. Er wollte lediglich nach dem Abfeuern seines Geschützes die Wirkung seines ersten Treffers beobachten und sich je nach Reaktion wieder zum nächsten Schuss bereit machen.

Diesen Gefallen würde Crane ihm nicht tun. Er hatte schon mit ganz anderen Leuten am Verhandlungstisch gesessen, wobei es um viel gegangen war. Er würde sich von solch einem billigen Anfängermanöver nicht aus der Deckung locken lassen. Er gönnte dem jungen Mann seinen kurzen, kleinen Erfolg. Dann tippte er auf das Deckglas seiner Armbanduhr.

„Die Zeit, Doktor, die Zeit!"

Ein wenig enttäuscht, dass Crane keinerlei Reaktion auf seine Enthüllung zeigte, versuchte Sanders, den Faden wieder aufzunehmen.

„Wissen Sie, Sir, es gibt diverse Möglichkeiten, mit Traumapatienten umzugehen und ihre Geschichten mit der Realität abzugleichen", sagte er dann. „Wir müssen herausfinden, wie viel Verlässliches diese Männer uns erzählen und was davon der totale Humbug ist. Um es nun kurz zu machen: Sämtliche Strategien, die wir nutzen, um die Wahrheit hinter einer solchen Wahnvorstellung zu offenbaren, sind hier gescheitert. Und das nicht nur bei einem der Patienten. Tatsächlich war dies bei allen insgesamt zwölf Patienten der Fall, die uns unabhängig voneinander diese Geschichte erzählt haben."

Er räusperte sich.

„Sie können sich nicht abgesprochen haben. Dennoch sind ihre Geschichten – unabhängig voneinander – dermaßen stimmig und überzeugend, so detailliert und exakt, dass jeder noch so kritische Gutachter zu dem Schluss kommen müsste, dass sie die Wahrheit sagen." Er machte eine kurze Pause, beugte sich nach vorne und setzte dann nach. „Die Wahrheit, Mr. Crane. Wenn sie von Nixen faseln, dann sagen diese Männer *die Wahrheit*."

Erneut gab es einen Moment der Stille.

Dann beugte sich auch Crane in seinem Stuhl vor und lehnte sich locker auf seinen Schreibtisch.

„Sie wollen also behaupten, mein lieber Benedict, dass diese Ammenmärchen von Nixen und einem Angriff auf unsere Schiffe sich tatsächlich so zugetragen haben sollen? Dass ein Fabelwesen ganz plötzlich aus den Tiefen des Ozeans aufgetaucht ist und all die armen Männer umgebracht hat? Dass Fischweiber mit verdammten Schuppenschwänzen plötzlich auf die Idee kommen, eine ganze Flotte zu attackieren? Das soll alles wahr sein, nur weil ein paar Spinner das behaupten und weil Psychologen diese Behauptungen für wahr halten? Und wer, meinen Sie, Doktor Sanders, wird Ihnen diesen Mist glauben? Am Ende landen Sie selber in der Zwangsjacke!"

Er lachte leise in sich hinein.

„Um es ganz deutlich zu sagen: Wenn Sie mit dieser Geschichte irgendwo hausieren gehen möchten, nur zu!" sagte Crane. „Ich befürchte nur, dass Sie Ihren einstigen Patienten dann sehr viel schneller in der Gummizelle Gesellschaft leisten, als es Ihnen lieb sein kann." Er lehnte sich wieder in seinem Stuhl zurück. „Sie können noch so viele identische Geschichten auftischen. Fakt ist und bleibt doch, dass es so etwas wie Nixen nicht gibt. Niemand hat je von ihnen gehört oder sie gar gesehen. Woher sollen sie also gekommen sein?"

Sanders lehnte sich ebenfalls in seinem Stuhl zurück. Er setzte sein Pokerface auf.

„Sie missverstehen mich, Sir", sagte er. „Ich habe eigentlich gar nicht vor, die Geschichten meiner Patienten irgendwem außer Ihnen zu erzählen. Mal ganz davon abgesehen, dass dies hier eine Verletzung der ärztlichen Schweigepflicht darstellt, das könnte mich meinen Job kosten."

Crane hakte nach: „Weshalb gehen Sie dann dieses Risiko ein, Doktor Sanders?"

„Weil ich meinen Job nach meinem heutigen Besuch bei Ihnen gar nicht mehr brauchen werde", sagte Sanders. „Sie werden mir hier und heute einen viel besseren Job geben, der mich so gut dastehen lässt, dass ich auf das lächerliche Gehalt des Hospitals locker verzichten kann. Sie werden dabei noch der festen Überzeugung sein, ein sehr gutes Geschäft gemacht zu haben."

Nun wurde Crane endgültig hellhörig. Was wusste dieser kleine, geleckte Schnösel, was für ihn und seine Firma von Wert sein konnte?

Er schlug mit der flachen Hand auf den Tisch und ließ sie dort liegen. „Schluss jetzt mit dieser billigen Hinhaltetaktik", sagte er dann entschieden und angriffslustig. „Sie haben von jetzt ab noch fünf Minuten. Entweder Sie sagen mir jetzt, was Sie wissen, was Sie von mir wollen und wie Sie mir helfen können – oder Sie fliegen raus. Und die Sache mit dem Fliegen meine ich hier oben im Penthouse durchaus wörtlich."

Benedict Sanders schluckte.

Dann fasste er sich ein Herz.

„Ich kann die Existenz dieser Nixen beweisen", sagte er. „Ich habe eine von ihnen behandelt, über vier Wochen lang, bei uns im Hospital. Ein siebzehnjähriges Mädchen, das uns anfangs noch unbekannte Symptome und Veränderungen zeigte. Sie wies merkwürdige Male am Hals auf, ihr ganzer Körper befand sich in einer Phase der Veränderung. Wir hielten es zunächst für eine unbekannte Krankheit. Erst die Freundin ihres Vaters, eine Meeresbiologin, brachte uns auf eine völlig andere Idee: Es war eine Metamorphose. Sie verwandelte sich. Wir konnten zunächst nur nicht erahnen, in was sie sich verwandeln würde."

Crane schluckte trocken. „Weiter", drängte er.

„Wir sind mit den Eltern so verblieben, dass wir diese neue Theorie untersuchen würden", berichtete Sanders weiter. „Dazu kam es aber nicht mehr. Zuerst kam es zu merkwürdigen Zwischenfällen im Zimmer des Mädchens; sexuelle Übergriffe. Als wir diese untersuchen wollten, kam es zu dem Terroranschlag auf ihrem Stockwerk, der alle behandelnden Ärzte aus dem Umfeld der Patientin zu Tode brachte. Ich hatte zu dieser Zeit allerdings eine OP und war nicht dort."

Crane war innerlich äußerst aufgewühlt, doch er versuchte, Ruhe zu bewahren.

„Sie glauben, das eine hatte mit dem anderen etwas zu tun?"

Doktor Sanders zuckte die Achseln. „Weshalb sollte denn eine terroristische Gruppe unser Hospital sonst ins Visier nehmen? Sofern es überhaupt Terroristen waren", hielt er dagegen. „Wir hatten zuvor eine kurze Meldung an die Seuchenschutzbehörde gemacht, den Krankheitsverlauf und die Symptome beschrieben. Was wäre, wenn jemand diese Nachricht abgefangen oder mitgehört hat? Was wäre, wenn es bei dem ganzen Anschlag nur um dieses Mädchen und das Ausschalten von Zeugen ging?"

„Was hat das alles aber mit mir, mit meinen Männern und dem Unfall am Sundagraben zu tun, lieber Doktor Sanders?", fragte Crane herausfordernd.

Benedict holte zu seinem letzten Schlag aus.

„Es gab im Zimmer des Mädchens eine Leiche, welche dieselben Verätzungen und Verbrennungen am ganzen Körper aufwies, wie sie auch bei Ihren Männern mitunter an einigen Körperteilen festgestellt und behandelt wurden", sagte er. „Den Mann im Zimmer des Mädchens hat es aber etwas heftiger erwischt. Er wies Verbrennungen von einer Art Nesselgift auf, die ihn, hätte man ihn nicht erschossen, vermutlich getötet hätten. Seine Leiche ist übrigens nur wenige Stunden nach dem Zwischenfall aus unserer Pathologie verschwunden."

Er räusperte sich.

„Ich habe einfach einen Schreck bekommen, als ich dieselben Verbrennungen, bei einigen Ihrer Männer gesehen habe – wenngleich auch in einem erheblich geringeren Ausmaß. Während die Leiche des Fremden überall von diesen Malen übersät war, fanden wir sie bei Ihren Männern nur vereinzelt an den Extremitäten."

Crane dachte an die Schemen, die während des Angriffs am Sundagraben über seine Schlepperboote hinweg gesprungen und die Männer zum Großteil mit sich gerissen hatten. Einige seiner Leute hatten sich bestimmt auch geduckt, waren den Fängen der Nixen entkommen. Aber was wäre, wenn sie vielleicht ihren Kameraden zu helfen versucht hätten? Wenn sie nach ihnen gegriffen hatten, auf den Booten oder im Wasser – und dabei mit den Nixen oder Teilen von ihnen in Berührung kamen …?

„Dennoch waren die Verbrennungen derselben Herkunft", fuhr indes Sanders fort. „Wir fanden sogar Spuren desselben Nesselgiftes in den peripheren Wunden Ihrer Leute, das auch an der Leiche des Fremden festgestellt worden war. Ich hatte so etwas vorher noch nie gesehen – und dann binnen weniger Tage gleich so oft? Einmal mit tödlichem Ausgang! So etwas merkt man sich als Mediziner. Und dann forscht man nach."

Crane sah ihn aufmunternd an.

„Um noch einmal auf den Anfang unseres Gespräches zurückzukommen, Sir: Die Existenz von Nixen, von Meerjungfrauen, mag abwegig sein – aber bei Betrachtung aller gegebenen Fakten und nach genauer Auswertung der Erzählungen Ihrer Männer bleibt diese die einzige plausible Möglichkeit", bekräftigte Sanders. „Ich glaube meinen Patienten, Ihren Männern, Sir. Ich glaube, dass sie mit diesen Wesen Kontakt hatten, dass sie mit ihnen gekämpft und verloren haben, und dass nur jene zurückgekehrt sind, die den direkten Kontakt mit ihnen soweit wie möglich gemieden haben. Und ich glaube, dass das Mädchen, welches bei uns in Behandlung war, eine von diesen Nixen ist, zumindest irgendeine Abart davon, und dass sie für den Anschlag im Hospital und den Tod mehrerer Männer mitverantwortlich, mindestens aber ursächlich ist."

Benedict Sanders entspannte sich auf seinem Stuhl. Nun war alles raus, er hatte es gesagt und nun galt es, die Reaktion seines Gegenübers abzuwarten. Crane zeigte sich zunächst noch eher unbeeindruckt. Die Sekunden verstrichen. Die Männer sahen einander an. Keiner wich dem Blick des anderen aus. Es herrschte eine angespannte Stille. Allein aus einer ungewohnten Ungeduld heraus sah sich Crane gezwungen, diesen kleinen Machtkampf schließlich aufzugeben.

„Wo ist dieses Mädchen jetzt?", fragte er dann.

„Sie ist verschwunden", sagte Sanders. „Seit dem Anschlag ist sie wie vom Erdboden verschluckt. Das Gleiche gilt für ihren Vater und dessen Begleiterin. Bei ihr laufen alle Geschichten zusammen, deswegen ist es auch so wichtig, sie zu befragen. Die Polizei ist schon völlig verzweifelt, weil es keinerlei Spur mehr von ihr zu geben scheint."

„Zu geben scheint?", echote Crane.

Sanders lächelte.

„Nun kommen wir zum geschäftlichen Teil, Mr. Crane", sagte er dann. „Ich habe dieses Mädchen behandelt. Ich habe sämtliche Daten über sie gesammelt und an einem sicheren Ort verwahrt, Kopien der gesamten Untersuchung samt Ergebnissen, Bildern und Analysen. Alles zur Seite geschafft. Niemand weiß, wo sich die Sachen befinden, außer mir. Alle anderen, die an der Untersuchung und Behandlung des Mädchens beteiligt waren, sind praktischerweise tot. Lange Rede, kurzer Sinn: Es gibt niemanden außer mir, der den Zustand des Mädchens oder ihre bloße Existenz jetzt noch bezeugen kann. Was die Aktenlage angeht, war dieses Mädchen nie bei uns, hat niemals existiert. Die Meldung an die Gesundheitsbehörde wurde bereits gelöscht, ich habe das nachgeforscht. Auch die Originale zu meinen Kopien sind verschwunden. Irgendwer hat sie definitiv abgefangen und beseitigt. Vermutlich dieselben Männer, die unser Krankenhaus angegriffen haben." Er machte eine kurze Pause. „Darüber hinaus bin ich mir fast sicher zu wissen, wo sich das Mädchen nun befindet. Das werde ich allerdings nur dann preisgeben, wenn wir uns einig werden."

Crane machte eine gleichgültige Bewegung mit den Händen.

„Warum sollte mich all das denn interessieren?", fragte er dann. „Gesetzt den Fall, Sie hätten recht – und ich sage nicht, dass es so ist –, gesetzt den Fall, es gäbe diese Nixen und sie wären da draußen und sie hätten meine Schiffe versenkt – warum sollte ich an einer von ihnen und deren Krankheitsgeschichte interessiert sein? Wie könnte sie mir weiterhelfen? Vielleicht irren Sie sich ja auch und das alles ist totaler Humbug!"

Nun lächelte Sanders.

„Mr. Crane, ohne Ihnen zu nahe treten zu wollen, diese Biester haben Ihre Flotte versenkt", sagte der junge Arzt. „Ich weiß nicht, um welche Vermögenswerte es sich handelte und was Sie da draußen vorhatten. Ich vermute allerdings, was immer es war, Sie werden den Verlust dieser Schiffe finanziell ganz schön zu spüren bekommen. Ganz zu schweigen davon, dass – was immer es war – Ihre Unternehmung dahin ist. Und ich schätze Sie nicht als den Menschen ein, der sich gerne einem Fabelwesen geschlagen gibt."

Cranes Gesicht blieb ausdruckslos. „Damit könnten Sie recht haben, Benedict."

Der junge Arzt lächelte.

„Ich biete Ihnen an, als Berater, als Assistent, als was auch immer Sie es bezeichnen möchten, daran zu arbeiten, dass Sie Ihr Vorhaben da draußen umsetzen können", sagte Sanders. „Ich stelle Ihnen mein Wissen, meine Expertise und mit etwas Glück ein besonders wirksames Druckmittel oder Forschungsobjekt zur Verfügung: das Mädchen selbst. Wenn ich recht behalte und ihren Aufenthaltsort kenne, dann holen wir sie uns und setzen sie für unsere Zwecke ein. Vielleicht fällt es ja den Nixen, eine gewisse Intelligenz vorausgesetzt, etwas schwerer, ein Schiff zu versenken, auf dem eine der ihren als Geisel festgehalten wird. Das könnte uns helfen, noch einmal in das Kerngebiet der Nixen einzudringen – und dann zuzuschlagen. Vielleicht schaffen wir es sogar, auf Basis der medizinischen Daten von diesem Mädchen, eine wirksame Abwehr gegen diese Fischweiber zu entwickeln, zumindest gegen das Nesselgift. Da gibt es viele wirksame Seren." Er machte eine dramatische Pause. Seine fünf Minuten waren längst vorbei. „Das ist also mein Angebot."

Crane stockte der Atem. Er senkte den Kopf und ging in sich. War das hier nun seine Chance?

Alles, was er vorhin für verloren gehalten hatte, was ihm die Nixen genommen hatten, konnte nun doch noch sein eigen werden. Alles, was sie ihn gekostet hatten, könnte er vielleicht wieder hereinholen. Alles, was er hatte erdulden müssen, könnte er ihnen womöglich heimzahlen. Die Lösung saß hier, direkt vor seinem Schreibtisch, in einem billigen Anzug und grinste ihn dämlich an. Doktor Benedict Sanders war genau zur richtigen Zeit am richtigen Ort aufgetaucht und hatte seine Karten hervorragend ausgespielt.

Sollte es wirklich so einfach sein? Lag der Schlüssel zu Cranes Kompensation und zu seiner Rache tatsächlich vor ihm? Er durfte sich nicht ein zweites Mal verzetteln, durfte sich nicht erneut vorführen lassen. Diesmal durfte nichts schief gehen.

Eine Nixe an Bord der Loreley und in seiner Gewalt, das konnte tatsächlich der Schlüssel dazu sein. Zwar glaubte Crane nicht daran, dass ein einziges Individuum eine ganze Armee von einem Angriff abhalten würde – allerdings würden sie vermutlich zögern, würden nicht sofort angreifen. Hier lag seine Chance. Er musste nur nah genug heran kommen, er brauchte nur einen Versuch. Die nuklearen Sprengladungen waren alle noch da – und konnten ebenso gut *auf* dem Meeresgrund anstatt in seinem Inneren gezündet werden. Mit dem Effekt, dass sie die Schwarzen Raucher und das ganze Ökosystem dort unten, mit Sicherheit auch die Nixen, vernichten würden. Er brauchte dann nur noch die Scherben einzusammeln, die Überbleibsel der Raucher. Er musste einfach nur nah genug herankommen – nur nah genug!

Crane erhob sich von seinem Stuhl und streckte nun seinerseits Doktor Sanders die Hand entgegen. „Willkommen in der Firma", sagte er dann.

Sanders stand ebenfalls auf, ergriff seine Hand und schüttelte sie freudig. „Sie werden es nicht bereuen, Sir", sagte er dann. „Wir können sofort loslegen."

„Eines wüsste ich aber noch gerne", sagte Crane und hielt des Doktors Hand umschlossen wie ein Schraubstock. „Was genau versprechen Sie sich hiervon?"

Sanders lächelte verlegen.

„Abgesehen von dem achtstelligen Honorar, das Sie mir für meine Dienste bezahlen werden", hob er an und fuhr erst fort, als Crane lächelnd nickte, „abgesehen davon habe ich noch eine ganz eigene kleine Phantasie, unabhängig von den Nixen, vielleicht aber nicht weniger undenkbar."

Er machte eine kurze Pause.

„Wir leben hier in der Stadt Darwin. Einer Stadt, benannt nach einem großen Entdecker und Forscher. Solche Ehre wird nicht vielen Menschen zuteil, Sir. Als junger Mediziner wage ich kaum zu hoffen, dass die Entdeckung dieser Wesen später einmal meinen Namen tragen wird. Und auch den Ihren, wenn Sie das wünschen. Eine ganze Spezies, entdeckt und erforscht von uns beiden. Ruhm, Geld, Preise und Frauen. Ein Ticket zur Unsterblichkeit. Vielleicht sogar noch eine Stadt mit meinem Namen? Das wäre *mein* Traum."

Crane ließ seine Hand los und setzte sich wieder auf seinen Sessel, während der junge Arzt stehenblieb. „Ihnen ist aber schon auch bewusst, dass die Methoden, die sie hierfür anwenden, in der Geschichte bereits einem ganz anderen Arzt zugeschrieben werden", sagte er dann. „Josef Mengele hat seinen Forscherdrang ebenfalls zielstrebig, skrupellos und überaus beflissen an einem ganzen Volk befriedigt. Dafür waren ihm die Historiker nicht unbedingt wohlgesonnen. Mir ist jedenfalls keine Stadt bekannt, die nach ihm benannt worden wäre."

Sanders schluckte.

„Nun", sagte er dann zögerlich, „vielleicht sollten wir dann mein Honorar lieber etwas anheben – das wird mich über den Verlust der Ehrung als Wissenschaftler hinreichend hinwegtrösten, Sir."

Crane lächelte. Dann drückte er wieder auf den Knopf seiner Sprechanlage.

„Mr. Sanders kommt gleich zu Ihnen", sagte er in sein Mikrofon. „Geben Sie ihm einen AAA-Ausweis und eine Assistentin. Er bekommt alles, was er für seine Arbeit braucht. Veranlassen Sie den Transfer von zehn Millionen Dollar von meinem privaten Konto auf ein Zielkonto, das er Ihnen benennen wird. Klar soweit?"

„Sehr wohl, Sir!", tönte es aus dem Gerät.

Crane wandte sich wieder an Sanders, der ein wenig verdattert vor seinem Tisch stand.

„Benedict, nun ist es an Ihnen, Ihren großen Versprechungen auch Taten folgen zu lassen", sagte Crane. „Ich habe in Kürze eine Versammlung meiner Aktionäre. Bis dahin muss eine ganze Reihe von Dingen geschehen sein. Das Mädchen sollte sich bis dahin in unserer Gewalt befinden. Ich will eine wirksame Abwehr gegen die Nixen in Händen halten. Wenn das nicht geht, dann will ich zumindest mit meinem letzten verbleibenden Schiff, der Loreley II, an den Sundagraben zurückkehren, die Nixen stellen und vernichten. All das will ich meinen Aktionären berichten. Wenn nicht in der kommenden Woche – da werde ich hoffentlich auf See sein – dann wenigstens bei meiner Rückkehr. All das, Benedict, hängt an dem, was Sie nach Ablauf der nächsten achtundvierzig Stunden vorzuweisen haben. Haben Sie mich verstanden?"

Der Arzt lächelte verlegen und schien bereits erste Zweifel an seiner Entscheidung zu hegen.

„Damit wir uns völlig richtig verstehen", ergänzte Crane, „wenn Sie Ihren Job nicht erfüllen, dann wird dies Konsequenzen nach sich ziehen. Ich habe Ihre Forderung erfüllt, nun liefern Sie mir Ergebnisse. Und das schleunigst, bevor ich mir überlege, ob sich die Investition in Sie tatsächlich gelohnt hat. Ihr Dienst beginnt genau jetzt. Sie bekommen alles, was Sie zur Erfüllung Ihrer Aufgabe brauchen. Ich erwarte im Gegenzug, dass auch Sie mir alles liefern, was ich zu der Erfüllung meiner eigenen Aufgabe benötige. Sie dürfen jetzt anfangen."

Benedict Sanders nickte. Jegliche Antwort blieb ihm im Halse stecken. Er machte kehrt, lief zurück zur Tür und schlüpfte wie eine Ratte auf der Suche nach einem Versteck hindurch. Raus aus dem Büro seines neuen Arbeitgebers und hinein in eine Aufgabe, die entweder seine Unsterblichkeit als Forscher und Mediziner, oder seinen baldigen Tod bedeuten würde. Er war einen Deal mit dem Teufel eingegangen – seine Seele hatte er bereits verkauft, sein Leben konnte er aber noch retten.

Schon als er Maya und ihrer Familie das erste Mal begegnet war und sich mit diesem Fall beschäftigt hatte, war ihm klar gewesen, dass dies einen großen Schritt in seiner Karriere bedeuten konnte. Er hatte die Initiative ergriffen, die Weichen waren gestellt. Nun musste er ihnen nur noch folgen, Maya aufspüren und Crane eine wirksame Waffe gegen die Nixen liefern. Er hatte bereits eine vielversprechende Idee, er wollte sie an Maya testen.

Dies war der erste Punkt auf seiner Liste: das Mädchen finden. Er musste sich sputen.

Crane sah seinem neuen Handlanger hinterher und konnte sich ein Lächeln nicht verkneifen. *Gutes Personal*, erneut schoss ihm dieser Gedanke durch den Kopf. Er war wieder zurück im Spiel und bereute seine Entscheidung nicht eine einzige Sekunde.

Entweder würde Doktor Benedict Sanders die schlimmen Ereignisse der vergangenen Tage und Wochen für Crane Industries ungeschehen machen und Castus Crane zu einem Sieg verhelfen. Oder der Aufprall auf dem harten Boden der Realität würde für den Geschäftsmann lediglich noch ein wenig härter ausfallen als bisher – zehn Millionen waren nur Peanuts im Vergleich zu dem, was Crane bisher versenkt hatte. Die Investition erschien ihm angemessen. Vielleicht war ja Sanders genau der Joker, der das Blatt in diesem Spiel noch zu seinen Gunsten wenden konnte. Er würde seinen Trumpf gut im Auge behalten.

Crane drehte sich in seinem Sessel um und sah wieder aus dem Fenster. Sein Blick schweifte über Darwin, hinweg über die Skyline der City, in die Weite, in Richtung

Meer. Ein Forscher? Ein Entdecker? Namensgeber von Arten und Städten? Was wollte *er* sein? Er entschied sich für den Volksmörder, für den Doktor Mengele, für das brutale Monster, das eine gesamte Spezies abschlachten, auf ihrem Grab tanzen und dann in seinem Profit baden würde. Dieser Gedanke behagte ihm am allermeisten.

Es war angerichtet. Die erste Schlacht hatten zwar die Nixen klar für sich entschieden. Aber den Krieg, so sinnierte Castus Crane, den würde *er* gewinnen.

Er lächelte kalt.

Ein Crane, *der* Castus Crane, gewann immer.

21

Sam und Lennart wurden wach von einem sehr eigentümlichen, tiefen Klang, der sich im Haus ausbreitete. Sie dämmerten nur langsam von tiefstem Schlaf in den Wachzustand hinüber und schlugen nacheinander die Augen auf. Nur um einander zu sehen, ihre Umgebung erst langsam zu begreifen – bevor wieder all die Sorgen, welche der Schlaf kurzzeitig ausgeblendet hatte, über sie hereinbrachen.

Lennart war der erste, der wieder ganz bei sich war. Er setzte sich hoch und sah sich in dem ungewohnten Umfeld um. Langsam kehrte die Erinnerung zurück, dass sie sich in Mandus Hütte befanden. Sie schliefen in einem kleinen, spärlich eingerichteten Raum, wo es an Möbeln eigentlich nur die Matratzen gab, auf denen sie geschlafen hatten. Die Wände der aus Holz erbauten Hütte waren unverdeckt, zeigten die ganze Raffinesse dieser Bauweise. Wenige Utensilien befanden sich im Raum: Die Kunst der Aborigines mischte sich mit dem Bedarf des Alltags, Malereien und Gesticktes neben Turnschuhen und Spaten. Es gab nicht viel zu betrachten; nicht viel, woran der erwachende Geist seinen Blick heften konnte. Doch genug, um sich die ganze Geschichte und ihre momentane Lage binnen Sekunden wieder vor Augen zu führen. Viel zu früh für Sams und Lennarts Geschmack. Denn sogleich packte beide wieder die Sorge um Maya, die sich nicht bei ihnen im Zimmer befand. Wo war sie?

Lennart setzte sich wortlos auf, hievte sich von der Matratze hoch und zog sich an so schnell er konnte. Er musste wissen, wo seine Tochter war. Und das möglichst sofort. Sam konnte sich denken, was in ihm vorging. Sie stellte keine Fragen, stand indes ebenfalls auf und machte sich fertig für den neuen Tag – soweit das ohne Waschbecken oder Spiegel möglich war. Dann traten beide durch einen Vorhang – eine Tür gab es nicht – hinaus aus der kleinen Kammer in einen großen Raum, der den Hauptteil des einstöckigen Gebäudes einnahm und der für seinen Bewohner alles in einem zu sein schien: Küche, Wohnzimmer, Bad, Toilette und Atelier.

Das Sammelsurium an Gegenständen, das hier angehäuft worden war, wirkte erschlagend, auch wenn es an sich nicht so viel war, wie man vielleicht hätte erwarten können. Es waren einfach nur sehr unterschiedliche Dinge, die der Amerikaner in seinem Eigenheim für gewöhnlich räumlich aufteilte, die hier aber allesamt auf engstem Raum zusammengewürfelt waren. Aufgeräumt, und trotzdem irgendwie durcheinander.

Mittendrin saß Mandu, schnitzte an einem großen, länglichen und runden Gegenstand herum und pustete alle paar Sekunden an einer Seite hinein, was zu dem Klang geführt hatte, der seine beiden Gäste aufgeweckt hatte.

Ein paar Sekunden blieben Sam und Lennart in dem Durchgang unter dem Vorhang zum Hauptraum stehen und schauten sich um. Dann räusperte sich Lennart leicht, woraufhin Mandu von seiner Arbeit aufsah, jedoch sitzenblieb und sie warm anlächelte.

„Schön, euch zu sehen", sagte er und machte eine große Geste mit den Armen, die etwas grotesk wirkte, weil er immer noch das Messer in der Hand hielt. „Möchtet ihr einen Tee? Es gibt noch etwas auf dem Herd, müsste sogar noch warm sein. Greift zu!"

„Entschuldige bitte, aber ich suche eigentlich Maya", sagte Lennart und bemühte sich, die in ihm langsam aufsteigende Panik niederzuringen, sie nicht von seinem Handeln, seinem Denken und seiner Sprache Besitz ergreifen zu lassen. Denn auch hier in diesem Raum konnte er Maya nicht entdecken.

Er konnte sich noch daran erinnern, wie Mandu seine geschwächte Tochter in diese Hütte getragen hatte, sie in jener Kammer, wo er und Sam soeben erwacht waren, auf eine Matratze gelegt hatte und sie dann mit ihm und Sam allein gelassen hatte. So waren alle drei sehr rasch eingeschlafen. Von ihrem Verschwinden hatten Sam und Lennart aufgrund ihres tiefen Schlafes nichts mitbekommen. Und nun war sie weg, ihre Matratze war leer. Das Unheil schien kein Ende zu nehmen.

„Wo ist sie?", fragte Lennart und langsam gewann die Unruhe in ihm die Oberhand. „Wo ist meine Tochter?"

Mandu legte seine Arbeit beiseite, stand auf, wandte sich ihnen zu und machte eine beschwichtigende Bewegung mit den Händen. Das Messer hatte er samt dem langen hölzernen Instrument abgelegt. Von ihm ging keine Gefahr oder Bedrohung aus.

„Beruhigt euch", sagte er freundlich. „Es ist alles in bester Ordnung. Wir konnten ihr helfen."

Dies war nicht die Antwort auf Lennarts Frage gewesen, beruhigte ihn aber dennoch ein wenig. „Was meinen Sie damit, ihr helfen? Wo ist sie jetzt?"

Mandu lächelte sanft.

„Orana und Djalu haben mit den Ältesten des Clans lange beraten", sagte Mandu. „Ihr wart alle dermaßen erschöpft, dass ihr nach unserer Ankunft den gesamten gestrigen Tag sowie auch die ganze Nacht durchgeschlafen habt. Als Orana versuchte, euch zu wecken, war das vergeblich. Also hat sie entschieden, euch schlafen zu lassen. Maya ist jetzt in ihrer Hütte. Es geht ihr sehr viel besser als gestern, das kann ich euch versprechen. Wir haben alte Erzählungen und Rituale ausgegraben und angewandt. Wir wissen nun, was zu tun ist und wie wir Maya und euch helfen können. Vertraut den Ältesten, ich bitte euch darum. Ihr seid hier unter Freunden."

Lennart schluckte. Als Mandu gesagt hatte, dass Maya in ein anderes Haus gebracht worden war, wollte er bereits aus der Haut fahren. Doch war er sich auch im Klaren darüber, dass jede noch so kleine Hilfe, die sie bekommen konnten, für sie alle von großem Wert war. Und er glaubte Mandu tatsächlich, er vertraute ihm. Hatten sie beide auch keinen guten Start gehabt, aufgrund der Vorkommnisse in der Klinik, so hatten Mandu und Orana doch die kleine amerikanische Familie gerettet, indem sie sie versteckt und mit in ihr Dorf genommen hatten. Das war nicht zu bestreiten. Hätte man ihnen etwas Böses wollen, dann hätten Mandu und Orana sie einfach ausliefern oder allein fliehen können.

Das hatten sie nicht getan. Sie waren hier, bei den Aborigines, genossen deren Gastfreundschaft und konnten vielleicht von deren Wissen profitieren. Ein Wissen, das Maya retten könnte. All das ging Lennart durch den Kopf, während er seine Sorge niederrang und sich zu überzeugen versuchte, den Worten seines Gastgebers zu vertrauen. Es war seine einzige Chance. Vermutlich war es auch Mayas einzige Chance.

„Ich möchte sie gerne sehen", sagte er dann so gefasst wie möglich. „Wo ist die Hütte von Orana? Kannst du mich zu Maya bringen? ... Bitte!", fügte er nach einer kleinen Pause hinzu.

„Sei unbesorgt", sagte Mandu. „Ich hole Orana. Sie soll euch erklären, was Djalu und die anderen herausgefunden haben. Dann gehen wir alle zusammen zu Maya. Es ist wichtig, zu begreifen, was hier vor sich geht, bevor ihr sie seht. Ist das in Ordnung?"

Lennart nickte verbissen. Auch wenn die Unruhe in ihm kaum abebben wollte.

Sam nahm seine Hand und antwortete an seiner Stelle.

„Es ist in Ordnung, Mandu", sagte sie. „Aber bitte lass uns dies so schnell wie möglich erledigen, denn Lennart ist in großer Sorge und möchte gerne seine Tochter sehen."

Mandu nickte. Dann ging er hinaus, um Orana zu holen.

Die folgenden Minuten erschienen Sam und Lennart schier unerträglich lange. Sam hielt Lennarts Hand umklammert, sie hielt sie fest, spendete ihm Trost und Zuversicht. Dennoch nagten die Zweifel an ihm. Was war mit Maya geschehen? Wie wollten diese Eingeborenen ihr helfen?

Endlich wurde der Vorhang, welcher der Hütte die Eingangstür ersetzte, zur Seite geschlagen. Herein kam Mandu, gefolgt von Orana und Djalu sowie zwei weiteren Stammesältesten. Djalu ging sofort auf Lennart zu, lächelte ihn an und nahm dessen freie Hand in seine Hand. Er sagte etwas zu ihm, was beide Amerikaner nicht verstanden. Sogleich trat Mandu an seine Seite und übersetzte.

„Djalu freut sich, euch beide wohlauf, gesund und ausgeruht zu sehen", sagte er. „Er möchte sich gerne mit euch setzen, euch die Situation erklären. Er entschuldigt sich, dass er euch einen Schrecken eingejagt hat, indem er Maya in Oranas Haus hat bringen lassen. Sie wäre allerdings sonst gestorben. Das müsst ihr ihm glauben, er wollte nur das Beste für sie und für euch. Gebt ihm fünf Minuten, um euch zu erklären, was geschah. Dann dürft ihr sie sehen, das verspricht er euch. Bei allem, was ihm heilig ist. Fünf Minuten."

Lennart sah dem alten Mann tief in die Augen und jener hielt seinem Blick stand. In diesen Augen spiegelte sich so viel Erfahrung, so viel Weisheit, so viel Güte, dass Lennart ihm einfach vertrauen musste. Er begriff, dass er vielleicht an dem einzigen Ort in der Welt gelandet war, wo es für Maya noch Hoffnung gab. Diese Leute meinten es gut mit ihnen. Lennart nickte: „Sehr gerne."

Sam blickte zu Lennart. Sie war gerührt. Er hatte Vertrauen gefasst.

Als Mandu seine Worte für Djalu übersetzt hatte, lächelte auch dieser Sam warmherzig an. Er hatte den Blick verstanden und er war dankbar für das Vertrauen, das Sam ihm und seinem Stamm bei aller Angst um Maya entgegenbrachte.

Alle setzten sich. Dann gab Djalu Orana ein Zeichen.

„Auch ich freue mich sehr, euch wohlauf zu sehen", sagte Orana. „Djalu hat mich gebeten, euch aufzuklären, was mit Maya geschieht ... oder schon geschehen ist."

Sam und Lennart nickten stumm und lauschten ihren Worten.

„Was ich euch zu sagen habe, ist in unserem Glauben, in den Legenden unseres Stammes, tief verwurzelt", sagte Orana. „Ich bin eine Ngangkari meines Stammes. Es ist das, was ihr vielleicht eine Schamanin nennen würdet. Es geht um Spiritualität, verbunden mit einem tiefen Glauben, einem Vertrauen und Einblicken in die Natur, wie sie vielen Menschen in der Zivilisation nicht gegeben ist. Jedoch versuche ich auch die Zeichen in dieser Welt zu erkennen und zu deuten. Ich lese viel, ich studiere eure Wissenschaften und ich sehe, wo wir uns ähnlich sind – und wo ihr von uns noch einiges lernen könntet. Schon als ich von den Taten meines Sohnes hörte und ihm beistehen wollte, fühlte ich mich an eine dieser Legenden erinnert, ich habe euch davon berichtet. Diese Geschichten sind unserem Volk heilig. Hier im Northern Territory umso mehr, denn viele meiner Vorfahren hätten ohne diese Geschichten – und den Kern von Wahrheit in ihnen – die Einwanderung nach Australien nicht überlebt. Wir alle wären niemals hier angekommen."

Sie machte eine kurze Pause und fuhr dann fort.

„Ihr habt vielleicht schon gehört oder auch gesehen, dass die freundliche Zuwendung zu Fischen und zu den Geschöpfen des Ozeans in unserer Kultur tief verwurzelt ist", sagte sie dann. „Die Fische beherrschen unsere Kunst, sie sind in Stickereien und Kunstwerken, in Schnitzereien auf den Didgeridoos, überall sind sie Teil unseres Lebens. Menschen und Fische sind seelenverwandt – und sie verbindet eine Menge. Wenn wir unsere Kinder heute den Fischfang lehren, dann lehren wir sie auch den Respekt vor allem Leben des Meeres.

Vor vielen Jahrtausenden, in der Traumzeit, da waren die Wasserbewohner nicht nur Fische, sondern auch menschliche Urahnen und Helden, die in der Welt umherzogen, uns Menschen die Regeln des Lebens und die Huldigung der Götter lehrten. Diese verwandelten sich später in Fische und in Vögel, wenn für sie die Zeit gekommen war, ihre Existenz als Menschen zu beenden. Sie wurden wieder eins mit den Elementen. Es sind diese Geschichten aus und über die Natur, die uns noch heute einen tiefen Respekt vermitteln gegenüber allem, was sie hervorbringt. In der Natur haben wir Verbindung zur Traumzeit, zu den Elementen, zu allem Leben und zu unseren Ahnen. Alles Leben entstammt der Traumzeit, deren Zauber nur im Nachhall der Didgeridoos zu erahnen ist. Deren Töne erzählen Geschichten aus der mystischen Zeit. Es ist mehr als nur eine Religion, fremde Rituale und Legenden, die unsere Vorfahren aus Neu-Guinea hierher mitgebracht haben. Es ist eine Lebensgrundlage, nach der wir uns heute noch richten und aus der wir Kraft schöpfen."

Sie machte eine kurze Pause und atmete durch.

„Ich habe es euch schon in der Klinik angedeutet. Nun haben wir die Gewissheit. Maya ist kein Mensch. Sie gehört einer Spezies an, die es lange vor den Menschen gab, die aber eine sehr ähnliche Entwicklung genommen hat. Diese Wesen werden als Menschen geboren. Sie sehen aus wie kleine Mädchen. Durch die Einflüsse ihrer Umwelt machen sie allerdings eine sehr rasche und unumkehrbare Wandlung durch, um alsbald zu dem zu werden, was ihr eine Nixe nennt. Eine Nixe ist halb Frau, halb Fisch – und von einer unbeschreiblichen Schönheit und Anmut. Was ihr uns erzählt habt, meinem Sohn und mir, fügt sich perfekt in eine Geschichte ein, die mit den Legenden und allem, was wir über diese Wesen wissen, absolut Sinn ergibt. Das Wunderbare daran ist: Wir können Maya helfen."

Sam schluckte und meldete sich zaghaft zu Wort.

„Es fällt mir schwer zu glauben, was ihr da sagt", sagte sie. „Aber ich möchte gerne wissen, was mit Maya geschehen ist. Du sagtest, die Wandlung vollziehe sich recht früh. Wieso hat sie so lange als Mensch gelebt und verwandelt sich gerade jetzt in eine Nixe? Wie kann das geschehen?"

Orana lächelte sie warm an.

„Maya ist zurückgekommen, nach Hause", sagte sie dann und beobachtete, wie sich die Verwirrung der beiden besorgten Eltern nach und nach in Erkenntnis verwandelte. „Lennart hat seine Geschichte mit uns geteilt. Er hat offenbart, woher Maya kam, wie sie adoptiert wurde und wie sie in die USA kam. All das lässt keinen anderen Schluss zu, als dass Lennart schon damals eine Nixe, einen kleinen, unterentwickelten Säugling zu sich nahm, der als Findelkind fälschlicherweise gerettet und an Land gebracht wurde. Dadurch fehlte Maya fortan das Entscheidende, der Einfluss ihrer Umwelt, das Wasser des Indischen Ozeans und die Geborgenheit des Sundagrabens, um sich so zu entwickeln, wie es für sie vorgesehen war. Sie entwickelte sich stattdessen als Mensch, wurde ein junges Mädchen, wurde eine junge Frau. Vermutlich wäre es nie dazu gekommen, dass ihre wahre Natur die Oberhand gewinnt, wäre sie nicht zurückgekehrt nach Australien. An die Küsten eben jenes Ozeans, dem sie vor vielen Jahren entrissen wurde. Mit dieser Heimkehr, dem Kontakt zu ihrem wahren Element, setzte das ein, was Sie, Sam, eine Metamorphose nannten. Maya ist nicht mehr Mädchen, aber auch noch nicht Frau. Ihre Entwicklung war noch nicht abgeschlossen. Als ihr Körper nun mit den Wassern ihrer ursprünglichen Heimat in Berührung kam, all die Elemente ihrer Herkunft auf sie einwirkten, geschah das, worauf ihr Organismus schon so lange wartete. Bestimmte Anlagen in ihr wurden aktiviert und drängten mit Vehemenz an die Oberfläche. Sie konnte es nicht erkennen, nicht verstehen, sicher auch nicht wissen. Aber alles in ihr schreit nach dem Meer. Die Wandlung ist so elementar, so bahnbrechend, dass sie niemand mehr umkehren kann."

„Aber wodurch?", fragte Sam, die immer noch mit sich rang und versuchte, das Unglaubliche in der Erzählung Oranas mit ihrem Weltbild abzugleichen. Lennart blieb stumm.

„Es ist ein Phänomen, das es nirgendwo auf der Welt in dieser Intensität gibt wie hier bei uns", erklärte Orana. „Wir sprechen von jahrtausendealten Konstrukten, die tief unter Wasser, weitab von allem, was wir erreichen oder begreifen können, einen Lebensraum schaffen für Wesen von Mayas Art. In der Wissenschaft nennt man sie Schwarze Raucher. Das Wasser um sie herum ist besonders reich an Mineralien, die uns Menschen zum Teil unbekannt sind. Sie schaffen das Umfeld für Lebensformen, die es nur hier und nirgendwo sonst auf der Welt gibt."

„Die Nixen", flüsterte Lennart.

Orana lächelte und nickte. „Die Nixen. Und vieles mehr, was der Mensch nicht kennt, nicht begreift und vermutlich auch nie verstehen wird."

Sie machte eine kurze Pause und fuhr dann fort.

„Unser Ozean, unser Meer an der Küste der Northern Territorys, ist angereichert mit dem, was im Sundagraben an die Oberfläche drängt. Das Wasser birgt zwar nur kleinste Spuren jener Stoffe, die aber von Mayas Körper bei dem ersten Kontakt sogleich erkannt und absorbiert wurden. So wurde ein Prozess in Gang gesetzt, der durch Entzug der Mineralien aufgehalten, aber nie wieder gestoppt werden kann."

„Der Tauchgang", stammelte Lennart. Er war kreidebleich. „Sie hatte die ersten deutlichen Anzeichen nach unserem Tauchgang."

Orana lächelte wieder. Er hatte es verstanden.

„Es war ein großes Glück, Lennart, dass Sie mit Maya ins Krankenhaus gegangen sind", fuhr sie dann fort. „Die Ärzte dort hätten ihr vermutlich nicht helfen können. Die Verwandlung geht weiter, unaufhaltsam, und irgendwann wäre Maya zu einem Leben an Land nicht mehr in der Lage gewesen. Indem sie aber meinen Sohn bezirzt hat, bekam ich Kenntnis von alldem. Und ich weiß, was ich zu tun habe."

„Bezirzt?", fragte Sam. „Was bedeutet das?"

„Auch davon habe ich euch bereits erzählt", sagte Orana ruhig. „Es ist eine Gabe dieser Wesen, die auch unser Volk vor vielen tausend Jahren erfahren hat, bevor wir mit den Nixen unseren Frieden geschlossen haben. Nixen sind empathisch. Sie können sich in das Bewusstsein aller Lebewesen einschalten, können Gedanken lesen, über Gedanken kommunizieren und sogar Befehle und Wünsche suggerieren. Es ist eine Methode der Kommunikation, aber auch der Jagd und der Verteidigung, der kaum ein Lebewesen widerstehen kann. Unterstützt wird es durch einen Lockstoff, Sam nannte es ein Pheromon, das speziell bei Menschen, bei anderen Lebensformen gelegentlich, äußerst berauschend wirkt. Es ist ein Neurotransmitter, der durch die Luft, aber auch durch Körperkontakt mit der Nixe übertragen wird – und verheerende Auswirkungen hat. Er führt zu unbezwingbarer Lust, zu ungezügeltem Verlangen, macht willenlos, blockiert jegliches logische Denken und hat zuletzt – meistens nach der Paarung – unweigerlich den Tod zur Folge."

„Der Paarung?" fragte Lennart ungläubig.

Orana nickte. „Jawohl, Lennart, der Paarung.", bekräftigte sie. „Nixen sind durchweg weiblich. Die Anlagen einer Nixe heben sich auf, sobald männliches Erbgut hinzutritt. Ihr nennt es Chromosomen: Das Y-Chromosom dominiert über die Anlagen einer Nixe, weshalb es auch keine Jungen gibt, die zu Nixenmännern werden."

„Woher wissen Sie das alles?", fragte Sam zweifelnd. „Und wie kann eine Spezies ohne Männer überleben?"

„Ich lese sehr viel und ich habe mich – wie Sie sich vielleicht denken können – eingehend mit unseren Legenden beschäftigt. Natürlich habe ich mir dieselben Fragen gestellt. Und ich habe die Möglichkeiten studiert", erklärte Orana. „Um ihre zweite Frage ebenfalls zu beantworten: Sie haben Männer, aber eben nicht vom eigenen Volk. Sie nutzen uns Menschen, echte Männer, die bezirzt und zur Paarung angelockt werden. Jegliche Geschichten über Seemänner, die einer Nixe begegnen und von ihr in den Tod gezerrt werden, sie haben alle den einen wahren Kern: Nixen holen sich, was sie brauchen, sobald sie es brauchen und in der Menge, die sie benötigen. Es kann ein Mann sein, der zum Vater einer ganzen Generation von Nixen wird. Ein Mann, der verschwindet, nach dem aber niemand mehr fragt. So entstehen Geschichten, es kommt zu Legenden. Das Blut unserer Ahnen hat sich mit jenem der Meereswesen gemischt, wie es sicherlich auch eure Vorfahren dereinst erfahren haben. Ob es nun aber Aborigines sind oder Seemänner, die sich nur zu gerne als Objekte der anmutigen Weiblichkeit stilisieren – unterm Strich triumphieren stets die Nixen."

Nach einer kurzen Pause fügte sie hinzu: „Das ist auch einer der Gründe, weshalb Maya jetzt in meiner Hütte ist und nicht mehr hier. Vergesst alle Geschichten vom Gesang der Sirenen, die Gabe der Nixen ist viel intensiver und realer als die Märchen der Sagenschreiber. Und sie ist für Männer absolut tödlich. Es sei denn, sie erhalten von mir eine schützende Tinktur – oder ich bewache das Wesen gleich selbst. Mir kann die Nixe nichts anhaben."

Es war nun alles gesagt. Orana war am Ende ihres Berichts angelangt. Es kehrte Stille ein im Raum. Jeder hing seinen Gedanken nach. Es gab so vieles zu begreifen und zu verarbeiten.

Sam und Lennart blickten zu Boden. Sie saßen nebeneinander, hielten ihre Hände umklammert, doch hatte jeder mit seinen eigenen Gedanken zu ringen. Es fiel beiden schwer, das zu glauben, was Orana ihnen erklärt hatte. Es fiel ihnen noch viel schwerer zu akzeptieren, dass Maya ein solches Wesen sein sollte.

Gleichwohl, bei beiden reifte mehr und mehr die Erkenntnis, dass sie in einer neuen Welt aufgewacht waren. Zu viel war geschehen, zu viel hatten sie gesehen und erlebt, das keine andere Erklärung zuließ als eben diese, die Orana ihnen soeben geliefert hatte. Die Kiemen an Mayas Hals, ihre Verwandlung nach Kontakt mit dem Wasser, ihre seltsame Wirkung auf Mandu und Lennart im Krankenhaus. Es passte alles zusammen. Und doch war es Sam und Lennart unerträglich, anzunehmen, dass Maya, dass ihr kleines Mädchen, einen Pfad beschritt, den sie nie wieder verlassen würde – und auf dem weder Sam noch Lennart ihr folgen konnten. Vielleicht ging es auch weniger darum, dass sie es nicht begriffen – vielmehr machte es ihnen große Angst.

Djalu sagte etwas und sowohl Sam als auch Lennart blickten auf, in das Gesicht des alten Mannes. Er blickte sie sorgenvoll, mitfühlend und sehr ernst an. Sein Blick spiegelte all die Emotionen eines Vaters wider, der nicht wollte, dass seine Kinder leiden. Doch dieses Leid konnte er Sam und Lennart nicht ersparen.

„Djalu möchte wissen, ob ihr alles verstanden habt, was Orana euch erklärt hat", sagte Mandu. „Es ist sehr wichtig, dass ihr es versteht, weil ihr nur so bereit seid für das, was wir euch nun zeigen wollen. Wir bringen euch jetzt zu Maya."

Sam und Lennart nickten stumm. Sie ahnten, was käme – und konnten es doch nicht zulassen.

Dann erhoben sich zunächst Djalu und Orana, danach die anderen beiden Stammesältesten und Mandu, alle verließen nacheinander die Hütte. Lennart und Sam folgten ihnen. Zaghaft, ängstlich, unwissend, ob sie bereit waren für das, was sie gleich sehen und verarbeiten müssten. Sie folgten den Aborigines aus der einfachen Gewissheit heraus, dass sie es mit eigenen Augen sehen wollten, wogegen sich ihr Verstand noch wehrte. Unwissenheit war keine Alternative. Sie folgten ihnen in dem festen Vertrauen, dass sie es aufrichtig meinten, und dass es keinen Plan B für sie und Maya gab. Sie folgten ihnen, weil sie wussten, dass in ihrem Wissen die Chance lag, Maya zu retten. Es war alles, was sie als Eltern noch tun konnten.

Die Gruppe lief durch das kleine Dorf. Es war nicht weit zur Behausung Oranas, hier reihten sich nur wenige Hütten aneinander. Hütten aus Holz, meist auf Stelzen. An viele war mit roter Farbe eine Hausnummer aufgemalt. An den Türen angebracht warteten kleine Briefkästen auf Nachrichten aus einer anderen Welt. Hüfthohe Drahtzäune grenzten eher halbherzig Grundstücke ab. Wie sollte man auch etwas abgrenzen, was eigentlich allen gehört? Auf Wäscheleinen, zwischen Bäumen gespannt, waren Kleider zum Trocknen aufgehängt. Es war nicht wirklich ein Dorf; vielmehr ein paar Häuser, die hier in freier Natur beieinander standen; improvisiert, bodenständig, angepasst. Die Menschen hier lebten mit und von der Natur. Die Gemeinschaft, der Respekt voreinander und vor der Natur bedeuteten extrem viel. An einer Hauswand stand geschrieben, ebenfalls in roter Farbe: „Das Land sind wir, wir sind das Land."

Lennart und Sam wurden durch das Dorf geführt. Einem ungewissen Ziel entgegen. Der Weg war gesäumt von Menschen, Männern, Frauen und Kindern, die in ihrem Tun innehielten, sobald sie passierten, und ihnen mit starren Minen nachschauten. Wohl wissend, dass hier soeben zwei Menschen ihrem Schicksal entgegenliefen. Wohl wissend, was dies ihnen bedeuten mochte. Es war kein Spießrutenlauf durch eine gaffende Meute, vielmehr ein Zieleinlauf mit unterstützenden Fans auf der letzten Geraden – nach einem sehr langen, anstrengenden Marathon. Es waren nur wenige hundert Meter. Doch war es eine Strecke, welche die alte Welt von einer neuen trennte, die Vergangenheit von der Zukunft, die Traumzeit von der Gegenwart.

Schließlich kamen sie an der Hütte Oranas an. Im Unterschied zu den anderen Häusern stand sie nicht auf Stelzen, sondern auf massivem Gestein. Was mochte sich darin verbergen?

Orana, Djalu und Mandu erklommen die wenigen Stufen zur Veranda und blieben auf der linken Seite des Eingangs stehen, die beiden anderen Angehörigen des Ältestenrates auf der anderen Seite. Orana machte eine Geste in Richtung Tür. „Tretet ein und trefft eure Tochter", sagte sie. „Wir warten hier, falls ihr uns braucht. Aber dieser Moment soll euch gehören."

Sam und Lennart sahen sich kurz an, nickten beide und gingen dann entschlossen auf die Tür zu. Kurz bevor sie durch den mit einem Vorhang verdeckten Eingang eintraten, fasste Orana Lennart am Arm und drückte ihm noch ein kleines Fläschchen in die Hand. „Wenn sie von dir Besitz ergreift, zögere nicht, trink das", sagte sie. „Denke daran, es ist ihre Natur, sie kann nicht anders. Es kontrolliert sie ebenso wie dich. Sie ist noch zu jung, zu unerfahren, um es beherrschen zu können. Sei auf der Hut."

Lennart nickte. Er nahm das Fläschchen, er wusste, was er zu tun hatte. Dann betraten Sam und Lennart die Hütte. Und ihre Welt würde nie wieder das sein, was sie einmal gewesen war.

In der Hütte war es dunkel. Oder zumindest gab es hier weit weniger Licht als in jener von Mandu. Das war aber auch kein Wunder, denn hier drinnen gab es ohnehin nicht viel, was einer näheren Betrachtung bei Licht bedurft hätte. Abgesehen von einer Pritsche – bei der nicht deutlich wurde, ob sie für Behandlungen oder zur Nachtruhe diente – gab es nur noch ein paar Regale, die sämtliche Wände des großen Eingangsraumes verstellten, und in denen allerlei merkwürdige Utensilien angesammelt waren. Vermutlich behandelte Orana hier ihre Stammesbrüder. Oder sie schlief hier und kochte Tee – wer wusste das schon ...

Lennart und Sam hielten sich nicht lange damit auf, Oranas Refugium zu besichtigen. Sie hatten lange genug gewartet und in ihren Köpfen hatte sich bereits eine Ahnung manifestiert, die sie nun mit der Wirklichkeit abgleichen wollten. Und das so schnell wie möglich. Denn für beide war augenblicklich die Ungewissheit das Schlimmste, was sie zu ertragen hatten. Entschlossen gingen sie weiter in den Nebenraum. Und aus der Ahnung wurde Gewissheit.

Es war ein Moment, an den sich Lennart noch viele Jahre später zurückerinnern würde. Mit Freude und mit Schrecken, mit Erleichterung und Verzweiflung, mit Hass und unendlicher Liebe. Jedes Detail der Szenerie brannte sich binnen Sekundenbruchteilen in seinem Kopf und in seinem Geist ein, unauslöschbar für die Ewigkeit. Die Gefühle überwältigten ihn. Er weinte, er lachte, er schrie hysterisch und war doch so unendlich froh, seine Tochter nicht verloren zu haben.

Auch Sam starrte gebannt auf das Bild, das sich ihr bot und sie wusste nicht recht, ob sie sich freuen oder laut schreien sollte. Die promovierte Meeresbiologin wusste augenblicklich: Sie würde mit ihren Forschungen niemals das Wissen erreichen können, das diese Spezies instinktiv in sich trug. Sie kannten nicht nur das Meer, die Nixen *waren eins* mit dem Meer – welch eine wundervolle Vorstellung!

In diesem Raum, der vermutlich früher eine Art Badezimmer gewesen war, stand ein immens großes Aquarium. Es maß gut und gerne zwanzig Quadratmeter in der Fläche und drei Meter in der Höhe – von außen hätte man dieses gigantische Becken, auf einem Betonsockel ruhend, im Inneren einer solchen Hütte, die getragen wurde von dem massiven Fels als Untergrund, niemals vermutet. Es war randvoll mit Wasser.

In einen mystischen blauen Schimmer getaucht, war im Inneren des Beckens eine Silhouette zu erkennen. Ein Umriss, der sich langsam bewegte. Als Sam und Lennart dem Becken näher kamen – ohne sich auch nur eine Sekunde zu fragen, weshalb wohl eine Schamanin so etwas besaß – gewann der Umriss an Kontur. Die Gestalt im Inneren des Beckens, auf der anderen Seite der großen Glasfront, kam näher an die Scheibe, immer näher, so dass sie Sam und Lennart anschauen konnte, als jene die kalte Scheibe erreicht hatten. Lennart legte seine ausgebreitete Hand auf die Scheibe. Mit der anderen hielt er Sams Hand ganz fest.

Maya blickte ihren Vater, ihren Lennart, aus strahlend blauen Augen traurig an und legte ihre Hand von der Innenseite her an die Scheibe; genau dort, wo auch seine Hand war. Sie konnten einander nicht spüren. Doch war in dieser Geste so viel Zärtlichkeit, so viel Liebe, dass sich der Schrei in Sams Kehle nunmehr als ein Schluchzen befreite.

Lennarts Augen füllten sich mit Tränen. Und doch wusste er, dass es seiner Tochter jetzt gut ging. Sie war von einer atemberaubenden Schönheit, die niemals auch nur annähernd zutreffend beschrieben werden konnte. Die Augenfarbe verändert zu einem unwirklich leuchtenden Blau, der Mund blutrot, die Haut bleich und weiß wie die einer Porzellanpuppe. Ihr dunklen Haare umspielten ein zartes Gesicht, der Körper war der eines Mädchens, voll Jugend und anmutiger Verlockung – diese Nixe, ihre Maya, war die schönste Frau, die Sam und Lennart jemals gesehen hatten. Ihre schlanke Taille mündete nun in einen blau schimmernden Fischschwanz mit einer mächtigen Schwanzflosse. Dessen Schuppen strahlten und glitzerten wie Tausende Diamanten im Sonnenlicht in blau und türkis. Das Wesen war voller Liebreiz, Eleganz, Schönheit sowie unbeschreiblicher Kraft und Grazie.

„Maya“, flüsterte Lennart. „Mein kleines Mädchen.“

In diesem Moment fühlte er im Inneren seines Kopfes eine Präsenz. Etwas, was dort eigentlich nicht hingehörte – was aber bei weitem nicht so bestialisch und vereinnahmend war, wie seinerzeit im Krankenhaus das widerliche Alien, das ihn zu weiß Gott was hatte treiben wollen. Nein, was er jetzt fühlte, das war voller Liebe, voller Zärtlichkeit und unendlicher Dankbarkeit. Er spürte eine Wärme, eine vertraute und wundervolle Berührung seiner tiefsten Erinnerungen. Es wurde ihm klar, sie war noch hier, seine Maya. Das Mädchen, das er einst aus den Slums geholt hatte, mit seiner damaligen Frau nach Hause gebracht und wie eine eigene Tochter voller Liebe und Hingabe großgezogen hatte; das Mädchen, mit dem er so viel erlebt, gelacht und geweint, gefochten und gestritten hatte; das Mädchen, welches von einer kleinen, verlorenen Seele zu einem amerikanischen Teenager mit allen Möglichkeiten und Ambitionen herangewachsen war; das Mädchen, das seine Tochter war – sie war immer noch hier.

Auch Sam konnte es fühlen, wenngleich nicht in derselben Art wie Lennart. Dieser Moment sollte nur ihm gehören, ihm ganz allein. Während die Gewissheit in ihm reifte, dass er loslassen musste, dass die Zeit des Abschieds von seiner Tochter immer näher kam, sah er in Mayas Augen und sie in die seinen. Ein Blick, der Tausende, der Millionen von Wörtern ersetzte und ausdrückte, was beide doch längst wussten.

„Es ist unser Geburtsbecken", sagte Orana ganz leise, die nun hinter Sam und Lennart stand. „Es schien uns angemessen, sie für ihre Wiedergeburt an diesen Ort zu bringen. Wir mussten sie ins Wasser bringen, in ihr natürliches Element. Sie wäre sonst gestorben."

Lennart hörte sie nicht. Er konzentrierte sich einzig und allein auf Maya.

Sam drehte sich zu Orana um. Ihre Augen waren voller Tränen.

„Wieso haben Sie das getan?", schluchzte sie. „Sie ist verwandelt! Sie ist jetzt für immer verwandelt!"

„Das ist sie", sagte Orana und lächelte sanft. „Aber es gab keinen anderen Weg, um ihr Leben zu retten. Ihrer Natur zu folgen, ihr Raum zu geben, das war die einzige Perspektive, die sie noch hatte. Die Verwandlung ist unumkehrbar, das hatten wir vorhin versucht, euch klar zu machen. Der einzige Weg, Maya zu helfen, war der, ihr die Verwandlung zu erleichtern. Sie ist eine Nixe. Das war sie schon immer. Sie wird nie etwas anderes sein. Nur so kann sie leben. Nur so sollte sie leben."

„Aber wie?", fragte Sam. „Wie soll sie denn so leben?"

„Wir wissen, wohin sie gehört", sagte Orana. „Wir haben das Wasser aus dem Ozean geholt und in das Becken gemischt. Das hat ihr geholfen, sie konnte ihre Verwandlung ohne Schmerzen vollenden. Nun ist sie vollkommen. Seht sie nur an ..."

Sam wusste, dass Orana recht hatte. Es gab kein Zurück mehr. Das hatte es seit dem ersten Kontakt Mayas mit dem Wasser des Indik nicht mehr gegeben. Sie war ihrem Schicksal begegnet, sie war ihren Weg gegangen. Nun würde es ihr wieder gutgehen.

„Wir bringen dich nach Hause, Maya", flüsterte Orana, in deren Augen sich das Blau des Ozeans, des schimmernden Bassins und der Augen der Meerjungfrau widerspiegelten. Die Nixe warf ihr einen warmen Blick zu und lächelte sanft. „Wir bringen dich dorthin, wo du hingehörst. Schon bald bist du frei. Endlich wieder frei."

22

Die Area 66 war selbst in Kreisen der CIA schon immer ein Mythos gewesen. Angefangen bei ihrem Standort – war es Russland, China, Kuba oder vielleicht Mexiko? –, weiter über ihren Zweck – war es eine Bombe, ein Truppenstützpunkt, eine Weltraumforschungslabor oder doch ein Bunker für den Präsidenten? – bis hin zu ihrer Ausstattung gab es über Area 66 weit mehr Gerüchte, Märchen und Legenden, als Fakten jemals hätten aufwiegen können. Keiner wusste, was zutraf und was frei erfunden war. Kaum jemand wusste, ob es die Station überhaupt wirklich gab. Erschwerend kam hinzu, dass niemand, der irgendwann einmal dort sein würde, jemals ein Wort über die Station verlieren würde. Das heizte die Spekulationen noch weiter an.

Was aber auch immer über die Station erzählt wurde, eines hatten sämtliche Geschichten stets gemeinsam: Sollte Area 66 existieren und käme sie den Gerüchten, die über sie kolportiert wurden, in der Realität auch nur nahe – so handelte es sich definitiv um die modernste Geheimstation, welche die USA jemals auf ausländischem Terrain errichtet hatte. Sie wäre erstklassig ausgestattet und hochkarätig besetzt, und müsste, sofern es sie denn gab, mithin der wichtigste Außenposten der Vereinigten Staaten weltweit sein. Höchster Sicherheitsstandard – und selbstverständlich Top Secret.

Cypher fluchte innerlich, dass er sich nicht ein wenig mehr konzentriert hatte, als er und seine jungen Kollegen vor vielen, vielen Jahren auf der „Farm" über diesen Geist gesprochen hatten. Damals, während seiner Zeit in Camp Peary, dem sagenumwobenen Ausbildungsgelände der CIA, waren sie binnen kürzester Zeit mit einem profunden Fachwissen, taktischen Fertigkeiten und jeder Menge Geheiminformationen ausgestattet worden. Das militärische Sperrgebiet in York County, Virginia, hatte etwas Mystisches, etwas Faszinierendes – und mitunter auch etwas Beängstigendes. Schon allein deshalb, weil man als junger Agent der CIA dorthin gebracht wurde, sich mehrere Monate dort aufhielt, um gleich darauf in den aktiven Dienst entlassen zu werden. Das wohl gruseligste Gerücht, das in der Bevölkerung kursierte, war jenes, dass die „Farm" sogar dazu genutzt würde, um Attentäter auszubilden. Cypher musste kurz lachen bei dem Gedanken. Wenn es doch nur das wäre ...

Was man als junger Mann oder junge Frau – tatsächlich waren zu Cyphers Zeit sogar mehr Frauen als Männer auf der „Farm" gewesen – dort lernte, ging weit über das hinaus, was ein gewöhnlicher Attentäter, wie man ihn sich gemeinhin vorstellte, vermutlich zu tun hätte. Das öffentliche Dementi der CIA, man habe dort niemals Attentäter ausgebildet, war demnach nicht einmal falsch. Man verschwieg allerdings, dass die Ausbildung tatsächlich so viel mehr war, so viel tiefer ging, in tiefste Abgründe des menschlichen Geistes eindrang und sich ihrer bediente, so dass es einem Wunder gleichkam, wenn das Produkt eines solchen Trainings am Ende überhaupt noch menschliche Züge aufwies.

Vielleicht war das auch der Grund – die physischen und psychischen Strapazen, die intensive Beschäftigung mit allem, was menschlich undenkbar schien, die hoch effiziente, wenngleich kräftezehrende Ausbildung der CIA – weshalb er nun am anderen Ende der Welt in deren geheimster Geheimstation saß, sich versteckt hielt und sich beim besten Willen nicht mehr der Details aus vielerlei Gerüchten erinnern konnte, die für seine Flucht so immens wertvoll gewesen wären.

Hätte er sich damals mehr gemerkt, das Ganze etwas ernster genommen, vielleicht hätte er dann etwas aufgeschnappt, was ihm nun in dieser Situation hätte helfen können. Vielleicht hätte er sogar gegenüber Doktor Shaw und seinen Schergen einen kleinen Vorteil gehabt oder wäre ihnen zumindest ebenbürtig begegnet. Aber so, wie die Dinge jetzt standen, war er nur ein Agent mittleren Alters mit einem kaputten Knie, auf Morphium gesetzt – und befand sich auf einer Mission, die weder sein Kommando, geschweige denn Langley, das Pentagon oder irgendjemand sonst abgesegnet hätte.

Im Grunde war Cypher in diesem Moment sogar ein Verräter. Ein dreckiger Deserteur. Ein Hund, der sich von der Leine gerissen hatte und die Zähne gegen seinen Herren fletschte. Warum er das tat, konnte er nicht wirklich klar erkennen, umso weniger erklären. Aber er wusste, dass es so sein musste. Und es fühlte sich verdammt gut an, eine solche – eine eigene Entscheidung zu treffen.

Rasch rief er sich die wesentlichen Details seines Aufenthaltsortes noch einmal ins Gedächtnis: Die Station verfügte über 30 Stockwerke unter der Oberfläche, die alle tief in die Erde hinein gebaut worden waren. Er selbst befand sich nach wie vor auf der Ebene bei den Laboren, Ebene drei. Dort, wo er mit dem leibhaftigen Grauen konfrontiert worden war. Damit meinte er nicht die Meerjungfrauen in ihren gläsernen Särgen. Nein, er, der hartgesottene CIA-Agent, der eigentlich alles gesehen, alles erlebt, alles überlebt hatte, hatte erstmals ein echtes Monster erblickt.

Er konnte nicht einmal klar sagen, was ihn so sehr schockiert hatte. Er hatte damit rechnen müssen. Shaw war alles andere als ein nüchterner Wissenschaftler. Sein Tun und seine Einstellung waren von einem leidenschaftlichen Wahnsinn geprägt, den man als sein Gegenüber zwar spürte, der aber nicht so recht greifbar war. Viel zu solide war die kühle Fassade, die Shaw um sich herum errichtet hatte. Viel zu undurchdringlich sein ganzes Wesen.

Cypher hatte sich entschieden, seinen Instinkten zu folgen. Das machte ihn nun zu Shaws direktem Feind. Gerne hätte er sich eingeredet, dass Shaw eigentlich auch ein Feind der CIA war. Dass all das, was er als Agent hier tat, zum Wohle und im Interesse seiner Behörde sein musste – die ja von Shaw hintergangen werden sollte. Dass er einen wahnsinnigen Wissenschaftler stoppte, der die CIA und die USA zum Narren hielt, sich ihrer Mittel bediente und sie nur ausbeutete, um seine eigenen irren Ideen zu verfolgen. Oh, wie gerne hätte Cypher wenigstens annehmen wollen, dass er im Sinne seiner Behörde und der ganzen Menschheit handelte, wenn er sich nun entschied, diesen Verrückten aufzuhalten, in seine Schranken zu weisen.

Aber er wusste es besser.

Was Doktor Shaw hier tat, war zu klassisch, zu eindeutig, es trug zu sehr und unverkennbar die Handschrift der CIA. Eine ganze Rasse zu versklaven und für militärische Zwecke nutzbar zu machen, Cypher schluckte – ja, das war die Denke des Vereins, dem er die Treue geschworen hatte. Shaw war dessen williges Werkzeug. Sicherlich gleichfalls getrieben von einer inneren Stimme, die ihm noch etwas mehr einflüsterte als Langley. Dennoch waren beider Ziele deckungsgleich. Solange Cypher nicht in das gleiche Horn stieß, war er der Abtrünnige. Der Staatsfeind. Der Vogelfreie. Er befand sich damit auf feindlichem Terrain – und er musste da raus. Die Ironie an seiner Situation: Jene, denen er gegenüberstand, waren auch diejenigen, die ihn darauf trainiert hatten, Menschen ihresgleichen unbeschadet zu entkommen. Das Spiel war also eröffnet.

Erster Schritt: Der Spezialagent analysierte seine Situation.

Sein Ziel: Auf das U-Boot in Ebene eins gelangen, um die Mission gegen die Nixen zu vereiteln.

Die Anforderung: Von seinem Standort auf Ebene drei musste er unbeschadet zu seinem Zielpunkt gelangen. Vorbei an bewaffneten Soldaten und den Mitarbeitern des Doktors, die vermutlich nicht weniger verrückt waren als er selbst. Dennoch, für einen gut ausgebildeten CIA-Agenten von Cyphers Kaliber war all dies eigentlich ein Kinderspiel. Wäre da nicht noch seine Begleiterin gewesen. Etwas schwerfällig, vermutlich etwas tot, nicht zur eigenen Fortbewegung fähig und keineswegs unauffällig.

Die Mitarbeiter des Doktors hatten für Cypher keinerlei Herausforderung, geschweige denn Hindernisse dargestellt. Er war ihnen nach Verlassen der Tiefschlafhalle ein Stück weit gefolgt, hatte sie dann nur wenige Meter den Flur hinab, nach einer kurzen Vergewisserung, dass er mit den beiden alleine war, leise und effektiv zum Schweigen gebracht. Erfahren, wie er war, brauchte er bei nur zwei Gegnern noch nicht einmal eine Waffe. Zwei gezielte Handgriffe gegen untrainierte Zivilisten – und der Kampf war entschieden, bevor er überhaupt richtig begonnen hatte. Nur wenige Sekunden, nachdem die beiden wissenschaftlichen Mitarbeiter die größte Überraschung ihres kurz darauf ausgehauchten Lebens erlebt hatten, war Cypher samt Nixe und Bahre auch schon wieder vom Ort des Geschehens verschwunden.

Es war nur eine Frage der Zeit, bis Shaw und seine Männer merken würden, dass Cypher nicht mehr auf seine Kennungsrufe antwortete und auch nicht dort auftauchte, wo er hätte sein sollen. Spätestens, wenn dann auch noch Subjekt Beta nicht – wie angeordnet – zur Zerstückelung im Labor bereitläge und die eliminierten Wissenschaftler in der Abstellkammer gefunden würden, wo Cypher sie verstaut hatte, spätestens dann könnte jemand misstrauisch werden.

Dennoch war die Zeit auf seiner Seite. Bis zum Kennungsruf hatte er noch locker eine halbe Stunde. Mindestens genauso lange würde vermutlich das Auffinden der Leichen dauern. Allein der Arbeitseifer des Doktors konnte ihm gefährlich werden. Sollte Shaw tatsächlich noch vor Auslaufen der U-Boote eine kleine Sezierung vornehmen wollen und sein Testobjekt nicht dort vorfinden, wohin er es beordert hatte, dann könnte eine

Lawine von Fragen ausgelöst werden, die Cypher allzu leicht überrollen und unter sich begraben würde. Dem galt es zuvorzukommen.

Cypher sammelte sich und rief sich rasch ins Gedächtnis, was er mit Sicherheit über Area 66 wusste, was er gehört hatte, was er zum Teil auch gesehen hatte.

Die Laborebene war, neben dem U-Boot-Hafen und der Kommandoebene zwei, die wichtigste, die zentrale Einrichtung der Station, sozusagen ihr Herzstück. Es kam ihm sehr entgegen, dass sie daher gleichfalls so weit unten wie nur möglich – und damit auch nahe bei den U-Boot-Anlegestellen angesiedelt war. Zwei Ebenen galt es möglichst unbemerkt zu überwinden. Oft genug hatte er solcherlei Operationen bereits für die CIA trainiert und durchgeführt. Selten allerdings mit einem toten Körper im Gepäck.

Die Nixe wog nicht viel, war jedoch schwer genug, um ihm bei einem spontanen, eiligen Manöver hinderlich zu sein. Einen Moment lang erwog Cypher, sie zurückzulassen. Aber was dann? Sein gesamter Plan beruhte darauf, *zusammen* mit der toten Nixe ungesehen an Bord des U-Bootes zu gelangen. Als blinde Passagiere würden sie mit Shaw und seinen Getreuen in See stechen. Dorthin, wo jene die Nixen vermuteten und wo sie weitere Exemplare einfangen wollten, um sie dem gleichen Schicksal zu überantworten wie das bedauernswerte Geschöpf in Cyphers Armen. Dazu durfte es keinesfalls kommen.

Der Agent konnte sich seinen Sinneswandel selbst nicht ganz erklären: Lag es an dem Befehl Shaws, Cypher nach Übergabe des Mädchens zu eliminieren? Lag es an Shaws deutlichem Mangel an Respekt vor jeglichem Leben, seien es Nixen, seien es die Menschen im Krankenhaus oder auch Cyphers Kollegen? Oder stand Cypher womöglich noch immer unter dem Einfluss der Nixe, des Objektes Alpha, die ein Opfer von Shaws Wahnsinn geworden war? Vielleicht, und das war am allerwahrscheinlichsten, wollte Cypher einfach nur sichergehen, dass der Doktor mit seinem Plan einer perfekten Rasse von Kämpfern unter seiner Kontrolle keinen Erfolg hatte. So unwirklich dieses Ansinnen auch war, es war das erklärte Ziel des Wissenschaftlers – und Cypher mochte sich kaum ausmalen, was geschehen konnte, wenn Shaw tatsächlich Erfolg haben sollte. Er wischte alle Zweifel beiseite. Sein Weg stand fest, seine Aufgabe war definiert, die Gefahren kalkuliert – Scheiß drauf, wer wollte schon ewig leben …?

Cypher kauerte in einer dunklen Ecke, die tote Nixe hielt er in seinen Armen, eingehüllt in ein Laken, das er von einem der Tische entwendet hatte – eben dort, wo das Mädchen ein zweites Mal von Shaws Männern hätte geschändet werden sollen. Die Leichen von Shaws Mitarbeitern sicher verwahrt, sortierte er nun seine Gedanken. Wie eine dreidimensionale Grafik führte er sich die Pläne der Station Area 66 vor Augen.

Der Aufzug schied als Transportmittel aus. Es gab nur einen Schacht, nur zwei Kabinen. Das Risiko, entdeckt zu werden, war viel zu groß. Es blieben noch die Treppenhäuser, die allerdings nur durch Einsatz der Sicherheis-ID zugänglich waren. Auch das war risikoreich, hätte man doch im Falle einer Suche nach ihm sofort nachvollziehen können, wo Cypher eine solche Tür geöffnet hatte. Die Luftschächte waren eine naheliegende Alternative. Aber auch jene waren gesichert und womöglich mit Lichtschranken oder Ähnlichem ausgestattet. Was blieb also noch offen?

So sehr es Cypher missfiel, es gab nur eine mögliche Option. Er atmete tief durch. Sein Plan war gefasst. Vor seinem inneren Auge hatte er das Bild der Station. Der Weg, den er zu nehmen gedachte, war in seinen Gedanken rot leuchtend markiert. Der nächste Schritt wäre nun, samt seiner Traglast genau diese Route zügig und unsichtbar zurückzulegen, eventuelle Hindernisse schnell und geräuschlos zu eliminieren und sich auf dem Weg das Werkzeug zu besorgen, welches er zur Einleitung weiterer Etappen seiner Flucht benötigte. Es waren schätzungsweise zwei verwinkelte Kilometer Strecke. Nicht weit, wenn man sich alleine, frei und ungezwungen bewegen durfte. Mit womöglich einem Haufen bewaffneter Soldaten auf den Fersen und einer Leiche im Gepäck war es wenigstens eine neue Herausforderung. Zu deren Bewältigung hatte er nun noch – er sah auf die Uhr – 26 Minuten zur Verfügung. Machbar.

Cyphers Funk piepte. Es war ein Morsesignal, dass er nur zu gut kannte. Jemand wollte seinen Standort checken und wissen, was er gerade tat. Dies war nicht der Standardruf, weswegen ihm klar wurde, dass sein Zeitfenster sich womöglich soeben geschlossen hatte.

Für gewöhnlich hätte er nun eine Taste an seinem Funkgerät am Gürtel in einem bestimmten Rhythmus betätigt, wodurch automatisch die gewünschten Informationen über seinen Standort und mit seinem Code ausgestattet übermittelt worden wären. Nicht jedoch heute. Er hätte die automatische Standortangabe nicht verhindern können, wäre also gefunden worden. Obschon er sich darüber im Klaren war, dass ein Ignorieren des Rufs einen Sprachruf zur Folge hätte, verzichtete er auf eine Übermittlung. Er hatte nicht mehr viel Zeit.

Cypher sah aus seinem Versteck. Der Flur war leer. Wenn überhaupt Angestellte außer ihm auf Ebene drei und noch nicht bei den U-Booten waren, so waren sie in den Räumen beschäftigt. Er würde etwa vierzig Sekunden benötigen, um sein Werkzeug zu sichern und für Ablenkung zu sorgen. Weitere achtzig, um von der Ebene zu verschwinden.

Er schulterte die Nixe links, so hatte er seinen rechten Arm frei für die Waffe, jene inzwischen mit Schalldämpfer versehen. Noch einmal ein rascher Blick, um die erste Einschätzung seiner Situation zu bestätigen Dann brach er hervor und lief los.

Rennen, das wusste er, war nicht sinnvoll. Er hätte auf Kameras und an den Fenstern der Labore vorbeieilend potenziell zu viel Aufmerksamkeit erregt. Normales, aber zügiges Tempo war weniger auffällig, konnte wertvolle Sekunden bedeuten, bevor man sich seiner Eile bewusst wurde – und es sparte Kräfte, die er sicher noch dringend brauchte.

Dicht an der linken Wand, der Krümmung des äußeren Ganges folgend, lief er leise und zielstrebig entlang. Immer darauf bedacht, jeden Entgegenkommenden zu erkennen, bevor jener hätte reagieren können, und wenn nötig auszuschalten. Dann erreichte er sein erstes Etappenziel.

Er stand vor einer Labortür. Hier hatte er heute schon einmal reingeschaut.Er hatte es auf etwas ganz Bestimmtes dort drinnen abgesehen. Leise schlüpfte er hinein. Es war dunkel, niemand war hier. Hervorragend! Er trat an einen roten Glaskasten an der Wand, in dem sich, hinter einer Scheibe, eine Feueraxt befand. Diese war sein Ziel.

Er schloss die Augen. Wissend, dass er sich nach seinem nächsten Schritt keinerlei Fehler mehr erlauben durfte. Alles musste jetzt sehr schnell, unauffällig und präzise ablaufen. Keine Spielräume mehr für Unvorhergesehenes. Einmal noch tief durchatmen.

Dann zerschlug er die Scheibe. Während seine Hand durch die herabfallenden Glassplitter hindurch schnellte und die Axt herausnahm, schrillte der Feueralarm auf. Nichts wie weg.

Cypher hielt die Nixe über der linken Schulter, in der linken Hand hielt er die Axt. Er hastete zurück auf den Flur, wandte sich in die Richtung, die ihn fort von den Aufzügen und der Treppe führte – dort würden wegen des Alarms nun alle hinrennen. Von dort würden in Kürze auch jene kommen, die ihn suchen sollten.

In den Gängen schrillte der Alarm, während er weitereilte. Ein Verbindungsgang tauchte vor ihm auf, hinüber zum inneren Ring. Dorthin, wo auch die Aufzüge angesiedelt waren. Aber Cypher hatte keine Wahl. Er lugte um die Ecke und hastete erst weiter, nachdem er niemand in dem Gang erblickte. Vorne angekommen dasselbe Spiel am inneren Ring. Noch immer leere Flure, es konnte sich aber nur noch um wenige Augenblicke handeln. Er wandte sich nach rechts, war wieder in die gleiche Richtung unterwegs wie vorhin, nur jetzt im inneren Kreis.

Rote Lampen blinkten, das Licht war gedimmt worden. Nach wenigen Sekunden hörte er schließlich hinter sich das Getrappel und die Rufe von Männern, die herbeieilten, um in diesem wichtigsten Sektor der Station alles vor den Flammen zu retten, was noch zu retten war. Er konnte ungefähr abschätzen, wie lange sie brauchen würden, um in den äußeren Ring zu gelangen, das Labor zu finden, wo der Alarm ausgelöst worden war, und daraus ihre Schlüsse zu ziehen. Gleichwohl konnten sie nicht ahnen, was er vorhatte. Das war sein Vorteil.

Cypher eilte weiter. Dann geschah das, was er so schrecklich gerne vermieden hätte. Er sah Männer, die ihm entgegenkamen. Rasch verbarg er seine Waffe; an der offen getragenen Axt konnte er – mit dem Bündel auf der Schulter – so schnell nichts ändern,

Generell stellten ein paar Männer kein allzu großes Problem dar. Es waren immerhin keine Agenten, noch nicht einmal Soldaten. Es waren einfach nur Mitarbeiter des Labors, die wegen des Alarms in Richtung Treppenhaus eilten. Cypher verlangsamte seinen Schritt. Ging mit starrer Miene und zielstrebig an ihnen vorbei, die Waffe in seiner Hand so dicht am Körper wie möglich. Vielleicht wären sie so sehr auf ihre eigene Flucht bedacht, dass ihnen diese merkwürdige Begegnung – ein Mann im Anzug mit einer Axt und einem Bündel über der Schulter – nicht auffallen würde. Cypher schickte ein Stoßgebet zum Himmel – um ihret- wie auch um seinetwillen.

Sie huschten an ihm vorbei. Diskutierend, gestikulierend, lamentierend.

Gerade wollte Cypher seine Schritte wieder beschleunigen und sich der nächsten Phase seines Plans widmen, da vernahm er, was er so dringend nicht zu hören gehofft hatte. Dass die Schritte hinter ihm stoppten.

Ab diesem Moment ging alles sehr, sehr schnell. Der Stopp, schon die Veränderung im Schrittmuster, im Rhythmus der vorüber geeilten Gruppe, das reichte für Cypher aus, um zu reagieren. Die Stimme, die er nur Sekundenbruchteile danach erkannte, tat gar nichts mehr zur Sache. Der Mann war bereits tot, bevor er seine Frage ausformuliert hatte.

„Agent Cypher, was tun ..."

Das Quietschen einer durch einen Schalldämpfer gepressten Kugel erklang. Einmal, zweimal, dreimal, viermal. Die vier Männer in den weißen Kitteln lagen am Boden, jeder einzelne durch einen präzisen Kopfschuss niedergestreckt. Cypher war bereits wieder auf dem Weg. Diese Leichen musste er ungetarnt zurücklassen. Das war schlecht, denn spätestens bei deren Auffinden, was nicht lange dauern konnte, wusste jeder hier, dass Area 66 offenbar ein ganz anderes Problem hatte als ein vermeintliches Feuer.

Cypher erreichte sein zweites Etappenziel nur wenige Sekunden später und schlüpfte in den Waschraum. Auch hier gab es nur noch eine Notbeleuchtung, was ihm die Orientierung erschwerte. Gleichwohl konnte er das sehen, was er brauchte. Die Tür hinter ihm besaß glücklicherweise einen Riegel, den er rasch vorschob. Wieder ein paar wenige Sekunden, die ihm dienlich sein konnten. Er legte die Nixe auf den Waschtisch mit den zwei Waschbecken direkt neben der Eingangstür, entledigte sich seines Jacketts und stopfte es in die Ritze zwischen Tür und Boden.

Dann ließ er den Blick kurz über die sanitären Anlagen schweifen, orientierte sich an deren Positionierung und legte sich schließlich auf eine Wand fest. Er drehte an allen Waschbecken die Wasserhähne auf, rannte in eine der Toiletten und betätigte die Spülung. Dann ging er an seine erwählte Wand und legte ein Ohr an die Fliesen. Er glitt langsam mit dem Ohr daran herab und stockte an einer bestimmten Stelle. Kein Zweifel mehr. Hier befand sich das Fallrohr. Er hörte es hinter der Wand plätschern, obwohl hier keinerlei sanitäre Einrichtung installiert war. Auch geografisch war es sinnvoll. Denn die Wand war am hinteren Ende des Waschraums, der sich wie ein Keil nach hinten verjüngte. Das Fallrohr musste demnach, ähnlich wie der Aufzug und das Treppenhaus, in einem zentralen Schacht exakt in der Mitte der kreisrunden Ebene verlaufen. Das war Cyphers Hoffnung gewesen, denn dies bedeutete: Es war höchstwahrscheinlich groß und breit; es führte sämtliches Abwasser von allen Ebenen über ihm direkt hinab in den unterseeischen Tunnel, den auch die U-Boote benutzten. Es würde breit genug sein für ihn und seine tote Begleiterin.

Er krempelte die Ärmel nach oben, griff die Axt und schlug in einem hohen Tempo und mit großer Kraft auf die Wand ein. Auch diesmal hatte er Glück: Sie war nicht aus Stahl. Cypher war davon ausgegangen, dass selbst die CIA, bei aller Paranoia, schlau genug war, die sanitären Anlagen einer derart riesigen Station so weit zugänglich zu belassen, dass man sie zur Not eigenständig und unauffällig reparieren könnte. Nicht auszudenken, wenn während eines Einsatzes oder gar eines Shut-Downs – einer Versiegelung der Anlage gegen die Außenwelt – hier ein Problem aufgetreten wäre. Die CIA in Area 66 wäre buchstäblich in ihrer eigenen Scheiße untergegangen. Aber das hatte man sich nicht angetan. Die Wand gab unter Cyphers Schlägen nach, bröckelte und das entstehende Loch gab alsbald den Blick frei auf ein riesiges Rohr, in das mehrere kleine Rohre von links und rechts, vermutlich von den Waschbecken und den Toiletten, hineinliefen. Dies war sein Fluchtweg.

Anders als den Erbauern der Station war Cypher die tadellose Funktion der sanitären Anlagen in diesem Moment nicht wirklich wichtig. So hieb er mit der Axt seitlich auf das Rohr ein. Er hatte eine Stelle ausgemacht, die ihm augenscheinlich leicht rostig vorkam. Er behielt recht, es bedurfte nur weniger Hiebe, bis sich ein Riss in der Konstruktion bildete und eine braune Brühe heraussprühte.

Er atmete jetzt nur noch durch den Mund, zu beißend war der Geruch nach Ammoniak, der faulige Gestank und es brannte in seinen Augen. Er musste sich nun beeilen, er hätte nicht mehr lange Gelegenheit, hier weiterzuarbeiten, bevor er völlig im Unrat stünde. Und mit Sicherheit löste das Leck im Rohr irgendwo einen Alarm aus.

Er hämmerte aus Leibeskräften weiter auf das Rohr ein und bemerkte zu seiner Erleichterung, dass er es schon fast vollkommen durchtrennt hatte – sämtliches Abwasser der Station floss nun nicht mehr hinab in den unterseeischen Gang, sondern in seinen Waschraum; es reichte ihm bereits bis zu den Knien. Und das war gut so.

Der Knopf in seinem Ohr piepte. Er hatte sich schon gefragt, was die Jungs aufhielt.

„Agent Cypher, hier ist die Zentrale. Sie haben nicht auf Ihren Ping reagiert. Machen Sie Meldung!"

Cyphers Bewegungen wurden noch schneller. Es war fast geschafft. Seine Arme schmerzten, seine Muskeln brannten. Aber es war fast soweit. Nur noch wenige ...

„Cypher, was tun Sie da?"

Das war nicht mehr der CIA-Agent aus der Zentrale, den er soeben im Ohr gehabt hatte. Er erkannte die Stimme sofort. Wer nun über seinen Knopf im Ohr mit ihm sprach, war Shaw.

„Seien Sie kein Narr!", sagte Shaw. „Sie hatten einen klaren Auftrag, ich habe Ihnen vertraut, Sie sind Teil einer großen Chance, aus der eine neue Weltordnung entstehen kann. Und so danken Sie es mir?"

Cypher knurrte vor Anstrengung und Schmerz. Er konnte nicht abschätzen, wie viel Shaw bereits über seine Pläne wusste oder ahnte. Aber er vertraute darauf, dass jener, der kein Agent war, unmöglich jetzt schon überblicken konnte, was Cypher bereits unternommen hatte und was noch kommen würde. Bis hierher war er ohne Zeitverlust gelangt, vierzig Sekunden bis zur Axt, achtzig bis zum Waschraum. Gut, vielleicht noch zehn Sekunden mehr, da er die Männer auf dem Flur hatte ausschalten müssen. Was jedoch hier drinnen geschah, hatte er zeitlich nicht kalkulieren können. Er musste nun weiterhin äußerst schnell sein, zielstrebig, sich nicht beirren lassen, schneller sein als alle anderen. Nur so hatte er eine Chance.

Das Rohr vor ihm barst endgültig entzwei. Das Abwasser strömte geradezu herein, er stand nun bis zu den Oberschenkeln in einer undefinierbaren Brühe. Der Vorteil daran: Alles, was hier hereinlief, lief nicht mehr in das Rohr nach unten. So konnte er ungehindert seine Flucht fortsetzen.

„Cypher!“, hörte er Shaw durch seinen Knopf im Ohr. „Ich warne Sie! Kommen Sie mir nicht in die Quere, Sie verdammter Bastard. Sie legen sich hier nicht mit irgendjemandem an, nein, mit etwas Großem, dem Sie nicht gewachsen sind! Die ganze Station ist voll mit meinen Leuten. Wir werden kommen und Sie holen! Sie können nicht gewinnen!“

Der Agent hob die Nixe von dem Waschtisch hoch, wo sie vor dem Abwasser geschützt gewesen war, und überlegte kurz. Dann riss er sich den Knopf aus dem Ohr und das Mikro vom Ärmel, löste das Gerät von seinem Gürtel und betätigte die Sprechtaste. „Shaw, es mag sein, dass ich nicht gewinne. Aber Sie, Mann, Sie stecken so richtig tief in der Scheiße!“

Dann zerschmetterte er das Gerät an der Wand, warf es in die widerwärtige Brühe, die ihm nun schon bis zur Hüfte reichte. Er fixierte die Axt und seine Waffe hinten an seinem Gürtel. Mit der Nixe über der Schulter kletterte er, die Beine voraus, in das Rohr, das er absichtlich auf Brusthöhe abgeschlagen hatte. Er würde noch ein paar Minuten übrighaben, bevor das Abwasser im Waschraum so hoch stünde, dass es über den oberen Rand wieder in das Rohr hineinfließen könnte. Minuten, die er zu nutzen wüsste.

Der Abstieg zur Ebene 1 begann. Da er Shaw bereits konfrontiert und über die Beantwortung des Funkspruchs auch seinen Standort preisgegeben hatte, wusste er nicht genau, was ihn dort unten erwarten würde. Es war ein riskanter Abstieg, der seinen Untergang bedeuten konnte.

Die beiden Sonderkommandos brachten sich in Stellung. Nur Sekundenbruchteile, nachdem Cypher seinen Funkspruch an Shaw abgesetzt hatte, wusste man im Hauptquartier auf Ebene 2 exakt, wo er sich aufhielt. In geradezu atemberaubender Geschwindigkeit waren die nach dem Krankenhausmassaker letzten zwei vor Ort stationierten Sonderkommandos der CIA zur Ebene 3 geeilt und hatten den Flur nach beiden Seiten hin neben dem fraglichen Waschraum abgeriegelt. Es gab absolut kein Entrinnen für jene, die womöglich dort drinnen saßen. Bereits zwei Minuten nach dem Befehl waren die Männer in Stellung, bis an die Zähne bewaffnet – und sie wollten Blut sehen.

Genauso wie übrigens Shaw, der eigentlich gerade auf dem Weg in Richtung seines U-Bootes gewesen war, sich aber den Zugriff und die Eliminierung Cyphers nicht entgehen lassen wollte. Er wartete mit seiner Entourage in sicherer Entfernung des Waschraums, bis die beiden Spezialteams endlich Stellung bezogen hatten. Es waren nun um die zwanzig Gewehrläufe aus allen Richtungen auf die Türe des Waschraums gerichtet. Die Akte Cypher würde in wenigen Minuten geschlossen sein.

Zwei weitere uniformierte und roboterartig gepanzerte Männer machten sich auf den Weg in Richtung Tür. Sie hatten einen Rammbock dabei und brachten sich direkt vor der Tür in Position, mit dem Rammbock im Anschlag. Hinter ihnen machten sich zwei Soldaten schussbereit. Eine rote Fläche am Drehschloss der Tür verriet den Außenstehenden unmissverständlich, dass sich drinnen jemand befand und die Tür verriegelt hatte. Ohne Zögern hatte man deshalb den Rammbock bestellt, für den die gut versiegelte, aber nicht unüberwindbare Tür mit ziemlicher Sicherheit kein Problem darstellte.

Shaw wunderte sich schon sehr über die Arroganz und die gleichzeitige Leichtgläubigkeit des CIA-Profis, der sich nun gegen ihn gewandt hatte. Was hatte Cypher sich gedacht? Das Sicherheitsnetz der Area 66 war viel zu engmaschig, als dass irgendwer hätte hindurchschlüpfen können. Niemand konnte ohne Shaws Zustimmung die Station betreten, sie verlassen oder sich in ihr bewegen. Cypher hätte – wenn auch nur für eine überschaubare Weile und bei Gelingen der Operation Hospital – zum inneren Kreis der neuen Organisation gehören können. Wer weiß, vielleicht hätte man für ihn selbst jetzt noch eine Position gefunden? Natürlich nur dann, wenn er seine zweite Chance genutzt hätte.

Gleichwohl beglückwünschte sich Shaw zu seinem hervorragenden Instinkt, die eigentliche Schwäche dieses schießwütigen Schurken erkannt zu haben. Cypher war offensichtlich einfach nicht aus dem Holz, dass es brauchte, um langfristig planen und arbeiten zu können. Deshalb hatte er sich, gleich einem Schulmädchen, in einer Toilette eingeschlossen und hoffte nun wohl, dass der Drehriegel ihm einen Vorteil verschaffen würde. Vermutlich hockte er in einer der Kabinen in Deckung, zielte mit seiner Waffe auf die Tür und wollte eindringende Schützen der Reihe nach erledigen. Wie viele Schuss würde er noch haben? Zehn, vielleicht zwanzig? Wie viele Ersatzmagazine trug er wohl bei sich? Sicherlich nicht genug, um diese beiden Sonderkommandos abzuwehren. Es war aussichtslos, er hatte verspielt und verloren. Shaw war unterm Strich zufrieden: Manche Probleme lösten sich auf wunderbare Weise von ganz allein.

Er trat ein wenig vor und sprach einen der Uniformierten an, den er für den Anführer der Truppe hielt. „Wie geht es denn jetzt weiter? Greifen Sie schon zu!“, sagte Shaw ungeduldig.

Der Mann schaute ihn nicht einmal an, als er antwortete.

„Gehen Sie wieder in Deckung, Sir“, bellte er. „Da drinnen hockt ein Top-Agent der CIA und er sitzt in der Falle. Wir wissen nicht, was er in so einem Fall tun könnte. Wir müssen äußerst vorsichtig vorgehen.“

„Top-Agent, dass ich nicht lache!“, sagte Shaw mit höhnischem Unterton. „Was soll denn noch passieren, er ist der Überzahl keinesfalls gewachsen!“

Der Uniformierte seufzte.

„Wir haben Cypher und seinen Kollegen direkt aus Langley angefordert. Sie gehören zur absoluten Elite der CIA-Agenten“, erklärte der Kommandant seine Bedenken. „Jene Männer verfügen über taktische Fähigkeiten, die keiner von uns auch nur im Ansatz vermittelt bekommen hat. Sein Kollege ist tot, den können wir nicht mehr einsetzen oder fragen. Und Langley schweigt zu Details. Es bleibt also nur: Kopf einziehen und den Bastard schnellstens eliminieren. Die Falle muss zuschnappen, solange wir noch die Oberhand haben." Mit einem drohenden Unterton, den Blick direkt auf Shaw gerichtet, fügte er hinzu: „Also gehen Sie verdammt noch mal wieder nach hinten, und lassen Sie uns unseren Job machen ... *SIR*!"

Shaw fasste insgeheim einen Entschluss, wen er als nächstes im Bassin seines Labors den Nixen zum Fraß vorwerfen würde – sobald diese Sache ausgestanden wäre und sie hoffentlich wieder eine lebendige Nixe in ihre Gewalt gebracht hätten. Menschen mit einem eigenen Willen, und waren sie auch noch so nützlich, konnte er nicht gebrauchen. Es würde ihm ein Vergnügen sein, diesen Wicht im Dienste der Wissenschaft zu eliminieren. Für den Moment jedoch gehorchte er – was sonst gar nicht seine Art war – und trat wieder zurück hinter die letzte Reihe der Uniformierten.

Dann, endlich, gab der Mann den beiden an der Tür ein Zeichen. Abgeschirmt von einem weiteren Kollegen, der eine Art Schutzschild vor sie hielt, der nur die Klinke samt Schloss offen ließ, holten die beiden Männer mit dem Rammbock weit aus – zahlreiche Maschinenpistolen wurden klickend entsichert – und schmetterten das stählerne Teil gegen das Türschloss Die Tür erzitterte allerdings kaum. Ein zweiter Schlag erbrachte das gleiche Ergebnis.

„Irgendetwas stemmt sich von innen dagegen, Sir!", rief einer der Männer. „Da ist ein ziemlicher Druck auf der Tür."

Shaw kicherte in sich hinein. Sollte Cypher tatsächlich so dumm sein und auch noch von innen die Türe zu halten? Kaum vorstellbar, dass sich so etwas „Special Agent" nennen durfte.

Der Kommandant gab ein weiteres Handzeichen.

Die beiden Männer mit dem Rammbock nahmen einen leichten Anlauf und schmetterten ihr Werkzeug nochmals mit deutlich mehr Kraft, aber weniger abgeschirmt, gegen die Schließvorrichtung. Ohne weiteren Befehl wiederholten sie diesen Vorgang noch zwei Mal – bis die Tür dann endlich nachgab.

Anders als erwartet flog die Tür allerdings nicht nach innen, wie sie das hätte tun sollen, sondern wurde sofort nach Zerstörung der Verriegelung nach außen gedrückt. Sie gab dem Druck des dahinter fast bis unter die Decke des riesigen Waschraumes reichenden widerlichen Abwassers nach, woraufhin die Männer, die sich vor der Tür befunden hatten, von der Wucht des Wassers samt Tür und Schutzschild gegen die gegenüberliegende Wand geschleudert wurden, und sich die stinkende Brühe wie eine Flutwelle in beide Richtungen in die Flure ergoss. Die Männer links und rechts der Tür schrien laut auf und gingen in Deckung. Einige wurden trotzdem ein paar Meter vom Abwasser mitgerissen.

Mit Ausnahme der drei Männer vor der Tür, die mit voller Wucht gegen die Wand geschleudert worden und in der Brühe bewusstlos liegengeblieben waren, war indes niemand verletzt. Erstere hatten sich teilweise gravierende Knochenbrüche zugezogen, waren sie doch beinahe zwischen Tür, Schild und Wand vom Wasser zerschmettert worden.

Alle anderen Einsatzkräfte fluchten und waren von mitgerissenen Waschbecken und Kloschüsseln aus dem Waschraum leicht lädiert, dennoch weiterhin einsatzfähig. Die meisten von ihnen schäumten vor Wut, wollten diesen fiesen Schachzug ihrem Gegner heimzahlen.

„Zugriff!", schrie der Kommandant. „Verdammt noch mal, Zugriff!"

Schnell rappelten sich einige seiner Männer hoch und stürmten mit den Waffen im Anschlag in den bestialisch stinkenden Waschraum. Man hörte das Platschen der Schritte auf dem nassen Boden. Die Männer riefen Kommandos, Kennungen und mehrfach „Gesichert!"

Schließlich kam einer der Uniformierten wieder heraus.

„Sir, kommen Sie, das müssen Sie sich ansehen!"

Der Kommandant stand auf und ging widerwillig hinein, dicht gefolgt von Shaw, der ihm, wenngleich auch leicht angewidert, nachrannte. Beide sahen sogleich, was der Agent gemeint hatte: Das Loch in der Wand und das zerstörte Rohr, durch das immer noch Abwasser von oben in den Raum, aber nun auch auf den Flur floss.

„Er muss durch das Abwasserrohr entkommen sein, Sir!", sagte einer der Männer.

„Wo führt das hin?", fragte Shaw, ohne den Blick von dem Loch in der Wand abzuwenden.

„Es mündet in den Unterwassertunnel, den wir als Passage für unsere U-Boote in den Ozean nutzen", sagte der Kommandant. „Er wird vermutlich versuchen, hindurchzutauchen und draußen an Land zu kommen. Das ist aber schier unmöglich, weil der Tunnel viel zu lang ist, um durch ihn zu tauchen. Das schafft er niemals."

Shaw schnaubte verächtlich.

„Hatten Sie mir nicht auch gesagt, dass er aus diesem Raum *niemals* entkommen kann?", fragte er wütend. „Mobilisieren Sie Ihre Männer. Jeder, der hier auf Station ist und der nicht mit uns auf die Mission geht, sucht Agent Cypher. Bewachen Sie das Dock unten und suchen Sie die Küste genauestens dort ab, wo der Tunnel endet. Überprüfen Sie sämtliche Versorgungstunnel, Notausstiege und Zugänge. Ich will diesen Bastard, ich will ihm persönlich den Hals umdrehen. Und ich will *meine Nixe* zurück. Los!"

Der Kommandant versuchte sich die Treffer der Standpauke nicht allzu sehr anmerken zu lassen. Er rief seinen Leuten noch einige Befehle zu, die daraufhin den Raum verließen und sich auf die Suche machten. Alle verließen geknickt den Ort des Geschehens. Zurück blieb nur Shaw, der noch immer vor dem Loch in der Wand stand und vor Wut zu zerbersten glaubte.

Er schaute hinab auf seine Schuhe, die teuren Lederschuhe, die mit dieser Aktion ruiniert worden waren, ganz zu schweigen von seiner Hose, die zu einem teuren Armani-Anzug gehörte. Cypher würde diesen Streich teuer bezahlen, das schwor sich Shaw, so wahr er hier stand. Er würde bluten für das, was er getan hatte. Wenn er nicht schon tot war, ersoffen im Exkrement, so würde er sich alsbald wünschen, dass die Jauchegrube sein Ende gewesen wäre.

Es gab so manches, was Shaw zu tun wusste, um Menschen ihren Tod herbeisehnen zu lassen. Für Cypher, diese Zeit wollte er sich nehmen, würde er jede einzelne dieser Techniken zu einer ganz neuen Qualität weiterentwickeln.

Schließlich machte er kehrt und verließ den Waschraum

Etwas Großes stand an. Während seine Männer den abtrünnigen Agenten jagten, wollte er sich von seinem nächsten Schritt zur Weltherrschaft keinesfalls abhalten lassen. Sein U-Boot war startklar.

23

Achtundvierzig Stunden. Zwei volle Tage. Im Grunde war das mehr als genug Zeit für Doktor Benedict Sanders, seinen Plan umzusetzen. Die Schwierigkeit bestand darin, dass er unter dem Radar bleiben musste. Niemand durfte mehr Details seiner Vorgehensweise wissen als unbedingt nötig. Zwar hatte Castus Crane bereits die stattliche Summe von zehn Millionen Dollar auf Sanders' Konto angewiesen. Der junge Arzt war sich allerdings dessen bewusst, dass es sich hierbei um einen jederzeit reversiblen Vorschuss handelte. Sollte er nicht das liefern, was er mit Crane vereinbart hatte, würde er nicht nur diese neue Lebensgrundlage einbüßen. Er würde vielleicht noch sehr viel mehr verlieren. Und das letzte Hemd hatte bekanntlich keine Taschen.

Während er mit einem kleinen Konvoi dreier schwarzer SUVs durch das dämmrige australische Outback bretterte, einem bis dahin nur ihm bekannten Ziel entgegen, beschäftigten ihn noch weitere Gedanken und Fragen. Wie war beispielsweise die Leiche des mysteriösen anzugtragenden Mannes aus dem Krankenzimmer und später aus seiner Pathologie verschwunden? Wie waren die Ergebnisse der Untersuchungen des Mädchens auf ihrem Weg zu den Gesundheitsbehörden abgefangen worden und verschwunden? Wer waren diese mysteriösen Mitspieler, die offensichtlich ein ähnliches Interesse an den Nixen hegten wie er selbst und Crane? Und noch viel wichtiger: Waren diese Mitspieler ihnen vielleicht sogar einen Schritt voraus? Wussten sie bereits mehr – und könnten sie seine und Cranes Pläne durchkreuzen? Würden sie sein Geld gefährden – oder gar sein Leben?

Benedict Sanders wischte die negativen Gedanken beiseite. Es half nichts, sich mit Fragen zu beschäftigen, auf die er jetzt und hier keine Antworten finden würde. Auch spielte die Beantwortung der Fragen kaum eine Rolle: Ein unbekannter Gegner war ohnehin nicht kalkulierbar. Sie kannten weder seine Intentionen, deshalb auch nicht seine nächsten Schritte, noch seinen Hintergrund. Sie mussten darauf vertrauen, ihre Flanken ausreichend gesichert zu haben und konzentriert zum Angriff übergehen. Sollte jene dritte Partei aus der Deckung kommen, sich zu erkennen geben, womöglich in einem entscheidenden Moment, mussten sie darauf gefasst sein und die Konkurrenz ausschalten. Dazu galt es, hier und jetzt einen kühlen Kopf zu bewahren, den Fokus nicht zu verlieren und sich rasch, entschieden und leise all das zu sichern, was ihnen, Sanders und Crane, im Augenblick der Konfrontation den größten Vorteil verschaffen würde. Alles hing ab von dieser einen anstehenden Mission.

Der junge Arzt, der sich jetzt vorkam, als sei er unversehens zum Anführer eines Stoßtrupps der Navy-Seals avanciert, atmete tief durch. Sein Puls raste und er fühlte kalten Schweiß auf seiner Stirn. Tat er hier wirklich das Richtige?

„Wie lange noch?", fragte Sanders seinen Fahrer. Einen hünenhaften Kerl, der ganz in schwarz gekleidet war, einen Helm und eine kugelsichere Weste trug, dazu vielerlei Ausrüstung am ganzen Körper, an Gürtel, Hose, Weste und Helm. Er sah fast schon aus wie ein Roboter, von dem Menschen im Inneren der Ausrüstung war kaum mehr etwas zu erahnen, geschweige denn zu erkennen.

„Noch etwa zwanzig Minuten, Sir."

Sanders holte ein schwarzes Täschchen aus der Innentasche seines Jacketts. Er öffnete einen Reißverschluss, klappte es auf und kontrollierte den Inhalt. Fünf Spritzen waren darin enthalten. Alle bereits aufgezogen und fertig vorbereitet zur Injektion. Sie enthielten ein starkes Sedativum, das oft auch in der Tiermedizin benutzt wurde, um große, wilde Tiere in Narkose zu legen. Er musste nur die Spritzen aus dem Etui nehmen, die Schutzkappe entfernen und schon könnte er alles und jeden schlafen legen, der ihm vor die Nadel kam. Jedes Wesen bis zur Größe eines Elefanten.

Vorausgesetzt natürlich, er würde eine durchlässige Stelle der Haut erwischen, die er mit seinen Nadeln auch wirklich durchstoßen könnte. Bei der Nixe, so mutmaßte er, würde dies kein Problem darstellen. Ihre Haut dürfte etwa ebenso dünn sein wie die eines Menschen. Oder hatten Nixen eventuell noch eine Art Fettschicht unter der Haut, ähnlich wie der Blubber bei den Walen? Unwahrscheinlich, dachte er weiter. Wie könnten sie sonst ihre tolle Figur halten? Im nächsten Moment schalt er sich für die Absurdität seines Gedankenstroms. Konzentriere dich, Benedict, konzentriere dich!

Um zur Platzierung der Spritze nicht allzu nahe an das Wesen herankommen zu müssen, hatte Sanders im Kofferraum des Wagens zudem noch einen Koffer mit einem Blasrohr vorbereitet. Den hatte er sich von den Männern Cranes besorgen lassen. Er hatte immerhin in der Pathologie gesehen, was dieses Wesen aus nächster Nähe einem Mann anzutun vermochte. Die Alpträume, die er von jenen Bildern hatte, reichten ihm aus. Dieser sehr realen Gefahr wollte er sich nicht aussetzen. Und auch nicht die Männer, die ihm Crane zur Seite gestellt hatte. Es waren nicht viele, ein eher kleiner, eingeweihter Kreis. Er konnte auf keinen von ihnen verzichten.

Die Söldner waren zu zehnt, dazu Sanders, in den schwarzen Fahrzeugen zu nächtlicher Stunde unterwegs. Sanders hatte acht Männer verlangt, ein neunter war in letzter Minute noch hinzugekommen. Vermutlich ein Vertrauter Cranes. Angeführt wurden sie alle von dessen Leibwächter, einem Gorilla sondergleichen, der offensichtlich auch Militärerfahrung hatte und sein Team lenkte, als wären sie eine Eingreiftruppe auf feindlichem Terrain. Sanders war es unangenehm gewesen, dass ausgerechnet dieser Mann den Trupp leiten sollte. Auch hatte der Gorilla selbst nicht verstanden, weshalb Crane ihn für diese Aufgabe auswählte. Immerhin wäre jener während dieser Zeit schutzlos. Nichtsdestotrotz hatte sein Brötchengeber auf dieser Einteilung bestanden.

So saß besagter Gorilla nun im zweiten Fahrzeug im Konvoi, hinter dem Führungsfahrzeug von Benedict und seinem Fahrer, gemeinsam mit drei vermummten Kämpfern. Vier weitere Einsatzkräfte, bis an die Zähne bewaffnet, vermummt und gepanzert, befanden sich im dritten Fahrzeug und bildeten die Nachhut.

Sanders hatte keine Ahnung, was sie am Ziel genau erwarten würde. Er hatte lediglich herausgefunden, dass der Hausangestellte Mandu, der in den Zwischenfall mit dem Mädchen verwickelt gewesen und sogar beinahe wegen eines sexuellen Übergriffs festgenommen worden war, nach dem Zwischenfall in seiner Klinik nicht mehr aufzufinden war. Er war derjenige gewesen, der als erstes mit dem Mädchen in Kontakt getreten war – wenn man es so nennen mochte. Er war allerdings auch längst aus der Schusslinie gewesen – im wahrsten Sinne des Wortes – als im Hospital die Hölle losbrach. Er war zu guter Letzt auch nicht unter den Leichen gewesen, welche die örtlichen Behörden nach und nach untersucht, eingesammelt und sofort in die hauseigene Pathologie des Krankenhauses gebracht hatten.

Gleichwohl blieb Mandu verschwunden, er tauchte nicht mehr zu seinen Schichten auf und hatte auch keine Nachrichten hinterlassen. Die Polizei hatte ihn nicht mehr in Gewahrsam, soviel hatte Sanders herausgefunden. Die Beamten, die dies hätten im Krankenhaus erledigen sollen, waren im Kugelhagel umgekommen. Sogar Mandus Mutter, die ja an jenem Tag ebenfalls in dem Hospital gewesen war, schien verschwunden zu sein. Sie, die sich schon von Anfang an bedeckt gehalten hatte, ohne Zweifel etwas verbarg, sollte gleichzeitig mit ihrem Sohn vom Radar aller Behörden verschwinden? Das Mädchen samt Eltern obendrein? Vermutlich wäre es nicht einmal jemandem aufgefallen, der nicht genau hinschaute.

Sanders hingegen hatte sehr wohl genau hingeschaut, verdammt genau sogar. Deshalb war ihm auch aufgefallen, dass der Wagen, den Mandu fuhr, noch einige Stunden und Tage auf dem Parkplatz des Krankenhauses stand – während von seinem Besitzer jede Spur fehlte. Sanders wagte eine tollkühne Schlussfolgerung, besorgte sich in einem Elektroladen einen kleinen Peilsender und heftete diesen unbemerkt an Mandus Auto. Als der Wagen nur kurze Zeit später verschwunden war, wähnte Sanders seine Falle zugeschnappt. Er hatte die richtigen Fragen gestellt zur richtigen Zeit, hatte die richtigen Schlüsse gezogen – und würde deshalb nun zu einem sehr reichen Mann werden.

Blieb nur noch die Frage, was die Männer des Crane-Konvois in dem Dorf der Aborigines erwarten würde, wohin der Peilsender sie nun lenkte. Sanders hatte sich nicht viel über die Aborigines informiert – wenngleich das als behandelnder Arzt in einem Krankenhaus des Northern Territory eigentlich zu seinen Aufgaben gehörte. Schließlich waren die Nachfahren der australischen Ureinwohner zu einem nicht unerheblichen Teil seine Patienten. Für deren Lebensweise hatte er sich allerdings noch nie interessiert.

Er empfand diese Art der Parallelgesellschaft als lästig, als eine Zumutung, und er hätte es am liebsten gesehen, wenn all diese Dörfer von der australischen Karte verschwunden wären. Es war Sanders Auffassung nach längst nicht mehr zeitgemäß, an alten Bräuchen und Traditionen festzuhalten, bestenfalls noch touristentauglich. Wenn jedoch diese Bräuche Strategien einer effektiven Verteidigung gegen ihn und sein Team beinhalteten, so hätte er in diesem Moment doch gerne darüber Bescheid gewusst.

Gleichzeitig setzte Sanders zu einhundert Prozent auf sein Team. Diese Männer würden vermutlich nicht zögern, das ganze Dort in einem Kugelhagel niederzumähen. Sollte also der stille Angriff oder auch ein bereitgestellter Koffer voller Bargeld versagen, würde man es mit Gewalt regeln. Kein schöner Gedanke, aber ein beruhigender – in Anbetracht dessen, dass die Mission in keinerlei Hinsicht gefährdet würde. Der Zieleinlauf stand folglich außer Frage – allein der Weg dorthin würde sich erst in den nächsten Minuten erweisen.

Schon kamen in einiger Entfernung die Silhouetten des kleinen Dorfes in Sicht, welches ihnen der Peilsender als Destination vorgab. Es waren Schatten in einer zunehmend schwindenden Dämmerung. Danach gab es nur noch pechschwarze Nacht, durchbrochen von ein paar Strahlen kärglichen Mondlichtes. In wenigen Minuten wären sie vor Ort. Dann würde sich erweisen, wer die Oberhand gewann: das schwer bewaffnete Einsatzteam kampferprobter Spezialisten oder die Aborigines in der Dunkelheit.

Der kleine Konvoi hielt bereits hundert Meter vor dem Dorf. Die Männer verließen ihre Fahrzeuge und nutzten die Dunkelheit, um querfeldein aus verschiedenen Richtungen das Dorf einzukreisen und in dessen Peripherie zu gelangen. Sanders hatte den Leibwächter Cranes sowie zwei weitere Vermummte an seiner Seite. Die anderen beiden Teams hatten die Siedlung umrundet und waren nun auf zehn und zwei Uhr positioniert.

Sanders und sein Team waren äußerst vorsichtig und tasten sich langsam an düsteren Hauswänden und in den Schatten des Mondlichts vorwärts. Wann immer es ein Geräusch gab, fuhr einer der Vermummten mit der Waffe im Anschlag herum, um mögliche Gegner oder Tiere auf der nächtlichen Jagd sogleich ins Visier zu nehmen und unschädlich zu machen. Aber da war nichts. Nur ein permanentes Rascheln und Knacken im Outback eines nächtlichen Australiens. Sanders knurrte. Er hasste diesen Kontinent. Wenn das hier vorbei war, würde er all dem den Rücken kehren und anderswo ein neues Leben beginnen.

Nach wenigen Minuten hatten die Männer bereits die Außengrenzen der Siedlung passiert, hielten stetig auf den Schein einiger Fackeln in der Dorfmitte zu, von wo auch Stimmen zu vernehmen waren, und bezogen dann in einigen Metern Abstand vom Geschehen – in der Deckung von einem der Häuser – Stellung. Von ihrem Standpunkt aus konnte Sanders erkennen, dass inmitten der Häuser, auf einer Art kleinem Dorfplatz, ein reges Treiben herrschte. Hier standen mehrere Fahrzeuge, insgesamt vier Stück, und die Männer und Frauen drum herum waren emsig damit beschäftigt, jene Fahrzeuge mit allerhand Dingen zu beladen. Es gab kleine Boote, Paddel, Werkzeug und vieles mehr, was da herangeschleppt und auf den Ladeflächen der Wägen gesichert wurde. Auf einem der Kleinlaster befand sich sogar eine große, alte Badewanne, zu welcher eine Kette von Menschen einen Eimer Wasser nach dem anderen durchreichte und hineinkippte.

Sanders stockte der Atem. Sollte es wirklich so einfach sein?

Er wechselte einen raschen Blick mit dem Gorilla neben ihm, der die Szenerie offenbar genauso einschätzte wie der Arzt. Was immer die Dorfbewohner da taten, es hatte klar den Anschein, als würden sie sich auf den Abtransport der Nixe vorbereiten. Wenn dem so wäre, dann brauchte sich das Team Cranes gar nicht allzu sehr anzustrengen. Sie konnten diese Einfaltspinsel die gesamte Arbeit verrichten lassen und dann einfach deren Konvoi übernehmen. Nicht einen Finger würden sie krümmen, kaum eine Kugel vergeuden müssen. Es war zu schön, um wahr zu sein.

Der Gorilla drehte sich zu den beiden Vermummten hinter ihnen um und gab einige Handzeichen. Einer der Männer antwortete in gleicher Art und Weise. Sanders kannte die Zeichen nicht. Er wusste nicht, worüber sich die beiden Kämpfer verständigt hatten. Aber es war ihm auch gleichgültig. Dies war nichts, was ihn anging. Er konzentrierte sich stattdessen wieder auf die Szene in der Dorfmitte.

Offensichtlich hatten die Männer und Frauen ihre Arbeit fast beendet. Viele verschwanden in ihren Häusern, vor allem die Frauen und Kinder.

Drei der Fahrzeuge standen nun bereit zur Abfahrt. Ihre Scheinwerfer waren angeschaltet, die Tanks soeben frisch befüllt worden, die Motoren liefen warm. Etwa acht Männer, mit Macheten und kleinen Handfeuerwaffen ausgerüstet, bestiegen die Führerhäuser und Ladeflächen der Fahrzeuge und spähten in die Dunkelheit. Dennoch hatte offenbar keiner von ihnen die Crane'schen Teams entdeckt. Sie wähnten sich in Sicherheit.

Nachdem die ersten beiden Fahrzeuge bemannt worden waren, erkannte Sanders den Mann, der neben dem dritten Fahrzeug stand und sich gerade leise und eindringlich mit einem anderen unterhielt. Es war Mandu, der verschollene Hausangestellte aus der Klinik. Sanders‘ Herz machte einen Sprung. Also hatte er richtig gelegen. Dieser verdammte Bastard steckte bis zum Hals in der Sache drin. Und niemand Geringeres als er, Doktor Benedict Sanders, hatte das erkannt und würde diesem Spiel jetzt schon bald ein Ende bereiten.

Aus einem an den Dorfplatz grenzenden Haus kamen zwei Männer. Sie trugen etwas längliches, das in ein nasses, weißes Laken eingeschlagen war. In einem Kinofilm wäre dies mit Sicherheit eine Leiche gewesen, die nun irgendwo in der Wildnis hätte verscharrt werden sollen. Sanders zweifelte keine Sekunde daran, dass es sich hier um den Körper eines Menschen handelte. Oder vermutlich eher etwas Menschenähnlichem. Und mit Sicherheit nicht tot.

Behutsam trugen die beiden Männer das Bündel zu dem Truck, auf dessen Ladefläche sich die nunmehr gefüllte Badewanne befand. Über eine an dessen Rückseite angebrachte Rampe liefen sie hinauf und ließen das Bündel ins Innere der Wanne gleiten. Der eine bezog neben der Wanne Stellung, er hielt eine Handfeuerwaffe in der Hand. Der andere kletterte wieder hinunter und stieg in das Führerhaus des Fahrzeugs. Kurz darauf schüttelte Mandu seinem Gesprächspartner die Hand und kletterte auf den Beifahrersitz des Nixen-Trucks. Die Tür schlug zu. Sie waren bereit zur Abfahrt.

Sanders hatte genug gesehen. Er bedeutete dem Gorilla, seine Männer zurück zu den Fahrzeugen zu befehligen. Sie würden den Konvoi auf offener Strecke abfangen und übernehmen. Die Vorteile: Ein Minimum an potenziellen Gegnern – und die Leichen könnten an Ort und Stelle verscharrt werden. Viel einfacher konnte man es ihnen kaum machen,

Der Gorilla flüsterte einige Kommandos in ein Mikro im Ärmel seines Handgelenks. Gleich darauf traten er und sein Team mit einem etwas langsameren, aber innerlich hoch zufriedenen Sanders den Rückzug an. Es galt nun, rasch in die eigenen Fahrzeuge zu gelangen, um dem Konvoi der Aborigines und ihrer Nixe eine deftige Überraschung zu bereiten.

Noch während die Teams von Crane, in die Schatten der Häuser geduckt, hinter Bäumen und im hohen Gras Deckung suchend, das Dorf zügig wieder verließen und über die grasbewachsenen Ebenen hinweg zurück zu ihren Fahrzeugen eilten, begann das muntere Treiben auf dem Dorfplatz von Neuem. Diesmal allerdings mit anderen Fahrzeugen – und in völliger Dunkelheit.

Sanders‘ Herz schlug ihm bis zum Hals. In atemberaubender Geschwindigkeit hatten die Männer ihre Fahrzeuge bestiegen, ihre Waffen erneut einsatzbereit gemacht und die Verfolgung der Dorffahrzeuge aufgenommen. Jene waren in entgegengesetzter Richtung auf die Straße im Outback eingebogen und entfernten sich dementsprechend von dem Einsatzteam Cranes. Sonderlich schnell waren sie zwar nicht unterwegs, das gaben die alten Fahrzeuge vermutlich gar nicht her. Dennoch hatten sie einen Vorsprung, den es für die Vermummten und ihre Anführer erst einmal aufzuholen galt.

Die Besatzungen der SUVs hatten sich neu gemischt. Während der Fahrer Sanders‘ nun einen der anderen Wagen lenkte, hatte der Gorilla im Führungsfahrzeug das Steuer übernommen. Im Fond des Wagens saßen die beiden Vermummten, mit denen sie soeben im Einsatz gewesen waren. Gemeinsam hatten sie wiederum die Führung des Söldnerkonvois übernommen und jagten durch das nächtliche Outback.

Sanders konnte das Glück, das sie hatten, immer noch kaum fassen. Keine mühsames anschleichen, einbrechen, ruhigstellen, entführen, womöglich noch ein Nahkampf. Einfach nur ein paar Fahrzeuge anhalten, die Fahrer abknallen und in aller Ruhe mit deren Autos weiterfahren zum Hafen in Darwin. Einzig die Richtung, welche die Aborigines eingeschlagen hatten, fand er irritierend. Sie führte sie noch viel weiter weg von Darwin, nicht zurück und zum Hafen, wie man es eigentlich hätte vermuten dürfen. Welchen Plan sie wohl verfolgen mochten?

Andererseits würden sie vielleicht irgendwann von der Straße abweichen, in Richtung Küste weiterfahren und irgendwo dort ins Wasser gehen, wo sie weniger beobachtet werden konnten. Eigentlich verständlich bei der wertvollen Fracht, die sie bei sich hatten. Da wollte man sicher nicht unter den Augen etlicher Yachtbesitzer ins Wasser gehen und mal eben eine Nixe auf der Rückbank ablegen. Vor diesem Hintergrund hatte die Richtung des fliehenden Konvois durchaus Sinn. Und doch, irgendetwas störte Sanders an der ganzen Situation. Je länger er darüber sinnierte, desto sicherer wurde er, dass es viel zu einfach war, um noch als plausibel gelten zu dürfen. Welches Detail hatte er übersehen?

„Da vorne sind sie", verkündete der Gorilla und wies vor sich in die Dunkelheit. Jenseits des Kegels seiner Scheinwerfer waren in der Ferne mehrere rote Punkte zu erkennen. Zweifelsohne die Rücklichter der Fahrzeuge aus dem Aborigine-Dorf. So spät – oder vielleicht auch früh – war auf dieser Straße sonst niemand mehr unterwegs.

„Licht aus, sie brauchen uns nicht schon von weitem zu sehen", sagte einer der Vermummten auf der Rückbank. Sanders wunderte sich noch, in welchem Ton der Mann mit seinem offenkundigen Anführer sprach, der das Fahrzeug lenkte. Letzterer reagierte dennoch prompt, schaltete die Scheinwerfer aus und hielt fortan in völliger Dunkelheit auf die leuchtenden roten Punkte vor ihnen zu. Die folgenden Fahrzeuge taten es ihm gleich.

Wenngleich die Ziele in Sichtweite waren, so dauerte es doch noch eine ganze Weile, bis Sanders und der Crane-Konvoi ihre Beute schließlich eingeholt hatten. Zu sehr mussten sie sich auf die unebene Straße konzentrieren, die ohne Scheinwerfer im fahlen Mondlicht kaum mehr zu erkennen war. Immer darauf vertrauend, wo die Lichter vor ihnen waren, dort entlang würde vermutlich auch die schnurgerade Straße verlaufen. Nicht auszudenken, hätte nun ein Fels auf der Strecke gelegen oder ein großes Tier ihren Weg gekreuzt. Sie hätten es schlichtweg nicht sehen können, hätten es zweifelsohne überfahren. Deshalb kamen sie etwas langsamer voran als erwartet. Jedoch immerhin schnell genug, dass sie zu den Fahrzeugen vor ihnen aufschlossen, Stück für Stück, bis nach etwa dreißig Minuten die Aborigine-Kolonne nur noch etwa hundert Meter vor ihnen war.

Sanders warf einen kurzen Blick auf den Tacho und den Kilometerstand des Leitfahrzeugs. Sie waren aktuell mit rund 80 Stundenkilometer unterwegs, hatten seit Beginn der Verfolgungsjagd locker 50 Kilometer zurückgelegt. Es war an der Zeit, die Flüchtigen zu stellen, um schleunigst wieder zurück in Richtung Stadt fahren zu können. Raus aus dem Outback und rein in die Zivilisation; raus aus der Dunkelheit und rein in die Metropole mit ihren vielen tausend Lichtern.

„Auf mein Zeichen hin aufblenden, aufschließen, Weg abschneiden, Fahrzeuge stoppen, Gegner eliminieren und dann Operation Nixe wie abgesprochen durchführen", sagte der Gorilla in ein Funkgerät.

„Roger" bestätigte der Fahrer, neben dem Sanders vorhin noch gesessen hatte. „Roger" kam es auch von dem dritten Fahrzeug zurück. Alle waren jetzt im Angriffsmodus, hinter Sanders wurden die Waffen der Vermummten durchgeladen.

Dann ging es los.

Etwa 50 Meter hinter dem vierten Fahrzeug ihrer Beute schrie der Gorilla ins Funkgerät: „Jetzt!"

Zugleich blendete er sein Licht auf und drückte das Gaspedal voll durch. Der Wagen schoss vorwärts und hatte in Windeseile das letzte Fahrzeug der Gruppe vor ihnen erreicht. Zwar hatte die Verfolgten inzwischen die herannahende Gefahr erkannt und das Tempo beschleunigt. Doch hatten die alten, klapprigen Kleinlaster gegen die hochmodernen schwarzen SUVs der Crane-Truppe keinerlei Chance.

„Wir stoppen das Führungsfahrzeug. Beta-Team, Sie nehmen sich Wagen zwei mit der Nixe auf der Ladefläche vor. Gamma-Team, sie bleiben hinten und schneiden den zwei hinteren Lastern den Weg ab. Los, los, los!"

Schon hatte das Führungsfahrzeug den zweiten Wagen des Aborigine-Konvois erreicht, auf dessen Ladefläche sich die Nixe in der Wanne befand. Der Mann, der sie bewachte, feuerte ein paar Mal aus seiner Waffe auf die Angreifer, wurde dann jedoch mit einem gezielten Schuss aus dem zweiten SUV heraus niedergestreckt. Die Kugel durchschlug seine Brust, er taumelte, fiel von dem fahrenden Wagen und krachte auf die Straße, wo er von seinem eigenen nachfolgenden Fahrzeug überrollt wurde. Seine Leiche verschwand in der Dunkelheit, während die Aborigines und ihre Verfolger weiter durch die Schwärze des Outback voranpreschten.

Das Führungsfahrzeug hatte inzwischen den vordersten Laster der Verfolgten erreicht und mühelos überholt. Natürlich hätte es Sanders und seinem Team egal sein können, ob man Mandu und seinen Fahrer entkommen ließ oder nicht. Sie hatten es schließlich nur auf die Nixe abgesehen. Dennoch schien es allen Söldnern klüger, sämtliche Begleiter dieser kleinen Kolonne auszuschalten, um später keine bösen Überraschungen zu erleben. Also zogen sie an dem vorneweg fahrenden Kleinlaster vorbei, schnitten ihn scharf und stellten sich quer. Das Fahrzeug kam mit quietschenden Reifen zum Stehen, hinter ihm die drei anderen ebenso. Der zweite SUV flankierte nun den Wagen mit der Nixe, der dritte war ganz hinten geblieben und vereitelte soeben ein Wendemanöver des letzten Lasters, der daraufhin ebenfalls zum Stehen kam.

Kaum hatten die Reifen der SUVs aufgehört sich zu drehen, sprangen auch schon die Vermummten zu beiden Seiten der Fahrzeuge heraus, die automatischen Waffen im Anschlag, die Lampen an, und nahmen die Führerhäuser der Überfallenen, deren Ladeflächen und die Umgebung ins Visier. Auch aus Sanders' Wagen sprang einer der Vermummten heraus, der andere blieb allerdings seltsamerweise sitzen. Hatte er den Einsatzbefehl versäumt? Auch der Gorilla rührte sich zunächst nicht, beobachtete aus dem Seitenfenster seines Lasters die Szenerie.

Es fielen einige Schüsse, Schmerzensschreie waren zu hören.

Nach einer Minute etwa, die Sanders wie eine halbe Ewigkeit erschien, ertönte die Stimme von einem der Vermummten über das Funkgerät.

„Gesichert, Sir!"

Nun stieg der Gorilla aus dem Wagen, ebenso der dort verbliebene Vermummte, auch Sanders schloss sich ihnen an. Sie liefen zurück, am Führungsfahrzeug vorbei, dessen Kabine war leer. Dahinter stand einer der Vermummten und hatte seine Waffe auf Mandu gerichtet, der mit erhobenen Händen und mit dem Rücken zu seiner Ladefläche stand. Als er Sanders sah, wurden seine Augen groß und er japste nach Luft.

„Doktor Sanders, was machen Sie hier?", entfuhr es ihm, bevor er die Situation schließlich begriff.

„Sie dürfen denen nicht helfen! Was die tun ist nicht richtig!"

Sanders lächelte kalt.

„Nicht richtig?", echote er. „Wer soll schon sagen, was richtig oder falsch ist, Mandu? Ist es richtig, Menschen zu retten? Ist es richtig, dafür einen minimalen Lohn zu erhalten, kaum davon leben zu können und dennoch vierundzwanzig Stunden auf Abruf stehen zu müssen? Ist es richtig, sich als Angestellter eines Krankenhauses an einem schlafenden Teenager vergehen zu wollen? Ich denke, wir alle müssen uns bemühen, auf diese Fragen eine Antwort zu finden. Ich habe meine bereits gefunden. Wie ist es mit Ihnen?"

Mandu sah ihn aus tiefbraunen Augen an. Sein Blick war sehr traurig.

„Es ist auf jeden Fall nicht richtig", sagt er dann, „die wunderbaren Geschöpfe unserer Natur zu jagen, sie auszubeuten, sie zu zerstören, nur des Geldes willen, Doktor Sanders. Und es ist nicht richtig, so viele Menschen im Krankenhaus deshalb zu erschießen."

„Ich will diesen Mist nicht hören", sagte der Gorilla schroff und schob Sanders beiseite. „Ich will nur die Kleine. Ihr könnt sie mir entweder freiwillig geben, oder ich werde sie ..."

Weiter kam er nicht, denn einem kurzen Pfeifen in der Luft folgte eine Schrecksekunde, als ein kleiner hölzerner Pfeil in seinen Hals eindrang. Das Geschoss war bei seiner Größe keinesfalls tödlich. Der Gorilla riss es heraus und fluchte. Dann begann er zu taumeln.

„Was zum Henker ..."

Mandu lächelte, obwohl noch immer eine Waffe auf ihn gerichtet war. „Sie kennen doch sicher den Pfeilgiftfrosch? So etwas haben wir hier in Australien auch und nutzen seine Fähigkeiten schon seit vielen Jahrhunderten für uns zur Jagd."

Der Gorilla keuchte und ging in die Knie. „Sie verdammter ..."

Dann kippte er vornüber, schlug mit dem Gesicht auf dem Boden auf und rührte sich nicht mehr.

Der Vermummte neben Sanders, der völlig verdattert auf die Leiche seines ehemaligen Vorgesetzten blickte, zog eine Waffe und richtete sie auf Mandu.

„Ich habe genug von dem Scheiß!", schrie er. „Komm raus, du Pfeilfreak, sonst ist er tot!"

Es herrschte ein kurzer Moment der Stille.

Dann hörte man erneut das Pfeifen in der Luft, der Pfeil traf allerdings nur den Panzer des Vermummten und prallte daran ab.

„Bastarde!", schrie er wütend und feuerte seine Waffe ab. Auf Mandus Stirn war nun ein roter Punkt zu sehen, aus dem Blut quoll. Dann brach er tot zusammen.

Der Vermummte machte eine Geste, woraufhin zwei seiner Kollegen auf den zweiten Truck sprangen und mit ihren Waffen auf die zugedeckte Wanne zielten.

„Noch einmal so ein Pfeil und als nächstes stirbt die widerliche Nixe! Wollt ihr das, ihr dreckigen Hunde? Rauskommen! Jetzt!“, schnaubte der Vermummte, welcher nach dem Tod des Gorillas die Führungsrolle eingenommen zu haben schien.

Zögernd kam aus seiner Deckung abseits der Route der Fahrer von Mandus Wagen hervor. Vermutlich hatte er sich sofort nach dem Stopp seines Fahrzeugs dort versteckt, um für seine Gruppe einen Vorteil herauszuschlagen. Er hatte die Hände hoch erhoben, hielt in der Rechten noch sein Blasrohr. Zaghaft und zitternd verließ er den Schutz der Dunkelheit, in der er sich nach dem Angriff verborgen gehalten hatte.

„Na also, geht doch“, sagte der Vermummte höhnisch und schoss den Mann nieder, noch ehe jener dazu kam, auch nur ein Wort zu sagen. „Sonst noch jemand, der mir dumm kommen will?“

Es war nichts weiter zu hören, nichts weiter zu sehen. Nur zwei der Aborigines hatten den Angriff überlebt. Sie wurden weiter hinten von einem der Vermummten in Schach gehalten. Ansonsten war niemand mehr übrig von der Begleitcrew der Nixe. Alle waren von den Söldnern erschossen worden.

„Dann können wir uns jetzt dem Ziel unserer Mission widmen“, sagte der Vermummte, winkte Sanders zu sich heran und beide hielten auf den Truck mit der Wanne auf der Ladefläche zu. Sie war mit einem Laken verdeckt. Daneben standen die beiden anderen Söldner und zielten mit ihren Waffen auf das weiße Tuch – und was darunter war.

Der Vermummte und Sanders kletterten auf die Ladefläche und umstellten die Wanne. Sanders hatte seine Spritzen im Anschlag. Sein Blasrohr hatte er in der Hektik des Angriffs im Wagen vergessen. Andererseits hätten sie es vermutlich längst gemerkt, wenn die Nixe sie angegriffen hätte. Warum hatte sie das eigentlich bisher noch nicht …?

Mit einem Ruck entfernte Sanders das Laken über der Wanne. Alle Waffen waren darauf gerichtet. Doch zur Überraschung aller lag darin definitiv keine Nixe. Zumindest nicht, soweit sie das sehen konnten. Stattdessen hatte sich Djalu in die Wanne gekauert, hatte ein Blasrohr im Anschlag und pustete genau im Moment seiner Entdeckung einen Pfeil ab – der Sanders zielgenau in den Hals traf. Der junge Arzt starrte verdattert auf den alten Mann, das Blasrohr in dessen Händen, zog sich das Geschoss aus dem Hals und stierte es entsetzt an. Er taumelte.

„Guten Abend, die Herren“, sagte Djalu in sehr gebrochenem Englisch zu den Vermummten, die ihm sogleich das Blasrohr wegnahmen. Ungerührt fuhr er in Richtung des Doktors fort: „Das ist der Preis für den Tod von Mandu und meinen Leuten.“

Sanders wollte protestieren. Wollte erklären, dass er es gar nicht gewesen war, der Mandu erschossen hatte, wollte um Vergebung betteln. Doch er brachte kein Wort mehr heraus, seine Stimmbänder waren schon fast gänzlich gelähmt. Als Arzt und Mediziner wusste er, dass es für ihn zu spät war. Das Froschgift, von dem Mandu gesprochen hatte und das auch den Gorilla zur Strecke gebracht hatte, war nun in seiner Blutbahn. Sanders kannte es und begriff, dass er nur noch wenige Sekunden zu leben hatte. Es gab keine Rettung.

Einer der Vermummten ging an ihm vorbei, richtete seine Waffe auf Djalu und brüllte ihn zornig an: „Wir wollten eine verdammte Nixe, keinen alten Tattergreis! Wo ist sie?"

Djalu lächelte. „In Sicherheit", sagte er dann und gab sich große Mühe, mit den wenigen Worten Englisch, die er konnte, seine Botschaft zu vermitteln. „Weit weg von euch. Ihr werdet sie nie bekommen."

Der Vermummte lachte, dann zog er seine Maske ab.

„Crane ...", gurgelte Sanders. Es war sein letztes Wort, bevor er zusammenbrach und tot auf der Ladefläche neben der Wanne liegenblieb. Crane würdigte ihn keines weiteren Blickes.

„Vielleicht sollten wir zurückfahren in Ihr Dorf und all Ihre schlafenden Freunde, Ihre Familien, Kinder und alle, die dort leben, Ihren Leuten hinterherschicken", sagte er drohend zu Djalu. „Was würden Sie davon halten?"

Djalu lächelte sanft und richtete sich auf. Die Waffen der Vermummten folgten ihm. Crane hielt seine weiterhin auf Djalus Kopf gerichtet.

„Das können Sie versuchen", sagte Djalu. „Sie werden dort aber niemanden mehr treffen."

Crane wurde das erste Mal an diesem Abend aus dem Konzept gebracht. „Wie meinen Sie das?"

„Wir wussten von Ihrem Angriff und haben Sie kommen sehen", erklärte Djalu umständlich und gebrochen. „Sie sind Mörder, Sie haben Waffen und Sie wollten die Nixe. Also mussten wir Ihre Männer weit weg von unseren Frauen und Kindern bringen. Und weg von der Nixe. Sie ist uns heilig, wir wollten sie beschützen – ebenso wie unsere Leute."

Noch während Djalu weitersprach, dämmerte es Crane, auf welchen Trick er hereingefallen war.

„Wir haben Theater gespielt", sagte Djalu und lächelte. „Wir haben Ihnen eine Gruppe von Männern gezeigt, die mit der Nixe flieht. Nur war die Nixe nie dabei. Nachdem sie uns verfolgt hatten, konnte die Gruppe mit der echten Nixe unbemerkt aufbrechen. Unsere Familien haben sich inzwischen in Sicherheit gebracht. Alle sind weg. Dorthin, wo Sie sie nicht finden."

Crane sah ihn mit eiskaltem Blick an.

„Zum letzten Mal, alter Narr: Wo ist diese Nixe?", presste er zornig zwischen den Zähnen hervor.

Djalu hielte seinem Blick stand.

„Sie ist weg", sagte er ruhig. „Bald wieder sicher bei ihrem eigenen Volk."

Crane schüttelte den Kopf. „Dass du dich da mal nicht täuschst, Bastard. Ich werde dieses verdammte Fischweib finden und mit der ganzen Brut vernichten. Ich werde diese Missgeburten auf ihre Plätze in der Evolution verweisen!" Crane senkte den Blick, fixierte Djalu wie ein Raubtier seine Beute. Seine letzten Worte an ihn waren geflüstert: „Sie haben mich ruiniert ... und ich will meine *Rache*."

Dann feuerte er. Djalu brach, immer noch mit einem Lächeln auf dem Gesicht, zusammen. Er war sofort tot. Seine Leiche glitt über den Wannenrand und kam neben der von Doktor Sanders zu liegen. Crane betrachtete das Schlachtfeld.

Er gab den verbliebenen Söldnern ein Zeichen. Zwei Schüsse, nun waren auch die restlichen Überlebenden dieser Finte eliminiert. Castus Crane war entschlossener denn je: Wenn er untergehen würde, dann würde er dies nicht alleine tun. Er griff zu seinem Handy.

„Machen Sie die Loreley II fertig zum Auslaufen", befahl er dem Mann am anderen Ende. „Ich will bei Sonnenaufgang starten. Schaffen Sie sämtliche Nuklearsprengköpfe, die wir im Lager haben, an Bord. Auch jene, die anderen Bohrungen und Sprengungen zugedacht waren. Wir müssen aufräumen." Er beendete das Gespräch, ohne auf eine Antwort zu warten.

Nun gab es nur noch eines: Die Nixen oder er. Für beide war kein Platz auf dieser Welt, die er nach seinen Vorstellungen gestalten wollte. Seine beiden Leibwächter waren schon dahin, ebenso Doktor Sanders – auch wenn er den nicht sonderlich gemocht hatte. Es war an der Zeit, endlich zurückzuschlagen. Brutal und erbarmungslos. Als Castus Crane, als Mann und als Vertreter der einzig wahren Herrenrasse dieses Planeten. Er wollte verdammt sein, wenn er seine Bodenschätze, sein Land, seine Welt und *seine* Menschheit diesen Fabelwesen, diesen Missgeburten der Natur überließ.

Bluten sollten sie! Verrecken! Brennen!

Ja, Crane wollte die Nixen und ihren ganzen Ozean *brennen* sehen!

24

Lennart konnte die Männer dort draußen gut hören. Sie mussten sich hinter jener Hütte befinden, genau da Deckung gesucht haben, wo er sich mit Sam versteckt hielt. Er hörte die Geräusche, er hörte ein Tuscheln – und er hörte, wie sich nach Abfahrt der Fahrzeuge vom Dorfplatz all diese Geräusche rasch wieder entfernten.

Die List der Aborigines war aufgegangen, ihre Verfolger hatten den Köder geschluckt und waren nun auf der Jagd nach der falschen Gruppe. Djalu und Mandu, welche die Spur legten und die Männer in die Irre führten, waren in höchster Gefahr. Kaum auszudenken, was diese bis an die Zähne bewaffneten Männer wohl tun würden, wenn sie bemerkten, dass sie zum Narren gehalten worden waren.

In Gedanken bedauerte Lennart die unglaublich selbstlose Entscheidung seiner neu gewonnenen Freunde – wenngleich diese Entscheidung auch nicht allein zum Schutze Mayas getroffen worden war. Sicher, die Aborigines des Northern Territory verehrten das Volk der Nixen. Gleichwohl wollten sie die besagten schwer bewaffneten Männer auch nicht in der Nähe ihrer Kinder und Familien wüten sehen. Sondern so weit wie möglich von ihnen entfernt.

Deswegen waren die Aktivitäten auf dem Dorfplatz, welche die vermummten Angreifer gesehen hatten, auch nicht die einzigen Vorbereitungen gewesen, die sofort nach der Warnung eines Spähers entlang der Straße in Richtung Darwin getroffen worden waren. In höchster Eile hatten die Familien das Nötigste zusammengepackt und erwarteten nun, versteckt in ihren Hütten, das Signal zum Aufbruch. Sofort nachdem Cranes Männer abgerückt waren und draußen wieder Stille herrschte, beluden und bestiegen sie in völliger Dunkelheit weitere Fahrzeuge, besetzten jedes einzelne bis ans Limit und brachen auf. Ihr Ziel war ein etwa vierzig Kilometer entferntes Nachbardorf, das tief im Outback und weit weg von der Außenwelt lag, abgeschirmt und sicher. Hier würden die Familien vorläufig Zuflucht finden, um nicht den rachedurstigen und schießwütigen Söldnern zum Opfer zu fallen. Derweil hatten einige Männer des Dorfes eine andere, eine weitaus gefährlichere Aufgabe übernommen.

Lennart und Sam plagte das schlechte Gewissen. Sie wussten, in welch große Gefahr sich Djalu, Mandu und all die anderen begaben, nur um ihnen und den Menschen im Dorf zur Flucht zu verhelfen. Zwar hatte niemand ahnen können, dass Mandu bei seiner Fahrt von Darwin in sein Heimatdorf verwanzt gewesen war. Letztlich, und das war den beiden Amerikanern klar, waren sie und Maya jedoch der Grund dafür, dass es überhaupt so weit gekommen war. Einer der jungen Burschen des Dorfes hatte beim Basteln den Peilsender an Mandus Wagen entdeckt, daraufhin war ein Späher entlang der Route eingesetzt worden. Offensichtlich eine sinnvolle Vorkehrung.

Eine überstürzte Flucht, das war allen bewusst, hätte sie auf dem Weg nach Darwin ihren entgegenkommenden Feinden womöglich direkt in die Arme getrieben. Einige der Dorfbewohner hätten es wohl geschafft, zu entkommen, sicherlich aber nicht alle. Es galt nun, einen kühlen Kopf zu bewahren, den richtigen Moment abzupassen – um dann wohl überlegt auf Nimmerwiedersehen im Outback zu verschwinden. Der Start des Fake-Konvois samt Abrücken der Angreifer war zugleich das Startsignal für den koordinierten Aufbruch aller anderen. Die Zeit war kostbar, es gab keine zweite Chance.

„Lennart, Sam, es geht los!"

Orana stand in der Tür. Ihre Stimme riss Lennart aus seinen Gedanken.

So schnell sie konnten huschten Sam und er aus dem Haus. Während Sam und Orana direkt zu einem kleinen Truck eilten, auf dessen Ladefläche sich eine weitere tatsächlich mit Wasser gefüllte Wanne befand, rannte Lennart hinüber zu Oranas Haus, wo er von zwei jungen, kräftigen Männern erwartet wurde. Zwei weitere waren bereits im Haus und in dem Raum mit dem Bassin.

Als Lennart den Raum betrat, spürte er sofort Mayas Gedanken in seinem Kopf. Sie war aufgewühlt, schwamm jenseits der Glasscheibe im Inneren des Beckens und sah ihn mit traurigen Augen an. Lennart wurde klar, dass sie alles mitbekommen hatte. Zwar hatte sie es nicht gesehen, wohl aber gespürt, in den Gedanken der Dorfbewohner und denen der Angreifer gelesen – und sie war voller Sorge um Mandu, Djalu und die Menschen des Dorfes. Lennart spürte all diese Gedanken und er sah ihren Blick. Diese wundervollen tiefen Augen. Er eilte an das Glas heran, legte seine Hände auf seiner Seite der Scheibe an die Stellen, wo sich gegenüber Mayas Hände befanden. „Es wird alles gut, mein Schatz", flüsterte er und lächelte sie aufmunternd an. „Wir bringen dich jetzt in Sicherheit."

„Schnell jetzt", zischte einer der Männer, während er mit seinem Gefährten schon zwei Leitern neben Lennart aufstellte. Lennart und jener Mann kletterten hinauf und ließen ein großes Tragetuch in das Becken gleiten. Maya schwamm hinüber und umwickelte sich so gut es ging mit dem Tuch. Der Mann und Lennart packten die Enden desselben, die noch aus dem Wasser ragten.

Gerade wollte Lennart kräftig ziehen, da spürte er die Hand von einem der drei untenstehenden Männer an seinem Arm.

„Hey, vorsichtig, Mann", zischte der warnend. „Wir sind zwar alle präpariert und sicher vor ihren Gedanken. Sie hegt auch keinerlei Groll gegen uns. Trotzdem sind da die Nesselzellen auf ihrer Haut, die für uns alle tödlich sind. Also bitte, konzentriere dich, Mann!"

Lennart nickte und schluckte hörbar.

„Wir müssen schnell sein und präzise arbeiten", mahnte der Mann. „Sobald sie aus dem Wasser heraus ist, kann sie nicht mehr atmen. Also pronto raus aus dem Becken, ihr reicht sie uns herunter und wir tragen sie hinaus zum Truck mit der gefüllten Wanne. Sobald sie wieder im Wasser ist und wir alle noch leben, haben wir es geschafft." Der letzte Satz klang zynisch, war aber durchaus ernst gemeint. Nun nickten auch die anderen.

Lennart sah von oben ins Wasser und bemerkte erst jetzt, dass Maya ihn ansah. Er lächelte sie an, sie lächelte zaghaft zurück. Er begriff, dass sie den Worten des Mannes über seine Gedanken hatte folgen können. Er hörte, wie ihre Stimme in seinem Kopf immer wieder wiederholte: „Es wird alles gut, Daddy. Es wird alles gut!"

Dann mischte sich unter dieses Mantra erneut die Stimme des Mannes. „Los jetzt!"

Mit einem Ruck entrissen Lennart und der andere Mann die junge Nixe ihrem Lebenselement. Maya japste buchstäblich wie ein Fisch auf dem Trockenen, sprechen konnte sie nicht. Rasch reichten Lennart und der Aborigine die improvisierte Trage hinab zu den drei Wartenden, die alle sehr genau darauf bedacht waren, nur das Tuch zu berühren, keinesfalls aber das darin befindliche Geschöpf. Es gelang. Schnell trugen sie die Nixe raus aus dem Haus und aus Lennarts Blickfeld. Er beeilte sich, von der Leiter zu klettern und ihnen zu folgen. Sein Helfer vom Beckenrand war dicht hinter ihm.

Draußen angekommen sah er, dass die Männer das Mädchen bereits zum Truck gebracht hatten und an drei weitere übergaben, die auf der Ladefläche neben der Wanne standen. Mit einem Ruck war die Nixe nach oben gehievt und nur Sekunden später in die Wanne gelegt worden. Die gesamte Prozedur hatte keine zwei Minuten gedauert. Maya war in Sicherheit, sie konnte wieder atmen – und alle Männer hatten den Kontakt mit der Nixe überlebt.

Alle atmeten erleichtert auf.

Während um sie herum bereits mehrere Fahrzeuge in Richtung des Nachbardorfes davonbrausten, um vor Auffliegen der List bereits dicht genug an ihrem Unterschlupf zu sein, erwarteten Orana und Sam Lennart und seinen Begleiter beim Truck. Orana wies auf den jungen Mann. „Wir werden euch begleiten", sagte sie. „Ich bin die Einzige, die sich mit den Nixen ausreichend auskennt und ihm gehört dieser Truck."

Der junge Mann lächelte verlegen. „Hey, der war teuer, ich gebe den nicht einfach so her", sagte er mit einem kurzen Lachen. Schnell kletterte er ins Führerhaus.

„Wir Frauen fahren vorne mit", sagte Orana und winkte Sam hinüber zur Beifahrertür. „Lennart, du kletterst auf die Ladefläche und bleibst bei Maya, wenn das in Ordnung ist."

Lennart nickte. „Es ist mehr als in Ordnung", sagte er und bemerkte erst jetzt, wie sehr seine Stimme belegt war und wie er unter Spannung stand. Er hatte einen Kloß im Hals.

Orana nahm seine Hand.

„Hab Vertrauen, Lennart", sagte sie sanft und sah ihn dabei eindringlich an. „Wir werden das hier schaffen, wir werden dich, Sam und deine Tochter in Sicherheit bringen. Wir werden das schaffen! So viel sind wir Djalu, Mandu und all den anderen schuldig."

Lennart nickte stumm.

Dann löste er sich vom Blick der alten Frau und aus ihrem Griff, kletterte auf die Laderampe und setzte sich neben die Wanne. Vorsichtig warf er einen Blick in das bis zum Rand mit Wasser gefüllte Behältnis. Maya kauerte darin und hatte Mühe, all ihre Körperteile in dem beengten Raum unter Wasser zu halten. Sie hatte deshalb eine sehr unbequem anmutende Position eingenommen und schaute ihn etwas frustriert an. Fast musste er sogar ein wenig lächeln.

Gerade noch konnte Lennart dem Impuls widerstehen, ins Wasser zu greifen und seine Tochter sanft am Kopf zu streicheln. Beruhigend. Tröstend. Ja, sie war noch immer seine Tochter, egal, was aus ihr geworden war. Es war immer noch Maya, seine Maya, die er über alles liebte, und für die er sein Leben hingäbe, wenn das erforderlich würde. Allerdings hätte ihn wohl schon diese Berührung wegen des Nesselgifts das Leben gekostet. Dabei wurde er noch gebraucht. Sam, Orana und der namenlose Fahrer waren auf ihn angewiesen. Maya brauchte ihn ebenfalls. Mehr als ein Streicheln am Kopf.

Der Truck setzte sich in Bewegung. Die Lichter blieben vorerst aus und das Fahrzeug fuhr querfeldein durch die Dunkelheit, nicht geradlinig, sondern diagonal zur Straße und weg vom Dorf. Das Ziel war eine kleine Anlegestelle nicht direkt in, sondern kurz vor Darwin. Nichts Offizielles, nicht zum Hafen zählend – und aufgrund der dort lebenden Saltys wohl auch nicht ganz ungefährlich, um ins Wasser zu gelangen. Es war allerdings die einzige Möglichkeit, unentdeckt von Neugierigen oder gar Feinden in den Ozean zu gelangen. Dort wartete bereits ein Schiff, der kleine Kutter eines Dorfexilanten, der mit Fischerei seinen Lebensunterhalt verdiente, auf die Flüchtigen. Mit seiner Hilfe wollten sie in See stechen, in Richtung Sundagraben, in das Gebiet der Nixen. Wenige Stunden Autofahrt, allerdings zwei Tagesreisen mit dem Boot, lagen vor ihnen. Und der Ausgang dieses Abenteuers war ungewiss.

Lennart sah noch einmal in die Wanne, sah in Mayas strahlende Augen, sah ihre Schönheit, ihre Eleganz, der nicht einmal diese beengte Lage etwas anhaben konnte. Er sah das Schillern auf ihrer Haut und die pure Verheißung in ihrem Blick. In seinem Kopf echote die Stimme der Nixe: *„Daddy, sei ohne Sorge. Alles wird gut.“*

Ein Hauch von Unendlichkeit umwehte die junge Nixe, die nun endlich ihre Bestimmung gefunden hatte. Was für ein Gefühl! Mit ihrer nun annähernd vollendeten Verwandlung fielen aller Schmerz, aller Ballast, alle weltlichen Sorgen von Maya ab und gaben einem Gefühl der Unendlichkeit Raum. Es war wie die Äste eines gigantischen Stammbaums, der sich bis in winzigste Einheiten verzweigte: Die größten Tiere und kleinsten Mikroorganismen, die wuchtigsten Pflanzen und kleinsten Algen, einmal um den ganzen Erdball und darüber hinaus spannte sich das Netz dicker und dünner Verbindungen, welche die Nixe in Gedanken verfolgen und an deren Ende sie andere Wesen fühlen konnte.

Am stärksten nahm sie jedoch die Welt um sich herum wahr. Alles, was ihr in diesem Moment am nächsten lag. Sie fühlte die Gräser des Outbacks im Winde sich wiegen; die Tiere der australischen Natur ihren diversen Geschäften nachgehen; die Bäume und Felsen in lebendigem Austausch; der Sand und der Himmel einander fern und doch eins am Horizont; die Natur im ständigen Reigen der Entstehung, der Vergänglichkeit und der Verwesung, um dann wieder von vorne zu beginnen.

Maya war nun ein Teil davon. Sie war es schon immer gewesen, doch hatte sie es nicht wahrgenommen. Nicht wahrnehmen können. Nicht wahrnehmen wollen. So wie kein Mensch gerne seine Vergänglichkeit und Unbedeutsamkeit angesichts dieser sublimen Einheit begreifen möchte. Wie klein war der Mensch, wie bedeutungslos und naiv, wenn er auch nur im Ansatz fantasierte, diese Welt oder gar ihre Zusammenhänge zu begreifen, gar zu beherrschen, wenn er sie doch noch nicht einmal erkennen konnte!

Maya hatte durch ihre Verwandlung zu der echten Verbindung zurückgefunden, die ihr als menschliches Wesen verborgen geblieben war. In ihren Adern strömte das Leben – und nicht nur ihr eigenes. Sie lag in einer engen Wanne, dürftig mit Wasser bedeckt, konnte sich kaum rühren – und fühlte sich doch so frei, so euphorisch, so federleicht und lebendig wie niemals zuvor.

Die Welt um sie herum, sie war ihr bekannt und doch ganz anders, als Maya dies bisher hätte wahrnehmen können. Sie sah nun alles ganz buchstäblich in einem anderen Lichte, sehr viel schärfer und fokussierter, viel klarer und reiner, vollkommen neu, fremd – und doch so vertraut, als habe eine Erblindete ihr Augenlicht zurückgewonnen.

Ihr wurde langsam bewusst, dass sie ihre Umwelt obendrein auch erspüren konnte, mitfühlen, lesen und verstehen. Sie hatte Zugang erlangt zu einer neuen Ebene, die den Menschen durch die Jahrtausende hinweg kultivierte Ratio versperrt blieb. Die Spezies Mensch hatte sich von der natürlichen Ordnung abgewandt. Sie hatte sich abgeschnitten von der Umwelt und von allem Sein. Man hatte sich drauf verständigt, dass nur wahr sein konnte, was beweisbar war, und sich dadurch den Blick verstellt für so vieles, was derlei Beweislast nicht erfüllte.

Wessen sich der Homo Sapiens rühmte, des Verstandes und des Bewusstseins, war gleichzeitig seine Separation von allem, was sonst noch auf diesem Planeten lebte. Irgendwann im Zuge der Evolution waren ihm Erkenntnis und Verbindung zum großen Ganzen abhanden gekommen. Das hoch gepriesene Bewusstsein seiner selbst hatte den Mensch zugleich blind gemacht für alle anderen Dinge um ihn herum. Die Wahrnehmung seiner selbst als Zentrum hatte ihn aus dem Gefüge herausgenommen, die Verbindungen zum lebendigen Kreislauf gekappt – und den sogenannten Vernunftbegabten isoliert in dessen Mittelpunkt zurückgelassen.

All dies drängte nun in Mayas Wahrnehmung und sie fühlte sich, als sei sie aus einem Dornröschenschlaf erwacht. Was sie ihr Leben lang – etwa auch vor Kurzem im Aquarium im Sea Fun Park – oft als vages Gefühl zwar gespürt, aber nicht hatte ausleben können, brach sich nun Bahn, durchströmte ihren Körper, ihren Verstand, ihr Bewusstsein; und mehr noch: Mit dieser Erkenntnis fühlte sie zugleich eine neue Kraft in sich erwachen.

Die neue Kraft, vor der sie sich in der Klinik und auf ihrem ganzen Weg bis hierher noch gefürchtet hatte, war ihr in Fleisch und Blut übergegangen. Sie hatte sich mit ihr versöhnt, sie willkommen geheißen, sich mit ihr verbunden – sie waren nun eins. So wie sie es schon immer hätten sein sollen. Sie hatte keine Schmerzen mehr, sie fühlte sich ausgeruht und bereit.

Durch diese ihre neuen Fähigkeiten spürte Maya, sie las, sie erkannte, welch Unheil auf die kleine Gruppe zukam, noch lange bevor es in Sicht war. Ihre Sinne nahmen die herannahende Gefahr zur Kenntnis und hatten ihre Verfolger bis ins Innerste erfasst, lange bevor jene die kleine Gruppe der Flüchtenden in der Ferne hätte erahnen können.

Sollen sie kommen, dachte die junge Nixe bei sich. Sollten sie doch kommen und erleben, wie schnell im Kreislauf des Lebens der Jäger zum Gejagten werden konnte. Maya war bereit für den Kampf, die Nixe wappnete sich zum Gefecht – und ein ganzer Kosmos mit ihr.

Er musste eingenickt sein. Ein lauter Knall ließ Lennart hochschrecken. Er zuckte so heftig zusammen, dass er beinahe zur Seite gekippt wäre. Das wäre äußerst schlecht gewesen, denn dann wäre er vermutlich auf die Straße gestürzt. Glücklicherweise konnte er sich gerade noch rechtzeitig besinnen, fand zum Gleichgewicht zurück und begriff einige Sekunden später, wo er sich befand.

Rasch orientierte er sich. Es dämmerte bereits. Ein neuer Tag brach an. Sie waren die ganze restliche Nacht hindurch gefahren, ähnlich wie bei ihrer ersten Flucht aus Darwin hinaus. Nun flohen sie also wieder zurück in die Stadt. Eine seltsame und in seinen Augen irgendwie sinnlose Aneinanderreihung von Wegen. Allerdings hatten sich zwischenzeitlich die Vorzeichen geändert. In der jetzigen Situation war es wohl das

Beste, genau das zu tun, was Orana für das Richtige hielt. Lennart wusste, er konnte ihr vertrauen.

Er warf einen Blick in die Wanne. Drinnen lag Maya, hatte die Augen geschlossen, schien zu schlafen. Was immer ihn geweckt hatte, es war nicht laut genug gewesen, dass es durch das Wasser bis an ihre Ohren hatte dringen können.

Unwillkürlich erinnerte sich Lennart an seine eigene Kindheit. Wie er manchmal beim Baden in der Wanne abgetaucht war und wie er die Stille unter Wasser genossen hatte, bis ihm die Luft ausgegangen war und er wieder hatte nach oben kommen müssen. So anders wirkte die Wahrnehmung da unten, so ruhig, so friedlich. Lennart fragte sich, ob es Maya, ob es den Nixen, dort unten in der See genauso gehen mochte. Ob sie in einem immerwährenden Frieden, in Stille und Ruhe ihr Dasein fristeten, unberührt von all der Hektik und den Wirrungen der Welt über der Wasseroberfläche. Er wollte sich wünschen, dass es so sei. Für seine Tochter. Denn dies würde schon bald ihre Welt sein. Der Gedanke an eine solche entschleunigte, friedvolle Welt gefiel ihm – und ein klein wenig beneidete er Maya sogar darum.

Ein erneuter Knall riss ihn aus seinen Gedanken und lenkte seinen Blick auf ein Fahrzeug, das hinter ihnen fuhr. Ein schwarzer SUV mit getönten Scheiben. Zwei weitere folgten ihm. Etwas pfiff an Lennarts Kopf vorbei und schlug in die Rückwand des Führerhauses seines Trucks ein, ohne diese zu durchdringen. Als Lennart genau hinsah, merkte er, dass da noch eine weitere Delle war, nur knapp neben der soeben entstandenen. Als er nach unten sah, entdeckte er, auf dem Boden der Ladefläche kullernd, zwei Projektile.

Er klopfte hektisch gegen das Führerhaus, um die vorne Sitzenden zu warnen. „Diese Bastarde schießen auf uns!", schrie er und ging dann rasch in Deckung. Er klopfte noch mal an die Führerkabine, weil er nicht wusste, ob der Fahrer, Orana und Sam den Ernst der Lage bereits begriffen hatten. *„Schneller, wir werden beschossen!"*

Er war überzeugt, dass die beiden Frauen und sein Fahrer die Warnung vernommen hatten, denn nun beschleunigte das Fahrzeug augenblicklich – wenn auch nicht gravierend – sein Tempo. Die Verfolgungsjagd war eröffnet.

Sicher war dies eine recht ungleiche Jagd. Lennart, der neben der stählernen und damit kugelsicheren Wanne kauerte, wurde rasch bewusst, dass es sich bei den drei Fahrzeugen hinter ihnen mit ziemlicher Sicherheit um das Angriffskommando handeln musste, dass sie vor einigen Stunden noch erfolgreich ausgetrickst hatten. Zweifellos hatten sie die vier anderen Trucks nach wenigen Stunden eingeholt und die List aufgedeckt. Über den Verbleib von Djalu, Mandu und den anderen konnte er nur spekulieren; er hoffte das Beste.

Sicher war jedoch, dass sich die Männer offensichtlich entschlossen hatten, auf dem schnellsten Wege nach Darwin zurückzukehren. Auf ihrem Weg dorthin hatten sie nun, welch grausamer Zufall, das eigentliche Ziel ihrer Mission wie auf einem Silbertablett serviert bekommen. Sie hatten sie eingeholt. Und sie waren drauf und dran, alle zu erschießen, die ihnen derart übel mitgespielt hatten.

Weitere Schüsse fielen.

Lennart duckte sich, wieder schlugen Projektile hinter ihm ins Material des Trucks ein. Die Wanne wurde nicht getroffen. Auf jene wurde offensichtlich gar nicht gezielt.

Der vorderste Wagen der Verfolger scherte aus, der dahinter nahm sofort dessen Platz ein. Derweil schob sich das Führungsfahrzeug neben den Truck. Es war ihm ein leichtes, die Geschwindigkeit der Fliehenden zu halten. Das Fahrzeug war deutlich leistungsstärker als der alte Klapperkasten der Aborigines. Zudem saßen nur zwei Männer darin, da hatte der Truck mit vier Erwachsenen sowie einer Wanne voll Wasser doch etwas mehr Gewicht fortzubewegen. Durch Geschwindigkeit zu entkommen war völlig aussichtslos. Lennart, Sam und die Aborigines mussten sich schleunigst etwas überlegen. Es konnte nicht mehr weit sein bis zur Anlegestelle, sie mussten nur noch ein klein wenig durchhalten.

Ein Schrei aus dem Führerhaus verriet Lennart, dass dies leichter gedacht als getan war. Vermutlich waren die Schüsse die Ursache, die soeben vom Beifahrerfenster des SUVs auf die Führerkabine des Trucks abgefeuert wurden. Jedenfalls scherte der Truck plötzlich aus, weg von der Straße, hinein in die Landschaft, in das Gras, den Busch, die Bäume des Outbacks. Bei all dem Holpern, Bocken und Wackeln des Fahrzeugs wurde sich Lennart bewusst, dass der Fahrer offenbar „Festhalten!" geschrien hatte.

Nun verlief die Verfolgungsjagd also querfeldein. Die schwarzen Fahrzeuge mit den getönten Scheiben folgten ihnen mühelos. Falls der Fahrer des Trucks die Hoffnung gehabt hatte, dass sein wetter- und geländeerprobtes Gefährt den neumodischen Karossen im freien Terrain überlegen wäre, so wurde diese bitter enttäuscht. Die SUVs meisterten den Untergrund mit Leichtigkeit, hatten nun sogar noch mehr Spielraum, um zu manövrieren, und begannen, den Truck von allen Seiten in die Zange zu nehmen.

Das Führungsfahrzeug versuchte, sie zu überholen, sich vor sie zu setzen und sie auszubremsen. Derweil schoben sich die beiden hinteren Fahrzeuge nach vorne und schienen im Sinn zu haben, den Truck links und rechts zu flankieren, um auch diese Auswege zu verbauen. Glücklicherweise wurden diese Manöver noch von diversen Felsen, Büschen, Bäumen und anderen Hindernissen vereitelt. Geschickt nutzte der Fahrer jede Gelegenheit, um aus der Zange seiner Verfolger auszubrechen. Er bremste ab und wechselte die Richtung, nahm scharfe Kurven, zwang die SUVs zum Abbremsen, wenn er zwischen zwei Hindernissen hindurchpreschte.

Trotzdem hatten sie keine reale Chance, es war ein Spiel auf Zeit, aber die Verfolger ließen sich nicht abschütteln. Sie hatten sich nun darauf verlegt, auf die Reifen des Trucks zu zielen, was schon bald dazu führte, dass das Fahrzeug nur noch auf blanken Felgen und Gummi voran holperte. Es war eine halsbrecherische Fahrt, deren Ende unausweichlich und unmittelbar bevorstand – das war allen Beteiligten klar.

An einer kleinen Lichtung, unweit eines kleinen Wasserlochs, war es dann schließlich soweit. Die Straße hatten sie weit hinter sich gelassen. Der Fahrer preschte um einen großen Felsen herum. Einer der Verfolger hatte denselben von der anderen Seite her umrundet – und versperrte nun dem Truck den Weg. Gleichzeitig hatte einer der SUVs den

Truck rechts flankiert und beschossen, der dritte war hinter ihm. Die Flucht war beendet. Links blanker Felsen, vor und hinter ihnen die Gegner, rechts eine Fläche hohen Grases, das bis zum Wasser wucherte und der SUV. Mit einem Ruck kam der Truck zum Stehen. Hinten schwappte ein großer Schwall Wasser aus der Wanne und auf Lennart, der auf dem Boden kauerte.

Es war vorbei. Alles war umsonst gewesen. Sie saßen in der Falle.

Lennart sah über den Rand der Ladefläche des Trucks und schaute sich um. Das Wasserloch entpuppte sich bei genauerem Hinschauen als ein kleiner See und wurde von einem Fluss gequert. Ringsum war alles von Gras und Büschen umgeben und von roten Felswänden eingeschlossen. Eine atemberaubende Szenerie, fast wie von einem anderen Planeten. In der Morgendämmerung erwachte die Natur langsam zum Leben. Die Geräusche des Outbacks, die er vorher wegen des Lärms der Motoren, der holprigen Fahrt und vor allem der Schüsse nicht wahrgenommen hatte, drangen nun an sein Ohr. Gefolgt von dem Öffnen und Schließen der Wagentüren rings um sie herum. Und das Klicken vom Entsichern der Gewehre.

„Das Spiel ist aus!“, hörte er eine Männerstimme rufen. „Kommen Sie alle mit erhobenen Händen aus dem Fahrzeug und von der Ladefläche. Dann wird niemandem etwas geschehen.“

Stille.

Nichts geschah.

Dann ein Schuss, der einige Vögel in den Bäumen ringsherum protestierend aufsteigen und laut schnatternd davonfliegen ließ.

„Ich sage es nicht noch einmal“, sagte der Mann. „Wenn Sie nicht augenblicklich herauskommen, dann werden wir Sie holen. Und das wird nicht angenehm.“

Wieder eine kurze Pause.

„Also?“

Lennart traf eine Entscheidung. Er erhob die Hände und richtete sich langsam auf. Sogleich sah er in die Mündung mehrerer Maschinenpistolen und Gewehre. Die vermummten Männer richteten ihre Waffen auf ihn. Nur einer der Männer – er trug zwar eine Uniform, jedoch keine Maske – zeigte sein Gesicht. Er trug eine Sonnenbrille, vermutlich ein teureres Modell. Diese nahm er nun ab und musterte Lennart genau.

„Kommen Sie runter!“, sagte er mit fester Stimme. „Ihre Freunde da vorne in der Fahrerkabine tun am besten dasselbe.“

Lennart machte eine beschwichtigende Geste in Richtung der Männer mit den Waffen. Dann benutzte er seine Hände zum Herunterklettern von der Ladefläche. Sobald er festen Boden unter den Füßen hatte, nahm er sie wieder nach oben, ging seitlich zur Fahrertür des Trucks und klopfte dagegen. Er ging zur Seite, als sich die Tür öffnete und nacheinander Orana, Sam und schließlich der Fahrer das Fahrzeug verließen. Alle drei mit erhobenen Händen.

Der Mann ohne Maske, offensichtlich der Anführer der Truppe, lächelte kalt.

„Na sieh mal einer an", sagte er mit unverhohlenem Triumph in der Stimme. „Wenn das nicht unsere tapfere Einsatztruppe mit der verschollenen Fracht ist."

Mit einem Nicken in Richtung der Wanne unterstrich er seine Bemerkung und machte klar, wen oder was er mit der Fracht meinte.

Die kleine Gruppe blieb stumm.

„Ihr kleiner Trick hat mich eine ganze Menge Zeit gekostet", sagte der Mann. „Sie müssen wissen, ich bin Geschäftsmann und Zeit ist für mich ziemlich kostbar. Vor allem, seit eine Horde von widerwärtigen Fischweibern meine Flotte versenkt und meine Zeitpläne total durcheinandergeworfen hat."

Er machte ein rhetorische Pause, dann kam er auf die kleine Gruppe zu, die nun in einer Reihe rücklings zum Truck stand, und ging vor ihnen auf und ab. Er kostete die Situation und seinen unverhofften Sieg voll aus. Bei jedem Satz einen anderen anschauend, fuhr Crane fort: „Sie hätten uns allen eine Menge Ärger und sogar ein paar Todesfälle ersparen können. All die Männer, so unnötig gestorben. Vor allem die Ihren, aber auch einige meiner Männer."

Eine kurze Pause der Stille. Dann hörte man zaghaft Oranas Stimme.

„Sind sie alle ... tot ...?"

Abrupt wandte sich der Wortführer an sie.

„Natürlich, was haben Sie denn gedacht?", bellte er kalt. „Dass Sie uns zum Narren halten, uns in die Irre führen, uns unsere Beute stehlen können – und das alles ohne irgendwelche Konsequenzen? Wissen Sie eigentlich, mit wem Sie es zu tun haben?"

Den letzten Satz hatte er ihr direkt ins Gesicht gebrüllt.

Orana stand dort, den Kopf gesenkt, Tränen in den Augen. Sie hatte begriffen, dass ihr Sohn, dass Djalu und all die anderen tot waren. Ermordet von diesen Männern, die hier gerade im Begriff waren, auch sie umzubringen. War denn wirklich alles umsonst gewesen? War ihr Sohn umsonst gestorben? Der Schmerz drohte sie zu überwältigen.

„Sie ist keine Beute", mischte sich nun Lennart mit fester Stimme ein. „Sie sprechen von meiner Tochter. Sie ist mit Sicherheit keine Beute. Für niemanden. Egal, wer auch immer Sie sind."

Der Mann wandte sich an Lennart und trat direkt vor ihn, so dass sie einander direkt in die Augen sahen. Lennart spürte seinen Atem, so dicht standen sie zusammen, aber er hielt seinem Blick stand, was der Mann wohl nicht gewohnt war.

„Crane", sagte der Mann. „Mein Name ist Castus Crane. Und Darwin gehört mir." Auf die leichte Verwunderung in Lennarts Blick lachte er kurz. „Nun ja, es gehört mir nicht offiziell, aber so gut wie. Es laufen wenige Geschäfte in dieser Stadt ohne mein Zutun. Darwin ist vielleicht nicht mein Eigentum. Aber ich regiere es in gewisser Weise. Und wenn ich auf diesem meinem Gebiet etwas oder jemanden zu meiner Beute erkläre, dann ist sie das sehr wohl, Sir. Egal, was deren Vater oder eine Handvoll dreckiger Eingeborener dagegen einzuwenden hat."

Sein Blick ging in Richtung Wanne.

„Ist sie da drin?", fragte er unnötigerweise und sah Lennart wieder an. „Wenn ich nämlich da reinschaue und es trifft mich ein Giftpfeil – so wie es dem ehemaligen Leiter dieser Mission zugestoßen ist – dann wird dies keiner von Ihnen überleben. Ihre Tochter eingeschlossen."

Sein Blick bohrte sich in Lennarts Augen.

„Sind wir uns also absolut im Klaren darüber, was geschieht, wenn einem meiner Männer oder gar mir selbst auch nur ein Haar gekrümmt wird?"

Lennart überlegte fieberhaft. Er wusste, dass er im Grunde verloren hatte. Er stand hier mit seinen letzten Verbündeten, sie alle blickten in die Mündungen von zahlreichen auf sie gerichteten Waffen. Es gab keinen Plan B, keinen Ausweg. Was sollte er noch tun? Trotzdem konnte er nicht anders.

„Was haben Sie mit ihr vor?", fragte er Crane. „Was wollen Sie von meiner Tochter? Wir kennen Sie doch nicht einmal!"

Crane lächelte kalt. Er war so siegessicher, dass es ihm nichts ausmachte, vor seinem Todesstoß noch ein wenig zu spielen. Niemand konnte ihn mehr aufhalten. Seine Rückkehr zum Sundagraben stand unmittelbar bevor. Sein Sieg würde allumfassend sein.

„Es ist nichts Persönliches", sagte er mit einem kalten Lächeln. „Es ist nur so, dass Ihre Tochter gar nicht Ihre Tochter ist, sondern leider einer Spezies angehört, die mir vor Kurzem beträchtlichen Ärger bereitete." Er zuckte mit den Schultern. „Ihre Tochter, oder wie immer man das Ding dort in der Wanne nennen möchte, wird mir dabei helfen, all dem ein schnelles und effektives Ende zu bereiten. Noch bevor die Nixen begreifen, wie ihnen geschieht ... werde ich sie *vernichten*."

Crane und Lennart sahen sich noch eine Weile an. Der Erstere voller Genugtuung, der Letztere voller Hass. Beiden war klar, dass nun alles gesagt war.

„Nun denn", hob Crane wieder an. „Wie ich schon sagte: Meine Zeit ist kostbar. Smith, Wilson, schnappt euch das Biest. Und dann machen wir, dass wir zum Hafen kommen. Wir haben ein Rendezvous mit den Nixen. Ich kann es kaum erwarten, die Fischweiber bluten zu sehen!"

Er sah Lennart weiterhin an.

Niemand rührte sich.

Es dauerte einige Sekunden bis Crane bemerkte, dass sich auch seine Männer nicht von der Stelle bewegten, geschweige denn seinem Befehl nachkamen.

Er drehte sich zu ihnen um. Er brüllte: „Smith, Wilson, los jetzt, holen Sie sich die Göre!"

Immer noch rührte sich keiner. Die einzigen Geräusche, die zu vernehmen waren, kamen vom Säuseln eines leichten Windes – und dann war da noch ein eintöniges Tappen und Rascheln in den Büschen und Gräsern vom See her. Es kam näher.

Crane ging zu einem der Männer, riss ihm die Maske vom Kopf. Der Blick des Mannes war starr und leer. „Was ist denn los, Mann!", schrie Crane.

Der Angesprochene rührte sich nicht. Er starrte nur wie hypnotisiert zu der Wanne auf dem Truck hinüber. Seine Waffe ließ er sinken, ebenso die anderen acht Männer, die noch bei Crane waren. Crane wirbelte herum und sah hinüber zum Truck, in eben jene Richtung, wo auch die Männer allesamt hinstarrten. Wohin sie die ganze Zeit geblickt hatten, um die Gefangenen in Schach zu halten. Jedoch hatte sich an dem Bild etwas verändert.

Über dem Rand der Wanne sah Crane ein Mädchen von überwältigender Schönheit. Sie stemmte sich mit den Armen auf dem Rand der Wanne ab und drückte ihren Oberkörper empor. Dunkles, wallendes Haar umrahmte ein engelsgleiches Gesicht, es floss vorüber an einem schlanken Hals, umspielte wundervolle Brüste und fiel herab bis zu einer schlanken Taille, deren untere Hälfte noch in der Wanne verborgen blieb. Sie wirkte so zierlich, so zerbrechlich, so atemberaubend schön, dass Crane für einen Moment nur gebannt auf sie starren konnte – und sich alsbald, wie alle anderen, in ihrem Blick verlor.

Sie sah ihn an, sie sah ihn direkt an, und ihr Blick war so voller Verheißung all dessen, was Crane sich schon immer gewünscht zu haben glaubte, dass es ihn unaufhaltsam zu ihr hin zog. Ein engelsgleiches blaues Strahlen schien ihren Körper zu umspielen, ein Glanz, in seinem Kopf hörte er einen verführerischen Gesang. Die Welt stand still, hörte auf sich zu drehen. Er wollte sich ihr hingeben, wollte ihr gehören, sie besitzen, wollte mit ihr verschmelzen, ewig bei ihr sein ... bis ... bis ...

Er japste nach Luft und keuchte. Was geschah hier mit ihm? Er kannte diese Art der Begegnung: Auf dem Schiff war er den Verlockungen der Nixen schon einmal beinahe verfallen. Und nun, da ihm klar wurde, dass er erneut beinahe überwältigt worden war, stemmte er sich mit aller Gewalt dagegen. Instinktiv schnappte er sich seine Sauerstoffmaske von seinem Gürtel, legte sie an und atmete tief durch.

Orana war die Erste, welche die Situation durchschaute. Noch bevor Maya sich ganz aus dem Wasser gestemmt hatte, kurz bevor die Nixe erstmals in ihrer vollen Pracht und all der Macht, die sie nun besaß, ihren Häschern entgegentrat, wirbelte Orana herum.

„Luft anhalten, Nase zuhalten“, zischte Orana in Richtung Lennarts. *„Schnell!“*

Ein rascher Blick über die Schulter genügte dem Vater, um die Situation und die Warnung zu verstehen. Er warf sich auf den Boden, kauerte sich zusammen, hielt sich die Nase zu, schloss die Augen und hielt die Luft an, solange er konnte. Danach presste er seinen Mund in das Gras und atmete die Luft vom Boden durch den Mund gierig ein.

Auch Lennart hörte erneut die Verlockungen der Nixe in seinem Kopf. Auch er hatte etwas von den Pheromonen eingeatmet, welche die Luft durchsetzten, noch bevor Orana ihn hatte warnen können. Diese Lockstoffe, sie waren ungleich stärker als beim ersten Mal. Aber die Menge war nicht ausreichend gewesen, um der Nixe zu verfallen. Er hatte sich noch im Griff. Er hörte zwar die Gesänge, die Versprechungen, spürte Wogen der aufwallenden Lust in sich – aber diesmal war er gewappnet. Mit eisiger Entschlossenheit rang er das fiese Alien in seinem Kopf nieder. Atmete Gras, wartend und hoffend, dass es bald vorbei sein möge.

Der Fahrer, der Besitzer des Trucks, der junge und unerfahrene Aborigine, hatte weniger Glück. Er verstand die Warnung Oranas nicht. Er brauchte viel zu lange, um die Gefahr zu erkennen.

„Was, wieso?“, zischte er zurück, als Lennart schon längst auf dem Boden kauerte.

„Mach es! *Bitte!*“, flüsterte Orana eindringlich. Doch es war bereits zu spät.

Der junge Mann drehte sich ebenfalls zur Wanne, erblickte die Nixe – und war im selben Moment vollkommen gefangen. Die Pheromone in der Luft enterten seinen Körper, seinen Kreislauf, seine Synapsen. Sie weckten verborgenste Sehnsüchte, Wünsche und Verheißungen in ihm, von denen er bislang noch nie etwas gemerkt hatte. Er war im Bann der Nixe – und es gab nichts mehr, das ihn jetzt noch davon hätte befreien können.

Die Szene war gruselig.

In der morgendlichen Dämmerung des australischen Outbacks standen acht bewaffnete Männer vor, hinter und zwischen ihren Fahrzeugen, eine Gruppe Gefangener umzingelnd, die Waffen jedoch gesenkt. Daneben ihr Anführer, der sich dank der Sauerstoffmaske langsam wieder berappelte. Die Bewaffneten hingegen sowie der Jüngling aus dem Aborigine-Dorf starrten wie in Trance auf die wundervolle Gestalt, die zu strahlen, die wahrlich in der hinterm Horizont scheinenden Morgensonne zu glitzern schien. Ein perfektes, ein atemberaubendes, ein verstandraubend schönes Mädchen zog all ihre Blicke, all ihr Hoffen und ihr Sehnen auf sich – und die Natur hielt den Atem an. Lauschend dem Befehl und der Neigung einer *erwachten Nixe*. Sie war Perfektion, sie war Reinheit, sie war die sublime Vollkommenheit allen Seins …

Derweil kam das Tappen aus den Büschen immer näher, ein säuselndes Grunzen mischte sich darunter, Gräser und kleine Büsche wurden von etwas nicht Sichtbarem zur Seite gestoben. Maya lächelte kalt, ihre Augen leuchteten rot, derweil war sie von einem blauen Schein umgeben. Ihre Haut schimmerte und glitzerte, als sei sie mit zahlreichen Diamanten besetzt. Sie streckte lockend eine Hand in Cranes Richtung.

Die Sonne ging auf – und die Hölle brach los.

„Sam, meine Tasche, *schnell*!“, schrie Orana, während sie noch versuchte, ihren jungen Stammesbruder durch Tätscheln der Wangen und Rufen wieder zur Besinnung zu bringen. Sam reagierte, stürmte zurück ins Führerhaus des Trucks und sprang hinein. Während sie nach der Tasche kramte und alsbald mit derselben das Führerhaus wieder verließ, um alles zu Orana zu bringen, brachen drei gigantische Bestien aus dem meterhohen Gras und den Büschen zwischen ihnen und dem See hervor und hasteten auf die Gruppe der Menschen zu.

Es waren Saltys, australische Leistenkrokodile, gigantische Echsen wie entsprungen aus einer längst vergangenen Zeit, jedes locker acht Meter lang – und sie waren einem simplen Lockruf gefolgt: *Futter!*

Orana sah die Tiere auf sie zukommen, wurde kreidebleich und blickte entsetzt zu Maya hinauf.

„Nein!“, flüsterte sie. „Tu das nicht, Mädchen, tu das *bitte* nicht!“

Doch es war bereits zu spät.

Während Sam die Tasche zu Orana brachte und jene die Medizin herauskramte, welche Sam sogleich ihrem Lennart und Orana dem jungen Fahrer einflößte, hatte das erste Krokodil einen der in Trance starr stehenden Männer erreicht. Es stürzte sich auf ihn, packte ihn erbarmungslos mit seinem gigantischen Maul – und biss ihn mit mehrmaligem Öffnen und Schließen der mächtigen Kiefer in Stücke. Ein letztes Mal erwachte der Mann aus seinem Delirium, vom unaussprechlichen Schmerz und dem ausgeschütteten Adrenalin in eine grausame Realität zurückgeholt – nur um mit einem letzten gellenden Todesschrei, erstickt von seinem eigenen Blut, zwischen den Kiefern des Saltys zu verschwinden.

Das zweite Krokodil fand seine Beute, ebenso das dritte. Von den Schreien seiner Männer wurde Crane endgültig zurückgeholt in die Realität. Er kniff die Augen zusammen, öffnete sie wieder und erkannte die Situation. Sein Blick ging noch einmal zu der Nixe, die über dem Rand der Wanne ihr Werk begutachtete, jedoch ... Crane stutzte. Wurde sie etwa schwächer? Oder wie war es ihm sonst gelungen, sich aus ihrem Bann zu befreien? Sicher, er hatte die Zufuhr an Lockstoffen unterbrochen, aber sollte das etwa schon ausreichen, um sich aus dem Bann zu befreien?

Maya sah zu ihm herunter, sie lächelte zufrieden.

„Wir sind noch nicht fertig miteinander, du kleine Schlampe!“, zischte Crane, mehr zu sich selbst, nicht laut genug, um über die Schreie seiner Männer und das Malmen der Krokodile hinweg wirklich von der Nixe gehört zu werden. Trotzdem meinte er eine Antwort der Nixe in seinem Kopf zu vernehmen; süß, lieblich, jedoch eiskalt: *„Oh nein, Mr. Crane, das sind wir mit Sicherheit noch lange nicht!“*

Crane wirbelte herum und sah gerade noch, wie ein Leistenkrokodil, das sich von hinten an ihn herangeschlichen hatte, sein riesiges Maul aufsperrte. Mit einem Satz zur Seite brachte er sich in Sicherheit, bevor die Kiefer zusammenschnappten, wo er soeben noch gestanden hatte.

Mit einem zornigen Blick in Richtung Nixe machte er einen weiteren Sprung aus der Reichweite des Krokodils, rannte zum vordersten der schwarzen Fahrzeuge und schwang sich hinter dessen Steuer. Einer seiner Männer, der es ebenfalls geschafft hatte, sich aus der Trance zu befreien, wollte hinter ihm her, rannte um den Wagen herum – übersah dabei jedoch das lauernde Krokodil, das direkt daneben wartete. Er wurde von einem mächtigen Maul im Rennen gepackt und unter gellenden Schreien ins Dickicht und in Richtung See gezerrt, wo seine Schreie alsbald gurgelnd erstarben.

Crane startete den Motor des SUVs, legte den Rückwärtsgang ein, stob davon, ohne sich umzuschauen. Den Weg zurück, um den Felsen herum, Vorwärtsgang – und nichts wie weg, nur weg von diesem Ort. Seine Männer waren ihm egal. Sie hatten versagt, sie hatten ihr Schicksal nicht anders verdient. Er gab sie auf.

Was ihn störte war allein die Tatsache, dass er dieser verfluchten Göre zum zweiten Mal am heutigen Tage auf den Leim gegangen war. Mehr noch: Erneut war er mit einer

Nixe konfrontiert worden – und wieder hatte er ihr nichts entgegenzusetzen gehabt. Ein drittes Mal würde es nicht geben. Das schwor er sich. Bei der nächsten Begegnung mit den Nixen würde er diesen Bestien keine Chance mehr lassen. Alles in ihm schrie nach Vernichtung, nach Holocaust. Das Ende war nahe, schwor sich Crane, und *er* würde es setzen. Mit diesen finsteren Gedanken raste er durch das Outback davon. Er hatte ein Schiff zu erreichen.

Orana und Sam hatten inzwischen Lennart und den jungen Aborigine mit dem Medikament versorgt. Lennart richtet sich wieder auf, atmete tief durch und spürte die Stimme der Nixe in seinem Kopf verstummen. Sam zerrte ihn in Richtung des Trucks und er folgte wie ein Schlafwandler. Kaum hatte sie es geschafft, ihn ins Führerhaus zu stoßen und die Tür hinter ihm zuzuschlagen, rannte sie zu Orana, um ihr zu helfen.

Sie mussten sich beeilen. Der Bann der Nixe begann zu schwinden, das hatte Cranes Erwachen und das eines der Männer deutlich gezeigt. Nun, da Maja die Bestien des Outbacks entfesselt hatte, jedoch vermutlich nicht mehr kontrollieren konnte, würden die Saltys auch vor ihnen kaum Halt machen.

Der junge Mann sah weniger gut aus. Er starrte immer noch vor sich hin, schien kaum bei Sinnen. Dort, wo der irre Blick in Richtung des Wesens verschwunden war, blieb nun eine undurchdringliche Leere in seinen Augen. Orana und Sam stützten ihn.

„Zum Wagen, schnell!", schrie Orana und brachte so schnell sie konnte gemeinsam mit Sam den Jungen in den hinter ihnen stehenden SUV ihrer Angreifer.

Lennart versuchte indessen den Truck zu starten. Doch wann immer er den Schlüssel im Zündschloss drehte, hörte er nur ein Röcheln und Stottern des Motors. Die Verfolgungsjagd hatte der Mechanik schwer zugesetzt. Die Reifen waren zerstört und hingen in Fetzen von der Felge. Mehrmals versuchte Lennart dennoch sein Glück. Bis er schließlich begriff, dass der Truck nicht mehr fahrtüchtig war. Sie mussten das Fahrzeug wechseln – und damit auch auf die lebensnotwendige Wanne für Maya verzichten. Würde das gut gehen?

„Lennart, machen Sie! *Schnell!*", Oranas Stimme war voller Panik.

Ein weiterer Soldat wurde noch in Trance von einem Salty gepackt und getötet. Sein letzter verbleibender Kamerad, mittlerweile ebenfalls aus der Trance erwacht, legte sein Gewehr an, schoss auf die Krokodile, richtete damit aber nur wenig aus. Er rannte um das Auto herum, sprang aber nicht hinein, sondern wurde von zwei Krokodilen in die Zange genommen. Er wich zurück, feuerte und feuerte. Doch die beiden Reptilien kamen unbeirrbar weiter auf ihn zu. Er wich zurück, ins Grün zum See hin, stolperte, strauchelte, die Krokodile hinter ihm her – und dann waren nur noch Schüsse und Schreie zu hören, als sich die beiden Saltys auf ihre Beute stürzten.

Lennart sprang auf die Ladefläche des Trucks, direkt neben Maya. Sie war inzwischen wieder ganz in die Wanne gesunken. Das Leuchten und Strahlen, das sie eben noch erfüllt und umgeben hatte, war verschwunden. Sie wirkte schwach und ausgelaugt. Lennart wollte nach ihr greifen, doch sie wich zurück.

„Nicht anfassen, Dad", röchelte Maya, kaum verständlich. *„Nicht anfassen ..."*

Lennart sah sich hastig um. Er fand das Tragetuch, mit dem sie Maya auf den Truck gebracht hatten. Rasch umschlang er damit ihren Oberkörper, zog sie aus der Wanne, und wickelte dann auch den Fischschwanz ein. Das ganze Bündel ließ er noch einmal in die Wanne gleiten, ließ es sich mit Wasser vollsaugen so gut es nur ging, und nahm dann das Paket auf die Schulter. Das Gewicht des Wassers und des nassen Lakens waren immens. Auch wenn die Nixe selbst kaum etwas wog, stöhnte er doch unter der schier unvorstellbaren Last. Es wurden Energien in ihm frei, die nur ein Vater kennt, der sein Kind retten möchte. Wenngleich er unter der Last buchstäblich zu zerbrechen drohte, stemmte er sich gegen die Schwerkraft, gegen den Schmerz, gegen jede Unmöglichkeit seines Tuns und wuchs über sich hinaus.

Lennart schrie, mobilisierte alle seine Kräfte und sprang samt des Bündels von der Ladefläche des Trucks – nur um sich dem letzten Salty gegenüberzusehen, das keine zwei Meter vor ihm saß. Er hörte etwas in seinem Kopf, wovon er sich nicht sicher war, ob dies für ihn bestimmt war. Es war ein Säuseln, ein Singen, eine wundervoll angenehme Melodie. Wie er da saß, das Bündel auf seinen Schultern und Auge in Auge mit dem riesigen Krokodil, da begriff er, dass auch das Tier diesem Ton in seinem Kopf lauschte. Es wurde ruhig, es war satt – es empfing nun seine Belohnung.

Vorsichtig sicherte Lennart seinen Griff um die eingewickelte Meerjungfrau, ging langsam rückwärts zu dem gekaperten SUV und bugsierte sich samt Bündel auf dessen Rückbank, wo auch schon Sam saß und dabei half, Maya in ihrem Laken hineinzuziehen. Den benommenen und paralysierten Aborigine hatten sie auf den Beifahrersitz verfrachtet, Orana saß am Steuer.

„Nichts wie weg hier“, sagte sie, mehr zu sich selbst als zu den anderen, kaum dass die hintere Tür des Wagens ins Schloss gefallen war. Der Wagen fuhr rückwärts an, weg von der blutigen Szenerie, um den roten Fels herum. Orana drehte um, legte dann den Vorwärtsgang ein, und fuhr entlang des Flusses davon. Es war nicht mehr weit, nur noch Minuten trennten sie von der rettenden Anlegestelle und dem für Maya lebensnotwendigen Wasser.

Zurück blieben ein herrenloser Truck im Outback, ein moderner Geländewagen, acht Leichen und Ausrüstungsteile allenthalben – und drei sehr satte und zufriedene Krokodile, die langsam zurücktappten in den See, dem sie unlängst entstiegen waren. Folgend einem Lockruf, dem sie seit Urzeiten zu folgen gewohnt waren.

Die Sonne stand nun deutlich über dem Horizont, es wurde mit jeder Minute heller und wärmer. Orana schien in sich versunken. Sie kämpfte mit dem, was sie gesehen, was sie erlebt hatte. Ihr Sohn war tot, Djalu ebenso – und sie hatte gesehen, wie mehrere Männer von Krokodilen zerfleischt worden waren. War es das alles wirklich wert?

„Wohin fahren wir?“, frage Sam schließlich.

„In ein Dorf meiner Leute“, antwortete Orana knapp. „Wir sind an einem Seitenarm des Daly River. Der mündet gute hundert Kilometer vor Darwin in die Timorsee. Mithilfe meiner Leute werden wir noch vor Sonnenuntergang auf dem Meer sein.“ Nach einer kurzen Pause fügte sie hinzu: „Wir müssen Maya zu ihrem Volk bringen, so schnell wie möglich. Zu ihrer Sicherheit und zu unserer eigenen. Sie gehört nicht in unsere Welt. Es sind schon zu viele gestorben …"

Das Auto jagte durch die Landschaft. Sam und Lennart hatten das nasse Bündel zwischen sich gelegt. Hielten es von beiden Seiten umschlossen. Beide hofften, dass Maya diese Fahrt ohne Wasser überstehen würde. Sie musste es einfach überleben. Es war schon zu viel geschehen, als dass sie nun noch scheitern durften. Es musste gelingen.

Lennart lauschte in sich hinein, suchte die Stimme der Nixe in seinem Kopf, doch da war nichts mehr. Sie war geschwächt durch den Kampf, ausgelaugt von der Fahrt und rang um Atem. Lennart schluckte seine Angst herunter. „Ich bin bei dir, mein Engel", flüsterte er in das Laken. „Ich werde immer bei dir sein, Maya."

25

Zugegeben, ganz so schwierig hatte er sich das nicht vorgestellt. Wie so viele Pläne, die man sich im Kopf wunderbar ausmalte, hatte auch dieser sich in der Theorie völlig einleuchtend, logisch und machbar präsentiert. Doch hatte Cypher die Breite des Abwasserrohres, vor allem auch dessen Länge, ein wenig unterschätzt. Die Gefahr, abzurutschen und unkontrolliert hinabzusausen – in der vorangegangenen Überlegung eine seiner größten Sorgen –, bestand keineswegs, dafür war es nämlich viel zu eng. Stattdessen tastete er sich langsam voran, zwängte sich förmlich durch den wenigen ihm zur Verfügung stehenden Raum. Nie waren diese Rohre dafür konzipiert gewesen, einem ausgewachsenen Mann Platz zu bieten, das wurde Cypher bei jedem Zentimeter, den er sich weiter voran schob, deutlicher bewusst.

Er konnte von Glück reden, dass seine Flucht nicht schon auf den ersten Metern ein jähes und unrühmliches Ende gefunden hatte. Jetzt steckte er mittendrin – im wahrsten Sinne des Wortes. Es gab kein Zurück mehr, das war nicht nur eine Floskel. Also kroch er weiter durch das Rohr, hinab in die Tiefe, immer darauf bedacht, den Halt nicht zu verlieren oder plötzlich steckenzubleiben, dabei den Leichnam der Nixe auf Kopf und Schultern balancierend, da er seine Hände und Füße fürs Vorankommen brauchte.

Etliche Male hatte er sich bereits gefragt, ob sein ritterlicher Einsatz überhaupt irgendwann von irgendwem in der Nachwelt gewürdigt werden würde. Die Nixe konnte wohl kaum noch jemandem davon berichten. Wenn jedoch die Weltherrschaft Shaws verhindert worden war, würde man dann wohl an den tapferen CIA-Agenten denken, der ihm getrotzt hatte und dafür buchstäblich durch die Scheiße gekrochen war? Vermutlich nicht. Aber noch einmal wurde ihm bewusst: Ein Zurück gab es für ihn nicht mehr, weder auf seinem Weg, noch in seiner Entscheidung. Der Waschraum war mittlerweile gestürmt worden, das hatte er gehört. Nun galt es, sehr schnell zu sein, bevor diese Idioten auf seinen eigentlichen Plan kamen.

Cypher tastete sich mühsam weiter voran. Die Minuten schienen sich endlos zu ziehen und der Gestank in diesem Rohr war schier unerträglich. Mehrmals streifte er mit den Händen Ablagerungen an den Rändern und verfluchte dabei seine bildhafte Fantasie. Er ermahnte sich mehrfach zur Ruhe, zur Fokussierung und Besonnenheit. Profi sein! Profi sein! Er durfte sich jetzt nicht von Emotionen und Ekel übermannen lassen. Zu viel hing davon ab, zu seinem Ziel zu gelangen.

Endlich, nach gefühlten Stunden in diesem Rohr – in Wahrheit mochte es sich um etwa dreißig Minuten handeln – spürte er an seinen Füßen Wasser. Er tastete nach, ohne Zweifel, hier war der Pegel erreicht. Nun kam der schwierigste Teil seines Plans.

Er griff in die Innentasche seines Jacketts, zog eine Plastiktüte heraus und blies sie auf. Dann verdrehte er das obere Ende, so dass die Luft vorerst nicht mehr entweichen konnte. Er schulterte die Nixe, hielt die Tüte zu seiner Körpermitte hin, so dass sie nicht am Rand des Rohres aufgerissen würde. Ab jetzt hieß es hoffen.

Er hatte keine Ahnung, wie lange er durch das Rohr gleiten und wann er in dem Unterwassertunnel herauskommen würde. Er wusste nicht, ob es weitere Ablagerungen gab, die seinen Weg bremsen könnten, ihn gar einklemmen und somit umbringen könnten. Er wusste auch nicht, ob es hier Lufträume gab, oder ob der Tunnel nach oben hin bis auf den letzten Millimeter mit Wasser gefüllt war. Er wusste nur, zumindest ganz ungefähr, welche Strecke er vom Tunnel bis ins Dock würde zurücklegen müssen und wie lange er dort etwa bräuchte, um in das U-Boot hineinzugelangen. Auftauchen war keine Option, würde er gesehen, wäre sein Plan dahin. Alles hing an dem Luftvorrat in der Tüte – und an seiner Kondition als Special Agent. Er musste es schaffen: Unentdeckt aus dem Rohr kommen, hinaus in den unterirdischen Kanal tauchen, von dort aus ins Dock und dann über eine der äußeren Luken in das Tiefseeboot hinein. Inklusive seiner ungewöhnlichen Begleiterin.

Cypher atmete einige Male tief durch und hätte sich bei dem Gestank in dem Rohr beinahe übergeben. Doch er beherrschte sich, sog die Lungen voll mit diesem widerwärtigen Gestank, der immerhin auch Sauerstoff enthielt. Dann schloss er die Augen, zog abrupt alle Extremitäten an – und glitt mit der Nixe über sich hinab, ins feuchte, dunkle Nass, noch einige Meter weiter, bis das Rohr mitten in dem geheimen Kanal hinaus in den Ozean schließlich endete. Er war wieder frei. Der nächsten Phase seiner Mission stand nichts mehr im Wege.

Das U-Boot war bereit zum Auslaufen. Sämtliche Crewmitglieder waren an Bord, die Schotten waren dicht. Nun konnte der Tauchvorgang beginnen, einige Meter hinab, durch eine Schleuse, durch den Tunnel hinaus in den Indik – und dann Kurs auf die offene See.

Shaw saß auf der Hauptbrücke, mitten in der Kommandozentrale, wo eine hektische Betriebsamkeit herrschte. Er hatte nicht vor, sich einzumischen. Die Männer hier wussten, was sie zu tun hatten. Was sollte er da mit seinem technischen Halbwissen schon beitragen? Jeder kannte seine Rolle in diesem Spiel. Er war zwar der König, doch hier waren vorerst die Bauern am Zug.

Über Funk hielt er Kontakt zu seinen Suchmannschaften, die Cypher und die Nixe immer noch nicht entdeckt hatten. Vermutlich spielte es keine Rolle mehr. Es war ein schier unmögliches Unterfangen, die gesamte Strecke von der Mündung des Abwasserrohres hinaus ins offene Meer zu tauchen. Was hatte er sich nur dabei gedacht? Ziemlich sicher war er ertrunken. Oder einer der Haie, die sich gelegentlich in den Kanal verirrten, hatte ihn sich geschnappt. Shaw konnte es egal sein. Es handelte sich bei Männern wie Cypher vielleicht um die Elite der CIA, jene waren aber keine Götter. Diesen waghalsigen Versuch einer Meuterei hatte Cypher zweifelsohne mit dem Leben bezahlt. Allein um die Nixe tat es Shaw leid, aber schließlich war er im Begriff, sich ein paar ganz neue Körper für seine Studien zu besorgen. Was spielte da so ein Leichnam noch für eine Rolle?

Unter ihm begann es zu surren, die Maschinen liefen an. Der Kapitän des Bootes bellte seiner Besatzung einige Befehle entgegen, jeder gehorchte aufs Wort.

Shaw beobachtete die Männer, die an ihren Kontrollpulten saßen, auf Bildschirme und Anzeigen starrten, konzentriert ihrer Arbeit nachgingen. Er selbst saß nahe beim Kapitän. Das Schiff machte einen Ruck, es war nicht mehr länger vertäut. Nun trieb es im Wasser des Unterseedocks auf Ebene eins in Area 66. Das Surren wurde intensiver, das Schiff drehte sich und setzte sich in Bewegung, kaum dass es sich passend ausgerichtet hatte.

Es fuhr Shaw leicht in den Magen, als sich der Bug schräg nach unten richtete und das Schiff absank. Er fühlte sich ein wenig wie in einer Achterbahn. Außerdem hatte er Bedenken, ob sie nicht viel zu schnell waren und jeden Moment gegen eine der Außenwände des Docks prallen würden.

Doch nichts dergleichen geschah. Das Schiff sank hinab, erreichte kurz darauf den Kanal, wurde wieder gerade und schipperte sanft durch die Schleuse und durch den Tunnel hinaus in Richtung Ozean. Instrumente piepten ruhig und gleichmäßig wie der Herzschlag auf einem Monitor. Die Geräusche, die sich mit den Motoren des U-Bootes zu einem einheitlichen Klangteppich verwoben, begannen Shaw ein wenig einzulullen. Wie lange war er nun wach gewesen? Zu lange vermutlich. Doch konnte er es sich wirklich leisten, die Zügel gerade jetzt für eine Weile aus der Hand zu geben?

Unter die mittlerweile vertrauten Geräusche mischte sich plötzlich ein Piepsen. Einer der Männer an den Kontrollpulten hob seine Hand und erreichte damit, dass der Kapitän hinter ihn trat, um einen Blick auf die Instrumente und Monitore zu werfen. Das Warnsignal ging mit dem Leuchten eines roten Lämpchens auf seinem Display einher. Der Kommandant warf einen Blick darauf, wechselte leise ein paar Worte mit dem Mann und kehrte auf seinen eigenen Posten zurück. Das Lämpchen blinkte noch immer.

„Was ist denn da gerade los gewesen?“, fragte Shaw ganz beiläufig den Kapitän, der nun wieder neben ihm stand.

„Nichts von Bedeutung“, versetzte der Kommandant. „Eines der Torpedorohre scheint defekt zu sein. Eine der äußeren Luken meldet eine unvollständige Schließung.“

„Ist das nicht ... beunruhigend?“, fragte Shaw und versuchte es so ruhig wie möglich klingen zu lassen. Der Gedanke, ohne durchweg intakte Waffen hinaus in die Welt der Nixen zu reisen, behagte ihm rein gar nicht.

„Es ist im Grunde nicht der Rede wert, Sir“, beruhigte ihn der Kapitän, dem die Nervosität seines Vorgesetzten durchaus aufgefallen war. „Zunächst einmal haben wir insgesamt vier Torpedorohre. Wenn eines ausfällt, so können wir diesen Verlust auf solch einer Mission problemlos verschmerzen. Zudem handelt es sich nur um eine Fehlermeldung der Luke im Rohr. Wir verfügen weiterhin über die Kontrolle der äußeren Sicherheitsluke, die wir nun aktiviert haben. Das Rohr wird also von außen her versiegelt, das darin befindliche Wasser abgepumpt und der Betrieb dieses einen Torpedokanals damit eingestellt. Das Lämpchen zeigt jetzt nur noch an, dass dieses Rohr nicht in Betrieb ist. Von dieser Fehlfunktion geht keinerlei Gefahr für das U-Boot oder die Mission aus. Deswegen habe ich angeordnet, wie gehabt fortzufahren. Ich hoffe, das ist in Ihrem Sinne, Sir?“

Shaw schwieg. Was der Kapitän ihm erklärte, klang einleuchtend. Es war eine sachliche, eine nüchterne und nachvollziehbare Entscheidung, basierend auf vielen Jahren Erfahrung aus etlichen erfolgreich absolvierten Einsätzen. Wenn dieser Mann also sagte, eine solche Lappalie stelle kein Problem dar, dann war das ganz offensichtlich so. Und doch ...

„Möchten Sie, dass wir umkehren, Sir?“, fragte der Kapitän in Shaws Gedanken hinein. Er starrte seinen Boss an und versuchte vergeblich, in dessen Mimik eine Regung zu lesen. „Wir haben den Tunnel etwa zu einem Drittel durchquert. Wenden können wir hier nicht, dazu ist es zu eng. Sobald wir aber das offene Meer erreichen, könnten wir wenden, zurückkehren ins Dock und dort eines der anderen drei Boote bemannen. Dies allerdings würde uns locker acht Stunden Verzögerung einbringen. Daher erschien es mir effizienter, die Mission mit eingeschränkter Waffenkapazität fortzusetzen. Schließlich ist dies ja eine Forschungsmission und kein Kampfeinsatz. Sind Sie einverstanden, Sir?“

Shaw schwieg weiterhin. Es klang alles einleuchtend, was der Mann da sagte. Er wog innerlich die Optionen ab. Acht Stunden, das war verdammt lang. Sollte etwas schiefgehen, so wollte Shaw sich am Ende keinesfalls eingestehen müssen, dass es an vertrödelter Zeit gelegen hatte. Drei Torpedorohre – ganz ehrlich, würden sie von wütenden Nixen angegriffen, so konnten ihnen auch Tausende von Torpedos vermutlich nicht mehr helfen. Es kam also wirklich nicht darauf an. Auf die verlorene Zeit hingegen sehr wohl. Denn sollte Cypher womöglich überleben und seine Vorgesetzten über Shaws wahre Intentionen in Kenntnis setzen, dann würde Langley ziemlich sicher rasch reagieren – und das war ganz bestimmt nicht in Shaws Interesse.

„Machen Sie weiter“, sagte Shaw schließlich und konnte dem Kommandanten die Erleichterung ansehen. „Sie haben recht, ich vertraue Ihrem Urteil. Aber seien Sie so freundlich und schicken Sie zumindest einen Ingenieur in den Torpedoraum, er soll sich den Defekt einmal ansehen. Ich möchte nichts übersehen. Das verstehen Sie doch sicher?"

Der Kapitän atmete durch und nahm Haltung an. „Aber natürlich, Sir, das wird sofort erledigt!"

Shaw wollte sich gerade wieder zurücklehnen, da fügte er noch etwas hinzu.

„Sir, wenn Sie erlauben, wir werden nun viele Stunden unterwegs sein", erklärte der Kommandant leise und eindringlich. „Wir haben hier alles unter Kontrolle. Das wäre die perfekte Gelegenheit für Sie, in der Kombüse ein leichtes Abendessen einzunehmen und sich in der Offiziersmesse etwas auszuruhen. Dann wären Sie wieder bei Kräften, wenn wir unser Ziel erreichen. Dort sind wir umso mehr auf Ihre Anleitung angewiesen, damit uns keine Fehler unterlaufen."

Shaw seufzte. Sein erster Impuls war gewesen, den Mann zusammenzufalten, was dieser sich eigentlich erlaubte, in dieser Art mit seinem Vorgesetzten zu sprechen. Andererseits, das sah Shaw ein, hatte er recht. Es nutzte niemandem etwas, wenn Shaw über Stunden hier auf der Brücke saß, bei jedem Signal der Instrumente zusammenzuckte und Entscheidungen der Profis hinterfragte und dann womöglich im entscheidenden Moment, dem Zusammentreffen mit den Nixen, nicht voll bei der Sache wäre und eventuell Fehler machen könnte.

Nein, das war keine gute Option. Er seufzte noch einmal.

„Sie haben recht, Kapitän", antwortete er dann und erhob sich. „Sie haben die Brücke. Ich begebe mich in die Offiziersmesse. Ich möchte aber über alle wichtigen Vorkommnisse informiert und spätestens eine Stunde vor Ankunft in unserem Zielgebiet geweckt werden."

Der Kapitän nickt knapp. „Aye, Sir!"

Damit verließ Shaw die Brücke. Einen letzten Blick warf er noch auf die rote Lampe, die auf das defekte Torpedorohr hinwies. Dann machte er sich auf den Weg nach unten. Er war müde.

Er gelangte über eine Leiter hinab ins Unterdeck, wo die Offiziersmesse untergebracht war. Er suchte sich eine der ungenutzten Kojen aus, legte sich hinein und zog den Vorhang zum Gang zu. Er starrte eine Weile auf die Unterseite des Bettes über sich, seine Gedanken drehten sich im Kreis. So vieles galt es zu bedenken, zu durchdenken, aus verschiedenen Perspektiven zu betrachten. Die kleinste Kleinigkeit konnte seinen Plan durchkreuzen, er durfte sich keine Fehler erlauben.

Es gab da einen speziellen Gedanken, der besonders rasch in dem Strudel von Zahlen, Fakten und Denkansätzen rotierte, immer mehr Tempo aufnahm, sich kaum festhalten ließ. Es war wie der tödliche Tanz einer Nixe mit ihrem Opfer im Bassin in Shaws Labor. In rasantem Tempo drehte sich alles, formte sich zum verschlingenden Strudel, floss ineinander und drohte, sich aufzulösen, bevor Shaw es so wirklich zu fassen bekam. Er jagte diesem Gedanken hinterher, während er kaum merklich die Augen schloss und in einen tiefen Schlaf hinüberglitt.

Kurz bevor die Schwärze einer düsteren Traumwelt ihn umfing, glaubte er den Gedanken endlich eingeholt zu haben. Atemlos packte er ihn im Geiste und wirbelte ihn herum. Doch war es zu spät, mit der nun gewonnenen Information noch etwas anzufangen, der Schlaf hatte ihn längst in seiner Gewalt – und würde ihn so bald nicht mehr freigeben. So war das Letzte, was Shaw wahrnahm, bevor er für mindestens acht Stunden vollkommen weggetreten war, das lachende Gesicht Cyphers mit einer roten, blinkenden Warnleuchte auf der Stirn. Cypher, dachte Shaw. Es ist *Cypher*. Dann schlief er ein.

Selten hatte der CIA-Agent dermaßen auf seine Instinkte vertrauen, selten einen derartigen Überlebenswillen an den Tag legen müssen, wie in diesem, seinem vermutlich letzten Einsatz. Nachdem Cypher samt der toten Nixe nach nur wenigen Metern tatsächlich im Verbindungskanal zwischen dem Unterseedock und dem offenen Meer gelandet war, hatte er feststellen müssen, dass es sich bei der Röhre keinesfalls um eine durch Felswände begrenzte Struktur handelte, sondern dass die Wände kreisrund mit Stahl ausgekleidet und tatsächlich bis auf den letzten Millimeter nach oben mit Wasser gefüllt waren. Hier gab es also keine Möglichkeit, Luft zu holen.

So schnell er konnte, setzte er sich deshalb, die Nixe nun vor sich herschiebend, in Richtung des Docks von Area 66 in Bewegung. Nicht nur seine ausgehende Atemluft bereitete ihm Sorgen. Wäre ihm eines der U-Boote entgegengekommen, er hätte es keinesfalls rechtzeitig erkannt und wäre förmlich überfahren worden. Der Gedanke verlieh ihm zusätzliche Kräfte. Er kämpfte sich Meter für Meter durch die Dunkelheit in Richtung des Docks.

Die Luft aus seiner Tüte nutzte er sehr sparsam. Kleine Luftzüge nahm er aus dem Beutel. Nur kurz verschaffte der Sauerstoff ihm eine Linderung, bevor seine Lungen wieder zu bersten drohten, und er einen weiteren Zug nehmen musste. Während er in der Ferne einen sanften Schein wahrnahm, wurde ihm schmerzlich bewusst: Er würde es nicht schaffen. Der Kanal war zu lang, seine Luft reichte nicht aus. Er würde sicher noch einige Meter weit kommen, würde sich vielleicht zwei weitere Luftzüge gönnen und danach eine weitere Minute beherrschen können. Dann jedoch, irgendwann kurz vor dem rettenden Ziel, würde sein Körper ihm nicht mehr gehorchen, würde unter Wasser heftig einatmen. Seine Lungen würden sich mit Wasser füllen. Das wäre es dann gewesen. Cypher und die Nixe würden vermutlich Seite an Seite als Wasserleichen hinaus in den Ozean dümpeln und dort als Fischfutter enden. Cypher überlegte fieberhaft. Aber ihm wollte keine Lösung einfallen.

Ein Geräusch vor ihm riss ihn endgültig aus seinen Gedanken. Der Schein, den er eben noch als fernen Vorboten des nahenden Docks missgedeutet hatte, kam näher – und auf ihn zu. Dazu dieses Geräusch, und es musste ein verdammt lautes Geräusch sein, denn er konnte es unter Wasser hören. Es begann mit einem Rauschen, wurde alsbald begleitet von einem metallischen Ächzen. Während Cypher weiter auf das langsam größer werdende Licht am Ende des Tunnels zuschwamm – ein in seiner Situation geradezu zynisches Bild – verdunkelte sich ganz plötzlich der Lichtkreis vor ihm.

Hatten sie etwa ein Schott geschlossen? Cypher brauchte einige Augenblicke, um anhand des anhaltenden Rauschens und einer einsetzenden Strömung zu begreifen, was geschehen war. Ein U-Boot war in den engen Kanal eingetreten. Und es kam auf ihn zu.

Nun durften sich sowohl die US-Army wie auch die Marines, die Navy, sicherlich auch die CIA und sämtliche anderen Einsatzkräfte der USA, stets höchster Effizienz rühmen. Auch vor den Architekten und Konstrukteuren von Area 66 hatte diese Maxime nicht Halt gemacht. So hatten sie den Tunnel derart eng und angepasst auf die Umfänge der hier stationierten Unterseeboote konstruiert, dass es schier unmöglich schien, oben oder unten, links oder rechts vorbeizukommen. Warum hätten sie auch in Betracht ziehen sollen, dass mehr Platz benötigt wurde? Schließlich hätten die Kapitäne und Steuermänner an Bord der U-Boote jene zur Not auch durch ein Nadelöhr nach Hause bringen können. Kein Grund zur Verschwendung von Material oder Raum, mitnichten. Freilich hatte dabei keiner jemals an einen Agenten gedacht, der in diesem Kanal paddeln und an einem entgegenkommenden U-Boot vorbei ins rettende Dock hätte schwimmen müssen. Wenn sie daran gedacht hätten, so war anzunehmen, dass sie den Tunnel noch enger gemacht hätten. Cypher kämpfte den immer wieder aufbrandenden Zynismus nieder und konzentrierte sich stattdessen auf seine Situation.

Ihm lief die Zeit davon. Das entgegenkommende U-Boot hatte nun seine Scheinwerfer aktiviert, er konnte klar erkennen, wie es auf ihn zukam. Eines jener berüchtigten Boote, die als Mythen und Legenden auf der Farm von einem Auszubildenden an den nächsten weitergegeben wurden. Cypher betete, dass all die nerdigen Details, die ihm seinerzeit erzählt worden waren, all die kleinen Hinweise und unnützes Hintergrundwissen über Baupläne, Bewaffnung, Besatzung und mehr, wenigstens im Ansatz stimmten. Er musste nun alles auf eine Karte setzen.

Er sog gierig die letzte Luft aus seinem Beutel und ließ ihn dann fallen. Gleich drauf schulterte er die Nixe und brachte sich mit einigen kräftigen Beinschlägen an die obere Begrenzung der Röhre. Dort versuchte er sich zu halten und wartete. Es dauerte nur wenige Sekunden, dann spürte er die Strömung unmittelbar vor sich und ließ sich auf den Bug des unter ihm vorbeischwebenden U-Bootes gleiten. Er hatte kaum eine andere Wahl. Dass das Boot ihn erwischen würde, hätte er nicht vermeiden können. Er konnte nur bestimmen, wann und wo er mit dem Rumpf kollidiert wäre. Er hatte sich für die Stirnseite des Rumpfes entschieden, wo er die Torpedorohre in naher Umgebung wusste. Dort hing er nun. Rang um Halt mit einer Hand und beiden Füßen. Mit der anderen Hand hielt er die Nixe umklammert und drückte sie ebenfalls gegen das Metall. Die Gegenströmung half ihm dabei.

Langsam und immer darauf bedacht, nicht zu viel Halt preiszugeben, ließ er sich weiter nach unten zur vorderen Spitze des U-Bootes gleiten. Gleichzeitig durfte er sich auch nicht zu viel Zeit lassen, denn die Luft drohte ihm knapp zu werden. Endlich fühlte er am linken Fuß die Öffnung, auf die er gewartet hatte. Mit einem Ruck rutschte er das letzte Stück, hielt sich mit der Linken am Rande der Öffnung fest und schob mit dem rechten Arm die Nixe hinein. Dann nutzte er beide Hände, um selbst hineinzugelangen. Er schob die Nixe vor sich her, immer tiefer hinein.

Er tastete in der Dunkelheit die Wände ab, verzweifelte immer mehr – bis er endlich fand, was er suchte. Mit letzter Kraft schob sich Cypher noch weiter in das Torpedoabschussrohr, gegen welches das Abflussrohr ein Luxus an Platz und Umfang gewesen war, und trat dann, sobald auch seine Beine die Apparatur passiert hatten, so heftig er konnte dagegen.

Einmal, zweimal, dreimal.

Dann verließen ihn seine Kräfte. Seine Lunge schrie nach Sauerstoff. Jeden Moment wäre es soweit, dass seine eigenen Reflexe seinem Leben ein jähes Ende setzen würden.

Dann geschah es.

Cypher hörte hinter sich ein Klicken. Das Wasser in der Röhre sank. Er hob den Kopf soweit er konnte über den sinkenden Pegel und sog gierig den Sauerstoff ein, der ihm nun wieder zugänglich war. Vor ihm im Schacht wurden Lichter aktiviert, die Wartungsleuchten für eine mögliche Reparaturcrew.

Was er mit seinen Füßen getreten hatte, war ein Sensor gewesen, der für gewöhnlich eine Verstopfung des Torpedoschachtes meldete. Da Torpedos, die in den Schächten steckenblieben, dort auch gerne mal detonierten, meldeten die hier angebrachten Sensoren, sofern sie eine solche Verstopfung registrierten, sofort eine Fehlfunktion des Kanals an die Hauptbrücke. Jene, das wusste Cypher, nahm dann den entsprechenden Schacht vom System, versiegelte ihn und leitete eine Wartung ein. Weil die Ingenieure, welche eine solche Wartung vornahmen, dabei auch atmen wollten, wurde das Wasser abgelassen und Atemluft in das Rohr geleitet. So war es hier geschehen, so hatte es Cypher gehofft. Seine Lungen schmerzten, er hustete und keuchte – aber er hatte es geschafft.

Derweil bemerkte er auch, dass eine andere Standardprozedur für solche Fälle nicht eingeleitet wurde: Das U-Boot fuhr einfach weiter. Es kehrte nicht zurück ins Dock, um repariert oder gar ausgetauscht zu werden. Selbst als sich die Fahrt beschleunigte, das Gefährt also offenbar aus dem Tunnel ausgetreten und in den offenen Ozean hinaus geschippert war, selbst da wurde keine Wende befohlen. Der Kapitän oder vermutlich auch Shaw schienen dem defekten Rohr so wenig Bedeutung beizumessen, dass sie lieber ihre Mission mit dem Defekt in Angriff nahmen, anstatt – wie es vorgeschrieben gewesen wäre – ins Dock zurückzukehren und ein anderes U-Boot loszuschicken.

Dies wiederum brachte Cypher zu dem Schluss, dass er noch ein paar kostbare Minuten Zeit hätte, um zu verschnaufen. Wenn das Torpedorohr für die Lenker des U-Bootes nur eine untergeordnete Rolle spielte, würden sie es mit dessen Reparatur auch nicht eilig haben. Nein, sie würden es einfach so belassen und hoffen, dass es bei diesem einen Defekt bliebe. Glück für Cypher. Bereits zum zweiten Mal.

Nun lag er hier in dem Torpedoschacht, japste nach Luft und hatte vermutlich noch einige Minuten, bevor ihm von der anderen Seite der Röhre ein Ingenieur entgegen gekrochen käme, zuerst die Nixe finden und Shaw alarmieren würde, bevor Cypher ihn ausschalten konnte. Mit diesem Szenario und dessen Lösung würde er sich umgehend befassen, gleich nachdem er etwas noch viel Wichtigeres erledigt hatte: Atmen. Atmen. Atmen.

Einer der besonderen Vorteile der CIA und der von ihr betriebenen Stützpunkte war nicht nur deren unstrittige Effizienz, sondern auch die damit einhergehende Ausstattung. Das bedeutete für das U-Boot von Shaw, dass, während er schlief und von vielerlei Träumen heimgesucht wurde, sein Fortbewegungsmittel mit einer beispiellosen Geschwindigkeit durch den Indischen Ozean in Richtung Sundagraben steuerte. Timor- und Javasee ließ das hochmoderne Unterseeboot rasch hinter sich und befand sich damit schon in unmittelbarer Anfahrt auf den Sundagraben, als Shaw, verschwitzt und aufgewühlt durch die unruhigen Träume, langsam wieder zu Bewusstsein kam.

Tatsächlich ging sein Traum in den Wachzustand über. Noch im Dämmerzustand vernahm er die Alarmsirene, das monotone Tröten, die flackernden roten Lichter um sich herum und die Befehle, die über Lautsprecher durch das ganze U-Boot geschrien wurden. Vermutlich war es dieser Lärm, der ihn zurück in die reale Welt zerrte. Jedenfalls registrierte er rasch, dass sein Alptraum zwar vorüber war, ihn in der realen Welt jedoch weit Schlimmeres erwartete. Er befand sich zwar in einem hochmodernen Tiefseesubmarine, das für jede Lage bestens gerüstet war. Dass ihn allerdings nur wenige Zentimeter Stahlwand vom kalten, dunklen Ozean trennten, das war ihm nicht geheuer. Die Sirenen, die in diesem Moment in seine Ohren gellten, machten die Situation auch nicht wirklich besser.

Shaw war jetzt endlich hellwach, richtete sich in der Koje auf und hastete zum Schacht, um auf das obere Deck und die Brücke zurückzugelangen. Auf seinem Weg begegneten ihm Matrosen, die hektisch an irgendwelchen Instrumenten herumwerkelten. Die Unruhe dieser erprobten U-Boot-Besatzung machte ihm Angst. Würden Routiniers nicht sehr viel gelassener reagieren, wenn sie eine Situation im Griff hätten?

Er erreichte die Kommandozentrale. Die Brücke war nur noch spärlich besetzt. Viele der Männer waren irgendwo auf dem Boot mit ihrer Arbeit beschäftigt oder für Dinge eingesetzt worden, für die man sonst niemand anderen an Bord hatte. Der Kapitän und drei Männer besetzten die wichtigsten Stationen: Tiefseesteuerung, Aufklärung und Abwehr. Shaw ging zu ihnen.

„Was ist los, warum der Alarm?“, schrie Shaw, um das penetrante Geräusch der Sirene zu übertönen.

„Wir wissen es nicht genau“, rief der Kapitän zurück. „Wir sind mit etwas kollidiert. Es war nicht heftig, aber spürbar. Dabei dürfte hier eigentlich gar nichts sein. Das Sonar zeigt keine Hindernisse und wir sind nicht tief genug, um etwa auf Unterwassergebirge zu treffen.“

„Schalten Sie doch bitte mal dieses verdammte Ding aus", rief Shaw und fuchtelte in Richtung des Lautsprechers. „Das muss doch nun wirklich nicht sein!"

Der Kapitän machte eine Geste in Richtung einer seiner Leute, der daraufhin einen Schalter betätigte. Der Alarm klang noch in Shaws Ohren nach, selbst als er abgeschaltet war. Er rieb sich die Ohren, wurde aber das Geräusch kaum los, das von dem Tröten der Sirene in ein hochfrequentes Pfeifen überging.

„Wo sind wir im Moment?", fragte er schließlich den Kapitän. „Wie lange brauchen wir noch bis zum Zielgebiet?"

„Es dürfte eigentlich nicht mehr lange dauern", sagte der Kapitän. „Wir werden den Sundagraben in zwei Stunden erreichen. Da dieser eine Länge von über 2.000 Kilometern hat, werden wir den Bogen noch eine Weile entlangfahren, um die wirklich tiefen Stellen zu erreichen, wo es bis etwa 7.500 Meter hinabgeht. Bis dahin sind wir bestimmt noch 20 Stunden unterwegs, wenn nicht länger."

Shaw schnaufte durch. Er hatte gehofft, schon deutlich weiter zu sein. Aber das bedeutete wenigstens, dass das, was auch immer sie gerade getroffen hatte, mit ziemlicher Sicherheit nichts mit den Nixen zu tun hatte. Sie würden sich bestimmt nicht so weit von ihrem Gebiet entfernen. Schließlich waren sie schwimmend und nicht in einem Gefährt unterwegs. Eine solche Distanz würde kein Lebewesen ohne Not auf sich nehmen. Also blieb die Frage offen: Was war geschehen?

Shaw setzte sich wieder auf den Platz, wo er vor seinem Schläfchen – er wusste bislang noch nicht, wie lange er eigentlich weggetreten gewesen war – gesessen hatte. Er beobachtete den Kapitän und seine Männer bei ihrer Arbeit. Jetzt, da die Sirene nicht mehr an war, wirkte das Ganze schon etwas weniger bedrohlich. Trotzdem war sich Shaw weiterhin der Unruhe bewusst, die ihn umgab und diese Männer fest im Griff hatte.

Plötzlich sprang einer der Männer auf und zeigte hektisch auf einen der Bildschirme. Rasch war der Kapitän bei ihm, starrte gleichfalls auf den Monitor. In seinem Gesicht mischten sich Erstaunen, Entsetzen und schiere Angst.

„Was ist da zu sehen?", rief Shaw. „Was zeigt dieser Monitor?"

„Ich bin mir nicht ganz sicher", sagte der Kapitän. „Es gibt solche Phänomene eigentlich nicht. Es dürfte sie nicht geben."

„Ich will nicht wissen, was Sie denken, ich will wissen, was da ist!", beharrte Shaw.

Der Kapitän zeigte auf den Bildschirm, der mehrere sehr große Objekte zeigte, die sich offensichtlich parallel zu ihnen bewegten.

„Das hier ist eine der oberen Kameras", sagte der Kapitän. „Sie wird eigentlich nur genutzt, um im Falle eines raschen Auftauchens visuell abzusichern, dass nichts über uns schwimmt und wir ungehindert auftauchen können."

„Jetzt ist da doch etwas zu sehen?", insistierte Shaw.

„Es geht nicht darum, dass etwas dort ist, sondern eher, was es genau ist", sagte der Kapitän. „Was wir hier sehen, ist ein Masse von Fischen und Meeressäugern, Sir. Aber nicht irgendeine einzelne Fischart auf Wanderschaft, sondern gleich mehrere. Es sind die größten Kaliber, die dieser Ozean zu bieten hat. Es sind Wale, es sind Haie, es sind Kalmare und Riesenquallen – sämtliche Monster der Tiefsee auf einem Fleck, wenn Sie so möchten."

„Was machen die da draußen?", fragte Shaw, den ein ungutes Gefühl beschlich. „Greifen sie uns etwa an?"

„Nein, Sir, das nicht", sagte der Kapitän, der weiterhin ungläubig auf den Monitor starrte. „Sie nehmen kaum Notiz von uns, haben uns aber in ihre Mitte genommen. Wir schwimmen alle in die gleiche Richtung."

Das Team aktivierte noch weitere Außenkameras. Bug, Heck, steuerbord, backbord, oben und unten – wohin das elektronische Auge auch blickte, waren sie umgeben von riesigem Meeresgetier. Viele dieser Wesen waren noch größer als das U-Boot. All diese Tiere schwammen so dicht an dicht, dass es kaum möglich war, die Dimension dieses völlig unnatürlichen Schwarms abzuschätzen. Es schwammen große Weiße Haie neben Orcas, Seeelefanten neben Blauwalen, Riesenkalmare neben gigantische Quallen. Sie alle hatten das gleiche Tempo, denselben Takt, als hörten sie alle auf einen Trommelschlag in ihren Köpfen, der den gleichmäßigen Rhythmus aller Bewegungen vorgab wie auf einer Galeere. Keines der Tiere machte auch nur die geringsten Anstalten, aus dem uniformen Takt auszubrechen. Selbst absolute Fressfeinde nahmen nur insoweit voneinander Notiz, dass sie nicht gegeneinander prallten, einander gewähren ließen – und gleichzeitig alle in eine Richtung einem gemeinsamen Ziel zustrebten. Das U-Boot eingekeilt mitten unter ihnen.

Mit offenen Mündern standen die Männer an den Monitoren und beobachteten das bizarre Naturschauspiel. Das U-Boot war Teil dieser unheimlichen Legionen der Tiefsee geworden. Es bewegte sich mit all diesen Geschöpfen im Einklang. Der erste Zusammenstoß war nur die Folge einer zu hohen Geschwindigkeit bei Eintritt in die Formation gewesen. Nun hatte das Unterseeboot seine Geschwindigkeit – auch in Folge des Alarms – gedrosselt, schwamm mit angepasstem Tempo inmitten all dieser Leiber, die zuckten, mit den Flossen schlugen, von nichts anderem mehr Notiz nahmen und sich für nichts interessierten, außer der Richtung, der Geschwindigkeit, der Koordination und der Destination, die nach ihnen allen zu rufen schien.

„Können wir hier irgendwie raus?", fragte Shaw. „Könnten wir seitlich ausbrechen und dieses seltsame Phänomen verlassen?"

„Ich wüsste nicht, wohin", sagte der Kapitän. „Wir haben keine Ahnung, wie viele noch vor uns, hinter uns oder auf allen anderen Seiten des Bootes in jeder Richtung sind."

Er schluckte.

„Außerdem wissen wir nicht, wie sie reagieren, wenn wir versuchen, sie beiseite zu drängen oder wie viele wir überhaupt abdrängen müssten, um freizukommen", fuhr er dann fort. „Wir haben keine Ahnung, was diese Tiere dazu bewogen hat, in dieser Art gemeinsam zu agieren."

Es war für einige Sekunden still auf der Kommandobrücke. Jeder hing seinen Gedanken nach. Jeder versuchte die Situation zu erfassen und seine Schlüsse daraus zu ziehen. Im

Moment ging von den Meereskolossen und Räubern da draußen keine echte Gefahr aus. Aber wie lange würde das noch so bleiben? Was würde geschehen, wenn dieser seltsame Schwarm mit dem U-Boot darin sein Ziel erreicht hatte – wo immer das sein mochte?

„Was schlagen Sie jetzt zu tun vor?", fragte Shaw schließlich.

Der Kapitän zuckte mit den Schultern, während er weiterhin auf den Bildschirm starrte.

„Da gibt es für uns im Grunde nichts zu entscheiden, Sir", sagte er dann. „Wir schwimmen weiter mit, verhalten uns unauffällig und warten ab, wohin uns das führt. Der Kurs immerhin stimmt: Glücklicherweise scheint auch deren Ziel der Sundagraben zu sein, aus welchem Grund auch immer. Wir werden dort landen, wo wir hin möchten." Nach einer kurzen Pause fügte er hinzu: „Nur, was wir dort vorfinden werden, das wage ich mir im Moment nicht vorzustellen."

Shaw schluckte trocken.

Er wusste, dass der Kapitän recht hatte. Es gab keine Alternative – selbst wenn sie hätten umkehren wollen, wäre das nicht möglich gewesen. Für einen Moment malte sich der Doktor aus, was für ein Gewimmel am Sundagraben herrschen würde, wenn all die Giganten der Meere jener Tiefseerinne zustrebten. Wie würde es dort wohl aussehen? Und noch wichtiger: Was würden diese Tiere dort überhaupt tun? Er konnte den Gedanken nicht abschütteln, dass sie quasi inmitten eines Heeres marschierten, das eigens dafür mobilisiert worden war, um Angreifer ihresgleichen abzuwehren. Noch konnten sie sich unerkannt unter den Feinden bewegen. Aber wann würde das enden? Und auf wessen Befehl hin?

Vielleicht, dachte Shaw, war es ein Fehler gewesen, die Nixen in ihrem eigenen Territorium herauszufordern. Doch nun war es zu spät.

„Bringen Sie schleunigst dieses defekte Torpedorohr wieder in Gang und laden Sie unsere Waffen", sagte er ruhig und mit fester Stimme zu dem Kapitän.

„Wie meinen Sie, Sir?", erkundigte jener sich mit einem bangen Blick.

„Keine Angst", sagte Shaw. „Ich suche nicht die Konfrontation. Ich will aber für alles gerüstet sein. Reparieren Sie unsere Waffen, machen Sie alles startklar. Bestücken Sie die Torpedorohre, stocken Sie das Personal da unten auf. Ich möchte keine Überraschungen erleben."

Der Kapitän nickte. Er gab die nötigen Kommandos an seine Männer und setzte sich dann selbst an eines der Schaltpulte.

Shaw sank wieder in seinen Stuhl und lehnte sich zurück. Selbst wenn sie in ihr Verderben steuern sollten, er würde keinesfalls kampflos untergehen. Das nahm er sich fest vor. Alles, was er hatte, wollte er diesen Nixen und all den Meerestieren um sie herum entgegensetzen. Die See würde sich rot färben, bis in die tiefsten Winkel des ozeanischen Grabens, bevor Shaw klein bei- oder sich geschlagen geben würde. Nicht den Tieren und erst recht nicht den Nixen. Er war hier, um die Welt zu verändern – und das würde er tun. Auf die eine oder andere Weise. Das U-Boot steuerte seinem Schicksal entgegen.

26

Das U-Boot von Doktor Shaw und seinem inneren Kreis hatte Area 66 verlassen. Auf Ebene 1 wurden die anderen Boote gesichert und für weitere Missionen vorbereitet. Routineaufgaben. Nun, da der gruselige Boss aus dem Haus war, war die Crew guter Dinge, dass die Arbeit in den folgenden Stunden und Tagen etwas leichter von der Hand gehen würde.

Ausbrüche von wild gewordenen Agenten war man hier sicher nicht gewohnt. Auch Shaws schlechte Laune, der ständig rauere Ton und die damit verbundene Unruhe hatte nicht gerade zur besseren Arbeitsmoral in Area 66 beigetragen. Umso froher war man nun, eine Verschnaufpause zu bekommen und zur täglichen Routine zurückzukehren.

Das Dock auf Ebene 1 der Area 66 war ebenfalls auf mehrere Ebenen aufgeteilt. Alle Ebenen waren kreisrunde stählerne Stege, die wie durch Geländer abgesicherte Ringe an den Wänden entlangliefen. Jeder Ring hatte einen Durchmesser von gut 50 Metern und man konnte hinuntersehen auf den Wasserspiegel, der sich unmittelbar unter dem untersten Ring befand.

Drei Stück dieser ringförmigen Stegkonstruktionen gab es, verbunden durch Treppen. Ganz oben gelangte man zu dem Fahrstuhl, dem Verbindungselement zum Rest dieser Station, der die Arbeiter morgens herunter und abends wieder hinauf zu den Quartieren brachte. Ansonsten zweigten von den oberen beiden Stegen jeweils mehrere Türen in Räume ab, die in den Fels gehauen worden waren, welcher die Station umgab, und wo allerlei Technik, Ausrüstung und auch Fundstücke aufbewahrt wurden.

Es gab hier Kontrollräume, von wo aus die U-Boote und der Kanal überwacht wurden. Es gab eine Waffenkammer, ein kleines Arsenal für Torpedos und andere Sprengkörper, Tauchausrüstungen und eine Erste-Hilfe-Station, eine Quarantänekammer, freilich auch einen Aufenthaltsraum, eine Versorgungsstation mit Vorratsraum und sanitäre Anlagen, bis hin zur Putzkammer.

All das fand am Rande der oberen beiden Ringe gut Platz. Ebenso wie die rund dreißig Mann, die hier unten täglich Dienst taten. Sie warteten die Boote, betreuten deren kleinere Routinemissionen, versorgten die Besatzungen der U-Boote und brachten alles auf Vordermann. Wenngleich ihre Rolle in Area 66 nicht die wichtigste war, wenngleich es sich nicht um Spezialagenten und -einheiten, sondern um Putzkräfte, Techniker, Soldaten handelte – sie alle hatten die Zugangsberechtigung zur berüchtigten Ebene 1. Das machte sie stolz. Sie alle hatten hier an dieser Stelle ihre jeweils zugewiesenen Aufgaben zu erfüllen, sie waren ein Team, jeder arbeitete dem anderen zu – fast schon wie eine kleine Familie. Oder besser: eine eingeschworene Gemeinschaft.

Der unterste Ring indes war der wichtigste. Von ihm gingen keine Räume seitlich in den Fels ab, sondern es gab Stege, die den Ring durchschnitten, zwei an der Zahl, die sich in der Mitte in einem rechtwinkligen Kreuz trafen, über dem eine kleine Plattform montiert war. So entstanden vier Ecken in der kreisrunden Anordnung; wie die Viertel eines

Kuchens. In diesen Ecken, fest vertäut an den etwa anderthalb Meter über dem Wasser schwebenden und durch Stahlseile gesicherten mittleren Stegen, lagen die U-Boote. Die Herzstücke dieser Station. Die Heiligtümer und Legenden der CIA.

Jeder hatte hier unten auf Ebene 1 seinen klar definierten Arbeitsbereich. Die Abläufe waren sicher getaktet. Jeder wusste, was und wie er es zu tun hatte. Dabei war die Wartung und Instandhaltung der U-Boote nur eine von vielen Aufgaben, wenn auch eine der begehrtesten, vor allem unter den jüngeren Mitarbeitern der Crew. Beinhaltete diese doch, dass man immer wieder in die U-Boote hineinklettern, alle besichtigen und bestaunen konnte – und später manch schönem Mädchen in einer der Bars in Darwin einiges zu erzählen hatte, um sie zu beeindrucken.

Gleichwohl boten sich nicht wirklich viele Gelegenheiten zum Prahlen, denn allzu oft sahen die Männer – und es waren tatsächlich nur Männer – der Ebene 1 nicht das Tageslicht. Ihre Schichten waren lang und arbeitsreich, so dass sie abends selten über das an der Oberfläche liegende Museum die Station verließen, um Darwin unsicher zu machen. Manchmal, an freien Tagen, die es aber äußerst selten gab, gingen kleine Gruppen von ihnen in die Stadt, um etwas zu trinken, zu feiern; manche auf der Suche nach Sex oder Glücksspiel. Aber stets kamen sie zurück mit der Erkenntnis, dass die Stadt ihnen so viel nicht zu bieten hatte.

In solch bedeutenden Zeiten wie gerade jetzt, da sich Großes für die Station abzeichnete, da waren die meisten von ihnen ohnehin lieber hier vor Ort, im Zentrum der Macht, wo alles abging. Oder vielmehr abgehen sollte, wenn man den Erzählungen glaubte.

Corporal Timothy Veil war kein CIA-Agent. Er war gerade frisch bei den US-Marines gestartet und sogleich der Wachmannschaft der Area 66 zugeteilt worden. Erst seit wenigen Wochen tat er auf der geheimen Station seinen Dienst, unterstützte seine Vorgesetzten bei der Wartung und Instandhaltung der U-Boote, wurde aber mitunter auch mit Aufgaben betraut, an die man als junger Marine nicht unbedingt dachte. Auch die Latrinen hatte er schon schrubben müssen.

Insgesamt hatte sich Veil die Arbeit in Area 66 komplett anders vorgestellt. Er hatte auf etwas mehr Action gehofft, sich deshalb aber schon mehrfach über seine eigene Naivität geärgert: In welcher Hinsicht sollte denn eine geheime Station in einem fremden Land Action bieten, wenn man sich verborgen halten musste?

Timothy machte das Beste daraus. Er tat engagiert seinen Dienst auf Ebene 1, versuchte so viel aufzuschnappen und mitzunehmen, wie es nur ging. Er schob viele Sonderschichten und meldete sich oftmals freiwillig für kleinere Aufträge, was ihm nicht nur Zulagen, sondern auch Zusatzpunkte bei seinen Kameraden und Vorgesetzten einbrachte. Für einen Karriereschub war ein Aufenthalt in Area 66 allemal förderlich. Timothy hatte große Pläne, was seine Laufbahn anging. Dafür galt es, ein mustergültiges Zeugnis vorzuweisen, einen tadellosen Leumund – und diesen einen herausragenden Moment, der ihm später bei der nächsten Beförderungsrunde den entscheidenden kleinen Vorteil vor seinen Mitbewerbern bringen würde. Der Dienst in Area 66 taugte hervorragend für solcherlei Meriten. Die Gelegenheiten erkennen und nutzen musste er allerdings ganz allein.

Veils Schicht an diesem Tag war beinahe vorüber. Das U-Boot Shaws war planmäßig gestartet, alles war nach Vorschrift verlaufen, Timothy war zufrieden. Jetzt war nur noch die letzte Inspektion fällig, ein kleiner Rundgang, der bei allen U-Booten mehrmals täglich und routinemäßig erfolgte. Nichts Aufregendes, aber notwendig, um die Unterwasserfahrzeuge stets in perfektem Zustand und einsatzbereit zu wissen.

Timothy stieg die Treppe hinunter vom mittleren auf den unteren Ring der Ebene 1 und umrundete das Becken, bis er zu einem der Stege gelangte, die zur Mitte führten. Drei seiner Kameraden waren schon vor Ort. Spencer, mit dem er die Inspektion auf einem der Boote gemeinsam durchführen würde, Jake und Chris, die jeweils einem der Teams für die anderen beiden Boote angehörten. Zwei Kameraden fehlten also noch. Das vierte Team hatte schon dienstfrei, weil das zu inspizierende U-Boot draußen im Einsatz war. Timothy sah auf seine Uhr. Alles im grünen Bereich, noch 13 Minuten bis zum Start der Inspektion.

„Hey, Mann, cool, dass du auch schon da bist!“, begrüßte ihn Spencer.

„Immerhin sind wir das erste vollständige Team“, erwiderte Timothy, klatschte mit Spencer ab und ignorierte die missmutigen Blicke der anderen beiden.

„Tim, lass uns starten, dann sind wir umso schneller fertig“, drängte Spencer.

„Dürfen wir denn schon rein?“

„Na klar!“, beteuerte sein Kollege. „Wir haben die Freigabe – die Jungs da oben haben wohl auch keine Lust mehr. Wenn wir durch sind, dann habe ich eine ganz besondere Überraschung für dich. Eddy und Peter haben uns etwas organisiert, ein paar Ladys erwarten uns in einem Pub in Darwin. Erste Ware, sag ich dir. Ein paar der anderen Jungs kommen auch noch – aber wenn wir die *ersten* sind, dann haben wir die *erste* Wahl, Mann! Vielleicht sogar die erste, die zweite und die dritte Wahl!“ Er lachte laut und dreckig.

Timothy lachte ebenfalls. Ganz der alte Spencer, ließ einfach nichts anbrennen. Ganz abgeneigt war er einem netten Abend in weiblicher Gesellschaft heute auch nicht. Der Tag war anstrengend gewesen, die Ansprüche Shaws wie immer recht hoch. Da würde etwas Entspannung sicherlich guttun.

„Okay, überredet, legen wir los!“, sagte er schließlich.

Spencer klatschte noch mal mit ihm ab, während ihre Kameraden die Augen verdrehten. Dann gingen die beiden Marines zum nächstgelegenen U-Boot und kletterten durch die obere Luke hinein. Timothy zückte sein Funkgerät.

„Groundcontrol, hier sind Spencer und Timothy, wir starten vorzeitig mit Inspektion 3/3 in Submarine 2, angesetzt für neunzehnhundert. Erbitte Bestätigung. Over.“

Es knisterte und knackte im Funkgerät. So tief unter der Erde war das keine Seltenheit. Dann ertönte eine Stimme: „Hier Groundcontrol von Area 66. Habt ihr‘s irgendwie eilig, Jungs?" Ohne eine Antwort abzuwarten, redete der Mann weiter: „Legt los, wir bestätigen. Over!"

„Danke! Over!", sagte Timothy ins Funkgerät und nickte Spencer zu.

Der hatte die Checkliste auf seinem Klemmbrett vorbereitet. So begannen beide ihre Tour durchs U-Boot. Nach einer präzise festgelegten Reihenfolge wurden sämtliche Räume auf allen drei Decks durchlaufen. Angefangen beim Kommandoraum, wo die Standby-Funktionen sämtlicher Pulte gecheckt wurden. Dann weiter zum Waffenraum, wo die Sicherung der Torpedos sowie die Funktionalität und Wartungsaktualität der vier Schächte geprüft wurde.

Diese U-Boote waren tatsächlich kleine Festungen. Die Wände so dick, dass sie nicht nur dem Wasserdruck, sondern sogar kleinen Torpedos standhalten könnten. Alles lief hier eigenständig. War die Luke einmal geschlossen, arbeitete jedes U-Boot komplett autark, war hermetisch abgeriegelt und gänzlich von seiner Umwelt abgeschnitten. Dort draußen hätte sich eine Explosion gleich der in Hiroshima ereignen können, unmittelbar vor dessen Küste hätte Submarine 2 höchstens leicht gezittert. Noch Tage und Wochen danach hätte man hier drin leben können, bei voller Handlungsfähigkeit. Die berüchtigten U-Boote der CIA waren absolute Überlebenskünstler. Wunderwerke der Technik.

Weiter ging's mit der Inspektion durch die Quartiere, die Offiziersmesse, die Kombüse samt Vorratsraum, Maschinen- sowie Motorenraum und so weiter. Gerade waren die beiden fröhlich scherzenden und gut gelaunten Kameraden an der hinteren Notluke angelangt, da meldete sich das Funkgerät wieder zu Wort.

„Hier Groundcontrol. Jake und Eric, Chris und Peter, seid ihr eingepennt da unten? Wann geht's denn bei euch endlich los? Tim und Spencer dürften schon so gut wie fertig sein! Over."

Timothy sah auf die Uhr. Die beiden anderen Teams waren bereits zwölf Minuten über der Zeit. Und sie hatten noch nicht einmal mit ihren Inspektionen begonnen? Das war ungewöhnlich. Pünktlichkeit war bei den Marines eines der obersten Gebote, selbst kleinste Verspätungen wurden in der Ausbildung hart bestraft. Da passte es so gar nicht ins Bild, dass ein festgelegter Routinetermin schludrig verzögert wurde.

Wieder ertönte die Stimme aus dem Funkgerät: „Hier Groundcontrol, Inspektionsteam 3 und Team 4, bitte um sofortigen Statusbericht. Over."

Langsam beschlich Timothy ein ungutes Gefühl. Er lauschte, aber es blieb still – abgesehen vom weißen Rauschen der Frequenz. Auch Spencer hatte inzwischen dem Gespräch zugehört. An seinem Gesicht konnte Timothy ablesen, dass in ihm ähnliche Gedanken gewälzt wurden wie in ihm selbst.

„Das ist nicht gut, Mann", sagte Spencer zu Timothy. Er klang ein wenig besorgt.

Timothy nahm sein Funkgerät: „Team 2 an Groundcontrol. Erbitten Erlaubnis, die Inspektion bei Checkpoint Kilo 3 zu unterbrechen und nach den Kameraden zu sehen. Over."

Es blieb einen Moment still.

Von den anderen Teams meldete sich noch immer niemand.

„Hier Groundcontrol", ertönte schließlich wieder die Stimme im Lautsprecher des Funkgeräts. „Seht mal nach den beiden Teams. Wir schicken zusätzlich ein Sicherheitsteam zu euch runter. Die Jungs sind schon unterwegs – also keine hektischen Bewegungen. Macht umgehend Meldung, sobald Sichtkontakt besteht. Over."

Timothy und Spencer sahen sich erschrocken an. Was war da plötzlich los? Ein Sicherheitsteam? Offenbar mit Schussfreigabe? Wofür denn das, wenn nur ein paar Leute nicht auf Funkanfragen reagierten?

Beide rannten so schnell es ging wieder zur vorderen Luke und Spencer sprang förmlich ans untere Ende der Leiter. Timothy konnte sehen, dass er seine Dienstwaffe aus dem Holster gelöst hatte.

„Ich gehe zuerst", sagte Spencer, die Waffe in der einen Hand, die andere an der Leiter.

„Findest du das nicht ein wenig übertrieben?", fragte Timothy und nickte in Richtung Waffe.

„Notfallprotokoll, Paragraph vier", erwiderte Spencer knapp. „Wir suchen nach vermissten Kameraden, die keine Rückmeldung auf eindeutige Rufe geben. Wir müssen mit dem Schlimmsten rechnen – auch hier drin, auch unter der Erde. Aber wenn am Ende nur die Batterien der Funkeinheiten leer sind, dann reiße ich denen echt den Arsch auf."

Er stieg hinauf, dicht gefolgt von Timothy, der seufzend ebenfalls seine Dienstwaffe aus dem Holster löste. Spencer öffnete die obere Luke und streckte seinen Kopf hinaus.

„Heilige Scheiße ...", entfuhr es ihm und er duckte sich schnell wieder, nestelte an seinem Funkgerät. „Groundcontrol, Alarmstufe Rot. Wiederhole: Alarmstufe Rot. Verdacht auf Eindringlinge. Bitte dringend um Unterstützung. Over."

Timothy lief es kalt den Rücken hinunter. Er wusste nicht, was Spencer gesehen hatte, aber wenn er diesen Code durchgab, dann war es etwas Schlimmes, etwas sehr Schlimmes. Es bedeutete, dass es ab sofort für sie beide äußerst gefährlich wurde. Von einer Sekunde auf die andere war aus einem Routinecheck ein lebensbedrohlicher Einsatz geworden.

„Verstanden", tönte es sofort aus dem Funkgerät. „U-Boot sichern. Bei Feindkontakt schießen und töten. Die Sicherung der Station hat oberste Priorität. Bitte bestätigen. Over."

„Wir haben verstanden", funkte Spencer zurück. „Station und U-Boote sichern. Over and out."

Was nun geschah, führte die beiden Marines ganz zurück an den Anfang ihrer Ausbildung. Handlungen und Abläufe, die jeder Marine quasi von Tag eins an eingetrichtert bekam und die allen in Fleisch und Blut übergegangen waren, ins Gedächtnis eingebrannt durch gefühlt tausendfache Wiederholungen. Ab jetzt war es nicht mehr wichtig, wer bei der nun folgenden Mission verletzt oder gar getötet wurde. Es galt nur noch, die Station und die U-Boote um jeden Preis zu sichern. Sie befanden sich in einem echten Kampfeinsatz. Timothy verfluchte sich dafür, sich noch vor wenigen Minuten nach mehr Action gesehnt zu haben.

„Ich gehe zuerst raus", sagte Spencer leise zu Timothy. „Wenn du oben bist, verschaffe dir kurz einen Überblick und dann sieh zu, dass du das Schott hier versiegelst und zu Submarine 3 rüberkommst. Ich versuche die Schleuse im Tunnel zu schließen und anschließend Submarine 4 zu erreichen."

„Du versuchst?", hakte Timothy nach, der in Spencers Gesicht mittlerweile keinerlei Farbe mehr entdecken konnte. „Was ist da oben los, Spencer? Was hast du gesehen? Komm schon, Mann, du machst mir echt Angst!"

„Leichen", sagte Spencer. Seine Stimme hatte jeden Klang verloren. „Tote Freunde und Totenstille, das habe ich da oben gesehen. Die anderen Teams sind tot. Mehr konnte ich noch nicht entdecken. Ich habe selber eine Scheiß Angst – aber da müssen wir jetzt durch. Wir haben unsere Befehle." Er atmete tief durch und sah den entsetzten Timothy mit einem Blick an, den er wohl für motivierend hielt. „Pass auf dich auf, Timmey, das wird jetzt so richtig haarig."

Mit diesen Worten öffnete er wieder die Luke über sich, stieg mit der Waffe im Anschlag vollends hinaus auf das Außendeck und schloss die Luke hinter sich wieder.

Timothy kletterte hinauf bis direkt unter den Ausstieg. Er atmete schwer und versuchte, seine Panik in Zaum zu halten. Leichen waren dort draußen. Die toten Körper von vier lieben Kollegen, Kameraden, Freunden. Was war geschehen? Sie hatten nichts gehört, kein Geräusch, schon gar keine Schüsse. Wer oder was war da draußen?

Er rief sich zur Ordnung. Er musste jetzt funktionieren, wie sie es in der Ausbildung gelernt hatten. Den Überblick bewahren, Eigensicherung beachten, Hinterhalte entdecken, schnell und entschlossen handeln.

Dann meldete sich sein Ehrgeiz: Wenn er das hier überstand, war das vielleicht jenes Quäntchen Einzigartigkeit, das ihm seine nächste Beförderung einbringen wurde. Beteiligt an der Rettung von Area 66, so was musste doch seinen Vorgesetzten ein oder zwei Ränge wert sein. Aber dafür, so wurde ihm rasch wieder bewusst, musste er überleben. Von Spencer war nichts mehr zu hören. Was war da draußen nur los?

Er erklomm die letzten Sprossen der Ausstiegsleiter, atmete tief durch und öffnete langsam die Luke. Nur einen Spalt breit, gerade genug, um hinauszuspähen, die Waffe im Anschlag. Er konnte nichts erkennen. Was bedeuten konnte, dass momentan kein Angreifer in unmittelbarer Nähe war. Er öffnete die Luke etwas weiter, streckte den Kopf hinaus, sah sich rasch um, die Waffe im Anschlag. Er sah Blutspuren auf dem Außendeck.

Langsam kletterte Timothy vollends aus der Luke heraus, nutzte deren Erhebung auf der Außenhülle des U-Bootes gleichzeitig als Deckung, und sah sich um. Spencer musste schon runter vom Steg, die Treppe hinauf zum mittleren Ring weitergelaufen sein, von dort zur Felswand direkt über dem Unterwassertunnel. Ebenda gab es einen kleinen Kontrollraum, von wo aus sich ein Sicherheitsschott aus Panzerstahl innerhalb des Unterwassertunnels schließen ließ, welches die Station komplett von der Außenwelt abriegelte.

Jenes ließ sich im Übrigen nur von Langley aus wieder öffnen. Gleichzeitig mit der Aktivierung des Schotts wurden auch sämtliche Aufzüge außer Funktion gesetzt, der obere

Zugang zur Station versiegelt und in sämtlichen Treppenhäusern sowie Sicherheitstüren die Lockdownsperren ausgelöst. Es war ein Notfallprotokoll, das die Station sicherte und alle Menschen darin einsperrte, um eine Übernahme zu verhindern. Ein Soldatenleben zählte hier nichts mehr, ein Wissenschaftler schon gar nicht, und ein ziviler Mitarbeiter war ohnehin entbehrlich. Die Station und deren Ausrüstung waren es, die es unter allen Umständen zu schützen galt. Vor der Entdeckung, vor einer Zerstörung und unbedingt, Gott bewahre!, vor einer Übernahme durch fremde Eindringlinge.

Timothy schaute vorsichtig aus seiner Deckung heraus, hinauf zum zweiten Ring und dem Kontrollraum mit dem Sicherheitsschott. Ob Spencer es wohl geschafft hatte? Ob er schon dort drinnen war? Er ließ seinen Blick schweifen, auf keinem der beiden Ringe konnte er Personen entdecken. Dann blieb sein Blick an der Aufzugtür auf dem obersten Ring hängen. Sie war offen, glitt immer wieder zu, konnte sich aber wegen irgendeines Widerstands in der Mitte nicht schließen und glitt wieder auf. Woher kam das?

Es war zudem erstaunlich still in der U-Boot-Station. Man hörte das Surren diverser Apparate und Maschinen, ein gewohntes Grundrauschen auf Ebene eins. Da gab es aber nichts anderes. Normalerweise waren Stimmen zu hören, Schritte auf den stählernen Stegen, die sich mit den Betriebsgeräuschen der Geräte zu einem einheitlichen Klangteppich verwoben und deren Abwesenheit dem jungen Marine nun mehr als gespenstisch erschien.

Timothys Herz schlug ihm bis zum Hals. Er nahm sein Funkgerät.

„Groundcontrol, hier Corporal Veil, bitte kommen“, zischte er hinein, so leise er konnte, und erschauderte trotzdem, als er seine Stimme von den Wänden widerhallen hörte. „Bitte um Statusmeldung. Over.“

Es kam keine Antwort.

„Groundcontrol, bitte um Statusmeldung. Over“, sagte Timothy, diesmal etwas lauter – und hörte etwas. Aber nicht aus dem Funkgerät, sondern über sich, mitunter auch neben sich. Er richtete sich vorsichtig auf und sah sich noch einmal um, während er ein drittes Mal in das weiße Rauschen hinein fragte: „Groundcontrol, bitte melden Sie sich! Ich brau...“

Und dann sah er sie. Die Leichen. Unweit seiner Ausstiegsluke, hinter die er sich bis eben noch geduckt hatte, lag ein Mann, mit dem Gesicht nach unten, und blutete aus einer Wunde, die sich irgendwo am Kopf befinden musste. Jedenfalls lag sein Kopf in einer großen, dunkelroten Lache. Er bewegte sich nicht. Er atmete nicht.

Timothy schluckte. Trocken.

Vorne am Steg, wo sie vor etwa einer halben Stunde ihre Kollegen getroffen hatten, lagen zwei weitere Körper leblos auf dem kalten Metallgitter. Als Timothy nach oben sah, konnte er durch die Ritzen der Metallgitter entlang der oberen Ringe weitere Schatten sehen. Dort lagen Menschen. Sehr viele Menschen. Hier und da hingen Arme und Beine über die Ränder der Stege. Regungslos. Von einigen tropfte Blut herab.

Timothy begriff: Er war allein. Alle anderen waren tot. Er war allein auf Ebene 1 – mit einem unbekannten Feind, der alle seine Kameraden und Kollegen umgebracht hatte.

Der junge Corporal hatte nun alle Mühe, die Panik in sich zu zügeln, die langsam übermächtig zu werden drohte. Area 66 war mit über 300 Mann besetzt, wo waren die nur alle? Und noch viel wichtiger: Weshalb meldete sich die Einsatzzentrale nicht mehr, die sich immerhin auf Ebene 2 befand, nicht auf diesem Level, sondern über ihm? Weit außerhalb der Reichweite jedes möglichen Feindes, sollte sich auf Ebene 1 einer befinden.

Er versiegelte hinter sich die Luke zum U-Boot, jetzt konnte man nur noch mit einem Spezialcode hineingelangen, der von Langley aus kontrolliert wurde, ähnlich wie bei dem Sicherheitsschott. Dann lief Timothy geduckt über das Außendeck zum Steg und kletterte hinauf, die Waffe weiterhin im Anschlag, aber sich der Tatsache bewusst, dass er im Falle einer Invasion so ganz alleine ohnehin keine Chance hätte.

Er atmete tief ein und aus und merkte, wie seine Panik langsam einer gewissen sogar durchaus angenehmen Aufregung wich.

Er lief über den Steg, zielte mit der Waffe in alle Richtungen, fand aber kein Ziel, auf das er sie hätte richten können. Schnell huschte er über den unteren Ring, die Wand im Rücken gab ihm ein Gefühl der Sicherheit. Er eilte eine Treppe hinauf, wäre beinahe über zwei tote Männer gestolpert. Auch sie bluteten aus Wunden am Kopf. Bei genauerem Hinsehen erkannte er kaum versiegende Blutrinnsale aus den Ohren, aus den Augen, aus der Nase und auch aus dem Mund.

Weitere Leichen lagen auf dem mittleren Ring, den Timothy umrundete, um zur nächsten Treppe auf der anderen Seite zu gelangen. Kein einziger der Männer wies Einschusslöcher auf, zumindest nicht bei flüchtiger Betrachtung. Der Marine spähte im Vorbeihuschen in einige der seitlich in den Fels eingeschlagenen Räume hinein, auch hier lagen tote Menschen. In den meisten von ihnen erkannte Timothy seine vertrauten Kollegen von Ebene 1.

Als er jedoch über die Treppe zum dritten Ring hinaufstieg und in Richtung Aufzug lief, änderte sich die Bekleidung der Männer, die er dort fand. Jene hier oben trugen Einsatzhelme mit Visier und waren gepanzert, hatten automatische Waffen bei sich – und das Blut quoll an Headsets vorbei aus ihren Köpfen. Es war das Sicherheitsteam, das Groundcontrol heruntergeschickt hatte. Alle acht Männer. Einer lag noch in der Tür zum Aufzug, weshalb sich diese nicht schließen konnte und bei neuerlichen Versuchen unablässig gegen seinen toten Körper prallte, um dann wieder aufzugehen.

Timothy schluckte und versuchte klar zu denken.

Es war alles so schrecklich.

Gewissermaßen.

Sollte man annehmen.

Schlimm.

Was war nur los mit ihm … ?

Je länger er dem Anblick dieser Toten ausgesetzt war, desto weniger schien es ihm auszumachen. Sollte es nicht genau umgekehrt sein? Sollte ihn der Tod seiner Kollegen,

Freunde, Kameraden nicht ein wenig berühren, ihm nahegehen? Was war mit der unbestrittenen Gefahr für sein eigenes Leben, waren die Angreifer womöglich noch hier?

All das kümmerte ihn kaum. Stattdessen spürte Timothy etwas, was er zuletzt während eines Manövers zu Zeiten seiner Ausbildung verspürt hatte: Nervenkitzel, ein Kribbeln am ganzen Körper, ja fast schon … Erregung.

Noch einmal nahm er sein Funkgerät zur Hand: „Hier ist Corporal Veil. Mayday! Feindkontakt, mehrere Opfer! Groundcontrol, Area 66 – kann mich irgendwer hören? Over."

Es knackte.

„Timmey, altes Haus, da bist du ja!", hörte er die Stimme von Spencer.

„Spencer, wo bist du? Ist das Schott geschlossen? Was sollen wir tun? Over."

Während er den Steg zurückeilte zur Treppe – oder vielmehr schlenderte – lauschte er der Antwort seines Kameraden. „Chill mal, Bruder. Das Schott geht nicht zu. Ist aber nicht so schlimm. Alles tutti."

Timothy lachte. Und bereute es sofort.

Was war denn nur los mit ihm? Er fühlte sich, als habe er Drogen genommen. Es war, als ob irgend etwas in ihm seine Panik, seine Aufmerksamkeit, seine Sinne betäubte und vernebelte. Er sah seine Umgebung, all die schrecklichen Bilder wie durch eine Brille aus Wattebällchen, rosarot und plüschig. Es machte ihn mehr und mehr gleichgültig; einen klaren, vernünftigen Gedanken zu fassen, schien zunehmend unmöglich.

Dann traf ihn die Erkenntnis wie ein Blitz. Es war Gas!

Deswegen waren hier auch keine Angreifer zu sehen, deswegen hatte er keinerlei Schüsse gehört und deshalb waren er und Spencer in dem verschlossenen U-Boot sicher gewesen – bis sie herauskamen. Es musste eine Art von Gas in der Luft sein. Aber welches? War es für ihn schon zu spät, jetzt, da er es erkannt hatte?

Im Vorbeigehen bückte er sich zu einer der Leichen hinunter, zerrte an deren Gürtel und fand das, was er suchte: eine Gasmaske. Hastig streifte er sie über und bildete sich ein, dass die gefilterte Luft ihm guttat. Auch die automatische Waffe des Sicherheitsmannes nahm er mit, dann war er schon zurück an der Treppe und stieg wieder hinunter zum mittleren Ring. Hastig umrundete er diesen, immer mit der Waffe im Anschlag, auf dem Weg zu dem Raum mit dem Auslöser des Sicherheitsschotts, wo er Spencer anzutreffen hoffte.

Dort angekommen nahm er wieder sein Funkgerät. „Spencer, wenn du im Kontrollraum bist, ich komme jetzt rein, bitte nicht feuern. Over."

Er erhielt keine Antwort.

„Spencer, bist du noch da? Over!"

Es blieb still.

Timothy legte seine Hand auf den Drehknauf der Tür, hielt die Waffe bereit, atmete durch und stieß die Türe mit einem kräftigen Stoß auf. Hastig zielte er in alle Ecken und Winkel des Raumes. Nichts. Keine Spur von Spencer.

Auf dem Kontrollpult sah er, dass die Sicherheitsklappe zum Schalter, der das Schott betätigte, geöffnet worden war. Der Knopf lag offen vor ihm, war bereit, er blinkte grün. Das war das Zeichen, dass man ihn drücken konnte – und damit das komplette Notfallprotokoll auslösen würde. Timothy stürmte zum Pult und schlug mit der Faust darauf. Er spürte unter sich im Boden etwas rumoren. War das vielleicht das Schott, dass sich soeben schloss? Der Knopf blinkte nun nicht mehr, das grüne Licht wurde rot.

Mit Betätigung des Schalters hatte er offensichtlich den Lockdown ausgelöst. Langley würde informiert, schon bald würde Hilfe kommen und die Station retten. Die Station. Nur die Station. Timothy wurde klar, in welcher Gefahr er selbst noch immer schwebte. Seine Pflicht hatte er getan, seine Befehle erfüllt – aber was wurde denn nun aus ihm? Wer waren die Angreifer? Waren sie noch hier? Weshalb waren hier alle Männer bereits tot oder verschwunden, außer ihm selbst? Konnte er das überhaupt noch überstehen?

„Timmey, verdammt, wo bleibst du denn? Das musst du sehen!"

Hastig riss Timothy sein Funkgerät hoch. „Spencer, verdammt noch mal, wo bist du?"

„Hier unten bin ich, Timmey, bei den Booten. Und ich bin nicht allein, Mann! *Erste Wahl* sag ich dir, *erste Wahl*!"

Der Corporal rannte wieder aus dem Raum hinaus, vernachlässigte dabei sogar die Eigensicherung, über den mittleren Ring zur Treppe, die ihn nach unten führte. Die ganze Zeit suchte er mit den Augen von oben nach seinem Kameraden, der offenbar irgendwo dort unten auf ihn wartete. Sein Blick schweifte über den unteren Ring, die Stege zur Mitte hin, die Plattform in ihrer Mitte, wo sich die Stege kreuzten – und dort entdeckte er ihn.

Ganz dort hinten, gut 20 Meter von ihm entfernt, sah er eine Gestalt auf der Plattform.

„Spencer!", rief er und hastete die Treppe hinunter zum unteren Ring, rannte rasch auf die Stege zur Mitte des U-Boot-Beckens hin. Je näher er kam, desto besser konnte er erkennen, was sich dort abspielte. Er bog um die Ecke auf eine der Mittelstreben und hastete zur Plattform hin.

„Spencer!", sagte er noch einmal.

Sein Kamerad hing wie ein nasser Sack an der Reling und drohte, jeden Moment hinunter ins Wasser zu stürzen.

„Timmey ...", stammelte Spencer. „Hast du sie gesehen? Oh Mann, hast du sie gesehen?"

Aus seiner Nase floss ein Rinnsal von Blut und auch aus den Ohren quoll es schon rot heraus.

Timothy hatte seine Waffe im Anschlag, versuchte sich in alle Richtungen abzusichern, hatte aber auch seinen Freund im Auge. Das Gas schien bei ihm bereits zu wirken.

„Wen gesehen, Spencer?", fragte er eindringlich. „Wo sind diese Bastarde?"

„Die schwimmen besser ... als die Boote ...", stammelte Spencer. „Oh Maaann ..."

Timothy begriff, dass seinem Freund offenbar nicht mehr viel Zeit blieb. Das Gas, oder was auch immer die anderen Männer und nun ihn dahinraffte, schien bereits alles in ihm zu zerstören. Er würde sterben, dessen wurde sich der Corporal bewusst. Nun galt es zu retten, was noch zu retten war. Beispielsweise sich selbst. Wenn die Angreifer noch hier waren, eventuell irgendwelche Kampftaucher, dann musste er es wissen. Er wollte auf seinem Weg hinaus, weg von Ebene 1, so viele dieser Hurensöhne töten, wie ihm vergönnt war. Und sich dann irgendwo verkriechen, verstecken und ausharren, bis Hilfe käme.

Er kam ganz dicht an Spencer heran, behielt seine Umgebung im Auge, spürte die nicht mehr endenwollende Gänsehaut einer undefinierbaren Präsenz auf seinem Rücken. Auch die Wasseroberfläche beobachtete Timothy und schüttelte dabei seinen Kameraden. „Spencer, bleib bei mir, sag mir, wo die sind! Bitte! Sag mir, wo sie sind!", zischte er in das blutende Ohr.

Spencer sagte nichts, hob nur leicht eine Hand, die jedoch sogleich wieder herniedersackte.

Timothy sah einen Blutstrom aus seinem Mund quellen und begriff, dass der Mann ihm nicht mehr antworten konnte. Es war fast zu Ende. Dann erst begriff er, was die Geste mit der Hand bedeuten sollte. Hastig drehte er den Kopf in die Richtung, die Spencer ihm gezeigt hatte. Es war die Anlegestelle von Submarine 3. Timothys Augen weiteten sich. Die Luke zu dem U-Boot stand weit offen. Instinktiv drehte er den Kopf, um zu Submarine 4 hinüber zu sehen – hier bot sich ihm das gleiche Bild. Die Luke war offen.

Die beiden Luken, die eigentlich stets geschlossen waren und die Spencer zudem dringend hätte versiegeln sollen, so wie er selbst es vorhin bei Submarine 2 gemacht hatte, standen *offen*. Die Luken von zwei schwer bewaffneten U-Booten, die neben Torpedos auch Stingerraketen an Bord hatten, die es um jeden Preis zu schützen galt, ebenso wie die Station, *standen offen*. Timothy wäre beinahe schwarz vor Augen geworden vor lauter blankem Entsetzen.

„Was hast du getan, Spencer …?"

Gurgelnd durch das Blut, das ihm unablässig und dunkelrot aus Augen, Nase, Mund und Ohren rann, hörte er seinen halb besinnungslosen Freund sagen: „So schön … *so wunder…schön …*"

Dann starb Spencer.

Unter Timothy begann sich der Boden zu drehen. Ihm wurde schlecht. Er riss die Maske ab und kotzte auf die Plattform. Er stand vor seinem toten Kameraden, gebückt, die Hände auf die Knie gestützt, würgte und japste nach Luft.

Dann begriff er plötzlich, dass es nicht sein Kreislauf war, der ihm ein Drehen des Raumes vorgaukelte. Die Drehung gab es *wirklich*. Allein, es war nicht der Raum, der sich drehte, es war das Wasser unter seinen Füßen. Unter dem Steg, unter der Plattform, es kam in Bewegung – was eigentlich gar nicht sein konnte. Er ging zur Reling und starrte hinunter. Immer mehr gewann das Wasser an Geschwindigkeit, die U-Boote schaukelten, stießen gegen die gekreuzten Stege. Je schneller das Wasser wurde, desto heftiger prallten sie gegen die stählerne Konstruktion.

Timothy konnte nicht glauben, was er da sah. Wie konnte das Wasser von einer Sekunde zur anderen so sehr in Bewegung geraten? Unter seinen Füßen, in der Mitte des Beckens, glaubte er bereits eine Art Strudel zu erkennen. Von den heftigen Schlägen, mit denen die U-Boote gegen die Stege prallten, begann bereits der Boden unter ihm zu schwanken und zu ächzen.

Keine Zeit, noch lange zu zögern; rasch eilte Timothy einen der sich kreuzenden Stege entlang, zurück zu dem unteren Ring, zurück zur nächstgelegenen Treppe. Keine Sekunde zu früh, denn noch während er die Stufen zum mittleren Ring hinaufeilte, spürte er unter sich einen heftigen Ruck, verbunden mit einem ohrenbetäubenden metallischen Kreischen, Quietschen und Krachen. Das Wasser war mittlerweile dermaßen in Bewegung, dass es die U-Boote mit sich riss. Sie kippten zur Seite, rissen die sich kreuzenden Stege aus ihren Verankerungen, jene wiederum den unteren Ring – und dieser einen Teil der Treppe, über die Timothy eben noch gegangen war. Alles wurde weggerissen, kippte, krachte, wurden verbogen, zerstört, um in dem Chaos dieses tosenden Strudels unterzugehen.

Fassungslos starrte er nach unten. Das Wasser zog und zerrte so heftig an der stählernen Konstruktion, dass jede einzelne Bodenplatte, jede Reling, jedes Stück Stahl des unteren Rings abknickte, als wären es Streichhölzer. Was das Wasser nicht zerstörte, besorgten Kollisionen der mitgerissenen Teile. Die größeren Teile und die U-Boote krachten zigfach zusammen, und wo sie einander trafen, wurden Löcher gerissen und Streben gebrochen, bevor alles im Strudel unterging.

Jener wurde immer schneller, immer reißender. Noch nie hatte Timothy so etwas gesehen, eine derartige Naturgewalt, auch noch niemals davon gehört. Während er zur nächsten Treppe eilte, um auf den oberen Ring und zum Aufzug zu gelangen, spürte er ein Kitzeln an seiner Nase. Er fasste hin und betrachtete seine Hand. Sie war blutig.

Seine Schritte wurden langsamer. Warum auch diese Eile? Was wollte er denn dort oben, was erwartete ihn dort schon? Kein Grund … in Hektik … zu verfallen …

Er hörte eine Stimme in seinem Kopf. Sie sprach zu ihm, nur zu ihm.

Glockenhell und lieblich.

Es war eine süße Stimme, wie sie nur einer wundervollen, einer bildschönen Frau gehören konnte. Dessen war er sich völlig sicher. Sie rief seinen Namen, verlockend und verheißungsvoll. Sie rief ihn zu sich – und plötzlich war alles andere gar nicht mehr so wichtig.

Timothy blieb stehen, während in dem Strudel unter ihm der Steg und die U-Boote zusehends zermahlen wurden. Genauso die Leichen darin. Timothy starrte hinab und glaubte, im Wasser etwas zu erkennen. Es waren Gestalten darin, die in einer rasenden Geschwindigkeit mit dem Strom schwammen. Nein, sie *waren* der Strom. Sie waren dieser Strudel. Die lieblichen Stimmen in seinem Gehirn säuselten dem Corporal zu, dass sie auf ihn warteten. Voller Sehnsucht und voller Begierde. Auf ihn, auf Timothy … und auf niemanden sonst.

Langsam trat der junge Marine an die Reling des mittleren Rings. Er hörte es ganz genau, wie sie ihn riefen und verheißungsvoll lockten, während das Blut ihm zunehmend aus Nase und Mund, Ohren und Augen quoll. Er kletterte über das Geländer, stand auf der anderen Seite, hielt sich nur mehr mit blutverschmierten Händen am Rande fest.

In diesem Moment war sich der selbstbewusste, zielstrebige und ehrgeizige US-Marine zum allerersten Mal in seinem Leben sicher, endlich all das erreicht zu haben, was er schon immer erreichen wollte. Er war sich gewiss, unschlagbar zu sein, am Ziel aller seiner Wünsche zu sein. Er hatte es geschafft!

„Timothy, Timothy, komm zu uns, oh bitte, komm doch zu uns!"

Glücklich wie noch niemals zuvor in seinem Leben breitete Corporal Timothy Veil die Arme aus und stürzte kopfüber in den tosenden Strudel, der die Ebene 1 und die legendären U-Boote von Area 66 bereits zerstört hatte. Er war augenblicklich tot, ob durch die beißenden Pheromone in seinem Blut, das Nervengift von mehreren Nixen in seinem Körper oder das Wasser in seiner Lunge; vielleicht auch durch den Stahl, der ihn mehrfach durchbohrte oder ihm den Schädel zerschmetterte; das war alles nicht mehr von Belang.

Er starb durch und durch glücklich und konnte nicht mehr erkennen, dass er tatsächlich nicht allein war. Dass mindestens zehn oder zwanzig anmutige Gestalten um ihn herum das Bassin in eine reißende Todesfalle verwandelten, die auch ihr eigenes Ende bedeuten würde; und dass einige von ihnen nun auch in die durch Spencer geöffneten Luken der gekenterten U-Boote hinein und zu den Waffen vordrangen.

Er erlebte auch nicht mehr, wie die Submarines 3 und 4 mit einer verheerenden Explosion aller ihrer mitgeführten Stinger und Torpedos nicht nur die Ebene 1 endgültig und unwiederbringlich zerstörten, sondern die gesamte Area 66 mit einem unbeschreiblichen Knall für immer ausradierten.

Das geschlossene Panzerschott, das Timothy tatsächlich ausgelöst und die Station somit von der Außenwelt komplett abgeriegelt hatte, tat sein Übriges, dass der Druck der Explosion zu keiner Seite, nur nach oben hin entweichen konnte – und somit die gesamte unterirdische Station bis knapp unter die Oberfläche in Sekundenschnelle vernichtete. Gelebt hatte hier längst niemand mehr. Die Pheromone der Nixen im Lüftungssystem hatten auch den letzten der Arbeiter erreicht und ausgeschaltet, bevor noch jemand begriff, was eigentlich los war.

Die leblosen Körper verbrannten nun in der Explosion, wurden von herabfallenden Trümmern zerschlagen. Auch die Tiefschlafröhren im Laboratorium des Doktor Shaw mit den sterblichen Überresten seiner Experimente fanden nun endlich unter der Oberfläche der Küstenregion Darwins im Northern Territory ein friedliches Grab.

Während die Besucher des Militärmuseums von Darwin an der Oberfläche die hervorragende Technik in diesem Gebäude bewunderten und lobten, die offenbar sogar das Beben und den Klang einer Explosion, quasi das Event des Krieges, authentisch nachzustellen vermochte, war sich niemand der Tatsache bewusst, was sich soeben direkt unter ihren Füßen abgespielt hatte.

Dass die Area 66 endgültig Geschichte war. Dass der wahre Krieg, die existenzielle Entscheidungsschlacht zweier Spezies im Kampf ums Überleben, längst noch nicht vorbei war, sondern alsbald weit draußen im Indischen Ozean von Neuem entfesselt würde.

27

Die Loreley II hatte bereits abgelegt und die Westküste des Northern Territory hinter sich gelassen, als Castus Crane mit seinem Helikopter auf einem der Oberdecks landete. Er war seinem Flaggschiff, dem letzten verbleibenden Ölbohrungsgiganten seines Konzerns, hinterhergeflogen und hatte unterwegs einige wichtige Anrufe getätigt und Arrangements für seine Zukunft getroffen.

Nicht einmal eine dringende Nachricht seines Aufsichtsrates hatte ihn aufzuhalten vermocht. Was scherten ihn einige alte Herren, die auf Stühlen saßen, die ihnen längst unter dem Hintern wegfaulten? Die Firma, welche derzeit vermutlich an den Börsen den verheerendsten Absturz aller Zeiten hinlegte, war Geschichte. Deren erkorene Lenker wussten es nur noch nicht.

Castus Crane stand genau dort, wo er schon einmal dem Angriff der Nixen entgegengeblickt hatte, am Heck an der Reling der Loreley II. An Bord hatte er alles, was von jener ersten Begegnung übrig geblieben war. Er hatte eine Bohrausrüstung, er hatte die nuklearen Sprengköpfe, er hatte das kleine Tiefseeboot. Und er hatte eine kleine Armee treu ergebener Männer, die er einmal vor dem Untergang hatte bewahren können und bei denen er im Wort stand, denselben Schutz auch bei dieser Fahrt weiterhin zu genießen – sowohl im wörtlichen, wie auch im übertragenen Sinne.

Ein letztes Mal hatte der Eigentümer und Geschäftsführer eines im Niedergang begriffenen, des bisher mächtigsten Energie-Trusts auf dem ganzen Erdball alles auf eine Karte gesetzt. Die Trumpfkarte hatte er schon lange im Ärmel, nun war es an der Zeit, sie gewinnbringend auszuspielen. Mit einem Telefonat wurde alles in Gang gesetzt. Rund um den Erdball glühten die Drähte.

Firmen, die bislang noch nie eine Transaktion vollzogen hatten, erwachten aus ihrem Dornröschenschlaf, um ihren einzigen Lebenszweck zu erfüllen – und danach auf Nimmerwiedersehen zu verschwinden. Güter wechselten den Besitzer, Geld, Patente, Immobilien, ja sogar Menschen. Binnen weniger Minuten war das komplette Vermögen, welches die Crane Industries International binnen vieler Jahre angehäuft hatte, sowohl in Geld- wie auch in Sachwerten, verschwunden. Abgeflossen durch undurchsichtige Kanäle, versickert im Datensumpf, schlummernd in der Krypta eines Imperiums, und nur Crane allein konnte alles wieder zum Leben erwecken.

Es war nun gesichert, vor aller Welt verborgen, er hatte Zeit.

Was sein Aufsichtsrat ihm mitgeteilt hatte, war seine Entlassung gewesen. Mit sofortiger Wirkung war er aller Ämter enthoben worden, entfernt aus der Firma, die seinen eigenen Namen trug. Die Sicherheitskräfte im Crane Tower waren angewiesen worden, ihn sofort bei Erscheinen aus den Büroräumen zu entfernen und nach draußen zu geleiten. Drinnen ackerten sich derweil mehrere kluge Köpfe mit der Frage ab, wie noch zu retten sei, was tatsächlich längst nicht mehr zu retten war. Es war ein letztes Aufbäumen in einem Überlebenskampf, der längst verloren war.

Crane lächelte kalt, als er an seine klugen Schachzüge dachte: Das firmeneigene Vermögen war nichts mehr wert. Die Spuren für Ermittler, Anwälte und Richter waren gelegt und führten ins nichts; die entscheidenden Namen waren an den richtigen Stellen platziert und präpariert, um den Aktionären und Behörden das zu liefern, was sie so dringend brauchten: die Schuldigen. Schuld an der Vernichtung von Milliarden, Steuerbetrug, Aktienbetrug, Bestechung, Mord – die Liste der Vergehen des Konzerns war endlos lang. Für jedes einzelne gab es eine Spur, die zu einem der verhassten Aufsichtsräte und Vorstände führte – der dafür angeklagt und verurteilt werden konnte.

Castus Crane selbst konnte sich entspannt zurücklehnen und beobachten, wie sein Imperium niederbrannte. Das Feuer hatte er selbst gelegt, derweil alles außer Reichweite der Flammen gebracht, was seiner Aufmerksamkeit wert schien. Zu ihm führte selbstverständlich keine Spur – er war das Opfer, ebenso hintergangen und ausgenutzt wie die ganze Welt. Das zumindest würden die anstehenden Ermittlungen und Verfahren zutage fördern.

Schöne neue Welt mit all ihren Rädchen und Drähtchen: Wie ein Phönix aus der Asche würde sich Crane alsbald neu erheben – sobald sich der Staub gelegt hatte – und wieder den ihm gebührenden Platz an der Spitze einer ganz neuen Firma einnehmen. Der Weg war längst bereitet, er musste ihn jetzt nur noch beschreiten.

Genau genommen gehörte ihm das Schiff gar nicht mehr, auf dem er gerade das Kommando führte. Aber noch viel genauer genommen, eben *doch*. Wer wusste das schon so genau … ?

Wichtig war nur, dass die Männer, die hier auf der Loreley II ihren Dienst taten, ihm Vertrauen schenkten, dass alles zu ihren Gunsten seinen Gang nehmen würde. Ob dem so war, das konnte Crane zum aktuellen Zeitpunkt nicht sagen. Wichtig war vor allem, dass sie es glaubten.

Während er die Heckwelle seines riesigen Schiffes in den Wassern des Indik betrachtete, dachte Crane zurück an seine erste Fahrt zum Sundagraben. So zuversichtlich war er gewesen, voller Tatendrang, sämtliche Altlasten abzuwerfen und sich aus dem Jammertal der Energiepolitik wieder zum maßgeblichen Tongeber der Weltwirtschaft aufzuschwingen. Alles war vorbereitet gewesen, alles in sicheren Tüchern – bis diese lästigen Nixen aufgetaucht waren. So nah, so greifbar nah, war sein Ziel gewesen; dahingerafft von einer Interessensgruppe, die er einfach nicht auf dem Schirm gehabt hatte. Das würde ihm diesmal nicht passieren.

Sicher, die Loreley II würde auf sich alleine gestellt nicht annähernd die Menge an Rohstoffen abschöpfen können, welche er mit den anderen versenkten Schiffen hätte realisieren können. Gleichwohl sollte es für den Moment ausreichen, die Entdeckung und den Nutzen der neuen Energiequelle für sich zu reklamieren – und eventuelle Konkurrenten, ebenso wie diese unnützen Nixen, schachmatt zu setzen. Crane war sicher, diesmal würde es ihm gelingen.

Das Geräusch eines weiteren Helikopters über dem Schiff riss Castus Crane aus seinen Gedanken. Er blickte nach oben und sah den Hubschrauber auf sein Schiff zusteuern. Direkt über der Loreley blieb die Maschine in der Luft stehen, wurde von den Männern Cranes auf dem Oberdeck eingewiesen und setzte alsbald auf.

Als Crane auf dem Oberdeck ankam, drehten sich noch immer die Rotoren. Er betrachtete die Maschine im Camouflage-Look, die hinter den zwei vorderen Sitzbänken noch locker rund 20 Personen Platz bieten dürfte. Nur wenige Sekunden darauf wurde eine seitliche Schiebetür des Helikopters aufgezogen, neben der auch ein Schwenkarm zum Abseilen von Männern angebracht war, und mehrere schwer bewaffnete Soldaten sprangen aus der Maschine. Sie stürmten hinaus auf das Landefeld, ihre Gewehre im Anschlag. Sie nahmen Cranes Männer ins Visier, die sofort die Hände erhoben, und sicherten die Maschine in alle Richtungen ab. Das Manöver dauerte nur wenige Sekunden, dann standen die vermummten Soldaten dort wie die Salzsäulen und ein jeder schien sich nur noch auf die Areale vor den Mündungen ihrer Waffen zu konzentrieren.

Einige Sekunden geschah gar nichts.

Die Rotoren des Helikopters drehten sich noch immer, auch die Maschinen waren offenbar noch aktiv. Bereit, jederzeit wieder abzuheben, wenn es nötig sein sollte.

Doch es bestand kein Grund zur Alarmbereitschaft.

Castus Crane hatte seine Gäste erwartet.

Zwei weitere Männer entstiegen dem Helikopter, beide in schwarzen Anzügen, Ton in Ton mit ihren Schuhen, den Krawatten und den Sonnenbrillen, die sie trugen. Allein die Hemden waren weiß. Beide kletterten aus der Kabine, blieben ganz kurz vor dem Helikopter stehen und sahen sich um, dann zogen sie die schwarzen Jacketts straff und kamen gemessenen Schrittes auf Crane zu. Direkt vor ihm blieben sie stehen.

Crane konnte sein Spiegelbild in der Sonnenbrille seines Gegenübers erkennen. Er wartete einige Augenblicke. Als ihm die Stille lästig wurde, ergriff er selbst die Initiative.

„Nehmen Sie die Brillen ab. Ich möchte sehen, mit wem ich mich unterhalte", sagte er in ruhigem Ton und ohne unnötig Zeit auf Floskeln der Begrüßung zu verschwenden.

Nach einigen weiteren Sekunden, die ihm wie eine kleine Ewigkeit vorkamen und während derer die beiden Besucher keinerlei Miene verzogen, erkannte er auf dem Gesicht des einen, der leicht versetzt vor seinem Kollegen stand, ein leichtes Lächeln.

„Ich denke zwar nicht, dass Ihnen dies einen entscheidenden Vorteil verschafft" sagte der Mann und nahm seine Brille ab. „Aber als Passagier auf Ihrem Schiff möchte ich natürlich den Regeln unseres Gastgebers Respekt zollen." Er verstaute die Brille in der

Innenseite seines Jacketts. Sein Kollege tat es ihm gleich. Crane blickte jetzt in die blauen Augen eines Mannes im Alter von schätzungsweise 30 Jahren. Oder weniger. Beim Erraten des Alters von Menschen hatte er selten richtig gelegen. Auch sein Gegenüber schien ihn zu taxieren und einzuschätzen. Die Hand reichten sie sich jedoch nicht.

„Mr. Castus Crane, nehme ich an?“, fragte der Mann schließlich und brach damit das spannungsgeladene Schweigen.

„Richtig angenommen“, sagte Crane ungerührt. „Dürfte ich auch Ihre Namen erfahren?“

Der Mann blickte kurz über die Schulter zu seinem Kollegen und beide lachten leicht. „Was denken Sie denn, ob Sie das dürfen?“

Crane seufzte. Immer dasselbe Spiel mit diesen Lackaffen.

„Es würde unsere weiteren Gespräche sehr erleichtern, wenn ich Sie beim Namen nennen könnte, und nicht nur eins und zwei nennen muss“, unternahm er einen weiteren Versuch, von dem er aber bereits wusste, dass er zum Scheitern verurteilt sein würde.

„Es gibt nicht mehr viel zu besprechen. Sie haben das Protokoll in Gang gesetzt, nun folgt alles den einmal festgelegten Regeln“, versetzte der Mann; nach einem kurzen Zögern fügte er hinzu: „Ein paar Details wären da vielleicht noch. Aber das würden wir lieber unter Deck und in einem kleineren Kreis besprechen.“

Crane nickte. Soeben wollte er sich umdrehen, als er die Hand des Mannes auf seiner Schulter spürte und wieder zurückwirbelte.

„Wenn Sie uns ansprechen wollen, Mr. Crane, so bemühen Sie doch ein scheinbar veraltetes, aber der CIA lieb gewonnenes Klischee“, sagte der Anzugträger und lächelte ihm dabei gekünstelt fröhlich ins Gesicht.

„Wie Sie wünschen“, gab sich Crane vorerst unterwürfig und wies den Männern eine Richtung. „Die Agents Smith und Smith, bitte hier entlang.“

Crane betrachtete kurz den Fleck auf dem Boden des Raumes und dachte daran, wie er noch vor Kurzem mit einigen Männern hier gesessen und Pläne geschmiedet hatte, die Schwarzen Raucher am Sundagraben zu verwerten. Er dachte an die Widersprüche und seine harte Linie, womit er die Männer, vor allem die Zweifler, entweder gefügig oder mundtot gemacht hatte. Er wurde sich bewusst, dass der Fleck auf seiner eigenen Weste wohl ebenso wenig zu entfernen war, wie jener dunkelbraune, eingetrocknete Fleck auf dem Boden des Besprechungsraumes – der nach seiner Versiegelung allein für dieses Meeting noch einmal neu geöffnet wurde.

Ein bisschen konnte er sich des Eindrucks nicht erwehren, dass er selbst nun in der unterlegenen Position war. Dieses kleine Machtspiel wollte er aber keineswegs verloren geben. Es war sein Schiff und die Männer, wenngleich sie auch mit Soldaten angerückt waren, hatten vermutlich keine Vorstellung davon, mit wem sie es zu tun hatten.

„Nehmen Sie Platz“, sagte Crane, setzte sich selbst auf den vertrauten Sessel am Kopf des Tisches und wies auf die beiden Stühle zu seiner Rechten. Beide Männer, die bisher an der Türe stehengeblieben waren, kamen nun herüber und nahmen auf den ihnen zugewiesenen Stühlen Platz.

Wieder vergingen einige Sekunden.

„Welche Details wären das denn nun, die wir noch zu besprechen haben", brach Crane, dem das Pokern um rhetorische Überlegenheit zunehmend auf die Nerven ging, das Schweigen. „Und bitte verschwenden Sie nicht noch weiter meine Zeit mit Ihren Machtspielchen. Ich weiß, warum Sie hier sind, und Sie wissen, was ich hier möchte. Also tun Sie mir den Gefallen und reden wir Klartext. Ich hab mich noch um andere Dinge zu kümmern, bevor wir den Sundagraben erreichen."

„Nun," sagte erneut der erste der beiden Männer, nachdem er kurz einen Blick mit seinem Kollegen getauscht hatte, „eben darin liegt unsere Sorge: ob wir den Sundagraben überhaupt erreichen werden." Er räusperte sich kurz. „Mr. Crane, inwieweit sind Sie über das im Bilde, was wir dort vorfinden werden – und was unsere neue Allianz begründet?"

Crane lachte. „Ich weiß vor allem, dass es nicht mehr mein Problem ist, da", erwiderte er, ohne den Augenkontakt zu dem Mann zu unterbrechen, „das von Ihnen angesprochene Protokoll in Kraft getreten ist genauso, wie Sie es gesagt haben. Ab jetzt, das ist der Deal, ist alles, was mit direkter Konfrontation zu tun hat, Sache Ihrer Behörde – wofür Sie dann auch das ganze besonders große Stück vom Kuchen bekommen."

Der Agent stützte seine Unterarme auf den Tisch, lehnte sich nach vorne und sah Crane an.

„Uns ist allerdings sehr daran gelegen, den unsrigen Part der Vereinbarung einzuhalten und Resultate zu liefern", sagte er ruhig. „Deshalb, Mr. Crane, wäre es wünschenswert, dass wir Informationen austauschen, in unser beider Interesse. Sonst gibt es vielleicht am Ende nichts mehr, keinen Kuchen und auch sonst nichts, was wir aufzuteilen hätten."

Crane war von dieser Ansage etwas irritiert.

„Sie sagen, Sie hätten Sorgen, den Sundagraben zu erreichen", sagte er dann. „Warum das? Wir sind doch schon fast dort. Nur noch wenige Stunden. Dann erledigen Sie Ihren Job und ich meinen. Wo liegt also das Problem?"

Der Agent verzog keinerlei Miene.

„Das Problem ist", sagte er, „dass wir nicht wissen, ob wir der Schlacht entgegensteuern, oder nicht vielmehr die Schlacht uns entgegenkommt – und uns vielleicht weit vor dem Sundagraben ereilt, wo wir darauf noch nicht vorbereitet sind."

Es entstand eine kurze Pause, in der Crane die Worte sacken ließ. Ein Schauer lief ihm den Rücken herab. Hatte er wirklich diese entscheidende Variable in der Gleichung bei aller Planung, bei all den Hintertürchen und Machenschaften, ernsthaft übersehen?

Was wäre, wenn die Nixen sich gar nicht im Sundagraben, ihrem Lebensraum, verschanzten und auf ihn warteten, sondern vielmehr ihnen entgegenkämen? Was wäre, wenn sie die Schwarzen Raucher, die Grundlage ihrer Existenz, zu schützen versuchten, indem sie den Kampf ganz woanders suchten, weit draußen im offenen Meer – wo sie noch immer im Vorteil wären, aber weniger zu verlieren hätten?

Crane schnaubte ärgerlich. „Wie kommen Sie darauf?"

Erstmals meldete sich der andere Agent zu Wort.

„Sagt Ihnen der Name Area 66 etwas, Mr. Crane?"

Der Gefragte schüttelte den Kopf.

„Es ist eine geheime Basis der CIA in den Außenbezirken von Darwin, von wo aus wir seit vielen Jahren diese Geschöpfe beobachten und studieren", sagte der Agent dann. „Wir haben dort Forschungen betrieben und Erkenntnisse gesammelt. Jedoch nicht mit dem Ziel, diese Spezies zu zerstören, sondern vielmehr, sie für uns, für die CIA und die ganze USA, nachhaltig nutzbar zu machen."

Crane brauchte einen Moment, um das Gehörte zu begreifen.

„Sie wollen sagen, Sie wussten von diesen Biestern im Sundagraben?", fragte er dann. „Sie haben nichts getan, um die Menschen davor zu warnen oder diese Wesen zu eliminieren?"

Agent Nummer zwei zuckte mit den Schultern. „Warum sollten wir?"

Crane japste wütend nach Luft, sprang von seinem Stuhl auf und schrie ihn an: „Vielleicht, weil diese Drecksviecher meine halbe Flotte versenkt haben?"

Der erste der beiden Männer machte eine beschwichtigende Geste.

„Bleiben Sie ruhig, Mr. Crane. Eben deshalb ist es ja so wichtig, dass wir einander auf den neuesten Stand bringen", sagte er dann, seine Forderung unterstreichend. „Damit nicht uns oder Ihnen das gleiche bedauernswerte Schicksal bevorsteht wie Ihrer Flotte. Bitte setzen Sie sich doch wieder."

Crane spürte, wie eine Ader auf seiner Stirn pulsierte. Sein Gesicht war heiß, er musste rot angelaufen sein vor Zorn. Diese Bastarde hatten es die ganze Zeit gewusst! Und sie hatten niemandem etwas davon gesagt, dass die Nixen dort draußen lebten. Sie hatten ihn sehenden Auges in sein Verderben rennen lassen. Das war ungeheuerlich!

Er brauchte eine Weile, bis er seinen Atem und seinen Herzschlag wieder unter Kontrolle hatte. Langsam sank er auf seinen Stuhl zurück, taxierte aber weiterhin voller Zorn den zweiten Agenten. „Wenn Sie eine Forschungsstation haben, die sich seit Jahren mit diesen ... Dingern beschäftigt", setzte er dann wieder an und bemühte sich um einen ruhigen Ton, „was, denken Sie dann, könnte ich Ihnen überhaupt noch Neues erzählen? Ich bin nur einmal mit diesen Wesen zusammengetroffen und es ging nicht gerade gut für mich aus. Aber das wissen Sie mit Sicherheit schon ..."

Der Agent zwei sprach weiter und bemühte sich, die Situation zu deeskalieren. „Wir wissen von Ihrer Flotte und was ihr widerfahren ist", sagte er. „Seien Sie versichert, hätten wir gewusst, was Sie im Sundagraben vorhatten, dann wären wir eingeschritten. Nur leider haben in diesem Fall unsere Mechanismen ... versagt. Sonst hätten wir selbstverständlich die Initiative ergriffen und Sie nicht nur aufgehalten, sondern auch gewarnt."

Noch immer starrte Crane ihn wütend an.

„Die Sache ist die, dass wir den Kontakt zur Area 66 inzwischen verloren haben. Wir erhalten von dort keine Antworten mehr. Weißes Rauschen auf allen Kanälen", fuhr er fort. „Das kann mehrere Ursachen haben."

Er ließ Crane eine kurze Pause, um dies sacken zu lassen, und sprach erst weiter, als er sich seiner Aufmerksamkeit wieder sicher war.

„Der eine Grund ist, dass wir offensichtlich eine Schwierigkeit mit dem leitenden Wissenschaftler der Einrichtung haben, der nicht mehr ganz auf unserer Linie zu sein scheint", erklärt dann der CIA-Agent. „Er hat die Station mit einer kleinen Crew in einem der dort stationierten U-Boote verlassen. Sein Ziel ist der Sundagraben."

Crane stutzte. „Was will er dort, wenn er doch angeblich nicht mehr für Sie arbeitet?"

„Das wissen wir nicht", sagte der Agent. „Er scheint offenbar im Zusammenhang mit den Nixen ganz eigene Ziele zu verfolgen. Das ist aber nicht die entscheidende Information."

„Welche wäre das dann?", fragte Crane.

„Es geht darum, dass kurz nachdem dieses U-Boot ausgelaufen ist, der Kontakt zur Station abgebrochen ist", erklärte der Agent. „Wir haben alles versucht, um mit unseren Leuten Kontakt aufzunehmen, haben sogar jemanden hingeschickt, aber die Teams sind nicht durch die Sicherheitsschleusen gekommen, sie wurden nicht reingelassen. Dort unten herrscht Stille. Totenstille, wenn Sie so möchten."

„Sie meinen, diese Männer sind tot?" versicherte sich Crane. „Die gesamte Crew in Ihrer Station?"

„Das wissen wir nicht, vermuten es aber", sagte wieder der erste Agent. „Dann stellt sich die Frage, wer oder was dafür verantwortlich ist und wie das überhaupt angestellt wurde. Wir reden hier immerhin von einer der sichersten Stationen der Erde – noch sicherer als Fort Knox!"

Crane atmete durch. Bilder kamen ihm wieder ins Gedächtnis. Bilder, die er eigentlich ganz gerne vergessen hätte, hatten sie doch seine Existenz als Geschäftsmann vorerst auf Eis gelegt. Und vor allem: Sie hatten ihn in seinem Stolz verletzt. Doch nun musste er sich erinnern. Möglichst an jedes Detail, es konnte von Bedeutung sein.

„Um die Schiffe herum haben sich Strudel gebildet", sagte er schließlich und blickte in zwei verwunderte Gesichter.

„Strudel?", fragte einer der Agenten zurück. „Was für Strudel?"

„Ja, diese kreisrunden Dinger eben, die in einer Abwärtsspirale alles von der Oberfläche runtersaugen", erklärte Crane. „Alle sieben Schiffe sind auf diese Weise gekentert. Die Schlepper wurden von Walen platt gemacht."

„Strudel und Wale also?"

„Es bringt nichts, wenn Sie jeden Scheiß, den ich sage, wiederholen", entfuhr es dem äußerst gereizten Crane. „Es ändert auch nichts an der Aussage. Sie wollten wissen, wie meine Flotte versenkt wurde. Ich sage es Ihnen: Es waren sieben riesige Strudel, die sich direkt um die Schiffe herum gebildet haben. Diese sind weggesackt und schließlich vom Wasser verschluckt worden."

Die beiden Agenten sahen einander an. „So könnte es geschehen sein“, sagte der eine. Der andere nickte. Dann wandten sich beide wieder Crane zu.

„Wir haben versucht, über einen Unterwasserkanal ins Dock der Area 66 hineinzukommen. Wir mussten allerdings feststellen, dass der unterseeische Kanal nicht nur von innen her versiegelt wurde, sondern zudem auch noch eingestürzt ist. Wir haben Metallteile zwischen den Steinen gefunden.“

Crane zuckte mit den Achseln. „Was folgern Sie nun daraus?“

„Wir folgern daraus, Mr. Crane“, sagte der erste Agent, „dass die Nixen uns nicht am Sundagraben erwarten und sich dort formieren, um uns im Kampf zu begegnen. Vielmehr scheinen sie begriffen zu haben, wer ihre Gegner sind und versuchen, diese auszuschalten, *bevor* sie am Sundagraben ankommen.“ Er machte eine kurze Pause. „Wenn Area 66 tatsächlich gefallen ist, dann müssen diese Wesen über eine schier unbändige Kraft verfügen. Es ist äußerst fragwürdig, ob wir dem angemessen begegnen können.“

„Haben Sie etwa schon die Hosen voll?“, fragte Crane mit einem hämischen Lachen.

„Sparen Sie sich dieses Macho-Gehabe“, entgegnete Agent eins kalt. „Wenn wir recht behalten, dann kann es jede Sekunde soweit sein, dass wir auf unseren Gegner treffen. Gemäß Ihren Angaben bei Abschluss unseres Abkommens haben wir Flugzeugträger und Kriegsschiffe in Richtung Sundagraben beordert. Wenn jene aber dort sind und wir bereits hier angegriffen werden, dann haben wir schlechte Karten. Das leuchtet Ihnen doch hoffentlich ein!“

Crane war das Lachen im Halse steckengeblieben.

„Hören Sie“, sagte er, nachdem er sich wieder ein wenig gefangen hatte. „Wir haben eine klare Abmachung getroffen. Sie sorgen dafür, dass diese Fischweiber keinen Ärger mehr machen. Dafür stelle ich mein gesamtes Know-How, das Kapital meiner Investoren und meine in den USA neu zu gründende Firma komplett in die Dienste der CIA und wer immer sie noch alles unterstützt. Sie profitieren dann von einer immens einträglichen Geld- und Energie-Quelle. Voraussetzung dafür ist jedoch, dass wir diese Biester endgültig loswerden. Ich muss wissen: Sind Sie dazu bereit und in der Lage?“

Noch einmal tauschten die beiden Agenten einen Blick. Dann stand der eine auf und verließ den Raum. Crane blieb mit Agent eins zurück.

„Wir werden es schaffen“, sagte nun Agent eins. Er machte eine kurze rhetorische Pause, dann fuhr er fort. „Aber Sie müssen sich über eines im Klaren sein, Mr. Crane. Unser erstes Interesse gilt nicht dem Profit. Wir sind an Geldern und Mitteln sehr interessiert, aber unser oberstes Interesse gilt der Sicherheit der USA. Über etliche Jahre hinweg wurde in Area 66 über diese Wesen geforscht, es ist nie etwas passiert. Wenn sich das aber nun plötzlich geändert hat, wenn sie zum Angriff übergehen, vielleicht sogar die Konfrontation mit der Menschheit ganz offen suchen, dann können wir auf Profite keine Rücksicht mehr nehmen.“

In Crane reifte eine Erkenntnis, dennoch fragte er nach. „Was soll das heißen?“

Der Agent antwortete ruhig und gesammelt: „Mein Kollege telefoniert soeben mit

Langley, von dort aus wird der Präsident informiert. Er hat ab sofort seinen Finger auf dem roten Knopf. Wenn unserer Navy irgendetwas zustößt, wenn sich diese Nixen zu einem ernstzunehmenden Gegner entwickeln, dann bleibt uns nur noch eine Wahl: Wir zerstören den Sundagraben und alles, was sich dort befindet."

Die Tür zum Besprechungsraum öffnete sich, beide Männer blickten hinüber und erwarteten die Rückkehr des zweiten CIA-Mannes. Stattdessen stand der Kapitän in der Tür – und er war kreidebleich. „Sir, da ist etwas, was Sie unbedingt sehen sollten", sagte er zu Crane. „Wir brauchen Sie an Deck. Dringend!"

Die Männer am Besprechungstisch sahen einander an, nickten sich zu und standen dann auf, folgten dem Kapitän hinauf aufs Oberdeck, wo sich ihnen ein schier unbeschreiblicher Anblick bot.

Es war nicht so, dass sie Land erreicht hätten. Dennoch war rings um das Schiff kaum mehr Wasser zu sehen. Die Loreley II kam nicht mehr vorwärts. Sie trieb auf einem Fleckchen Wasser inmitten etlicher Leiber, dicht gedrängt einer am anderen, so weit das Auge reichte. Die Loreley II war umgeben von Fischen und Meeresgetier jeder vorstellbaren Größe, jeder denkbaren Art, die sich allesamt in eine Richtung bewegten: In Richtung Sundagraben.

Castus Crane starrte mit offenem Mund auf das Bild, das sich vor seinen Augen abzeichnete. Nie hätte er für möglich gehalten, dass es in einem Ozean so viele Lebewesen gab. Und noch viel weniger, dass sie alle gemeinsam einen derartigen Teppich an der Wasseroberfläche bilden könnten. Da schwammen sogar Fressfeinde dicht an dicht und schlossen die Reihen einer Armee, wie man sie sich vereinter und zielstrebiger kaum vorstellen konnte. Sie hatten die Loreley eingekreist, eingekeilt, es gab keinerlei Entkommen. Zwar wurden sie nicht angegriffen ... aber festgehalten.

„Warum fahren wir denn nicht einfach durch?", fragte Agent zwei. „Das hier ist ein riesiges Bohrungsschiff, da werden wir doch durch ein paar Fische hindurchkommen?"

Hinter ihm ertönte die Stimme des Kapitäns. „Wenn diese Viecher nur die Oberfläche bedecken würden, könnte das vielleicht sogar gehen. Diese Ansammlung reicht aber auch noch mehrere Meter in die Tiefe. Weit bis unter den Kiel unseres Schiffes. Wir müssten schon fliegen können, um hier wieder herauszukommen. Es geht in keine Richtung, wir sind festgesetzt worden."

„Umzingelt", murmelte Agent eins. Kaum hörbar, aber alle um ihn herum hatten es verstanden und wussten, was er damit meinte.

Zeitpunkt und Ort des letzten Kampfes gegen eine fremde Spezies waren ihnen soeben aus der Hand genommen worden. Es würde dort geschehen, wo es die Nixen wollten. Wann sie es wollten. Der Sundagraben war nicht länger das Ziel. Hier an diesem Ort würde sich alles entscheiden. Und das schon sehr bald ...

Der andere Agent hatte ein Satellitentelefon in der Hand. Als er sein Gespräch beendet hatte, kam er zurück zu der kleinen Gruppe, die immer noch ungläubig über den riesigen Fischteppich hinwegstarrte. „Die Flotte der Zerstörer vom Sundagraben ist unterwegs zu uns. Da wir mit diesem Schwarm auf sie zutreiben und sie uns entgegenkommen, wird es ungefähr sechs Stunden dauern, bis wir zusammentreffen. Hoffen wir, dass uns diese Zeit noch bleibt, bevor hier die Hölle ausbricht."

Kaum hatte er dies gesagt, ging durch das Schiff ein Ruck. Agent eins wäre beinahe gestürzt, konnte sich jedoch noch an einer Reling festhalten. Alle anderen taumelten.

Schon folgten ein zweiter, ein dritter Schlag, alle an unterschiedlichen Stellen des Schiffes. Nicht so hart, dass man sie hätte fürchten müssen, aber doch intensiv genug, um die Loreley II gehörig durchzuschütteln.

„Wir haben offenbar keine sechs Stunden mehr", sagte Agent eins, trat an die Reling und schaute hinunter. Von seiner Position aus sprach er weiter: „Sie testen uns auf Schwachstellen, wie viel wir wo aushalten. Wie ein Weißer Hai, der einmal nur knabbert, bevor er dann zuschlägt. Es wird bald soweit sein, sie werden kommen. Wir können momentan nichts tun, um sie aufzuhalten."

Crane hatte nicht wirklich zugehört, er hatte etwas entdeckt und versuchte, es mit bloßem Auge genauer zu erkennen, obschon es noch ein ganzes Stück weit entfernt war. Zuerst hatte er es für einen seiner eigenen Schlepper gehalten, die aber längst gekentert und von der Masse des Schwarms verschluckt worden waren. Und doch: Es war zweifelsohne ein Schiff, aber es war kleiner als die Schlepperboote. Vor allem wunderte sich Crane, weshalb es noch nicht von den Nixen und ihrer Armee versenkt worden war. Konnte es denn möglich sein, dass ...?

„Crane, verdammt, wir müssen hier weg", hörte er die Stimme von einem der Agenten in sein Ohr zischen. „Sie fliegen mit uns im Helikopter. Wir fliegen zu unserer Flotte und kommen mit schwerem Gerät hierher zurück. Während die Nixen sich auf die Loreley konzentrieren, nimmt unsere Flotte sie in die Zange. Los, Mann, weg hier, worauf warten Sie?"

Mit zusammengekniffenen Augen versuchte Crane noch immer seine Entdeckung zu fixieren, das Bild scharf zu bekommen.

„Ein Fernglas, bringen Sie mir ein Fernglas!", rief er.

Rasch wurde ihm vom Kapitän eines gereicht und er konnte es gar nicht schnell genug scharf stellen und mit der immensen Vergrößerung noch einmal das Objekt untersuchen, das er da in einiger Entfernung wahrgenommen hatte. Als er es gefunden und einige Sekunden begutachtet hatte, erhellten sich seine Gesichtszüge und er grinste von einem Ohr zum anderen. Er witterte eine Gelegenheit.

„Ich habe eine ganz eigene Theorie, weshalb es noch nicht losgeht", sagte er dann zu Agent eins, dem er das Fernglas reichte, woraufhin dieser in dieselbe Richtung schaute. „Die Nixen sind noch nicht hier, sie sind aber auf dem Weg. Wir werden solange hin- und festgehalten, um zu sterben, sobald deren Armee sich formiert hat. Nur, dass diese Weiber eines nicht bedacht haben. In ihrem Eifer, uns einen Erstschlag zu verpassen, haben sie eine der ihrigen aus den Augen verloren. Sie wird unsere Chance sein, das Blatt zu wenden."

Agent zwei starrte ihn fassungslos an. „Sie reden wirres Zeug, Mann! Wir müssen hier weg!"

„Wir gehen nirgendwo hin", erwiderte Crane scharf. „Ihren Helikopter brauche ich trotzdem, wir müssen ein paar Gäste an Bord holen."

An Agent eins gewandt fügte er hinzu: „Lassen Sie Ihre Flotte genau dort, wo sie ist. Ich brauche sie am Sundagraben. Mit aller Zerstörungskraft und aller Gewalt. Wollen wir doch mal sehen, wie intelligent diese Nixen tatsächlich sind."

Er lächelte kalt und fuhr mit lauter, fester Stimme fort: „Wir ändern jetzt die Spielregeln. Und wir haben soeben die Möglichkeit bekommen, nicht nur eine wichtige Geisel zu nehmen, sondern auch ein Sprachrohr zu bekommen, um diesen Bestien mitzuteilen, was mit ihnen und ihrer kompletten Heimat geschieht, wenn sie nicht genau das tun, was wir von ihnen verlangen. Ab jetzt diktieren wir die Bedingungen. Ich erwarte, dass jeder auf seinem Posten bleibt und seinen verdammten Job macht!"

Agent eins lächelte, er hatte verstanden. „Indem Sie den Kampf von ihrem Lebensraum weg verlagern wollten, indem sie zunächst Area 66 angegriffen haben und uns nun hier festsetzen und ausschalten wollten, haben die Nixen den Sundagraben mit all ihren Lebensgrundlagen schutzlos zurückgelassen. Unsere Flotte, die aus der anderen Richtung kam, hatten sie nicht erwartet, sie haben sich nur auf uns konzentriert." Er machte eine Handbewegung, Agent zwei bellte Befehle in sein Telefon. „Das wird ihnen nun zum Verhängnis."

„Holen wir unsere Gäste an Bord", sagte Crane mit Blick in Richtung des Bootes. „Achten Sie gut auf Ihre Gesundheit, verstopfen Sie sich alle die Nasen, lassen Sie sich nicht von diesen Fischweibern beeinflussen. Es braucht nur Sekunden – und wir können uns jetzt keine Schwäche erlauben."

Die Männer eilten los, der Militärhubschrauber wurde wieder angelassen, die Soldaten sprangen hinein. Die Rotoren drehten sich und das Team rund um die CIA-Agenten hob ab.

„So tapfer hast du gekämpft, kleines Mädchen", flüsterte Crane bei sich, während er das Boot nicht aus den Augen ließ, auf das sie zuflogen, das immer näher kam – dem *er* immer näher kam. „Ein dummer, ein unglücklicher Zufall spielt dich nun doch noch in meine Hände."

28

Cypher hörte die Arbeiter lange bevor sie sich seinem Versteck näherten. Er hörte das Klingen von Metall auf Metall, er hörte Stimmen und Geräusche direkt neben sich. Es wurden Gegenstände geschoben, prallten aufeinander, er hörte Verschlussmechanismen, die ver- und entriegelt wurden. Es war nicht schwer zu erraten, was die Männer da gerade taten. Sie bestückten die Torpedorohre mit Munition. Es würde nur eine Frage der

Zeit sein, bis sie auch jenes Abschussrohr öffnen würden, in dem er sich versteckt hielt. Vermutlich, um es zu reparieren und danach gleichfalls einzusetzen – aber gegen wen?

Cypher machte sich bereit. Er hatte nur einen Versuch, das wusste er. Niemand würde damit rechnen, ihn hier drin zu finden. Das Überraschungsmoment war auf seiner Seite. Er würde es nutzen.

Endlich vernahm er, wie sich jemand an der Öffnung des Torpedorohres zu schaffen machte. Dann wurde die Luke zum Innenraum des U-Bootes geöffnet; allerdings hatte es offenbar keiner der Arbeiter besonders eilig, hineinzuklettern. So schnell er konnte kroch Cypher in Richtung Öffnung – und er hatte Glück. Die beiden Techniker, die soeben den Zugang geöffnet hatten, um das vermeintlich defekte Rohr zu reparieren und danach zu bewaffnen, waren noch einen Moment abgelenkt. Sie waren in die Knie gegangen, um aus der Werkzeugkiste, die am Boden stand, die richtigen Teile für ihre Aufgabe herauszusuchen. Die Öffnung des Torpedorohres befand sich gut einen Meter über dem Boden – also auch über ihren Köpfen. Als sie sich wieder aufrichteten, ausgestattet mit Stirnlampen und Werkzeugen in der Hand, blickte ihnen aus dem Rohr schon Cypher entgegen.

Der CIA-Agent fackelte nicht lange. So gut er aus der Enge des Rohres heraus agieren konnte, verpasste er dem vorne stehenden Mann sofort einen Punch, wodurch dieser zurück- und gegen seinen Kameraden taumelte. Jener fing ihn auf, darauf hatte Cypher gezählt. Die wenigen Sekunden, in denen beide beschäftigt waren und ihre Gedanken sortieren mussten, waren für ihn genug, um sich mit beiden Händen aus dem Rohr hinauszuziehen und zum Stehen zu kommen, bevor seine beiden Gegner sich wieder berappelt hatten.

Schon holte einer der beiden Männer mit seinem Schraubenschlüssel zum Schlag aus, doch wurde er noch in der Bewegung von Cypher durch einen Tritt ans Kinn niedergestreckt. Die Attacke traf zwar präzise, allerdings geriet der Agent kurz ins Wanken, da das angeschlagene Knie seines Standbeins immer noch nicht so wollte wie er. Der andere Mann sah dies, zögerte einen Moment, schwankte zwischen Angriff und Flucht – und rannte dann schnurstracks wieder nach hinten. Cypher fluchte. Ein kurzer Kampf wäre ihm lieber gewesen. Der junge Mann wollte zweifelsohne den Alarm auslösen.

Er sprang so gut er konnte über den bewusstlos am Boden liegenden Techniker hinweg und hastete dessen Kollege hinterher. Der Torpedoraum war recht eng, aber die wenigen Meter reichten Cypher aus, um trotz des untüchtigen Knies seinen Gegner einzuholen, noch bevor jener den Alarmknopf, der direkt neben dem Schott zum nächsten Raum angebracht war, erreichen konnte. Mit einem Hechtsprung erhaschte Cypher die Füße des Technikers und streckte ihn der Länge nach nieder. Sogleich war er über ihm und schickte auch diesen Mann mit einem gezielten Punch direkt ins Reich der Träume.

Es war geschafft.

Der CIA-Agent rang nach Luft. Er wurde definitiv zu alt für diesen Mist. Er durfte sich aber nicht allzu viel Zeit lassen zum Verschnaufen. Oder um dem Schmerz in seinem Bein Beachtung zu schenken. Also richtete er sich wieder auf und zog seinen bewusstlosen Kontrahenten an den Füßen wieder in den Raum hinein und legte ihn in eine Ecke, die vom Zugang des Raumes her nicht sofort einsehbar war. Den anderen Kollegen deponierte er einfach oben drauf. Dann zog er das Bündel mit der toten Nixe aus dem Torpedorohr und verschloss die Luke. Doch was nun?

Er schulterte die Nixe und ging langsam und vorsichtig an der Wand entlang zurück zu dem Durchgang. Er hörte Fußgetrappel und Rufe über sich, weitere hinten im Boot. Die Mannschaft war in hellem Aufruhr und Cypher hatte eine vage Vorstellung, weshalb. Waren sie etwa schon am Ziel angelangt? Es galt nun, schnell zu sein, seine Karten richtig auszuspielen, um die Nixe im richtigen Moment den ihrigen übergeben zu können – und Shaws Plan zu vereiteln. Er ging langsam durch das Schott hindurch, durchquerte den dahinter liegenden Mannschaftsraum, die Offiziersmesse und gelangte schließlich zum Aufstieg. Bis hierhin war ihm niemand begegnet. Shaw musste sämtliche Männer aus den Betten geholt und auf die Stationen geschickt haben.

Für einige Sekunden dachte er nach. Dann nahm er das Bündel mit der Nixe von der Schulter, ging zurück in die Mannschaftsquartiere und legte die tote Nixe sanft in einer der unteren Kojen ab. Er breitete die dünne Decke über ihr aus und zog den Vorhang vor der Koje zu. Dann kehrte er zurück in den Torpedoraum, wo die beiden bewusstlosen Männer lagen. Er schätzte kurz die Größen ab, entschied sich dann für den stämmigeren von den beiden und begann rasch, sich zu entkleiden. Ein kleiner Kostümwechsel war für sein weiteres Vorgehen angebracht.

„Die Torpedorohre sind geladen, Sir. Nur das defekte Rohr scheint bisher nicht bestückt worden zu sein." Der Kommandant salutierte vor Shaw, was total sinnlos war, da jener ja keinerlei militärischen Rang bekleidete. Vermutlich war es schlichtweg eine Geste der Unsicherheit, zumal die zu überbringende Nachricht dem Doktor keineswegs gefallen konnte.

Shaw jedoch war es inzwischen völlig gleich, wie viele Torpedos er zur Verfügung hatte. Ob nun drei oder vier, das würde keinen großen Unterschied machen, er würde sich den Weg freischießen, so oder so. Dafür nahm er, was er eben kriegen konnte. Waren die Viecher erst mal tot, sollte es ein Leichtes sein, sich vollends aus ihrer schuppigen Umarmung zu befreien. Von einem Haufen Fischabfall würde er sich bestimmt nicht weiter festhalten lassen.

„Das reicht", sagte er. „Machen Sie die Torpedos scharf und leiten Sie die Abschusssequenz ein. Sobald die Rohre leer sind, möchte ich, dass sie gleich wieder neu bestückt werden. Ihre Männer sollen sich im Torpedoraum bereithalten." Mit einer beiläufigen Geste fügte er hinzu: „Bevor sie da unten Däumchen drehen, sollen sie ruhig weiter an dem defekten Rohr tüfteln – das wird wohl nicht schaden."

„Aye, Sir", sagte der Kommandant, der von der oberflächlichen Entspannung seines Bosses ein wenig überrascht war, und rief die entsprechenden Befehle in sein Funkmikrofon, so dass sie durch das ganze U-Boot hallten.

Die Brücke war jetzt voll besetzt. Gut 20 Männer bedienten jede einzelne der vielen verschiedenen Stationen, andere eilten zwischen Terminals und Schaltpulten hin und her. Weitere Männer befanden sich im Maschinenraum und in der Waffenkammer. Es wurden Kommandos und Informationen hin und her gebrüllt, dazwischen mischte sich das Piepsen des Sonars, das Knacken der Funkanlage, das sanfte Raunen des Motors und das Ratschen der Fischleiber an der Außenhülle. Es war ein akustisches Durcheinander wie im Kriegseinsatz.

„Sobald wir nach dem ersten Schuss vorne am Bug ein wenig Luft haben, möchte ich sofort auftauchen", sagte Shaw. „Wir müssen raus aus diesem Schwitzkasten und an die Oberfläche, um uns einen Überblick zu verschaffen."

„Aye, Sir", sagte der Kommandant erneut.

Shaw starrte auf einen der Monitore, dessen sichtbares Bild komplett von Fischleibern eingenommen wurde. Er fragte sich einmal mehr, wo diese Unmassen an Meerestieren so plötzlich hergekommen waren.

Noch während er grübelte, fiel ihm an dem Bild auf dem Monitor eine Veränderung auf. Zunächst hielt er es für einen Fehler in der Bildtechnik. Doch es wurde intensiver: Ein kräftiges blaues Leuchten drang durch die wenigen Spalten zwischen den Leibern der Fische, die sie umgaben. Ein warmes, blaues Licht, zunächst nur ein sanfter Schimmer, dann wurde es immer deutlicher erkennbar. Mit der Zunahme der Intensität wurden auch die Abstände zwischen den Fischleibern plötzlich größer und größer, sie lichteten ihre Reihen, bis zuletzt die Fische vom Monitor verschwunden waren und nur noch der blaue Schein, stärker und stärker, das Wasser um sie herum erhellte. Auch die Geräusche streifender Fischleiber an der Außenhülle waren verschwunden.

„Sehen Sie das auch?", fragte Shaw den Kommandanten.

„Sicher, Sir, aber ich kann es mir nicht erklären", sagte der Mann. „Es scheint, als kämen wir frei, ganz ohne zu feuern."

„Halten Sie sich trotzdem bereit", sagte Shaw, ohne den Blick von dem Monitor zu nehmen. Er war ziemlich sicher, dass sie die Torpedos noch brauchen würden. „Ich kenne dieses Licht, nur nicht ansatzweise so stark. Wenn es das ist, was ich glaube, haben wir gleich ein weitaus größeres Problem als nur einen Haufen durchgeknallter Fische."

Beide Männer starrten auf das Bild und den blauen Schimmer, der draußen in der Unterwasserwelt mit Macht die Dunkelheit durchbrach. Die Fische um sie herum waren binnen weniger Minuten komplett verschwunden. Abgetaucht in die Tiefen des Ozeans, woher sie auch gekommen waren. Sie hatten ihre Aufgabe erfüllt.

Es war getan, das Feld wurde bereitet. Die Ernte stand bevor.

Ganz plötzlich kam sich Shaw selbst ein wenig so vor, als sei er in dem riesigen Bassin in Area 66 gefangen, wo er die letzte überlebende Nixe von seinem Kontrollraum aus beobachtet hatte. Nun saß er selbst in dem Käfig. Und dort draußen, in der Tiefe, braute sich etwas zusammen.

„Auftauchen, Kommandant, bringen Sie uns sofort an die Oberfläche", sagte er mit Nachdruck.

Das hektische Treiben auf der Brücke nahm erneut seinen Lauf, das Tauchboot stieg empor. Während Shaw und sein Kommandant weitere Pläne schmiedeten, betrachtete Cypher an einem der Monitore – unerkannt in der gestohlenen Uniform und in der Hektik des Einsatzes, die ihn umgab, gleichfalls das Geschehen jenseits der dicken Stahlwände. Auch er dachte an das Bassin im Labor und an die beeindruckende Machtdemonstration, welche ihm die einzelne Nixe dort geliefert hatte. Dabei kam er nicht umhin sich zu fragen, wie viele Nixen jetzt in diesem Moment wohl dort draußen sein mochten und dieses kräftige Leuchten erzeugten – und wie sicher er und die anderen hier drinnen waren, wenn die Wut der Nixen entfesselt würde.

Schon war die Oberfläche in Sichtweite. Die Instrumente zeigten an, dass es nur noch wenige Meter waren. Und noch etwas zeigten sie an: Ein kleines Boot, das sich auf dem selbem Kurs bewegte wie das U-Boot. Was mochten das für Leute sein?

Das Meer war ruhig. Das kleine Fischerboot pflügte sanft und geschmeidig durch die leichten Wogen der Timorsee, hinaus in den offenen Ozean. Maya war nicht länger an Bord des kleinen Kutters, begleitete ihn jedoch, schwimmend, springend, frei wie ein Fisch im Wasser. In dem Moment, da sie das Wasser berührt hatte, schienen sämtliche Strapazen der vergangenen Stunden vergessen. Sie spürte die in ihr schlummernden Kräfte zurückkehren und neue erwachen, die sich mehr und mehr entfalteten, mit Gewalt in die wirkliche Welt drängten. Und es war gut so.

Maya konnte die Oberfläche und die Umgebung nicht wirklich sehen, war sich aber jedes noch so winzigen Details derselben so bewusst wie noch nie zuvor in ihrem Leben. Sie fühlte Einheit und Verschiedenheit, Weite und Nähe, Gefahr und Frieden, all die kleinen Facetten jedweden Lebens und jeder Dinglichkeit, die sie umgab. Zu jedem Zeitpunkt der Reise fühlte sie die Tiefe des Meeres unter sich und die Weite des Himmels über sich; sie hörte das Rauschen des Meeres und des Bluts in den Adern der Menschen in ihrer Begleitung; sie hörte Gedanken über Gedanken, blickte in weiße Seelen und in animalische Abgründe von allen denkbaren und undenkbaren Lebewesen in der Ferne und in der Nähe. Sie sprachen mit ihr, sie riefen nach ihr, sie erwarteten ihre Weisung und ihren Befehl. Der Ozean verneigte sich vor seiner jüngsten Tochter und hieß sie willkommen, mit allem was er hatte – *die Nixe hatte nach Hause gefunden.*

Man hätte meinen können, die immense Fülle all dessen, was sie urplötzlich wahrnahm und fühlte, würde sie anstrengen, ermüden, schwächen. Aber das genaue Gegenteil war der Fall: Maya fühlte eine unglaubliche Energie, die von all dem ausging, was auf sie einströmte. Sie sog sie in sich auf und gewann mit jedem noch so kleinen Quäntchen davon weiter an Stärke. Umgekehrt konnte sie die gewonnene Energie kanalisieren, konnte sie verteilen, zielgerichtet auf Dinge lenken und wieder entziehen, wie es ihr beliebte. Sie war eins mit dem Universum, wurde gelenkt und konnte selbst lenken, wurde von den Elementen bestimmt und konnte sie selbst bestimmen, wie es ihr gefiel.

Zum ersten Mal in ihrem Leben fühlte sich Maya vollkommen – und vor allem angekommen. Sie wusste jetzt, wer sie war, wohin sie gehörte und was ihre Bestimmung war. Sie waren auf dem Weg dorthin, wo für sie alles enden – und zugleich alles neu beginnen sollte. Wie auch immer es ausgehen mochte, Maya war es gleich. Denn als Teil eines großen Ganzen, einer lebendigen Einheit allen Seins, das sie umgab, hatte sie keine Angst mehr um sich selbst oder vor dem Tod. Noch weniger vor dem Leben. Alles war vorgezeichnet und konnte doch im Bruchteil einer Sekunde neu geschrieben werden. Die Karten wurden neu gemischt in eben dem Augenblick, da man sie noch in Händen hielt. Das Gefühl war beängstigend, aufwühlend – und schenkte ihr zugleich die tiefste Ruhe, welche sich eine gute Seele ausmalen konnte.

Die neu zum Leben erwachte Meerjungfrau fühlte das kalte, salzige Wasser auf der blassen Haut, das sie zugleich mit einer tiefen Wärme erfüllte. Endlich, endlich war alles gut. Mit kräftigen Schlägen der Flosse schoss sie voran, mit Leichtigkeit hielt sie mit der Geschwindigkeit des kleinen Kutters mit, ihre langen Haare lagen eng am schlanken Leib – und allein der Horizont war ihre Grenze.

Wie wundervoll sich alles gefügt hatte …

Ohne weitere Schwierigkeiten hatten die wenigen Überlebenden nach dem überstandenen Angriff Cranes das Dorf von Oranas Leuten erreicht. Eine Mischung aus Furcht und Anbetung, aus Bewunderung und Abscheu hatte Maya spüren können, als die Dorfbewohner sie empfingen und die Nixe samt ihrer Begleiter direkt auf jenes Boot brachten und aufbrachen. Obwohl sie die Sprache der Aborigines nach wie vor nicht verstehen konnte und zu dieser Zeit noch immer sehr geschwächt war, hatte Maya deutlich vernommen, dass Orana auf viel Skepsis traf und eine Menge Überzeugungsarbeit leisten musste, um ihre weitere Flucht durchzusetzen. Wie hätte man es den Ureinwohnern verdenken können? Wie viele von ihnen hatten für dieses Wesen schon ihr Leben gelassen – und wie viele würden es noch werden? Ob wohl Mandu, Djalu und all die anderen genauso gehandelt hätten, wäre ihnen bewusst gewesen, dass Hilfe für die Nixe ihr Ende bedeuten würde? Niemand konnte das jetzt noch sagen. Letztlich war es aber auch diesmal der Dorfälteste gewesen, der alle anderen überzeugt hatte, der kleinen Gruppe zu helfen.

Niemand hatte in die nasse Decke hineingesehen, keiner hatte die Nixe mit eigenen Augen betrachtet. Aber Maya fühlte, wie sanft das Tuch mit ihr darin auf das Boot getragen wurde, wie behutsam man mit ihr umging und sie konnte die Gedanken derer lesen, die sie umgaben.

Stets waren Sam und Lennart an ihrer Seite geblieben. Ansonsten waren es nur Frauen, welche sich in die Nähe der Nixe wagten, sie berührten, sie trugen, ihre Decke immer wieder frisch befeuchteten. Aber keine von ihnen, obschon sie den Zauber der Nixe nicht fürchten mussten, wagte einen Blick hinter den Vorhang, der eine Legende offenbaren konnte, welche in ihrem Volk in der heutigen Zeit schon fast dem Vergessen anheimgefallen war.

Maya erkannte, was es für die Menschen hier bedeutete, dass sie leibhaftig unter ihnen war. Die Träume vergangener Zeiten schienen plötzlich real zu werden. Diese Träume verkörperten den Glauben des Volkes, es waren viele Hoffnungen damit verknüpft, die die Errungenschaften und Erlebnisse dieser Menschen beeinflusst hatten. So ein Moment war erhaben, unbegreiflich, mochte aber auch Ängste schüren. Die Nixen waren mit dem Schicksal der ersten Ureinwohner Australiens eng verwoben. Um sie rankten sich zahlreiche Geschichten, wie man sie den Kindern abends vor dem Einschlafen erzählte, die Maya in den Köpfen der Menschen um sie herum hatte lesen können. Es waren Sagen, Legenden, mal positiv und mal negativ. Es hatte wundervolle, aber auch zerstörerische Begegnungen mit den Nixen gegeben. Daher herrschten bei den Dorfbewohnern Furcht und Ehrfurcht zugleich. Allen gemeinsam war die Neugier – und die bedingungslose Hilfsbereitschaft, mit welcher ein jeder, ungeachtet persönlicher Gefühle, dazu beitrug, die kleine Gruppe der Flüchtenden voranzubringen.

Zu schnell war der Aufenthalt im Dorf vergangen. Nur zu gerne hätte Maya noch mehr über die Menschen dort erfahren, hätte ihnen die Angst vor ihrer Art genommen, hätte das Bündnis zwischen Nixen und Menschen neu aufleben lassen. Zu gerne hätte sie sich im Geiste mit ihnen verbunden, ihnen all das vermittelt, was sie erlebte und fühlte – und ihnen so einen kleinen Einblick in das große Ganze verschafft, das sie umgab, und das doch niemand ganz begreifen konnte. Aber die Zeit war noch nicht reif für ein neues Bündnis. Es würde der Tag kommen, dessen war sie sicher. Doch hatte die Zivilisation die Geister der wenigen Gläubigen so sehr vergiftet, dass der Anblick einer Legende sie mehr ängstigen musste, als dass er ihnen Genugtuung verschafft hätte. Es musste noch etwas Zeit ins Land gehen. Die Geschichte um Maya und die Reise zu den Nixen würde schon bald erzählt werden. Heute, morgen, über viele Generationen hinweg. Es war an ihrem Volk, den Dienst, den die Aborigines ihr erwiesen hatte, nun zu erwidern. Neue Legenden bilden, Begegnungen ermöglichen, neues Vertrauen schaffen. Ein kleiner Teil der Menschheit hatte sich als würdig erwiesen.

Weiter schnellte das Boot über die Wellen des Indischen Ozeans, im Geleit einer neu erwachten Nixe, einem unwirklichen Ziel entgegen. Mayas Gedanken trugen sie in rasanter Geschwindigkeit an viele Orte, zeigten ihr Bilder, ließen sie mitfühlen und nachempfinden, lehrten sie Neues, verwarfen Altes und suchten die ständige Annäherung an das unerreichbare Ziel, das große Ganze eines Tages vollständig zu begreifen.

Der Weg war das Ziel. Maya wusste, dass alles sich fügen würde. So, wie es das schon immer getan hatte. Mit oder ohne die Nixen, mit oder ohne die Menschheit.

Wie von Wind und Wellen selbst getragen preschte das Boot der Aborigines voran. Es würde nicht mehr lange dauern, bis sie den Sundagraben erreichten. Noch war Mayas Metamorphose nicht vollkommen – aber auch dieser Weg war fast geschafft. Sie fühlte sich endlich wieder frei, losgelöst von der Schwere ihres irdischen Lebens. Das sie umströmende Salzwasser des Indik, ihr Element, belebte ihren Körper und ihre Seele.

Maya wusste nicht, wie nahe sie dem Ursprung ihres Seins kommen musste, um schließlich und endlich voll und ganz Nixe zu sein. Doch der Moment war ganz nah, mit ihren Fingerspitzen konnte sie ihn fast schon berühren. Allein ihn zu greifen vermochte sie noch nicht. Die Nixe schwamm *in ihrem* Ozean. Und das Boot strebte, stob, flog, dem letzten Kapitel dieser Geschichte entgegen.

Lennart saß neben dem vollständig in eine Decke eingehüllten Bündel. Immer wieder schöpfte er mit einem Eimer Wasser herauf und goss es vorsichtig über die Tücher. Von Kopf bis Fuß, keine Stelle ließ er aus, jeder noch so kleine Fleck wurde benetzt. Mehr konnte er im Augenblick nicht tun.

Er suchte in seinem Kopf nach Mayas Präsenz. Vergeblich. War sie denn noch da drinnen, irgendwo in seinen Gedanken? Wollte sie ihm irgendetwas mitteilen? Fast hoffte er, sie würde mit ihm in Kontakt treten. Ihn noch einmal spüren lassen, dass alles mit ihr in Ordnung war, dass er sich nicht zu sorgen brauchte, dass alles gut werden würde.

Aber es blieb still.

Um ihn herum plätscherte der Ozean, rauschten die Wellen, röhrte der kleine Außenborder des Bootes. Aber in seinem Kopf war alles ruhig. Er versuchte sich einzureden, dass auch das ein gutes Zeichen war. Maya war nun sicherlich fokussiert auf andere Dinge, weniger auf die sentimentalen Sorgen ihres Adoptivvaters. Das war in Ordnung. Es musste in Ordnung sein. Der Moment, sie loszulassen, er stand unmittelbar bevor. Lennart wusste das, er fürchtete sich davor und freute sich gleichzeitig für sein Kind.

Was immer auch geschehen mochte, in was auch immer sie sich verwandelte, sie würde immer seine Tochter bleiben. Das war nicht nur Trotz, nicht nur ein Schwur, den Lennart wieder und wieder insgeheim leistete. Es war auch eine tiefe innere Überzeugung, die sich so echt und so richtig anfühlte, als wäre Maja wirklich sein eigen Fleisch und Blut. Niemand hätte ihn jemals vom Gegenteil überzeugen können. Es war Bestimmung gewesen, dass Maya den Weg zu ihm gefunden hatte. Es war richtig und musste so sein, dass sie jetzt alle gemeinsam hier waren, um das Mädchen seiner eigentlichen Bestimmung zuzuführen, es loszulassen – sie in ihr neues fantastisches Leben zu entlassen.

Lennart fühlte, wie jemand seine Hand nahm. Es war Sam, die neben ihm saß und ihn ansah. Fast kam es Lennart so vor, als habe diesmal nicht Maya, sondern sie seine Gedanken gelesen. Was freilich unmöglich war. Aber zumindest seine Gefühle, dessen wurde er sich in diesem Moment bewusst, die hatte sie genau erspürt. Und sie war bei ihm. Lennart war dankbar und drückte ihre Hand, sah sie zärtlich an und lächelte. Obwohl er Maya in seinem Kopf nach wie vor nicht spürte, war er sich in diesem Moment doch völlig sicher, dass alles gut werden würde.

Sam erwiderte Lennarts Lächeln – und sie hätte so gerne noch viel mehr für ihn getan. So offensichtlich war ihm der Kampf anzusehen, den er in seinem Inneren ausfocht. Er war sich der Tatsache sehr wohl bewusst, dass er seine Tochter würde ziehen lassen müssen. Und das leider sehr viel endgültiger, als dies bei anderen Eltern der Fall war. Sam drückte seine Hand. Eine hilflose Geste, ein Zeichen, dass sie zu ihm hielt, dass sie an ihm festhielt. Mehr vermochte sie in diesem Moment nicht für ihn zu tun.

Sie starrte aufs Meer hinaus. Versank wieder in Gedanken. Sie beobachtete den schmalen Streifen im Wasser, den das Boot hinter sich herzog, und der kurz darauf wieder in seiner Umgebung verfloss. Sie hätte nicht zu sagen vermocht, wo sich ihr Boot in diesem Moment befand, wie viele Seemeilen seit ihrer unvorhergesehenen Begegnung bereits hinter ihnen und wie viele noch vor ihnen lagen.

Sie war auch gar nicht sicher, ob sie überhaupt so schnell ankommen wollte. Wo auch immer das war. Was würde sie dort erwarten? Wie würden die Nixen ihnen begegnen? Sam hatte die Bilder des Angriffs der Krokodile noch sehr lebhaft vor Augen – und dies war das Werk einer einzelnen, einer unerfahrenen, ja fast noch menschlichen Nixe gewesen. Sie hatte ihre Macht gesehen – was würde geschehen, wenn sie wütend waren, ihre guten Absichten nicht richtig verstanden? Welche Mächte, welche Kreaturen konnten und würden sie wohl heraufbeschwören?

Schnell schüttelte Sam den Gedanken wieder ab. Zu sehr steigerte sie sich in die Vorstellung der Feindseligkeit hinein, das war töricht, denn immerhin konnten die Nixen ihre Gedanken lesen. Sie zwang sich zur Ruhe. Was sollte passieren? Sie waren auf dem Weg, ein Mädchen, das seiner Welt entrissen worden war, wieder dorthin zurückzubringen. Sie taten ein gutes Werk! Sie hatten ihre guten Absichten bereits gezeigt – wären sie denn sonst hier? Die Nixen waren keine Tiere, sie waren intelligente Lebewesen, genauso wie die Menschen, vermutlich sogar noch mehr. Sie würden diese Geste verstehen und erkennen, dass Sam, Lennart und die Aborigines nicht ihre Feinde waren. Ganz sicher würden sie das erkennen und sie verschonen. Das Happy End, das sich alle so sehr wünschten, es stand kurz bevor.

Plötzlich konnte Sam es gar nicht mehr abwarten. Wann würden sie den Sundagraben endlich erreichen? Sie wollte sich nicht mehr düsteren Fantasien hingeben, was alles geschehen könnte, sie wollte es jetzt wissen. Mit jedem Meter, den sich das Boot fortbewegte, kam sie der Auflösung all dessen, was sie beschäftigte, etwas näher. Es war an der Zeit.

Sie spürte Lennarts Hand in der ihren, er drückte sie und sie wusste, dass sie künftig noch sehr viel mehr für ihn da sein musste, ihn stützen und ihm Halt geben musste. Denn wenn sie das hier überleben würden, wäre sie das Einzige, was ihm noch blieb. Eine große Verantwortung, doch Sam fühlte sich dem gewachsen. Mehr noch, sie wünschte sich genau das. Es wären nur noch sie beide: Lennart und Sam – und die Erinnerung an ein geliebtes Mädchen und ein großes Abenteuer.

Und dann war da noch Orana, die oben auf der Brücke des Bootes neben zwei Männern saß. Einer war der neueste Gast ihrer besonderen Reise, der andere steuerte sein Boot. Ein sonnengegerbter Mann mittleren Alters aus dem Dorf, der diesen Kutter sonst für die Fischerei nutzte, jedoch von den Dorfältesten rasch hatte überzeugt werden können, die kleine Gruppe und die Nixe zum Sundagraben zu bringen.

Es war selten, dass solch ein kleines Boot eine so weite Fahrt über den Ozean unternahm. Zu unberechenbar war die See, zu hoch das Risiko. Gleichwohl, es war möglich, das hatte der Kapitän seinen Passagieren versichert, bevor sie an Bord gekommen waren. Und schließlich hatten sie ja eine leibhaftige Meerjungfrau an ihrer Seite, standen mit den Elementen in guter Beziehung – was sollte da schon schiefgehen?

So ganz konnte Orana diesen Optimismus allerdings nicht teilen, was ihr aber erst bewusst wurde, als das Festland des australischen Northern Territory längst hinter ihnen verschwunden war. Sie saß auf der Brücke und starrte über den Bug nach vorne über das Wasser, wohin genau, das wusste sie nicht. Sie hoffte, dass der Steuermann ein deutlich besseres Bild davon hatte, wohin er sie lenkte, und dass sie dort in einem Stück ankommen mochten. Jedes Ächzen, jedes Stöhnen der alten Planken unter ihren Füßen jagte der alten Frau einen Schauer über den Rücken. Aber sie vertraute darauf, dass der Mann aus dem Dorf wusste, was er tat. Er war mit diesem Kutter tagtäglich unterwegs, kannte das Boot genau und wusste, was es zu leisten imstande war. Das hoffte sie zumindest.

Immer wieder forschte sie in ihrem Kopf nach der Stimme der Nixe – oder vielleicht anderen Stimmen. Doch bislang blieb alles still. Ob dies ein gutes oder ein schlechtes Zeichen sein mochte, sie konnte es nicht sagen.

Gelegentlich warf sie einen Blick hinunter, wo Lennart und Sam neben dem Bündel saßen, wo Lennart die Tücher feucht hielt, in welche die Nixe eingewickelt war – und beide ihren Gedanken nachhingen. Sie hielten sich an der Hand. Orana fühlte mit ihnen. Wie schwer musste dieser Verlust sein. Sie fühlte einen Stich in ihrem Herzen, als ihr bewusst wurde, dass auch sie ihren Sohn verloren hatte – es war alles so unwirklich. Aber sie wusste, Mandu war tot. Derweil war die alte Frau sicher, dass sie ihrem Sohn schon bald wieder in der anderen Welt begegnen würde.

Noch immer blickte sie hinunter. Gleich einem Leichentuch hüllte die Decke den Leib der Nixe ein und dies musste in Mayas Eltern die wildesten Gedanken entfesseln.

Orana richtete ihren Blick nun wieder nach vorn. Sie hatte jedes Zeitgefühl verloren. Einen wichtigen Trumpf im Kampf gegen das Unausweichliche hatten sie bereits gewonnen. Das Momentum war auf ihrer Seite. Aber wie würde all dies enden? Wie lange mochte es noch dauern? Hatten sie ihre Strategie sorgfältig genug zurechtgelegt, um lebend zu entkommen?

Alle auf dem Boot hingen ihren Gedanken nach. So bemerkten sie kaum, dass sie ihrem Bestimmungsort schon viel näher waren, als sie ahnten. Zwar war der Sundagraben selbst noch ein gutes Stück entfernt, doch hatten sich Zeit und Ort der letzten großen Auseinandersetzung zwischen Menschen und Nixen längst geändert. Es war an der Zeit, ihr letztes Gefecht zu schlagen.

Durch das Boot ging ein Ruck.

Orana schrie auf und schalt sich selbst, das nächste Mal besser auf ihr Bauchgefühl zu hören. Doch kenterte das Boot nicht, wie sie es erwartet hatte, es brach auch nicht entzwei, sondern es wurde lediglich langsamer. Ein kurzer Blick hinunter zu Sam und Lennart verriet ihr, dass beide weiterhin wohlauf waren, aber erschrocken zu ihr nach oben schauten. Orana bedeutete ihnen mit einer hilflosen Geste, dass auch sie nicht wusste, was geschehen war.

„Wieso werden wir langsamer?", rief sie in Richtung des Bootsmanns. Er bedeutete ihr, dass er keine Ahnung hatte, was geschehen war. Er drückte auf ein paar Knöpfe, stoppte den Motor und begutachtete verschiedene Instrumente, schüttelte aber immer wieder den Kopf. Trotz Stillstand des Motors bewegte sich das Boot weiter, allerdings hatte sich der Kurs leicht geändert.

Was war geschehen?

Orana ging zur seitlichen Reling und warf einen Blick hinunter ins Wasser. Sie konnte nicht sofort erkennen, was sich dort befand. Sie erkannte lediglich einen Schatten unter dem Boot. Mehr noch, es war nicht ein Schatten, es war ein Rücken – und er war nicht unter Wasser, der ragte leicht daraus hervor.

Orana schnappte nach Luft. Sie erkannte eine gewaltige schwarze Finne, die aus diesem Rücken emporragte. Weiter vorne eine zweite, eine dritte weiter hinten am Heck. Mit einem Mal war sie sich sicher, dass sie bei einem Blick über die Reling an der gegenüberliegenden Seite exakt das gleiche Bild zu Gesicht bekommen hätte.

Sie wurden getragen. Statt des alten Motors waren nun sechs Orcas aufgetaucht, die sie auf ihren Rücken dem Ziel entgegentrugen, von einem Schwarm weiterer Meerestiere eskortiert, die sie plötzlich umgaben. Überall waren sie, teilweise abgetaucht, teilweise an der Oberfläche. Meerestiere jeder Größe und jeder Art, bekannt oder unbekannt, die sich aus allen Richtungen um sie scharten und sie mit sich trugen, einem gemeinsamen Zeil entgegen. Soweit das Auge reichte, tummelte und wimmelte es im Wasser rings um sie herum, ziemlich sicher auch unter ihnen, es war unbeschreiblich.

Noch einmal spähte Orana hinunter zu Lennart und Sam. Auch sie hingen an der Reling, auch sie hatten das Szenario erkannt. Sie waren voller Ehrfurcht ob dieser neuen Entwicklung.

Direkt neben ihnen ragte die Finne eines Orcas aus dem Wasser und über die Reling des Bootes empor. Sam streckte soeben die Hand aus, um das Tier zaghaft und sanft zu berühren. Sie war unsicher, sie hatte Angst und sie wusste nicht, wie der Schwertwal auf eine Berührung reagieren würde. Doch etwas zog sie an, sie musste dies einfach tun, es war wie ein innerer Zwang. Als sie es tat, durchströmte sie eine Zufriedenheit wie kaum jemals zuvor in ihrem Leben.

Kaum dass ihre Hand die Haut des Wales berührte, glaubte Sam einen Impuls zu spüren, etwas geradezu Elektrisierendes, aber sehr angenehm und friedlich. Ebenso schien es auch der Orca zu empfinden. Ganz plötzlich war da noch eine zweite Hand neben der ihren, die sich sanft auf die Finne des Orcas legte. Sam blickte zur Seite und sah direkt in Mayas Augen. Die tiefblauen Augen einer atemberaubend schönen Nixe.

Sam blickte Maya an. Lennart saß direkt hinter ihr und starrte gebannt auf die Szenerie. Sam und Maya waren einander genau gegenüber. Sam starrte gebannt auf das Mädchen, das nun kaum mehr Mädchen war, sondern die ganze Schönheit einer Nixe zeigte. Der Schimmer von blau und türkis, der bisher nur an ihrem Fischschwanz zu sehen gewesen war, hüllte nun ihren ganzen Körper ein. Es war ein Glanz, der sie umgab, der sie liebevoll umspielte; mystisch und erhaben; das Wundervollste, was Sam und Lennart jemals gesehen hatten.

Ihr Blick war voller Liebe, ohne jede Gefahr, sondern nur noch tiefe Wärme für jene beiden Menschen und eine kaum zu beschreibende, aber deutlich spürbare innere Kraft.

Sie hatten es geschafft, sie standen kurz vor ihrem Ziel – und wenngleich Maya keinen Ton sagte, vermutlich schon gar nicht mehr sprechen konnte, sagte dieser Blick doch mehr, als tausend Worte es jemals vermocht hätten.

„Bohrungsschiff voraus!“, rief der Steuermann, doch keiner konnte ihn hören.

Allein der neue Passagier neben ihm erhob sich von seinem Platz, streifte sich einen gelben Regenmantel über und setzte sich dann in eine Ecke abseits des Steuermanns.

Orana betrachtete derweil die Begegnung von oben, Sam und Lennart waren ganz bei Maya – und die Orcas steuerten direkt in die Horde der Fische hinein, die auf viele Meter Umkreis die gesamte Meeresoberfläche bedeckte. Soweit das Auge reichte, waren sie von Fischen, Meeressäugern und anderem Getier umgeben, welche die Loreley II eingekeilt hatten; jedoch sie selbst, das kleine Fischerboot mit der Nixe an Bord, beschützten.

Auch als sie zum Stillstand kamen, als die Orcas sie wieder verließen und zurück in die Tiefe tauchten, um sich der Armee der Meeresbewohner anzuschließen, selbst da blickten die Insassen des Bootes noch immer nicht auf, verhielten im innigen Kontakt und waren im Zauber des Moments gefangen. Nie hätte er enden mögen, doch wussten sie alle, dass ihnen der große Kampf unmittelbar bevorstand.

Gefangen in Gedanken und berauscht von diesem Augenblick bemerkte auch keiner von ihnen den Start eines Hubschraubers an Bord des Bohrungsschiffes, den man erst nur hörte, der dann langsam emporstieg, sich sogleich in ihre Richtung drehte, sich nach vorne neigte, und direkt auf sie zukam. Nur wenige Minuten würde es brauchen, bis er sie erreicht hatte.

Maya war die erste, die nun den Blickkontakt zu Sam und Lennart unterbrach, an welchen sich alle geklammert hatten. Sie hielt inne, stemmte sich an der Reling des Bootes empor, blickte kurz verwirrt um sich, schien etwas zu suchen – bevor sich ihr Blick froh und dankbar erhellte. Sie zog sich an der Reling hoch, schaute über das Boot hinweg auf den den Fischteppich, über die Wasseroberfläche. Ihr Glanz, das blaue Leuchten, das diamantene Funkeln im Sonnenlicht, nahm dabei zu, fast wie vor einigen Stunden beim Angriff der Krokodile. Ihr Blick ging in die Ferne – nur sie alleine wusste wohin. Als Sam, Lennart und Orana in dieselbe Richtung blickten, konnten sie ganz weit entfernt denselben bläulichen Glanz über dem Wasser erkennen, dasselbe Leuchten, ein Schimmern, vertraut und verheißungsvoll – nur um ein Vielfaches größer und heller, als Maya es alleine je vermocht hätte. Eine neue Hoffnung. Es hatte begonnen.

Noch während der Helikopter über ihnen einschwebte, während Taue herabgelassen wurden, umspielte ein siegessicheres Lächeln den Mund der jungen Nixe. Sie sah sanft hinauf zu ihrem Vater und Sam, die an der Reling standen, und sprach – fremd und unwirklich, kaum mehr menschlich – die letzten Worte, die beide jemals von ihr hören würden: *„Sie kommen."*

29

Ein heftiger Stoß ließ die Loreley II erbeben. Gleich darauf noch einer. Und ein weiterer. Der Kapitän der Loreley sah dem Hubschrauber hinterher, in welchem sich Crane, die beiden Agenten der CIA und einige Soldaten in Richtung des kleinen Fischkutters entfernten, um ihren letzten Trumpf in diesem ungleichen Spiel zu sichern. Er wünschte sich, ebenfalls in diesem Fluggerät weit über der Wasseroberfläche zu sitzen. Weit weg von dem, was sich hier auf dem Bohrungsschiff abspielte.

Er war beim ersten Angriff der Nixen auf Cranes Flotte dabei gewesen. Er hatte gesehen, was sie mit den anderen sieben Schiffen getan hatten. Er war mit seinen Männern auf der Loreley II entkommen, knapp mit dem Leben davongekommen, und nun fragte er sich, weshalb er überhaupt auf dieser Brücke stand, schon wieder dem Ruf seines Bosses gefolgt war – und er ahnte, dass er seine Geldgier vermutlich teuer würde bezahlen müssen.

Aber da war noch etwas anderes außer der Verlockung des versprochenen Reichtums nach dieser Mission. Er wollte Rache. Er wollte Vergeltung für das, was er beim ersten Mal am Sundagraben erlebt hatte. Hatten die Wale im Gefolge der Nixen sie beim ersten Angriff auch überrascht, so waren sie doch diesmal bestens auf deren Attacken vorbereitet.

Er rief einige Kommandos, während das Schiff von weiteren Stößen erschüttert wurde und eine Alarmsirene gellte. Männer mit Raketenwerfern und großkalibrigen Maschinengewehren postierten sich entlang der Reling der Loreley II, sie feuerten hemmungslos ins Wasser. Was immer sie zu Gesicht bekamen, so lautete die Order, wurde unter Feuer genommen. Wenn auch Handfeuerwaffen und kleine Kaliber den Walen in der ersten Auseinandersetzung nicht wirklich viel hatten anhaben konnten, unter dem Maschinengewehrfeuer und mit Raketen beschossen würden auch sie nicht mehrere Angriffe auf das Bohrungsschiff lebend überstehen. Schäumendes Rot mischte sich ins Wasser des Ozeans.

Gleichzeitig wurden entlang der Seiten des Schiffes mehrere riesige Walharpunen in Stellung gebracht. Der Plan war simpel, man wollte den Spieß umdrehen, sich eine Art Schutzschild durch tote Wale an beiden Seiten des Schiffes herstellen. Wurde ein Wal gesichtet, der einen Angriff auf die Loreley schwamm, so wurde er sofort unter Feuer genommen, schnellstens getötet und mithilfe der Harpunen zum Schiff gezogen und dort gehalten. So hofften die Männer, die Angriffsfläche für die anderen Wale zu verringern und ihnen quasi die Möglichkeit zu nehmen, den Rumpf zu rammen.

Schon nahm die erste Harpune an Backbord ihre Arbeit auf, flog hinab und das Seil straffte sich, als sie einen Blauwal traf. Das Tier kämpfte verzweifelt, hatte aber keine Chance. Es wurde herangeholt, erhielt seinen Gnadenschuss und dümpelte dann als Schutzschild gegen seine Artgenossen neben dem großen Bohrungsschiff. Der Kapitän grinste. Was würden sie jetzt wohl tun, diese elenden Biester ... ?

Der Helikopter schwebte direkt über dem kleinen Fischerboot. Zwei Soldaten ließen sich an Seilen herab und enterten den Kutter, einer kam auf der Brücke zum Stehen, einer auf dem hinteren Deck – und beide nahmen sofort die Männer und Frauen ins Visier. Noch während sie alle in Schach hielten, ließen sich auch Crane, einer der CIA-Agenten sowie zwei weitere Soldaten herab. Der CIA-Agent landete oben, schubste sogleich den in Schach gehaltenen Mann vom Steuer weg, der sich daraufhin neben Orana auf den Boden kauerte. Dann startete der Agent den Motor und lenkte das Boot in Richtung Loreley II. Kein Fisch, kein Wal, kein sonstiges Getier versperrte ihnen den Weg, der Kutter durfte passieren. Der Helikopter blieb trotzdem über ihnen.

Als die Männer das Boot geentert hatten, waren die Orcas sofort abgetaucht. Lennart hatte noch einmal das Tuch um die Meerjungfrau gewickelt und sie mit Wasser benetzt. Nun stand er zwischen ihr und Crane, der ihn – flankiert von zwei bewaffneten Soldaten – triumphierend angrinste. Sam kauerte neben dem Bündel mit der wehrlosen Nixe auf dem Boden und versuchte, sie ebenfalls zu decken.

„Sieh doch mal an, wen wir hier haben", sagte Crane. „Ganz plötzlich hat sich das Blatt gewendet, wie mir scheint." Er funkelte Lennart bösartig und mordlustig an.

„Wo sind denn aber auch diese bösartigen Krokodile, wenn man sie mal braucht?", fuhr er dann siegessicher fort. „Ich sehe hier keines. Sie etwa? Zu allem Überfluss tragen meine Männer jetzt auch noch Gasmasken, sind also immun gegen diesen faulen Zauber Ihrer kleinen Schlampe. Ich bin neugierig: Was gedenken Sie nun zu tun?"

Lennart schluckte. Er wollte etwas erwidern, aber die Worte blieben ihm im Halse stecken. Er wusste, dass er diesen Mann im Moment lieber nicht provozieren sollte, sonst ...

„Keine Angst, Mann, wir werden Sie nicht erschießen. Zumindest noch nicht", sagte Crane dann und kostete jedes Wort, jede Sekunde seines Sieges, voll aus. „Sie sind uns viel zu wertvoll, vor allem diese Kleine da in dem Laken. Wir brauchen sie als Sprachrohr und als Druckmittel. Sollen sie doch kommen, diese Fischweiber. Dank dem Mädchen werden sie schon bald erfahren, was ihnen blüht, wenn sie sich nicht fügen. Wir haben

Atomsprengköpfe an Bord und wir werden sie nutzen. Auch der Sundagraben wurde von uns eingenommen. Es gibt keinen Ort der Welt, wo sie noch sicher sind. Ab jetzt, das versichere ich Ihnen, spielen wir nach *unseren* Regeln!“

Das kleine Boot hatte die Loreley II mittlerweile erreicht. Es legte an einem der Außenstege des Bohrungsschiffs an. Jeder der Soldaten schnappte sich einen der Insassen ihres gekaperten Kutters, den er mit vorgehaltener Waffe und bei nur geringfügiger Gegenwehr aus dem Fischerboot heraus, die Treppe hinauf und an Deck des großen Schiffes brachte, wo man die Gefangenen entlang der Reling aufreihte.

Gleichzeitig kletterten zwei Männer in weißen Kitteln in das Boot hinein und hoben gemeinsam das Bündel mit der Nixe darin vom Boden auf. Sie trugen es, einer vorweg, einer hinten, aus dem Boot und die Treppe hinauf, schlossen auf zu der Gruppe, wo sie das Laken samt Inhalt neben ihre Gefangenen auf den Boden legten. Auch Crane und der CIA-Agent verließen das Boot, wobei letzterer noch einen weiteren Passagier des Kutters von der Brücke eskortierte und mit seiner Handfeuerwaffe in Schach hielt. Jener Mann humpelte leicht und sagte kein einziges Wort. Er war in einen gelben Regenmantel gehüllt, wie man sie auf diesen Fischkuttern trug, und hatte sowohl die Kapuze auf wie auch den Kragen hochgeschlagen. Dem Agent war das gleich. Sein Job war an dieser Stelle erledigt – und was sollte so ein kleiner Aborigine-Fischer auch schon tun.

Alsbald waren alle Gefangenen an der Reling aufgestellt, den Blick hinaus auf das Meer, wo das blaue Leuchten aus der Ferne immer näher und näher kam. Das Bündel mit der Nixe lag zu ihren Füßen. Sam, Lennart, Orana und ihre Begleiter wurden von den Soldaten in Schach gehalten, die Läufe der Gewehre waren auf sie gerichtet. Auch die beiden CIA-Agenten – einer aus dem zurückgekehrten Helikopter und der andere in Cranes Begleitung – standen nun neben dem Grüppchen, während um sie herum die Schlacht ums Überleben zweier Arten in einer bedrohlich anmutenden Pause erstarrt war.

Es war eine gespenstische Kulisse.

Die Wale hatten ihre Angriffe mittlerweile eingestellt, nachdem die Männer auf der Loreley II mindestens vier von ihnen getötet und eingeholt hatten, die nun leblos und von Harpunen durchbohrt neben dem Schiff dümpelten. Die schwer bewaffneten Männer standen weiterhin auf ihren Positionen, ausgerüstet mit Atemschutzmasken oder gar kompletten Schutzanzügen, zielten mit schweren Geschützen und Harpunen auf die Wasseroberfläche – und warteten. Der Kran, von wo aus für gewöhnlich das Tauchboot zu Wasser gelassen wurde, war ausgeschwenkt worden – an seinem Ende baumelte jedoch kein Unterseeboot, sondern ein nuklearer Sprengkopf, scharf gemacht und bereit zum Ausklinken, um im Fall der Fälle gemeinsam mit ihren Feinden unterzugehen. Über allem gellte weiterhin die Alarmsirene, schrill, eindringlich, bedrohlich, gleich den Posaunen des jüngsten Tages. Alle Blicke waren auf den Ozean gerichtet, wo ein blauer Schein, eine breite Front, sich unerbittlich auf sie zu bewegte.

Derweil war die Sonne dem Horizont entgegen gewandert, was das Leuchten über dem Wasser noch intensiver erstrahlen ließ. Der blaue Schein näherte sich dem Kahn von Nordwesten her. Dort, wo vor wenigen Stunden noch Fisch an Fisch in einer unerklärlichen Starre verharrt hatte, um die Loreley an der Weiterfahrt zu hindern, kräuselte sich nun wieder das Wasser, schien blau und mystisch in der einbrechenden Dunkelheit. Die Spannung war kaum erträglich. Das Feld war bereitet, die Truppen in Stellung – wer würde sich nun den ersten und vielleicht entscheidenden Vorteil sichern ...?

„Was haben Sie jetzt vor?", durchbrach schließlich eine kräftige Stimme das Schweigen. Eine Waffe wurde durchgeladen und Crane wandte sich überrascht um – zu Orana. Er war der einzige, der fest an einen Sieg glaubte, wollte die Sekunden vor seinem vernichtenden Schlag genießen. Sollten die Nixen doch kommen, er würde sie mit einem Schlag in die Prähistorie bomben, wo sie hingehörten. Dass er im Moment seines Triumphs so rüde unterbrochen wurde, behagte ihm gar nicht.

„Sprichst du mit mir, altes Weib?"

„Natürlich spreche ich mit Ihnen", sagte Orana unbeeindruckt. „Was haben Sie jetzt vor?"

Crane lächelte kalt.

„Ich werde dieses widerliche Nixenvolk für das bezahlen lassen, was sie mir angetan haben!", schrie er Orana an. „Sieben Schiffe haben diese Biester mir versenkt, mein Vermögen liegt am Grund des Sundagrabens! Meine Firma ist ruiniert, *ich* bin ruiniert! Dafür werden sie nun bezahlen! Den teuersten Preis, den sich ein Volk vorstellen kann. *Seine Vernichtung.*"

Sein Blick wanderte von einem der Gefangenen zum nächsten. Der blaue Schein war inzwischen so intensiv, dass auch Cranes dunkle Gestalt vom Licht aus dem Ozean umrahmt wurde, was ihn noch unheimlicher erscheinen ließ.

„Wieso glauben Sie, dass es diesmal anders ausgehen wird als beim ersten Mal?", fragte Orana. „Die Nixen haben Ihnen deutlich gemacht, dass Sie hier nicht willkommen sind. Diese Wesen werden keine Bohrungen oder Eingriffe in ihren Lebensraum dulden. Wieso denken Sie, dass dieses Schiff nicht ebenso versenkt wird wie alle anderen?"

Crane kochte innerlich vor Wut.

„Weil ich diesmal die hier habe", er deutete auf die Nixe. „Und weil ich eine Flotte von Zerstörern am Sundagraben liegen habe, die dort alles vernichten wird, sofern diese Biester nicht einlenken!"

Orana lächelte. Die anderen Gefangenen schauten zu Boden.

Crane trat bedrohlich nah an sie heran und schaute auf die alte Frau herab.

„Warum lachen Sie, altes Weib?"

Orana gluckste ein wenig. Dann fuhr sie fort: „Mr. Crane, falls das wirklich Ihr Name ist. Mr. Crane: Sie sprechen hier nicht von Fischen, von Haien oder Walen. Sie sprechen hier von einer Spezies, die seit Jahrmillionen mit uns Menschen auf dieser Erde existiert. Sie reden hier von einer zweiten intelligenten Art auf der Erde. Sie erwarten, dass sie einlenken? Dass sie sich unterwerfen? Womöglich ihren Lebensraum aufgeben? Was genau, denken Sie, ist deren Antrieb, wenn nicht der Kampf um ihre *Existenz*? Und Sie glauben immer noch, dass sie sich *ergeben* könnten?"

Die Sonne näherte sich dem Horizont, der rote Ball berührte schon das Wasser und das blaue Scheinen hatte die Loreley fast erreicht. Es herrschte eine gespenstische Stille. Alle hielten den Atem an. Man hörte nur mehr das Plätschern des Wassers gegen den Rumpf des Schiffes, untermalt von der Alarmsirene, die Stimmen von Orana und Crane – und ein leises Grummeln, dass sich kaum merklich darunter mischte.

„Mr. Crane, die Nixen haben es über Hunderttausende von Jahren geschafft, ihr Leben im Verborgenen zu fristen. Niemand wusste bislang von ihrer Existenz, selbst in unserer heutigen Zeit nicht. Zumindest nicht, bis *Sie* sie aus reiner Geldgier attackieren mussten!", fuhr Orana mit fester Stimme fort. „Diese Wesen sind Teil der uralten Legenden der Urvölker in Australien, sie haben uns geholfen, zu uns gestanden – aber niemand sonst hat jemals von ihrer Existenz gewusst. Was glauben Sie, warum das so ist?"

Crane konnte es sich nicht anmerken lassen, aber sie brachte ihn aus dem Konzept. Was wollte die alte Frau von ihm? Warum konnte sie nicht still sein? Oder ... hatte er etwa ... etwas übersehen?

Das Grummeln wurde lauter. Das Schiff schien leicht abzusacken. Ein Raunen, stellenweise Schreien, ging durch die Reihen der Crewmitglieder.

„Darwin ist bekannt für seine U-Boot-Wracks, für Kriegsmaschinerie und anderes Gerät, das während des zweiten Weltkriegs zu uns kam – oder vielmehr kommen sollte", sagte Orana, jetzt nicht mehr laut, sondern nur noch direkt an den vor ihr stehenden Crane gerichtet. „Selbst damals hat niemand jemals von den Nixen berichtet, obwohl die Kriegsschiffe zu Hunderten ihr Territorium durchquerten. Warum wohl nicht? Was macht uns eigentlich alle so sicher, dass jene Wracks vor der Küste Australiens und entlang der Route über den Indik hinweg bis an unsere Küste tatsächlich allesamt durch kriegerische Handlungen, womöglich der Japaner, versenkt wurden?"

Crane platzte der Kragen.

„Es reicht jetzt!", schrie er. „Ich habe Sprengköpfe an Bord, Atombomben, genügend, um diese dreckigen Biester zum Teufel zu jagen!" Er wies mit der Hand in Richtung eines der CIA-Agenten, der das Satellitentelefon in Händen hielt. „Ein Wort von mir reicht aus, dann wird eine US-Flotte von Zerstörern alle Spuren, dass es die Nixen jemals gab, von diesem Planeten tilgen. Hören Sie also verdammt noch mal auf mit diesem Geschwafel!"

Als das bedrohliche Grummeln, das scheinbar rund um und tief unter der Loreley seinen Ursprung hatte, immer lauter wurde und sich wispernde Stimmen in den Wind und die Klänge der Sirene mischten; als die Sonne im Meer versank und die gesamte Kulisse dennoch vom taghellen blauen Schein erhellt wurde, der das Bohrungsschiff nunmehr komplett umgab; als Crane drauf und dran war, seine Drohung allein schon als Machtdemonstration wahr zu machen; da flüsterte Orana ihm sanft zu: „Rufen Sie sie!"

Der CIA-Agent blickte abwechselnd auf sein Telefon und auf Orana und Crane. „Wie bitte?"

„Rufen Sie Ihre Leute und geben Sie den Befehl zur Vernichtung der Nixen", forderte Orana ihn erneut auf.

Der CIA-Agent schaute auf Crane und zu seinem Kollegen, der immer noch den Mann in der Regenjacke in Schach hielt. Crane schluckte. Hinter seiner Stirn ratterte es sichtbar. Das Pokerspiel war beendet, er musste Farbe bekennen.

„Tun Sie es!", sagte Crane schließlich. Der CIA-Agent brüllte in sein Telefon.

Grummeln und Wispern gewannen immer weiter an Intensität, gleichzeitig kamen die Männer von der Backbordflanke der Loreley zu ihnen herüber.

„Zurück auf Ihre Posten!", schrie Crane. Doch niemand reagierte.

„Keine Antwort", stammelte der CIA-Agent, der das Telefon noch immer am Ohr hatte. „Ich bekomme keine Antwort! Die Flotte meldet sich nicht! Verdammt, die melden sich nicht!"

„Was ist da los?", brüllte Crane vor Zorn und blickte wild um sich. „*WAS MACHEN DIE DA ÜBERHAUPT*?"

Dann wandte er sich wieder an Orana, packte sie am Kragen. Er drehte den Stoff ihres Gewandes zusammen, hob sie sogar leicht vom Boden an.

„Sag mir, alte Vettel, was geht hier vor?", zischte er sie an.

Orana erwiderte stoisch seinen Blick, sah ihn mit klaren Augen an: „Sie haben längst schon verloren, Mr. Crane. Sie wissen es nur noch nicht!"

„*ICH HABE EINE GEISEL, ICH HABE DIESE NIXE*", schrie Crane über das Grummeln hinweg, das schon die Sirene übertönte – und die ersten panischen Rufe seiner Besatzung. „*ICH MACHE HIER DIE REGELN*!"

Er ließ Orana los, die daraufhin zu Boden fiel, trat mit einigen energischen Schritten zu dem Bündel – und riss mit einem wütenden Ruck das Leintuch weg.

Aus dem Bündel rollte aber nicht ein ängstliches Nixenmädchen, wie er erwartet hatte. Nicht das bildhübsche junge Ding, das er von der kürzlichen Auseinandersetzung im Outback kannte. Vor ihm lag stattdessen ein lebloser Körper. Eine Nixe, ganz ohne Zweifel. Doch diese hier war deutlich älter als Maya, sie war am ganzen Körper von Wunden übersät – und augenscheinlich bereits schon recht lange tot. Eines wurde ihm sehr rasch klar: Wer immer diese Nixe dort unten war, sie war nicht mehr lebendig, sie war längst verloren – und sein letzter Trumpf schmolz dahin.

Fassungslos starrte er auf den leblosen Körper, während die panischen Rufe seiner Männer immer lauter und auch die Agenten und Soldaten bei ihm unruhig wurden. Das Schiff ruckelte, es grummelte und wisperte um ihn her, es schrie und gellte, es leuchtete und glänzte – und Crane begriff, er war geschlagen. Mit all seiner Wut trat er gegen den leblosen Körper der Nixe, die daraufhin unter der Reling der Loreley durchrollte und ins Wasser stürzte.

„Wir müssen hier weg!", schrie der CIA-Agent mit dem Telefon an seinen Kollegen gewandt und beide wollten soeben losrennen, da riss sich der Mann mit dem Regencape die Kapuze vom Kopf und entwaffnete den Agenten hinter ihm, der ihn eben noch in Schach gehalten hatte.

„Aber bitte meine Herren, der Auftrag wurde noch nicht beendet, die Vorschriften verbieten einen vorzeitigen Rückzug!“, rief Cypher, der die Waffe nun auf den Agent Nummer eins gerichtet hielt. „So etwas nennt man Hochverrat, darauf steht die Exekution!“ Dann drückte er ab. Gleich darauf ging auch sein Kollege mit dem Telefon nach nur einem Schuss zu Boden.

„*NEIN, NEIN VERDAMMT!*“, schrie Crane ganz außer sich, nahm einem der Soldaten neben sich die Waffe ab, richtete sie auf Orana und schoss ihr ohne weitere Vorwarnung direkt zwischen die Augen. Orana brach, immer noch mit einem Lächeln auf dem Gesicht, zusammen. Sie war tot, bevor ihre Leiche den Boden des Oberdecks berührte. Ihr Sohn, Djalu, all ihre Gefährten würden auf der anderen Seite im Traumreich auf sie warten. Sie ging in den Himmel, während auf der Loreley die Hölle losbrach.

Sam und Lennart betrachteten die Szenerie in totalem Schockzustand, fast wie Außenstehende, fast wie Zuschauer. Nebeneinander stehend, die Mündungen der Waffen der Soldaten an ihren Hinterköpfen spürend, hatten sie bislang verharrt, hatten gewartet, darauf vertrauend, dass sich alles irgendwie noch fügen würde. Hatten auf Maya und ihr Volk vertraut. Sie hörten das Grummeln, sie sahen das Licht – und sie wussten um dessen Bedeutung. Sie sahen den blauen Schein, der sie kraftvoll und mächtig umgab, und wussten: Ihr Gegner hatte längst verloren.

Viel wichtiger noch: Maya war nicht mehr allein. Sie war es, die nun ihre Eltern beschützen würde, nachdem jene alles dafür getan hatten, die junge Nixe in Sicherheit zu bringen.

Wenige Stunden zuvor:

Lange bevor die Orcas ihnen das Geleit zum Platz der finalen Schlacht gegeben hatten, auch lange nachdem sie die Küste Australiens verlassen hatten, waren sie weit draußen auf See dem Volk Mayas ein erstes Mal begegnet. Sie konnten zu jenem Zeitpunkt nicht ahnen, was die Nixen so dicht vor der Küste Australiens taten – die Männer der Area 66 hätten es ihnen vermutlich erzählen können, nur dass von jenen längst keiner mehr am Leben war.

So begegneten die Flüchtenden dort draußen mit ihrem kleinen Fischerboot einem ganz anderen maritimen Gefährt, das plötzlich unmittelbar vor ihnen aus den Tiefen des Indik auftauchte. Es war ein U-Boot, so viel war klar, und schon mussten sie annehmen, dass ihre Reise nun zu Ende wäre.

Das U-Boot stieg direkt vor ihnen empor, fast wären sie sogar mit dem unerwarteten Hindernis kollidiert. Sofort drosselten sie ihren Motor, um den Zusammenstoß zu vermeiden, drehten bei. Noch während der Steuermann des Fischerbootes versuchte, weiter gegenzusteuern, hatte das U-Boot seine Schwimmposition erreicht und bereits seine obere Luke geöffnet. Mehrere Männer mit Maschinenpistolen kamen herausgeklettert und richteten ihre Waffen sogleich auf das Fischerboot, das mittlerweile seitlich leicht gegen sie geprallt war und nun neben ihnen dümpelte.

„Achtung!“, schrie einer der Matrosen.

Daraufhin kamen aus dem Schott ein Mann in einem zerschlissenen Anzug sowie ein weiterer Uniformierter geklettert und nahmen neben ihrer Truppe Haltung an. Mit Tauen und Haken wurde das Fischerboot, die Waffen auf dessen Insassen gerichtet, von zwei Soldaten direkt an das U-Boot herangeholt. Sam, Lennart, Orana und der Fischersmann, dem das Boot gehörte, standen auf und hoben resigniert die Hände.

„Sieh an, sieh an, wen haben wir denn hier?“, sagte Shaw, der die kleine Gruppe, einen nach dem anderen, rasch in Augenschein genommen hatte, und dessen Blick nun auf dem Bündel am Boden des Kutters hängen blieb. „Dürfte ich wohl erfahren, was ein Fischerboot der Aborigines so weit draußen vor der Küste zu suchen hat? Sonst wagt ihr Wilden euch doch auch nicht heraus aus den seichten Gewässern? Nicht auszudenken, was einem hier draußen auf offener See zustoßen könnte … wem man alles begegnen könnte …“ – Er lachte.

„Wir sind Ihnen keine Rechenschaft schuldig!“, rief der Fischer. „Wir zeigen nur diesen Touristen“ – er wies auf Sam und Lennart – „das traditionelle Fischen unserer Vorfahren.“ Es war ein ehrbarer Versuch, gleichwohl etwas hilflos, weshalb er auch voll daneben ging.

„Dürfte ich erfahren, was Ihnen da ins Netz gegangen ist?“, sagte Shaw höhnisch, den Blick immer noch auf das Bündel gerichtet.

„Auf keinen Fall!“, rief Lennart und warf sich über das Bündel, ließ dabei Shaw und die Bewaffneten nicht aus den Augen.

„Wir können dieses Spielchen gerne noch eine Weile fortführen“, sagte Shaw. „Der Ausgang desselben dürfte euch aber genauso klar sein wie mir. Ich habe eine starke Vermutung, was sich in diesem Bündel befindet. Damals, in der Klinik, hatten wir leider kein Glück, ihr seid uns entkommen. Aber jetzt, hier und heute, gibt es keinen Ausweg mehr für euch – und ihr werdet sie mir aushändigen.“

„Niemals!“, rief Lennart verzweifelt und umklammerte das Bündel. Die anderen auf dem Kutter überlegten fieberhaft, was sie noch tun könnten, doch die Situation schien hoffnungslos.

Shaw gab einen Wink. Zwei der Matrosen sprangen hinüber aufs Fischerboot, packten Lennart und zogen ihn mit Gewalt von dem Bündel weg. Dann kam auch Shaw auf das Boot, trat dem sich heftig wehrenden Lennart gegenüber und verpasste ihm ohne Vorwarnung einen heftigen Faustschlag in die Magengrube, unter dem er sich krümmte und von dem ihm die Luft wegblieb. „All das ist so unnötig“, sagte Shaw ruhig, was gar nicht zu seinem gewalttätigen Ausbruch passte. „Sie haben verloren. Sehen Sie es ein!“

Dann trat er an das Bündel heran, ging in die Hocke und faltete das Tuch langsam auseinander. Stück für Stück, als würde er ein Geschenk auswickeln, den Moment auskostend. Noch eine letzte Schicht bedeckte die Nixe, die sich darunter verbarg. Als er das Tuch entfernte, blieb ihm vor Staunen der Mund offen.

Aus strahlend blauen Augen sah sie ihn an.

Ein blauer Schimmer umgab ihren ganzen Leib.

Eine makellose Haut, dunkles, wallendes Haar, eine atemberaubend schöne Erscheinung – noch viel wundervoller, als sich eine seiner bedauernswerten, stümperhaften Nixenexperimente in seinem Labor jemals hätte ausmalen oder erträumen können. Diese Nixe war vollkommen, sie glitzerte am ganzen Körper, als sei dieser mit Diamanten besetzt, in denen das Sonnenlicht sich brach. Sie war jung, sie war betörend, sie war von einzigartiger Schönheit – und sie sah ihn an. Direkt in seine Seele.

Langsam trat ein rötliches Leuchten in ihre Augen.

Shaw spürte, wie der Saft in seine Lenden schoss – und noch bevor er seinen immensen Fehler erkannte, war es für ihn auch schon zu spät. Er hörte sie. Die verlockende Stimme, den Gesang der Nixe in seinem Kopf. Er versuchte sich zu wehren, in einem letzten klaren Gedanken das Unvermeidliche abzuwenden. Doch Maya ließ ihm keine Chance.

Er hörte die Verlockung, spürte sein Blut kochen, spürte seinen Unterleib pochen. Sein Blick wurde leer, er sabberte. Maya breitete ihre Arme aus, schenkte ihm das wärmste und verführerischste Lächeln, das er sich ausmalen konnte. Sie wollte ihn empfangen. Ihre Lippen spitzten sich verheißungsvoll. Shaw hatte den Kampf längst verloren. Er fiel vor ihr auf die Knie, breitete die Arme aus, Maya reckte ihm ihren Körper entgegen, als er sich auf sie legte. Er sank dahin, bettete sein Haupt zwischen ihren nackten Brüste und hörte an seinem Ohr ihre süße Stimme, die ihm wie aus unendlicher Ferne zärtlich zuflüsterte.

„Es war dir klar, wie es ausgehen würde."

Die Nixe umschloss ihn mit ihren Armen, drehte sich um ihn und umwand ihn mit ihrem Körper, ihrem Fischschwanz, hielt ihn fest wie in einem Schraubstock. Mit zwei kräftigen Sätzen gelangte sie hinüber auf die andere Seite des Decks und überwand samt ihrem Opfer die Reling, fiel ins Wasser, riss den Mann mit sich in die Tiefe.

„Maya!", rief Lennart und wollte hinterher springen.

Sam hielt ihn am Arm fest. Zu sehr fürchtete sie, die Männer würden das Feuer eröffnen, sobald er sich bewegte. Sie war ziemlich sicher, dass Maya, was immer sie mit dem verrückten Wissenschaftler dort unten tat, die Situation bestens im Griff hatte. Es war das letzte Quäntchen, was zur Vollendung ihrer Metamorphose noch fehlte. Nun war sie vollkommen.

Shaw hingegen schwebte längst in einer anderen Welt. In dem Moment, da die Nixe ihn umklammerte, da er die toxische Haut von schimmernden Nesselzellen berührte und ihre tödliche Umarmung sich um ihn schloss, war er verloren. Er erlebte zwar noch, wie er über Bord gerissen wurde, wie er ins kalte Wasser des Indik klatschte und sogleich darin versank, wie sich Überlebenskampf und die pure lüsterne Hingabe an die Nixe in seinem Inneren ein turbulentes Wechselspiel lieferten.

Kaum war er im Wasser und einige Meter gesunken, umschwärmten ihn und Maya bereits gut zwei Dutzend weitere Nixen, die aus allen Richtungen herbeistoben und ihrer Schwester zu Hilfe eilten. Der tödliche Tanz, den er einst in seinem Labor zum ersten Male gesehen hatte, hob an – und er war dessen Mittelpunkt.

Er sah Farben, er sah Lichter, er sah die pure Versuchung, die reinste Verlockung, es war gigantisch und grausam zugleich. In seinem Kopf loderte ein lüsternes Inferno, er hörte den lieblichen Gesang, die sehnsuchtsvollen Rufe dieser wundervollen Weiber nach ihm, nach *ihm* allein. So nah und so unendlich fern umgarnten und verführten ihn die Nixen, hielten ihn über innige Küsse und zärtliche Berührungen noch eine Weile bei Sinnen bis zum großen Finale, bis zu seinem letzten Atemzug. Dann ging alles sehr schnell: In einem rasenden Tempo umkreisten sie den vor Hingabe und Sehnsucht dahinschmelzenden Doktor Shaw. Er fühlte, wie sich sein Körper durch unzählbare Reibungen, Bisse und Hiebe langsam und stetig auflöste. Wie die Haut sich vom Fleisch, das Fleisch sich von den Knochen löste, das Innere sich nach außen kehrte, wie er immer weiter zerfiel. Stück für Stück, Schicht für Schicht – bevor sein Bewusstsein trotz des Brennens und des unbeschreiblichen Schmerzes in vollkommener Glückseligkeit aufging und er sein Leben aushauchte, für immer von dieser Erde getilgt war.

„Feuer!", schrie der Kapitän an Deck des U-Bootes, als er sich vom Schock der Attacke auf Shaw erholt hatte und hob die Hand. „Erschießen, alle erschießen!"

Sam, Lennart, Orana und der Fischer warfen sich allesamt instinktiv auf den Boden und schlugen die Hände über den Kopf, um sich vor dem zu erwartenden Kugelhagel zu schützen – doch nichts geschah.

„FEUER!", rief der Kapitän noch einmal. *„FEUER, VERDAMMT NOCH MAL!"*

Doch wieder fiel kein einziger Schuss.

Er blickte wild um sich, teils in Wut und teils in Panik und schaute auf die Männer, sah ihnen direkt ins Gesicht. Sie waren allesamt wie erstarrt. Keiner rührte sich. Ihre Blicke waren leer.

„FEUER! DAS IST EIN BEFEHL!", schrie er erneut und glaubte schon selbst nicht mehr daran, dass sich die Lage noch einmal verändern würde. Er sollte recht behalten.

Ganz plötzlich hörte auch der Kapitän die Stimme in seinem Kopf. Ein verlockender Gesang, eine anziehende Kraft, so schön und so erregend, wie er sie noch nie in seinem Leben verspürt hatte. Viel Zeit, diese zu genießen, blieb ihm allerdings nicht. Einer der Männer, die hinter ihm standen, richtete in diesem Moment seine Waffe auf ihn und drückte ab. Der Kapitän ging lächelnd zu Boden.

Cypher nahm die gestohlene Offiziersmütze ab, die er bis dahin getragen hatte und mit welcher er sich unentdeckt unter den anderen Offizieren und Matrosen hatte bewegen können. Nun war die Maskerade nicht mehr länger nötig. Sämtliche Insassen des U-Bootes standen im Bann der Nixen. Cypher hatte die ihm vertrauten Vorkehrungen gegen den Nixenzauber wiederholt. Das war der Grund, weshalb er noch bei klarem Verstand war und den Kapitän eliminieren konnte, bevor vielleicht doch noch jemand auf dessen Befehle reagieren würde.

Das Wasser rings um das U-Boot und den Fischkutter strahlte in hellem Blau. Es war der Glanz, der von etlichen atemberaubend schönen Frauen ausging, die sich unter der Wasseroberfläche tummelten. Einige tauchten für Sekunden an der Oberfläche auf, schenkten den sie beobachtenden Menschen ein Lächeln und verschwanden dann wieder unter der Oberfläche. Es mochten Hunderte sein, vielleicht sogar Tausende Nixen, die hier das U-Boot und den Fischkutter umschwärmten. Cypher und Lennart waren – dank Oranas Vorrat – wie der Fischer aus dem Aborigine-Dorf gegen den Ruf der Nixen immun. So waren sie hier und heute die wohl einzigen Männer dieser Erde, die das faszinierende Schauspiel, den verführerischen Tanz der Nixen, einmal zu sehen bekamen, ohne dass es ihren Tod bedeutet hätte. Für die Crew des U-Bootes verhielt es sich anders. Die Männer standen wie paralysiert auf dem oberen Deck. Sie waren bereits verloren.

Die Leute auf dem Fischkutter richteten sich langsam wieder auf, als sie begriffen, dass die Gefahr vorüber war. Lennart eilte zur anderen Seite des Fischerbootes und schaute hinab ins Wasser. Dort, wo Maya und Shaw untergegangen waren. Er sah immer wieder Nixen vorbeihuschen, konnte aber im blauen Licht und der Vielzahl der Wesen nichts klar erkennen.

„Maya!“, rief er und wäre tatsächlich beinahe hineingesprungen. „Maya, wo bist du?“

Er spürte eine Hand an seinem Arm und als er sich umdrehte, stand diesmal nicht Sam neben ihm, sondern Orana. Sie hielt ihn fest und lächelte.

„Sie ist zu Hause, Lennart“, sagte sie sanft. „So, wie wir alle es uns für sie gewünscht hatten.“

Lennart spürte einen Kloß in seinem Hals. Er wusste, dass es richtig war. Maya war nun dort unten, sie war endlich bei ihrem Volk. Ihre Verwandlung war mit ihrem zweiten Opfer vollendet worden. Sie war heimgekehrt.

„Es ist noch nicht vorbei“, vernahmen beide eine Stimme hinter sich und wirbelten herum.

Cypher stand nun an Deck ihres Bootes, seine Waffe immer noch im Anschlag. Er musterte die kleine Gruppe, einen nach dem anderen. Lennarts Miene versteinerte, als er den Mann vom Überfall auf das Krankenhaus wieder erkannte.

„Was wollen Sie?“, sagte er feindselig. „Wollen Sie beenden, was Sie in der Klinik begonnen haben? Das können Sie vergessen! Maya ist fort, sie ist in Sicherheit, Sie kommen nicht mehr an sie heran. Und ich denke,“ – er machte eine Geste hinter sich auf das Wasser – „dass hier noch einige weitere Nixen etwas dagegen haben werden, wenn Sie uns weiter bedrohen.“

Cypher lächelte amüsiert. Dann hob er seine Waffe, richtete sie auf Mayas Vater, trat langsam auf ihn zu – allen stockte der Atem. Kurz, bevor er ihn erreicht hatte, drehte Cypher mit einer schnellen Bewegung die Waffe in seiner Hand, so dass der Griff nun in Lennarts Richtung zeigte. Er übergab sie ihm.

Jener nahm sie irritiert und vorsichtig entgegen. Instinktiv richtete er sie gleich gegen Cypher, der beschwichtigend die Hände hob. Auch Sam und Orana wussten nicht so recht, wie sie mit dieser Geste umgehen sollten.

„Hätte ich Sie töten wollen, dann hätte ich gerade eben nicht einzugreifen brauchen", erklärte Cypher mit einer Geste in Richtung des U-Bootes. „Shaw und seine Männer hätten das schon erledigt. Oder ich hätte es selbst getan, nachdem sie unter dem Bann der Nixen den Verstand verloren haben. Wie auch immer. Meine Prioritäten haben sich, wenn ich das so sagen darf, seit der katastrophalen Mission im Krankenhaus ein wenig verändert."

„Was meinen Sie damit?", hakte Orana mit fester Stimme nach. „Sprechen Sie Klartext."

„Ich meine damit, dass ich bis vor Kurzem im besten Glauben für eine Sache gekämpft habe, die sich kurz darauf als der blanke Wahnsinn erwiesen hat", erwiderte Cypher mit steinerner Miene. „Hätte ich diesen Weg weiter verfolgt, es hätte meinen Tod bedeutet, ebenso wie den Ihrigen. Und den einer ganzen Art vermutlich ebenso. Das konnte ich nicht zulassen."

„Sie wollen ernsthaft behaupten, Sie hätten die CIA verraten?", fragte Sam und machte eine wegwerfende Geste. „Wer würde das denn tun, wenn er nicht völlig lebensmüde wäre?"

Cypher sah sie direkt an.

„Die CIA hat *mich* verraten, nicht ich sie", sagte er. „Wir haben unsere Mittel und Ressourcen einem Mann zur Verfügung gestellt, von dem wir dachten, er könnte uns weiterbringen. Sowohl wissenschaftlich als auch militärisch. Diese Annahme hat sich als falsch erwiesen. Ich habe beschlossen, diesen Fehler soweit es geht wieder auszubügeln – und unserem einstigen verbündeten Doktor Shaw seine Spielzeuge wieder abzujagen, bevor er jemandem damit wehtut."

„Wer ist dieser Verbündete?", fragte Orana, noch immer sehr skeptisch.

„Sie haben ihn soeben noch ganz kurz kennengelernt", sagte Cypher höhnisch. „Ich denke, die kleine Nixe bei Ihnen hat ihm einen angemessenen Empfang bereitet. Und ein würdiges Ende obendrein – genauso wie damals im Krankenhaus meinem Partner. Warum gerade Shaw sich nicht chemisch präpariert hat, ist mir ein Rätsel. Aber so was nennt man wohl Schicksal."

„Selbst wenn wir Ihnen glauben möchten, wie können wir sicher sein, dass Sie uns die Wahrheit sagen?", fragte Sam weiter. „Wer garantiert uns, dass Sie uns nicht bei der nächsten Gelegenheit hintergehen? Uns nicht hinterrücks erschießen, wie eben Ihren eigenen Kommandant?"

Cypher zuckte mit den Schultern.

„Nun, Sie können mir natürlich nicht in den Kopf schauen und meine Absichten erkennen", sagte er. „Aber *die* können es." Er machte eine Geste in Richtung jenseits des Bootes, woraufhin sich auch die kleine Gruppe der Flüchtenden wieder zum Wasser umdrehte. Dort lehnte Maya von außen an der Reling und lächelte sie an. Neben ihr waren drei weitere Nixen, und hinter ihr streckten mindestens noch ein Dutzend Meerjungfrauen neugierig ihre Köpfe aus dem Wasser. Die Oberfläche war ganz in den blauen Schimmer, den magischen Glanz der Nixen getaucht. Es war ein Licht, das bis tief hinab in den Ozeans erstrahlte und den Kutter sowie auch das militärische Unterseeboot viele Meter weit umgab. Die Zahl der Nixen, die sich hier tummelten, war nur schwerlich einzuschätzen. Ihre Schar war unüberschaubar.

Maya streckte eine Hand aus und wies in die Richtung Cyphers. Unsicher ging er auf sie zu, zögerte einen Moment. „Es ist allein deine Entscheidung, Mädchen", murmelte er. „Es tut mir leid. Ich hoffe, du siehst, dass ich es ehrlich meine."

Für Sekunden verharrten Cypher und die junge Nixe und sahen einander in die Augen. Nichts geschah. Niemand wusste, was in diesem Moment zwischen ihm und Maya im Geiste ausgetauscht wurde. Auch die anderen Nixen behielten ihn genau im Auge, auf ihren Gesichtern war indes keinerlei Emotion abzulesen.

Schließlich löste Maya ihre Hand von der Reling und glitt rücklings weg vom Boot, wobei sie dem Blick weiterhin standhielt. Dann sah sie einmal nach links und einmal nach rechts zu ihren Schwestern, die ihren Blick erwiderten, und alle vier Nixen sowie die anderen ringsumher tauchten wieder ab. Sie beugten sich nach vorne, man sah noch einmal die Schwanzflossen aus dem Wasser ragen, bevor sie alle in der Tiefe verschwanden. Es herrschte ein stilles Einvernehmen. Die Nixen hatten dem Agent verziehen. Ein neues Bündnis war geschlossen worden.

Lennart ging nun auf Cypher zu, drehte ihn zu sich und nahm seine Hand. „Wenn meine Tochter Ihnen verzeihen kann, dann kann ich das auch", sagte er mit brüchiger Stimme. Cypher nickte. Es war alles gesagt.

„Die Gefahr ist noch nicht vorüber", sagte Cypher. „Die Nixen haben uns geholfen, jetzt brauchen sie jedoch noch einmal unsere Hilfe. Castus Crane ist dort draußen, und er sinnt auf Rache."

Lennart, Sam und Orana schauderten bei dem Gedanken. Sie hatten ihre ganz eigenen Erfahrungen mit Crane gemacht, auf die ein jeder gut hätte verzichten können. Sie wussten alle, wozu er imstande war.

„Crane wollte Maya, er wollte unbedingt eine Nixe einfangen", sagte Lennart.

Cypher überlegte kurz. „Nun, dann werden wir ihm wohl eine geben", sagte er dann und lachte.

„Wie meinen Sie das?", fragte Sam erschrocken. „Wir können ihm doch nicht Maya ausliefern. Auch keine der anderen Nixen, das wäre viel zu gefährlich."

„Nicht unbedingt", sagte Cypher. „Vertrauen Sie mir, ich habe einen Plan. Wichtig ist nur, dass Sie sich ab jetzt an meine Anweisungen halten. Dann werden wir Crane neutralisieren. Sind Sie dabei?"

Die Flüchtigen auf dem Fischerboot sahen einander kurz an. Welche Wahl hatten sie schon? Die Option, die Cypher ihnen bot, war bestimmt die sicherste, vermutlich die einzige, um all dies zu womöglich lebendig zu überstehen. Die Nixen hatten bereits eingewilligt, so viel war klar. Den Nixen zu helfen stand für sie alle außer Frage, das waren sie ihnen schuldig.

„Wir sind dabei!", sagte Orana stellvertretend für alle anderen. „Sagen Sie uns, was zu tun ist."

„Ich brauche noch etwas aus dem U-Boot, das wird allerdings recht schnell gehen", sagte Cypher. „Machen Sie Ihr Boot wieder startklar, nehmen Sie Kurs auf den Sundagraben. Alles weitere werden unsere neuen Verbündeten für uns erledigen."

Nur für wenige Minuten verschwand der abtrünnige CIA-Agent noch einmal unter Deck des U-Bootes, dann kehrte er mit einem Bündel über der Schulter zurück. Einem Bündel in menschlicher Größe, eingewickelt in eine Decke. Er legte es dort ab, wo zu Beginn der Fahrt und bis vor kurzem noch Maya in ihrer Decke gelegen hatte. Zu Füßen von Lennart und Sam. Beide nickten stumm. In stiller Ehrfurcht und in Trauer um ein unschuldiges Opfer des Doktor Shaw.

Rasch kletterten Cypher, Orana und der Steuermann wieder hinauf auf das Oberdeck. Der Motor wurde angelassen und Lennart stieß den Kutter vom U-Boot ab. Dann fuhr das Fischerboot los.

„Was geschieht denn nun mit dem herrenlosen U-Boot und den Männern?", fragte Orana mit einem Blick zurück.

„Keine Sorge", sagte Cypher. „Ich bin ziemlich sicher, darum wird man sich kümmern."

Tatsächlich begannen die Männer an Deck des U-Bootes, kaum dass das Fischerboot einige hundert Meter entfernt war, gleich willenlosen Zombies einer nach dem anderen in das blau leuchtende Wasser zu springen, das sehr rasch zu brodeln, zu schäumen, fast zu kochen begann, seine neuen Opfer in Strudeln empfing und untergehen ließ, als habe es sie nie gegeben. Immer mehr Besatzungsmitglieder kletterten aus der Hauptluke; wankten, stolperten, lechzten ihrem nassen Grab entgegen. Kein einziger wurde verschont.

Dann, als keine Menschen mehr übrig waren, nahm das blaue Leuchten noch einmal an Intensität zu, es strahlte gleich einer ozeanischen Sonne blau aus der Tiefe empor. Das U-Boot begann sich zu drehen. Erst langsam, dann immer schneller. Noch schneller. Und noch schneller. In dem gewaltigen Sog des entstehenden Strudels und dem Gleißen des Lichtes sackte es schließlich stetig ab – und versank auf Nimmerwiedersehen, für alle Zeiten verschollen, in den Abgründen des Indischen Ozeans. Keiner hatte je wirklich um seine Existenz gewusste, niemand würde es je vermissen. Es reihte sich ein in den Reigen der zahllosen Wracks, die am Grunde des Ozeans ruhten – und die allesamt ihr Wissen um die Nixen mit ins Grab genommen hatten. Von Anbeginn der Seefahrt bis in unsere heutige Zeit. Das Fischerboot war zu diesem Zeitpunkt längst wieder auf Kurs, strebte dem letzten Gefecht entgegen.

An all dies dachten Sam und Lennart, stehend und in Schach gehalten auf dem Oberdeck der Loreley II, kurz nach ihrer Entführung von dem Kutter und der Ermordung

Oranas, als das Grummeln unter ihnen und um sie herum zu einem Tosen wurde, als die Männer an Bord des Bohrungsschiffes endgültig in Panik gerieten und durcheinanderliefen – und als sie sich endlich der unabwendbaren Gefahr eines übermächtigen Gegners und ihres sicheren Untergangs bewusst wurden.

Ein gigantischer Schatten fiel von der jenseitigen Seite des Schiffes über die Loreley II. Spätestens jetzt, als dessen Erzeuger selbst die Bauten auf dem Oberdeck des riesigen Bohrungsschiff überragte, sahen auch Crane und seine Männer, was da auf sie zurollte und weshalb die Männer auf der anderen Seite des Schiffes ihre Posten verlassen hatten. Es war ein Tsunami, eine Flutwelle gigantischen Ausmaßes. Sie war gut fünfmal so hoch wie das Schiff selbst – und dabei noch ein gutes Stück entfernt. Gleichwohl warf die Welle ihren bedrohlichen Schatten voraus.

Das unheimlichste daran jedoch war der blaue Schein, in den sie komplett gehüllt war, von der Sohle bis zum Wellenkamm. Auf die gesamte Länge und Höhe umgab sie ein mystisches blaues Licht. Lennart, Sam und Cypher wussten, was es damit auf sich hatte. Crane und seine Männer hingegen starrten panisch auf die Welle; die ersten versuchten bereits, die Rettungsboote zu erreichen. Was angesichts dieser immensen Zerstörungskraft ein letzter verzweifelter, wenngleich aussichtsloser Versuch war.

Cypher zog Sam und Lennart an den Armen. Deren Schergen und Aufpasser waren angesichts des monströsen Tsunami abgelenkt. *„Wir müssen weg von hier“*, zischte er. *„Schnell!“*

Er zog die beiden mit sich.

Auch der Aborigine-Fischer wollte ihnen folgen, er bildete die Nachhut – und wurde erschossen, kaum dass die abgelenkten Männer Cranes ihre Flucht bemerkten und das Feuer eröffneten. Sie bahnten sich den Weg durch flüchtende Männer, Geschrei und Panik, durch Geschützfeuer hinab ins Wasser und das Tosen der herannahenden Welle, hin zu dem Helikopter, der das CIA-Team von der Gefangennahme zurück an Bord gebracht hatte.

Zwei andere Männer hatten dieselbe Idee gehabt und waren soeben dabei, die seitliche Tür des Helikopters aufzubrechen.

„Hey!“, schrie Cypher zu ihnen hinüber, während er mit Sam und Lennart auf den Helikopter zu rannte – und schoss beiden mitten ins Gesicht, sowie sie sich umdrehten.

Dann kletterten die Flüchtenden an Bord. Zunächst Cypher, der sofort auf den Pilotensitz hechtete und die Rotoren anließ. Gefolgt von Sam und Lennart, die sich auf die Rückbank setzten.

„Hier, nehmen Sie!“, schrie Cypher Lennart zu, der hinter ihm eingestiegen war, und reichte ihm seine vom Ex-Kollegen eroberte Waffe. „Wenn jemand hierher kommt, dann schießen Sie ihn über den Haufen! Sofort!“, schrie der Agent. „Wenn die Männer merken, dass es hier noch einen Ausweg gibt, werden sie zu Tieren! Zögern Sie nicht, Mann, halten Sie drauf! Kein Mitleid! Sonst sind wir alle *verloren*!“

Und sie kamen, die Flüchtenden, sie kamen in Massen. Sie kamen mit dem Mut der Verzweiflung, in Todesangst, und der Überlebenswille verlieh ihnen neue Kräfte.

Sowie die Rotoren sich drehten, wurden einige Männer der Loreley II auf ihrem Weg zu den Rettungsbooten der letzten echten Möglichkeit eines Entkommens gewahr und stürmten von allen Seiten den Helikopter. Die Türen waren zwar geschlossen, von innen verriegelt und keiner der Männer hatte einen Schlüssel. Dennoch hämmerten sie in Todesangst gegen die Türen, gegen die Scheiben – und Lennart schoss. Er tötete, um sich selbst und seine Begleiter zu retten. Den Todgeweihten, die dem Helikopter gefährlich zu werden drohten, bereitete er ein rasches Ende. Einem nach dem anderen.

Sam kauerte hinter ihm an der anderen Tür. Auch hier schlugen die Männer gegen das unerbittliche Panzerglas des Militärfluggeräts und gegen massiven Stahl. Sam hielt sich die Ohren zu und schloss die Augen. Sie wusste, wie die Männer sich fühlten. Sie kannte dieses Gefühl. Ihr Herz schrie dem Verstand entgegen, dass es Unrecht war, jene zurückzulassen. Aber sie hatten keine Wahl.

„Wir schaffen es!", rief Cypher von vorne. Die nötige Drehzahl der Rotoren war endlich erreicht. Es war auch höchste Zeit. Schon zweifelte Sam dran, ob sie bei der Höhe der Welle, die sie schon fast erreicht hatte, überhaupt noch entkommen konnten. Doch dann hob der Helikopter ab. Schwerfällig zwar, zumal sich noch einige Verzweifelte an die Kufen festklammerten, doch jene verließen alsbald die Kräfte – und sie fielen aus zwei, drei oder zehn Metern Höhe zurück auf das Deck. Ob nun der Sturz sie tötete oder die Welle, ihrer aller Schicksal war besiegelt.

Der Hubschrauber drehte sich nach Osten, weg von der Welle, neigte sich nach vorne und flog in rasantem Tempo weg vom Schiff. Cypher hielt sich nicht damit auf, einen Überflug der Welle zu versuchen, dazu war sie längst zu nah und zu gigantisch.

Lennart und Sam sahen aus den Fenstern nach hinten und beobachteten mit Entsetzen das vernichtende Schauspiel: Gut hundert Meter überragte die Woge die Loreley II, das Tosen und Donnern, das von ihr ausging, war unbeschreiblich. Sie brach sich, als das Bohrungsschiff erreicht war – und stürzte mit niederschmetternder Gewalt und einem ohrenbetäubenden Tosen über das Schiff herein. Die bläulich schimmernden Wassermassen begruben das Flaggschiff Cranes, alles und jeden, der noch darauf war, unter sich. Wer ganz genau hinsah, hätte bemerkt, wie noch während des Niedergangs der Loreley einzelne bläulich leuchtende Schemen wie Blitze aus der Wasserwand herausschossen, gezielt auf einzelne Männer zischten, die dem Inferno zu entkommen versuchten, und sie unerbittlich über Bord und in die Tiefe rissen. Aber es machte kaum einen Unterschied, denn jeder, der noch auf der Loreley weilte, jeder Mann und jede Frau in Cranes Geleit, war dem Untergang geweiht.

Als die Flutwelle über die Loreley hereingebrochen und der Helikopter nur um ein Haar der sich brechenden und einstürzenden Wasserwand entkommen war, lag die Loreley auf der Seite. Als die Wassermassen sich verteilten und sich in bläulichem Schimmer der bereits bekannte Strudel rund um das Schiff zu bilden begann, sich alles zu drehen anhob, war die letzte Schlacht zwischen Menschen und Nixen auch schon entschieden. Der Hubschrauber schwebte über dem Strudel, seine drei Insassen blickten hinab auf das verheerende Bild, das sich ihnen darbot.

„Es ist vorbei“, flüsterte Lennart. „Wir haben es geschafft!“

Sam blickte auf. Dann verzog sich ihr Mund zu einem gequälten Lächeln.

„Wir haben es geschafft!“, wiederholte sie, halb schluchzend.

Eben wollte sie sich zu Lennart hinüberbeugen, ihn in die Arme schließen, alle Last von sich abfallen lassen – da wurde hinter ihr die Tür im Fluge jäh aufgerissen, kalter Wind stob in einem Sog in den Innenraum und wie wild feuerte jemand mit einer Waffe herein.

Lennart und Sam schrien und duckten sich rasch, die Kugeln pfiffen an ihnen vorbei. Drei von ihnen schlugen vorne in das Panzerglas der Pilotenkanzel ein und verfehlten Cypher nur um ein Haar. Auch er duckte sich in seinen Sitz.

„Hey, verdammt!“, schrie er. „Was ist da hinten los? *Welcher Irre feuert auf den Piloten …?*“

„Das bin dann wohl ich!“, schrie Castus Crane, der sich nun zur seitlichen Tür hereinschwang und an einem der Griffe im Inneren festhielt. Er hatte die Abseilvorrichtung der außen am Helikopter angebrachten Seilwinde angelegt, womit sich vorhin die Männer auf den Kutter herabgelassen hatten. Vermutlich irgendwann in dem Tumult auf Deck, der vor dem Abheben rund um den Helikopter entstanden war. Er hatte die Haltegurte angelegt, war so gesichert mit abgehoben und hatte nun den Moment genutzt, um angeseilt ins Innere der Maschine zu klettern, deren Zugangscode zum Öffnen der Türen er sich von der vorherigen Mission eingeprägt hatte.

„Fliegen Sie weiter Mann! Bringen Sie uns weg von hier!“, schrie Crane Cypher an. „Und keine Dummheiten, sonst sind Ihre beiden Freunde hier hinten sofort tot!“ Er richtete seine Waffe auf Lennart und Sam, während er seinen Haltegurt der Seilwinde mit der freien Hand öffnete, um mehr Bewegungsfreiheit zu bekommen.

„Was soll das, Mann?“, schrie Lennart. „Es ist vorbei, haben Sie das noch nicht kapiert? Seien Sie froh, noch am Leben zu sein und legen Sie die Waffe weg!“

Crane erkannte, wie Lennart seitlich hinter sich nach der Waffe Cyphers tastete, mit welcher er soeben noch die Menge an Deck des Schiffes in Schach gehalten hatte, lächelte eiskalt und schoss Lennart ohne weitere Vorwarnung in die Schulter.

Jener schrie gepeinigt auf, Sam kreischte panisch und klammerte sich an Lennart.

„Schluss jetzt mit dem Geballere!“, schrie Cypher von vorne. *„Wollen Sie uns alle umbringen?“*

„Genau das habe ich vor!“, schrie Crane, packte Sam, die sich nicht an Lennart festhalten konnte, und riss sie an sich. Dann richtete er seine Waffe auf ihren Kopf und duckte sich hinter sie. „Ich werde mit euch von hier wegfliegen und euch dann einen nach dem anderen umlegen, ihr verdammten Bastarde!“, schrie er. „Mit ihr hier fange ich an!“ Er zerrte mit der freien Hand wild an Sams Haaren. Ihr traten die Tränen in die Augen.

„Kommen Sie doch zur Vernunft, Crane, es ist gelaufen!“, rief Lennart und machte mit den Händen eine beschwichtigende Geste in seine Richtung. „Sie haben *verloren!*“

„Verloren?“, fragte Crane zurück und lachte hysterisch. „*VERLOREN*?“

Lennart fühlte einen eiskalten Schauer, der ihm den Rücken herablief.

„Ich habe längst noch nicht *verloren*“, rief Crane und der irre Ausdruck in seinem Blick nahm mit jeder Sekunde weiter zu. „Was sind schon ein paar *Schiffe!* Was sind ein paar *Männer!* Ich verfüge über *Flotten*, über *Arsenale*, über *Armeen* – Sie haben doch keine *AHNUNG*!“, schrie er wild und wie von Sinnen, während er vor Zorn und Rachedurst geiferte. „Diese *verdammten Fischweiber* haben heute gewonnen, aber morgen komme ich mit noch mehr Sprengköpfen und noch mehr Schiffen und noch mehr Waffen zurück! Wenn nötig aus der Luft! Und dann bombe ich diesen verfluchten Sundagraben samt allem, was dort noch herumschwirrt, zurück in die Urzeit! *ICH BRENNE DIESE PESTILENZ NIEDER!!! SIE … SOLLEN … BRENNEN!!!*“

Lennart blickte mit Entsetzen in zwei vor Hass und blankem Wahnsinn lodernde Augen. Er zweifelte keinen Moment daran, dass es Castus Crane mit dieser Drohung mehr als ernst war. Er würde diese Schmach, die ihm die Nixen ein weiteres Mal beigebracht hatten, nicht auf sich sitzen lassen. Niemals würde er sich, seine Wunden leckend, geschlagen geben. Das konnte er gar nicht. Er würde ein drittes Mal zurückkehren, würde seine Rache suchen – und vielleicht auch bekommen.

Und dann sah Lennart noch etwas anderes. Bei allem, was er auch erlebt hatte: Es war das Entsetzlichste, was er in den letzten Tagen zu Gesicht bekommen hatte. Es war Resignation, es war Friede, es war … *Abschied.*

Er sah diesen Blick in Sams Augen, die von Cranes linkem Arm so fest umklammert wurde, dass sie kaum mehr atmen konnte. Mit der Rechten hielt er die Waffe an ihren Kopf, bohrte den Lauf vor lauter Wut brachial an ihre Schläfe. Hinter ihm stand noch immer die seitliche Tür des Helikopters weit offen.

Lennart begriff sofort. Auch Sam hatte Crane reden gehört – sie war zu derselben Schlussfolgerung gelangt wie Lennart. Und sie hatte eine Entscheidung getroffen. Lennarts Augen weiteten sich vor Entsetzen, aus seinem Gesicht wich die letzte Farbe und Sam begriff, dass er verstanden hatte.

Noch bevor Lennart nach vorne springen und Sam packen konnte, riss diese die Beine angewinkelt nach oben, stemmte die Füße mit aller Kraft gegen den Vordersitz und schleuderte sich selbst samt dem sie umklammernden Crane nach hinten – hinaus aus der offenen Seitentür des Helikopters.

„*NEIN!*“, schrie Lennart langgezogen, während sich die grauenhafte Szene wie in Zeitlupe vor seinen Augen abspielte. Mit den Fingerspitzen berührte er noch ihre Füße, bekam Sam aber nicht zu fassen. Dann lag er bäuchlings auf der Rückbank des Helikopters, sein Kopf ragte aus der Tür hinaus, aus der Sam und Crane soeben gestürzt waren.

Und er sah sie fallen.

Crane, der mit einem gellenden Schrei im Todessturz noch mehrfach seine Waffe blindlings in die Luft abfeuerte. Sam, die ihre Augen geschlossen hatte, die nicht mehr von Crane umklammert wurde und mit ausgebreiteten Armen rücklings in die Tiefe stürze. Direkt in den blau leuchtenden Strudel unter ihnen. Den wilden, tosenden Ozean, der die Loreley, sodann Castus Crane und nun auch Doktor Samantha Shepard unwiederbringlich verschlang. Es dauerte nur wenige Sekunden, doch Lennart kam es vor wie eine Ewigkeit.

Gerade wollte er hinterher springen, wollte Sam dort unten suchen und retten, da fühlte er eine Hand, die wie ein Schraubstock seinen Knöchel umschloss. Er drehte sich um und sah Cypher, der seinen Fuß unerbittlich festhielt und Lennart auf den Sitz drückte.

„Lassen Sie es, Mann!", rief er eindringlich. *„Es ist zu spät!"*

Er sah Lennart eindringlich an, der sich noch gegen den Griff zu wehren versuchte, jedoch keine Chance hatte loszukommen und schluchzend zusammenbrach.

„Es ist zu spät, Mann", sagte Cypher noch einmal, jetzt schon fast tröstend. „Sie ist fort."

Als die Worte ausgesprochen und in Lennarts Bewusstsein angekommen waren, wurde ihm bewusst, dass Cypher recht hatte. Es war zu spät für Sam. Es gab dort unten nichts mehr zu retten. Sam hatte sich für ihn, für Cypher und für die Nixen geopfert. Niemand von ihnen hätte den Zorn Cranes auf lange Sicht überlebt, das war Sam in ihren letzten Minuten klar geworden. So hatte sie das Einzige getan, was sie noch für Lennart und Maya tun konnte. Sie hatte sich geopfert, sie hatte ihr Leben gegeben – mit all der Liebe und Hingabe an eine Familie, wie sie nur eine wahre *Mutter* im Herzen fühlen konnte.

Lennart kauerte schluchzend auf der Rückbank, während der Helikopter abdrehte und seinen langen Rückflug in Richtung Festland antrat. Crane war unterlegen – aber auch Lennart hatte alles verloren, was ihm wichtig gewesen war. Seine Familie, seine Tochter, seine Vertraute. Sie alle waren von ihm gegangen, hatten ihn verlassen. Er war allein. Verlassen. Gebrochen.

Doch war er das wirklich …?

Lennart hörte eine Stimme in seinem Kopf, während der Helikopter über das Meer hinwegflog. Erst recht leise, dann immer klarer, immer deutlicher. Es war jedoch weniger eine Stimme, vielmehr ein Gesang. Lieblich, glockenhell, schallte er in seinen Geist wie aus einer anderen Welt. So vertraut waren ihm Stimme und Melodie, so warm und tröstend legte sich eine tiefe Ruhe und Geborgenheit um sein Herz, während heiße Tränen seine Wangen herabliefen. Leise mischte sich noch eine zweite Stimme in den Chor, in harmonischem Gleichklang, ganz zaghaft, doch sie war da, ohne jeden Zweifel. In seinem Kopf hallten beide lieblich wieder. Sekunden, Minuten und Stunden säuselten sie in seinem Geiste. Immer wieder vermittelten sie ihm dasselbe Gefühl, dieselbe Botschaft, dieselbe Verheißung. *„Es ist alles gut"*, sangen und säuselten die Stimmen der Nixen. Und Sam.

Unter einem dichten Schleier von Tränen lächelte Lennart zaghaft.

„Du bist niemals allein."

Epilog

Viele Geschichten wurden erzählt. Lieder wurden angestimmt, über Meerjungfrauen und mächtige Fischwesen, die im Indischen Ozean ihr Unwesen trieben und die stattliche Männer samt ihren Schiffen in die Tiefe gerissen hätten. Es waren dieselben Ammenmärchen und Legenden, wie man sie sich ohnehin schon seit Jahrhunderten erzählte – und denen der vernunftbegabte Zeitgenosse niemals Bedeutung beimaß.

Die Experten der Schifffahrt und der Tiefseebohrung einigten sich schließlich darauf, dass unweit des Sundagrabens eine Bohrungsmaßnahme ganz fürchterlich schiefgegangen sein musste, was nicht weniger als den Verlust einer ganzen Flotte von Bohrungsschiffen, Schleppern und Männern zur Folge gehabt hatte. Es war ein Unglück, wie es diese Industrie noch selten erlebt hatte. Es war aber nun mal nicht zu ändern – und so fand man sich damit ab, widmete sich neuen Schlagzeilen.

Die CIA haderte noch recht lange mit den herben Verlusten, die sie hatte einstecken müssen. Ihre Area 66 war Geschichte. Ein Wiederaufbau würde sich kaum lohnen. Zumal der australische Geheimdienst selbstverständlich nicht gänzlich auf den Kopf gefallen war und die Geschichte des Erdbebens im Northern Territory nicht so leicht schluckte, wie es die örtlichen Medien und – glücklicherweise – auch die Menschen taten. Zu leicht war es für den ASIS, in den Massen von Fels und Gestein noch Metalle und andere Materialien ausfindig zu machen, die dort mitnichten hingehörten. Letztlich begnügte man sich mit einem Informationsaustausch; der allerdings einseitig nur von der CIA in Richtung Australien ging. Man verbuchte dies als einen Erfolg – und bewahrte Stillschweigen über die geheime Operationsbasis der CIA unweit von Darwin. So wurde der Mantel des Schweigens über der ganzen Affäre ausgebreitet. Das konnten beide Geheimdienste besonders gut.

Ganz ähnlich verlief die Vertuschung in den USA. Freilich war es nicht ganz so einfach, den Verbleib einer ganzen Flotte von Flugzeugträgern und Zerstörern zu erklären, die unweit des Sundagrabens verschollen war. Letztlich begnügte man sich jedoch auch hier mit einer eher simplen Erklärung: Die Flotte hatte sich auf einem geheimen Manöver befunden, was ja soweit richtig war. Über Sinn und Zweck desselben schwieg man sich „aus taktischen Gründen" freilich aus. Dumm nur, dass angeblich an diesem Tag eine aufstrebende asiatische Atommacht einen kleinen Test durchführte und mehrere Raketen in genau diese vermeintlich leere Region abschoss. Unglücklich, äußerst unglücklich, war dieser Zwischenfall, darüber waren sich alle Diplomaten und Staatsoberhäupter einig.

Ein Global Player der Energiekonzerne zeigte sich indes äußerst schockiert über den plötzlichen Verlust seines Vorstandsvorsitzenden, der von einem Tag auf den anderen verschollen war. Zumindest wurde der Schock simuliert, die Trauer glaubwürdig geheuchelt – wie hätte man auch sonst den Aktionären erklären sollen, dass Castus Crane nur ein paar Tage vor seinem Verschwinden offiziell abgesetzt worden war, und unbemerkt vom Rest der Firma riesige Summen aus dem Vermögen des Konzerns über zahlreiche verschlungene Weg beiseite geschafft hatte?

Da Crane nicht mehr da war und somit nicht auf die Nachforschungen seiner einstigen Firma reagieren konnte, wurden die Gelder mithilfe eigens beauftragter Fachdienstleister rasch zurückgeholt. Es hatte schon auch sein Gutes, dass es keinen Crane mehr gab, der alles ausplaudern könnte. Wahrlich, das hätte den Konzern am Ende weit mehr Entschädigungen, Bestechungsgelder, Gott bewahre, vielleicht sogar Dividenden gekostet. Nein, das wollte niemand. So vergoss man reichlich Krokodilstränen auf der Trauerfeier für den ehrenwerten Castus Crane – „Manager des Jahres, guter Freund und Visionär!“ Man errichtete eine Statue zu seinem Gedenken im Foyer des Crane-Towers und konzentrierte sich dann wieder auf weniger lebensgefährliche Fördermethoden, entweder Offshore oder auf dem Festland. Es war ja alles noch mal gut gegangen.

Als Cypher den Motor seines Wagens stoppte, überlegte er noch ein letztes Mal, ob sein Besuch wohl angebracht, ob er wirklich willkommen war. Es waren einige Jahre seit jenem schicksalhaften Tag vergangen. Er war sich ziemlich sicher, dass Lennart nicht völlig umsonst dieses Leben, fernab seiner alten Heimat, fernab der Zivilisation, gewählt hatte. Vermutlich wollte er niemanden mehr aus seinem alten Leben sehen. Er hatte herbe Verluste hinnehmen müssen, hatte vieles zu verarbeiten gehabt. Und er war kein geschulter und erfahrener CIA-Agent wie Cypher – der zudem auch nicht persönlich, eher ideell betroffen gewesen war.

Cyphers Weste war rein geblieben. Viel zu sehr war die CIA an seinen Erfahrungen und Erlebnissen interessiert gewesen. So hatte man ihn geschont, sein Wissen fein säuberlich abgefragt, protokolliert, dokumentiert und abgeheftet – vielleicht brauchte man es irgendwann einmal wieder. Wie viel davon der Wahrheit entsprach, dass wusste freilich nur Cypher allein.

Im aktiven Dienst hatte man ihn allerdings nie wieder eingesetzt – und das war Cypher auch ganz recht so. Er genoss eine großzügige staatliche Rente und kassierte monatlich stattliche Tantiemen aus dem Verkauf eines erfolgreichen Buches – das er nie geschrieben hatte und das auch nie veröffentlicht worden war. Aber offiziell musste das Geld schließlich irgendwo herkommen, die Steuerbehörde war da recht penibel.

Persönlich hatte die Geschichte Cypher niemals ganz losgelassen. Noch heute lag er mit einem unsicheren Gefühl an Badestränden, betrat Schiffe nur mit Widerwillen, konnte sich des Eindrucks nicht erwehren, dass viele Unfälle und Havarien dort draußen in den Weltmeeren nicht immer das waren, was sie zu sein schienen. Aber am meisten fragte er sich, was nach all der Zeit aus Lennart geworden sein mochte. Deshalb war er hier. In diesem Dorf im australischen Outback. Dort, wo Lennart mit seiner Familie einst nach dem Überfall auf das Krankenhaus Unterschlupf gefunden hatte, wo die alte Frau und ihr Sohn aus dem Krankenhaus gelebt hatten, wo so viele der Ureinwohner einer Nixe vorbehaltlos geholfen – und dies in einigen Fällen mit dem Leben bezahlt hatten. Er war noch einmal nach Australien gereist, weil er nach langen Recherchen herausgefunden hatte, dass Lennart hier lebte. Er wollte ihn wiedersehen.

Warum, das wusste er selber nicht so ganz genau. Aber nach seiner Entlassung aus der CIA war es Cypher ein Bedürfnis, seine Gedanken zu ordnen und mit seiner Vergangenheit endlich abzuschließen. Da gehörte dieses Kapitel unweigerlich dazu. Zwar hatte Lennart ihm damals und in all den Jahren bis heute nie einen Vorwurf wegen seiner Beteiligung an den Vorfällen gemacht. Dennoch wusste Cypher, dass die CIA, speziell seine Person, an Lennarts Unglück alles andere als unschuldig war. Vielleicht wollte er auch nur sein Gewissen beruhigen? Das mochte durchaus sein. Doch ganz gleich, was ihn dazu veranlasste: Er suchte das Wiedersehen mit den Geistern seiner Vergangenheit. Er war bis hierher gereist – und er würde auch die letzten Schritte des Weges gehen.

Cypher stieg aus seinem Wagen, den er auf dem Dorfplatz geparkt hatte. Er fragte einen der dort spielenden Jungen, wo er wohl Lennart finden könne. Sogar ein Foto des gesuchten Mannes konnte er vorweisen. Ganz einfach war es trotzdem nicht, dem Knaben, welcher der englischen Sprache nicht mächtig war, die gewünschten Informationen zu entlocken. Schließlich, durch ein paar Süßigkeiten motiviert, wies der Junge auf eine zentral gelegene Hütte und gab Cypher zu verstehen, dass der von ihm gesuchte Mann dort leben würde. Nur den Namen benutzte er nicht. Er sagte etwas völlig anderes.

Zögerlich und langsam ging Cypher auf die ihm gewiesene hölzerne Hütte zu – die einzige im ganzen Dorf, die auf massiven Fels gebaut zu sein schien. Er erklomm einige Stufen hinauf zu einer Veranda. Der Eingang hatte keine Tür, nur einen Vorhang, wie das in diesen Dörfern oft üblich war. Er klopfte deshalb an die Wand, um sich anzukündigen.

„Ist jemand hier?“, fragt er laut. „Lennart, sind Sie da?“

Nichts rührte sich. Es gab keine Antwort.

„Hallo?!“, rief Cypher noch einmal. „Mein Name ist Cypher. Ich möchte gerne zu Lennart!“

Immer noch herrschte Stille.

Gerade überlegte er sich, wieder zu gehen, da hörte er endlich ein zaghaftes: „Kommen Sie herein!“

Er schlug den Vorhang zurück und betrat die Hütte. Seine Augen brauchten eine Weile, um sich an das wenige Licht im Inneren zu gewöhnen. Es gab hier keine Lampen, nur aus zwei Fenstern fiel etwas Tageslicht in den Innenraum. An den Wänden hingen Gemälde. Sie zeigten mystische Motive der Eingeborenen. Nicht wenige der Szenen beschäftigten sich mit Fischen, mit Meereswesen und mit Nixen. In der dem Eingang gegenüber liegenden Ecke gab es eine Pritsche, die wohl dem Bewohner der Hütte als Bett dienen mochte. Ansonsten war der halbe Raum vollgestopft mit Skulpturen und kunstvollen Gegenständen – aber das war noch nicht alles. Es gab einen Grund dafür, dass hier so wenig Platz war. Denn obwohl die Trennwand zwischen dem einstigen Vor- und dem Hauptraum inzwischen entfernt worden war, gab es da nach wie vor dieses gigantische Wasserbecken, das über die Hälfte des Raumes einnahm. Es sah aus wie ein riesiges, raumhohes Aquarium und erinnerte Cypher an das Bassin, welches er damals im Labor des Doktor Shaw gesehen hatte. Vor dem Becken war ein Kreis aus Kerzen aufgebaut, in dessen Mitte ein Mensch saß, mit dem Rücken zum Eingang, gewandet in den Farben und Stoffen eines Medizinmannes oder Ältesten der Aborigines, und hielt die Hände empor, als sei er im Gebet.

Cypher trat näher.

„Verzeihung“, sagte er. „Ich wollte Sie nicht stören. Ich suche einen alten Freund von mir. Sein Name ist Lennart. Könnten Sie mir wohl sagen, wo er ist?“

Der Mann erhob sich umständlich, so elegant sein Gewand es ihm eben erlaubte. Dann erst drehte er sich zu Cypher um.

„Wir waren niemals Freunde, Agent Cypher“, sagte Lennart. Einen Handschlag bot er seinem Gast nicht an. „Ich hätte auch nicht vermutet, Sie noch einmal wiederzusehen. Nach allem, was damals geschehen ist. Nach all den Jahren.“ Er machte eine Pause. „Was kann ich für Sie tun?“

Cypher war ein wenig verunsichert. Er war sich nun bewusster denn je, dass sein Besuch hier vermutlich doch keine gute Idee gewesen war. Dennoch blieb er stehen.

„Ich kann mir denken, warum Sie sich hierher zurückgezogen haben“, sagte Cypher mit einer Geste in die Runde. „Dies hier war seinerzeit eine maßgebliche Station Ihrer Reise. Hier fand die Metamorphose Ihrer Tochter zur Meerjungfrau statt, nicht wahr? Hier haben Sie die Nixe erstmals leibhaftig erlebt!“

Lennart blieb stumm.

„Gleichzeitig ist es hier sicherlich angenehm ruhig“, fuhr Cypher fort. „Sie werden nicht permanent mit Fragen von Neugierigen gelöchert und haben Ruhe vor Menschen wie … mir.“

Lennart lächelte leicht.

„Was wollen Sie, Cypher?“

Der ehemalige Agent seufzte.

„Ich kann es Ihnen eigentlich gar nicht so genau sagen“, gestand er. „Ich bin raus aus dem aktiven Dienst bei der CIA. Ich habe alles hinter mir gelassen. Ich bekomme eine ordentliche Pension. Im Grunde habe ich alles, was man sich wünschen kann. Aber mich beschäftigt seit langem die Frage, wie es Ihnen wohl geht. Was aus Ihnen geworden ist. Das hat mich niemals ganz losgelassen.“

Lennart sah ihn ruhig an, ohne ein Wort zu erwidern.

Cypher wurde unruhig.

„Wie geht es Ihnen denn nun, Lennart?“, fragte er schließlich offen heraus.

Lennart lächelte leicht.

„Deswegen sind Sie den ganzen Weg nach Australien gekommen?“, fragte er mit einem spöttischen Unterton. „Um zu fragen, wie es mir geht?“

Cypher fühlte sich ertappt.

„Nicht nur deshalb“, sagte er schnell, um nicht unglaubwürdig zu werden. „Wenn ich herausgefunden hätte, dass es Ihnen nicht gut ginge, hätte ich sicherlich etwas für Sie tun können, um das zu ändern. Wie gesagt, ich erhalte eine mehr als ausreichende Pension. Ich bin mir sicher, dass ich für Sie etwas ganz Ähnliches arrangieren könnte."

„Ich brauche nichts", sagte Lennart sehr direkt. „Danke der Nachfrage. Wenn Sie denken, dass eine Summe, ganz gleich in welcher Höhe, mich darüber hinweg trösten könnte, dass Sie und die US-Regierung indirekt am Tod meiner Verlobten und dem Verlust meiner Tochter beteiligt sind, dann haben Sie sich geirrt."

Sein Blick war hart und fixierte Cypher.

„Tatsächlich bin ich hier in Australien, hier in diesem Dorf, weil ich weg wollte von Ihresgleichen, weg aus Amerika und raus aus dem, was dort so gerne als Zivilisation bezeichnet wird", fuhr Lennart fort. „Was genau macht denn unsere sogenannte *Zivilisation* aus? Dass wir aufrecht gehen? Dass wir Dinge erfinden, Werkzeuge erschaffen und sie zu nutzen verstehen? Dass wir alle anderen Arten auf diesem Planeten so effektiv unterjocht haben, dass wir uns wie dessen Herrscher fühlen dürfen? Oder dass wir selbsternannten Herrscher uns auf diesem Planeten aufführen wie die Axt im Walde?"

Cypher sah Lennart einen Moment lang verdattert an. Mit solch einer Predigt hatte er nicht gerechnet. Aber Lennart war noch nicht fertig.

„Letztlich läuft all das, was wir erlebt haben, auf eine simple und erschreckende Wahrheit hinaus", fuhr Lennart fort. „Wir sind auf diesem Planeten nicht alleine, Agent Cypher. Mehr noch, wir sind noch nicht einmal die einzige intelligente Spezies auf diesem Planeten. Diese Erkenntnis war es, die damals, vor vielen Jahren schon, ihre CIA überhaupt erst auf den Plan rief, um diese neue Spezies schleunigst zu unterwerfen und auszubeuten."

Cypher schluckte trocken.

„Derweil reichte diese Erkenntnis längst noch nicht aus, um einen Mann wie Castus Crane und all seine Gefolgsleute davon abzuhalten, den Lebensraum dieser Spezies vernichten zu wollen – um selbst noch mehr Profite einzustreichen", klagte Lennart weiter an. „Die Ausrottung einer ganzen Art für ein paar Milliarden auf einem Offshore-Konto im Nirgendwo, dieser Preis erscheint der Menschheit angemessen? Und alle, die davon profitieren wollen, folgen solcherlei Predigern der Vernichtung hinterher wie dem Flötenspiel eines Rattenfängers? Das ist es, was wir heute als *Zivilisation* preisen, Agent Cypher. Wollen Sie jetzt vielleicht noch einmal fragen: Ob es mir wohl gutgeht?"

Cypher wusste nicht so wirklich, was er darauf antworten sollte. Vielleicht, so wurde ihm bewusst, hatte er sich seinen Weg der Buße etwas zu einfach vorgestellt. Womöglich war doch etwas mehr zu tun, als irgendeinen Betrag zu überweisen. Höchstwahrscheinlich würde er diesen Vorsprung der Erkenntnis, den Lennart hatte und ihm hier quasi vor die Füße warf, in den wenigen Minuten ihres Treffens nicht aufholen können. Dennoch wollte er nicht vergebens nach Australien gereist sein. Diese eine Antwort, dazu war er fest entschlossen, die wollte er unbedingt bekommen.

„Ja, Lennart, ich frage Sie gerne noch einmal", beharrte er deshalb. „Geht es Ihnen gut?"

Sein Gegenüber lachte. Da war allerdings nichts Bitteres, nichts Böses in diesem Lachen. Es war eine ehrliche und sehr reine Gefühlsäußerung.

„Ja! Ja, es geht mir gut!", sagte Lennart. „Es geht mir sogar sehr gut, Cypher!"

Vergeblich suchte der Besucher nach einem Anklang von Ironie in Lennarts Stimme.

„Es geht mir gut, weil ich durch all das, was geschehen ist, begriffen habe, dass es eine Alternative für unseren geschundenen Planeten gibt", fuhr Lennart fort. „Es gibt eine Alternative zu unserem Sein. Es gibt eine Alternative zur Zivilisation. Und es gibt auch *eine Alternative zu uns Menschen*."

Cypher versuchte einen Moment zu sortieren, was Lennart soeben geäußert hatte. Meinte er etwa ...?

„Wissen Sie, Agent Cypher, ich mag meine zweite große Liebe verloren haben. Ich mag meine Tochter weitestgehend verloren haben. Aber ich habe zugleich auch etwas gewonnen", fuhr der Mann in der Robe nun fort. „Ich bin zu der Erkenntnis gelangt, dass der Mensch für diesen Planeten das sichere Ende bedeutet. Ich habe aber gleichzeitig einen Ausweg aus dieser Misere gefunden. Einen Ausweg, wie ihn viele Umweltschützer und Kämpfer für die Natur noch nicht sehen konnten, nicht sehen durften. Wie ihn mancher vermutlich erst in letzter Sekunde wirklich begreifen wird."

Cypher schluckte.

„Mit Verlaub, Lennart", sagte er zaghaft. „Im Moment klingen Sie wie Doktor Shaw, der nicht weniger als die Weltherrschaft anstrebte. Sie klingen irre. Durchgedreht. Alles andere als vernünftig."

Lennart lachte wieder.

„Wenn Vernunft bedeutet, in der sogenannten Zivilisation aufzugehen, so ist der Irrsinn vielleicht unser einziger Ausweg", sagte er trocken.

Er wandte sich wieder zu dem Becken und legte eine Hand an die Scheibe.

„Wissen Sie, was das hier ist, Cypher?", fragte er dann, ohne den Ex-Agenten anzusehen. Stattdessen blickte er in das undurchsichtige Wasser hinter der Scheibe.

„Es ist das Becken, in dem Maya zur Nixe wurde, nehme ich an", spekulierte Cypher.

„Richtig, das ist es", sagte Lennart ohne den Blick vom Wasser abzuwenden. „Aber wissen Sie auch, warum in diesem Haus, in diesem Dorf, immer noch ein solches Becken steht? Schon lange vor Mayas Ankunft hier – und bis heute, so viele Jahre später?" Er drehte den Kopf wieder zu Cypher. Im hinteren dunklen Teil des Wassers glaubte jener etwas wahrzunehmen. Einen ganz sanften blauen Schimmer. Kurz blickte Lennart zu Cypher hinüber: „Wissen Sie, welch ein Gewand ich trage?"

Cypher spürte etwas. Er war sich nicht sicher, ob er dieses Gefühl mochte. Es kam ihm auf eine erschreckende Weise vertraut vor. Nicht nur, dass er hier und jetzt nicht damit gerechnet hatte. Er wusste dem auch rein gar nichts entgegenzusetzen.

„Das Schicksal meiner Tochter ist kein Einzelfall. Aber das wissen Sie ja bereits, nicht wahr?", fuhr Lennart fort, der seinen Blick wieder ins Becken wandte. Dort wurde das Leuchten ganz langsam intensiver. „Es kommt immer wieder vor, dass vereinzelte Nixen ihrer Metamorphose entzogen werden, dass sie aus dem Meer gezogen werden und ein Dasein als Mensch fristen müssen. Solche Frauen und Mädchen, wie sie Ihre CIA und Ihr guter Doktor Shaw auf dem ganzen Planeten aufgespürt, sie eingefangen, an ihnen experimentiert und sie verstümmelt haben. So, wie sie es auch mit Maya vorhatten, weswegen Sie überhaupt Teil dieser Geschichte wurden, Cypher."

Er strich fast zärtlich mit der Hand über das kalte Glas, wohinter sich nun erste Bewegungen ausmachen ließen. Erst sanft, dann immer mehr und immer heftiger. Der blaue Schein nahm zu.

„Es gibt einen sehr guten Grund, weshalb dieses Becken hier steht", sagte Lennart. „Diese Menschen hier, die Nachfahren der Ureinwohner des Northern Territory, sind von der Zivilisation noch nicht verdorben. Die Aborigines haben sich ihren Glauben an alles, was die Natur uns gibt, bewahrt. Sie hegen und pflegen diese Erkenntnisse und Überlieferungen, ihre alten Legenden. Sie wussten lange, lange vor uns um die Existenz der Nixen, sie verehren sie seit Urzeiten. Sie erwarteten ihre Ankunft, ihre Kontaktaufnahme, vielleicht sogar deren Herrschaft ... Nur fehlte es ihnen an einem Medium. Sie konnten nicht zu ihnen in Kontakt treten, sie waren verdammt darauf zu warten und zu hoffen, dass sich ihre Geschichten dereinst erfüllen würden."

Wieder wandte er den Blick an Cypher: „Und dann kam Maya."

Cypher fühlte es nun ganz deutlich. Es waren Stimmen in seinem Kopf. Nicht nur eine, es waren recht viele davon. Sie sprachen durcheinander, sie tummelten sich in seinem Geiste wie Fische im Wasser, sie kicherten, lachten, frohlockten – *und riefen nach ihm*. Der kalte Schweiß brach ihm aus. Wie hatte er nur so dumm sein können? Wieso war er nur ohne jede Vorbereitung in diese fremde Hütte gekommen? Hatte er denn in all den Jahren als Agent rein gar nichts gelernt?

„Wissen Sie, Cypher, es muss ein erhabenes Gefühl sein, wenn ein heiliges Wesen, an das Sie vielleicht glauben, ihnen leibhaftig begegnet", sagte Lennart. „Diesen Menschen hier war das vergönnt. Sie begegneten der Nixe. Sie fanden sich in all dem bestätigt, woran sie schon immer glaubten, worauf sie hofften, was ihnen verheißen worden war. Die Nixen, sie existieren! Ebenso wie das Ur-Ei, die Traumzeit und alles, was ihnen dereinst ein besseres Leben im Jenseits verheißt. Die Zivilisation vergeht, aber alles Natürliche bleibt bestehen."

Auf der anderen Seite der Scheibe konnte Cypher jetzt etwas erblicken. Es war ein Gesicht. Das puppenhafte Gesicht eines recht jungen Mädchens, höchstens um die sechs Jahre alt. Sie kam zaghaft näher an die Scheibe heran. Cypher sah das lange, blonde Haar, welches das niedliche Gesicht umrahmte. Er sah die zierliche Statur – und er sah den gelb schillernden Fischschwanz, der den Unterleib des Mädchens bildete. Sie kam an die Scheibe und legte ihre Hand an der Innenseite genau an die Stelle, wo Lennart von außen seine Hand liegen hatte.

Das Leuchten im Becken nahm sofort zu, als sei ein Bann gebrochen worden. Die Stimmen in Cyphers Kopf wurden jetzt lauter. Er fühlte sich schummrig, benommen, seine Haut begann zu brennen. Er wurde sich nun des Unterschieds zu früheren Begegnungen bewusst: Was er da in seinem Kopf vernahm, es waren keine Frauen oder junge Mädchen – es waren Kinder, die ihn zum *Spiele* lockten. Es wurde intensiver und einnehmender, er konnte sich nicht widersetzen. Wie durch einen immer dichter werdenden Nebel drang die Stimme von Lennart weiter in sein Bewusstsein.

„Ich bin das Medium, welches die Ur-Einwohner stets gesucht haben, Agent Cypher", sagte jener. „Ich habe die Nixen gespürt, ich habe mit ihnen gelebt, mich im Geiste mit ihnen verbunden; ich verstehe sie – und sie verstehen mich."

Weitere Gesichter wurden in dem Becken sichtbar, Mädchen jeden Alters, mindestens ein Dutzend von ihnen. Allesamt waren sie Nixen, dessen war sich Cypher völlig sicher, wenn er auch längst nicht mehr alles erkennen konnte, seine Augen ihm immer mehr den Dienst versagten und kein klares, vertrauenswürdiges Bild mehr von dem lieferten, was um ihn herum geschah. Die kleinen Nixen tummelten sich in diesem Becken – und sie tummelten sich nun auch in seinem Kopf.

„Nach dem Ableben Doktor Shaws und der Auslöschung der Gefahr, die er für die verlorenen Nixen bildete, sind sie alle hierher zu uns gekommen", sagte Lennart. „Ich habe sie gespürt und ich hab sie aufgespürt, wo auch immer sie waren, auf der ganzen Welt. Ich habe sie gefunden und habe sie hierher gebracht, wo man sie verehrt, wo man sie beschützt und wo sie in Frieden gedeihen können – um schon bald wieder zu ihrem Volk zurückzukehren." Seine Stimme wurde hart und er sah Cypher kalt an. „Und ihren eigentlichen Platz in dieser Schöpfung einzunehmen."

Lennart klatschte in die Hände. Der Vorhang wurde zurückgeschlagen und zwei stämmige junge Männer kamen herein. Sie packten Cypher an den Armen, schleiften ihn hinüber zum Becken, wo seitlich eine Treppe hinaufführte.

„Wenn diese Geschichte etwas Gutes hatte, Agent Cypher, dann das Eine", sagte Lennart. „Die alte Verbindung zwischen Menschen und Nixen ist zu neuem Leben erwacht. Jene, die sich dieser Verbindung schon immer bewusst waren, haben sie seither gehütet. Es ist ein äußerst zerbrechliches Gut, solch eine Übereinkunft zwischen zwei Spezies. Ich bin nun das Bindeglied dieser Verbindung, das war Mayas Geschenk an ihren Vater. Ich gebe dieses Geschenk weiter, so gut ich das vermag."

Sein Blick folgte Cypher, der von den beiden Männern die Treppe hinaufgeschleift wurde. An deren oberem Ende, an der Kante hinein ins Wasser, hielten sie noch einmal inne.

Cypher war längst nicht mehr Herr seiner Sinne, zu keiner Gegenwehr mehr fähig. Die Pheromone der Nixen, so jung und unschuldig sie auch waren, hatten seine Sinne gänzlich eingenommen. Es war keine Lust, keine Verlockung, die von diesen kindlichen Wesen ausging – es war die reine Spiel- und Lebensfreude, unschuldig, frei und rein, nach der sich jeder Mensch sehnte. Cypher war der geballten Kraft aller Nixenmagie schutzlos ausgeliefert. Die Verheißungen von ausgelassener Freude und endlosem Vergnügen hallten durch seinen Kopf und drohten, ihn vor lauter Sehnsucht von innen heraus zu sprengen. Er blickte hinab, hinein ins Wasser, in das blaue Licht, das ihn dort unten erwartete – und nach ihm rief. Nun wusste er, warum er hierher gekommen war.

„Es ist gut, dass Sie zu uns gefunden haben, Cypher", sagte Lennart. „Es ist nötig, dass das Wissen um die Nixen dorthin zurückkehrt, woher es gekommen ist. Es ist unerlässlich, dass diese bezaubernden Wesen sich frei von jeder Einmischung weiter entwickeln können – um eines Tages unseren Planeten vor der Menschheit zu retten." Etwas leiser fügte er hinzu. „Falls es noch eine Rettung gibt."

Cypher fühlte kaum, wie er in das kalte Wasser des Beckens eintauchte. Das Blut, das wie heftige Stromschläge durch seine Adern pulsierte, war heiß, unerträglich heiß. Er fühlte eine Hand an seiner Wange und öffnete ein letztes Mal die Augen: Er sah vor sich ein Gesicht. Ein engelsgleiches, unbeschreiblich süßes Gesicht mit strahlend blauen Augen, einem roten Mund und porzellanweißer Haut, das von vollem, dunklem Haar umrahmt wurde. Es lag so viel Fröhlichkeit, so viel Güte und Verheißung in diesem Blick, der ihm durch Mark und Bein ging. Das Mädchen legte die zweite Hand auf seine andere Wange, liebkoste sanft sein Gesicht und küsste ihn in unschuldiger Zärtlichkeit und Zuneigung auf den Mund. Cypher spürte ihre weichen Lippen. Er spürte zugleich zahllose neckende und reißende, leckende und beißende, schlagende und schleifende, zärtliche und zerstörerische Berührungen an seinem ganzen Körper; bald kindlich verspielt, bald frühreif ertastend; doch war ihnen allen das eine gemeinsam: Es waren längst keine bloßen Sinneseindrücke mehr. Sein Körper löste sich langsam auf.

Lennart betrachtete nachdenklich das Spiel der jungen Nixen durch die Scheibe des Beckens, das nun von dem ihm vertrauten blauen Leuchten erhellt wurde, wodurch er Cyphers Todestanz genau verfolgen konnte. Er verspürte dabei keinerlei Genugtuung. Hier kam nur das zu einem endgültigen Ende, was vor vielen Jahren mit der ersten Veränderung von Maya seinen Beginn genommen hatte, was aber durch die Einmischung so vieler ignoranter, machtbesessener Wahnsinniger eine Richtung eingeschlagen hatte, die sich nie mehr wiederholen durfte. Der letzte Zeuge, der den Anbruch eines neuen Zeitalters vielleicht noch zu verhindern gewusst hätte, löste sich soeben vor seinen Augen und im wilden Spiel der niedlichen, jungen Meerjungfrauen in Nichts auf. Genau wie Shaw für Maya die Vollendung ihrer Verwandlung herbeigeführt hatte, würde nun auch Cypher seinen Teil zur Entwicklung der Nixen beitragen. Er war einem jahrzehntealten Ruf gefolgt – und hatte hier im australischen Outback seine letzte Bestimmung gefunden. Genauso wie Lennart. Er ließ die blutig-übermütige Szenerie hinter sich und verließ die Hütte.

Der Schamane trat hinaus in das Sonnenlicht. Es blendete in seinen Augen. Er dachte an Maya, seine kleine Maya – die er vor elf Jahren verloren hatte. Er dachte an Sam, seine geliebte Samantha, die sich am selben Tag für Maya, für ihn und für ein damals noch kaum fassbares Ideal geopfert hatte. Er hielt ihrer beider Andenken in Ehren, Tag für Tag. Er lebte dafür, dass ihre Opfer nicht umsonst gewesen sein sollten.

Der Anbruch eines neuen Zeitalters, ein Befreiungsschlag dieses geschundenen Planeten und seiner letzten Legion gegen die zerstörerische Menschheit, stand unmittelbar bevor. Und er, das Medium, *der Vater der Nixe*, ebnete ihm den Weg.

Lennart lächelte, blinzelte ins helle Sonnenlicht eines neuen, wundervollen Tages.

Und er flüsterte bei sich.

„Alles wird gut!"

- Ende -

Für alle, die daran geglaubt haben

Es ist an der Zeit, Danke zu sagen. Allen voran meiner lieben Ehefrau Ann-Kathrin, die mich nicht nur motiviert und ermutigt hat, stets weiterzumachen, sondern mir auch als Testleserin wertvolle Rückmeldungen gab und mir die nötigen Freiräume schuf, so dass ich dieses Werk vollenden konnte. Ein Dank geht auch an meine weiteren Testleser Peter und Katja, deren Feedback mir bei der Überarbeitung sehr geholfen hat. Ich danke meinem Verlag Südwestbuch Media Entertainment (SME) für den Glauben an dieses Projekt und dem ganzen Team, das zur Realisierung dieses Romans beigetragen hat. Ich danke meinen Eltern, die mich immer unterstützen und an mich glauben bei allem, was ich anpacke – ob Theater oder Erzählung. Ich danke meiner Familie, meinen Freunden, meinen journalistischen Mentoren, Kollegen und Weggefährten – und speziell denen, die in mehrere dieser Kategorien passen. Ich danke sämtlichen Autoren, mit denen ich mich jemals unterhalten durfte, die den Glauben aufrecht erhielten, dass es zum Verfassen eines Romans vor allem das Eine braucht: Durchhaltevermögen. Womit sich der Kreis schließt: Danke an alle, die an diesen Roman geglaubt haben!

Euer
Mathias Schwappach

Mathias Schwappach

Nixen

Sie kommen aus der Tiefe